EUGEN SPEYER

Wind der Freiheit

Historischer Roman

Verlag Boyens & Co.

Mein Dank gilt
meiner Tochter Marna
für ihre Unterstützung
und meiner Frau Ingrid
für ihre Hilfe und Geduld

ISBN 3-8042-0850-9

Umschlaggestaltung: Günter Pump unter Verwendung eines Ausschnitts im Hintergrund aus Hans Olde, Schlacht bei Hemmingstedt, und eines Ausschnitts aus Sea Shells (1875) von Albert Joseph Moore, Christie's Images/Super Stock.

Herstellung: Westholsteinische Verlagsdruckerei Boyens GmbH & Co. KG, Heide

Printed in Germany

Dithmarschen · Feindmächte · norddt. Territorien, aus denen sich Adlige am Kampfe geg. Dithm. beteiligten · Neutrale: Ebm. Bremen, Lübeck, Hamburg, Lünebg.

Auf der vorherigen Seite findet sich eine Darstellung der politischen Gruppierung um Dithmarschen bei Beginn des Feldzuges von 1500.
Aus: Walter Lammers, Die Schlacht bei Hemmingstedt. Freies Bauerntum und Fürstenmacht im Nordseeraum. Eine Studie zur Sozial-, Verfassungs- und Wehrgeschichte des Spätmittelalters. 3. Auflage: Heide 1987.
Der Roman fußt auf den wissenschaftlichen Ergebnissen dieser Studie. Die Handlungen sind jedoch frei erfunden.

1

Die Schreckensnachricht traf Wulf Isebrand wie ein Schlag. Er konnte es nicht fassen: Unter den Männern im Kriegsrat sollte ein Verräter sitzen? Er wollte es nicht glauben.

„Ein Spion mitten unter uns?“, fragte er seinen Freund Claus Grove, der ihm die Hiobsbotschaft überbracht hatte.

„Ja“, antwortete Grove kurz angebunden, „mitten in eurem Kriegsrat befindet sich so ein Schwein, das eure geheimen Verhandlungen und Pläne gleich an den Feind weitergibt.“ Er tätschelte dabei den Hals seines Pferdes, das ruhig mit gesenktem Kopf neben Isebrands schwarzem Hengst dahintrottete.

Saßen nicht im Rat die ehrenhaftesten und angesehensten Männer der Bauernrepublik Dithmarschen? Wenn die Meldung stimmt, dachte Isebrand bestürzt, schwebt das Land in höchster Gefahr. Alle militärischen Überlegungen und Entscheidungen wären für die Katz. Die Folgen könnte man sich an fünf Fingern abzählen: Der kurz bevorstehende Krieg gegen Dänenkönig Hans wäre nicht mehr zu gewinnen, die Freiheit des kleinen Bauernstaates für immer verloren und die Aussicht der Bevölkerung, den bewaffneten Konflikt zu überleben, gleich null.

„Ein Spion in der Landesführung“, bemerkte Isebrand gereizt, „das ist das Ende.“

Grove nickte. Auch ihm war völlig schleierhaft, wie es dem Dänenkönig gelungen war, ein Mitglied des dithmarscher Kriegsrats auf seine Seite zu ziehen. Denn im Rat, der für die Landesverteidigung verantwortlich war, saßen nur achtbare Männer der Regierung.

„Ich sehe schon, wie das riesige Dänenheer unser kleines Bauernaufgebot vollständig aufreiben wird“, malte sich Isebrand im Geiste aus. „Und ich sehe mordgierige Söldnerhorden alle unsere Dörfer niederbrennen und über unsere wehrlosen Frauen, Kinder und Alten herfallen.“

„Und vergiß nicht die Überlebenden“, nahm Grove die düsteren Gedanken seines Freundes auf. „Sie werden von hochmütigen ausländischen Fürsten gnadenlos unterjocht und bis aufs Blut ausgesaugt werden.“

Und das alles nur wegen eines einzigen Schurken, verfluchte Isebrand den Kerl, der seine Seele an den Feind verkauft hatte. Ich muß ihn erledigen, bevor noch der Krieg richtig beginnt!

Grove hatte ihm bereits in den vergangenen Wochen mehrfach geheime Meldungen über die Kriegsvorbereitungen des dänischen Königs gesteckt. Er war darüber im Bilde, woher die Berichte stammten, wenn auch nur umrißhaft. Sie kamen aus dem *Caland,* einer verschworenen geistlichen Bruderschaft in Meldorf. Ihr gehörten zwölf papsttreue Priester an, ebenso viele Laien und einige Dominikanermönche.

Als er zum erstenmal von der geheimnisvollen Vereinigung gehört hatte, hatte ihn gleich eine dunkle Vorahnung befallen: Dieser *Caland* kann mir eines Tages gefährlich werden. Denn genauso, wie der katholische Geheimbund über Pläne des Dänenkönigs Bescheid wußte und einiges davon durch undichte Stellen nach draußen sickerte, könnte es umgekehrt mit dithmarscher Plänen passieren. Die Besorgnis hatte er aber verdrängt. Als ihm nun sein Freund den Verräter meldete, fiel ihm schlagartig wieder der *Caland* ein. Von dem Geheimbund schien tatsächlich eine Bedrohung auszugehen, sinnierte er.

„Wer ist der Kerl?“ Isebrand verlangte danach, den Namen des Spions zu erfahren.

Grove zuckte mit den Schultern: „Noch kennen wir ihn nicht.“

Wenn auch diese Antwort für Isebrand enttäuschend war, so hatte er doch im Stillen damit gerechnet. Es handelte sich also um einen schlauen Fuchs. Er spürte, wie er auf den unbekannten Lump immer zorniger wurde. Sicher gehörte der Bursche zu den erbärmlichen Ratten, die von vornherein mit einer Niederlage rechneten und sich den Dänen andienten, um wenigstens die eigene Haut zu retten.

Da sind doch Dithmarschens Frauen aus ganz anderem Holz geschnitzt, fuhr es ihm durch den Kopf. Sie waren es nämlich gewesen, die ihre Männer dazu gebracht hatten, sich für den Kampf um die Freiheit ihrer Familien zu entscheiden. Wenn Dithmarschen den Krieg gewinnen sollte, dachte er, sind sie die wahren Helden des Landes. Wie jämmerlich machen sich dagegen die Feiglinge aus, die aus Angst um Besitz und Leben ihr Vaterland verraten. Daß es nun sogar ein Ratsmitglied ist, macht die Sache noch schlimmer.

Im Moment schien Isebrand der Spion weit gefährlicher zu sein als das ganze Dänenheer zusammen. Er verwünschte die verfahrene Lage im Rat – und den verdammten Krieg dazu. Für den Bruchteil einer Sekunde war ihm seine Rolle als militärischer Berater des Landes zuwider. Warum hatte er sich nur darauf eingelassen, warf er sich mißmutig vor.

Aber die Freude und der Stolz, in dieses hohe, ehrenvolle Amt berufen worden zu sein, überwogen seine Verärgerung. Und da war noch die Genugtuung, von den Dithmarschern endlich als einer der Ihren anerkannt und kein Fremder mehr zu sein. Als solchen hatte man ihn lange Zeit angesehen, nachdem er vor zwanzig Jahren aus Holland gekommen war.

Erst vor zwei Tagen hatte ihn der Rat für die Dauer des Krieges als Adjutanten an seine Seite geholt. Darüber hinaus wurde er zum Befehlshaber des Bauernheeres ernannt. Daß ausgerechnet ihm das Kommando über das Landesaufgebot übertragen worden war, mußte hauptsächlich drei Gründe haben, vermutete Isebrand. Erstens hielt man ihn, den ehemaligen Hauptmann eines holländischen Landsknechtshaufens, für kriegserfahren – was er selbst bezweifelte, aber unerwähnt gelassen hatte. Schließlich lag seine Söldnerzeit zwanzig Jahre zurück. Zweitens, und das mußte wohl ausschlaggebend gewesen sein, war er seit sechs Jahren militärischer Berater der Westerdöfft, einem der fünf Wehrbezirke im Land. Allerdings hatte er in dieser Stellung nur einmal im Jahr gemeinsam mit dem Bezirksvogt eine Waffenschau unter den wehrfähigen Männern abzuhalten. Truppenübungen oder gar Manöver gab es in Dithmarschen nicht; die hielten die Regenten für Zeitverschwendung. Und drittens war er ein Bauer, der es mit seiner Tüchtigkeit zu gehörigem Ansehen gebracht hatte.

Oldenwöhrden hieß das Dorf, in dem Isebrand den eigenen Hof bestellte. Es war auch Standort des Kriegsrats, der sein Hauptquartier aus Sicherheitsgründen vom politischen Hauptort Heide weg und dorthin verlegt hatte. Isebrand ging wieder durch den Kopf, wie er vor dem Rat hatte schwören müssen, König Johann I., den Herrscher über Skandinavien, Schleswig und Holstein, zu besiegen und die Republik vor dem Untergang zu bewahren. Und ausgerechnet jetzt kam ihm dieser elende Verräter in die Quere.

Verärgert hantierte er mit seinen Zügeln und nahm sie zwischen Daumen und Zeigefingern fester in die Fäuste. Da verlangte man von ihm beinahe Unmögliches, murrte er in Gedanken vor sich hin, dabei war der Rat selber nicht einmal in der Lage, in den eigenen Reihen Ordnung zu halten. Nur deshalb hatte er nun ein Problem mehr am Hals. Eigentlich sollte er sich um den äußeren Feind kümmern und nicht um den Schmutz im Rat. Aber war er nicht gezwungen, erst schleunigst den Stall auszumisten, damit er überhaupt freie Hand für die Landesverteidigung hatte?

„Ich hasse diesen Verräter, und ich hasse diesen verfluchten Krieg“, brach es aus ihm heraus. Nervös rückte er sein Gesäß im Sattel zurecht.

„Deine Kampfmoral läßt nach, mein Lieber“, spottete Grove.

„Wundert dich das? Unsere Möglichkeiten, den Krieg zu gewinnen, sind ohnehin sehr beschränkt. Und jetzt noch mehr, da jede unserer Planungen gleich dem Dänenkönig auf den Tisch gelegt wird.“

Isebrand trieb sein Pferd zu schnellerer Gangart an. Groves Schreckensnachricht hatte dem Tag eine düstere Wende gegeben. Dabei hatte er für ihn so gut angefangen.

Es war ein Wintermorgen gewesen, wie er ihn liebte. Er hatte in aller Frühe *Plinius,* seinen jüngsten Rappen, gesattelt und war aus der Finsternis des Stalls durch das Dielentor hinaus über den weiten Hof in die Kälte geritten. Für einen Moment hatte ihn der erste Schein der aufgehenden Sonne geblendet, deren glühende Scheibe bereits einen Finger breit über den Ostdeich ins Land hereinleuchtete. Isebrand hatte sein Pferd angehalten, und vom Sattel aus genoß er das Naturschauspiel, mit dem Gott ihn für seinen frühen Aufbruch belohnte. Vor seinen Augen tastete die Sonne die starr gefrorene Tiefebene neugierig und zögerlich mit weichen Strahlen ab. Isebrand spürte auf seinem Gesicht die ringsum langsam wachsende Wärme, die dem neugeborenen Morgen behutsam aus dem eiskalten Nebel der erschlaffenden Nacht half. Als wenig später die Sonne wie weißgelbe Glut über dem Seedeich stand, übergoß sie die baumlose Weite verschwenderisch mit grellem Licht, das die letzten Schleier der Dämmerung aufsog. Isebrand vermeinte den Atem des jungen Morgens zu spüren, der sich in der endlosen Marschniederung mit dem neuen Tag vereinte. Der Himmel zog sich nach allen Seiten tief zur Erde herunter. Vor ihm öffnete sich die platte Tiefebene nach allen Seiten – behäbig, mächtig und wie für alle Zeit in sich ruhend, kam es Isebrand vor.

Er verharrte andächtig vor dem erregenden Schauspiel des Tagesanbruchs. Für einen Moment vergaß er die kühne militärische Unternehmung, die ihm bevorstand. Seine große und kräftige Figur war in einen fellgefütterten Mantelumhang gehüllt. Darunter straffte ein muskulöser Oberkörper die gerafften Schulterteile zu beiden Seiten. Das wettergegerbte Gesicht stand in auffallendem Gegensatz zu seinen feingeschnittenen Zügen, ebenso wie das dichte blonde Kopfhaar zu den braunen Augen mit den dunklen Brauen. Die schlanken, festen und sehnigen Hände zogen gefühlvoll an den Zügeln und lenkten den schwarzen Hengst schließlich ins gleißende Gegenlicht der Sonne.

Vor ihm auf der Erde glitzerte und funkelte ein Meer winziger Sterne. Ihm war, als hätte die Sonne mit ihrem harten Licht den silbrig flimmernden Rauhreif aus gefrorenem Nebel der vergangenen Nacht zu Millionen kleiner Edelsteine geschliffen. Sie blinkten und sprühten Blitze in buntesten Farben, und sie schienen in einen durchsichtigen weißen Schleier eingewirkt, der das erdige Braun der hartgefrorenen Äcker und das graue Grün der frostig steifen Gräser auf den Viehweiden nur flüchtig bedeckte.

Eigenartig, überlegte Isebrand, es war Anfang Februar 1500, und so lange er sich zurückerinnern konnte, lag zum erstenmal um diese Zeit kein Schnee; auch war es viel kälter als sonst. Außerdem blieb der Wind, der entlang der Meeresküste so gut wie nie Ruhe gab, an diesem Tag still.

Isebrand hatte noch jetzt das Pfeifen, Heulen und Röhren des Orkans im Ohr, der gerade mal vor zwei Wochen eine herantobende Sturmflut mit geballter Wucht gegen die Deiche schleuderte. Zuerst hatten, nur fünf Steinwürfe von seinem Anwesen entfernt, tosende

Wellenberge große Brocken aus der Außenseite des Deichkörpers gerissen. Dann hatte er hilflos zusehen müssen, wie schäumende Wasserzungen immer wieder über die Deichkrone schnellten, lechzend die Deichinnenseite abtasteten, dort gierig die feuchte, verwundbare Grasnarbe leckten und heißhungrig Löcher, Rinnen und Spalten ins Erdreich fraßen.

Die Menschen um ihn herum, mit denen er den zerfetzten Deichkörper zu flicken versuchte, waren in heillose Panik geraten. Gemeinsam mit den Männern hatte er in peitschendem Schneeregen unzählige, mit klebrigem Lehm und nassem Sand prall gefüllte Säcke herangeschleppt und in die klaffenden Deichwunden geworfen. Und die Frauen hatten Hunderte mit Hanf gebundene Reisigmatten durch knöcheltiefen Schlamm zu den hastig arbeitenden Bauern und Knechten am Deich gezogen. War zwischendurch noch Zeit, wuchtete man, halb wahnsinnig vor Angst, stapelweise rauhe Holzpfähle in die vorderste Verteidigungslinie, wo sie ins Erdreich geschlagen wurden.

Doch alles umsonst. Irgendwann hatte Isebrand, ebenso wie die wenigen Zuversichtlichen unter den Deichverteidigern, den Kampf gegen die wutentbrannte See als sinnlos aufgegeben. Alle wußten plötzlich, daß jetzt nur noch Flucht in Frage kam. Da geschah das Wunder: Der brüllende Sturm ließ urplötzlich nach, fiel kurz vor dem Höchststand der Tide kraftlos in sich zusammen. Die Sturmflut war nicht mehr in der Lage, eine vernichtende Attacke gegen den Deich zu führen.

Die durchnäßten, verdreckten und zu Tode erschöpften Bauern und ihre Frauen, die Knechte und Mägde hatten erleichtert aufgeschrien, gelacht und geweint, sich gegenseitig umarmt und nicht aufgehört, wie verrückt im schlüpfrigen Matsch zwischen den herumliegenden Schaufeln, Hämmern, Sägen, Hanfseilen, Sandsäcken, Reisigmatten und Holzpflöcken herumzutanzen. Auch Isebrand war, inmitten der überschwappenden Ausgelassenheit, trunken vor Freude und Glück gewesen, aber ebenso ergriffen von dem gerade Erlebten: Nur ein einziger kurzer Atemzug der Natur hatte ihm und den anderen das Leben gerettet! Die Menschen der Marsch waren wieder einmal davongekommen – wie schon ihre Väter und deren Väter und deren Väter in den Jahrhunderten zuvor.

Isebrand liebte den Wind. Der war wie das Land, in dem er sich wohlfühlte. Er konnte sanft, weich und friedlich sein, aber auch wild, brutal und tödlich. Isebrand brauchte ihn zum Leben wie andere Essen und Trinken. Wenn ihm der Wind ins Gesicht blies, der Sturm seinen Körper rüttelte oder Orkanböen ihm beinahe die Luft abschnitten, dann durfte er dagegen ankämpfen, sich dabei unbändig stark fühlen, unabhängig von allen und allem – und frei wie ein Vogel sein. Das war Natur, mit der er sich eins fühlte und die nur ihm allein gehörte, wenn er einsam war.

Er hatte es nie bereut, nach seiner Flucht aus Holland zufällig nach Dithmarschen gekommen zu sein. Er hatte eine neue Heimat gefunden und gleich einen Freund dazu, den damaligen, nur zwei Jahre älteren Theologiestudenten und heutigen Priester Claus Grove. „Du bist jetzt in einem Land", hatte damals Grove gesagt, „das es nirgendwo auf der Welt ein zweites Mal gibt."

Isebrand hatte es gefallen, daß ein junger Mann so stolz auf das Land seiner Väter war. Und mit Recht: Denn hier regierte ein freies Bauerntum sich selbst. „Wir haben den Adel schon vor dreihundert Jahren aus dem Land gejagt. Wir wollten niemals bäuerliche Lehnsknechte auf fremden Höfen unter adliger Grundherrschaft sein und nur für Abgaben und Fronden arbeiten, damit Grafen und Fürsten ein feudales Leben führen können. Unser Landesherr ist ein Bischof." Und dann hatte Grove hell aufgelacht: „Aber er ist weit weg, wird von Vögten vertreten, hat nur einige Nutzungsrechte und läßt uns dafür das Land selbständig führen."

Weiter hatte Isebrand gleich am ersten Tag von Grove erfahren, daß der Bauernstaat an der Nordseeküste zwischen Hamburg und Dänemark sehr klein war, nur ungefähr zwei Tagesritte breit und drei Tagesritte lang. Aber dafür war es ein blühendes Land, in dem strenge moralische und sittliche Grundsätze herrschten. Damals hatte er sofort gewußt: Das war das Land seiner Träume.

Was er dann später mit eigenen Augen erleben durfte, übertraf seine kühnsten Erwartungen. Auf Weiden, die bis zum Horizont reichten, grasten riesige Herden fleischiger Rinder oder wolliger Schafe. Auf ebenso weiten Getreidefeldern standen Millionen goldgelber Ähren, prall gefüllt mit kostbarem Weizen. Ein überwältigender Reichtum. Auf kleineren Flächen gab es Mais und Flachs.

In vielen Gärten standen auf schwarzbrauner Erde Staude an Staude mit prachtvollem Gemüse. Geradezu übermächtig waren ihm die Bauernhäuser erschienen, die behäbig breit und langhingestreckt unter tiefhängenden Reetdächern ruhten. Der Wohnteil darunter war mit geschnitzten Möbeln, erlesenem Geschirr, kostbaren Seidenvorhängen und kunstvoll gekachelten Kaminöfen ausgestattet.

Die Einwohner pflegten das Althergebrachte und hielten sich an Altbewährtes; Tradition war ihnen heilig. Zu den regelmäßigen Wochenmärkten zogen ganze Familien mit bepackten Pferden, schlachtreifen Ochsen und schwergewichtigen Kühen zu den Handelsplätzen. Sie gingen zu Fuß oder saßen auf hochbeladenen Wagen und Karren mit Getreidesäcken, Milchkannen, Bierfässern, Gemüsekisten und allerlei Trödel. Auf den Märkten herrschte zwischen Zelten und Ständen buntes Treiben. Bauern, Handwerker und Händler verkauften ihre Erzeugnisse oder tauschten sie gegen Waren von friesischen, hanseatischen und sogar holländischen Kaufleuten ein. Die waren von weit her angeritten oder auf dem Seeweg gekommen. Der lebhafte Handel war durch den Marktfrieden geschützt. Laut Landrecht waren das Tragen von Waffen und handfeste Streitigkeiten während der Marktzeit verboten.

Besonders hatte Isebrand das geschäftige Leben in den Häfen gefesselt, wo Handelsschiffe aus aller Herren Länder lagen. Unter zusammengerollten Segeln an hohen Masten schleppten Seeleute Ballen mit feinen Stoffen, Gefäße mit orientalischen Gewürzen und Kisten mit deutschen, französischen und italienischen Weinen an Land. Dorthin, wo zwischen aufgestapelten Fässern, Körben und Säcken geschäftige Menschen lärmten, Lastpferde keuchten, Wagenräder quietschten und über dem quirligen Leben hungrige Möwen kreisten, die mit jämmerlichem Geschrei um Freßbares bettelten, zwischendurch kopfüber auf die Erde stürzten und gierig genießbare Abfälle verschlangen.

Isebrand war von seinen ersten Eindrücken überwältigt gewesen. Das hatte seine Absicht beflügelt, sich als Ausländer den Sitten und Bräuchen der Bewohner anzupassen und alles zu tun, damit sie ihn in ihren Kreis aufnahmen. Grove hatte ihn nämlich auch gewarnt: Gegen Fremde in den eigenen Reihen seien sie sehr abweisend. Er wollte aber einer von ihnen werden. Er glaubte, in den Menschen des Landes sich selbst wiederzuerkennen. Sie schienen unverbildet, eigenwillig, kraftvoll, dabei ruhig, gelassen und zurückhaltend; er war ebenso wortkarg und bedächtig wie sie – und voller Leidenschaft, wenn es um die eigene persönliche Freiheit ging …

Ein Reiter näherte sich aus der Ferne. Als Isebrand ihn erblickte, fühlte er sich wie aus angenehmen Erinnerungen in den feindlichen Alltag gezerrt. Auf ihn und die vermummte Gestalt dort auf dem Braunen wartete eine selbstmörderische militärische Mission. Grove und er hatten sich für einen gemeinsamen Ritt zur Ostgrenze des Landes verabredet, wo Dänenkönig Hans auf dem Gebiet des benachbarten Herzogtums Holstein ein Riesenheer gegen Dithmarschen aufmarschieren ließ. Beide wollten auskundschaften, wie stark die fremden Truppenverbände waren. Der Kriegsrat hatte Isebrand befohlen sicherzustellen, ob die Beobachtungen von eigenen Spähern mit der Wirklichkeit übereinstimmten.

Isebrand wußte, daß ihm sein Freund niemals verziehen hätte, wenn er allein geritten wäre. Grove war neben seiner geistlichen Berufung auch heißblütiger Patriot. Er stammte aus einer alteingesessenen Familie. Er hatte sich fest vorgenommen, die Freiheit der Republik nicht nur mit Gottes Wort zu verteidigen, sondern auch mit der Waffe in der Hand. „Genauso, wie es seit Jahrhunderten meine Vorfahren getan haben", hatte er gegenüber Isebrand bekräftigt.

Kurz bevor Isebrand mit Grove ganz nah zusammenkam, drehte er sich noch einmal im Sattel um, schaute zurück und suchte die Marschniederung nach seinem Hof ab. Zwar wußte er, daß er zu lange geritten war, um das Gebäude noch erkennen zu können. Doch vor seinem geistigen Auge sah er deutlich sein Gehöft mit den zwanzig Ulmen zu beiden Seiten und dem Birkenwäldchen dahinter auf einer kleinen Wurt stehen. Die geringe Bodenerhebung war vor Jahrhunderten von Menschenhand mitten in das eingedeichte Watt aufgeworfen worden, aus dem später fruchtbare Felder und fette Weiden wurden.

Nun stand sein gesamtes Lebenswerk auf dem Spiel, fuhr es ihm durch den Kopf. Er hatte für das Erreichte viele Jahre hart gearbeitet und so manches entbehrt. Er hatte zuerst gegen harte Widerstände der Natur und auch der Nachbarn ankämpfen müssen. Mit unermüdlichem Fleiß, ungebrochenem Eifer und zähem Willen war es ihm schließlich gelungen, sich eine neue Heimat aufzubauen. Das Ergebnis konnte sich sehen lassen, sagte er sich stolz.

Als Bauer und Eigentümer des mittelgroßen Marschenhofes, den er gut in Schuß hatte, galt er bereits mit achtunddreißig als leidlich wohlhabend. Er besaß sechzig Morgen Ackerland und Weideflächen, baute mit zwölf Knechten Weizen, Hafer und Kohl an, züchtete Rinder und Schafe, belieferte die nahe Käserei mit Milch und mästete Ochsen und Schweine. Er säte, pflanzte und erntete jedes Jahr mehr, als er und seine Knechte und Mägde verbrauchen konnten. Er verkaufte große Mengen Getreide, Fleisch und Gemüse. Händler brachten seine Waren, wie auch die der anderen Bauern, auf einheimischen Märkten an den Mann, fuhren sie auf dem Landweg zu Abnehmern in vielen Städten des nördlichen Kaiserreichs oder führten sie sogar mit Hilfe von Schiffen einheimischer Reeder oder des hanseatischen Handels über See europaweit aus.

Zu seinen Landarbeitern war Isebrand streng, aber gerecht. Er zahlte guten Lohn für gute Leistung, galt deshalb unter benachbarten Bauern als unnötig großzügig. Er selber sah es anders. Wer gut und gerecht behandelt wird, lautete sein Wahlspruch, arbeitet besser, ist fleißig und treu. Der Erfolg hatte ihm Recht gegeben. Seine Art, Menschen zu führen, warf gute Gewinne ab, und er hatte Jahr für Jahr weitere Felder, Weiden und Rinder erwerben, seinen Hof vergrößern und sein Eigentum mehren können.

Weniger Glück hatte er in seinem privaten Leben. Seine Frau Wiebe, mit der er nur wenige Jahre verheiratet war, hatte die Geburt ihres zweiten Kindes nicht überlebt. Sie war, ebenso wie der Säugling, im Kindbett gestorben. Sie hatte ihm zwar ein Jahr zuvor eine Tochter geboren, durch ihren Tod jedoch eine große Leere hinterlassen. Er hatte sie nie vergessen können und nicht durch eine andere Frau ersetzen wollen. Vielleicht auch deshalb nicht, weil er seiner Tochter Maria, die er von Herzen liebte, keine Stiefmutter zumuten wollte. Inzwischen war Maria achtzehn und mit dem reichen Großbauern Olde Peter Nanne in Lunden verheiratet. Vielleicht aber hatte er auch einfach zu wenig Zeit und Gelegenheit gehabt, die Richtige zu finden, obgleich er sich manchmal nach der Wärme einer Frau sehnte.

In solchen Stunden war ihm in seinen ungezügelten Vorstellungen immer nur die schöne Anna Muhlen erschienen, die Schwester seiner verstorbenen Frau. Anna war seine Geliebte gewesen, bevor er sich für Wiebe entschieden hatte. Er sah sie noch jetzt vor sich, wie sie nackt und entspannt auf seinem Bett lag. Nach dem Tod seiner Frau hatte er sich oft in einsamen Träumen nach der einstigen Geliebten gesehnt. Dabei war ihm schon während der Beziehung damals klar gewesen, daß ihn mit Anna nicht tiefempfundene Liebe verband.

Tatsächlich war es lange her, daß beide ihr gegenseitiges Verlangen ausgelebt hatten; so um die zwanzig Jahre, zählte Isebrand die Zeit zurück. Als er Anna dann gestanden hatte, daß er ihre Schwester heiraten würde, war sie seelisch fast zerbrochen. Obendrein hatte sie für ihre verschmähte Liebe schwer büßen müssen.

Isebrand erfuhr erst davon, als es zu spät war, das Rad zurückzudrehen. Noch Jahre danach hatte er sich schuldig gefühlt und mit seinem Gewissen herumgequält. Wiederholt hatte er versucht, Anna zu bitten, ihm zu verzeihen. Vergebens. Sie verwehrte ihm jede Gelegenheit dazu. Er hatte ihr sagen wollen, daß er mit ihr niemals eine körperliche Liebe eingegangen wäre, hätte er gewußt, wie streng die Landessitten waren. Jungfrauen nämlich, die sich einem Fremden hingaben, wurden grausam bestraft: Anna war als Geächtete an den Pranger gestellt und öffentlich tief verletzt und gedemütigt worden.

Es hatte ihn nur ungeheuer beruhigt, daß Anna kurz darauf den Großbauern Carsten Holm geheiratet und bei ihm sicheren Schutz und Geborgenheit gefunden hatte. Er war einer der angesehnsten und reichsten Männer des Landes. Auf ihrer Hochzeitsfeier jedoch hatte sie Isebrand für ihre Qualen am Schandpfahl ewige Rache geschworen. Haßerfüllt schleuderte sie ihm ins Gesicht: „Eines Tages wirst du dafür büßen müssen! Dann werde ich dir alles doppelt und dreifach heimzahlen!“

Erschrocken fuhr Isebrand im Sattel zusammen. Groves laute Stimme riß ihn aus seinen Gedanken. „Ich grüße dich!“, hörte er ihn sagen. Er war auf Rufweite herangekommen und lenkte sein Pferd vorsichtig über die hartgefrorenen Furchen und Wülste des Lehmweges zu ihm hin.

Isebrand erwiderte den Gruß und fragte lachend: „Na, Priester, hast du dir genug dichte Hosen angezogen?“ Er spielte auf das gefährliche Abenteuer an, das beiden bevorstand.

Grove zeigte ein breites Grinsen: „Ja, Bauer, ganze drei. Hab' aber gleich vier als Ersatz für dich mitgebracht.“ Das Lächeln auf seinem Gesicht verschwand wieder: „Ich habe sehr, sehr schlechte Nachrichten für dich.“ Isebrand sah seinem Freund an, daß er keinen Wert mehr auf weitere Scherze legte.

Nach dem ersten Schreck über Groves Hiobsbotschaft, daß im Kriegsrat ein Spion sitze, hatte Isebrand sich bald wieder gefangen: „Sofort nach unserer Rückkehr werde ich den Verräter entlarven.“

„Das wird den Kriegsrat ganz schön durcheinanderwirbeln.“

„Der darf vorerst auf keinen Fall eingeweiht werden.“ Isebrand erschien das zwingend notwendig.

„Aber wie willst du den Schurken stellen?“

„Mit List.“

„Mit List?“ Grove sah erstaunt zu Isebrand hinüber. Der hatte sich im Sattel kerzengerade aufgerichtet, als wolle er seine kalte Entschlossenheit sichtbar machen. „Und mit welcher, wenn ich fragen darf?“ Es klang ironisch. Isebrand ärgerte das.

„Das weiß ich noch nicht,“ antwortete er. In Wirklichkeit hatte er bereits einen Plan fertig im Kopf .

2

Anna Holm fand sich schön. Sie stand vor dem Wandspiegel, der bis zum Boden reichte und sah lange hinein. Sie lächelte dem Spiegelbild zu, das mit den Händen, wie gedankenverloren, langsam, sanft und prüfend über die straffen Brüste glitt, den schlanken Leib behutsam abtastete und die runden und festen Hüften berührte. Dann griff ihr Ebenbild mit den Händen ins volle rotblonde Haar, hob es mit gestreckten Armen, wie triumphierend, zu beiden Seiten hoch und ließ es wieder sacht durch die Finger fließen, so daß es sich wallend über den Nacken, die Schultern und den Rücken hinab bis zu den Hüften ergoß. Ihre achtunddreißig sah man ihr nicht an; Anna freute sich hochgestimmt.

Sie fühlte sich gut, war stolz auf den Körper vor sich im Spiegel. Ihr Blick wanderte verträumt wieder hinauf zu den weichen Schultern, dem glatten Hals und dem ebenmäßigen Gesicht mit den winzigen Sommersprossen, die auf der kleinen Nase und den zarten, hochknochigen Wangen sprenkelten. Um den breiten Mund war die Haut weiß und rein wie der gesamte Körper.

Als sich ihr Blick erneut mit dem ihres Spiegelbildes traf, zuckte sie zusammen. Für einen Moment war es ihr peinlich, was sie getan hatte. Sie fand es plötzlich anstößig, den eigenen Körper wohlgefällig im Spiegel zu betrachten. Sie fühlte sich irgendwie ertappt. Ihr fiel ein, wie überaus streng die Regeln von Sitte und Anstand in diesem Land waren. Verfehlungen wurden immer noch erbarmungslos und grausam geahndet.

So hatte noch vor zwölf Jahren ein reicher Mann aus Wellinghusen zusammen mit seinen Vettern die eigene Schwester unter dem Eis ertränkt: Sie hatte sich als Jungfrau mit einem Fremden eingelassen. Anna vermochte sich noch daran zu erinnern. Oder da war der Fall der schönen Clare Werner aus Nalmenhusen, die von ihrer Familie in einer Grube lebendig begraben worden war. Ihr Verbrechen: Sie hatte mit einem jungen Viehhändler aus Hamburg eine Nacht im Stroh verbracht. Es mußte also ein unberührtes Mädchen, wenn es die Gebote der Keuschheit verletzte, mit grausamen Strafen rechnen, weil es Schande über die engsten Angehörigen gebracht hatte.

Bei dem Gedanken an die beiden Mädchen wurde sie wieder daran erinnert, daß sie selbst einmal Opfer der scharfen Sittengesetze gewesen war. Vor zwanzig Jahren. Es war der grauenhafteste Tag ihres Lebens. Bei der Bestrafung war sie nur knapp mit dem Leben davongekommen und heilfroh darüber gewesen. Aber die Schande, die hatte sie nie vergessen können.

Die Bilder von damals vergällten ihr die Freude über den Anblick. Sie empfand auf einmal den Blick auf ihre nackte Blöße als anzüglich und schamlos. Sie spürte, wie sich in ihr das Gewissen rührte. Schnell trat sie hinter den Fenstervorhang, spähte heimlich durch die Scheiben hinunter auf die Straße vor dem Haus. Sie atmete erleichtert auf. Niemand hätte von außen ins Zimmer hereinsehen und sie beobachten können. Sie befand sich im oberen Stockwerk des Hauses, das am Rande des großen Marktplatzes in Heide stand.

Anna wollte auf keinen Fall den guten Ruf ihres Mannes leichtfertig gefährden. Davor hatte sie am meisten Angst. Als Frau des mächtigen Carsten Holm hatte sie sich ein Leben lang fleißig darum bemüht, ihm eine treue, anständige und gehorsame Gemahlin zu sein. Es war ihr gelungen, dachte sie zufrieden. Nach zwanzig Ehejahren bedeutete sie ihm noch immer soviel wie am ersten Tag. Anna mußte an Wulf Isebrand denken. Die Besessenheit, mit der sich ihre Körper gesucht hatten, vergaß sie nie. Die Erinnerung daran erregte sie, obgleich sie diesen Mann haßte.

Ihr Ehemann war anders. Er legte größten Wert darauf, vor den Leuten als rechtschaffen, ehrlich und verläßlich zu gelten. Von seiner Familie verlangte er, daß sie sich ebenso verhielt. Anna tat, was er verlangte. Sie bestärkte ihn sogar darin, daß die Tugenden, wie er sie verstand, erst ein glückliches Familienleben ermöglichten. In Wirklichkeit war sie sich sicher, daß ihm sein Gehabe in erster Linie dabei helfen sollte, seinen Reichtum zu mehren – mit allen Mitteln. Er scheute sich nicht, als Waffe auch das Evangelium einzusetzen, wenn es galt, bei den anderen das schlechte Gewissen zu rühren, um es zu seinen Gunsten auszunutzen. Nur zu gut kannte Anna seine Wendigkeit und seine goldene Lebensregel: Niemals auffallen, immer allen gefallen. Sie richtete sich danach – wenn ihr Mann dabei war. Dann bemühte sie sich, ihr wahres Gesicht nicht zu zeigen. Das war ihre goldene Lebensregel.

So war sie eine glänzende Gastgeberin, wenn ihr Mann Freunde zu Besuch hatte. Sie verstand es, den Aufenthalt der Gäste in ihrem Hause äußerst anregend und angenehm zu gestalten. Sie tat es mit unaufdringlichem Geschick, gefälligem Feingefühl und rücksichtsvoller Aufmerksamkeit. Darauf war ihr Mann mächtig stolz. Aber er war nie ganz sicher, ob es seine Frau ehrlich meinte. Anna wußte um sein Mißtrauen, ließ ihn im dunkeln und genoß es, daß er verunsichert war.

Seinen Argwohn hatte sie schon vor vielen Jahren entdeckt. Immer wieder aber vermochte sie, ihren Mann erfindungsreich und zugleich taktvoll zu beschwichtigen und auf diese Weise behutsam zu entwaffnen. So ließ sie ihm wenig Spielraum zum Nachdenken. Zumal er wegen seiner Geschäfte wenig Zeit hatte, seine Gefühle gründlich in Ruhe zu erforschen. Also mußte er ihr zwangsläufig glauben, meinte Anna. Darum hatte sie ein leichtes Auskommen mit ihm.

Anna hatte ihren Mann nie richtig geliebt. Aber sie achtete ihn, spürte Zuneigung für ihn, ohne sich von ihm angezogen zu fühlen. Und sie sah zu ihm auf. Um nichts in der Welt hätte sie das Leben an seiner Seite gegen ein anderes getauscht. Sie fühlte sich bei ihm sicher, geborgen und beschützt. Sie hatte ihn vor zwanzig Jahren geheiratet, weil sie in großer Not war. Nun war Anna stolz darauf, eine Persönlichkeit zum Manne zu haben, so einflußreich und mächtig.

Carsten Holm war Großbauer, Großhändler, Fernhändler, Viehzüchter und Reeder. In Friedenszeiten hatte er sein Land sogar als Handelsgesandter am dänischen Königshof in Kopenhagen vertreten. Er gehörte außerdem zu Dithmarschens führenden Köpfen im Kollegium der *48 Regenten,* welche die Regierung des Landes bildeten und auf Lebenszeit als oberste Richter und Ratgeber gewählt wurden. Carsten Holm war schon *Achtundvierziger,* als er damals die fünfzehn Jahre jüngere Anna vom Pranger befreit, in Sicherheit gebracht und gleich darauf geheiratet hatte. Er hatte es getan, ohne Rücksicht darauf zu nehmen, ob es seinem Ansehen schade oder nicht. Das rechnete Anna ihm zeitlebens hoch an.

Wenn sie an die damaligen Ereignisse dachte, fühlte sie sich tief in seiner Schuld. Dieses Gefühl wurde noch verstärkt, wenn er ihr und ihrer Tochter jeden Wunsch von den Augen ablas. Er war seiner Familie gegenüber stets aufmerksam, zartfühlend und aufopferungsvoll. Sie hatte oft dem Herrgott dafür gedankt, daß er ihr diesen Mann zugeführt hatte.

Ihre Dankesschuld versuchte Anna sogar mit einer Wallfahrt abzutragen. Vor vier Jahren war sie mit ihrer damals fünfzehnjährigen Tochter Telse nach Aachen gepilgert. Dort stellte die Kirche alle sieben Jahre die Reliquien aus dem Marienschrein als Heiligtümer aus. Die Veranstaltung lockte stets Tausende von Gläubigen an. Anna hatte die beschwerliche Reise noch aus einem weiteren Grund auf sich genommen. Sie wollte den Frauen anderer bedeutender Männer des Landes auf keinen Fall an Frömmigkeit und Kirchentreue nachstehen. Zumindest nach außen hin nicht. Immerhin hatten schon einige von ihnen entbehrungsreiche Buß- oder Dankwallfahrten zu bekannten Wallfahrtsorten hinter sich; darunter Einsiedeln in der Schweiz, Rom, Santiago de Compostela im spanischen Galicien oder gar Jerusalem.

Anna fragte sich oft, ob sie eine gute und fromme Christin sei. Sie wollte ihrer tiefgläubigen Tochter in jeder Beziehung Vorbild sein. Sie suchte im Gebet Gottes Barmherzigkeit und Gnade. Sie lebte so gut es ging nach der strengen Papstlehre. Sie bat um Vergebung, wenn sie über sündige Gedanken und Wünsche gestrauchelt war. Und sie kaufte pflichtgemäß den Ablaß, um wieder frei von Schuld zu sein. Im Grunde ihres Herzen waren ihr allerdings tiefe Frömmigkeit, heilige Gottesfurcht und ergebene Kirchentreue eher unbequem und nicht selten sogar lästig.

Lieber gab sie in ihrem Haus für Freundinnen und Nachbarinnen glänzende Feste. Da konnte sie ihren Luxus zeigen und sich daran weiden, wie ihre Gäste beinahe vor Neid und Mißgunst platzten. Mit großem Geschick gelang es ihr immer wieder, derartige Aufführungen nur dann zu veranstalten, wenn ihr Mann auf Reisen war. Inzwischen hatte sie zu ihrer Freude herausgefunden, daß er ihr diese heimliche Schwäche vergab. Diskret, dezent und höflich behielt er es stets für sich, wenn er hintenherum von der seltsamen Neigung seiner Frau erfuhr.

Sie jedenfalls fühlte sich wohl dabei, wenn ihr die Damen heuchlerisch Respekt erwiesen oder sie scheinheilig mit übertriebener Höflichkeit behandelten. Sie wußte, daß die Frauen ihr dabei am liebsten die Augen ausgekratzt hätten. Aber gerade das genoß sie – und es stürzte sie gleichzeitig in Zwiespalt. Einerseits widerte sie das unterhaltsame Spielchen an, wenn sich alle verlogen gegenseitig mit Freundlichkeiten zuschütteten. Andererseits fühlte sie sich gut dabei, ungeniert und selbstsüchtig ihre Pracht entfalten und das Schauspiel als reizvolle Abwechslung zum Alltagseinerlei genießen zu können.

Am schlimmsten marterte sie die panische Angst, ihre Tochter würde bemerken, wie unbeherrscht sie sein konnte. Bisher hatte sie das meisterhaft vor ihr verborgen. Das aber belastete sie auch wieder, weil sie sich vor ihrer Tochter schuldig fühlte. Sie meinte, sie belüge und betrüge sie, weil sie ihr etwas ganz Persönliches verheimliche. Das wiederum weckte in ihr fortwährend das Bedürfnis, etwas wiedergutzumachen. Für ihre Tochter tat sie alles.

An Telse, so dachte sie voller Dankbarkeit, hatte sie bisher nur Freude gehabt. Ihre Tochter war immer ein liebes, fröhliches Kind gewesen, wohlerzogen und gehorsam. Außerdem war sie im christlichen Glauben stark verwurzelt und der Kirche eine überzeugte und ergebene Dienerin. Nur wie die letzten drei Jahre fern von zu Hause sie geprägt hatten, das hatte Anna noch nicht herausfinden können. Eines wußte sie aber genau: Telse war das einzige, was sie auf der Welt wirklich liebte. Fortwährend wollte sie ihre Tochter behüten und beschützen, war ständig in Sorge um sie und wünschte nur ihr Bestes. Sie hatte sie in aller Ehrbarkeit und Frommheit großgezogen und von den Männern möglichst ferngehalten. Telse war inzwischen neunzehn – im richtigen Alter, hatte sich Anna oft Gedanken gemacht, um sie gut zu verheiraten. Unter *gut verheiraten* verstand sie eine Ehe mit einem anständigen, reichen und angesehenen Mann.

Die Zimmertür flog lärmend auf.

„Mutter!“ Es war wie ein Schrei des Entsetzens, der das ganze Zimmer auszufüllen schien.

Auf der Schwelle stand Telse, hoch aufgerichtet und steif wie ein Brett. Ihre Augen blitzten. Von den Nasenwurzeln zogen sich zwei Falten die Stirn hinauf. „Warum muß mich das Kind nur so sehen?“ durchfuhr es Anna. Ausgerechnet mich, die sie selbst streng und unnachsichtig zu aufrichtigem Anstand erzogen hat? Was mag sie jetzt von mir denken? Verstohlen blickte sie zu ihr hinüber. Sie bemerkte, daß die steile Falte zwischen den Augen ihrer Tochter verschwunden war und sich auch die Gesichtszüge entspannt hatten. Vor Freude darüber wäre sie beinahe in Tränen ausgebrochen. Glücklich genoß sie das stolze Gefühl, daß Telse ihr ein und alles war und nichts auf der Welt sie je von ihr trennen könnte. Wie gut sie doch aussieht, dachte sie bewundernd. Und wie intelligent, gebildet und kultiviert sie nun wohl nach dem Besuch der Klosterschule sein mag.

Bilder der kleinen Telse drängten sich ihr auf. Da war das zarte und reizende Geschöpf mit dem Engelshaar, das bereits in frühem Alter Lesen, Schreiben und Latein gelernt und später aus der Bibel die Kraft für die Hingabe zu Gott gewonnen hatte. Dann war da das junge Mädchen, das von Prior Augustinus viele Jahre im Kloster zu Meldorf unterrichtet worden war. Telse hatte dort ihre sittliche und geistige Reife und die Freundschaft des Dominikanermönchs erworben. Er war für sie stets ein feinfühliger Seelsorger und väterlicher Freund gewesen. Eifrig hatte er ihren Wissensdurst gefördert. Anna erinnerte sich mit Wärme an den Mönch. Auch ihr hatte Augustinus in all den Jahren selbstlos zur Seite gestanden, wenn sie Rat und Hilfe brauchte.

Augustinus war es auch gewesen, der Telse über das erzbischöfliche Domkapitel in Hamburg bis hin nach Rom als besonders gottergeben und kirchengehorsam empfohlen hatte. Sie bekam daraufhin die Erlaubnis, mehrere ausgesuchte Klosterschulen in Frankreich zu besuchen – für ein Mädchen nicht alltäglich in Europa; auch, daß es sich mit alten Sprachen und kirchlicher Philosophie beschäftigen durfte.

Nach drei Jahren in Paris und Toulouse war sie nun in die Heimat zurückgekehrt. Sie hatte vom drohenden Krieg in Dithmarschen erfahren und war sofort nach Hause gereist.

Anna und ihr Mann waren darüber nicht besonders glücklich, denn sie hätten ihre Tochter lieber im sicheren Ausland gewußt. Sie fragten sich, warum Telse Gesundheit und Leben aufs Spiel setzte und nicht das Kriegsende abwartete. Telse war auf die Besorgnis der Eltern nicht eingegangen. Auch schwieg sie bisher darüber, warum sie nicht in Frankreich geblieben war. Anna befürchtete, ihre Tochter wolle mithelfen, das Land zu verteidigen. Sie hatte gehört, daß einige dithmarscher Frauen ähnliches vorhatten und sogar mitkämpfen wollten, falls jeder gebraucht werde.

Daraufhin hatte sich Anna geschworen, mit allen Mitteln zu verhindern, daß sich ihre Tochter für lächerliche Ideale ins Unglück stürze.

Ihr Mann hatte am Tage vorher beide gedrängt, so schnell wie möglich das Haus zu räumen. Verwundert fiel ihr ein, daß Telse, die unten in der Diele auf sie warten sollte, schon heraufgekommen war, um sie abzuholen. Hatte sie es so eilig, nach Oldenwöhrden zu kommen? Heide würde voraussichtlich erstes Angriffsziel der dänischen Truppen werden. Es war politischer Hauptort und größter Handelsplatz des Landes. Wer Heide hat, hat das ganze Land, hieß es. Ein hochgerüstetes Heer erreichte es von der Ostgrenze her in nur zwei bis drei Tagesmärschen. „Bevor die unser Haus niederbrennen und uns umbringen", hatte er gesagt, „sollten wir uns den anderen Leuten von der Geest lieber anschließen und den Krieg ebenfalls in der Marsch bei Verwandten abwarten."

Telse hatte sich auf die Bank gegenüber dem Wandspiegel gesetzt, vor dem sich ihre Mutter ankleidete. Sie empfand es als befreiend, daß sie ihrer Mutter nicht böse sein konnte; sie liebte sie zu sehr.

Mit ihren großen, blauen Augen in dem schmalen Gesicht verfolgte sie aufmerksam jede Handbewegung der Mutter auf der anderen Seite des Raumes. Telse war groß und schlank. Ihr Haar war hellblond und stach grell vom tristen Schwarz ihres wollenen Kleides mit dem engen Oberteil und dem faltigen Rock ab. Sie hatte es zu einem Zopf geflochten, der vom Nacken beinahe bis zu den Hüften reichte.

Anna zog sich weiter hastig und geschäftig an, ohne dabei ihre Tochter auch nur einmal direkt anzuschauen. Sie wählte als nächstes ein gefüttertes wollenes Hemd, dessen Oberteil als Leibchen eng am Körper anlag. Der Rock war vorn und hinten in Falten gelegt. Dann folgten zwei leinene Leibchen mit farbigen Ärmeln. Und zum Schluß kam ein einteiliges Kleid mit eckig ausgeschnittenem Oberteil an die Reihe, dessen Rock vorne offenstand und mit einer Seidenschnur zusammengehalten wurde.

Telse wunderte sich, daß ihre Mutter die Landestracht anlegte, denn dies hatte sie in den letzten Jahren nur selten getan. Brustausschnitt und Ärmelenden des Kleides waren mit rotem Samt eingefaßt, und ein viereckiges Brusttuch mit Goldborte und Silberknöpfen bedeckte den großen Ausschnitt. Anna legte noch schnell den Samtgürtel um, der mit silbernen Rosen geschmückt war, steckte links ein Schnupftuch hinein und einen Eßlöffel rechts in ein Futteral, das an seidenen Schnüren mit silbernen Ketten hing.

Bevor sie die Kagel, eine Kragenkapuze anlegte, die je zur Hälfte aus rotem und schwarzem Stoff bestand, flocht sie ihr Haar in zwei hüftlange Zöpfe, die sie um den Kopf schlang und mit Hilfe zweier Flechtbänder miteinander verknüpfte. Darüber stülpte sie eine gezwirnte Haube, um das Haar zusammenzuhalten – und lachte hell auf. Sie fand ihr Spiegelbild komisch. Die Frauentracht des Landes hatte ihr nie gefallen. Sie war ihr zu schlicht und steif in der Form, zu feierlich und zu wenig festlich in der Farbe, modisch veraltet und deshalb fad. Sie bemerkte Telses erstaunten Blick.

„Für eine Flucht über Land recht praktisch, oder?“, versuchte sie verlegen ihr Lachen zu entschuldigen.

„Du wirst einen dicken Umhang brauchen“, sagte Telse kurz angebunden. Im Gegensatz zu ihrer Mutter liebte sie die Landestracht. „In der Kälte ist der Weg nach Oldenwöhrden lang“, fügte sie hinzu. Sie spürte, daß sie ihrer Mutter gegenüber unfreundlich gewesen war. Das wollte sie nicht. „Du bist schön wie die heilige Mutter Maria.“

„Die Schutzpatronin unseres Landes“, ergänzte Anna. Den Anflug von Heiterkeit unterdrückte sie. Sie empfand Telses Vergleich übertrieben, war aber glücklich darüber. Sie schmeichelt mir, dachte sie, weil sie sich wieder mit ihrer Mutter vertragen möchte. Sie nahm Telse in die Arme, drückte sie fest an sich. Beide sahen sich an und entdeckten lachend, daß sie feuchte Augen hatten.

Inzwischen hatten Knechte Annas gesamte Garderobe und das Wertvollste ihres Hausstands auf große Pferdewagen unten vor der Haustür verstaut. Darunter auch ihre vierzig Kleider aus kostbaren Stoffen. Sie waren in Kisten verpackt. Anna und Telse schauten den Männern von oben durch das Fenster bei der Arbeit zu. Währenddessen band Anna ihre letzte Schleife.

Ihr ging es nicht aus dem Kopf, daß ihr Mann gewünscht hatte, unter allen Umständen vorübergehend nach Oldenwöhrden zu gehen. Sie wußte, daß es zwecklos gewesen wäre zu widersprechen, zumal das Dorf vorübergehend Regierungssitz und Hauptquartier des Kriegsrats war. Ihr Mann konnte dort, ohne Zeit zu verlieren, als Achtundvierziger und Mitglied des Rats bei den ständigen Beratungen dabei sein. Dafür hatte sie volles Verständnis. Als er ihr jedoch eröffnete, sie würden auf den Hof von Wulf Isebrand ziehen, hatte sie sich kaum beruhigen können. Es kamen zwiespältige Gefühle in ihr hoch, die sie verunsicherten.

Einmal war da die heimliche Neugier, wie sich wohl Isebrand verhalten werde, wenn sie einander begegneten. Zum anderen gab es da den immer noch schwelenden feindseligen Haß gegen diesen Mann. Sie hatte ihn nie mehr in ihrem Leben wiedersehen wollen, weil sie sich mit den unvergessenen Ereignissen von damals einfach nicht versöhnen konnte. Die Bitterkeit saß zu tief. Und nun war ihr Haß von ihrem Mann, wenn auch ungewollt, von neuem geschürt worden. Wieder fühlte sie den unwiderstehlichen Drang, die Schmach von damals um jeden Preis zu vergelten. Doch da war die Angst, womöglich alles zu verlieren, was sie bisher im Leben erreicht hatte: Ihre geliebte Tochter, ihren guten Mann, die Geborgenheit der Familie und den Reichtum, der ihr jeden Luxus bot. Ihre innere Zerrissenheit, unter der sie litt, wenn die Erinnerungen sie einholten, hatte sie vor ihrer Familie stets verbergen können. Und nun war es ausgerechnet ihre Tochter, dachte sie verärgert, die vom Plan des Vaters begeistert war.

Telse hatte die unbewältigte Vergangenheit ihrer Mutter unwissentlich neu belebt. „Dann kann ich endlich wieder Oma Heimen sehen“, hatte sie sich auf den Umzug nach Oldenwöhrden gefreut. Gretje Heimen war Annas Großtante, die Schwester ihrer verstorbenen Mutter. Sie war Telses Vertraute von klein an. Seit dem Tod ihres Mannes führte sie Isebrand den Haushalt.

Isebrand hatte den geerbten Hof von seiner verstorbenen Frau in Epenwöhrden verkauft, gegen den erfolglosen Widerstand seiner Schwagerin und ehemaligen Geliebten Anna. Mit dem Geld erwarb er Gretje Heimens wesentlich größeres Anwesen direkt hinter dem Deich, unweit vom Oldenwöhrdener Hafen. Sie erhielt bei ihm lebenslanges Wohnrecht. Von allen wurde sie liebevoll Oma genannt.

Telse hatte als Kind und junges Mädchen viel Zeit bei ihr auf dem Isebrandschen Hof verbracht. Die Nachbarn hatten ihr deswegen den Namen *Telse von Oldenwöhrden* gegeben. Sie hatten die Tochter des großen Holm aus Heide ins Herz geschlossen. Telse hatte

Oma Heimen alles anvertrauen können, was sie bewegte oder ihren Eltern nicht zu erzählen wagte.

Energisch klopfte es gegen die Tür. Beide Frauen wandten sich vom Fenster ab. Sie hörten schon am Klopfen, wer draußen stand.

„Herein mit dir!", rief Anna erwartungsvoll fröhlich, auch wenn es sie überraschte, daß ihr Mann zu diesem Zeitpunkt zu ihnen heraufgekommen war. Er mußte einen wichtigen Grund haben.

Mit seiner mächtigen Statur, auf dem ein ebenso mächtiger Kopf mit zwei großen dunkelblauen Augen die ganze Welt zu überragen und zu überblicken schien, stand Carsten Holm unter dem Türrahmen. Ein Bild von einem Mann, schoß es Anna durch den Kopf. Bei seinem Anblick fühlte sie sich stets beschützt und geborgen.

„Bitte, seid so nett und beeilt euch", drängte er rücksichtsvoll. „Ihr habt keine Zeit mehr zu verlieren." Seine tiefe Stimme klang besorgt. Anna wußte gleich, daß er es sehr ernst mit seiner Warnung meinte. Sollten die Dänen etwa schon losmarschiert sein?

„Es tut weh, alles so schnell verlassen zu müssen", sagte Telse. Tags zuvor hatte sie erst geweint, als Vater zum erstenmal von der Umsiedlung gesprochen hatte. Aber der Gedanke, die nächste Zeit gemeinsam mit Oma Heimen verbringen zu können, hatte sie für den Abschied entschädigt.

„Ich hoffe, der Dänenkönig ist nicht so dumm, erst alles zu zerstören, um es danach wieder aufbauen zu lassen", sagte er mit leichtem Schmunzeln. Telse stutzte. Wie vermochte Vater nur derart gelassen vom Krieg zu sprechen, der Greuel, Verwüstung, Tote und Tränen bringen würde? Ach, offensichtlich wollte er seine Familie beruhigen, dachte Telse. Doch fiel ihr auf, daß er vom Dänenkönig sprach, als hätte der Dithmarschen schon in seiner Hand oder bereits ohne Blutvergießen unterworfen. Was machte Vater nur so sicher, fragte sich Telse auf einmal befremdet. Der Krieg hatte noch nicht einmal angefangen.

Während sich ihre Gedanken überschlugen, suchte sie den Blick ihrer Mutter – und fuhr zusammen. Sie hatte bemerkt, wie sich die Eltern für einen Lidschlag lang unmerklich ansahen, als wollten sie einander heimlich an etwas erinnern, das ihre Tochter nicht wissen durfte.

Sie verbergen etwas vor mir, fuhr es Telse durch den Kopf. Sie fühlte, wie sich ihr Herz zusammenzog. Da gerade über den Krieg und den Umzug gesprochen worden war, mußte die Absprache etwas damit zu tun haben, glaubte sie. Auf einmal spürte sie, wie sich zwischen den Eltern und ihr eine erdrückende Betretenheit breit machte. Vater und Mutter fühlten sich anscheinend ertappt, und ihr selbst war das peinlich.

Telse wartete auf eine Erklärung. Sie blieb aus.

„Ist was?“, fragte sie beherzt. Sie fühlte sich mutig und den beiden überlegen.

„Soll denn etwas sein?“, hörte sie ihre Mutter unschuldsvoll zurückfragen, doch es klang gekünstelt Dabei blickte sie ihren Mann an, als erwarte sie dafür stillen Beifall. Doch Holm schnippte nur stumm und ungelenk an seinem Wams.

„Sei bitte so nett und laß uns allein“, bat er auffallend zuvorkommend seine Tochter aus dem Raum. „Ich habe mit Mutter etwas zu besprechen.“

Telse merkte, wie sie am liebsten widersprochen hätte. Aber sie gehorchte – und ärgerte sich darüber. Draußen auf der Diele warf sie sich enttäuscht vor: Was bist du nur feige! Über die Geheimnistuerei der Eltern war sie gekränkt. Es beschlich sie das Gefühl, ihnen nicht mehr ganz vertrauen zu können. Das verwirrte sie. Verstört registrierte sie, daß sie solche Empfindung zum ersten Mal hatte – und daß sie eine Sünde vor Gott war.

Telse nahm sich vor, so schnell wie möglich herauszufinden, warum die Eltern so geheimnisvoll taten. So etwas war zwischen ihnen noch nie vorgekommen. Sie war sich nicht sicher, ob sie das allein schaffte. Besser wäre es, wenn sie sich dafür Rat einholte. Aber bei wem? Ihr kam der rettende Gedanke: Wulf Isebrand! Er wird mir dabei helfen, herauszufinden, was Vater und Mutter mir verheimlichen. Sie baute dabei auf ihre jahrelange, enge Freundschaft, dic während ihrer unzähligen Besuche bei Oma Heimen erwachsen war. Das letzte Mal hatte Telse ihn gesehen, als sie sich nach Paris verabschiedet hatte. Damals war sie sechzehn gewesen. Was er wohl sagen würde, wenn sie ihm nun nach so langer Zeit gegenüberstand?

Plötzlich war Telse voller Ungeduld. Sie wollte so schnell wie möglich nach Oldenwöhrden. Daß sie nicht nur Oma Heimen, sondern auch Wulf Isebrand wiedersehen wollte, hatte sie ihren Eltern nicht sagen mögen. Sicher hätte es darüber Streit gegeben. Mit einem Male hatte sie das Gefühl, über der Familie braue sich Unheil zusammen.

3

Carsten Holm verpackte in der Schreibstube seines Hauses die restlichen Dokumente, Briefe und Kontorbücher fein säuberlich in zwei tragbare Ledersäcke. Er wollte seiner Familie nach Oldenwöhrden folgen. Frau und Tochter waren bereits mit einem Troß von mehreren Wagen und einigen Knechten und Mägden zum Isebrandschen Hof vorausgefahren.

Beim Sortieren der Papiere fiel ihm die Landkarte von Dithmarschen in die Hände. Sie war erst kürzlich von einem Kartographen aus Meldorf angefertigt worden. Erstmalig, so schien es ihm, beschrieb eine Zeichnung so einzigartig genau und leicht verständlich das Gelände des Landes. Holm vertiefte sich darin. Er vergaß darüber das weitere Packen. Geduldig suchte er einen bestimmten Punkt. Als er ihn fand, tippte er mit dem Zeigefinger darauf, senkte sein Gesicht tiefer zur Karte hinab und zog mit der Fingerkuppe langsam die Grenzlinie des Landes entlang.

Er hatte das Bedürfnis, die Bauernrepublik Dithmarschen noch einmal in ihren Staatsgrenzen zu sehen. Bald wird es sie wohl so nicht mehr geben, dachte er. König Hans würde das Land nach der Unterwerfung sicher zwischen sich und seinem Bruder Friedrich aufteilen. Holm studierte auch die natürliche Schutzlage des Landes. Sie war ihm nie so deutlich bewußt geworden wie auf dem ausgerollten Pergament. Die Hindernisse entlang der Grenze erschienen ihm für einen militärischen Zugriff von außen nahezu unüberwindbar.

Durch das Meer, die Flüsse und Moore war Dithmarschen fast eine Insel. Im Westen, wo hinter den Deichen die tiefliegende Marsch durch ein Netz von Gräben und Wasserflächen zerrissen war, schützte die Nordsee das Land. Im Süden war es die Mündung des breiten Elbstroms. Im Norden bildete die Eider mit ihren sumpfigen Ufern die Grenze. Die einzig gefährdete Seite war die Ostgrenze auf der hochgelegenen Geest zum benachbarten Holstein hin. Aber auch sie war dem Eindringling durch unwegsame Niederungen und die beiden Wasserläufe Gieselau und Holstenau praktisch verschlossen.

Es gab nur eine einzige feste Straße ins Land: Sie führte vom holsteinischen Grünental über den trockenen Geestrücken zwischen Schafstedt und Hademarschen nach Heide und nannte sich Ochsenweg. Es war die wichtigste Handelsverbindung auf dem Lande zwischen Dithmarschen und den norddeutschen Städten. Über den Ochsenweg ließen Viehhändler ihre angekauften Herden durch das benachbarte Holstein auf die Großmärkte in Lübeck und Hamburg treiben. Außerdem brachten Fremdhändler über diese trockene Fernstraße Waren des täglichen Bedarfs ins Land herein.

Für Holm war seit langem klar, daß Dänenkönig Hans mit seinem Heer nur über diesen Damm ins Land kommen konnte. Die Richtung des Truppeneinfalls war also von Anfang an vorgeschrieben. Ein gut durchdachter Gegenangriff des Bauernaufgebots würde an dieser Stelle nicht ungünstig verlaufen, dachte Holm. Aber er hatte gleich dafür gesorgt, daß es dazu nicht kommen würde. Er hatte Kriegsrat und Bauernführer Isebrand von einem anderen Plan überzeugen können.

Danach sollte zuerst die Geestbevölkerung zu ihrem eigenen Schutz in die Marsch umgesiedelt, der Feind ins Land hereingelassen und dann in die paßähnliche Hamme bei Heide gelockt und dort besiegt werden. In der Hamme war vor knapp hundert Jahren bereits das holsteinische Heer des Grafen Gerhard IV. vernichtend geschlagen worden, nachdem es ins Land eingefallen und dort von den auflauernden dithmarscher Bauern überrumpelt worden war. Nur dort, so hatte er dem Kriegsrat weismachen können, seien die hochgerüsteten und deshalb schwerfälligen Königstruppen zu besiegen. In der schmalen Hamme könnten sie von rückwärts und von beiden Seiten her überfallen und völlig aufgerieben werden.

Nach der stürmischen Sitzung im Rat, der sich nur mit knapper Mehrheit für seinen Vorschlag entschied, hatte er sich großartig und glücklich gefühlt. Doch kurz danach hatte ihn auf dem Heimweg im Geiste urplötzlich ein grauenhaftes Bild verfolgt. Er sah sich selbst mit einem Strick um den Hals an einem Baum hängen. Seine Augen waren aus dem Kopf herausgequollen, in ein Meer von Blut gefallen und langsam auf den Grund gesunken. Dort kletterten sie immerzu über Berge von toten Soldaten hinweg und suchten verzweifelt nach Anna und Telse, während über ihnen eine entsetzliche Schlacht tobte und immer neue tote Krieger herabkamen.

Die Vorstellung war so ekelerregend, daß er sich übergab. Genau wie vor zwei Wochen nach seinem Zusammentreffen mit Feldmarschall Hans von Ahlefeldt. Der hatte ihn im Geheimauftrag des dänischen Königs zu Hause besucht …

Carsten Holm war sich der Bedeutung des Besuchs bewußt. Vor ihm in der Tür stand Hans von Ahlefeldt, Feldmarschall des dänischen Königs Johann I. Er war groß, von kräftigem Wuchs, bartlos und hatte eine Hakennase in einem breiten Gesicht mit kantigem Kinn. Das schob er vor, als er auf Holm zuschritt und ihm die Hand reichte. Seine Augen sind stechend, er hat den bösen Blick, dachte Holm. Dieser Mann weiß, was er will. Ich muß vor ihm auf der Hut sein, warnte ihn eine innere Stimme.

Er war bereits vor Tagen von einem Boten des dänischen Königs darüber verständigt worden, daß ihm der Feldmarschall eine sehr wichtige Botschaft überbringen werde. Holm hatte sich anfangs keinen Reim darauf machen können, wenngleich er geahnt hatte, daß er als führender Achtundvierziger des Bauernrats für den Monarchen womöglich interessant genug war, über den bevorstehenden Krieg zu verhandeln.

„Danke, daß du mich empfangen hast“, sagte Ahlefeldt. Beide kannten sich von gemeinsamen gesandtschaftlichen Verpflichtungen am Hofe des Dänenkönigs. Holm erinnerte sich genau an den Mann vor ihm. Er war ihm stets durch seine zwei Gesichter aufgefallen. Einerseits konnte er ausgesucht höflich sein, andererseits schroff und verletzend jenen Gästen gegenüber, die er wahrscheinlich nicht leiden konnte. Entweder er ist ein hartgesottener Bursche, was mir durchaus gefallen könnte, überlegte Holm, oder eine schleimige Schlange, die ständig auf der Lauer liegt. Ich müßte dann ganz besonders vorsichtig sein.

„Hast du gut hergefunden?", tat er interessiert und nahm Ahlefeldt den fellgefütterten Umhang ab. Er legte ihn auf die Wandbank und wies einladend mit der Hand zum großen Eichentisch in der Mitte des Raumes.

„Nachts zu reiten macht keinen Spaß", winkte Ahlefeldt ab, „schon gar nicht, wenn man Geheimwege durch ein fremdes Land benutzen muß." Er nahm erst nach Holm am Tisch Platz, deutete dabei eine Verbeugung an.

Bewundernd sah sich dann der Königsgesandte um. „Dein Pesel, nennt ihr Dithmarscher nicht euren Hauptwohnraum so? Er ist aber keineswegs so bäuerisch, wie ihr Gauner euch selbst so gern nach außen hin gebt", lachte er. Ekelhafter Kerl, dachte Holm. Er konnte plumpe Vertraulichkeit nicht ausstehen.

„Du gestattest?", und schon stand sein Gast, ohne eine Antwort abzuwarten, auf und wanderte langsam durch den Raum. Der glich einem kleinen Saal. Holm war über das selbstherrliche Auftreten des Besuchers verärgert, fand aber dessen Interesse an seinem Haus angenehm. Die kostbare Ausstattung könnte Ahlefeldt gleich beweisen, wie reich und unabhängig er war und deshalb frei bei seinen Entscheidungen – falls der Feldmarschall irgend etwas von ihm wollte. Auf einmal fühlte Holm sich blendend.

„Das ist ja Wohnkultur wie bei französischen Fürsten", staunte sein Gast. Er stiefelte bedächtig umher, betrachtete dabei jedes Stück genau. „Die Innenausstattung ist großzügig und prachtvoll." Bewundernd tastete er mit den Fingern behutsam und zart über das reiche Schnitzwerk einiger Möbel, die mit Hunderten von winzigen Figuren verziert waren. Eingehend besah er sich die beiden großen, voneinander getrennten Bettgestelle mit ihren kunstvoll gedrechselten und vergoldeten Pfosten. Das Holz schimmerte im fahlen Licht rötlichbraun. Die Himmelbetten prangten in zeitloser Schönheit jeweils in einer Ecke des riesigen Raumes, dessen Decken und Wände durchgehend getäfelt waren. Die Fenster fielen durch ihre farbigen Wappenscheiben auf und warfen den warmen Schein der Kerzenflammen im ausladenden Kronleuchter zurück in den Raum. Fensterwangen, Truhe und Oberteil des gegipsten Kamins waren ebenso prunkvoll mit goldenen und silbernen Figuren übersät wie alle Kleinmöbel.

Als Ahlefeldt, von Form und Farbe um sich herum sichtlich angetan, die Wappenscheiben der Fenster näher untersuchte, sagte Holm: „Sie stammen von Hausfreunden, die bei Familienfeierlichkeiten ihre Wappen dort einmalen lassen." Ahlefeldt schien von allem sehr beeindruckt, stellte Holm zufrieden fest. Er nahm sich vor, ruhig und gelassen zu bleiben, wenig erwartungsvoll zu erscheinen und Ahlefeldt möglichst hinzuhalten, obwohl er vor Neugier fast platzte.

„Bevor wir deine Sache bereden", schlug er vor, „wollen wir erst einmal gut essen und trinken, wie es bei uns Brauch ist." Er sah dem Feldmarschall an, daß der die Botschaft seines Königs am liebsten gleich losgeworden wäre. Aber Ahlefeldt gab Holms Wunsch nach. Er mußte wohl Rücksicht nehmen, wollte ihn nicht verprellen, ihm möglichst viel Honig um den Bart schmieren.

Holm fühlte sich immer besser. Er rief nach Heike, seiner Hausmamsel, und bat um Speisen, Bier und italienischen Wein. Ahlefeldt schien sprachlos, als mehrere Mägde Töpfe, Pfannen und Schüsseln hereintrugen, die bis an den Rand mit Fleisch, Gemüse und Obst gefüllt waren.

„Ein bescheidenes Festmahl", bemerkte Holm schmunzelnd und genoß es, daß er den Königsgesandten an der Leine hatte. Dann griff er zu und bat den Feldmarschall, es ihm gleich zu tun. Zu Ahlefeldts Verwunderung gab es zuerst Erdbeeren mit Zucker. Das junge Huhn anschließend gefiel ihm besser, ebenso das Hammelfleisch mit gedämpften Rosinen und Muskat. Danach wurde gesottenes Schaffleisch mit süßem Quark gereicht, als nächstes wieder Huhn und Hammelkeule, diesmal gebraten. Brot und Gemüse mit würzigen Kräutern und eine halbe Gans in Sauce bildeten das Beiwerk, den Abschluß deftiger Käse und süßsaure Kirschen. Holm hatte absichtlich fürstlich auffahren lassen.

„So leben wir in Dithmarschen", lachte er und goß seinem Gast ein weiteres Glas Wein ein. „Es ist ein blühendes Land", begann er zu plaudern. „Unsere fünfunddreißigtausend Einwohner haben einiges auf die Beine gestellt, was sie sich so leicht nicht nehmen lassen werden. Die meisten von uns sind freie Bauern, der Rest Knechte und Mägde. Nur wenige sind Handwerker." Er bemerkte, daß Ahlefeldt nur mit halbem Ohr zuhörte. Er war noch mit dem üppigen Mahl beschäftigt, schlürfte und schmatzte und rülpste ab und zu. Holm rührte das wenig. Hoffentlich macht ihn das viele Essen träge, dachte er vergnügt.

„Wir holen aus Äckern und Ställen das Zwölffache von dem heraus, was wir selber brauchen, angefangen bei Getreide, Gemüse und Vieh bis hin zu Milch und Käse. Der Überschuß geht dann in Städte des Reichs und des Auslands, an Fremdhändler und Großabnehmer."

„Ihr müßt ja in Gewinnen förmlich schwimmen", zeigte sich Ahlefeldt auf einmal am Gespräch interessiert.

„Natürlich", antwortete Holm selbstbewußt. „Schließlich regieren wir uns selbst, arbeiten in die eigenen Taschen und haben keinen Adel mehr, der uns nur ausbeuten und arm machen würde. Außerdem ist es ein Vorteil, nicht zum Kaiserreich zu gehören. Das spart Abgaben und Steuern. Dafür dienen wir unserem erzbischöflichen Landesherrn mit Papsttreue und Frommheit. Nur die Kirche erhält ihren Zehnten – wenn es uns paßt." Aufgekratzt badete Holm in hochgestimmtem Freiheitsgefühl: „Wir nutzen jede Möglichkeit, unsere Gulden zu vermehren."

„Sogar, indem ihr eure Handelspolitik gegen die eigenen verbündeten Hansestädte richtet", entgegnete Ahlefeldt mit beißendem Spott.

Wollte ihn der Kerl herausfordern, stutzte Holm, oder nur reizen? Er beherrschte sich. „Aber natürlich," zeigte er ihm keine Blöße, „Dithmarschens Bauern nehmen ihre Vorteile auch dann wahr, wenn sich Hansestädte und die Niederlande streiten."

„Indem ihr die Handelssperre gegen die Holländer übergeht und ungerührt euer Getreide in das burgundisch-habsburgische Gebiet am Rheindelta verschiebt." Holm war verblüfft. Dieser Ahlefeldt ist über unsere geheime Handelspolitik recht gut im Bilde.

„Und weil das Land dort überbevölkert und auf fremdes Getreide angewiesen ist, laßt ihr euch die Ware obendrein hoch bezahlen", fuhr Ahlefeldt kühl fort. „Außerdem habt ihr heimlich große Rinderherden auf Küstenschiffen hinter den friesischen Inseln zur Zuidersee und Scheldemündung gebracht." Holm schätzte Ahlefeldts überheblichen Ton ganz und gar nicht. Doch der sprach unbeirrt weiter: „Im ganzen Reich ist es bekannt, daß es sich in Dithmarschen gut leben läßt. Eure Regenten treten ja außerhalb eures Landes protzig genug auf, wenn sie mit großem Anhang und viel Pomp wie die Fürsten daherkommen. Und das, obwohl sie nur Bauern sind. Das weckt Neid, wundert euch nicht!“

Was geht das den Kerl an, ärgerte sich Holm. Doch Ahlefeldt hatte natürlich recht. Er selbst hatte in der Vergangenheit oft genug bestimmte Achtundvierziger vor ihrer Großmannssucht gewarnt. Nicht selten waren sie als Gesandtschaften der bäuerlichen Landesobrigkeit mit großem Troß als Geleitschutz nach Lübeck und Hamburg gereist. Sogar vor Kaiser und Reichsgericht, ja selbst beim Papst waren sie selbstbewußt und mit prunkvollem Gehabe aufgetreten. Das war nie seine Welt gewesen, dachte Holm. Denn natürlich mußte das Begehrlichkeiten wecken, besonders bei den Nachbarn.

„Wir wissen, daß ihr Dithmarscher reich seid“, sagte Ahlefeldt, „darum habt ihr in diesem Krieg auch viel zu verlieren.“

Holm stutzte. Aha, dachte er, der Adelsknecht will zur Sache kommen. Jetzt gilt es, aufzupassen.

„Mein König hat deshalb unser Treffen gewünscht“, begann Ahlefeldt, „weil du angesehen und als führender Achtundvierziger einflußreich und mächtig bist. Dein Wort gilt im Rat.“ Der Kerl schmeichelt mir, dachte Holm wachsam. Ahlefeldts allzu liebenswürdige Redensart machte ihn mißtrauisch. „Du bist der älteste von drei Brüdern“, setzte sein Gast unbewegt fort, „hast von deinem Vater die riesigen Höfe in Wesselburen und Süderholm geerbt, dazu Sitz und Stimme als Achtundvierziger. Dir gehören, zusammen mit den Weiden an der Eider, dreihundertfünfzig Morgen Land. Auf zweihundert davon betreibst du Ackerbau und Viehzucht, der Rest sind feuchte Wiesen, Wasserflächen, Sanddünen, Moor und Wälder. In Dänemark gehören dir ebenfalls zweihundert Hektar Boden. Das alles nennt man bei uns einen riesigen Besitz.“

Holm war sich nicht sicher, ob er sich von dem Kerl bedroht oder beeindruckt fühlen sollte. Er spürte, wie sich seine Sinne anspannten. Plötzlich sprang er auf und hastete zur Tür. Er hatte ein leises Knarren vernommen. Er riß die Tür auf, streckte den Kopf hinaus in die Diele. Nichts.

Ahlefeldt grinste: „Ein Gespenst?“

Holm überging die Anspielung, kehrte zu seinem Platz zurück und mußte sich weiter anhören, wie Ahlefeldt unbeirrt und mit entwaffnender Freundlichkeit seinen Reichtum aufzählte: „Für deine Milcherzeugung hast du eine eigene Käserei. Du belieferst mit drei eigenen Koggen die Hansestädte und darüber hinaus das europäische Ausland mit Vieh, Getreide und Gemüse. Und du führst auf dem Rückweg Werkzeuge, feinste Stoffe, teure Gewürze, edle Weine, wichtige Metalle und sogar alle Waffen für euer Bauernheer ein."

Holm spürte, daß er nervös und ungeduldig wurde. Das behagte ihm, der gelassen bleiben wollte, ganz und gar nicht: „Komm zum Ende!"

„Noch eines: Du verkörperst in deinem Land die Schicht der weitsichtig denkenden Bauern und Handelsleute, die zuerst an sich und dann an die anderen denken – wenn sie ihnen denn nützlich sind", grinste ihm Ahlefeldt offen ins Gesicht. Jetzt wird er frech, dachte Holm, nahm sich aber zusammen.

„Ich bin also ein richtiges Ungeheuer," lachte er scheinbar locker und unbeeindruckt auf. „Es gefällt mir, daß du unverschämt wirst." Am liebsten kämpfte er mit offenem Visier.

„Soll ich weitermachen?" Ahlefeldt gab sich ungezwungen und fröhlich, aber Holm bemerkte, wie sich dessen Augen zusammenzogen und der böse Blick darin funkelte.

„Nur zu", grinste Holm, „du und dein König – ihr wißt mehr über mich als ich selber. Respekt vor euren Kundschaftern."

„Als Kaufmann giltst du landauf und landab und besonders im Ausland als schlau, hart und rücksichstlos, bist überall gefürchtet, aber auch geachtet und bewundert."

„Danke, nur weiter so."

„Geistige Ideale oder Liebe zum Vaterland gehören nicht zu deinen Tugenden. Du hast und willst auch keine Freunde. Für dich zählen nur Lieferanten und Abnehmer, mit denen du Geschäfte machen kannst, denen du aber nicht dein Herz öffnen mußt. Dein Leben ist Gewinn machen, Reichtum vergrößern und Macht ausweiten."

„Und meine Familie hast du gar nicht auf der Liste?", fragte Holm belustigt, „ich bin doch auch ein Mensch und nicht nur hinter dem Geld her, oder?"

„Deine Familie ist die große Ausnahme", sagte Ahlefeldt. „Sie vermag deine Seele zu beflügeln, deine verlorengeglaubte Herzensgüte wieder zu beleben und dich bei der Menschwerdung anzuspornen." Holm widerte solch gestelzter Spott an. Ekelhaft, wie zynisch dieser Kerl sein konnte. Er wollte endlich wissen, warum ihn Ahlefeldt aufgesucht hatte.

„Wollen wir nicht langsam auf den Punkt kommen?", fragte er.

Mit einem rätselhaften Unterton, der Holm aufhorchen ließ, anwortete Ahlefeldt: „Du bist mit deinem Leben rundum zufrieden – wenn nicht euer Krieg mit meinem König wäre."

Was soll das heißen, schoß es Holm durch den Kopf. Will er mir Angst machen? „Noch habt ihr den Krieg nicht gewonnen", entgegnete er.

„Oh doch," erwiderte der Feldmarschall. „Haben wir."

„Moral und Kampfkraft unserer Bauern sind nicht zu überbieten", griff Holm an. „Holsteinische Grafen haben sich schon früher bei unseren Vorfahren zweimal blutige Köpfe geholt."

„Wenn du Herzog Gerhard VI. vor fast hundert Jahren und Graf Gerhard III. vor fast zweihundert Jahren meinst, dann ist das wohl uralte Geschichte, meinst du nicht?"

„Auch deinen König werden wir zur Hölle schicken."

„Sei nicht dumm, Holm", lächelte Ahlefeldt, „du weißt genauso wie ich, daß eure Leute nicht unbedingt die besten sind. Es waren doch eure Frauen, die auf der letzten Landesversammlung vor zwei Wochen in Heide den Ton angaben und ihre wankelmütigen Kerle erst auf den Krieg einschwören mußten."

„Wankelmütig waren nur einige wenige", versuchte Holm abzuschwächen.

„Mach dir nicht selbst etwas vor. Dafür, daß ihr einen Krieg führen wollt, waren es viel zu viele."

Holm sah seine Felle davonschwimmen. Der miese Königschleimer hat ja so recht – und er nichts Überzeugendes dagegenzusetzen. Nur zu gut erinnerte er sich an das jammervolle Bild, das ein Teil der Bauern in Heide geboten hatte. Sie sollten über die Schicksalsfrage des Landes abstimmen: Entweder Krieg für Freiheit und Wohlergehen oder Frieden in Knechtschaft und Armut. Alle hatten wild durcheinander geschrien, geflucht und langatmig beraten, ohne ein Ende zu finden. Bis dann die Frauen eingriffen. Zornig und leidenschaftlich hatten sie ihre Männer ermahnt, an die Zukunft ihrer Söhne und Töchter zu denken. Mit flammenden Reden forderten sie Bauern und Knechte auf zu kämpfen. „Lieber tot als Sklave sein!“ riefen sie immer wieder. Beinahe geschlossen hatte dann die Versammlung für die Verteidigung des Landes gestimmt. Holm erinnerte sich, daß ihm ein Schauer über den Rücken gelaufen war, als die Männer wiederholt wie berauscht gellend schrien: Lieber tot als Sklave sein! Dann hatten sie ihre Schwerter zum Schwur gegen den Himmel gereckt. Er war über die starke Erregung der mehr als tausend Menschen erschrocken gewesen. Er hatte versucht dahinterzukommen, warum Menschen so begeistert, ergriffen und verklärt ihr Leben hergeben wollten. Das Ultimatum des Dänenkönigs, um das es gegangen war, war doch so lebensbedrohend nicht, meinte er.

König Hans hatte von den Dithmarschern verlangt, ihn und seinen jüngeren Bruder, den Herzog Friedrich von Holstein, als neue Landesherrn anzuerkennen. Außerdem sollten sie jedes Jahr 15 000 Mark an ihn zahlen. Holm hatte ausgerechnet, daß man sich mit dieser Summe einen Monat lang fünftausend Söldner hätte halten können. Weiterhin sollten die Dithmarscher auf eigene Kosten für den König und dessen Bruder drei Schlösser bauen, eines im Süden, ein weiteres in der Mitte und das dritte im Norden des Landes. Natürlich war auch Holm klar, daß es dann mit der Freiheit und Selbständigkeit der Bauernrepublik für alle Zeiten zu Ende gewesen wäre.

„Die Aussicht, daß dein Volk den Krieg überlebt, ist denkbar gering“, riß Ahlefeldt ihn aus seinen Gedanken. „Wir haben ein hochgerüstetes Heer von zwölftausend Mann!“

Holm glaubte seinen Ohren nicht zu trauen. Zwölftausend?! Ach nein, der königliche Speichellecker wollte ihm nur Angst einjagen, zwang er sich zur Ruhe. Oder war er sich seiner Sache so sicher, daß er militärische Geheimnisse offen peisgeben konnte?

„Unsere Truppenverbände bestehen aus kampferprobten Landsknechten der berüchtigten Schwarzen Garde und aus einem Reiterheer des dänischen, holsteinischen und norddeutschen Adels“, zählte Ahlefeldt mit stoischer Ruhe auf. „Darüber hinaus haben wir mehrere tausend Mann Landwehr unter Waffen. Und mit unseren vielen leichten bis schweren Feldgeschützen werden wir euch zusammenschießen."

Holm war einen Moment verwirrt. Nicht in seinen schlimmsten Träumen hätte er erwartet, daß König Hans ein so gewaltiges Heer gegen ein so kleines Land aufmarschieren lassen würde.

„Und was habt ihr dagegen zu setzen?", spöttelte Ahlefeldt.

Holm zögerte.

„Sag nichts, ich tu es für dich", lachte der Feldmarschall. „Ein Aufgebot von sechstausend Bauern und Bürgern im wehrfähigen Alter von vierzehn bis achtzig. Sie haben noch nie eine Schlacht von nahem gesehen oder einen Kampf Mann gegen Mann erlebt. Außerdem habt ihr noch kein zentrales Oberkommando. Eure vielen selbstherrlichen Kirchspielbezirke wachen eifersüchtig über den Einsatz ihrer eigenen Krieger. Insgesamt ein schwaches Bild."

„Und deshalb glaubst du, dein König hätte leichtes Spiel?", leitete Holm trotzig, aber vorsichtig seinen Rückzug ein. Tief in seinem Innern gab er Ahlefeldt recht. Mit unserem Bauernheer ist wirklich nicht allzu viel Staat zu machen, dachte er. Schon gar nicht gegen eine Übermacht wie die des Dänenheeres.

„Ja. Johann I. wird nun endgültig Schluß machen mit dem Jahrhunderte alten Ärger um den dänisch-holsteinischen Anspruch, euren widerspenstigen kleinen Bauernstaat zu unterwerfen."

„Er will also uns und unseren Reichtum. Und er will die günstige Lage unseres Landes, um die Handelsschiffahrt auf der Elbe von und nach Hamburg überwachen zu können", sagte Holm. Er war schlagartig wie verwandelt. Er spürte, wie ihn bereits sein Jagdtrieb als wendiger Kaufmann auf die lohnenswerte Spur zum Geld führte. Er vertraute auf seine gute Nase, die ihn bei außergewöhnlichen Sachverhalten stets aus dem Gefühl heraus die richtige Entscheidung treffen ließ. Der Verstand übernahm dabei nur noch die Rolle, Gewinn von Verlust zu unterscheiden. Er glaubte, diese Fähigkeit sei ihm angeboren.

Ihm gegenüber saß nicht mehr der Gesandte des Königs, der schwafelnd über Politik philosophierte, überdachte Holm die neue Lage. Er verhandelte ab sofort nur noch mit einem gerissenen Fremdhändler, der mit ihm um politische Waren und Preise feilschte. Es ging ihm und dem anderen nur um den höchstmöglichen eigenen Vorteil. Holm ahnte mit einem Male, was der Mann aus Kopenhagen von ihm wollte: Er will mich kaufen!

Ahlefeldt hatte den Kopf gehoben, als Holm ihm aufzählte, weshalb König Hans Dithmarschen unterwerfen wollte. „Ja, so ist es. Mein König will alles, euer Land, euren Reichtum, euch alle als gehorsame Untertanen und die Kontrolle über die Elbe.“ Er legte beide Hände aufreizend behutsam vor sich auf den Tisch.

Holm hatte das Gefühl, als belauere ihn auf der anderen Seite des Tisches ein Raubtier. Aber nun würde er den Spieß umdrehen. Er würde das Raubtier jagen.

„Was will dein König von mir?!“ Holm fühlte sich wieder überlegen, weil er sicher war, den Preis bestimmen zu können.

„Dich!“

„Mich?!“ Holm tat überrascht.

„Ja, deine Hilfe.“ Ahlefeldt lehnte sich zurück und sah Holm fest in die Augen.

„Warum ausgerechnet ich?“, spielte Holm den Erstaunten und glaubte sich auf dem richtigen Weg, durch hinhaltendes Verhandeln seinen Wert zu steigern. Er wußte: Das Feilschen hatte begonnen.

„Weil du rechnen kannst und kein lebensmüder Bannerträger bist.“

Schon diese Einschätzung hebt den Preis, dachte Holm, und steuerte schnurstracks sein Ziel an. „Und wie soll meine Hilfe aussehen?“

„Wir schlagen in wenigen Tagen los. Bis dahin sollst du deine Regierung überzeugen, daß Kapitulation besser ist als Krieg.“

„Weiter!“, drängte Holm. Er spürte, wie sein Herz schneller zu schlagen begann. Eine nicht gewünschte Spannung bemächtigte sich seiner. Sie stieg vom Bauch in den Kopf, löste dort eine leichte Benommenheit aus. Der Magen drohte sich umzudrehen. Ihm wurde unwohl. Meine Ahnung war richtig, schoß es ihm durch den Kopf. König Hans will von mir, daß ich für ihn mein Land verrate!

„Wir wollen außerdem über jede Beratung, jede Überlegung und jede Planung, die euer Kriegsrat anstellt, sofort benachrichtigt werden.“

„Ihr wollt mich also zum Verräter machen?!“, sprang Holm von seinem Stuhl auf, schritt polternd hin und her, dabei den Kopf gesenkt. Nun war es heraus!

„Wenn du es nicht tust, wird es ein anderer machen", sagte Ahlefeldt kalt. „Und du wirst, wie dein Volk, sterben, und mit dir deine Frau und deine Tochter. Die Schwarze Garde kennt kein Erbarmen. Mit niemandem."

Holms Gedanken begannen, sich nur um einen einzigen Punkt zu drehen: Wie komme ich da heraus? Er hatte auf einmal Angst um die Familie, Angst um seinen Reichtum, Angst um sein Lebenswerk. Ihm war völlig klar: Wenn er jetzt nichts Außergewöhnliches unternahm, würde er für alle Zeiten alles verlieren. Hatte er in seinem Leben eigentlich nicht immer auf der richtigen Seite gestanden, welche Wahl er auch getroffen hatte? Ohnehin war er seit langem davon überzeugt, daß sein Land niemals den Krieg gewinnen konnte. Und für eine Flucht war es bereits zu spät.

„Wenn du überleben willst, bleibt dir keine andere Wahl," sprach Ahlefeldt ungerührt weiter.

Wie wahr. Holm sah tatsächlich keinen anderen Ausweg, so sehr er sich darüber auch den Kopf zerbrach. Er mußte mit dem Feind zusammenarbeiten! Gewissensbisse sind fehl am Platze, wenn es nur um Dinge geht wie Freiheit, Volk und Vaterland. Hier steht das Leben meiner Familie und mein eigenes auf dem Spiel, sagte er sich.

Seine Entscheidung stand fest: „Ich tu es."

Ahlefeldt sah auf und nickte. Sein Gastgeber schien ruhig und gefaßt. Das gefiel ihm. Er atmete auf. Die Sache war besser gelaufen als ursprünglich gedacht.

Da erhob sich Holm fast geräuschlos, wandte sein Gesicht auf merksam zur Tür hin, horchte angestrengt in die Luft. „Da lauscht doch jemand!" Und zum zweiten Mal hechtete er zur Tür, riß sie auf: Wieder nichts. Er kam zurück an den Tisch und fragte wie aus heiterem Himmel: „Wenn ihr doch eures Sieges so sicher seid, warum braucht ihr überhaupt einen Spion?"

Ahlefeldt schien auch auf diese Frage vorbereitet. „Das riesige Heer kostet viel Geld. Söldner, Landwehr und Reiterei wollen bezahlt werden. Je kürzer der Krieg, desto mehr bleibt für den König übrig."

Der Kerl sagt nur die halbe Wahrheit. Mir kann er nichts vormachen, dachte Holm. Er war lange genug Handelsgesandter am dänischen Königshof, um zu wissen, daß in Wirklichkeit das Risiko, das der Dänenkönig mit seinem Eroberungszug einging, sehr hoch war.

„Wenn König Hans den Krieg verliert, verliert er seine Herrschaft über ganz Skandinavien – und noch mehr." Holm bemerkte, daß Ahlefeldt ihn befremdet ansah. Dies Thema schien ihm nicht zu gefallen, dachte er schadenfroh.

Ungestört fuhr er fort: „Vergiß nicht, ein Sieg der Dithmarscher Bauern wird euer gesamtes Königreich erschüttern und die Macht deines Monarchen schwächen. Das unruhige Schweden wird erneut gegen ihn aufstehen und ihm die Krone wegnehmen. Norwegen macht es dem Nachbarn nach und wird ebenfalls unabhängig. Ein besiegter Dänenkönig hat dann weder Geld noch Achtung genug, um die Spaltung Skandinaviens aufhalten zu können."

Holm genoß es, daß Ahlefeldt ihm aufmerksam zuhörte. „Außerdem wird der Adel im deutschen Kaiserreich an Ruhm und Ehre verlieren. Sein Einfluß auf Städte und Dörfer wird zurückgehen. Das selbständige Bürgertum und die freien Bauernschaften werden den Fürsten noch mehr einheizen als bisher."

Ein kluger Kopf, dachte Ahlefeldt, und lachte: „Und ich dachte, du verstehst nichts von Politik. So also willst du deinen Preis erhöhen?"

„Sicher doch", antwortete Holm. „Hinzu kommt mein Risiko, im eigenen Land als Verräter entlarvt zu werden. Sie werden mich hinrichten und meine Familie ächten und ausstoßen."

„Was verlangst du an Lohn, Judas?"

Im ersten Moment fühlte sich Holm beleidigt, daß Ahlefeldt ihn mit dem Verräter Christi auf eine Stufe stellte. Aber er beherrschte sich gleich. Und nannte seinen Preis in vier Punkten:

„Erstens das Leben meiner Familie. Frau und Tochter stehen unter dem persönlichen Schutz des Königs. Und ich ebenfalls."

„Das ist selbstverständlich. Wie wir das anstellen, erfährst du zu gegebener Zeit."

„Zweitens gehört nach dem Sieg des Königs, ob durch Krieg oder Kapitulation, mein gesamtes Eigentum nach wie vor mir."

„Das ist bereits vom König gewährt."

„Drittens will ich Schloß Tielenburg an der Eider."

Ahlefeldt sah verdutzt hoch, antwortete ausweichend: „Darüber muß ich mit dem König reden."

„Ich habe erfahren, daß dein König vorhat, Dithmarschen zu teilen. Er selbst will die Nordermarsch, und die Südermarsch soll sein Bruder Friedrich haben …"

„Deine vierte Forderung?", unterbrach ihn Ahlefeldt und klopfte ungeduldig mit den Fingern auf die Tischplatte.

„Hans soll mich nach der Landesteilung als seinen königlichen Landvogt über Norderdithmarschen einsetzen." Holm atmete auf. Nun war alles gesagt. Es war angenehm zu spüren, wie sich sein Körper entspannte.

„Zuerst wirst du dir angewöhnen müssen, Johann I. nicht nach eurer Art geringschätzig Hans, sondern untertänigst mein König zu nennen."

Holm spürte, wie ihn der Zorn packte. Aber wieder bekam er sich schnell in den Griff. Er wollte jetzt auf keinen Fall die Stimmung verderben und sich schaden. Irgendwann würde er dem hochmütigen Königspinsel die Frechheiten heimzahlen. Im Augenblick jedoch war nur wichtig, daß Ahlefeldt seine Bedingungen dem König überbringen würde.

Sie besprachen noch Einzelheiten, wie die Geheimnachrichten übermittelt werden sollten. Dabei erfuhr Holm, daß der *Caland* für Sendboten sorgen würde. „Prior Augustinus setzt dafür Mönche ein, die auf Schleichwegen zu dir kommen werden."

Holm glaubte, er höre nicht richtig. „Der *Caland*?", fragte er sich verblüfft. Anna war Mitverschworene im Laienkreis dieser geistlichen Bruderschaft. Wie er von ihr wußte, war es das erklärte Ziel des *Calands*, Papstgegner und Ketzer im Land zu bekämpfen – und nicht Spionage für einen dänischen König zu unterstützen. Sie hat doch hoffentlich nichts mit dem Geheimdienst zu tun, dachte er. Oder weiß sie sogar mehr als ich über den Plan des Dänenkönigs, den Kriegsrat durch einen Spion aushorchen zu lassen? Er war sich seiner sicher, daß die verdammten Dänen dem Prior bestimmt damit gedroht hatten, sein Kloster zu zerstören, falls er sich weigere, Boten bereitzustellen. Diesem Teufel von Ahlefeldt war alles zuzutrauen.

Der schien Holms Gedanken zu erraten. Spöttisch überlegen sagte er: „Als wir den Prior darum baten, war er gleich bereit. Schließlich hat er auch nur ein Leben. Und er ist bemüht, das seiner Mönche und das der *Caland*-Anhänger nicht aufs Spiel zu setzen, ganz zu schweigen von seinem Kloster, das er natürlich behalten möchte."

Holm fand den königlichen Abgesandten eiskalt und widerwärtig. Er nutzte seine Macht, um seinen Opfern nur die Wahl zwischen sicherem Tod oder gnädig gewährtem Leben zu lassen.

Als der Besuch später in der Winternacht verschwunden und Holm wieder mit sich allein war, wurde ihm die ganze Tragweite seiner Entscheidung bewußt. Nun würde er sein Land und das Volk schmählich verraten, ebenso seine Vorfahren, die ihr Leben für die Freiheit der Nachkommen, also auch für ihn, eingesetzt hatten. Ganz zu schweigen davon, daß er mit dem Spionagedienst für einen dänischen König die blutgetränkte Geschichte der dithmarscher Freiheitskämpfe als überholte und lästige Vergangenheit verhöhnte. Ein böser Spuk? Oder doch Wirklichkeit? So fragte er sich immer wieder.

Er spürte, wie ihn sein schlechtes Gewissen beunruhigte, seine Gedanken gefangen nahm und ihn schließlich quälte, bis ihm das Herz vor Aufregung schneller schlug und sich sein Magen umdrehte. Er lief nach draußen, übergab sich lauthals vor der Haustür.

Danach fühlte er sich erleichtert, doch nicht erlöst. Ich bin kein Verräter, sagte er sich immer wieder. Ich bin Lebensretter der Menschen meines Landes. Ich will doch nur den Krieg verkürzen, ihn sogar verhindern. Laßt doch die Idealisten für ihre Träume sterben! Wir wollen das Leben! Er schreckte zusammen: Bin ich eigentlich noch richtig im Kopf? Holm bemerkte hinter dem oberen Fenster seines Hauses die Umrisse einer Frau. Es war Anna! War sie es gewesen, die an der Tür zum Pesel gelauscht hatte?

Das war vor zwei Wochen.

Holm verscheuchte seine Gedanken an das Treffen mit Ahlefeldt. Er erinnerte sich gleich wieder an den dringenden Auftrag des Dänenkönigs. Er sollte den Kriegsrat zu einer schnellen Kapitulation bewegen. Möglichst noch vor dem Einmarsch des Dänenheeres sollte das Land die Waffen strecken.

Holm legte die Landkarte von Dithmarschen zu den Dokumenten in einem der beiden Ledersäcke vor sich auf dem Tisch. Er verschnürte beide Satteltaschen, hängte sie über die Schulter und ging noch einmal durch das Haus. Dabei verabschiedete er sich von allen Räumen. Bevor er hinüber zum Stall ging, wo sein Pferd stand, mit dem er seiner Familie nach Oldenwöhrden folgen wollte, betrat er noch einmal Annas Gemach. Er roch den blumigen Duft von Rosenwasser, der als zarter Hauch in der Luft lag und ihn an das letzte beglückende Zusammensein mit Anna erinnerte. Es war in diesem Raum gewesen, kurz nachdem Holm seine Tochter gebeten hatte, die Eltern für einen Augenblick allein zu lassen. Er hatte Anna in das Geheimnis seines Spionagedienstes eingeweiht und ebenfalls darin, daß der Caland dabei mithelfen würde und daß der Prior sogar eine führende Rolle übernommen habe.

Er hatte sich gewundert, daß sie so wirkte, als wüßte sie bereits vieles von dem, was er ihr erzählte. Anfangs zeigte sie sich gefaßt, dann sogar begeistert. Seinen Geheimpakt mit König Hans nannte sie sogar mutig, weitsichtig und, was ihm besonders gut tat, selbstlos für die Familie. Dann hatte sie wieder davon angefangen, Telse unbedingt aus dem Land bringen zu wollen und unter den Schutz des Dänenkönigs zu stellen. Sie selbst wollte aber bleiben.

Anfangs war Holm nicht klar, ob er Anna mißtrauen oder bewundern sollte. Es waren dieselben Zweifel, die er manchmal hatte, wenn sie ihr doppeltes Spielchen mit ihm trieb. Als sie sich aber angeboten hatte, ihn bei seiner Geheimtätigkeit zu unterstützen, war er vollkommen überrascht – und dankbar. Beeindruckend, wie sie ihn angebettelt hatte, an seiner Seite bleiben zu dürfen. Für ihn war das der beste Beweis ihrer Liebe. Beide waren nun zusammen eine verschworene Gemeinschaft. Beide schwebten gemeinsam in höchster Lebensgefahr. Und beide mußten einander blindlings vertrauen und beschützen, um nicht unterzugehen. Sie waren, wie nie zuvor, aufeinander angewiesen.

Das hatte ihn zum glücklichsten Menschen gemacht. Womöglich würde er noch als Retter seines Landes in die Geschichte Dithmarschens eingehen, hatte er sich schon berühmt gesehen. Alle diese übermächtigen Gefühle stürzten ihn in eine Art Glücksrausch. Er wollte sich, seiner Sinne kaum mächtig, für immer darin verlieren.

Als sie sich geliebt hatten, erschrak sie: Ihr Mann war von ihrem Körper heruntergeglitten, hatte sich seitlich zu ihr hingewandt, mit einem Arm ihre Schulter umklammert, als suche er Halt und Geborgenheit, hatte seinen Kopf an ihre Brust gelegt – und weinte leise in sich hinein. Wie ein todunglückliches, hilfloses Kind, dachte sie.

Anna empfand Mitleid mit ihm. Sie war sich sicher, daß er mit dem Bewußtsein, Verräter seines Landes zu sein, ein Leben lang nicht zur Ruhe kommen würde. Niemand würde ihm die Qualen abnehmen können. Genauso wie es niemand vermocht hatte, in all den Jahren ihren eigenen seelischen Schmerz zu mildern. Sie glaubte, es sei für ihn tröstlich, wenn sie sein Leid auch zu dem ihren machte.

Geistesabwesend strich sie ihm behutsam übers Haar. Sie spürte dabei, wie wieder der alte Zorn in ihr erwachte. Die verdrängte Vergangenheit, der schrecklichste Tag ihres Lebens, alles das tauchte erneut aus der ungeliebten Erinnerung auf. Zu tief war sie damals vor aller Welt verletzt und gedemütigt worden. Sie hatte es nicht vergessen können. Immer wieder hatte sie darauf vertraut, daß Gott ihr ein Zeichen geben würde, wann der günstigste Zeitpunkt für eine Vergeltung gekommen sei.

Die Geduld hatte sich gelohnt, wähnte sie sich nun sicher: Ihr eigener Mann war zum Wink des Himmels geworden! Seine Dienste für den Dänenkönig brachten sie ganz nahe an ihr Ziel. Die Gelegenheit war günstig wie nie. Endlich winkte die langersehnte Genugtuung. Dankbar drückte sie seinen Kopf fest an ihre Brust. Dabei ging sie in Gedanken noch einmal den Plan durch, den sie schon in allen Einzelheiten geschmiedet hatte. Das war in jener Nacht geschehen, als sie das Gespräch zwischen ihrem Mann und Ahlefeldt belauscht hatte.

4

„Stell dir vor, ich habe vor dem Kriegsrat schwören müssen, unser Land vor dem Untergang zu bewahren, und in demselben Rat gibt es noch immer Leute, die sich im unklaren sind, ob wir uns verteidigen sollen oder nicht. Und das, obwohl König Hans vor unserer Tür steht und jeden Tag losschlagen kann.“ Isebrand klang richtiggehend wütend, dachte Grove.

„Wie ist das möglich“, fragte er.

„Im Kriegsrat wird man sich einfach nicht einig. Und der Spion in unserem Oberkommando macht zumindest für mich die Sache nicht einfacher.“ Während er sprach, lenkte Isebrand seinen Rappen vorsichtig um die gefrorenen Pfützen des Einfahrtweges nach Heide herum, der von einer festeren Straße abgelöst wurde. Bis zur Ostgrenze, wo sie das dänische Heerlager auskundschaften wollten, waren es noch einige Stunden.

„Aber sitzen nicht dort unsere mächtigsten, klügsten und erfahrensten Großbauern zusammen, um das Beste zu wollen?“, spottete Grove. „Fragt sich nur, für wen“, stichelte er weiter. Seit er Isebrand über den Verräter in der Heeresführung informiert hatte, machten sich beide ernsthafte Gedanken über den inneren Zustand des Oberkommandos.

„Die Ratsmänner sind untereinander völlig zerstritten“, klagte Isebrand. „Sie schätzen unsere Aussichten auf einen Sieg völlig unterschiedlich ein.“ Für ihn war das unfaßbar gewesen, erinnerte er sich an seine letzte Ratssitzung am Abend vor dem Ritt zur Grenze.

„Stell dir vor“, steigerte er sich erregt in eine Verärgerung hinein, die er eigentlich nicht wollte, „einige unter ihnen möchten sich sogar dem Dänenkönig unterwerfen, bevor überhaupt ein einziger Kanonenschuß gefallen ist.“ Darüber sei er zuerst völlig verdutzt gewesen, erzählte er, dann sprachlos und schließlich wütend. „Ich hatte schließlich geglaubt, der Rat habe nur das Wohl unseres Landes im Auge, nämlich unser aller Freiheit. Nur die haben wir zu verteidigen und nicht die einiger weniger. Koste es, was es wolle. Das hatte die Landesversammlung doch so beschlossen!"

„Hat sie," meinte Grove. „Aber schon bei den alten Griechen war die Demokratie zuletzt soweit heruntergekommen, daß sich ihre Führung auf den Händen des Volkes tragen ließ, nur um das tun zu können, was sie allein für richtig hielt."

„Das ist mir zu einfach gedacht, Priester", sagte Isebrand.

Er kannte Grove nur zu gut, als daß er ihm seine beißende Ironie übel genommen hätte. Er mochte den Feuerkopf, der aus dem angesehenen Geschlecht der Vogdemannen stammte. Die meisten der führenden Köpfe des Landes kamen aus diesem Verband. Nur unterschied sich sein Freund in wesentlichen Dingen von den anderen Vogdemannen.

Isebrand wußte, daß Grove von seinem Universitätsstudium die Ideale der Kirchenerneuerer mit nach Hause gebracht hatte – allerdings nur versteckt im Herzen. Spräche er solche Gedanken öffentlich aus oder predigte er sie sogar, würde das für ihn sehr gefährlich werden. Isebrand erinnerte sich, daß es ihm oft nur mit Mühe gelungen war, seinen Freund davon abzuhalten, etwas Unüberlegtes zu tun. Denn solche Ideen waren ketzerisch, ihre Propheten als Ketzer verdammt und meist dem Tode geweiht.

Claus Groves Onkel Heinrich hatte ein solches Schicksal getroffen. Er hatte in Prag studiert und war als Geistlicher mit der aufrührerischen Lehre des Johannes Hus im Kopf zurück in seine Heimat gekommen. Dort hatten ihn in Lunden fünfhundert Dithmarscher im Beichtstuhl überfallen, aus der Kirche gezerrt, auf dem Kirchhof erschlagen und dann verbrannt. Das gleiche geschah mit seinem Bruder Johannes Marquard Grove, ebenfalls Geistlicher und Hus-Anhänger. Er war in Meldorf mit einem Streithammer getötet worden, und seine Leiche war ebenfalls auf den Scheiterhaufen geworfen worden.

Isebrand kannte die Leidenschaft seines Freundes allzu gut, wenn es in Gesprächen um die Reformierung der Kirche ging. Grove zählte sich zu den humanistischen Kirchenerneuerern. Dadurch hatte er zwar nicht viel mit den radikalen Hussiten gemein. Doch für eine Verfolgung durch die Kirche reichte es allemal. „Es wird nicht mehr lange dauern", hatte er kürzlich gesagt, „und im ganzen Land wird der neue Geist der Reformation nicht mehr aufzuhalten sein." Eines Tages würde der diktatorische Anspruch Roms, die alleinseligmachende höchste Gottesinstanz zu sein, an sich selbst zugrunde gehen.

Grove hatte Isebrand auch von einigen kirchenreformerischen Geheimzirkeln im Lande erzählt, die an Plänen bastelten, wann und wo aufrüttelnde Predigten gehalten werden könnten. „Wir wollen das moralisch verkommene Papsttum abschaffen und dafür die Wiedergeburt der reinen Lehre Christi", hatte ihm sein Freund beinahe fanatisch die Ziele der Kirchenerneuerer beschrieben.

Für Isebrand war das höhere Kirchenpolitik. Er vermochte ihr nicht allzuviel abzugewinnen. Lieber säte, pflanzte und erntete er auf seinen Feldern und züchtete Vieh. Das war seine Welt, die ihm von Gott geschenkt worden war und die er verstand.

„Wie ist dir denn zumute bei soviel Dummheit und Feigheit im Rat?", riß ihn Grove aus seinen Gedanken.

Isebrand überlegte kurz: „Anfangs war ich ziemlich stolz darauf, daß mich der Rat zu seinem militärischen Berater gewählt hatte. Als ich aber merkte, daß einige verdammte Hosenscheißer unter ihnen glaubten, nach einer Unterwerfung würde König Hans sie für ihre Feigheit noch großherzig belohnen, da hätte ich es beinahe abgelehnt, für solche Leute den Bauernführer zu spielen."

„Und du hast es dennoch nicht getan", entgegnete Grove. Und zählte ihm die Gründe auf, warum er sich so und nicht anders entschieden hatte. „Du weißt, daß du viel, nein, sogar alles zu verlieren hast. Es geht um deine Heimat, deinen Hof, deine Zukunft und vor allem um deine Freiheit. Dafür willst du kämpfen, und wenn es sein muß, auch sterben. Ist es nicht so?"

„Du sprichst mir aus der Seele", antwortete Isebrand lächelnd, „wenn auch zu feierlich. Aber es steht dir zu, du bist ja Priester," ergänzte er schmunzelnd.

„Auf den Kriegsrat ist also nicht viel Verlaß?"

„Wenn einige schon vor dem Anblick eines aufmarschierenden Heeres die Hosen voll haben, was soll erst werden, wenn die Hasenfüße selber mit der Waffe in der Hand auf dem Schlachtfeld Mann gegen Mann antreten müssen?" Isebrand schien auf einige der Ratsmänner nicht gut zu sprechen zu sein, dachte Grove. „Kein

Wunder also", fuhr Isebrand fort, „daß die Feiglinge unter ihnen mit dem Gedanken spielen, sie könnten sich dem Dänenkönig als Spitzel andienen, um so ihre Haut zu retten. Noch bequemer ist natürlich Unterwerfung."

„Und das willst du verhindern?"

„Das werde ich, so wahr mir Gott helfe!", wiederholte Isebrand seinen Schwur, den er vor dem Rat abgelegt hatte. In der Versammlung war er besonders über Carsten Holm verblüfft gewesen. Der nämlich hatte sich gleich für eine vorzeitige Kapitulation stark gemacht.

„Was hältst du von Carsten Holm?" fragte er Grove wie beiläufig. Der Priester kam nicht dazu, zu antworten.

„Dieser verdammte Kerl!" schrie neben ihm Isebrand auf einmal wütend auf. Er warf seinem Freund die Zügel seines Rappen zu, sprang vom Pferd und lief auf eine lange Kolonne aus Pferdewagen, Reitern und dick vermummten Gestalten zu. Sie kam ihnen auf dem hartgefrorenen Weg entgegen. Grove sah, wie Isebrand auf das erste Gefährt zurannte. Es war hoch beladen mit Möbeln, Kisten und Kästen. Es war mit zwei seiner Räder in ein zugefrorenes Wasserloch eingebrochen. Er sah, wie ein Mann mit einer Peitsche wie wild auf den dampfenden Leib eines der beiden Zugpferde eindrosch. Das Tier bäumte sich nach jedem Schlag auf, wieherte vor Schmerzen, warf dabei erregt den Kopf zurück, glitt beim Aufprall mit den Hufen mehrmals auf dem vereisten Boden aus, suchte strampelnd mit den Beinen Halt und vermochte kaum das Gleichgewicht zu halten. Und wieder und wieder sauste die Peitsche klatschend auf den geschundenen Leib nieder.

Grove beobachtete, wie Isebrand auf den Mann zustürmte, ihm die Peitsche entriß und sie erregt zum Schlag hochhob. Der Mann warf seine Hände schützend über den Kopf. Aber Isebrand zerbrach nur die Gerte mehrmals über seinem Knie. Die Reste davon warf er auf die Erde. Er versuchte, die Pferde zu beruhigen und schaffte es schließlich, daß sie zitternd und schwer atmend stillstanden.

Während des gesamten Vorfalls bemerkte Grove, daß niemand der wartenden Reiter oder jemand aus dem Fußvolk eingegriffen hatte. Sie hatten nur teilnahmslos zugeschaut, als ginge sie das da vorn nichts an. Bis sie von Isebrand mit heftigen Worten aufgefordert wurden, mit anzupacken, um den Wagen aus der mißlichen Lage zu befreien.

Kurz darauf fuhr die Wagenkolonne rumpelnd wieder los. Isebrand und Grove machten ihnen Platz. Schweigend passierten die Menschen die beiden Männer auf ihren Pferden, sahen zu Boden und trotteten neben ihren ächzenden und knarrenden Wagen weiter in die Marsch hinein.

„Es sind Geestleute aus Heide, Weddingstedt und Süderholm mit ihren Familien“, sagte Isebrand. „Sie haben ihre Häuser verlassen, ziehen zu Verwandten in der Marsch und bleiben dort, bis der Krieg zu Ende ist.“

„War es deine Idee, die Geestbevölkerung in die Marsch umzusiedeln?“

„Nein, es war Carsten Holms Plan. Er will König Hans erst widerstandslos ins Land hereinlassen, um ihn in die Hamme bei Heide locken zu können. Dort soll dann das Dänenheer von allen Seiten eingeschlossen und vernichtet werden. Genauso, wie es vor sechsundneunzig Jahren die alten Dithmarscher mit dem holsteinischen Herzog Gerhard gemacht haben.“

„Und was denkst du?“

„Es ist zwar richtig, aber auch waghalsig, die Geest von unseren Truppen zu räumen, um das Dänenheer in die Falle zu locken. Ich selbst würde die Dänen lieber in die feuchte Marsch herunterziehen. Du weißt, sie ist von unzähligen Gräben durchzogen. Das würde bei einem Kampf das Riesenheer aufsplittern, die Soldaten mit den schweren Harnischen so gut wie bewegungsunfähig machen und dadurch ihre Schlagkraft schwächen.“

„Warum hast du dich damit im Rat nicht durchsetzen können?“

„Weil ich diese Überlegung erst gar nicht erwähnt habe. Sie scheint mir noch verfrüht. Wir wissen doch bis heute nicht, welche Richtung der König von der Grenze aus nehmen wird. Wählt er den Ochsenweg weiter nordwestlich nach Heide oder nimmt er den Weg südwestlich nach Meldorf. Außerdem gibt es einen Spion im Rat. Da heißt es, den Mund halten, möglichst keine Pläne äußern und keine Entscheidungen treffen. Bis ich den Lump entlarvt habe.“

„Und was willst du nun tun?“

„Wir müssen abwarten, bis König Hans Flagge zeigt. Das ist ja auch der Grund, warum der Rat verunsichert ist. Wir wissen einfach nicht, was, wie und wo wir etwas tun können." Isebrand wies mit der Hand nach vorn, wo die Marsch allmählich in die höher gelegene Geest überging. Die ersten Häuser Heides waren bereits zu sehen.

„War es schwer, das gesamte Land militärisch auf die unsichere Lage vorzubereiten?", fragte Grove neugierig weiter.

„Es war nicht leicht. Vor allem die Ratsvertreter der Kirchspiele waren in kurzer Zeit davon zu überzeugen, daß jetzt alle wie ein Volk zusammenstehen müssen. Ebenso, daß ihre eigenen Truppen einem übergeordneten Oberkommando unterstellt werden. Es muß auch endlich Schluß sein mit der Eigenbrödelei und den fortwährenden Streitereien unter den Geschlechterverbänden. Schließlich ist Krieg. Na ja, zu guter Letzt klappte es auch. Jeder sah wohl ein: Die Freiheit aller steht auf dem Spiel und hat jetzt Vorrang vor allem anderen."

„Wo liegt denn nun das gesamte Aufgebot in Stellung?"

„Vorerst muß ich die Marsch sichern, weil ja dort nun die ganze Bevölkerung ist. Ein Großteil der Bauernkräfte liegt bei Heide an der Hamme, die Hauptstreitmacht im Dreieck Heide, Oldenwöhrden und Hemmingstedt, und einige Truppenteile lagern in Lunden und Wesselburen. Unser einziger Söldnerhaufen von zweihundert Mann genügte für Meldorf, weil dort ein erster Angriff kaum zu erwarten ist. Und die Bauernkrieger der Südermarsch verteilen sich auf Brunsbüttel, Marne und Barlt."

„Das heißt, unsere gesamten sechstausend Kämpfer sind im Lande verstreut?", fragte Grove kopfschüttelnd.

„Ich gebe zu, das ist für eine starke Verteidigung eine sehr schwache Ausgangslage. Aber wir dürfen uns nicht nervös machen lassen, müssen Geduld haben und warten, bis die Dänen losmarschieren. Erst dann können wir schnell, zielgenau und hoffentlich richtig antworten." Isebrand fiel wieder das vorangegangene Gespräch mit Grove über mögliche Gesinnungslumpen im Kriegsrat ein und wiederholte seine alte Frage: „Was hältst du von Carsten Holm?"

Grove stutzte: „Von Carsten Holm?" Und nach kurzer Pause: „Wie kommst du immer darauf?" Er blickte seinen Freund überrascht von der Seite an. In seinem dicken Umhang mit hochgeklapptem Pelzkragen war Isebrands Gesicht kaum auszumachen, zumal er die schwarze Kapuze noch tiefer ins Gesicht zog, um in der Kälte gerade noch Augen, Nase, Mund und Kinn freizuhalten. Am Gürtel hing seine einzige Waffe, die doppelschneidige *Tsake*. Auch Grove trug das für den dithmarscher Mann typische lange Messer.

„Holm ist eine der großen Persönlichkeiten unseres Landes."

„So ist es", sagte Isebrand. Dann hob sich seine Stimme. „Aber er führt die Gruppe im Rat an, die kapitulieren möchte."

„Macht ihn das etwa verdächtig?"

„Als unseren gesuchten Verräter?", lachte Isebrand schallend und kaum wahrnehmbar verlegen auf. „Nein, um Gottes Willen, der wäre wohl der Letzte, der dafür in Frage käme", wiegelte er den Verdacht ab. „Ich schätze ihn sehr", übertrieb er, „denn ich kenne ihn schon lange als aufrichtigen und ehrbaren Mann. Auf sein Wort ist Verlaß. Und außerdem mache ich mit ihm gute Geschäfte."

„Aber warum fragtest du nach ihm?", zeigte sich Grove erstaunt.

„Weil ich es niemals für möglich gehalten hätte", log Isebrand, „daß sich ein so bedeutender Dithmarscher wie er sich einem Feind ausliefern würde. Zwar halte ich ihn nicht für einen leidenschaftlichen Anhänger seines Vaterlandes, umso mehr aber für einen freiheitsliebenden Menschen." Und das waren doch eigentlich alle im Rat. Aber gerade deshalb, sagte sich Isebrand, ging es ihm nicht in den Kopf, daß im Kommandostab Feiglinge saßen und klammheimlich damit rechneten, daß der Krieg bereits verloren sei.

Ihn fröstelte bei der Vorstellung, er könnte als Befehlshaber des Bauernheeres im Notfall ganz auf sich allein angewiesen sein. Andererseits erschien es ihm irgendwie auch reizvoll. Bei dem Gedanken fühlte er unvermutet kraftvolle Entschlossenheit in sich wachsen. Hatte er nicht immer eine Verantwortung gewollt, die allen Dithmarschern zeigen sollte, daß er kein Ausländer mehr, sondern einer von ihnen war, zu ihnen gehörte, schon immer und für immer?

„Sieh mal, wer da kommt!", riß ihn Grove aus seinen Träumen und nickte mit dem Kopf in Richtung Heide. Von dort näherten sich langsam vier hochbeladene Pferdewagen mit zahlreichen Männern und Frauen, der Kleidung nach Knechte und Mägde. Sie liefen hurtig zu Fuß neben der kleinen Wagenkolonne einher. Vorneweg schritten zwei prachtvolle Pferde, auf denen in Quersätteln zwei Frauen saßen.

„Es ist Anna Holm mit ihrer Tochter", sagte Grove und blickte dabei seinen Freund heimlich von der Seite an. Er kannte so ziemlich Isebrands Lebensgeschichte, wußte über die einstige Liebschaft der beiden Bescheid, und er hatte auch über das tragische Leid der Anna Muhlen erfahren. Er bemerkte, wie sich sein Freund im Sattel hoch aufreckte, als suche er einen höheren, sicheren Standort.

„Sie sind auf dem Weg zu meinem Hof", sagte Isebrand aber nur betont kühl. „Sie sind dort sicherer als in Heide. Sie werden den Krieg über bei mir verbringen." Er spürte, wie nervös er wurde. Das machte ihn unsicher.

Wie sollte er sich nur verhalten, wenn sie alle gemeinsam unter ein und demselben Dach zusammenleben werden, fragte er sich. Die Vorstellung daran brachte ihn etwas durcheinander. Aber das würde ja nur wenige Tage dauern, versuchte er sich dann zu beruhigen. Denn er mußte bald in den Kampf ziehen – falls es nicht zu einer vorzeitigen Kapitulation kommen sollte. Unzählige Fragen schossen ihm auf einmal durch den Kopf: Was würde wohl Anna sagen, wenn sie sich gleich begegneten? Waren es nicht schon einige Jahre her, daß sie einander zum letzten Mal gesehen hatten? Ob sie ihm inzwischen verziehen hatte? Wie sah wohl Telse nach den drei Jahren aus, die sie von zu Hause fort gewesen war? Ihm war, als wäre er mit ihr erst gestern spazieren gegangen. Er hatte sie gemocht wie eine Schwester. Oder eine Tochter. Oder wie eine gute Freundin?

Er erinnerte sich noch genau, daß sie feinsinnig, empfindsam und gefühlsreich war. Und sie war voller kindlicher Neugier und hungrig auf lange Gespräche über Menschen, Tiere, Pflanzen, das Meer und den Himmel gewesen. Ob sie noch immer von dem Willen beseelt war, später einmal im Namen der Barmherzigkeit Gottes allen Bedürftigen aus Armut und Not herauszuhelfen?

Plötzlich saßen sie sich auf ihren Pferden ganz nah und direkt gegenüber. Anna und Telse neben dem ersten Wagen in Höhe der

Kutschbank, auf dem ein Knecht saß, Isebrand und Grove seitlich davor. Grove bemerkte, wie sich Isebrands und Annas Blicke trafen. Beide sahen einander prüfend an, begrüßten sich schweigend, steif und verkrampft mit knappem Nicken.

Sie ist noch genau so schön wie früher, durchfuhr es Isebrand warm. Wie verzaubert starrte er Anna für einen Moment an. Dabei spürte er sein Herz schneller schlagen. Eilig wandte er sein Gesicht ab und schaute zu Telse hinüber.

Er sieht noch genauso gut aus wie damals, schoß es im selben Augenblick Anna durch den Kopf. Sie merkte, wie sie sich zu dem Mann dort hingezogen fühlte, wollte es zwar nicht wahrhaben, vermochte sich aber nicht dagegen zu wehren. Laß es dir um Gottes willen nicht anmerken, dachte sie panikartig. Sie zog auffällig die Mundwinkel herunter und tat so, als kenne sie Isebrand nicht näher. Als sie ihre Aufmerksamkeit wieder ganz Telse zuwandte, stockte Anna der Atem. Sie glaubte ihren Augen nicht zu trauen: Ihre Tochter und Isebrand schienen ihre Blicke nicht voneinander lösen zu können. Sie vermeinte sogar, in Telses Augen so etwas wie stürmische Freude zu entdecken.

Das gefiel ihr ganz und gar nicht. Schließlich war Telse kein kleines Mädchen mehr. Sie war eine junge Frau. Genau wie sie selbst damals, fiel ihr blitzartig ein, als ihre erste große Liebe mit diesem Isebrand grausam enttäuscht worden war. Für eine harmlose Begegnung zwischen zwei guten Bekannten sahen sich die beiden zu lange an, beobachtete Anna mißtrauisch. Ihr schien auch, als schauten sie sich ungewöhnlich offen und unübersehbar erstaunt an. Es war, als wären sie sich zum ersten Mal im Leben begegnet. Anna verspürte plötzlich entsetzliche Angst um ihre Tochter.

„Wir wollen weiter!“, hörte Telse ihre Mutter streng und fast herrisch befehlen. Sie schreckte, wie aus einem schönen Traum, scheu und verletzt auf, riß ihren Blick, sichtbar befangen, von dem Isebrands los und richtete ihn verwirrt auf ihre Mutter. Sie glaubte, in Isebrands Augen eine Neugier wahrgenommen zu haben, die sie als äußerst angenehm empfand. Für einen Herzschlag lang hatte sie den Wunsch gehabt, er möge sie immerzu so anschauen.

Isebrand kam nicht mehr dazu, mit Anna oder Telse ein Wort zu wechseln. Anna trieb ihr Pferd unwillig an, gab damit den anderen das Zeichen zur Weiterfahrt und beendet abrupt die Begegnung, indem sie ihm hochmütig zurief: „Wir sehen uns auf deinem Hof wieder, Ausländer!“

Telse erstarrte wie vom Donner gerührt. Entgeistert sah sie ihre Mutter von der Seite an, fühlte sich durch deren Gehässigkeit tief getroffen und vor Isebrand irgendwie schuldig. Sie schämte sich und wurde verlegen. Zum Glück hatte er es nicht bemerkt, dachte Telse.

Isebrand und Grove ritten grußlos weiter. Telse schaute sich hastig nach ihnen um und bemerkte freudig, daß sich im selben Moment auch Isebrand nach ihnen umdrehte. Sie war sich sicher, daß es nur ihr allein galt. Eine wohlige Erwartung überkam sie. Was würde ihr wohl noch alles in den nächsten Tagen bevorstehen?

Daß ihre Mutter manchmal kränkend und beleidigend sein konnte, war für Telse nichts Neues. Aber Isebrand hatte ihr wahrhaftig keinen Grund dafür gegeben. Telse war empört. Oder war da wieder diese unheimliche Vergangenheit, mit der beide irgendwie verbunden schienen? Was sonst wohl mochte sich dahinter verbergen, daß sie sich gegeneinander so unnahbar benahmen? Mutters verächtliche Anrede Ausländer und Isebrands eisiges Schweigen darauf bestätigten nur ihren Verdacht, daß beide ein gemeinames schreckliches oder sogar tragisches Geheimnis hüteten.

Es tat Telse weh, daß ihre Mutter Isebrand verletzt haben mußte.

„Wie konntest du nur?!“, entfuhr es ihr.

Oh, mein Gott, war sie zornig! Anna sah ihre Tochter fassungslos an. Telse erschrak. Mutters Finger begannen zu zittern, ließen die Zügel los und fuhren fahrig übers Gesicht.

Wie konntest du nur? Daß ihre Tochter sie derart wütend anfuhr, traf Anna ins Herz. Sie sah im Geiste wieder die grauenhaften Bilder von einst. Gespenstisch tauchten sie aus der Vergangenheit auf. Sie weckten Urangste in ihr. Es waren die Ängste vor jener Angst, die sie damals an dem schrecklichsten Tag ihres Lebens beinahe in den Wahnsinn getrieben hatte. Mit aller Kraft versuchte sie, sich gegen diese entsetzlichste aller Erinnerungen zu wehren. Vergebens. Der Alptraum hatte sie wieder eingeholt.

Es war vor zwanzig Jahren, im Dürremonat Juli. Sie war damals achtzehn, hieß noch Anna Muhlen und lag hemmungslos weinend an der Schulter ihres Vaters …

Anna hatte die Arme um ihren Vater geschlungen, und ein Weinkrampf nach dem anderen schüttelte sie. Henning Muhlen fand für seine völlig aufgelöste Lieblingstochter keine tröstlichen Worte. Am liebsten hätte er ihr allen Zuspruch dieser Welt gegeben. Doch Mitleid und Sorge um sie lähmten alle guten Absichten. Er hätte sie so gern beschützt, aber es ging nicht mehr. Die Macht seines Geschlechterverbands war stärker als er.

Geschlechter besaßen in Dithmarschen großen Einfluß, obgleich ihre ursprüngliche Bedeutung schwand. Aber noch immer wirkten deren reichste und mächtigste Männer auf die Entscheidungen in allen politischen Kollegien und Verwaltungen ein. Hervorgegangen waren die Geschlechter aus Siedlungsverbänden, die zusammen mit der ersten Bedeichung des Landes um etwa eintausend Jahre nach Christi gegründet wurden. Sie setzten sich aus verschiedenen Familien und Sippen zu einer Art Schwurbrüderschaften zusammen, die jeweils ein Stück vom neueingedeichten Land kultivierten. Als Genossenschaften gewährten sie jedem Geschlechtervetter Rechtsschutz. Dieser wurde mit Waffengewalt durchgesetzt. Auch hatte einer für den anderen einzustehen. Die Geschlechter wurden mit eiserner Hand geführt, waren aber demokratisch geordnet und verfügten über gemeinsames Eigentum. Sie verlangten auch Waffenbrüderschaft für eigene Verbände.

Wer die strengen Satzungen der Geschlechter nicht befolgte, wurde für vogelfrei erklärt. Dem Betroffenen blieb nichts anderes übrig, als das Land zu verlassen, weil er in Dithmarschen nirgendwo mehr Rechtsschutz genoß oder neuen erhielt. Die Bündnisse hatten eigene Gesetze, auch solche, die strenge Anstandsregeln für sittliches und moralisches Verhalten des einzelnen festlegten. Sie überwachten sogar Keuschheit und Unberührtheit der Jungfrauen, und sie bestraften Gestrauchelte unbarmherzig.

Anna war ein solches Opfer.

Verwirrt fragte ihr Vater sie immer wieder: „Wie konntest du nur?!“

Er machte keinen Hehl daraus, wie ratlos, hilflos und wehrlos er war. Das rührte seine Tochter zu noch mehr Tränen. Was sie am meisten schmerzte, war seine Meinung, er sei mitschuldig an ihrer verzeifelten Lage. Dazu kam ihre Angst vor der schweren Strafe, die ihr unmittelbar bevorstand. Immer wieder hatte sie sich gefragt, was denn so böse oder schlecht an dem sein sollte, was sie getan hatte. Sie fand keine Antwort.

Es war erst vor wenigen Wochen gewesen, daß sie sich Hals über Kopf in einen Mann verliebt und sich nach ihm verzehrt hatte. Er war ein Fremder, ein Holländer, der aus seiner Heimat geflüchtet war. Er hieß Wulf Isebrand. Vater hatte ihn als Landarbeiter zu sich auf den Hof genommen. Aus Dankbarkeit, wie er sagte, weil ihn Isebrand auf dem Heimweg vom Heider Wochenmarkt aus den Händen bewaffneter Räuber befreit und ihm das Leben gerettet hatte.

Anna und ihre Schwester Wiebe himmelten den geheimnisvollen Fremden gleich an.

Dabei nahm Anna ihre Schwester gar nicht für voll. Für sie war Wiebe ein stilles, unbeholfenes und tapsiges Mädchen, das für einen Mann wenig Reize zu bieten hatte. Also keine ernstzunehmende Nebenbuhlerin. Zusammen mit Isebrand arbeiteten sie beide im Viehstall und auf den Feldern, wo er so liebevoll über Gräser, Blumen, Sträucher und Tiere sprach, wie sie es noch nie von jemandem gehört hatten.

Seine jugendliche, kraftvolle Männlichkeit zog Anna auf geheimnisvolle Art unwiderstehlich an. Alles an ihm entfachte in ihr Gefühle, die sie bis dahin nicht gekannt hatte. Ob es sein schlanker, großer und muskulöser Körper oder die feingeschnittenen Gesichtszüge mit den dunkelbraunen Augen unter dem Blondschopf waren, dazu die schlanken, festen Hände und die tiefe, sanfte Stimme: Für Anna war Isebrand die Erfüllung all ihrer Sehnsüchte.

Eines Nachts, als sie lange an ihn gedacht hatte und darüber nicht einschlafen konnte, stellte sie sich ihn ganz nah vor. Dabei überkam sie in ihrer jungfraulichen Neugier ein ganz unbekanntes sinnliches Verlangen. Sie sah im Geiste Isebrand langsam auf sich zukommen, fühlte seine feste Umarmung, dann seinen warmen Atem und erschauerte unter einem zärtlichen Kuß. Ich liebe dich, ich liebe dich, hörte sie sich immer wieder selbst beglückt seufzen.

Nie zuvor hatte sie ein so unstillbares und forderndes Begehren nach dem Körper eines Mannes verspürt. Nie zuvor hatte sie etwas so geheimnisvoll Wunderbares erlebt. Sie taumelte aus ihren wonnigen Vorstellungen hoch. Und es trieb sie, wie unter einem inneren Zwang, aus ihrer Kammer, die sie mit ihrer Schwester teilte. Sie huschte in die Diele, wo Isebrand in einem der Alkoven schlief.

Als sie später wieder in ihrem eigenen Bett lag und daran dachte, daß sie nun für immer und ewig Isebrands Frau sei, war es ihr völlig egal, ob sie gegen Sittengesetze des Landes verstoßen hatte oder nicht. Denn sie hatte dem Mann ihre Unschuld geschenkt, den sie liebte – mehr als ihr eigenes Leben. Sollten sie doch kommen, die Philister, die falsch Zeugnis redeten, weil sie verlogene Moral hüteten.

Erst am nächsten Morgen wurde ihr voller Furcht klar, daß sie ihre Unschuld an einen Landesfremden verloren und damit gegen strenge Regeln ihres mächtigen Geschlechterverbands verstoßen hatte. Sie bat Gott um Vergebung, gelobte zu büßen – und konnte es den ganzen Tag über nicht erwarten, ihren Geliebten wieder zu umarmen.

Anna war naiv genug zu hoffen, daß ihre große Liebe zu Isebrand erwidert werde. Über das körperliche Verlangen hinaus wollte sie ihm bedingungslos gehören. Sie glaubte, er fühle wie sie und würde immer mit ihr zusammenbleiben. Ein dramatischer und zugleich tragischer Irrtum. Nach Nächten voll wilder und zügelloser Leidenschaft traf es Anna wie ein Keulenschlag, als ihr Isebrand nach einer Umarmung verlegen und gewissensschwer beichtete, daß er ihre Schwester Wiebe liebe.

Sein Geständnis verletzte sie tief und brachte sie beinahe um den Verstand. Sie fühlte sich belogen, betrogen und gedemütigt, und sie litt unsäglich darunter. Oft irrte sie weinend und schreiend und wie in panischer Angst im Hause umher. Sie rief immerfort nach ihrer Mutter, sehnte sich nach deren Schutz und flehte sie um Hilfe an. Aber ihre Mutter war schon drei Jahre tot.

Dann schlug das Schicksal zum zweiten Mal zu: Das Ehrengericht ihrer Sippe erklärte, Annas Tun wäre sittlich verdorben und moralisch verwerflich. Es verurteilte sie dazu, als entehrte Jungfrau und schmutzige Hure einen Tag lang am Pranger öffentlich zur Schau zu stehen. Anfangs haderte sie mit ihrem Herrgott, dann aber suchte sie die Schuld bei sich selber. Schließlich glaubte sie sogar, daß sie allein sündig geworden und deshalb vor Gott in Ungnade gefallen sei. Sie schwieg duldsam vor Gericht, verteidigte sich und ihre Liebe nicht und betete nur um Barmherzigkeit.

Anna hätte am liebsten sterben wollen. Sie, die guterzogene, fromme und gehorsame Tochter eines angesehenen Bauern, sollte an den Schandpfahl und von nun an ein Leben lang als geächtete Graswitwe leben. Sie wußte, jedem dithmarscher Mann war unter härtester Strafandrohung untersagt, sie anzufassen, zu freien oder gar zu heiraten . „Wer eine Hure heiratet", so hieß es in den Sittengesetzen der Geschlechter, „verrät sein Vaterland."

Anna zerbrach fast über dem Gerichtsurteil. Als sich in ihr obendrein der Verdacht festigte, ihre Schwester hätte sie aus Eifersucht an die Sippe verraten, um sie als Rivalin auszuschalten, glaubte sie, verrückt zu werden. Ihre eigene Schwester! Nie zuvor hatte sie sich so allein gefühlt.

Als sie nun von ihrem Vater Abschied nehmen mußte, spürte Anna den gleichen Schmerz. Beide standen vor dem Dielentor des Muhlen-Hofs in Epenwöhrden. Um sie herum hatten Knechte und Mägde einen Halbkreis gebildet. Betreten stierten sie zu Boden. Einige Schritte entfernt lehnten zwei junge Männer gegen einen verdreckten zweirädrigen Pferdekarren mit mannshohem, rohbehauenem Holzgitter. Vor dem klobigen Gefährt hielt ein angegrautes kurzbeiniges und gedrungenes Schleswiger Kaltblut gelangweilt seinen Kopf stur nach vorn gerichtet. Die beiden Burschen waren gekommen, um Anna auf den Marktplatz in Heide zu bringen. Ihr war bekannt, daß dort der Pranger für besonders verachtenswerte Straffällige stand. Anna erkannte in ihnen zwei Vettern aus Oldenwöhrden. Sie gehörten dem selben Geschlechterverband der Buwmannen an wie sie und ihre Familie.

Ergriffen spürte sie, wie der Vater ihren Körper fester an sich drückte. Wieder schossen ihr Tränen in die Augen. Sie fühlte, daß auch Vater dem Weinen nahe war. Eine düstere Vorahnung beschlich sie: Würde sie jemals wieder auf den Hof zurückkehren und ihren Vater wiedersehen? Sie fuhr zusammen. Hinter dem Kammerfenster des Hofgebäudes entdeckte sie das Gesicht ihrer Schwester und ganz nah daneben das Isebrands. Beide blickten zu ihr herüber. Anna empfand nur Abscheu und Wut.

Am liebsten hätte sie ihre Gefühle hinausgeschrien, Gott und die

Welt vor diesem Schurken und dieser heimtückischen, bösartigen, falschen Schlange gewarnt. Sie beide waren es gewesen, dachte Anna verzweifelt, die an allem schuld waren, die sie und ihren Vater ins Unglück gestürzt hatten.

Mit einem Male spürte sie, wie ihr Vater in ihren Armen ruckartig schwer wurde, langsam an ihr hinabrutschte, weil sie ihn nicht mehr halten konnte. Auf der Erde sank er in sich zusammen. „Papa!“, schrie sie in Panik, und immer wieder „Papa!“. Doch er hörte ihre Schreie nicht.

Anna war vor Schreck und Entsetzen wie gelähmt. Sie starrte nur mit aufgerissenen Augen auf den leblosen Körper vor sich auf dem Hofpflaster. Um sie herum brach Hektik aus. Knechte und Mägde fielen aufgeregt und mit sinnlosen Handgriffen über den verdrehten Körper am Boden her. Sie fuchtelten in der Luft herum, fummelten am Wams des Bauern, wollten irgendwie helfen, wußten aber nicht wie. Die beiden Burschen vom Pferdekarren liefen erschrocken herbei.

Aus dem Haus hasteten Wiebe und Isebrand zu der wild gestikulierenden und wirr durcheinander sprechenden Menschengruppe. Beide hatten eine große, schwarze und dicke Wolldecke in der Hand. Anna stand mitten in der aufgeregten Gruppe. Sie nahm von alledem kaum etwas wahr. Benommen murmelte sie nur immer wieder vor sich hin: „Papa! Papa!“ und „Ich bin schuld. Ich bin schuld.“

Isebrand schob die anderen energisch zur Seite, beugte sich hinab zu dem Ohnmächtigen auf der Erde, hielt seine rechte Wange ganz nah über dessen geöffneten Mund, verharrte so einige Minuten, sah dann auf und blickte direkt in den Kreis der neugierigen Augen um sich herum.

„Er atmet“, sagte er. Und ergänzte: „Er lebt.“

Die Umstehenden seufzten oder stöhnten erleichtert auf. Sie halfen Wiebe und Isebrand dabei, den bewußtlosen Bauern eilig, aber behutsam auf die ausgebreitete Decke zu heben. Dann trugen sechs Knechte das gespannte Tuch mit dem Körper darin langsam auf das Haus zu.

Erst jetzt kam Anna zu sich, erfaßte das Geschehen in seiner ganzen Tragweite. Sichtlich aufgewühlt und erschüttert wollte sie den Trägern folgen, streckte dabei die Arme nach ihrem Vater aus. Sie wollte seine Hände anfassen. Aber das gelang ihr nicht. Sie kam nur wenige Schritte weit. Beide Vettern hielten sie mit eisernem Griff zurück. In ihrer wahnsinnigen Angst um ihren Vater rief sie immer wieder: „Papa, laß mich bitte nicht allein!"

Sie versuchte mit aller Kraft, sich aus den festen Griffen der Burschen zu befreien. Schreiend schüttelte sie ihre Arme gegen die Umklammerung an. Doch die beiden hatten inzwischen mit Gewalt ihre Hände gefesselt. Das brach ihren Widerstandswillen. Erneut wurde sie von Weinkrämpfen übermannt. Sie schluchzte, wimmerte und schaute dabei entsetzt ihrem Vater nach, den die Knechte immer weiter von ihr wegtrugen, bis er, wie für immer, hinter dem Dielentor im Dunkeln des Hausinneren verschwand.

Anna war zumute, als sei sie tot. Sie fühlte sich von geheimnisvollen Mächten umgebracht. Die beiden Männer zogen Anna rücklings zum Pferdekarren hin. Sie wehrte sich nicht, fühlte sich körperlich zu erschöpft, seelisch gebrochen, hatte sich aufgegeben. Willenlos gehorchte sie, als die jungen Männer sie die Holzbohle hinauf zum Wagen hochzerrten. Ihren Blick hatte sie immer noch starr auf das Tor gerichtet, hinter dem ihr Vater verschwunden war. Ob ihr Vater schon tot war, ging es ihr angsterfüllt durch den Kopf. Nein, oh Gott, laß ihn bitte nicht sterben, bettelte sie inbrünstig. Ich brauche ihn! Wer sonst wohl sollte mich beschützen?

Anna spürte, wie beide Wächter auch noch ihre Füße fesselten und sie grob in eine Ecke des Karren setzten. Der eine von ihnen trieb mit einem Zungenschnalzen das Pferd an. Knarrend und quietschend polterte und rumpelte das unförmige Gefährt auf dem ausgetrockneten Lehmweg nach Heide, wo der Schandpfahl auf sie wartete…

Der Pferdewagen neben Anna polterte und rumpelte und holte sie mit seinen Geräuschen aus der Vergangenheit zurück auf den hartgefrorenen Weg nach Oldenwöhrden. Sie fühlte Telses Blick auf sich gerichtet, blickte zu ihr hinüber, lächelte gequält. „Verzeih", sagte sie leise. Sie hatte sich wieder in der Gewalt. Ihre Hände zitterten nicht mehr. Die Begegnung mit Isebrand ließ ihr aber keine Ruhe. Sie wähnte ihre Tochter in größter Gefahr.

Sie hatte es ihr angesehen, daß der Lump auf sie angenehm, wenn nicht gar anziehend gewirkt hatte. Das war Grund genug, nahm sie sich entschlossen vor, es nicht zuzulassen, daß Telse eine Dummheit beging und sich ins Unglück stürzte.

Ihre Gedanken überschlugen sich regelrecht. Telse durfte sich keinesfalls in diesen Mann verlieben. Sie war zu unerfahren, um den Kerl richtig durchschauen zu können. Obendrein war er fast zwanzig Jahre älter als sie. Er hätte ihr Vater sein können. Ekelhaft, dachte sie empört. Eine Liebesbeziehung zwischen beiden würde sie nicht überleben.

Sie mußte schnellstens handeln. Ihr fiel die Vereinbarung zwischen Marschall von Ahlefeldt und ihrem Mann ein. Sie würde dafür sorgen, nahm sie sich vor, daß Telse sofort außer Landes gebracht und unter den Schutz des Dänenkönigs gestellt würde. Ich muß schleunigst alles tun, damit Isebrand Telse niemals gefährlich werden kann. Er muß aus ihrem Leben verschwinden! Nein, er muß aus unser beider Leben verschwinden, schwor sie sich entschlossen.

Die Zeit dafür war günstig und ihr Plan vortrefflich geeignet. Sie hatte ihn bereits geschmiedet, als sich ihr Mann als Spion verdingte. Denn sie hatte Ahlefeldt und ihn bei ihrem Gespräch heimlich belauscht. Dabei war ihr die Idee gekommen, für ihr Vorhaben die Spitzeldienste ihres Mannes zu nutzen. Nur mußte sie ihn noch auf ihre Seite ziehen.

Mit dem Plan könnte sie Telse beschützen und sich gleichzeitig an Isebrand für alles rächen, was er ihr angetan hatte: Ihre Liebe verraten und verschmäht, ihren Körper mißbraucht, sie belogen und betrogen, vor aller Welt gedemütigt und erniedrigt, ihren Vater umgebracht und sie zu einem Leben gezwungen, das sie so nicht gewollt hatte. Und nun will er mir noch meine Tochter nehmen. Das lasse ich nicht zu! Und wenn er dabei sterben müßte!

Sie hatte lange mit sich gerungen, ob sie ihn bestrafen sollte oder nicht. Denn sie mußte sich auch eingestehen, stets für kurze Momente tief im Inneren angenehm berührt zu sein, wenn sie ihn sah oder an ihn dachte. Doch der Haß trat die aufflackernden zärtlichen Regungen schnell wieder aus. In solchen Augenblicken steigerte sich sogar ihr Verlangen nach Rache bis hin zur Besessenheit. Dem fühlte sie sich dann wehrlos ausgeliefert. Deshalb war sie zu dem Schluß gekommen, es tun zu müssen. Sie sah keinen anderen Ausweg aus ihrem Haß.

Noch vor dem Ende des Krieges sollte es geschehen. Noch bevor sie vielleicht selbst sterben müßte. Sie wollte die Genugtuung erleben. Nur so würde sie endlich Ruhe finden, ob im Leben oder im Tod. Davon war sie überzeugt.

5

Thomas Slentz ließ die Plane hinter sich zurückfallen. Mit lautem Knall klatschte sie gegen den Eingangspfosten. Er stand im Stabszelt des Dänenkönigs Johann I. Der hatte die höchsten Offiziere seines Heeres zur Lagebesprechung zusammengerufen. Es ging darum, ob sofort losgeschlagen oder solange gewartet werden sollte, bis sich die Dithmarscher freiwillig unterwerfen würden.

Für Slentz stand fest: Er wollte Krieg. Und zwar sofort und um jeden Preis. Er haßte es, lange zu beraten, zu überlegen und wieder zu beraten. Geschwätz brachte nichts. Seine Soldaten waren ungeduldig geworden, kaum noch zu bändigen. Sie waren verrückt nach Beute. Vor ihnen lag das reiche Land verlockend wie eine Frau. Mit solchen Sprüchen hatten sie ihn angegiftet. Sie wollten sich endlich holen, was ihnen gehörte. Für sie war nur das Recht des Stärkeren gültig. Und sie fühlten sich stärker als alle anderen auf der Welt. Slentz war sich im klaren, daß so schnell wie möglich ins feindliche Land einmarschiert werden mußte. Schließlich ging es hier um seinen Kopf.

Er befürchtete eine Meuterei in den eigenen Reihen. Je länger sie auf den Feldzug warten mußten, desto unzufriedener, lauter und rebellischer wurden seine Landsknechte. Er wußte, daß sie keine Gnade kannten, wenn sie sich betrogen fühlten. Auch nicht mit ihm, ihrem Obersten Kapitän, dem Kommandeur der Großen Garde. Er würde dem König klarmachen müssen, daß vorzeitige Kapitulation Verrat an der Garde bedeutete. Und daß er dann mit allen möglichen Folgen rechnen müßte. Seine Soldaten würden auch vor einem Monarchen nicht Halt machen.

Slentz blickte prüfend auf die Runde vor sich. Das großflächige weiße Zeltdach hing tief nach innen, knapp über den Köpfen der Männer. Sie standen um einen mächtigen Tisch herum, auf dem riesige ausgerollte Landkarten lagen. In ihren bunten, prunkvollen Uniformen sahen die Offiziere aus wie lockere Weiber, belustigte sich Slentz an dem Bild, das ihn an den Auftritt von Komödianten auf Wochenmärkten erinnerte. Die hüftlangen, weiten Umhänge und die darunter eng anliegenden, teilweise geschlitzten Gewandteile wie Wams oder Beinlinge waren an Kragen und Ärmeln reich mit Schnüren, Spangen, Kordeln und Riemchen verziert. Die Vorstellung, daß diese Ziervögel unter ihrem Plunder genauso nackt waren wie seine verkommensten Soldaten, wenn sie zu ihren Kompaniehuren gingen, bereitete ihm großen Spaß.

Draußen war die Luft erfüllt von Lärm. Es schallten laute Stimmen ins Zelt herein, dazu metallenes Klirren, Peitschenknallen, Flüche, Lachen, Befehle, das Ächzen von Wagenrädern, zwischendurch ungleichmäßiger Marschtritt von Soldaten oder aufgeregtes Pferdewiehern. Es war das laute Durcheinander des Heerlagers, das König Johann an der holsteinischen Grenze zu Dithmarschen in den winterlichen Wäldern zwischen Hademarschen und Grünental hatte aufschlagen lassen.

In solcher Umgebung fühlte sich Slentz wohl. Das war seine Welt und die seiner Landsknechtbande, die überall in Europa gefürchtet war, dachte er voller Stolz. Mit ihr konnte er wie mit einem Schwert ganz allein bestimmen, wer leben bleiben durfte oder sterben mußte. Auch ein König, der nicht kuschte.

Slentz stampfte zur Zeltmitte hin, wo Johann mit den führenden Hauptleuten seiner Armee die Besprechung begonnen hatte. Ihm war vorher gemeldet worden, daß sich der Monarch als Oberkommandierender des Heeres zuerst über die genaue Stärke aller Abteilungen schlau machen wollte. Außerdem erwartete er eine erste Nachricht von einem Spion aus dem feindlichen Lager. Der Inhalt der Meldung sollte darüber entscheiden, ob der Krieg sofort begonnen oder noch einige Tage aufgeschoben werden sollte.

Slentz hatte vertraulich erfahren, daß der König eine Kapitulation der Bauern anstrebte, noch bevor er den Einmarschbefehl geben wollte. Das würde Kriegskosten sparen. Dithmarschens Reichtum würde ihm ohne Blutvergießen in den Schoß fallen. Das brächte ihm außerdem mehr Ruhm ein, als wenn er einen blutigen Krieg führen müßte. Bei dem Gedanken spürte Slentz unangenehme Hitze in den Kopf steigen. Nicht mit mir, drohte er im Stillen. Seine Soldaten würden sich niemals damit abfinden, daß ihnen der hochnäsige Adel die sichere Beute wegschnappte. Für ihn, den Gardeführer hieße das, Schwierigkeiten mit seinen Leuten zu bekommen. Ihn fröstelte.

Er sah sich nach einer Wärmequelle um, entdeckte nur ein müdes Feuer, das neben der herunterhängenden Eingangsplane auf einer großen, leicht gewölbten Tonschale schwelte. Es spendete mehr Qualm als Wärme. Und die Luft blieb eiskalt. Wenn die Männer sprachen, flatterte durchsichtig gefrorener Atem über ihre Lippen in den engen Kreis um Tisch und König. Während Johann I. sprach, betrachtete Slentz ihn heimlich von der Seite.

Er war mittelgroß, schmächtig, hatte hängende Schultern, ein schmales, von langem welligen Kopfhaar umrahmtes Gesicht mit auffällig langer, gerader Nase, darüber eine Faltenstirn, die von den großen, leicht hervorquellenden und traurig dreinblickenden Augen durch weitgeschwungene, dicht gewachsene Brauen getrennt war. Auf dem kleinen weichen Mund über dem rundgewölbten, vorstehenden Kinn lag ständig ein spöttisches Lächeln.

„In drei Tagen schlagen wir los“, sagte der König unverhofft und strich mit der Rückseite seiner Finger lässig über die Karte von Dithmarschen, als wollte er das Land mit einer Handbewegung vom Blatt wischen.

„Warum erst dann?“, fragte Slentz.

Der Monarch blickte den blonden Hünen neben sich erstaunt an. Vor sich sah er ein breites Gesicht, das von einem struppigen Bart fast verdeckt war, aber einen grauenvollen Anblick bot. Von der linken Schläfe zog sich unterhalb der Augen und über die Nase hinweg schräg zum rechten Ohr hin eine gräßliche Narbe. Sie schimmerte rotblau, war breit und tief. Ein Dolch oder Schwert muß früher einmal dieses Gesicht aufgeschlitzt haben, dachte der König.

„Weil ich sicher bin, Junker Slentz, daß die verdammten Bauern wissen, wie sinnlos Widerstand ist", antwortete er dann. „Deshalb werden sie uns noch vor Ablauf der drei Tage ihr Land auf dem goldenen Teller reichen."

„Und unsere Beute?"

„Die werden wir uns anschließend in Ruhe holen."

„Wir?!", fragte Slentz und zog dabei die Augenbrauen hoch. Er war mißtrauisch geworden. Vor dem gierigen Hochadel ist Vorsicht geboten, sagte ihm eine innere Stimme. „Ihr habt vergessen, daß Ihr uns, der Garde, den Hauptanteil zugesichert habt."

„Aber sicher doch", ereiferte sich der König zuvorkommend. Er hob beschwichtigend beide Hände, als sei er mißverstanden worden und habe nichts Böses im Sinn. Überfreundlich klopfte er dem Söldnerführer auf die Schulter: „Über die Einzelheiten sprechen wir, wenn es soweit ist." Der Schleimer will mich auf die sanfte Art übers Ohr hauen, dachte Slentz. Der wird sich wundern.

Der König war sich bewußt, daß er Slentz auf keinen Fall verärgern durfte. Die Söldnerbande war die Hauptstütze seiner Streitkräfte. Ohne die Garde würde es keinen Sieg über die widerspenstigen Bauern geben. Denn die Dithmarscher sollten zwar militärisch schwach, aber kampfmoralisch ohne Beispiel sein, hatte er von seinen Beratern erfahren. Und er wollte das Land schnell unterwerfen. Also mußte er möglichst nett zu dem Söldnerführer sein. Außerdem war Slentz jähzornig und gefährlich. Dann war mit ihm nicht zu spaßen. Er kannte ihn aus gemeinsamer Kriegszeit vor drei Jahren in Schweden. Die Garde war damals der Kern seiner Truppen gewesen, als er den Aufruhr seines Statthalters Sten Sture niedergeschlagen hatte.

Damals war Slentz zusammen mit einem Nithart Fox, der inzwischen gestorben war, gleichrangiger Anführer der Garde. Nun war er bereits mit achtunddreißig alleiniger, unumstrittener Oberster Kapitän des Landsknechtheeres. Insgeheim schätzte König Johann ihn als bedeutende Führerpersönlichkeit. Der Mann hatte militärische Erfolge vorzuweisen, dazu kaufmännischen Sinn für lohnende Soldverhandlungen und obendrein gute Beziehungen zum führenden Adel. Er würde ihn nicht gern zum Feind haben, sinnierte der Monarch.

Im Sog des allmählichen Machtverfalls von Kaiser und Papst rissen sich streitbare Fürsten um die Große Garde, um mit ihr gegenseitigen, blutigen Landraub zu betreiben. Slentz liebte es, einmal für und dann wieder gegen ein und denselben Fürsten ins Feld zu ziehen. Er brauchte Kämpfen und Töten, um sich und seine Garde am Leben zu erhalten.

König Johann bewunderte auch den heldenhaften Mut des Mannes. In den schwedischen Kämpfen hatte er Slentz als unerschrockene, tapfere, manchmal tollkühne und beeindruckende Gesamterscheinung erlebt. Er hatte selber gesehen, wie der Gardeführer in goldglänzender Rüstung auf einem mächtigen Schimmel vorweg ritt. Er war weithin sichtbar und flößte dem Gegner allein durch seine machtvolle Erscheinung Furcht ein. Schon bei der ersten Feindberührung saß er vom Pferd ab und trat im Nahkampf zu seinen Männern in die erste Reihe einer Phalanx aus mehreren tausend Soldaten. Wie eine Mauer standen sie dann in geschlossener, tiefgestaffelter und spießestarrender Schlachtordnung. Das hatte ihm an Slentz gefallen, wie der als Vorbild seine Mannschaften hinter sich brachte.

Das war auch bestimmt nötig, wie der König Slentz' Lage einschätzte, denn die Garde war ein wild zusammengewürfelter Haufen aus verwegenen und hartgesottenen Kerlen verschiedener Nationen. In ihren Reihen gab es neben Deutschen ebenso viele Holländer, Franzosen, Schweizer, Italiener, Schotten, Lombarden, Spanier und Ungarn; sogar Mauren waren dabei. Allen gemeinsam ging der Ruf unmenschlicher Schrecken und barbarischer Grausamkeit voraus. Viele der Söldner waren vorher Schläger, Diebe, Räuber und Mörder gewesen. Johann I. war das egal.

Er hatte in Schweden erlebt, wie die Gardesöldner im Gefecht neben Beutegier und Brutalität hohe Kampfmoral und bewußte Unterordnung unter ihren Anführer gezeigt hatten. Nur das allein zählte für ihn. Hatten aber die Söldner mal nichts zu tun, weil im Augenblick kein Fürst oder König sie brauchte und deshalb der Sold knapp wurde, kam es auch zu Meutereien. Doch Slentz war für den Dänenkönig Sicherheit genug, daß so etwas bei diesem Kriegszug nicht vorkommen konnte.

Ein Melder trat hastig ins Zelt, ging schnurstracks auf Feldmarschall von Ahlefeldt zu, flüsterte ihm etwas ins Ohr und ging, mehrmals zum König hin unterwürfig buckelnd, rückwärts bis zum Eingang. Dort wartete er auf weitere Befehle.

Ahlefeldt sagte, zum König hingewandt: „Zwei fremde Reiter nähern sich unserem Lager. Vermutlich feindliche Späher."

König Johann überlegte einen Moment, lachte kurz auf und befahl: „Zieht alle Wachen zurück. Laßt die beiden in Ruhe ans Lager kommen. Mögen sie uns nach Herzenslust auskundschaften. Sie sollen sehen, was wir alles an Soldaten und Waffen haben, wie stark wir sind und wovor sie sich fürchten müssen. Desto eher kriegen die Bauern Schiß und kommen bald mit der weißen Fahne. Vor einem Heer wie dem unsrigen werden sie die Hosen voll haben." Ahlefeldt winkte den Melder heran und gab ihm leise Anweisungen.

Slentz ging die Überlegung des Königs gegen den Strich: „Wir sollten uns die Burschen besser schnappen, sie foltern und über die Verteidigungspläne der Bauern ausquetschen."

Der König drehte sich zur Seite, wo Slentz stand. Der sah, wie dem Monarchen die Zornesader anschwoll. „Keine Widerrede! Klugscheißer haben wir genug!" Die Umstehenden zuckten zusammen. Auch ein Slentz kann nicht aus der Reihe tanzen, dachte der König wütend, wenngleich ihm im selben Moment auffiel, daß er den Obersten Kapitän der Garde beleidigt hatte. Aber wurde der nicht von ihm bezahlt? Das machte ihm wieder Mut.

Oft hatte er seinen engsten Beratern anvertraut, daß er Slentz und seine Mannen vor allem deshalb angeworben hatte, weil sie in den vergangenen zwölf Jahren bei der Unterwerfung freier Bauernschaften im Norden des Kaiserreichs eine Menge Erfahrungen gesammelt hatten. Immerhin war die ursprünglich aus Holland stammende Garde mit den eigentümlichen Geländeverhältnissen an der Meeresküste vertraut. Für seinen Feldzug gegen Dithmarschen also bestens geeignet, war der König sich sicher.

Erst einmal hoffte er, allein mit dem schrecklichen Ruf der Garde seine Kriegskasse zu schonen. Das Söldnerheer war bekannt dafür, daß es auf dem Schlachtfeld keine Gefangenen machte. Die Landsknechte brachten erbarmungslos alles um, was sich ihnen in den Weg stellte: Ob Krieger, wehrlose Frauen, Kinder und Greise. Sie plünderten ganze Dörfer völlig aus, brannten sie nieder und machten alles zur Beute, was ihnen in die Hände fiel. Bereits das

Gerücht, die Große Garde rücke an, vertrieb meist die Bauern mit ihrer Habe von den Höfen oder die Bürger aus den Häusern.

Johann setzte im Stillen darauf, daß auch die Dithmarscher vor Angst in die Knie gehen und kapitulieren würden, bevor noch der erste Kanonenschuß gefallen war. Dann wäre der Krieg zuende, noch ehe er richtig begonnen hatte. Er hätte dann ein reiches Land gewonnen, das er sich mit seinem jüngeren Bruder, dem holsteinischen Herzog Friedrich I., teilen wollte. Und es würde viel mehr übrig bleiben als beide erwartet hatten.

Warum sollte er also Fremden etwas geben, was ihm allein gehörte? Immerhin hatte er schon jetzt allein für die Große Garde siebzehntausend Gulden Sold berappen müssen. Dafür hätte er vierhundertfünfundzwanzig Kriegspferde kaufen können, rechnete er verärgert um.

Unwillig drehte sich König Johann um, als laute Stimmen hinter seinem Rücken seine Gedanken abrupt unterbrachen. Er sah Ahlefeldt zum Zelteingang gehen, wo gerade ein Mönch in schwarzer Kutte und mit weißer Kapuze hereingeführt wurde.

Er trug einen Ledergürtel mit Rosenkranz. Aha, ein Dominikaner, dachte er ein wenig unangenehm berührt. Einer jener Prediger, die der Armut das Wort reden und sich bei der Inquisition besonders hervorgetan haben.

Der Mann nannte sich Servatius. Er sei von Bruder Augustinus, seinem Prior, geschickt worden, sagte er, um eine Meldung zu überbringen. Die erste Nachricht von unserem Spion, schoß es König Johann freudig durch den Kopf. Die Verbindung klappte also.

„Wie lautet die Nachricht?“, fragte er Ahlefeld hastig. Der flüsterte ihm einige Sätze ins Ohr. Die buschigen Augenbrauen des Königs hoben sich in die Stirn, die sich in Falten legte. Ahlefeldt nickte dem Wachsoldaten zu, der gemeinsam mit dem Mönch das Zelt verließ.

Die Hauptleute in der Stabsrunde blickten erwartungsvoll auf den König. Der aber schwieg und wandte sich wieder dem Tisch mit den Karten zu.

Im selben Augenblick zuckte er leicht zusammen. Slentz stand dicht bei ihm, sah ihn lächelnd an. Der Kerl ahnt, wie die Nachricht lautete, dachte der König gereizt, und er lacht mich deswegen aus.

Slentz tat, als sei nichts geschehen. Er beugte sich über die Landkarte und tippte mit dem Finger auf den Standort des Heerlagers. „Wohin soll es von hier aus zuerst gehen?"

„Darüber befinde ich erst übermorgen", erwiderte der König, diesmal kühl, streng und selbstsicher, ganz Oberbefehlshaber. In der Zwischenzeit mußte er noch einmal kurz nach Neumüster zu einer Verhandlung mit dem Gesandten des Kaisers.

Slentz grinste. Er war überzeugt, daß es niemals zu einer vorzeitigen Unterwerfung kommen würde. Die Nachricht müßte das bestätigt haben. Eine anderslautende Meldung hätte Johann gar nicht für sich behalten können. Slentz sah sich im Vorteil. Die verlockende Riesenbeute rückte immer näher.

Er hörte dem König kaum mehr zu, der seine Offiziere einzeln nach dem Stand der Dinge im Feldlager abfragte. Ihm gingen Johanns hinhaltende Worte über die Beute nicht aus dem Kopf. Beide hatten bei der Anwerbung seiner Truppen vereinbart, daß seine Garde das Bauernland zuerst ausplündern durfte und nur das, was seine Landsknechte übrig ließen, für die anderen bestimmt war.

Sollte der Dänenkönig sein Wort brechen, müßte er ihn von seinen Soldaten töten lassen oder ihn selbst umbringen, nahm er sich vor.

Er hatte in seinem Leben nie langes Federlesen gemacht, wenn er betrogen wurde. Und das war oft geschehen. Slentz weidete sich an dem Gedanken, schon als kleiner Bub gewußt zu haben, wie man sich rächte, damit es anderen weh und einem selber gut tat.

Dabei erinnerte er sich an seine Eltern, denen er es grausam heimgezahlt hatte, weil sie ihn nicht geliebt hatten. Sein Vater war von der Mutter beherrscht worden. Der Alte war ein adliger Tunichtgut, hieß Gerhard von Schleinitz und lebte mit seiner Familie im sächsischen Gera. Mit dreizehn war ihm aufgegangen, daß im Haus derer von Schleinitz alles drunter und drüber ging. Erst viele Jahre später hatte Slentz versucht herauszufinden, warum die Eltern so heruntergekommen waren und nicht nur ihr Leben, sondern auch das ihres Sohnes zerstört hatten. Er hatte keine Antwort gefunden. Nur eines wußte er: Weil keiner ihn geliebt hatte, liebte auch er niemanden. So einfach war das.

Wie damals, als er eines Nachts zwei Hemden gebündelt hatte, dazu noch eine Hose und ein Paar Strümpfe. Er stahl heimlich zwanzig Goldstücke aus Mutters perlenbestickter Samtschatulle, holte Vaters kostbarsten Hengst aus dem Stall und zündete aus Rache für dreizehn Jahre elternlose Kindheit Haus und Hof an. Dann verschwand er auf Nimmerwiedersehen und ritt davon. Sein Haß auf Vater und Mutter hatte nichts zurückgelassen, worüber er hätte traurig sein müssen. Es waren nur Lieblosigkeit, Luxus und Lasterleben gewesen. „Woher kommt die Ritterschaft?“, hörte Slentz wie von Ferne den König irgend einen Offizier fragen. Die Lagebesprechung langweilte ihn. Er hörte nicht hin.

Wenn es zum Kampf kommt, sinnierte er, kann ich mich ohnehin nur auf meine Landsknechte verlassen, nicht auf Zahlen. Er hing seinen Gedanken nach, zurück zu den Anfängen seiner eigenen Landsknechtzeit. Wenige Monate nach der Flucht aus dem Elternhaus war er im holländischen Groninger Land auf den wildverwegenen Söldnerhaufen der Großen Garde gestoßen und gleich bei ihr aufgenommen worden.

Eigentlich hatte es nur zum Junglandsknecht gereicht, denn er war, obwohl erst dreizehn, als Siebzehnjähriger angeworben worden. Für sein Alter aber war er außergewöhnlich groß, muskulös und ohne ein Lot Fett am Körper. Schnell und gut lernte er berufsmäßiges Kämpfen, Töten und Plündern. Später kletterte er bei Machtkämpfen innerhalb seiner Kompanie und später im Regiment Stufe um Stufe nach oben, war dabei ehrgeizig, verlogen und rücksichtslos – bis er schließlich an der Spitze der Garde stand.

„Und unsere Geschützgruppe?“, vernahm Slentz wieder die Stimme des Königs. Er sah, wie der Monarch dabei den Mann am äußersten linken Flügelende ansah. Der schien Halsstärke und Schulterbreite für zwei zu haben.

Slentz entdeckte bei ihm eine fingerlange Narbe an der Stirn. Sie zog seinen Blick an, als würden von ihr zwingende Kräfte ausgehen. Armer Hund, dachte er, mußte der nicht genauso leiden wie ich? Eigenartig, daß Menschen nicht ungerührt an Häßlichkeit vorbeisehen konnten, kam ihm für einen Moment in den Sinn.

Er kannte diese Blicke. Entweder sie waren versteckt neugierig und verlegen mitleidig oder offenkundig schadenfroh. Sie brannten sich förmlich in die Seele ein. Als stocherten glühende Messer darin herum.

Slentz fand seine eigene Fratze, wie er sein Gesicht nannte, wenn er sich morgens im Spiegel begrüßte, abstoßend. Zwar flößte er mit seinem Anblick seinen Soldaten nützlichen Respekt ein. Doch das Leben hatte auch anderes zu bieten. Zum Beispiel Frauen. Bei ihnen hatte er nie wahre Liebe gefunden. Und wie oft hatte er sich danach gesehnt. Immer stand ihm dabei sein zerfurchtes Gesicht im Weg.

Er mußte Frauen entweder bezahlen oder sie beherrschen und sie sich rücksichtslos nehmen. Sein Narbengesicht hatte ihn zum Ausgestoßenen gemacht. Und mit jedem Tag, den er als Gebrandmarkter lebte, war sein Haß auf den Mann gewachsen, dem er dieses Schicksal zu verdanken hatte.

Es war vor zwanzig Jahren gewesen. Beide waren damals achtzehn und bereits fünf Jahre Landsknechte bei der Schwarzen Garde. Zuerst beste Freunde, dann Todfeinde. Zusammengeführt hatte sie das gemeinsame Schicksal, daß beide als Kind aus dem Elternhaus ausgebrochen waren. Sein Name war – Wulf Isebrand. Er hatte ihn nie vergessen, denn jeder neue Morgen, an dem er in den Spiegel blickte, erinnerte ihn an diesen Mann, den er haßte.

Slentz wußte nur wenig über dessen Vergangenheit, obwohl sie als Söldner zusammen Freud und Leid geteilt hatten. Isebrand wollte Holländer gewesen sein, als Dreizehnjähriger seinen Vater getötet und aus Angst vor Häschern seine Heimatstadt Amsterdam verlassen haben. Dann war er bei der Garde untergeschlüpft.

Nach einem blutigen Streit um ein schönes, aber liederliches Mädchen war der eine geflohen, der andere, er, Slentz, bei den Landsknechten geblieben. Der Name Isebrand hatte ihn später überall hin verfolgt. Bei allen Kriegszügen hatte er ruhelos nach dem Schurken gesucht, ihn aber nirgendwo aufstöbern können.

Anfangs hatte er fest daran geglaubt, Isebrand irgendwann in seinem Leben wiederzutreffen. Dann hätte er ihm das Gesicht genauso mit dem Dolch aufgeschlitzt, wie der verdammte Teufel es mit ihm getan hatte. Anschließend hätte er ihn getötet, ganz langsam. Mit der Zeit aber hatte er die Hoffnung aufgegeben, den Mann jemals zu finden, auch wenn sein unversöhnlicher Haß nie erloschen war.

6

Telse war es recht: Das Mittagessen sollte später eingenommen werden. Mutter wünschte erst ihre Kleider auszupacken, sich selbst für das gemeinsame Mahl hübsch zu machen und auf Vater zu warten. Der hatte versprochen, nur wenig später nach ihnen das Haus in Heide zu verlassen und ihnen auf den Isebrand-Hof in Oldenwöhrden zu folgen. Sich für eine Tafelrunde herauszuputzen, fand Telse zwar stilvoll, aber durchaus überflüssig, weil nur die kleine dreiköpfige Familie Holm daran teilnahm. Lieber hätte sie bis zum Essen noch etwas Sinnvolles angefangen. Aber was? Auf der Suche nach geeigneten Ideen schaute sie nachdenklich durchs Fenster nach draußen in die winterliche Landschaft.

Ihr fiel wieder die Begegnung mit Isebrand auf dem Weg zwischen Heide und Oldenwöhrden ein: Er war von Mutter beleidigt worden und hatte sich dennoch beim Wegreiten umgeschaut. Das hatte in ihr die Glut einer beglückenden Wärme hinterlassen, die sie noch immer spürte.

Plötzlich verlangte es sie, Isebrand zu sehen. Aber nur Mutters wegen, so bestand sie vor sich selbst darauf und merkte dann verwirrt, daß sie verlegen wurde.

Daß ihn Mutter mit der Anrede *Ausländer* schmähen wollte, hatte sie empört und verletzt. Es drängte sie nun, sich bei ihm für dieses unmögliche Verhalten zu entschuldigen. Ebenso wollte sie ihm erklären, warum Mutter ausfallend gegen ihn gewesen war: Der Abschied von ihrem Heider Haus war ihr sicher näher ans Herz gegangen, als sie es sich bisher hatte anmerken lassen. Bestimmt war das der Grund gewesen, daß sie die Beherrschung verloren hatte.

Aber wie sollte sie nur ihr Herz vor Isebrand ausschütten, wenn der in Heide war und sie selbst weit entfernt davon in Oldenwöhrden?

Sie wurde ungeduldig, konnte sich nicht dagegen wehren und forschte nach einem geeigneten Ausweg, um ihn so schnell wie möglich zu sehen. Ihm bis Heide zu folgen, würde vielleicht gar keinen Sinn haben, weil sie nicht wußte, ob sie ihn dort überhaupt anträfe oder nicht. Aber bestimmt würde er bald zurückkehren, weil er als militärischer Berater sicherlich hier im Oldenwöhrdener Hauptquartier ständig gebraucht wurde. Vielleicht war er ja schon auf dem Weg nach Hause.

Ich reite ihm einfach entgegen, schoß es ihr durch den Kopf. Und zwar sofort. Bei der Vorstellung, ohne daß Mutter es wußte, Isebrand um Nachsicht zu bitten, spürte sie ihr Herz bis zum Hals schlagen.

Ein weiterer aufsässiger Gedanke kam ihr, dem sie erregt nachging: Soll ich nicht einmal heimlich in einem richtigen Männersattel reiten? Damit wäre ich auch viel schneller unterwegs als im querliegenden Frauensattel. Zwar verstieß es gegen Sitte, Moral und Anstand, als Frau rittlings auf einem Pferd zu sitzen. Doch sie hatte sich das schon immer einmal um alles in der Welt gewünscht. Jetzt war die Gelegenheit da!

Eilig bürstete sie vor dem Spiegel ihr hüftlanges hellblondes Haar und band es zu zwei langen Zöpfen, wie es im Lande für Jungfrauen Brauch war. Sie sah sich dabei schon aufsitzen wie ein Mann. Oft genug hatte sie heimlich beobachtet, wie Männer in die Sättel stiegen.

Was wohl Isebrand sagen würde, wenn er sie so heranreiten sähe, lachte sie in sich hinein. Daß sie statt Männerbeinlingen einen langen Rock mit dickem Winterumhang tragen mußte, erhöhte ihre Spannung. Männerhosen anzuziehen, hätte sie nie gewagt. Das wurde in Dithmarschen sogar als Sünde bestraft.

Im Stall legte sie ihrem nervös schnaubenden Araberhengst behutsam den auch für ihn ungewohnten Sattel auf. Sie hatte ihn einfach von einem Balken nebenan genommen. Wahrscheinlich gehörte er Isebrand, dachte sie. Der würde bestimmt nichts dagegen haben. Sie prüfte den Sitz, zog den Sattelgurt fest an, bewegte den lebhaften Hengst einige Schritte im Stall, damit er sich entspannen konnte, und zog schließlich den Gurt nach. Sie war richtig stolz auf sich, weil ihr der Anfang schon recht gut gelungen erschien. Dann raffte und faltete sie umständlich Umhang, Rock und Unterrock hoch und schwang sich, wie sie es von jungen Burschen abgeschaut hatte, in den Sattel. Ihre Kleidung fiel schwer herunter.

Über den Wust von Stoff um sich herum mußte sie lachen. Als sie zum Schluß auch noch den rechten Fuß in den Bügel setzte, atmete sie gleichsam erleichtert und glücklich auf: Geschafft! Vor Aufregung wischte sie sich eine winzige Haarsträhne aus der Stirn, schnalzte mit der Zunge, und los ging es im freien Schritt durch das Tor hinaus in die klare Februarkälte.

Wie geblendet vom weißglänzenden Rauhreif rings um sie herum schloß sie einen Augenblick lang die Augen, trieb den Hengst behutsam an, daß er in Trab fiel, spürte den leichten Wind, wie der ihr vermummtes Gesicht streichelte, gab die Zügel zum leichten Galopp frei und war wie berauscht von dem Gefühl, ganz allein zu sein und sich nur in Gottes Hand zu erleben.

Telse ritt und ritt unter dem herrlich weiten und strahlend blauen Himmel immer weiter vom Hof weg und genoß die uneingeschränkte Freiheit. Sie war wie benommen vor Glück.

So bemerkte sie auch nicht den Reiter, der ihr folgte.

Er befand sich auf demselben Weg wie sie. Es war der einzige, der zurück nach Odenwöhrden führte. Er rückte immer weiter auf, weil Telse ihren Araber im Schritt gehen ließ. So konnte sie den Anblick der winterlichen Marsch besser genießen. Plötzlich aber erschrak sie. Hinter sich, und zwar ganz nah, hatte sie fremde Pferdehufe auf den hartgefrorenen Lehmboden auftreten hören.

Sie zog die Zügel an. Das Vollblut blieb auf der Stelle stehen. Hastig blickte sie sich um: Ein Mann! Auf seinem gedrungenen Körper steckte ein langer, dürrer Hals, der den knochigen Schädel mit dem hohlwangigen und bleichen Gesicht mühsam im Gleichgewicht zu halten schien. Trotz der Kälte trug er keine Kopfbedeckung. Obendrein war er kahlgeschoren.

Sein Pferd streckte schnuppernd den Kopf nach vorn ans Hinterteil ihres Arabers. Sie hörte ein rohes Lachen und dann eine krächzende, rauhe Männerstimme: „Schau mal, Kleines, unsere Pferde verstehen sich sehr gut. Wie ist es denn mit uns beiden?“

Das gemeine Lachen ließ ihr Blut in den Adern gefrieren. Entsetzliche Angst packte sie. Sie war sich sicher, es würde etwas Schreckliches passieren, wenn sie nicht gleich handelte.

Es gab nur zwei Möglichkeiten, überschlugen sich ihre Gedanken. Entweder sie ritt weiter nach Heide in den Schutz von Menschen oder zurück nach Oldenwöhrden.

Würde sie sich für Heide entscheiden, schoß es ihr durch den Kopf, wäre ihr Pferd bestimmt schneller als das des gräßlichen Kerls. Aber was, wenn sie aus dem unvertrauten Sattel fiele? Und daß sie Isebrand rechtzeitig träfe, wäre unwahrscheinlich. Denn weit und breit gab es nur sie und diesen Fremden. Sollte sie sich für Oldenwöhrden entschließen, müßte sie ihr Pferd wenden, an dem Schurken vorbei und ihn unschädlich machen, damit er sie nicht verfolgen könnte. Aber wie?

„Komm, mein Mädchen, dreh deinen Gaul um und laß dich umarmen“, hörte sie es wieder hinter sich krächzen. „Oder muß ich dich holen?“, belauerte die Stimme sie.

Telse wußte auf einmal nicht, wie ihr geschah: Energisch wendete sie den Hengst, der sich beinahe allein mit den Hinterbeinen auf der Stelle drehte, und stand Auge um Auge dem fremden Mann gegenüber.

Der zuckte leicht zusammen. Soviel Kühnheit hatte er einer Frau nicht zugetraut. Und da ihm ein so schönes Mädchen auf einem so wertvollen Hengst direkt vom Himmel gefallen zu sein schien, verschlug es ihm vor Freude die Sprache. Er faßte sich aber schnell, starrte Telse gierig an und ließ sich, seiner Beute sicher, bedächtig aus dem Sattel gleiten.

„Komm, steig ab! Ich will dich!“

Blankes Entsetzen ergriff Telse. Mein Gott, was soll ich nur tun?

Der Fremde hatte die Füße auf den Boden gesetzt, baute sich breitbeinig vor Telses Pferd auf, versperrte ihr den Weg. Dann griff er nach dem Halfter.

„Laß mich durch, du Scheusal!“ Telse gab sich mutig, war aber dem Weinen nahe.

„Tu nicht so. Komm endlich runter! Ich will Spaß mit dir haben.“ Drohend trat er ganz nah ans Pferd heran.

Telse geriet in Panik. Sie fühlte nur noch schreckliche Angst und spürte gleichzeitig eine unbändige Wut auf den Kerl vor ihr.

Wie von Sinnen stieß sie urplötzlich einen langgezogenen kreischenden Schrei aus, schlug dabei ihre Hacken mit voller Wucht in die Seiten des Pferdes, peitschte die Gerte hinterher, und ihr Hengst stieg mit gellendem Wiehern geradewegs vor dem Fremden und dessen Pferd hoch. Das andere Tier erschrak, erhob sich ebenfalls, stand nur noch auf den Hinterbeinen und schlug dabei wild mit den Vorderbeinen nach vorn aus.

Der Fremde duckte sich, von dem Angriff der Frau völlig überrascht, tief hinunter, taumelte hilflos zur Seite und stolperte rücklings zu Boden. Wie gelähmt lag er da. Seine Augen starrten in blankem Entsetzen zu Telse herauf, als erwarte er jeden Moment den tödlichen Huftritt ihres Pferdes.

Telse hatte ihren Hengst schnell wieder in der Gewalt, feuerte ihn zum Sprung an und flog mit ihm in hohem Bogen über den aufschreienden Mann, der sich mit einem Ruck zur Seite wälzte. Nur eine Handbreit entfernt von seinem Gesicht traf der Huftritt die Erde.

In wildem Tempo raste Telse zurück nach Oldenwöhrden, ohne sich auch nur einmal umzudrehen. Als sie den Isebrand-Hof erblickte, hielt sie kurz an. Sie merkte, daß sie am ganzen Körper zitterte. Aber sie war stolz auf sich. Isebrand würde sie für ihren Mut loben, dachte sie. Obwohl es in Wirklichkeit Todesangst gewesen war. Sie war überrascht, daß ihr erster Gedanke nach der geglückten Rettung Isebrand galt.

7

„Königliche Hoheit“, frotzelte Slentz, „Ihr habt zwölftausend Mann, um ein kleines Ländchen zu erobern. Sagt, liegt Dithmarschen im Himmel?“

„Nein.“ Verdutzt blickte der König den Gardeführer an.

„Dann bin ich ja beruhigt“, fuhr Slentz fort.

Niemand im Stabszelt des Heerlagers wußte, ob Slentz mit dem König seinen Spott trieb oder es ernst meinte, was er sagte.

„Wenn es uns gelingt, in das Land hineinzukommen, dann seid unbesorgt, ich werde es meinem König ohne Schwierigkeiten liefern.“ Slentz verbeugte sich unmerklich.

Er hatte dabei ein ironisches Lächeln um den Mund. Daß ihm der Monarch den Hauptteil der zu erwartenden Beute streitig machen wollte, schien ihm nach dem vorangegangenen Geplänkel über diese Frage sicher. Er wird sich an mir die Zähne ausbeißen, rief sich Slentz zur Geduld.

„Danke, Slentz, ich darf das als Zeichen deiner Ergebenheit verstehen.“ Daß sich der Gardeführer seines Sieges über die Dithmarscher so sicher war, versöhnte König Johann mit dem Mann, den er in seiner engsten Umgebung am meisten fürchtete.

Er forderte seinen Feldmarschall auf, den versammelten Offizieren die Kampfkraft des Gegners zu beschreiben, „damit sie wissen, mit wem sie es vielleicht bald zu tun haben werden.“ Ahlefeldt galt als Kenner des Bauernstaates. Sein Großvater stammte aus dem führenden Geschlechterverband der Vogdemannen, hatte aber das Land wegen eines Streits mit seiner Sippe verlassen müssen und sich im holsteinischen Segeberg ein neues Leben aufgebaut.

Ahlefeldt zögerte: „Darf ich meine ganz persönliche Meinung sagen?“

„Nur zu, Ahlefeldt, du kannst ganz offen sprechen“, drängte der König.

„Ich meine, daß wir unseren Gegner nicht unterschätzen sollten. Die Menschen in diesem Land lieben die Freiheit über alles. Es gibt keine Herrschaft über Personen, es gibt keinen Adel und keine Gutsbesitzer. Auch der ärmste Mann ist in diesem Land ein freier Mann. Wenn ihre Unabhängigkeit und Selbständigkeit bedroht sind, fürchten sie alle weder Tod noch Teufel. Sie setzen dafür ihr Leben ein. So etwas macht das kleine Völkchen besonders stark. Wir sollten bedenken, daß alle Dithmarscher selbstbewußte Patrioten sind. Das beweist schon die lange und blutige Geschichte der Freiheitskämpfe ihrer Väter und Vorväter.“

„Na, na“, spottete Slentz, „das war einmal. Und heute ist heute. Deine Dithmarscher von heute haben schließlich in ihrem Leben noch nie Schießpulver gerochen.“

„Aber sie haben ein reiches und demokratisches Land zu verlieren“, sprach Ahlefeldt ungerührt weiter. „Ihr Land ist ihnen heilig.“

„Und ihre Wehrkraft?“, fragte ein Schleswiger Amtmann.

„Die meisten der sechstausend wehrfähigen Männer sind körperlich stark, kennen das schwierige Gelände ihres Landes, sind vorzüglich bewaffnet und auch mit Feldgeschützen ausgestattet. Obendrein haben die einzelnen Kampfverbände durch ihre enge Geschlechterbindung einen festen verwandtschaftlichen und nachbarschaftlichen Zusammenhalt…“

„…den wir schnell auseinanderhacken werden“, lachte Slentz dazwischen.

Die anderen in der Stabsrunde und auch der König stimmten lauthals in das Gelächter ein. Als sich die Heiterkeit gelegt hatte, wandte sich einer der beiden Grafen von Oldenburg an Ahlefeldt. „Du sprichst von einem Land, das du demokratisch nennst. Übertreibst du da nicht gewaltig? Sind dumme, dreckige Bauern überhaupt in der Lage, sich ohne die Klugheit des Adels selbst zu regieren?“

„In diesem besonderen Fall, ja.“

„Was heißt hier besonderer Fall?“, entgegnete der Graf verärgert.

Ahlefeldt befürchtete, die Adligen in der Runde zu reizen und sah zum König hin. Der nickte leicht mit dem Kopf und sagte: „Schildere uns kurz die Bauerndemokratie, damit alle hier wissen, wie notwendig es ist, sie durch unsere Monarchie zu ersetzen.“ Die Stimme klang verdammt kämpferisch und entschlossen, dachte Ahlefeldt wachsam. Er wußte, daß der König und der gesamte Adel demokratische Lebensformen wie die Pest haßten, wo immer es sie gab. Er mußte behutsam formulieren.

„Die Bauernrepublik ist in ihrer Art das einzige Land in Europa, das demokratisch geordnet und wo die Staatsgewalt geteilt ist.“

„Nicht auszudenken“, sagte ungehalten ein adliger Amtmann aus dem Lüneburgischen.

„Sie ist in Jahrhunderten aus den Wurzeln germanischer Lebensformen gewachsen“, setzte Ahlefeldt seine Schilderung ungerührt fort. Was scherte ihn schon die Meinung eines Fremdlings, der von außerhalb Holsteins kam. „Sie ist ständelos“, beschrieb er das Gebilde der dithmarscher Staatsform, „und ein Staatenbund aus zwanzig selbständigen Kirchspielen. Das sind Pfarrsprengel mit Bauernschaften und Höfen um eine gemeinsame Kirche.“

Ahlefeldt schaute sich vorsichtig in der Runde um. Er wollte sicher gehen, daß er gefahrlos weiterreden konnte. Die adligen Offiziere würden sicher am liebsten aus Protest das Zelt verlassen, vermutete er. Aber die Anwesenheit des Königs fesselte sie an ihre Plätze.

„Das Sagen in den Kirchspielen haben Ratskollegien aus Geschworenen und Schlütern, die jedes Jahr neu bestimmt werden. Schlüter waren früher sogenannte Schließer, die über das Eigentum der Kirche wachten und heute die Einnahmen und Ausgaben sichern", fuhr Ahlefeldt fort. „Die Kollegien sprechen Recht, erheben Abgaben, stellen Kampfverbände auf. Und sie schließen eigene Handels- und Bündnisverträge mit Ländern oder Handelspartnern außerhalb des Landes. Mehrere Kirchspiele bilden einen Militärbezirk mit einem Vogt an der Spitze, der eigene Wehrhoheit hat. Er ist der verlängerte Arm des erzbischöflichen Landesherrn in Bremen. Die Militärbezirke heißen Döffte."

„Wieviele gibt es davon?", fragte Slentz dazwischen.

„Fünf. Über den Kirchspielen und Döfften thront die Landesregierung als eine Art Bauernsenat mit achtundvierzig auf Lebenszeit ernannten Regenten im Norden; im Süden mit vierundzwanzig. "

„Aber wenn die Kirchspiele sich selbst regieren dürfen, was spielt da noch der Bauernsenat für eine Rolle?", fragte der König.

„Die Achtundvierziger vertreten alle Gesamtinteressen der Republik gegenüber dem Ausland – und nach innen gegenüber den Kirchspielen."

„Der Bremer Erzbischof ist doch der Landesherr. Hat nicht er das Sagen?"

„Der Bischof überläßt das Regieren dem Volk."

„Dummer Kerl", höhnte der Graf von Oldenburg. „Der hat es nicht verdient, Landesherr zu sein. Es ist nur richtig, daß wir ihm die Verantwortung abnehmen."

„Was soll in dem Land so demokratisch sein?", fragte ein anderer Adliger aus dem Mecklemburgischen.

„Über dem Bauernsenat steht die Landesversammlung des Volkes, in der alle Bewohner Dithmarschens mitberaten dürfen. Allerdings haben nur die dreitausendfünfhundert freien Bauern und Eigentümer von Häusern, Grund und Boden Stimmrecht. Sie können Beschlüsse der achtundvierzig Ratgeber annehmen oder ablehnen. Die etwa fünfhundert Vertreter der Döfften und Kirchspiele unter ihnen bilden den Kern der Versammlung."

„Was heißt hier Stimmrecht?"

„Jede Stimme zählt. Entschieden wird, wie in allen politischen, richterlichen und kirchlichen Gremien, mit Zweidrittelmehrheit."

„Danke, Ahlefeldt", sagte der König, „es ist genug. Wir wollen die Sache nicht ausdehnen." Er nickte seinen Offizieren zu, die sich verneigten. Außer Slentz. Der schränkte lässig und herausfordernd die Arme vor der Brust übereinander.

Bevor der König das Zelt verließ, drehte er sich auf dem Weg zum Ausgang noch einmal um. Wie beiläufig sagte er: „Die Bauern sind noch nicht weise genug, um zu kapitulieren. Das hat uns unser Mann im Bauernkriegsrat wissen lassen. Er glaubt aber, daß es nicht mehr lange dauern wird, bis er sie überredet hat. Wir warten noch zwei Tage."

Als er schon mit einem Bein draußen war, rief er noch einmal, wie beiläufig, ins Zelt zurück: „Übrigens, unser Spion läßt uns sagen, daß wir es auf der anderen Seite mit einem Bauernführer zu tun haben, der Wulf Isebrand heißt. Für mich ein völlig Unbekannter."

Er zuckte mit den Achseln, als sei ihm der Name gleichgültig, und wollte das Zelt endgültig verlassen. Da ging ein gellender Aufschrei durchs Zelt. Alle fuhren zusammen. Der König blieb wie versteinert im Zeltausgang stehen.

„Habt Ihr Wulf Isebrand gesagt?!"

Der Schrei hinter seinem Rücken war so schrill, so wild und so voller Wut und Haß, daß sich König Johann entsetzt umdrehte. Was er sah, war furchtbar. Vor ihm stand, hünenhaft groß und breitbeinig, Junker Slentz. Seine Augen stierten ins Leere, schienen aus dem Kopf hervorzuquellen. Die blauroten Wulste seiner Gesichtsnarbe schwollen an. Die Arme waren in die Seiten gestemmt. Sein Atem ging stoßweise.

Slentz brüllte den König noch einmal an: „Habt Ihr Wulf Isebrand gesagt?!"

Der König schien von der Verfassung des Gardeführers erschüttert. Er nickte nur stumm, als bekäme er kein Wort heraus. Slentz schaute wie gehetzt in die Runde, stürmte dann dicht am König vorbei aus dem Zelt. Wie angewurzelt blieben die anderen zurück, starrten ihm hinterher, obgleich er schon draußen war.

„Endlich habe ich dich gefunden, Wulf Isebrand!“, hörten sie Slentz vor dem Zelt toben. „Jetzt kommt die Stunde der Vergeltung!“ Seine Stimme überschlug sich. „Doppelt und dreifach wirst du mir für alles büßen!“, bellte er wie ein Wahnsinniger. Dann brüllte seine Stimme weit über den Lagerplatz, so daß in der Nähe einige Landsknechte den Kopf einzogen: „Du wirst sterben, erbärmlich sterben, durch meine Hand! Ich schwöre es!“ Mit mächtigen Schritten stampfte Slentz davon. Dabei verfluchte er immer wieder den Namen Isebrand.

Der König sah seine Hauptleute verwundert an. Doch von ihnen kam keine Erklärung. Er schüttelte den Kopf, als wäre auch ihm der dramatische Auftritt seines obersten Gardekapitäns rätselhaft gewesen. Aber sofort fing er sich wieder. Ihm war ein Gedanke gekommen, der ihm sehr gefiel. Sein Gardeführer haßte diesen dithmarscher Bauernführer auf den Tod. Wie schön. Er rieb sich die Hände. Jedem in der Offiziersrunde war klar, daß es nicht die Kälte war, sondern die klammheimliche Freude eines Feldherrn, der für den Fall eines Krieges seinen Sieg noch sicherer in der Tasche wähnte als bisher. Die Todfeindschaft der beiden kam ihm wie gerufen.

8

„Wulf Isebrand gefällt dir wohl?“, schmunzelte Oma Heimen. Sie sah dabei Telse liebevoll an.

Die war über die vertrauliche Anspielung irritiert. Mußte die alte Frau so etwas fragen, dachte sie. Sie fühlte sich wie in einem Versteck aufgestöbert. Wahrscheinlich war es nur Omas wohlgemeinte Neugier, überlegte sie. Sie spürte, wie sie verlegen wurde. Es war ihr äußerst peinlich. Sicher wurden jetzt ihre Wangen rot. Sie senkte schnell den Blick auf die Tischplatte, tastete mit einem Finger fahrig die Linie einer Maserung entlang. Es war, als suche sie Halt.

„Aber Kleines“, lachte Oma Heimen. Sie hatte ein schmales, freundliches Gesicht mit kleinen Lachfältchen um die Augen. „Wir sind doch ganz, ganz alte Freundinnen. Mir kannst du es ruhig sagen.“ Dabei legte sie ihre Hand sanft auf Telses herumstreifenden Finger. Der gab seine hastigen Bewegungen auf dem rauhen Holz auf.

„Ich fand es scheußlich von Mutter, daß sie ihn Ausländer nannte“, wich Telse aus. Sie ärgerte sich, daß sie sich vor Oma so sehr ereifert hatte.

Begeistert und in allen Einzelheiten hatte sie ihr das erste Wiedersehen mit Isebrand auf der Fahrt von Heide nach Oldenwöhrden geschildert. Zwischendurch hatte sie wie beiläufig danach gefragt, ob er noch allein sei und immer noch nicht daran denke, wieder zu heiraten. Auch hatte sie mehrfach erwähnt, wie beeindruckt sie von seiner Berufung zum Bauernführer gewesen war – und daß nun für das Land alles gut werden würde.

Telse fürchtete, daß es ihr nicht gelungen war, ihre wahren Gefühle für Isebrand vor Oma zu verbergen. Tatsächlich spürte sie für diesen Mann eine innige Zuneigung, auch wenn sie ihn nach ihrer Rückkehr aus Frankreich nur einmal, und das auch nur kurz, gesehen hatte. Doch sie kannte ihn von früheren Besuchen in Oldenwöhrden. Immer hatte er ein Wort für sie gehabt. Sie hatte sich damals vorgenommen, es niemanden wissen zu lassen, daß sie sich zu ihm hingezogen fühlte.

Beide Frauen saßen an einem klobigen Schragentisch mit rohgehobelter Eichenplatte in der Küche des Isebrandschen Hauses. Oma Heimen erhob sich, ging zum Feuer, legte Holzscheite auf, nahm den Kessel mit Wasser vom Boden hoch, beugte sich über die Flammen und klemmte das Gefäß an einen Kettenhaken über dem Feuer.

Währenddessen ließ Telse ihren Blick über die Einrichtung ringsum in dem niedrigen Raum schweifen. An den Seiten sah sie wandfeste Bänke, die mit Kissen und Decken bedeckt waren. Links von ihr in der Ecke standen ein Speiseschrank, dicht daneben ein Kastenbett und davor eine Truhe und zwei Schemel. An einer der Wände waren mehrere Konsolbretter befestigt mit Schüsseln, Töpfen und Krügen aus Steingut darauf. Ihr schräg gegenüber befand sich eine aus Feldsteinen kniehoch gemauerte und rauchgeschwärzte offene Feuerstelle, auf der kleine Flammen unruhig um Oma Heimens Wasserkessel züngelten. Der Platz neben der Feuerstelle war vollgestellt mit weiteren Kesseln und bronzenen Töpfen. Rechts von sich nahm sie eine Salztonne wahr, dicht daneben in drei Reihen hölzerne Milchsatten und am Ende davon ein Handfaß mit Wasser zum Händewaschen. Es roch nach Qualm, gekochtem Essen und nach geräucherten Schinken und Würsten, die oben von der Decke herunterhingen.

Telse ließ die Behaglichkeit des Raumes wohlig auf sich einwirken. Ihr fiel das Elternhaus ein, wo sie sich stets geborgen und beschützt fühlte.

„Wo ist Wulf denn hin?", fragte sie.

„Er wollte zur Grenze, das Dänenheer auskundschaften", antwortete Oma Heimen, deren aschblondes, volles Haar streng nach hinten gebunden war.

Telse spürte ihr Herz schneller schlagen. Oh, mein Gott, schoß es ihr durch den Kopf: „Ist er in Lebensgefahr?"

„Ich glaube nicht."

„Wann wollte er zurück sein?"

„Noch heute nacht."

Telse hatte auf einmal Angst um Isebrand, versuchte sich aber einzureden, daß er klug und lebenserfahren genug war, sich nicht leichtfertig und unnötig in Gefahr zu bringen. Aber war er nicht schon früher zu allem entschlossen gewesen, wenn er etwas erreichen wollte oder etwas für richtig hielt? Und in den wenigen Jahren, in denen sie fort gewesen war, hatte er sich bestimmt nicht geändert. Ihre Furcht ließ sie nicht los.

Oma Heimen schien ihre Gedanken zu erraten. „Er überläßt nichts dem Zufall. Schließlich ist er der oberste militärische Führer des Landes", sagte sie stolz. Sie mochte ihn wie einen eigenen Sohn. „Er weiß genau, was er tut", versuchte sie weiter, Telse die Besorgnis zu nehmen. Sie ergriff über den Tisch hinweg erneut ihre Hand. „Du wirst sehen, er ist bald wohlbehalten zurück."

Telse nahm sich vor, ihr zu glauben, sah sie dabei stumm und durchdringend an, als erwarte sie, mehr über Isebrand zu hören.

Dieser Blick, durchfuhr es Oma Heimen. Es waren nicht mehr die unschuldsvollen Augen ihres kleinen Lieblings von früher. Es waren die Augen eines erwachsenen Menschen. Das verwirrte sie. Telse schien ihr sagen zu wollen: Sieh mich an, das bin ich jetzt! Oma Heimen glaubte in ihren Augen auch zu entdecken, daß sie ahnungslos, aber ungeduldig nach jenem Leben verlangte, das sie bisher noch nicht kennengelernt hatte. Heilige Maria, war Oma Heimen über sich selber erbost: Warum hatte sie nicht gleich bemerkt, daß vor ihr nicht mehr das brave, arglose und unwissende Mädchen von einst saß, sondern eine junge Frau mit geheimen Wünschen. Vielleicht waren ihr die neuen Sehnsüchte sogar selbst noch rätselhaft.

Telse konne sich natürlich nicht im klaren darüber sein, auf was sie sich da eingelassen hatte. Ihre Gefühle für Isebrand waren sicher weit stärker als früher, wo beide noch wie Schwester und Bruder oder Tochter und Vater miteinander umgegangen waren. Wenn das so wäre, dachte Oma Heimen beunruhigt, würde Telse eines Tages unweigerlich von der gemeinsamen schrecklichen Vergangenheit ihrer Mutter und Wulf Isebrands erfahren. Das aber würde sie bestimmt tief treffen und ihre Seele verletzen. Sie könnte nur schwer damit leben, daß ihre Mutter einst geächtet worden war und als Schande für das ganze Land am Pranger gestanden hatte.

Oma Heimen war sich da ganz sicher: Telse würde sich zu Tode schämen, wenn sie alles erführe. Sie würde alle christlichen Tugenden ihrer Mutter anzweifeln. Sie würde sie für verlogen halten und ihr das nie verzeihen. Vielleicht würde sie gar ihren Glauben an Gott, an die Kirche und an die Eltern verlieren. Und das alles obendrein zu einer Zeit, in der täglich ein Krieg ausbrechen und jeder von ihnen sterben konnte.

Eine Magd steckte ihren Kopf zur Tür herein. „Telse, deine Eltern möchten dich sprechen. Du sollst zu ihnen in den Pesel kommen."

„Ich bin gleich da", sagte Telse. „Hast du eine Ahnung, worüber Mama und Vater mit mir reden wollen?", wandte sie sich an Oma Heimen.

Die schüttelte den Kopf, obgleich sie bereits von Anna vertraulich eingeweiht worden war, was Telse erwartete: Sie sollte zur eigenen Sicherheit sofort aus dem Land gebracht werden. Das würde einen furchtbaren Streit in der Familie geben, hatte Oma Heimen geantwortet, als Anna zuvor bei ihr vorgefühlt hatte, wie Telse wohl auf das Verlangen ihrer Eltern ansprechen würde.

Kaum war die Magd verschwunden, riß Telse sie aus ihren Gedanken. „Sag, was steht eigentlich zwischen Mutter und Wulf Isebrand?“, fragte sie.

Oma Heimen wußte im ersten Moment nicht, was sie antworten sollte. Zuerst war sie verblüfft, dann ratlos und schließlich sprachlos. Verunsichert suchte sie nach Worten, fand keine. Niemals würde sie auch nur eine Silbe über Annas und Isebrands ehemalige Liebe über die Lippen bringen. „Ich weiß nicht, was du meinst“, flüsterte sie schließlich stockend und eilig.

„Ich bitte dich!“, begehrte Telse auf. Sie wollte nicht wie ein dummes Kind behandelt werden. Alle Erwachsenen steckten unter einer Decke, wenn man sie mit der Nase auf ihre alten Sünden stieß, war sie sich sicher. Sie hatte ein Recht darauf zu erfahren, was früher zwischen den beiden vorgefallen war.

Telse ging nicht aus dem Kopf, wie gemein Mutter zu Isebrand gewesen war und daß Isebrand nur geschwiegen hatte. War er zu feige? Oder rücksichsvoll? Oder verlegen, fragte sie sich. Sie glaubte fest, daß früher einmal etwas Ungeheuerliches geschehen sein mußte. Dafür sprach, daß sich alle auffällig taub stellten, wenn sie mit entsprechenden Fragen kam. Manchmal erntete sie sogar Häme. Nicht selten hatte ihre Mutter nur bissige und verletzende Bemerkungen für Isebrand übrig, wenn Vater zu Hause über seine Geschäfte mit ihm plauderte. Und wenn sie von ihren Eltern Näheres erfahren wollte, wie auch jetzt von Oma Heimen, waren sie ihr immer ausgewichen.

Telse konnte nicht glauben, daß Isebrand allein schuld sein sollte an diesem geheimnisvollen Geschehen, von dem alle Welt nicht sprach. Sie meinte ihn genau zu kennen. So ein Mensch wie er war nicht imstande, etwas Böses zu tun. Sie erinnerte sich, daß er oft mit ihr hinaus in die weite Marsch oder ans nahe Meer gegangen war, wenn sie als Kind oder später als junges Mädchen Oma Heimen besucht hatte. Sie war ihm für alle Zeiten dafür dankbar, daß er ihr die Augen für den unermeßlichen Reichtum der Natur geöffnet hatte.

Er hatte ihr gezeigt, wie der Mensch Gott näherkommt, wenn er dessen Schöpfung mit dem Herzen sieht, anfaßt, fühlt, riecht und hört. Er hatte ihr bis in alle Einzelheiten erklärt, wie Äcker und Weiden genutzt werden, warum Gräser und Blüten zart und feingliedrig gewachsen waren, welche Blumen in welchen Farben leuchteten und wann und warum Vögel unterschiedlich sangen. Überdies hatte sie mit ihm junge Sträucher und Bäume pflanzen oder Korn säen, Getreide ernten und sogar gemeinsam den Pflug führen dürfen.

Auch hatte sie Isebrand beim offenen Feuer in der Diele zugehört, wenn er wundersame Geschichten über Land und Leute hervorgekramt hatte. So wie die Sage vom Wind: In Dithmarschen würde der Wind, wenn man ihn befragte, vor jedem Krieg voraussagen können, ob die Menschen ihre Freiheit behielten oder ob der Kampf aussichtslos sein würde.

Nun war Isebrand auf dem Weg zur Grenze, grübelte Telse besorgt. Sie war verwirrt darüber, daß sie sich um ihn ängstigte und ihn gleichermaßen verehrte. Immerhin setzte er sein Leben aufs Spiel für ein Land, das auch sie, genauso wie er, liebte. Sie würde es ebenso tun, begeisterte sie sich. Dann fiel ihr ein, daß sie bei Oma Heimen noch nicht weitergekommen war, etwas über Mutters geheimnisumwobene Vergangenheit zu erfahren.

„Ich will es endlich wissen, warum du so beharrlich schweigst. Was steckt nur dahinter?!“, fing sie wieder an. Diesmal klang ihre Stimme energisch und frostig. „Schon früher habe ich dich danach gefragt, aber nie eine Antwort bekommen.“ Telse bemerkte, daß sie mit ihrer Ungeduld Oma Heimen womöglich verstimmte. Das wollte sie keinesfalls.

Wie geht sie nur mit mir um? dachte Oma Heimen entsetzt. Sie war über Telses herrischen Ton erschrocken. War das noch die wohlerzogene *Telse von Oldenwöhrden,* die früher beinahe mehr bei der Oma in Oldenwöhrden war als zu Hause in Heide bei ihren Eltern? Natürlich, kam Oma Heimen blitzartig die Erklärung, Telse liebt Isebrand! Darum verhält sie sich so gereizt.

War es aber nicht Aufgabe der Eltern, über die damaligen Ereignisse selbst mit ihrer Tocher zu reden? Auch wenn die Wahrheit für alle, besonders für Telse, bitter sein mochte? Sie jedenfalls konnte es nicht und hatte auch kein Recht dazu, sagte sich Oma Heimen. „Wende dich an deine Eltern oder sprich mit Wulf selbst. Ich kann und darf nichts sagen.“ Damit wollte sie energisch zu verstehen geben, daß sie nicht mehr gewillt war, weiter über die Angelegenheit zu sprechen.

Telse saß hochaufgerichtet und angriffslustig auf ihrem Schemel. Für sie war das alles unverständlich. Sie war dem Weinen nahe – aus Zorn darüber, daß sich die Erwachsenen um sie herum gegen sie verschworen hatten. „Wenn schon meine Eltern und auch du nicht mit mir darüber reden wollen, muß es wohl Wulf tun", erwiderte sie trotzig. Es kam ihr vor, als hätten sich ihre Eltern und Oma Heimen innerlich von ihr entfernt.

„Warum bist du ausgerechnet jetzt heimgekommen?", wechselte Oma Heimen resolut das Thema. „Hättest du nicht warten können, bis der Krieg vorbei ist?"

„Bis der Krieg vorbei ist?!" Telse war empört darüber, daß jemand von ihr anzunehmen wagte, sie würde ihre Heimat im Stich lassen. „Ich bin heimgekommen, um rechtzeitig dabei zu sein!", entgegnete sie wild entschlossen. „Wenn es not tut, werde ich mitkämpfen, allein oder gemeinsam mit anderen Frauen!"

Oma Heimen war erstaunt über Telses missionarischen Eifer. Ich muß sie schleunigst beruhigen, dachte sie, sonst gerät sie noch mehr in Wallung. Sie sah Telse liebevoll an und sagte besänftigend: „Es ist gut, mein Kind. Wenn Gott es so will, dann hast du recht getan."

In Wirklichkeit war sie erschüttert über das Feuer, das in Telse brannte. Sie empfand aber eine neuartige Zuneigung zu der jungen Frau vor sich, die sie zwar von klein auf kannte, die sich aber völlig verändert hatte. Sie zweifelte nicht im geringsten daran, daß sich Telse niemals und von niemandem daran hindern lassen würde, an ihren Idealen festzuhalten. Ebenso würde sie versuchen, sie mit allen Mitteln durchzusetzen.

Sie hat eben die Leidenschaft ihrer Mutter geerbt, verglich sie Telse mit Anna. Genau wie ihre Mutter stellte sie außergewöhnliche Ansprüche. Sicher würde sie mit ihrem ausgeprägten Sinn für Gerechtigkeit genau wie ihre Mutter versuchen, eigenwillig und unerschrocken durchzufechten, was sie sich vorgenommen hatte.

Oma Heimen wußte, daß Telse ihre Mutter sehr liebte, auch wenn sie nie werden wollte wie sie. Sie lehnte deren verschwenderischen Lebenswandel ab, verzieh ihr aber die Schwäche für kostbare Kleider, wertvollen Schmuck und all die Dinge, die aus dem Rahmen fielen. Oft hatte sich Telse erzürnt darüber geäußert, daß die Eltern nur Gewinnstreben im Kopf hatten.

Besonders Vater würde die Schwachen ausbeuten und sich rücksichtslos auf Kosten der Armen bereichern. Deshalb, so hatte Telse ihr einmal anvertraut, wollte sie selbst dem Herrgott nicht allein um der Demut willen dienen, sondern sein Wort demütig „in praxi" umsetzen, wie Prior Augustinus sagen würde. Beten ohne Geben sei wie Glauben ohne Leben, hätte er es genannt. Sie wollte später einmal mit ganzer Kraft den Bedürftigen im Lande helfen. Sollte sie eines Tages reich erben, wollte sie das gesamte Vermögen für die Armen und Schwachen hergeben.

Wieder steckte die stämmige Magd ihren breiten Kopf zur Tür herein. „Telse, deine Eltern werden schon ungeduldig."

Eilig küßte Telse Oma Heimen die Wangen und umarmte sie unvermittelt und herzlich. „Verzeih, daß ich so grob zu dir war", bat sie flüsternd. Sie würde krank werden, schoß es ihr durch den Kopf, sollte sie jemals ihre alte Vertraute verlieren.

„Laß nur, Kind", versuchte Oma Heimen sie zu besänftigen und lächelte nachsichtig, „ich verstehe dich ja. Es bleibt wie früher", fügte Oma Heimen eilig hinzu, „wenn du etwas auf dem Herzen hast, komm zu mir."

„Danke, Oma", rief Telse von der Tür her zurück in die Küche, „alles wie früher!" Lachend verschwand sie in der Diele.

9

Erwartungsvoll betrat Telse den Pesel und blickte schnell durch den Raum. Ihre Mutter saß auf der Bank vor einem hohen vieleckigen Kachelofen. Die grün glasierten Kacheln strahlten wohlige Wärme weit in den Raum aus. Vater stand nahe beim Kamin und schien die angenehme Temperatur zu genießen. Die vielen Kerzen auf dem riesigen Kronleuchter streuten mit ihren Flämmchen weiches, gelbes Licht über die drei Menschen.

Holm sah seiner Tochter zärtlich entgegen. Bei ihrem Anblick fielen ihm die liebenswürdigen Worte von Klaus Harder ein, seinem alten Freund und ebenfalls 48er wie er. Vor zwei Stunden hatte er ihm in der Kriegsratssitzung zugeraunt: „Verdammt hübsch und klug, deine Telse."

Ihre Erscheinung wirkte wohltuend auf Holm, erfüllte ihn mit unbändigem Stolz. Es hatte sich gelohnt, dachte er zufrieden, daß er für den Ehrgeiz seiner Frau und den Bildungshunger seiner Tochter eine Menge Geld ausgegeben hatte. Das war seine Art zu lieben. Außerdem war es ihm gelungen, den anderen Großbauern im Lande in nichts nachzustehen. Denn die ließen beinahe ausnahmslos ihre Söhne auf teuren Universitäten studieren; daß er seiner Tochter eine gelehrte Klosterausbildung ermöglicht hatte, übertrumpfte wohl alles.

Im Moment fand er aber seine Welt nicht in Ordnung. Er mußte seiner Tochter weh tun. Ihm war nicht ganz wohl bei dem Gedanken. Er und Anna wollten unbedingt, daß Telse so schnell wie möglich das kriegsbedrohte Land verlassen und vorübergehend Schutz bei einem seiner Geschäftsfreunde im benachbarten feindlichen Holstein finden sollte. Er setzte dabei auf die Vereinbarung mit Feldmarschall Ahlefeldt, wenngleich er damit rechnete, daß Telse seinen Wunsch ablehnen würde. Er kannte seine Tochter zu gut.

Oft genug hatte sie ihm früher gestanden, wie sehr sie ihre Heimat liebte. Darüber war er besonders stolz gewesen. Aus seinem Vaterstolz hatte er nie einen Hehl gemacht, auch nicht vor ihr. Nun aber mußte er ihr sagen, daß ihre Heimatliebe zwar ehrenwert, doch ihre Sicherheit wichtiger sei. Vielleicht ist sie nun erwachsen genug zu erkennen, hoffte er, daß zu leben wichtiger ist als zu sterben.

Er blickte fragend zu Anna hinüber, die ihm unmerklich zunickte.

„Mutter und ich möchten dich vor diesem entsetzlichen Krieg schützen", steuerte er geradewegs auf sein Ziel los.

Telse schaute ihrem Vater ruhig, offen und prüfend in die Augen – und schwieg. Holm versuchte, ihrem Blick standzuhalten. Vergeblich. So wandte er sein Gesicht ab und suchte hilfeheischend die Anwesenheit seiner Frau.

Telse hatte sich den Eltern direkt gegenüber auf einen dreibeinigen Korbstuhl gesetzt. Auf der Klosterschule hatte man ihr beigebracht, daß man in einem Gespräch die anderen lange reden lassen, selbst aber schweigen sollte, bis die anderen ermüdet waren. Das wollte sie jetzt tun, nahm sie sich tapfer vor.

Ihr war der Gedanke gekommen, daß diese Unterredung die günstigste Gelegenheit sei, endlich zu tun, was sie schon lange vorgehabt hatte: Sie wollte damit anfangen, sich von der elterlichen Allmacht schrittweise zu befreien. Das fand sie zwar verwirrend, wenn nicht gar schrecklich. Aber nun war sie bereit, Vaters und Mutters Kindbild von ihr vor beider Augen zu zerreißen.

Zum erstenmal verspürte sie das atemberaubende Verlangen, neben ihren Eltern gleichberechtigt zu sein und ihr Leben von nun an selbst in die Hand zu nehmen. Sie nahm sich vor, ihnen die bittere Wahrheit möglichst schonend beizubringen. Sie wollte ihnen sagen, daß sie nach wie vor *zu* ihnen gehöre und sie liebe, aber ebenso *sich selbst* gehöre. Ich bin nicht mehr ihr Eigentum, machte sie sich Mut.

Sie hatte in der Fremde gelernt, allein auf sich angewiesen zu sein, dabei frei und für sich selbst verantwortlich zu entscheiden und zu handeln. Diese neue Art zu denken und zu leben, war für sie eine wunderbare, berauschende Entdeckung gewesen. In den drei Klosterjahren, in denen es keine elterliche Aufsicht gegeben hatte, war sie ein freier Mensch geworden. Niemals mehr würde sie diese Freiheit aufgeben.

Holm fühlte den Blick seiner Tochter auf sich gerichtet und wurde leicht nervös. Warum nur sagte sie keinen Ton, fragte er sich verärgert und trommelte dabei nervös und sinnlos mit den Fingerkuppen der linken Hand auf die Handfläche der anderen. „Hast du überhaupt zugehört, was ich dir gesagt habe?“, bohrte er ungeduldig ihr eisiges Schweigen an.

Telse sah ihn erst ungerührt an, fragte dann ein wenig spöttisch: „Wie wollt ihr mich denn beschützen?“ Sie empfand das Ansinnen ihres Vaters als anmaßend, wollte aber sachlich bleiben und keinen Streit.

„Du wirst noch heute nacht über die Grenze ins Holsteinische zu einem Freund von mir gebracht und kannst dort in Ruhe das Kriegsende abwarten.“

„Ich verlasse Dithmarschen nicht!“ Ruhig und wie selbstverständlich stellte Telse ihre Sicht der Dinge klar.

Holm und seine Frau zuckten zusammen, verharrten einen Moment hilflos verblüfft. Sollte das ihre Tochter sein? Sie war ja aufsässig! Als erste fand Anna die Sprache wieder. „Weshalb bist du nur in dieser gefährlichen Zeit nach Hause gekommen?“ Sie wollte es nicht wahrhaben, daß Telse zum ersten Mal ungehorsam war.

Hatte Oma Heimen nicht dieselbe Frage gestellt, überlegte Telse. Für sie klang die Frage wie ein einziger Vorwurf. „Ich habe in Gebeten immer wieder unsere Mutter Gottes um Rat angerufen, ebenfalls den heiligen Valentin und den heiligen Georg“, zählte Telse ihre religiöse Suche nach Unterstützung im Glauben auf. Dann zeigte sie mit dem Finger auf sich: „Die Antwort steht vor euch: Ich mußte nach Hause kommen! Ich konnte nicht anders!“

Holm ahnte: Dieses Gespräch wird kein gutes Ende nehmen.

„Was willst du denn hier tun?“, fragte Anna bestürzt.

„Ich werde gemeinsam mit den anderen gegen die Dänen kämpfen. Ich werde meine Freiheit verteidigen, ebenso die meines Landes.“

„Du willst also mit der Waffe in der Hand Krieg spielen?!“, rief Anna schrill wie von Sinnen aus. „Bis du von allen guten Geistern verlassen?“

„Es geht um meine Heimat, um mein Elternhaus, um euch, und es geht um mich. Begreift es doch!“ Telse wandte sich hilfesuchend ihrem Vater zu. War nicht er es gewesen, der stets stolz auf ihre Heimatliebe war? Sie sah ihm an, wie er mit sich rang, was er im Augenblick fühlte: Sorge, Kummer, Unbehagen, Verzweiflung, Unverständnis, Ratlosigkeit – und ganz fern ein bißchen Vaterstolz. Er tat ihr unendlich leid. Bewegt schluckte sie.

Da sagte er leise: „Krieg, Kämpfen, Töten, das ist allein Männersache.“ Schon während er sprach, war ihm klar, daß er die idealistischen Flügel seiner Tochter niemals würde stutzen können, um ihren gefährlichen Höhenflug zu verhindern. Telse fuhr enttäuscht zusammen: Vater hatte nichts begriffen.

„Uns Frauen geht das genauso an“, ließ sie nicht locker. Dann ging sie zum Angriff über: „Ich werde gegen jeden kämpfen, der mir das, was ich liebe, nehmen will. Koste es, was es wolle!“ Ihre Entschiedenheit bestätigte Holm: Das Kind war nicht mehr zu retten. Er gab seinen Versuch, Telse umzustimmen, endgültig auf.

„Mein Gott," schrie Anna verstört und sprang erregt von der Ofenbank auf, „du versündigst dich!"

„Versündigen?", erwiderte Telse zornig. Sie hatte ihren Vorsatz, mit den Eltern schonend umzugehen, aufgegeben. „Versündigen an wem denn? An dir? An Vater? Oder etwa an der Ehrbarkeit einer idealen Frau, wie du sie dir vorstellst?" Sie war vom Schemel aufgesprungen, sah flammend ihre Eltern an: „Das sind alte Zöpfe, die heute nicht mehr getragen werden. In unserem Land geht es jetzt um die Freiheit von Mann und Frau und nicht um den Unterschied zwischen beiden."

„Was sind das für Redensarten?!", schrie Anna wütend. Ihre Tochter war ja eine Ketzerin! Und das ihr! Entsetzt starrte sie ihren Mann an. Von ihm erwartete sie auf der Stelle, daß er den Willen seiner rebellischen Tochter breche. Doch der schien von Telses aufrüherischen Gedanken wie vom Schlag getroffen zu sein. Er zuckte nur mit den Achseln.

Telse fühlte sich auf einmal wie befreit. Keck antwortete sie: „Paulus hat zwar an die Korinther geschrieben, daß Frauen in der Versammlung schweigen sollen. Doch das ist nur geschichtlich gewachsene Vorstellung. Genauso wie die biblische Darstellung, daß die Frau aus des Mannes Rippe sei." Sie atmete tief durch: „Vor Gott sind Mann und Frau gleich!"

Holm und Anna starrten Telse entsetzt an. Das war Aufruhr gegen die Kirche! Reformerischer Eifer gegen den Papst! Und Sünde vor Gott! Durch den Raum kroch Totenstille. Bis Anna ihre Tochter anfuhr: „Das sind die gefährlichen Gedanken der Ketzer, die als Kirchenfeinde eingekerkert gehören." Sie schaute Telse prüfend geradewegs in die Augen. „Sag, du hängst doch nicht etwa an der Kutte der Möchtegernreformer?"

„Unsinn!", empörte sich Telse. „Die Papstkirche ist und bleibt meine Welt. Gott im Himmel ist mein Zeuge. Aber was ich gesagt habe, ist Volkes Stimme!", rief sie eifernd. „Wem haben wir es denn zu verdanken, daß unser Land für seine Freiheit kämpfen wird? Unseren Frauen! Nur ihnen allein! Jedenfalls ist mir das so erzählt worden."

Holm und Anna sahen sich entgeistert an, fanden keine Worte mehr. Telse nutzte deren Sprachlosigkeit: „Es waren doch unsere dithmarscher Frauen, die ihre wankelmütigen Männer aufgerüttelt haben, vor Gott und der heiligen Mutter Maria zu schwören, sich nicht den Dänen zu unterwerfen. Es waren die Frauen, die ihre Männer aufgerufen haben, in den Krieg zu ziehen und für ihr Vaterland ihr Leben einzusetzen. Und es waren die Frauen, die von ihren Männern verlangt haben, um ihrer Söhne und Töchter willen zu kämpfen, ihnen das gleiche Leben in Freiheit zu sichern, wie es ihre Väter für sie getan haben. Meint ihr nicht auch, daß ein Leben in Knechtschaft erbärmlich und unwürdig vor Gott ist?"

Streitbar blickte Telse ihre Eltern an. Sie bemerkte, wie entsetzt Mutter und Vater waren.

Holm fragte sich ungehalten, ob er Telses teure Klosterschule nur dafür bezahlt hatte, damit sie diesen Unsinn über Freiheit und Unfreiheit lerne? „Nun reicht's aber", herrschte er sie an. „Freiheit ist nicht allein im Herzen oder im Kopf, wie du glaubst, sondern dort, wo Silber und Gold sind. Und wir haben reichlich davon, wollen es behalten und nicht in einem Meer von Blut und Tränen untergehen."

„Was soll das heißen?"

„Mutter und ich wollen keinen Krieg. Wir wollen Frieden. Und zwar bald. Wenn es geht, sofort. Ohne Blutvergießen."

Telse glaubte, sie höre nicht richtig. Betroffen tappte sie nach Worten, fühlte nur Ekel und Zorn. Sie konnte es einfach nicht glauben: Ihre Eltern wollten die eigene Freiheit und die des Landes schnöde wegwerfen, nur um am Leben zu bleiben, ganz gleich, wie.

„Ihr lügt!", schrie sie.

„Nein, wir lügen nicht", sagte Holm ruhig.

„Dann wird euch König Hans alles wegnehmen und euch zu Habenichtsen und Sklaven machen", höhnte sie.

„Das wird er nicht", stieß Holm unmutig hervor.

„Wie das?", fragte Telse herausfordernd.

„Weil er auf das Wissen und Können von uns Großbauern und Kaufleuten angewiesen ist. Er braucht unsere guten Beziehungen ins Ausland. Er benötigt unser Gewinnstreben, weil er daran mitverdient. Schließlich will jeder König aus seinem Reich ein blühendes Land machen. Das schafft ergiebige Steuerquellen. Und für uns bleibt genug übrig."

„Du gehörst also auch zu den Feiglingen, die sich den Dänen unterwerfen wollen, bevor überhaupt ein Schuß gefallen ist?“ Telse war fast wahnsinnig vor Empörung.

Holm fuhr zusammen, erbleichte und starrte sie wie versteinert an. Seine eigene Tochter schimpfte ihn einen Feigling. Er rang nach Atem, zügelte aber seinen bevorstehenden Wutanfall, überwand seine Erregung, faßte sich wieder. Auch wenn es so wäre, fragte er sich, dürfte sie so etwas auch nicht einmal denken! Geschweige denn aussprechen! Und das vor ihm!

Telse setzte noch eins drauf: „Und das will ein 48er sein?!“, schrie sie ihm ins Gesicht – und schauderte im selben Moment vor sich selbst zurück. Oh, Gott, was hatte sie nur getan? Ihre Gedanken rasten kunterbunt verdreht durcheinander. Außer sich vor Entsetzen und kopflos vor Scham warf sie sich vor, ihren Vater zutiefst gekränkt und verletzt zu haben. Ein Schuldgefühl, wie bisher noch nie in dieser Gewalt, stieg in ihr auf.

„Verzeih, Vater! Bitte, verzeih!“ flehte sie ihn verzweifelt an. Jetzt erst kam ihr zu Bewußtsein, wie sehr sie sich nun tatsächlich an Gott und ihren Eltern versündigt hatte. Sie spürte, wie Tränen ihre Wangen herabliefen, ihr Herz wie wild schlug und sie am ganzen Körper zitterte.

Holm würgte es vor Rührung in der Kehle. Er ging auf seine Tochter zu, nahm sie in die Arme, zog ihren Kopf behutsam an seine Schulter und streichelte wortlos und zärtlich ihr Haar. Telse weinte hemmungslos. Holm warf sich vor, ihre leidenschaftlichen Ausbrüche selbst verschuldet zu haben. Er hatte doch schon vorher geahnt, daß sie in Zeiten wie diesen niemals ihre Heimat verlassen würde. Nun war er gefordert, sagte er sich.

Ihm blieb nichts anderes übrig, als Telse vor den Kriegswirren im Land zu beschützen. Für ihn kam nur eine einzige Möglichkeit infrage: Es durfte auf keinen Fall zu einer bewaffneten Auseinandersetzung mit den Dänen kommen. Telse würde sich sonst mit Begeisterung da hineinziehen lassen. Das mußte er verhindern. Und zwar mit Hilfe seines hohen Ansehens in der Regierung und mit Hilfe seiner Spionagedienste für den Dänenkönig.

Als erstes mußte er dafür sorgen, daß der Kriegsrat rechtzeitig die Waffen streckte, überlegte er. Er mußte in beiden feindlichen Lagern gleichzeitig die Fäden für ein frühes Kriegsende ziehen.

„Du kannst bleiben“, sagte er. Er vermochte einfach nicht über seinen Schatten zu springen. Er liebte seine Tochter viel zu sehr, als daß er ihr weiter hätte weh tun können. Ihm war klar, daß er nun gegen den Wunsch seiner Frau entschieden hatte. Und er wußte, daß sie nach wie vor mit allen Mitteln versuchen würde, Telse ins sichere Ausland bringen zu lassen. Nur wie, das war ihm rätselhaft.

„Danke“, flüsterte Telse und fiel ihrem Vater um den Hals. Unter dem sanften Streicheln seiner Hand beruhigte sie sich allmählich. Ihr verhaltenes Schluchzen versickerte in der Stille des Raumes. Alsbald löste sich Telse sacht aus den Armen ihres Vaters. Mit tränennassen Augen wandte sie sich ihrer Mutter zu. Als sich ihre Blicke trafen, spürte sie instinktiv, daß die ihren Widerstand nicht aufgegeben hatte.

Anna wurmte die Nachgiebigkeit ihres Mannes. Wie konnte er sich nur so das Heft aus der Hand nehmen lassen? Sie jedenfalls könnte und würde es nicht zulassen, daß ihr ein und alles für ein paar dumme Freiheitsideale ihr Leben fortwerfen wollte. Oder gab es da noch andere Gründe? Anna schoß ein furchtbarer Gedanke durch den Kopf. Hatte das Mädchen womöglich nicht die ganze Wahrheit gesagt? Plötzlich fiel es ihr wie Schuppen von den Augen: Natürlich! Warum war sie nicht gleich darauf gekommen?

„Es muß doch noch einen anderen Grund geben“, gab sie keine Ruhe.

„Für was?“ Telse hob überrascht den Kopf. Sie merkte nicht, wie ihre Mutter sie belauerte.

„Dafür, daß du ohne jeden Verstand und wie besessen von der Idee bist, das Land verteidigen zu müssen.“ Anna meinte, es sei an der Zeit, keine Rücksicht mehr zu nehmen, bevor es zu spät war. Zu sehr war sie in Sorge um ihre Tochter.

„Was soll das heißen?“ Telse wurde ärgerlich.

„Ist es Wulf Isebrand?“

„Was sagst du da?“ Telse wich überrascht einen Schritt zurück.

„Ob es Isebrand ist, dessentwegen du unbedingt im Lande bleiben willst?“ Endlich war es heraus, dachte Anna erleichtert.

„Mutter!“ Telse war erbost.

„Du magst ihn doch, oder?“, umschlich Anna ihre Tochter.

„Ja, ziemlich.“ Telse war naiv genug, an Mutters Fragen nichts Verdächtiges zu finden. Aber sie waren ihr peinlich. Sie spürte, wie sie errötete. Also doch, fühlte Anna ihr Mißtrauen bestätigt. „Obwohl du ihn nur einmal kurz gesehen hast?“

„Ich kenne ihn doch von früher, und zwar sehr gut, wie du weißt.“ Telse ahnte noch immer nichts Böses. Ihre Beziehung zu Isebrand war freundschaftlich gewesen. Daß sie sich jetzt wirklich Sorgen um ihn machte, mußte Mutter nicht unbedingt wissen. Sie erzählt mir ja auch nicht alles, bestärkte sie sich trotzig.

Annas Gedanken kreisten nur um einen Punkt: Der verdammte Kerl hatte Telse den Kopf verdreht.

Entsetzliche Angst kroch in ihr hoch. Gleichzeitig packte sie Wut. Dieser Schurke würde wieder eine Frau unglücklich machen. Daß ausgerechnet ihre Tochter das Opfer sein sollte, machte sie fast rasend. Dieser Isebrand bekommt Telse nicht, schwor sie sich. Dafür werde ich sorgen, und wenn ich über Leichen gehen müßte!

Es gruselte sie bei der Vorstellung, Telse könnte mit einem Mann zusammen sein, der einmal etwas mit ihr, ihrer Mutter, gehabt und sie dann gemein, rücksichtslos und brutal weggestoßen hatte, um eine andere zu heiraten.

Anna wurde beinahe übel, denn wieder lebten die widerlichen Geschehnisse von damals vor ihren Augen auf: Der Dürremonat Juli des Jahres 1480, als sie noch Anna Muhlen hieß und neunzehn war …

10

Anna Muhlen lag gefesselt, erschöpft und von den Ereignissen der letzten Stunden seelisch leergebrannt in der prallen Sonne auf dem Boden des Pferdekarrens, der mit ihr auf dem Weg nach Heide war. Dort sollte sie auf dem Marktplatz öffentlich an den Pranger gestellt werden – als entehrte Jungfrau, als Schande für ihre Familie, für ihren Geschlechterverband der Buwmannen und für das ganze Land.

Der harte Aufprall der eisenbeschlagenen, wuchtigen Wagenräder auf dem holprigen Weg schüttelte und rüttelte schmerzhaft an ihrem Körper. Ausruhen oder gar Schlaf waren nicht möglich. Die Erschütterungen bereiteten Anna Qualen. Hüften, Schultern und Rücken würde sie bestimmt lange Zeit nicht mehr bewegen können, stellte sie sich vor.

Sie rollte sich auf die Seite. Zwischen den Karrenholmen hindurch sah sie die weit bis zum Deich reichenden Viehweiden an sich vorüberziehen. Auf ihnen standen oder lagen gutgenährte schwarzbunte Kühe, die gleichmütig wiederkäuten oder vor sich hin grasten.

Es folgten riesige Kornfelder, die in langgezogenen unmerklichen Wellen sanft im leichten Seewind hin und her schaukelten.

Als in der Ferne der elterliche Hof immer kleiner wurde, mußte Anna weinen. Dabei fiel ihr ein, daß sie nie in ihrem Leben über Heide hinausgekommen war. Nur der Muhlen-Hof und das Dorf Epenwöhrden waren ihre Welt gewesen. Sicher würde sie dorthin nicht mehr zurückkehren können, beschlich sie wehmütig eine dunkle Vorahnung. Denn man würde sie verachten, ausstoßen, nicht mehr lieben. Dafür würden Wiebe und Isebrand schon sorgen, war sie sich sicher.

Sie machte sich Sorgen um ihren Vater. Angstvoll fragte sie sich, ob er überhaupt noch lebte. Allein dieser leise Zweifel steigerte ihre Unruhe und senkte in gleichem Maße die Hoffnung, ihn jemals wiederzusehen. Am liebsten würde sie sterben, überschlugen sich ihre Gedanken. Welchen Sinn sollte denn ihr Leben noch haben? Die Vorstellung, nirgendwo mehr hingehören zu dürfen, marterte sie. Sie kämpfte gegen einen Sturm gemischter Gefühle an. Sie empfand Angst, verspürte Entsetzen, war von Haß erfüllt, hoffte dann wieder auf Glück und sehnte sich nach Liebe. Sie wollte sterben, aber auch wieder leben.

Je mehr sie sich von ihren gegensätzlichen Empfindungen aufgewühlt sah, umso unsinniger und fragwürdiger erschien ihr diese innere Zerrissenheit. Ob sich etwa schon ihr Geist verwirrte? Diese Aussicht erschrak sie zutiefst. Ihr war, als erwache sie aus einem bösen Traum. Nein, sie wollte nicht sterben! Ihr verbliebener Wille bäumte sich gegen die einschmeichelnde Todessehnsucht auf. Um weiterleben zu können, sagte sie sich, brauchte sie Genugtuung für alles Leiden, das man ihr zugefügt hatte!

Auf einmal war sie entschlossen, sich diese Genugtuung mit allen Mitteln zu verschaffen. Sie war sich im klaren, daß sie dafür selbst etwas tun mußte. Sie würde sich wehren, würde kämpfen und zurückschlagen. Der rechte Zeitpunkt dafür würde kommen, gelobte sie sich in der Ecke des Pferdekarrens, der gen Heide rumpelte.

Zum ersten Mal war ihr bewußt, daß sie noch stark genug war, sich gegen ihr Selbstmitleid und gegen ihre Schicksalsergebenheit aufzulehnen. Beides hätte sie beinahe um den Verstand gebracht. Angefangen hatte das beim Verhör vor dem Ehrengericht. Sie erinnerte sich, daß sie widerspruchslos alle Beschuldigungen über sich hatte ergehen lassen. Sie hatte sich ausschließlich dem seelischen Schmerz über ihre verschmähte Liebe hingegeben. Deshalb war ihr auch vor dem Kollegium nicht im entferntesten der Gedanke gekommen, sich zu verteidigen. Das einzige, wonach ihr der Sinn gestanden hatte, war der Tod.

Ihre Entschlossenheit, zu leben und zu kämpfen statt zu sterben, half ihr jetzt innerlich auf die Beine. So baute sie darauf, daß nur gelungene Rache ihr weiteres Leben lebenswert machen würde. Und nur der Gedanke daran würde ihr helfen können, die Qualen am Pranger auszuhalten. Sie faßte den Vorsatz, tapfer zu sein und mutig alle Erniedrigungen zu ertragen.

Sie würde einzig und allein nur daran denken, daß eines Tages alle, die Schuld an ihrer Demütigung hatten, dafür büßen müßten.

Der Pferdekarren stolperte aus der Marschniederung heraus langsam die sanft ansteigende, niedrige Hügellandschaft aufwärts. Auf dem oberen Rand der höher gelegenen und waldreichen Geest flimmerte bereits das helle Rot der Ziegeldächer einiger Bürgerhäuser durch die im Windspiel vibrierenden Baumkronen zu ihr herüber. Heide und der Schandpfahl kamen näher.

Da überfiel sie erneut irrsinnige Furcht. Ihr wurde unwohl. Sie bemerkte, wie ihr Körper zu zittern anfing und sich ihre Angst in panikartige Kopflosigkeit zu steigern drohte. Darüber erschrak sie. Sie wollte ihre guten Vorsätze doch nicht verlieren und tapfer sein! Tatsächlich gelang es ihr, ihre Gefühle einigermaßen in den Griff zu bekommen.

Es glückte ihr sogar, sich zum wiederholten Male vorzustellen, wie süß Rache sein könnte. Das tröstete sie, und es packte sie der Mut der Verzweiflung. Sie verspürte Zorn, der sich zur Wut steigerte. Zur Wut auf das Ehrengericht und zur Wut auf Wiebe, die sie hintergangen hatte, weil sie ihr im Wege stand.

Der Pferdekarren rumste durch tiefe Löcher, die den Weg beinahe unbefahrbar machten. Er geriet dabei gefährlich ins Schwanken. Die beiden Burschen vorn auf dem Bock, die sie nach Heide bringen sollten, störte das nicht. Eigenartig, dachte Anna, beide waren Vettern von ihr, gehörten dem selben Geschlechterverband an und verrichteten trotzdem ihre häßliche Wächterarbeit. Sie taten es so gleichgültig, als wäre es ihnen egal, ob sie eine Diebin oder die Tochter eines angesehenen Bauern aus der eigenen Sippe an den Schandpfahl brachten. Schuld daran waren nur die rohen Gebote und Verbote der Geschlechterverbände, dachte Anna.

Sie waren ihr stets zuwider gewesen. Vor allem das festgefahrene, starre innere Gefüge der Genossenschaften, hinter denen der einzelne mit seinen Interessen zurückzutreten hatte. Die Gesetze gegen Diebe und Gewalttäter in den eigenen Reihen waren ihr zu hart. Zwar war sie für die geforderten Wertevorstellungen, die jeden Verband und somit den ganzen Bauernstaat zusammenhielten: So hatte jeder frei, ehrenhaft, treu, fleißig, tapfer, gehorsam, gerecht und gottesfürchtig zu sein. Doch es gab zuviel Willkür in den eigenen Reihen. Nur einige wenige reiche Großbauern hatten in den Geschlechtern das Sagen. Auch dann, wenn sie mitleidlos Jungfrauen bestraften, die ihre Keuschheit an einen Fremden verloren hatten. Sie waren unversöhnlich.

Anna hielt das für verlogene Moral und bloßes Machwerk der Männer. Sie wollten in Wirklichkeit nichts anderes, als ein unberührtes Mädchen im eigenen Hochzeitsbett. Mit dieser aufsässigen Ansicht hatte sie sich bei den Eltern oft Ärger eingehandelt.

An den Hausgiebeln links und rechts erkannte Anna, daß sie sich auf der Straße zum Markt befanden. Glotzt nur, lächelte sie verächtlich zu den Fenstern an beiden Seiten hinauf. Hinter den Vorhängen entdeckte sie schemenhaft Frauengesichter mit Augen, die neugierig auf den vorrüberrollenden Karren mit der gefesselten Frau herunterstarrten.

Anna blieb beherrscht, bewahrte Haltung. Selbst als sie von weitem das Gerüst mit dem Pranger erkannte und viele Frauen und Kinder wahrnahm, die wie auf Kommando die Köpfe zu ihr herumdrehten, war sie gefaßt und ruhig. Unentwegt konzentrierte sie ihre Gedanken auf jenen Tag irgendwann in ihrem Leben, an dem sie sich für diese Stunden fürchterlich rächen würde. Das machte sie vorübergehend sicher und gelassen, worüber sie sich selbst wunderte.

Der Pferdekarren rollte von Westen her auf den Marktplatz. Dessen viereckige Fläche war ungewöhnlich groß. Bestimmt wäre ein Fußmarsch von zehn Minuten nötig gewesen, ihn zu umrunden. Noch nie war er Anna so ausgedehnt vorgekommen, obwohl sie ihn kannte. Sie hatte oft den Wochenmarkt und die dazu gehörige Landesversammlung besucht.

Auf der gegenüberliegenden Seite erblickte sie hochbeladene Pferdewagen. Davor stellten Frauen und Männer Zelte auf oder stapelten auf der Erde Kisten und Körbe mit irgendwelchen Waren. Anna fiel ein, daß der nächste Tag ein Sonnabend und wieder Wochenmarkt war. Mehrere Händler aus Lübeck und Hamburg waren bereits angereist. Rings um das geschäftige Treiben standen, wie an einer Schnur aufgereiht, bis zu zweigeschossige Fachwerkhäuser, manchmal dazwischen einige ausschließlich aus roten Ziegeln. Die meisten von ihnen fielen durch kostbar geschnitzte Türen, farbenfrohe, bleiverglaste Fensterscheiben und feinste Mauerverzierungen auf. Hier lebten Heides reiche Leute, dachte Anna.

Erschrocken sah sie eine große Menge von Menschen, die ein Holzgerüst mit schmaler Plattform umlagerten. Aus der Mitte ragte ein mannshoher Balken senkrecht heraus. Der Schandpfahl! fuhr ihr der Schreck durch alle Glieder. Wie gelähmt starrte sie auf das unheimlich anmutende Gestell, das ihr wie ein gräßliches Ungeheuer aus einer anderen Welt vorkam. Zwei aufklappbare Querhölzer mit ausgesägten Rundungen für die Handknöchel zu beiden Seiten und für den Hals in der Mitte bildeten zusammen mit dem aufrechten Balken ein Kreuz.

Die Sonne schien warm vom wolkenlosen Himmel herab. Der Westwind tanzte wirbelnd mit schwachen, aber erfrischenden Böen über den großen Platz und trieb sandigen Staub, gelbgrüne Blätter und schmuddelige Stoffreste vor sich her.

Anna bemerkte lautes Treiben um sich herum. Die meisten Frauen standen in Gruppen zusammen, tuschelten oder schwätzten miteinander oder riefen sich gegenseitig derbe Witze zu. Es waren hauptsächlich Mägde aus den benachbarten Häusern. Sie trugen durchweg knöchellange, faltige Kleider, die über der Hüfte zusammengeschnürt waren. Die weiten, bis eng an den Hals reichenden Oberteile hatten lange Ärmel. Um ihre Köpfe hatten sie kunstvoll ein Tuch geschlungen, trotz des Sommerwetters.

Sie hörte, wie ein dickleibiges Mädchen in einem viel zu engen Kleid einer jungen Frau mit hohlen Augen zurief, daß ihre Herrin ihr für den Vormittag freigegeben habe. „Damit ich mir die Strafe für eine Schlampe genau ansehen soll, die unseren Ruf als ehrbare Jungfrauen in den Dreck gezogen hat.“ Mit eigenen Augen sollte sie erleben, so habe ihr die Bäuerin befohlen, was sie erwartete, wenn sie sich ebenfalls schamlos und ungeniert mit fremden Männern einlassen würde. „Die Kerle wollen ja doch nur das eine“, kicherte sie laut zur Hohläugigen hinüber.

Anna schrie vor Schmerzen auf. Noch immer an Händen gefesselt und von der qualvollen Fahrt am ganzen Körper mit blauen Flecken übersät, wurde sie von ihren beiden Vettern brutal zum Holzgerüst hinauf und dann weiter in die Mitte zum Schandpfahl geschleift. Frauen und Kinder um sie herum grölten vor Vergnügen; einige waren schon ganz nah an sie herangerückt und bespuckten sie, während andere immer wieder im Chor schrien: „Auspeitschen! Aufhängen! Auspeitschen! Aufhängen!“

Anna blieb gefaßt, biß fest die Zähne zusammen und wandte ihre ganze Willenskraft auf, um sich von dem Geschehen um sie herum abzulenken. Unablässig zwang sie sich dazu, nur an Rache zu denken. Es schien das nützlichste Mittel, sich gegen das wilde Kreischen und Johlen taub zu stellen. Ununterbrochen murmelte sie vor sich hin, daß Isebrand und Wiebe dafür büßen müßten.

„Macht schneller, ihr müden Henkersknechte“, rief eine fettleibige Alte, die mit ihren Fingern aus einem Handkorb ständig Eßbares in den Mund schob und breit und schmatzend darauf herumkaute. „Wir wollen die Hure zur Hölle jagen." Ihre Zote erntete wieherndes Gelächter.

„Beeilt euch," schrie eine andere Frau über die Köpfe der vor ihr Stehenden zum Holzgerüst hoch, „wir wollen der feinen Anna Muhlen mal zeigen, wie angesehen bei uns Graswitwen sind."

Anna zuckte jedesmal zusammen; gleichwohl fühlte sie sich für einen Augenblick erleichtert, als einer ihrer Begleiter die Fesseln von ihren Händen und Füßen nahm. Aber schon der nächste Anblick jagte ihr wieder Angst ein. Einer der Vettern löste die Verriegelung der Holzvorrichtung über ihr, klappte zwei dünne Balken scherenartig auseinander und hielt sie vor ihre Augen. Es sah aus wie das weit geöffnete Maul eines Untieres.

Entsetzt starrte Anna auf die drei Aushöhlungen für beide Handgelenke und den Hals. Der andere Bursche zog sie brutal an den Pfahl heran. Er streckte ihre Arme auseinander, klemmte erst ihr linkes, dann ihr rechtes Handgelenk in die Öffnungen und drückte mit seiner Hand ihren Kopf mit einem Ruck grob nach unten in die mittlere Ausbuchtung der Vorrichtung. Dann gab er seinem Kumpan mit einem Nicken das verabredete Zeichen.

Anna spürte einen heftigen Schlag auf ihr Genick und gleichzeitig einen reißenden Schmerz in ihren Handknöcheln. Sie war zwischen den beiden zusammengeklappten Balken bewegungslos eingeklemmt. Zwei Eisenbeschläge an den Balkenenden sicherten die Halterung mit unförmig großen Schlössern. Die Schlüssel hängte der eine von beiden Vetter an seinen Gürtel.

Anna konnte den Kopf nicht mehr bewegen. Sie hatte ihr Gesicht zwangsläufig starr geradeaus gerichtet. Sie hörte nur, wie der andere sich lachend zum Bier im gegenüberliegenden Krug verabschiedete: „In zwei Stunden löse ich dich ab."

Die Frauen und Kinder um Anna ruckten wie eine unheimliche Mauer immer näher auf sie zu. Anna krümmte sich und spannte ihren Körper wie eine scheue Katze unmittelbar vor der Flucht. Plötzlich schnellte die Menge zwei Schritte auf sie zu, fauchte und zischte ihr ins Gesicht. Anna erschrak fast zu Tode. Entsetzt preßte sie ihre Lippen und Lider zusammen, weil sie ihr Gesicht nicht abwenden konnte; der Hals saß im Schandpfahl fest.

Die Weiber lachten schadenfroh und triumphierend, weil Anna

die Schmähungen wehrlos über sich ergehen lassen mußte. Schon fingen einige kleine Kinder damit an, ihr Opfer zu bespucken, erst den ganzen Körper, dann das Gesicht. Anna ließ, vor Scham zu keinem klaren Gedanken mehr fähig, alle Widerlichkeiten und Demütigungen stumm über sich ergehen.

Im Geiste sah Anna ihren Vater winkend aus dem Dielentor seines Hofes heraustreten, durch das er ohnmächtig ins Haus getragen worden war. Sie hörte, wie er ihr beschwörend zurief: „Sei tapfer, mein Kind! Sei tapfer!“ Dann sah sie neben ihm ihre Schwester; sie lag sterbend auf dem Boden, darüber gebeugt Wulf Isebrand. Über sein Gesicht rannen Tränen. Dieser Schurke, durchfuhr es Anna haßerfüllt, nun will er mein Mitleid erregen, er, der mich hintergangen und zur meist geächteten Frau im Lande gemacht hat.

Wie leblos hing sie nach einer Stunde nur noch mit dem Hals und den Handgelenken am Schandpfahl. Aus ihrem schmerzenden Genick stachen Schmerzen überall in den Kopf hinein. Sie erbrach sich, spürte, wie sie sich selber naß machte, weil sie nicht mehr an sich halten konnte und wollte nur noch ohnmächtig werden, nichts mehr sehen, hören und fühlen.

„Bei Gott und der heiligen Mutter Maria“, schwor sie, ihrer Sinne kaum mächtig und nur noch leise vor sich hinlallend: „Ich werde mich an euch rächen, euch alle vernichten, dich Isebrand, dich Wiebe und euch Geschlechterverbände…“ Dann verlor sie das Bewußtsein.

Die Schreie, die Anna schießlich schrill ins Ohr peitschten, schreckten sie aus ihrem totenstillen Taumel auf. Sie erwachte schlagartig aus der Ohnmacht, wußte aber das Geschehen um sich herum nicht richtig zu deuten. Männer, Weiber und Kinder rund um den Pranger schienen vor ihr entsetzt auseinanderzustieben. Beide Vettern, die sie an den Schandpfahl gekettet hatten, lagen mit verdrehten Beinen und ausgestreckten Armen besinnungslos am Boden.

Hinter ihrem Rücken schloß jemand die Prangerbeschläge um Handknöchel und Hals auf. Sie war frei!

Selig vor Freude, schossen ihr die Tränen in die Augen. Sie dankte Gott für seine Barmherzigkeit, vermochte sich aber nicht mehr auf den Beinen zu halten. Sie glitt, einer erneuten Ohnmacht nahe, wie ein abgeschnittenes Seil zu Boden, spürte, wie zwei starke Arme sie auffingen, und schlug die Augen auf. Direkt vor ihr stand Carsten Holm, Sohn des reichen und mächtigen Claus Holm aus Heide, der kürzlich verstorben war.

„Danke“, flüsterte sie heiser. Dabei bemerkte und roch sie gleichzeitig den Dreck und Unrat auf ihrem zerrissenen Kleid und dem geschundenen Körper. Sie glaubte, in Scham versinken zu müssen.

„Hier gibt es nichts zu danken“, sagte Holm freundlich energisch, hob sie hoch und trug sie unter empörten Rufen der inzwischen neugierig zurückgekehrten Menge auf den Armen zu seinem Pferd. Er schwang Anna auf den Rücken des Tieres, anschließend sich selber in den Sattel, trieb den Schimmel an und fragte: „Soll ich dich zu mir nach Hause bringen?“

„Nein, bitte zu Pater Torneborg.“

„Dem Prior im Kloster zu Meldorf?“

„Ja, bitte.“

„Warum gerade zu ihm?“, fragte Holm erstaunt. Er war ein wenig enttäuscht. Anna hörte es an seiner Stimme. Aber zu ihm wollte sie nicht. Es würde seinem guten Ruf schaden, wenn er einer geächteten Frau Zuflucht in seinem Haus gewährte. Sie kannte ihn und schätzte seine höfliche und zurückhaltende Art. Er kaufte regelmäßig Vieh von ihrem Vater und hatte die Besuche auf dem Muhlen-Hof genutzt, ihr kleine Geschenke mitzubringen.

Holm hatte auch schon zweimal bei Vater um ihre Hand angehalten. Sie fand ihn zwar männlich, gutaussehend, redegewandt und zuvorkommend, doch liebte sie ihn nicht. Und Vater hatte sie niemals gedrängt, den fünfzehn Jahre älteren Großbauern zu heiraten.

„Er ist seit langem mein Seelsorger und Beichtvater und ein guter Freund obendrein“, begründete sie ihre Bitte, zum Prior Augustinus ins Meldorfer Kloster gebracht zu werden. „Ich werde mich dort ausruhen und dann wieder zu Vater heimkehren. Er ist sehr krank.“ Sie stellte sich vor, wie er jetzt in seinem Bett lag und von Wiebe, der falschen Schlange, betreut wurde. Sie fing zu weinen an.

Holm schwieg, blickte nur geradeaus und schnalzte hin und wieder dem Pferd zu, das gemächlich dahintrottete. Er wollte nichts

Unbedachtes sagen. Anna sollte so schnell wie möglich zur Ruhe kommen. Wie sehr mußte das arme Mädchen gelitten haben, dachte er. Er hatte großes Mitleid mit ihr. Dadurch fühlte er sich noch unwohler in seiner Haut. Denn es machte ihm noch schwerer, Anna die traurige Wahrheit mitzuteilen, die er mit sich herumtrug, seit er sie vom Pranger befreit hatte.

„Ich glaube, deinem Vater geht es sehr schlecht."

„Sehr schlecht?!" Ihre Gedanken jagten wirr durcheinander. Eine schreckliche Ahnung packte sie. Es mußte etwas Furchtbares geschehen sein. Angst bemächtigte sich ihrer. Entsetzen und Hilflosigkeit nahmen sie gefangen. „Was heißt das?!" Panik überfiel sie. Sie rang nach Atem. Immer wieder schüttelte sie wild verneinend den Kopf. „Nein! Nein!", schrie sie, plötzlich aufschluchzend, aus: „Sag, daß es nicht wahr ist!"

„Doch", sagte Holm leise, „dein Vater ist tot."

Telse bemerkte, daß Mutter sie ansah, als erwache sie aus einem schrecklichen Traum. Ihre Augen waren feucht. Zuerst nahm sie an, sie hätte ihretwegen zu weinen angefangen. Aber da sie dafür keinen stichhaltigen Grund erkennen konnte, kam sie gleich auf das Nächstliegende. Auch Mutters Tränen würden sie nicht daran hindern, Isebrand weiter zu bewundern, sagte sie sich entschlossen. Auch wenn sich ihre Mutter mit aller Macht dagegenstemmen sollte. Außerdem würde sie, Telse, ihrem besten Freund künftig mehr vertrauen als sonst jemandem auf der Welt. Und sie würde ihn als Mann mögen, wie es ihr paßte.

Telse fühlte sich mit einem Male stark genug, ihr Leben in die eigenen Hände zu nehmen. Es mußte endlich Schluß damit sein, sich von den Launen der Eltern abhängig zu machen. Als Telse bemerkte, daß ihre Mutter immer noch geistesabwesend ins Leere blickte und ihr Tränen die Wangen herabrannen, scheute sie sich, das Gespräch über jenen Mann fortzuführen, den Mutter so offensichtlich haßte.

Anna war noch ganz von den düsteren Erinnerungen an den Tod ihres Vaters und die Demütigung am Pranger gefangen. Nur langsam tauchte sie wieder in die Gegenwart ein. Sie sah vor sich ihre Tochter auf einem Stuhl sitzen. Dabei fiel ihr der abscheuliche

Streit zwischen Telse und ihrem Vater ein, der inzwischen den Pesel verlassen hatte.

Als sie allmählich wieder Fassung gewann, vermeinte Anna, die alte Feindseligkeit wie vor zwanzig Jahren gegen Isebrand zu spüren. Er war an allem schuld, auch am Tod ihres Vaters und ebenfalls daran, daß sich nun ihre Familie nicht mehr verstand und sogar auseinanderzubrechen drohte. Ausgerechnet auf diesen Halunken mußte ihre Tochter hereinfallen. Nicht mit mir! Anna war zu allem entschlossen.

Gleich am nächsten Tag würde sie Prior Augustinus aufsuchen, um ihn für ihre Rachepläne zu gewinnen. Sie hatte lange darüber nachgedacht und schließlich eine Idee gehabt, wie Isebrand für alles büßen könnte. Sollte ihr Plan aufgehen, würde er genauso wie sie vor zwanzig Jahren körperlich gepeinigt, seelisch gequält und vor aller Welt gedemütigt werden. Dann sollte er vor Gott und der heiligen Maria von Telse abschwören – oder sterben.

Um ihren Vorsatz ausführen zu können, brauchte sie des Priors Hilfe. Ihn hatte sie von Anfang an als Mitwisser vorgesehen. Er sollte einen Teil des Plans übernehmen. Sie war sich sicher, daß der Mönch ihr Verbündeter werden würde. Selbst dann, wenn er deswegen schwere Sünde auf sich laden müßte. Sie wußte, daß sie ihn in der Hand hatte. Denn über ihre gemeinsamen religiösen Ideale im *Caland* hinaus verband beide ein langgehütetes, intimes Geheimnis. Es durfte niemals gelüftet werden. So hatten sie einander vor zwanzig Jahren geschworen. Seitdem war er ihr hörig.

11

Isebrand hatte genug gesehen. Er wandte sein Gesicht Grove zu: „Ich kann es immer noch nicht fassen. Unsere Späher hatten tatsächlich recht."

Grove, der bäuchlings neben ihm hinter einem Holzstoß auf einer Anhöhe lag, beeindruckte es wenig, daß sein Freund nur schwer aus dem Staunen herauskam. Sein Blick schweifte nach wie vor aufmerksam über das Tal. Vor ihm reckte ein schütterer, blätterloser Wald seine schwarzen Äste und Zweige in den sonnigen Himmel. Er überzog die winterlich kahle Sohle und die nackten Hänge der Senke wie mit einer stacheligen Haut. Zwischen den Bäumen und auf den Lichtungen wimmelte es wie in einem riesigen Ameisenhaufen von Tausenden bunt uniformierten Soldaten.

„So viele Soldaten habe ich noch nie auf einem Fleck gesehen," murmelte Grove, ohne dabei Isebrand anzusehen. Er starrte nur hinunter auf das lärmende Gewusel zwischen den vielen hundert Mannschaftszelten, kleinen und großen Lagerfeuern, unzähligen Pferdeherden und auf die gewaltige Anhäufung von Troßwagen, die über das gesamte Tal und in den angrenzenden Wäldern verstreut waren. Vor einigen Zelten spielten Pfeifer und Trommler zum Tanz auf, bei dem sich Soldaten und Marketenderinnen laut lachend und fröhlich jauchzend im Kreis drehten. Weiter hinten sangen Landsknechte, mehr grölend als wohltönend, lustige Lieder.

Isebrand und Grove hatten nahezu das gesamte Heerlager des Dänenkönigs umkreist, das Gelände Abschnitt für Abschnitt sorgfältig ausgespäht, mühsam und möglichst genau Krieger, Rösser, Troßwagen und Geschütze gezählt, die Stärken der verschiedenen Einheiten abgeschätzt und das Ergebnis schriftlich auf einem Blatt Papier festgehalten.

„Der Kriegsrat dürfte an meinem Bericht kräftig zu kauen haben. Er wird sich bestimmt schwer damit tun zu entscheiden, wie es weitergehen soll", raunte Isebrand seinem Nachbarn zu.

Ihm war es ein Rätsel, weshalb König Hans eine derart gewaltige Streitmacht in Bewegung gesetzt hatte, nur um das kleine Dithmarschen zu erobern. Völlig ausgereicht hätten auch zwei Drittel des Heeres und eine geschickte Kriegsführung, um seinem Bauernaufgebot Schwierigkeiten zu bereiten.

Ihm war außerdem aufgefallen, daß weit und breit keine Wachen zu sehen waren. Er hatte zwar aus der Ferne beobachtet, wie sie beinahe Hals über Kopf zurück ins Lager geritten waren, als sich sein Freund und er dem Tal näherten. Doch für ihn hatte das rätselhafte Spiel zuerst keinen Sinn ergeben. Bis er auf die Idee gekommen war, daß ihnen die Dänen wohlüberlegt die volle Sicht auf das Heerlager gewähren wollten.

Bestimmt waren Grove und er längst als feindliche Späher ausgemacht worden. Nun sollten sie sich die geballte militärische Stärke des Dänenheeres in Ruhe ansehen können, ohne dabei behindert zu werden. Und sie sollten, da war sich Isebrand sicher, durch den gewaltigen Truppenaufmarsch eingeschüchtert, möglichst sogar in Panik versetzt werden, um genau diesen Eindruck anschließend an den eigenen Kriegsrat weiterzugeben.

„Ich kann mir denken", sagte er leise, ohne seinen Blick vom lauten Treiben im Tal abzuwenden, „warum der Dänenkönig einen derart überflüssigen militärischen Aufwand betreibt. Er setzt darauf, daß er uns mit einer solchen Übermacht Angst einjagen und zur schnellen Kapitulation zwingen kann. Das würde seine hohen Ausgaben um das Hundertfache wieder wettmachen."

„Wie das?"

„Würden wir uns gleich unterwerfen, brauchte er seinem Heer keinen weiteren Gulden Sold mehr zu zahlen. Außerdem würde unser Land nicht ausgeplündert und zerstört werden. Er würde es also nicht teuer wiederaufbauen müssen. Obendrein würden alle von uns am Leben bleiben. Das brächte mehr Unterjochte ein, also billige Arbeitskräfte und damit zusätzliche Einsparungen."

Grove zuckte mit den Achseln, als wisse er mit Isebrands Gedankenspiel nichts anzufangen, und schaute weiter angestrengt hinüber ins Feldlager. „Mag sein, daß du recht hast. Wenn das aber so wäre, wie du sagst, hätten wir im Augenblick einen Vorteil."

„Der wäre?"

„Wir hätten Zeit gewonnen, bis König Hans losschlägt. Sicher hat er vor, noch einige Tage auf unsere Unterwerfung zu warten."

„Du hast recht, vieles spricht dafür. Zum Beispiel sehe ich dort unten niemanden, der Rüstzeug trägt."

„Die Harnische liegen wohl noch gut verpackt beim Troß", grinste Grove.

„Und alle gebärden sich wie Gäste eines fröhlichen Waldfestes. Das Gefährliche an der Sache ist nur, daß wir nicht wissen, welche Einmarschpläne König Hans für den Fall hat, daß ihm niemand den Gefallen tut zu kapitulieren."

„Dafür weiß er durch seinen Mann in unserem Kriegsrat, was *wir* vorhaben", erwiderte Grove mit beißender Ironie.

Isebrand sah sich unangenehm daran erinnert, daß er über seine Feindbeobachtung beinahe den Verräter in den eigenen Reihen vergessen hätte. Er mußte so schnell wie möglich etwas unternehmen, den Spion zu enttarnen, sagte er sich erneut, wie um sich zu beruhigen. Er hatte zwar einen Plan, wie er den Spion umdrehen, für seine Zwecke nutzen und gegen die Dänen einsetzen würde. Doch dafür brauchte er zuerst Gewißheit darüber, wer denn der Spitzel war. Bisher fehlte ihm jeder Anhaltspunkt.

Gleich morgen bei der nächsten Kriegsratssitzung wollte er dem geheimnisvollen Unbekannten eine Falle stellen.

Ihm fiel wieder der ungeheure Verdacht ein, den er auf dem Weg zur Grenze bei der Begegnung mit Anna Holm und ihrer Tochter gehabt hatte. Er ließ ihm einfach keine Ruhe.

„Deine Nachricht, daß unter uns ein Spion sitzt, stammt doch von deinem Mönch im Meldorfer *Caland*?“, forschte er noch einmal in Groves Erinnerung nach handfesten Hinweisen.

Der sah seinen Freund überrascht an. „Was geht nur in deinem Kopf herum?“

„Ich dachte daran, daß Anna Holm zum Laienkreis des *Caland* gehört.“

„Und?“

„Möglicherweise gibt es eine Verbindung zwischen dem *Caland* und dem Spion. Möglicherweise könnte auch Anna Holm Mitwisserin des Geheimdienstes sein, ebenso wie alle anderen Priester, Laien und Mönche in der geistlichen Bruderschaft.“

„Na, und?“

„Dann würde sie ihren Mann bestimmt in alle ihre Geheimnisse eingeweiht haben. Warum aber hat der uns nicht längst über den Königsspitzel informiert? Da er bisher im Kriegsrat kein Wort darüber verloren hat, macht er sich doch selbst verdächtig, oder?“

„Du meinst also, Holm sei der Schuft?“

„Er kommt mir jedenfalls verdächtig vor.“

„Und du witterst da gleich eine Spur?“ Grove zog spöttisch und wie strafend seine Augenbrauen hoch.

„So ist es.“

„Ist das nicht ein wenig zu weit hergeholt?“ Grove sah seinen Freund kopfschüttelnd an. „Du hast heute schon mal diesen Verdacht geäußert, dann wieder verworfen. Nun bohrst du in deinem Verstand wieder danach herum. Holm scheint dich nicht in Ruhe zu lassen."

„Ich komme einfach nicht von dem Gedanken los, daß bei ihm die Lösung zu suchen ist."

„Hast du persönlich etwas gegen den Mann?"

„Unsinn. Es ist wie eine Eingebung, tut mir leid."

„Mir scheint, du suchst krampfhaft nach einem Opfer, weil du dir hilflos vorkommst."

„Du magst recht haben", schwächte Isebrand seinen Argwohn gegen Holm etwas ab.

Eigentlich war ihm auch nicht ganz wohl dabei, gestand er sich, eine der angesehensten Persönlichkeiten im Lande des Verrats zu bezichtigen. Aber wenn schon nicht Holm, wer sonst unter den achtundvierzig Regenten? Einer von ihnen mußte es ja sein!

Er versuchte sich einzureden, daß es Holm schon deshalb nicht sein konnte, weil er niemals seine eigene Familie ins Unglück stürzen würde. Das aber geschähe sofort , würde er als Landesverräter überführt werden. Und ein Mann wie Holm, sagte sich Isebrand, zog alle Folgen in Betracht, bevor er Tugend gegen Laster tauschte.

„Und denk dabei an Telse", unterbrach Grove Isebrands Überlegungen. „Holm liebt seine Tochter. Nie würde er ihr diese Schande antun."

„Richtig." Isebrand schlug sich mit der Hand an die Stirn. „Telse habe ich dabei ganz vergessen." Wie dumm von ihm, nicht an sie gedacht zu haben. Dennoch blieb er gegen ihren Vater weiter mißtrauisch.

Mit einem Male wünschte er sich, Telse möglichst bald wiederzusehen. Er stellte sich vor, wie sie in diesem Augenblick in seinem Haus umherging und sich an die gemeinsamen Stunden erinnerte, die sie früher zuammen am Feuer in der Diele verbracht hatten. Wie sie dort über Gott, die Natur und das wunderschöne freie und friedliche Land plauderten …

Als er sich bei diesen Gedanken ertappte, war es ihm peinlich, ausgerechnet jetzt daran zu denken anstatt an seine Aufgabe. Eilig faßte er im Geiste zusammen, was er beobachtet hatte:

Er konnte bestätigen, daß das dänisch-holsteinische Heer

tatsächlich über zwölftausend Krieger und beinahe vierzig Geschütze verfügte. Was ihn besonders beunruhigte, waren die etwa viertausend Söldner der Großen oder Schwarzen Garde, über die ihm bereits Kundschafter berichtet hatten. Er hatte die Söldnerbande sofort an der einheitlichen, schwarzweiß gestreiften Kleidung der Landsknechte wiedererkannt, die der Garde auch die zusätzliche Bezeichnung Schwarze gegeben hat. Schließlich hatte er vor zwanzig Jahren selbst solche Kluft getragen.

Seine Späher hatten ihm außerdem einen Junker Slentz genannt, der Anführer der Garde sein sollte. Isebrand hatte zwar damals bei der Garde einen Thomas Slentz gekannt, doch mit dem jetzigen Obersten Kapitän Junker Slentz hatte der sicher nichts zu tun. Sein Slentz lag bestimmt irgendwo unter der Erde einer der vielen Kriegsschauplätze, auf denen die Söldnerbande inzwischen gekämpft haben mußte. Thomas Slentz war ein wüster Draufgänger gewesen, der sich jedesmal todesverachtend ins gefährlichste Kampfgetümmel gestürzt hatte.

Sein Name weckte in Isebrand augenblicklich die Erinnerung an seine eigenen Landsknechtsjahre, in denen ihm nur Kämpfen, Töten, Brandschatzen und Beutemachen beigebracht worden waren. Angemustert hatte er bei der Großen Garde, als der Verband von Kaiser Maximilian neu aufgestellt wurde. Maximilian hatte zu der Zeit das Söldnerwesen militärisch geordnet.

Isebrand hatte sich bei der Musterung als achtzehnjährig ausgegeben, obwohl er erst dreizehn, aber dafür groß und kräftig gewesen war. Er befand sich damals auf der Flucht und suchte bei den Landsknechten Unterschlupf. Er war von zu Hause fortgelaufen, weil er glaubte, seinen Vater getötet zu haben und von Häschern verfolgt zu werden. Nie hatte er später erfahren, ob er den Alten wirklich totgeschlagen hatte oder ob der noch lebte.

Die Tat war in Amsterdam geschehen. Dort war er inmitten verfallener, verdreckter und verwanzter Elendsquartiere aufgewachsen, täglich von Hunger, Schmutz, Krankheiten, Mord und Totschlag umgeben und zusammen mit fünf jüngeren Geschwistern und den Eltern in einem einzigen Raum eingepfercht.

Seine Mutter war die einzige Tochter des reichsten Bankhausbesitzers Amsterdams und von der eigenen Familie verstoßen, weil sie einen armen Schiffsbauer geheiratet hatte. Sie war nur ein Häuflein Elend. Sein Vater war zum schlechtbezahlten Getreidelöscher heruntergekommen.

Isebrand hatte ihn kaum anders gekannt denn als brutalen Schläger und ständig besoffenes Ungeheuer. Wenn er nachts nach Hause kam, prügelte er erst seine müde, abgemagerte Frau halb ohnmächtig und vergewaltigte sie dann vor den Augen seiner Kinder.

Isebrand hatte damals begonnen, nichts so sehr zu hassen, wie unfrei, wehrlos und irgend jemandem hilflos ausgeliefert zu sein. Für ihn gab es nichts Unwürdigeres, als lammfromm und geduldig seelische und körperliche Herrschaftsgewalt anderer zu ertragen, ohne sich dagegen zu wehren. Das führte dazu, daß eines Tages in ihm eine unbändige Sehnsucht nach Freiheit explodierte.

An seinem dreizehnten Geburtstag hatte er es dann getan. Wieder einmal hatten die Geschwister vor Angst entsetzlich geschrien, die Mutter leise gejammert und geweint und der Alte grölend geflucht und auf ihr widerlich gestöhnt. Da war er durchgedreht. Wie von Sinnen riß er den nackten, fetten Körper seines Vaters von dem zitternden, ausgemergelten Leib seiner Mutter rücklings zur Seite auf den Boden herunter und schlug mit einem Stuhlbein immer und immer wieder auf das Gesicht, den Hals, die Brust, den Bauch und die Beine ein. Dann trampelte er in blindem Haß auf allen Körperteilen herum, bis er ihn Blut spucken und plötzlich still daliegen sah.

Da glaubte er, der Alte sei tot, und rannte in Panik fort – für immer.

Später hatte er sich oft gesagt, daß er nichts verloren habe, wofür er hätte dankbar sein müssen. Und auch nichts getan, wofür er sich hätte rechtfertigen müssen.

Erschreckt fuhr Isebrand in seinen Gedanken zusammen. Er hatte mit beiden Händen sein armlanges, klobiges Fernrohr auf das größte Zelt des Feldlagers gerichtet, wahrscheinlich das Königszelt. Was er dort entdeckte, nahm ihm beinahe den Atem. Grove bemerkte, daß Isebrand gebannt durch das Glas schaute. Erwartungsvoll blickte er zu ihm hin.

Isebrand sah, wie zum Greifen nah, vor dem Zelteingang einen Hünen von Mann stehen, der wild herumschrie. Es mußten Flüche sein, horchte Isebrand angestrengt hin. Sie waren jedoch oben bei ihnen auf der Anhöhe kaum zu verstehen.

„Hör doch!“, stieß Isebrand aufgeregt hervor.

Es waren nur verstümmelte Sätze, die zu beiden heraufdrangen. Grove schnappte mit aller Mühe so etwas wie „...rächen“ und „...büßen müssen“ auf. Dann vernahm er nur die Wortfetzen „...sterben“, „...ich, Slentz“, „...durch meine Hand“ und „...schwöre es“.

Plötzlich horchte Grove noch aufmerksamer hin. Was er da hörte, trieb ihm einen Schauer über den Rücken.

„Der schreit wie ein Verrückter deinen Namen durchs Tal.“ Grove drehte sein Gesicht entsetzt zu Isebrand hin. Der antwortete nicht. Er hatte sein rechtes Auge fest an das Rohr gedrückt. Grove war das alles unheimlich.

Endlich, nach einer kurzen Pause, sagte Isebrand: „Ja, der meint mich.“ Seine Stimme klang rauh.

Was er da sah, konnte er kaum fassen. Er hatte den Mann wiedererkannt. Was für ein Zufall! Das konnte nur Gottes Fügung sein, ging es ihm durch den Kopf. Wie sonst wohl wäre eine solche Begegnung zu erklären? Ihm war, als wollte der Himmel in diesem Krieg einen blutigen Streit zu Ende führen, den es vor zwanzig Jahren zwischen ihm und dem da unten gegeben hatte. Schlagartig wurde ihm klar: Einer von ihnen beiden würde bald sterben müssen.

Bei dem Gedanken zog er seinen Umhang fester an sich. Ihn fror. Er hatte nicht vergessen, daß Slentz ihm bei ihrer letzten Begegnung für alle Zeit tödliche Rache geschworen hatte.

Grove sah seinen Freund wie verwandelt. Das Gesicht war zur Maske erstarrt, die Haut blaß. Die Augen waren zusammengekniffen, die Stirn faltig, die Mundwinkel herabgezogen und das Kinn weit nach vorn geschoben. Was hatte er nur?

„Sieh dir das Gesicht an!“ Isebrand reichte Grove hastig das Rohr.

Der schaute hindurch, wandte sich für einen Moment entsetzt ab. „Das ist ja gräßlich, wie der Kerl ausieht.“

„Mitten durch sein Gesicht eine lange, breite, tiefe Narbe.“

„Furchtbar.“

„Sie ist von mir.“ Isebrand sprach den Satz langsam und bedächtig aus, dehnte dabei jedes Wort, als sei er stolz darauf, dem anderen die Narbe zugefügt zu haben.

Grove erschrak darüber, nahm das Fernrohr vom Auge und musterte Isebrand, als müßte er sich um den Verstand seines Freundes sorgen. Der bemerkte den kritischen Blick. Aha, Grove glaubt mir nicht, dachte er.

„Na?“, fragte er belehrend, „welchen Namen außer meinem rief er denn noch?“

„Slentz.“

„Richtig. Slentz.“ Isebrand atmete tief durch.

„Das muß sein eigener sein.“

Isebrand sagte nur knapp: „Der da unten ist Thomas Slentz!“ *Sein* Slentz.

Niemals hätte er auch nur im entferntesten geahnt, daß es ihn noch gibt. Und das sogar als Anführer der Großen Garde. Dieser Slentz hatte es weit gebracht, zollte Isebrand seinem Todfeind heimlichen Respekt. Je mehr er über ihn nachdachte, desto schneller wuchs in ihm die Gewißheit, daß er diesen Teil seiner Vergangenheit nicht einfach abschütteln konnte wie faule Äpfel von einem kranken Baum. Sein grauenvolles Erlebnis mit Slentz war wieder aus dem Schatten der übelsten Erinnerungen hervorgetaucht. Es bedrohte ihn mit den alten, aber noch immer scharfen Bildern von damals. Auch was Menschen trennt, scheint nicht verloren zu gehen, grübelte er.

Sie waren damals achtzehn, dicke Freunde, schon fünf Jahre Landsknechte in der Garde und bereits Hauptleute mit eigenen Kompanien.

Als plötzlich eine Frau auftauchte, in die sich beide verliebten, war es mit der Harmonie schlagartig vorbei. Sie war eine Marketenderin. Was niemand unter den Söldnern und auch nicht Isebrand wußte: Der jähzornige Slentz betete das Mädchen heimlich an und betrachtete es deshalb als seinen Besitz. Die schwarze Schönheit aber war ein mannstolles Luder und trieb es mit vielen in der Garde, auch mit Isebrand.

Bei einem Schäferstündchen im Stroh wurden beide von Slentz und dessen Kumpanen aufgestöbert. Slentz sah rot. Sein Jähzorn explodierte. Er ließ das Mädchen von seinen Helfern festhalten und verstümmelte es bei lebendigem Leibe. Noch viele Jahre später verfolgte Isebrand der Anblick des übel zugerichteten, blutüberströmten Frauenleibes in seinen Alpträumen.

Slentz hatte sich anschließend auf seinen Rivalen gestürzt. Zuerst wollte er Isebrand foltern, danach umbringen. Er begann, ihm mit dem Dolch die Fingerkuppen direkt unter den Nägeln aufzuschneiden. Rasend vor Schmerz, schlug Isebrand um sich, befreite sich aus der Umklammerung und bekam den bluttriefenden Dolch zu fassen, den Slentz in der Hand hielt. Mit der scharfen Klinge fuhr er blitzschnell durch das haßerfüllte Gesicht vor sich, das in zwei Hälften auseinanderklaffte, und stürmte aus dem Stall.

Er hörte noch, wie Slentz vor Wut und Schmerz hinter ihm herschrie: „Das wirst du mir mit deinem Leben büßen!“ Isebrand aber entkam und kehrte nie mehr zur Garde zurückkehrte.

Gewaltsam mußte er sich von der Erinnerung an das damalige Blutbad im Stall losreißen. „Laß uns wieder verschwinden und zurück nach Oldenwöhrden reiten“, flüsterte er Grove zu.

12

Auf dem Heimweg passierten sie Albersdorf, von der Grenze aus der erste Ort in Dithmarschen. Hier gabelte sich der einzige Land- und Handelsweg aus Holstein. Einmal ging es nach Heide im Nordwesten, zum anderen nach Meldorf im Südwesten. Isebrand und Grove bemerkten ein paar alte Männer und Frauen, die ihnen neugierig aus finsteren Fensterhöhlen hinter halb aufgeklappten Läden nachblickten.

„Ich dachte, du hättest die gesamte Geest von den Bewohnern räumen und sie in die Marsch bringen lassen“, fragte Grove erstaunt.

„Es sind nur einige wenige Alte zurückgeblieben. Sie wollten ihre Höfe nicht verlassen. Sie versorgen das zurückgelassene Vieh.“ Isebrand führte den Arm im Kreis herum. „Das ganze Dorf ist aber so gut wie menschenleer, wie alle anderen Dörfer auf der Geest."

Je näher sie nach Heide kamen, desto öfter begegneten ihnen kleine Trupps schwerbewaffneter Bauern. Die meisten von ihnen trugen Spieß und Streithammer. Einige führten zusätzlich ein Wurfbeil, andere Hellebarden mit sich. Manche hatten als Feuerwaffen Hakenbüchsen und Zündrohre geschultert oder als zusätzliche Fernwaffe eine Armbrust bei sich. Bei fast allen baumelte die *Tsake* an der Hüfte, außerdem entweder Schwert, Säbel oder Degen.

Eine der vorbeiziehenden Kompanien von etwa hundert Mann trottete nach der schrillen Melodie zweier Trommler und vier Pfeifer einher. Allen voran hielt ein behelmter Krieger das Feldzeichen der Bauernschaft, aus dem die Kampfgruppe kam, weithin sichtbar hochgestemmt, als gelte es, aller Welt zu zeigen, wie ungeheuer groß der Mut der kleinen Truppe sei.

„Sie gehen vorsorglich in den Wäldern vor der Hamme in Stellung", sagte Isebrand. „Sie sollen die Vorhut des Dänenheers hinhalten, falls König Hans zuerst auf Heide losmarschiert."

Einige Bauern hatten Harnische angelegt und kamen nur langsam voran. Wie ungelenke Wesen aus Blech und Leder bewegten sie sich staksig und eckig über den gefrorenen Boden. Sie trugen entweder Fußkampfharnische mit schwerem Helm, Brust- und Rückenpanzer, Tonnenrock, verstärkten Schulterteilen sowie Arm- und Beinrüstung oder schleppten sich mit landsknechtischen Harnischen aus Sturmhaube, Achselkragen, Bauchreifen, Schößen und Panzerärmeln ab. Die meisten ließen ihr Rüstzeug auf Pferdewagen hinter sich her bringen.

Weitaus größer und mit leichten Geschützen ausgerüstet waren die Aufgebote, die zu beiden Seiten der befestigten Straße auf dem schmalen trockenen Geestrucken kurz vor Heide lagerten. Unzählige kleine Zelte reihten sich geordnet unmittelbar vor einem niedrigen, kahlen Gehölz aneinander. Zwischen ihnen brannten offene Lagerfeuer. Um diese herum wärmten an lodernden Flammen Männer ihre steifgefrorenen Finger und frierenden Körper. Andere hackten die steinharte Erde locker, mit der sie entlang der Hamme Wälle aufwarfen, oder stapelten mit Hilfe stämmiger Zugpferde dicke Baumstämme zu hohen Hindernissen.

Als sie durch Heide ritten, kamen Isebrand und Grove kaum aus dem Staunen heraus. In den Straßen und auf dem Marktplatz herrschte aufgeregtes Treiben. Alles schien vollgestopft zu sein von Menschen, Pferden und Fahrzeugen. Überall wimmelte es von Soldaten des Bauernaufgebots. Dazwischen eilten Frauen mit prall gefüllten Beuteln und Säcken auf gekrümmten Rücken hastig hin und her, vermutlich um den Männern Eßbares zu bringen. Hier und da glimmten oder kokelten Feuerstellen, über denen blubbernde und dampfende Kochtöpfe an Kesselhaken hingen. Hochbeladene Pferdewagen mit nervös fluchenden Fuhrleuten bahnten sich im Zickzack den Weg durch die dichte Menge. Lautes Stimmengewirr, verräucherte Luft und strenger Schweißgeruch tränkten das geschäftige Gewusel. Die beiden Reiter suchten mit ihren Pferden mühsam und geduldig eine schmale Gasse durch das hektische Gedränge.

„Dagegen ist ja das Heerlager der Dänen ein verkommener Haufen," weidete sich Isebrand an dem stattlichen Bild.

Ihm gefiel die wehrhafte und kampfbereite Stimmung rund herum. Für ihn ein überzeugendes Zeichen, daß Dithmarschens Bauern entschlossener denn je waren, ihre Freiheit zu verteidigen. Entschlossener jedenfalls als ein Teil der Führungssippschaft im Kriegsrat.

Grove bemerkte den zufriedenen Ausdruck im Gesicht seines Freundes und wurde die Vorstellung nicht los, daß sich Isebrand inmitten seiner Truppen besonders prächtig fühlte; wie vor einem Ringkampf, dachte er, wenn man die Muskeln spielen läßt, um den Gegner zu beeindrucken.

„Das ist es, worauf ich alle meine Hoffnungen setze", gestand Isebrand und holte weit mit dem Arm aus. „Hier sind es die Bauern und Knechte, die ihr eigenes Land, ihre geliebte Heimat verteidigen wollen", sagte er stolz, „und dort an der Grenze sind es nur fremde, bezahlte Söldner, die das Land für einen anderen erobern sollen."

Plötzlich quoll aus der Menschentraube auf der anderen Marktplatzseite Geschrei und Gejohle hoch und schwappte über die vielen Köpfe hinweg zu den beiden herüber. Grove reckte sich im Sattel auf, hielt gegen die tiefhängende Sonne die Hand über die Augen und blickte angestrengt hinüber zur Lärmquelle. Isebrand tat das gleiche.

„Das muß drüben direkt neben dem Holmschen Haus sein." Grove richtete den Zeigefinger auf den Punkt, wo immer mehr Köpfe aus der Menge emportauchten, sich alle in eine bestimmte Richtung drehten und in dieser Stellung regunglos verharrten.

„Da soll jemand gehängt werden", sagte Isebrand.

Der Priester erschrak. Tatsächlich, ein Pferdekarren mit hohem Holzgitter bog um die Ecke, darauf ein Mann mit kahlgeschorenem Kopf, die Arme eng an den Körper gefesselt und vor ihm ein junger Kerl, der ungeduldig die langen Zügel auf den Pferderücken niedersausen ließ.

„Drüben neben der Kirche steht eine abgeschlagene, verkrüppelte Eiche. Wahrscheinlich soll sie als Galgen benutzt werden." Grove wies auf das langgestreckte, unter einem tiefhängenden Dach geduckt stehende Gebäude mit dem schlanken, stufenweise abgesetzten Turm. Die Kirche war vor nicht langer Zeit an dieser Stelle gebaut worden, wo vorher eine Kapelle stand.

„Anscheinend haben die Leute jetzt im Krieg keine Zeit mehr für den Weg zum Galgenberg. Üblicherweise wird dort hingerichtet", fuhr Grove fort.

Nur hundert Fuß von beiden entfernt erinnerte auf einmal die alte Eiche an die Sterblichkeit des irdischen Lebens.

„Schnell hin!", rief Isebrand seinem Freund zu.

Sie brachten ihre Pferde in Trab, lenkten die Tiere zum Marktplatzrand hin und ritten dort im starken Galopp an der Südseite entlang zur Kirche am anderen Ende des Platzes. Isebrands Rappe und Groves Brauner machten weite Sprünge, drückten kraftvoll die Hinterbeine ab, dehnten ihre Hälse und gewannen schnell an Boden. An der Marktecke kurz hinter der Kirche schwenkten sie nach rechts und stürmten geradewegs auf die Eiche zu, der wie der knöcherne Finger eines ausgemergelten Greises in die Luft ragte. Ein quergelegter Balken mit eingelassenem Eisenhaken ragte mit einem Ende aus dem unteren Geäst, an dem er befestigt war, weit hervor.

Den Stamm rahmte am Boden eine fein säuberlich gepflasterte kreisrunde Fläche ein. Der Karren mit dem Deliquenten hielt gerade davor an. Das Pferd schnaubte, der Wagenknecht sprang mit einem Satz vom Karren, hob die Seitenteile aus der Eisenhalterung und legte sie beiseite. Dann stellte er sich neben das Pferd und warf einen abwartenden Blick auf einen Riesen von Mann mit mächtigem Bart.

„Das ist doch Reimer von Wiemerstedt!“, rief Isebrand erfreut aus.

Er stieg behende aus dem Sattel, eilte mit langen Schritten und ausgebreiteten Armen auf einen bärtigen Hünen mit Eisenhut und Kettenhemd unter einem wärmenden Umhang zu. Der lachte dröhnend auf, umarmte Isebrand fest und herzlich, ungeachtet der dichtgedrängten, erwartungsvoll gaffenden Zuschauer um sich herum. Dann klopfte er dem Ankömmling freundschaftlich auf die Schulter und sah ihn strahlend an.

„Wie schön, daß du wieder lebend zurück bist.“

„Tot würde ich ja zu nichts nütze sein“, anwortete Isebrand scherzend. Beide grinsten. Wie sehr sie einander mochten, war unverkennbar.

Grove schaute beiden vom Pferd herunter schmunzelnd zu. Kein Wunder, dachte er: Sie haben vieles gemeinsam. Beide sind angesehene, fleißige und erfolgreiche Bauern, langjährige Witwer und Väter jeweils einer hübschen Tochter. Darüber hinaus ist Wiemerstedt aus dem gleichen Holz geschnitzt wie Isebrand. Freiheitsliebend, eigensinnig und mit Leib und Seele Dithmarscher.

„Was geht hier vor?“, fragte Isebrand neugierig.

„Einer von zwei gefangenen Spähern des Dänenkönigs wird gehängt.“ Für den Achtundvierziger und führenden Mann im Rat des Kirchspiels Weddingstedt schien das eine klare Angelegenheit zu sein.

„Wo habt ihr sie erwischt?“

„Zwischen Hemmingstedt und Heide. Die Gegend wimmelt nur so von feindlichen Kundschaftern. Die beiden waren auf dem Weg nach Oldenwöhrden. Vermutlich wollten sie dort unser Hauptquartier bespitzeln. Einer der beiden hat gestanden, daß er den Auftrag hatte, die Lage unserer Truppenstellungen um Heide auszukundschaften. Das nehmen wir ihm aber nur zum Teil ab.“

„Und der andere?“

„Aus dem werden wir nicht schlau. Er war als Dominikanermönch verkleidet und beharrt darauf, auch wirklich einer zu sein und nicht für die Dänen zu spionieren. Er will aus dem Meldorfer Kloster kommen und verlangt nach seinem Prior. Mehr haben wir aus ihm nicht herausgekriegt. Wahrscheinlich werden wir ihn foltern."

„Wird der Prior denn geholt?"

„Wenn noch Zeit dafür bleibt und vorher nicht die Dänen kommen", lachte Wiemerstedt über seine eigene Bemerkung, die er spaßig fand. „Auf jeden Fall halten wir ihn eingesperrt."

„Wer hat den dort am Galgen zum Tode verurteilt?"

„Ein Schnellgericht von uns."

„Ist das rechtens?" Isebrand gefiel die Sache nicht.

„Wir haben Krieg!" Wiemerstedt war verblüfft. Zweifelte der Bauernführer etwa die Zuständigkeit des eigenen Tribunals an? „Wir vom Ratskollegium des Kirchspiels Weddingstedt hatten schnell unsere Geschworenen und Schlüter zusammengetrommelt. Der Kerl gestand, für den Dänenkönig zu arbeiten, und die Entscheidung fiel einstimmig. Besonders schwer wog dabei, daß der Schurke obendrein Dithmarscher ist." Wiemerstedt zeigte mit der Hand auf den Deliquenten. „Er hat sich vom Dänenkönig kaufen lassen. Also ist er ein Landesverräter!"

Während er sprach, beobachtete Isebrand den Kahlgeschorenen auf dem Karren. Er war untersetzt, nur mit Hose und Hemd bekleidet. In der Kälte mußte er bis auf die Knochen frieren. Er bibberte herzerweichend. Auf seinem Körper steckte ein langer, dünner Hals, der einen knochigen Kopf mit hohlwangigem, kränklich bleichem Gesicht trug. Die Augen waren auffällig groß und schauten in panischer Angst und hilflosem Entsetzen wie gehetzt und dabei ratlos in die Menschenmenge um sich herum, als suche er eine bestimmte Person. Dort senkten die Zuschauer betreten die Augen zu Boden, wenn sie der Blick des Todgeweihten traf.

Der Wagenknecht, der nun die Rolle des Henkersgehilfen übernommen hatte, legte ihm den Strick um den Hals. Zu beiden Seiten des behelfsmäßigen Galgens bewachten mit Hellebarden bewaffnete Krieger die Vorarbeit für die Hinrichtung. Sie hatten bereits vorher den Pferdekarren auf dem Weg zum Galgen schützend flankiert und mit vorgestreckten, quergehaltenen Schäften ihrer Stangenwaffen und der Wucht ihrer Körpergewichte die empörte Menge zurückdrängen müssen. Mehrere Männer und Frauen hatten den Verräter auf der Stelle erschlagen wollen, wie es in solchen Fällen Brauch war.

Der Henker war groß, breitschultrig und hatte ein rundes, gemütliches Gesicht mit einer wulstigen Nase. Niemand hätte wohl im entferntesten vermutet, daß er Todesurteile vollstrecken könnte. Er machte den Eindruck des biederen Handwerkers. Um den massigen Leib hatte er eine braune Lederschürze gebunden. Er mußte Hufschmied und geradewegs von der Esse herbeigeholt worden sein, dachte Isebrand. Von der Regierung wurden für Hinrichtungen oftmals mutige Männer gesucht, die gegen ein Entgeld die schmutzige, aber für die Landessordnung notwendige Arbeit verrichteten.

Mutig scheint *dieser* Henker gerade nicht zu sein, schätzte Isebrand den Mann aufmerksam von der Seite ab. Aber bestimmt war er eitel und feige. Denn er hatte sich dicht neben dem Galgen hochaufgereckt hingestellt, damit ihn ja alle sehen konnten. Dabei ließ er zwischen sich und dem Deliquenten aber eine sichere Entfernung von etwa fünfzehn Fuß. Ungerührt musterte er den Nacken des Todeskandidaten, als nehme er an einem Stück Eisen Maß für ein Hufeisen.

Der Todeskandidat fing laut zu beten an, ohne daß er die Hände falten konnte. Die waren auf dem Rücken zusammengeschnürt.

Die Menge starrte schaulustig auf die gruselige Vorkehrung für die Fahrt in die Hölle. In der landete jeder Schurke und mußte für alle Todsünden dieser Welt büßen, so dachten einige unter den Gaffern. Ein Verräter wie der da unterm Galgen hatte nichts anderes verdient. „Aufhängen!", begannen schon vereinzelt die ersten ungeduldig und lautstark zu fordern.

„Habt ihr denn keinen Priester hier?!", rief Grove empört zum Henker hinüber. Er war ziemlich aufgebracht. Auch ein Verräter brauchte seinen Seelenfrieden und Gottes Barmherzigkeit, bevor er vor den Herrn trat. Jeder hatte ein Recht darauf, daß ihm die Sünden vergeben und Gnade gewährt wurde. Im Grunde seines Herzens war er wütend auf sich selbst. Warum half nicht er dem Deliquenten, das Sterben zu erleichtern?

Der Hufschmied riß ihn aus seinen Gedanken: „Der will keinen Priester sehen.“ Und er dachte, was kümmerte ihn schon das Seelenheil des Galgenmannes. Für jede Hinrichtung bekam er schließlich von der Regierung vier Gulden. Also verdiente er für eine Exekution soviel, wie ein gemeiner Landsknecht Sold für einen ganzen Monat erhielt.

Sein Gehilfe zog den Strick um den Hals des Deliquenten stramm. Arme Kreatur, dachte der Knecht und hatte auf einmal Mitleid mit dem Mann. Gleich wirst du tot und ich um einen halben Gulden reicher sein. So ist das Leben.

Der verstörte Mensch am Strickende betete jetzt laut und zugleich fordernd über die vielen Köpfe hinweg: „Oh, Herr, vergib mir! Vergib mir! Vergib mir!“

Um den Galgen herum waren inzwischen Hunderte von Bauernkriegern und zahlreiche Frauen zusammengeströmt. Sie begannen, immerzu gemeinsam im gleichen Takt zu rufen: „Hängt … ihn … auf!“ „Hängt … ihn … auf!“ Für Landesverräter kannten sie kein Mitempfinden.

Eine dicke, rotblonde Frau mit lustigen Augen und mächtigem Körperumfang fragte ihre Nachbarin, wer denn der Kerl am Strick sei. „Ich habe gehört, ein Dithmarscher, der bei Glückstadt ansässig geworden ist?“

„Er stammt aus der Dreestkluft des Wittingsmanngeschlechts auf der Insel Büsum“, anwortete die Befragte. „Seinen Namen kenne ich nicht. Aber er soll vor Jahren wegen eines ungesühnten Totschlags aus seinem Geschlecht ausgestoßen worden sein. Deshalb mußte er Dithmarschen verlassen und hat sich nun aus Rache in den Dienst des Dänenkönigs gestellt.“

13

Der Henkersgehilfe entfernte sich eilig vom Deliquenten am nachgemachten Galgen, trat neben das Pferd. Seine Hand umfaßte krampfhaft die Peitsche, als wollte er sich daran festhalten, und blickte fragend zum Henker hin. Der sah forschend Reimer von Wiemerstedt an, um das verabredete Zeichen zu bekommen. Wiemerstedt leitete die Vollstreckung im Auftrag des Kriegsrats.

Isebrand wandte sich ab. Grove hob die Augen zum Himmel, hatte die Finger ineinander verklammert und bewegte betend die Lippen.

Wiemerstedt nickte unauffällig dem Hufschmied zu.

Der drehte sich zu seinem Gehilfen hin, senkte kaum wahrnehmbar das Gesicht und schlug die Augenlider nieder.

Der Gehilfe verstand.

Mit einem kräftigen Hieb peitschte er den Lederriemen in die Flanke des Pferdeleibs. Das Tier sprang aufwiehernd mit einem mächtigen Satz nach vorn, riß den Wagen hinter sich mit fort. Der Mann am Strick schleifte mit den Füßen über den Karrenboden, fiel am Ende der Ladefläche ins Nichts, blieb mit einem Ruck in der Schlinge hängen. Sein langgezogener Schrei erstarb in der Kehle, der Kopf knickte nach vorn, der Nacken streckte sich, ein leises Knacken drang den nah an der Eiche Stehenden in die Ohren.

Entsetzt zuckten alle zusammen. Viele schlugen das Kreuz, andere falteten die Hände, richteten ein Stoßgebet gen Himmel. Doch die meisten von ihnen vermochten den Blick vom leblosen Körper am Seil nicht zu lösen. Gebannt schauten sie zu, wie er sich ganz langsam drehte und dabei sanft hin und her pendelte.

Isebrand sah zu Grove hinüber, der noch immer im Sattel saß. Für ihn scheint eine Hinrichtung genauso grauenvoll zu sein wie für mich, dachte er. Aber der Mann am Galgen war ein Verräter, also mußte er sterben. Sogar vor aller Augen. Rachedurst ist Schmerz durch Schuld anderer, und nur Genugtuung stillt ihn, sagte sich Isebrand. Schließlich ist Krieg, und es geht um das Leben aller hier Versammelten. Und es geht um die Freiheit ihres Landes. Auch der am Galgen wollte sie ihnen nehmen.

Isebrand fühlte sich mit den vielen Menschen um ihn herum verbunden. Der Verräter am Strick hatte auf Wünsche und Sehnsüchte seiner Landsleute keine Rücksicht genommen. Er hatte deshalb sein Leben verwirkt.

Plötzlich sah er im Geiste drüben den Verräter im Kriegsrat am Strick baumeln. Genauso wie dort der dürre Kahlgeschorene würde auch der Achtundvierziger am Galgen enden. Aber noch kann der verdammte Kerl erst einmal über mich lachen. Ich weiß ja nicht, wer dieser Lump ist. Aber nicht mehr lange, schwor sich Isebrand.

„Können wir zu dem eingesperrten Mönch?" Isebrand riß sich von seinem sehnlichsten Wunsch los und fand schnell in die Wirklichkeit zurück. Der zweite gefangene Kundschafter ließ ihm gleichfalls keine Ruhe.

„Was erhoffst du dir davon?", fragte Wiemerstedt. Es war reine Neugier, denn er hatte ganz und gar nichts dagegen, daß der militärische Berater des Landes den angeblichen Mönch verhörte. Vielleicht kam sogar etwas dabei heraus, was dazu führte, noch mehr Kundschafter beseitigen zu können, dachte er.

„Mein Gefühl sagt mir, daß sich ein Gespräch mit dem Mann lohnen würde."

„Dann nur zu."

„Kann mein Freund Grove dabei sein? Er ist Priester und kennt beinahe alle Geistlichen im Lande, dazu viele Mönche."

„Aber natürlich. Das hilft uns vielleicht weiter."

„Hat man bei dem Mann etwas Verdächtiges gefunden?" Isebrand ging neben Wiemerstedt her und führte seinen Rappen am Zügel. Die Menge öffnete ihnen respektvoll eine Gasse. Grove, der von seinem Freund einen Wink bekommen hatte, folgte ihnen auf seinem Pferd.

„Einen beschriebenen Zettel."

„Einen beschriebenen Zettel?" Isebrand blieb überrascht stehen, schaute Wiemerstedt begeistert und voller Hoffnung an: „Was steht darauf?"

„Für den Auftraggeber des Spähers mag es sehr wertvoll sein, für uns ist es völlig sinnloses Zeug. Darum auch unser Verdacht, daß dieser Mann kein Mönch sein kann, sondern ein Spion sein muß. Es stehen nur drei Worte darauf: *In zwei Tagen …*"

„In zwei Tagen?" Isebrandt schritt nachdenklich weiter, grübelte und grübelte, kam zu keinem Ergebnis. In zwei Tagen? Er wurde das Gefühl nicht los, daß diese Meldung der Schlüssel zu einer wichtigen Nachricht war. Sein Herzschlag beschleunigte sich.

„Claus, bitte, komm doch mal." Isebrand wartete, bis Grove ihn erreicht hatte, aus dem Sattel sprang und ihn fragend ansah.

„Der Gefangene, zu dem wir jetzt gehen, will angeblich ein Mönch aus dem Meldorfer Kloster sein. Er trug einen Zettel bei sich, auf dem die drei Worte *In zwei Tagen* standen. Kannst du dir darauf einen Reim machen?"

Grove spürte, wie es heiß über seinen Rücken lief. Das kann nicht wahr sein. Er fühlte sich wie vom Schlag getroffen.

„Wie heißt der Mann?", fragte er hastig und hielt den Atem an.

„Er nennt sich Servatius", sagte Wiemerstedt und wunderte sich, daß Grove leichenblaß wurde.

Auch Isebrand hatte bemerkt, wie das Gesicht seines Freundes fahl geworden war.

„Was ist mit dir?", fragte er besorgt, umfaßte mit seinen Händen Groves Arme und schüttelte sie, als wollte er den Priester vor einer drohenden Ohnmacht bewahren.

„Isebrand," flüsterte Grove ihm erregt ins Ohr, „das ist unser Mann!"

Isebrand stutzte, dachte einen Moment lang nach, dann fiel es ihm wie Schuppen von den Augen: „Dein Mann im *Caland*?"

Grove nickte stumm, nahm Isebrand beiseite, raunte ihm zu: „Er wollte bestimmt zu mir und mir neue Informationen stecken."

Wiemerstedt beobachtete beide mißtrauisch. Hatten die zwei etwa ein Geheimnis vor ihm? Wollten sie etwas mit dem Gefangenen anstellen, was er nicht zulassen konnte? Er würde es nicht erlauben, und wäre auch der Bauernführer der Papst von Rom. Er fand das Benehmen der beiden eigenartig – und sich selbst von einer vertraulichen Zusammenarbeit ausgeschlossen.

„Ist was mit dem Gefangenen?", fragte er lauernd.

„Entschuldige." Isebrand sprach sofort auf Wiemerstedts Argwohn an. Er mußte ihm schleunigst erklären, um wen es sich bei dem angeblichen Späher handelte, ohne dabei zu viel über ihn zu verraten. Die Angelegenheit ging nur ihn etwas an und sonst niemanden. Vor allem nicht den Kriegsrat. Er wollte seinen Plan nicht durch die Geschwätzigkeit anderer gefährden. Und Wiemerstedt saß mit ihm im Rat.

„Der Mann ist von größter Bedeutung für unser Land – wenn er es ist, für den wir ihn halten."

Wiemerstedt war damit zufrieden. „Laßt uns schnell zu ihm."

Isebrand war erleichtert. Ihm war es nur recht, daß er nicht näher auf Hintergründe einzugehen brauchte.

Der Gang in das Kellerverlies war eng, dunkel und feucht. Den dreien schlug der Gestank von Fäulnis, Moder und Verwesung entgegen. Sie wagten kaum zu atmen.

Das Haus gehörte dem Bauernstaat. Es wurde vom Landessekretär Hennig Warner betreut, der Pfarrer in Weddingstedt und gleichzeitig für die Schreib- und Verwaltungsarbeiten der Regierung zuständig war. Das Gebäude, in dem jede Woche der Zwölferausschuß der Achtundvierziger tagte, war unterkellert und mit vier Kerkern ausgestattet, in denen Straffällige bis zur Verurteilung eingesperrt wurden. Die klobigen Eichentüren waren mit riesigen unförmigen Eisenriegeln bestückt, als gelte es, einen Goldschatz zu hüten.

Der Kerkerwächter empfing sie mürrisch, wies mit dem zuckenden Licht seiner flackernden Fackelflammen auf den rechten Verschlag, nachdem ihm Wiemerstedt den Namen Servatius genannt hatte. Drinnen war es stockfinster und still wie in einem Grab. Nur das sparsame Feuer auf dem harzigen Knüppel billigte dem stinkenden Loch ein wenig fahle Helligkeit zu und zwang unruhige Schattenbilder zum gespenstischen Tanz. Auf fauligem Stroh saß ein Mann mit schwarzer Kutte, den Rücken an die vermooste, glitschige und verschimmelte Wand gelehnt. Er blinzelte ins Licht, hob abschirmend die Hand vor die Augen und sprang plötzlich hoch.

„Claus!“, rief er erregt. Selig breitete er die Arme aus.

„Boje!“, rief Grove gerührt aus.

Bewegt fielen sich beide um den Hals, drückten und herzten sich, klopften sich dabei wie zwei alte Freunde begeistert auf die Schultern und lachten befreit, als hätten sie sich gerade gegenseitig das Leben gerettet. Die anderen standen nur still da und staunten. Besonders Isebrand war über die enge Vertrautheit verblüfft, die zwischen seinem Freund und dem geheimnisumwitterten Nachrichtenmann aus dem Caland ohne Zeifel bestand.

Warum nannte Grove den Mönch Boje und nicht Servatius, fragte er sich. Und warum zeigten beide diesen außergewöhnlichen Gefühlsausbruch so offen? Er vermochte ihre Hochstimmung einfach nicht nachzuvollziehen. Schließlich ging es hier um eine wichtige Schlüsselperson, die dieser Servatius durch Groves Dazutun nun mal für die Verteigungsplanung des Landes geworden war. Da sollten gemütstiefe Regung, überschwengliche Begeisterung und verzückte Überspanntheit besser für passendere Momente im Leben aufgehoben werden, dachte er verärgert. Bevor sich Isebrand über das Verhältnis der beiden weitere Gedanken machen konnte, kam ihm Grove zuvor.

„Boje ist mein jüngster Bruder“, sagte er lächelnd. „Servatius ist sein Mönchsname.“

Die Aufklärung verschlug allen die Sprache. Einen Augenblick lang blickten sie sich nur stumm an.

Grove wandte sich bittend an Wiemerstedt: „Darf ich mit meinem Bruder und Isebrand einen Augenblick allein sein?“

Wiemerstedt nickte überrascht, auch wenn er die Erlaubnis im Normalfall nicht gegeben hätte. Schließlich stand dieser Boje unter Verdacht, dänischer Späher zu sein.

„Du kannst dich auf mich verlassen“, beruhigte ihn Isebrand.

Für Wiemerstedt war das Wort des Bauernführers Gewähr genug, daß es mit rechten Dingen zuging. Er befahl dem Kerkerwächter, mit ihm den Keller zu verlassen.

„Wie hat man dich nur gefaßt?“, fragte Grove gleich seinen Bruder.

„Ich war auf dem Weg zu dir nach Oldenwöhrden und wollte dir mitteilen, daß der König in zwei Tagen losschlagen wird, falls ihr nicht vorher kapitulieren solltet.“

„Darum auch der Zettel mit den drei Wörtern in zwei Tagen ?“

„Ja, ich wollte ihn bei dir zu Hause hinterlassen, falls ich dich nicht angetroffen hätte. Es war dumm von mir, ihn vorher zu schreiben und mit mir herumzutragen. Zufällig begegnete ich dann dem dänischen Späher zwischen Heide und Oldenwöhrden. Ich hatte ihn schon vorher im Heerlager des Dänenkönigs getroffen.“

„Im Dänenlager? Du warst dort?!“ Grove faßte ihn jäh am Arm.

„Sogar beim König im Zelt. Ich habe ihm vom Prior die Nachricht überbringen müssen, daß Dithmarschen noch nicht bereit ist, sich zu unterwerfen.“

„Woher hat Augustinus diese Information?“ Isebrand konnte seine Erregung kaum verbergen.

„Ich weiß es nicht. Aber sie stammt aus dem Kriegsrat. Prior Augustinus wählt für den Kurierdienst zwischen ihm und dem Spion im Kriegsrat einen anderen Klosterbruder, dessen Namen ich aber nicht kenne. Genauso wie der nicht weiß, daß ich seine Meldungen an den Dänenkönig weitergebe."

„Du bist also der Kurier des Priors?"

„Ja. Augustinus hat mich dazu bestimmt. Und ich muß gehorchen. Die Nachricht erfolgt jedesmal mündlich. Bisher war ich dreimal bei Ahlefeldt, dem Vertrauten des Königs. Aber sagt, was wißt ihr von dem Späher, mit dem ich zusammen gefangen genommen wurde?"

„Er ist inzwischen gehängt worden", gab Isebrand für Grove die Antwort.

„Wie schrecklich", schüttelte sich Servatius entsetzt, faltete die Hände und murmelte ein kurzes Gebet.

„Was wird mit mir geschehen?", fragte er dann gottergeben, aber nicht ohne Furcht.

Isebrand versprach, für seine Freilassung zu sorgen. Schließlich hatte sein Wort Gewicht: Er war der Bauernführer des Landes – und Servatius im Augenblick die einzige Hilfe, mit der er, vielleicht sogar kriegsentscheidend, den Spion im Kriegsrat enttarnen, umdrehen und letztendlich für sich nutzen konnte. Auf keinen Fall durfte er jetzt seine wertvollste Nachrichtenquelle im Caland zuschütten lassen.

Nachdem er mit Wiemerstedt über den Mönch schnell einig geworden war und Grove sich von seinem Bruder und ihm verabschiedet hatte, begab Isebrand sich allein auf den Weg nach Hause. Es war schon sehr spät, als er Heide hinter sich ließ, langsam von der Geest hinunter in die Marsch ritt und sich fragte, was ihm der zurückliegende Tag eingebracht hatte. Ehrlich zählte er alles Erlebte zusammen und kam zu dem Ergebnis: Dieser Tag war zwar ereignisreich gewesen, aber nicht gerade ergiebig.

Er hatte mit eigenen Augen gesehen, wie gewaltig und beinahe unbesiegbar das militärische Aufgebot des Feindes war. Er hatte mit Befriedigung beobachten können, daß seine eigenen Truppen wie geplant in und um Heide Stellung bezogen. Er hatte erfahren, daß der Dominikanermönch Servatius ein Bruder seines Freundes war und weiterhin im *Caland* für ihn spionieren würde. Und er hatte Klarheit über seine eigene Galgenfrist gewonnen: Ihm blieben nur noch zwei Tage, bis König Hans losschlagen würde – falls diesem nicht vorher dithmarscher Unterhändler die Kapitulation andienten. Was aber den Verräter in den eigenen Reihen betraf, und dieses Problem hielt Isebrand für das wichtigste, war er nicht einen Schritt vorangekommen.

Als er auszutüfteln begann, wie er dem Kriegsrat Bericht erstatten und dem unbekannten Schnüffler im Rat eine Falle stellen sollte, riß ihn einen Moment lang der Anblick der untergehenden Wintersonne aus seinen Gedanken.

Sie hing riesengroß und glutrot hinter dem kalten, breiigen Nebel, der schwermütig über dem Land lastete und seine langen, schweren Schleier mühsam hinter sich herzog. Wenig später drang nur noch schemenhaft ein fahles, violettes Licht von der fernen, glühenden Kugel durch den immer dichter werdenden Vorhang, der sich langsam und endgültig zwischen dem orangefarbenen Himmel und der blauschwarzen Erde zuzog. Er verdunkelte den Abend und zwang den langen Tag unerbittlich zum Abschied.

Isebrand saß in sich versunken auf dem Pferd und schaute andächtig zu, wie sich um ihn herum die Natur behutsam schlafen legte. Er war sich sicher, kurz darauf ihr regelmäßiges Atmen zu hören. Nie werde ich dieses wunderbare Land lebend verlassen, schwor er sich. Nur tot!

Sein Rappe schritt in der Dunkelheit von allein schnurstracks auf das Dielentor zu, hinter dem sein warmer Stall mit kuscheligem Stroh und leckerem Heu und Hafer auf ihn wartete. Isebrand erschrak. Aus dem nächtlichen Schatten des Gebäudes löste sich eine Gestalt. Sie huschte auf ihn zu.

„Wer da?!“, rief er leise, aber herrisch.

„Ich bin es. Telse.“

14

Anna zog die Glocke am Klosterhofportal mehrmals hintereinander. Sie klang hell und erfreulich laut. Anna hatte keine Lust, draußen in der Winterkälte lange warten zu müssen. Schließlich war es ziemlich ungemütlich.

Die hereinbrechende Dunkelheit färbte die schweren, kalten Nebelschwaden bis in ihre Tiefen schwarzgrau ein. Wie monströse, dahinwallende Untiere aus einer anderen Welt krochen sie gespenstisch um Klostermauer, Bäume und Gebäude der Einsiedelei.

Anna fror. Sie zog die Schultern hoch und den Umhangkragen und den Schal noch dichter vors Gesicht. Ihr Pferd hielt sie an der Trense kurz. Sie wurde immer ungeduldiger. Nun öffnet schon, dachte sie, sonst legt sich Augustinus noch schlafen, bevor ich ihn sprechen kann.

Er würde sich bestimmt über ihren späten Besuch wundern, sagte sie sich. Schon sah sie im Geiste sein erstauntes, schmales Gesicht mit den strahlend dunkelblauen Augen und den leicht angegrauten Schläfen eines Mitfünfzigers vor sich. Aber er würde sich freuen, sie wiederzusehen. Sie war sich ihrer Anziehungskraft auf den Mönch ganz sicher – und das schmeichelte ihr.

Allerdings wußte sie, daß sie ihn mit ihrem Anliegen in einen Gewissenskonflikt stürzen würde. Immerhin sollte er sie bei der Ausübung ihres Racheplans unterstützen. Und der sah vor, einen Menschen zugrunde zu richten. Dabei stand sogar dessen Leben auf dem Spiel.

Anna achtete zwar das Bedürfnis des Priors nach einem reinen religiösen Leben. Auch bewunderte sie ihn, daß er sich diesem Leben unberührt und ungestört von weltlichen Versuchungen hingab und es ausschließlich Gott widmete. Aber nun würde er sich zwischen ihr und dem Herrgott entscheiden müssen! Anna nahm sich vor, Augustinus nicht zu schonen.

Dieser Gedanke lud ihre Spannung noch weiter auf. Sie versuchte vergeblich, ihre Nervosität loszuwerden. Sie hörte Schritte vom Kreuzgang an der Südseite der kleinen Klosterkirche heranschlurfen. Der Schein einer brennenden Fackel flatterte die Klosterwände entlang. Er warf über die Mauer hinweg ein fahles Licht in die kahlen Bäume hinauf. Um deren Spitzen schien sich der niedrig hängende Nebel festgewickelt zu haben. Die Luft war voller feuchter Kälte.

Anna kannte die Klosteranlage beinahe wie ihr eigenes Haus in- und auswendig. Wie oft war sie schon durch dieses alte, klobige und roh behauene Holztor gegangen. Als Telse noch klein war, hatte sie ihre Tochter wöchentlich dreimal zu Augustinus gebracht. Bei ihm hatte das Mädchen Lesen, Schreiben und Latein gelernt. Außerdem war sie in all den Jahren in diesen Gemäuern oft mit Priestern, Mönchen und Laien des *Caland* zu geheimen Sitzungen zusammengetroffen war.

Und dann gab es da vor langer Zeit in diesem Kloster noch jene intime Begegnung zwischen ihr und Augustinus, die wie ein Damoklesschwert über beiden hing. Selbst heute, zwanzig Jahre später, ging davon immer noch eine große Gefahr für beide aus. Niemals dürfte irgendjemand etwas darüber erfahren. Doch kettete beide die gemeinsame Bedrohung auch zusammen. Und das wollte Anna jetzt für ihre Pläne nutzen.

Sie hörte jemanden das Schloß der Besucherklappe von innen bedienen. Qietschend öffnete sich direkt über einem feuchten Querbalken des Portals ein viereckiges Loch, durch das zwei große Augen in einem halben Gesicht in die Finsternis herausblinzelten.

Anna vernahm eine Stimme: „Wer ist da?"

„Ich, Anna Holm."

„Ah, du bist es. Grüß dich Gott."

„Bist du's, Claudius?"

„Ja. Du willst sicher zum Prior?"

„Wenn du damit den Stellvertreter des Abts meinst?", lachte sie leise.

Kurz darauf drehte sich der rechte Torflügel nach innen. Anna führte ihr Pferd in den Klosterhof. Eilig durchschritt sie das Portal, das Claudius wieder hinter ihr schloß. Dann führte er, die Fackel hochhaltend, Anna und ihren kostbaren Araber zu den Ställen.

„Ist noch immer kein Abt für Meldorf in Aussicht?“, fragte Anna beiläufig, aber wie selbstverständlich, als sei sie in alle internen Angelegenheiten des Klosters eingeweiht.

„Nein, es bleibt vorerst alles beim alten. Der Abt sitzt im Hamburger Domkapitel, und Augustinus führt unser Kloster wie eh und je.“

Nachdem Anna ihr Pferd versorgt hatte, betrat sie wenig später den Kreuzgang. Ihn umgaben kleine, einfache Gebäude des gemeinsamen Klosterlebens. Auf dem Weg zu Augustinus wandte sie sich nach links, vorbei am Speisesaal, am Kapitelsaal und am Schlafsaal. Ihnen gegenüber reihten sich verschiedene niedrige Bauwerke aneinander, das Abthaus, die Bibliothek, die Badestube und Aborte. Die Klausur hingegen war durch eine schmiedeeiserne, reich verzierte Tür verschlossen.

Anna betrat leise die winzige Klosterkirche. Vor dem Altar kniete ein Mönch im weißen Habit und betete. Es war Augustinus. Sie erkannte ihn sofort an der Gestalt. Der Prior versetzte sich gerade durch litaneiartiges Aufzählen der Leidensgeschichte Christi in einen Gefühlszustand, der ihn von Zeit und Raum entfernen sollte. Anna wollte nicht stören, kniete am Kapelleneingang nieder, faltete die Hände und hörte Augustinus geduldig und aufmerksam zu.

„Du wirst hören und sehen“, sprach der Mönch laut und deutlich, „einer von ihnen ergreift ihn, ein anderer bindet ihn, ein anderer schlägt ihn, ein anderer verhöhnt ihn, ein anderer spuckt auf ihn, ein anderer sucht falsche Zeugen gegen ihn, ein anderer klagt ihn an, ein anderer führt ihn zur Geißelsäule, ein anderer beginnt, ihn wild zu martern, ein anderer drückt ihm die Dornenkrone aufs Haupt, ein anderer …“.

Anna ertrug es nicht mehr. Sie hörte nicht mehr hin.

Das eintönige Aneinanderreihen verschiedener Marter Christi störte ihre Stimmung. Schließlich brauchte sie einen kühlen Kopf, wollte sie Augustinus für ihren Plan gewinnen. Die Litanei des Mönchs gurgelte an ihren Ohren vorbei. Währenddessen sah sie sich in dem kleinen Kirchenraum nach erfreulicheren Dingen um.

Dabei entdeckte sie einige religiöse Bilder, die auf sie beruhigend wirkten. Sie spürte, wie eine seltsame Frömmigkeit von ihr Besitz ergriff, eine Art Sehnsucht nach privater Andacht, die von den malerischen biblischen Darstellungen um sie herum beflügelt wurde.

Da war der Altar mit seinen feinen Figuren und den leuchtenden Farben. Er sprengte mit strahlender Helligkeit die robuste Schlichtheit des Kirchenraumes, dessen Wände aus roh behauenen, schieferfarbenen Feldsteinen waren. Auf großen Tafeln, deren Mitte die gekrönte Maria und das nackte Jesuskind einnahmen, beschrieben Symbole die unbefleckte Jungfräulichkeit Mariens. Unter ihnen waren Einhorn, Pelikan und Löwe und Figuren aus dem Alten Testament wie Aaron, Ezechiel und Moses. Gemeinsam mit zwölf Propheten und deren Sprüchen gruppierten sie sich um die Gottesmutter.

Diese geheiligte Stätte war der Platz, erinnerte sich Anna, an dem Augustinus und sie sich vor zwanzig Jahren geliebt hatten …

„Anna“, rief Augustinus halblaut und sichtlich freudig erregt. Dabei streckte er zur Begrüßung beide Hände nach ihren aus. „Du hier?!“

Sein weißer Habit war mit einem Skapulier, einem Überwurf aus zwei langen schwarzen Tuchbahnen über Brust und Rücken, bedeckt. Das gab dem Hauptgewand eine gewisse Feierlichkeit. Ein schöner und sicher befähigter Mönch, fuhr es Anna durch den Kopf. Eine solche Erscheinung gehörte eher in die Umgebung des Heiligen Vaters als in die Gemäuer einer klösterlichen Abgeschiedenheit des Predigerordens. Doch Rom würde kaum Schwächlinge brauchen können. Und Augustinus war in ihren Augen ein Weichling.

Ihre Blicke trafen sich. Da war es wieder, dieses Begehren. Anna bemerkte, daß er wie unabsichtlich, jedoch gebannt auf die Stelle ihres Körpers blickte, wo ihre Brüste die seidene Bluse spannten.

Als hätte Augustinus ihre Gedanken erraten, wandte er seinen Blick errötend und hastig von ihrem Oberkörper ab. Schnell fragte er sie nach dem Zweck ihres Besuches. Sie bat um ein Gespräch unter vier Augen. Er führte sie in seine Klosterkanzlei, wo auf dem Fußboden in einer runden Lehmschale ein kleines Feuer spärliches Licht und laue Wärme spendete.

„Ich brauche deine Hilfe“, steuerte Anna geradewegs auf ihr Ziel zu. Beide hatten so viel gemeinsame Vergangenheit, dachte sie, daß sie auf Schmus, Schwulst und langes Geschwätz verzichten konnte.

„Um was geht es?“, fragte er.

„Ich muß Telse vor Wulf Isebrand schützen.“

„Telse und Isebrand? Was ist mit ihnen?“ Augustinus starrte sie entgeistert an. Anna wußte, daß Augustinus und ihre Tochter einander nahestanden. Er war für sie väterlicher Freund, verständnisvoller Seelsorger und enger Vertrauter in Glaubens- und Kirchenfragen. Umgekehrt liebte der Prior Telse wie eine eigene Tochter. Diese Schwäche mußte sie nutzen, dachte Anna, wollte sie ihn für ihr Vorhaben gewinnen.

„Telse ist in Isebrand verliebt.“

„Deine Tochter in Isebrand?“ Augustinus war fassungslos.

Das hat gesessen, vermerkte sie freudig. Der Schreck in seinem Gesicht gab ihr Mut.

„Telse ist vernarrt in diesen Schurken, der an allem schuld ist, was man mir, ihrer Mutter, vor zwanzig Jahren angetan hat. Jetzt greift der Kerl wieder in mein Leben ein.“ Anna schien verzweifelt.

Augustinus bemerkte, daß sie zu weinen begann. Das rührte ihn. Er nahm sie behutsam in die Arme, strich ihr sanft übers Haar, was sie wiederum bewog, noch heftiger zu schluchzen. Dabei preßte sie sich an ihn. Triumphierend spürte sie, wie er sie fester an sich zog. Nun habe ich ihn!

„Sie will sogar im Land bleiben und gemeinsam mit Isebrand gegen die Dänen und Holsteiner kämpfen. Und das alles gegen meinen ausdrücklichen Willen“, klagte Anna.

Diese Nachricht verblüffte Augustinus. Er kannte Telse doch von klein auf an nur als besonnenes und blitzgescheites Mädchen. Ausgerechnet sie wollte nun in den Krieg ziehen? Außerdem war ihre Seele tief im katholischen Glauben verankert, und ihr Herz gehörte der Papstkirche. Ob Anna möglicherweise übertrieb, rätselte er. Währenddessen wurde er sich mehr und mehr ihres Körpers bewußt, den er noch immer in den Armen hielt. Ganz deutlich fühlte er ihn unter dem weichen Samtumhang.

Mit einem Male spürte er ein unbändiges Verlangen, sie zu küssen. Das traf ihn wie ein Schlag. Oh, Herr, steh mir bei! Gib mir Kraft, der Versuchung zu widerstehen! Mit allem Willen wehrte er sich gegen das Eingeständnis, daß er diese Frau nach wie vor begehrte. Stoß mich nicht noch einmal in den Abgrund, betete er inbrünstig und wie wahnsinnig vor Angst. Er spürte einen heißen Schauer durch den Körper jagen, konnte das Feuer in sich nur langsam ersticken.

Da kam ihm die Idee, Anna fände vielleicht eher aus purem Egoismus denn aus Sorge um Telse keine Ruhe vor Isebrand. Vielleicht liebte sie sogar diesen Mann, war deshalb eifersüchtig auf die eigene Tochter. Aber diesen Gedanken verwarf er ebenso schnell wieder, wie er gekommen war. Er glaubte eher an die Kraft und Unerbittlichkeit des Mutterherzens: Anna biß jeden weg, der sich Telses Herz näherte. Es sei denn, dieser Jemand wäre ihr als Schwiegersohn willkommen. Verwirrt suchte Augustinus nach einer geistvollen Antwort. Doch ihm fiel keine ein.

Sein langes Schweigen mißfiel Anna. Sie wurde das Gefühl nicht los, der Mönch würde sich am liebsten vor ihren Problemen drücken und sie allein lassen, um möglichen Unannehmlichkeiten aus dem Weg zu gehen. Dann mußte sie wohl aufs Ganze gehen, sagte sie sich.

„Ich weiß, daß du ein Spion des Dänenkönigs bist."

Der Prior wurde blaß. Sehr wohl hatte er den drohenden Unterton in ihrer Stimme vernommen.

„Du läßt Geheimnachrichten aus dem Kriegsrat abholen und gibst sie an König Hans weiter", fuhr Anna ungerührt fort.

Sein Gesicht wurde noch bleicher. Das beflügelte ihre Angriffslust.

„Bist du dir im klaren, daß du jenes Land verrätst, in dem du in Frieden betteln, predigen und deinem Gott dienen kannst? Daß du jene Menschen hintergehst, die dich lieben?"

„Das ist so nicht wahr!" keuchte Augustinus heiser. Auch dein Mann ist ein Spion, wollte er ihr ins Gesicht schreien. Doch im letzten Moment biß er sich auf die Zunge: Nur kein Wort zuviel! Der Dänenkönig würde ihn erschlagen lassen.

„König Hans hat mich erpreßt", stieß er hervor.

„Jetzt versucht er sich auch noch zu rechtfertigen", dachte Anna verächtlich.

„Er drohte, mich und meine Glaubensbrüder zu töten und das Kloster in Schutt und Asche zu legen, falls ich ihm nicht zu Diensten stehe. Gott ist mein Zeuge. Deshalb wird er mir vergeben.

Denn allein seinetwegen habe ich diese Schuld auf mich genommen. Ihm nutzt es nichts, wenn ich getötet werde. Nur Lebende können sein Wort predigen."

Wie erbärmlich, dachte Anna.

Mit Schrecken wurde Augustinus klar, daß er dieser Frau völlig ausgeliefert war. Und das schon zum zweiten Mal in seinem Leben. Er fühlte sich elend. Daß er diese Frau obendrein liebte – dieser Gedanke zerriß ihm geradezu das Herz.

„Woher weißt du das alles?!" Seine Stimme bebte – und Anna genoß die Panik in seinen Augen. Jetzt war sie sich sicher: Diesen Mann hatte sie in der Hand.

„Ich habe ein Gespräch belauscht", antwortete sie knapp. Mehr brauchte der Mönch nicht zu erfahren, sagte sie sich.

„Welches Gespräch?"

„Willst du mir nun helfen oder nicht?" Anna wurde ungeduldig.

Er nickte stumm.

Na, also, dachte Anna. Dann sprudelte es heftig aus ihr hervor: „Ich will doch nur Leben und Eigentum meiner Familie retten." Sie holte tief Luft: „Und ich will Telse vor Isebrand schützen. Außerdem sollen jetzt die Dithmarscher dafür büßen, daß sie mich damals so gedemütigt haben."

Augustinus wurde plötzlich vor Anna angst und bange. Eine Frau, die so schön und doch des Teufels war! Und er wurde nun ihr Gehilfe. Er fand sich erbärmlich.

„Wie willst du das anstellen?", fragte er.

„Mein Mann wird dem Kriegsrat vorschlagen, ein Geheimkommando ins Lager des Dänenkönigs zu schicken. Es soll den Monarchen, seinen Bruder und seine höchsten Offiziere umbringen."

Augustinus erstarrte: Das war ja ein Attentat! Ein Massaker!

„Dieser Plan ist sicher von dir?", fragte er beklommen. Sogar ihren Mann hatte sie für ihre mörderischen Absichten eingespannt. Ihm graute vor Anna. Insgeheim aber bewunderte er auch ihre Kaltblütigkeit, mit der sie sich Ziele setzte, die allein vom Gefühl bestimmt waren.

„Ja. Er ist von mir. Aber er ist nicht so furchtbar, wie du annimmst. Denn er wird nicht ausgeführt werden."

Augustinus blickte sie überrascht an: „Wie bitte?!"

„Der Plan wird deshalb nicht ausgeführt, weil du diesen Überfall verhindern wirst.“ Sie sah ihn an, als verlange sie von ihm nichts Selbstverständlicheres, als beim Beten die Hände zu falten.

Der Mönch schüttelte erstaunt den Kopf. „*Ich* werde ihn verhindern? Wie das?“

„Du wirst das Unternehmen vorher an den König verraten“, antwortete Anna kühl.

Ihr Vorhaben wurde ihm immer unverständlicher. „Was soll das für einen Sinn haben?“

Unbeirrt erläuterte Anna die Reihenfolge des scheinbaren Mordplans: „Die Dänen werden vorher zu wissen bekommen, wann und wo genau das Attentat stattfindet. Die Leibgarde des Königs lockt dann das Geheimkommando in eine Falle. Es wird niedergemacht. Der Anführer wird gefangen genommen, gefoltert und vielleicht auch getötet.“

Also doch ein teuflischer Plan, dachte Augustinus. Wenn auch nicht der König das Opfer wird, so sollen es doch die anderen sein – ihre eigenen Landsleute. Er zweifelte langsam an Annas Verstand.

„Und was hat das mit Telse zu tun, die du doch nur vor Isebrand schützen willst? Und was mit Isebrand, an dem du dich zu rächen gedenkst?“

„Der Anführer des Todeskommandos wird Isebrand sein!“

„Isebrand?!“

Der Mönch sah sie erneut entgeistert an. Er schauderte vor so viel Heimtücke, Hinterlist und Verschlagenheit.

„Ja. Isebrand wird der Anführer sein“, wiederholte Anna. Boshaft fuhr sie fort: „Sollte nur er den verhinderten Anschlag auf König Hans überleben, werden die Dithmarscher ihm allein die Schuld am Tod seiner Männer geben. Das Volk würde ihm sein Versagen nie verzeihen und ihn für immer verachten. Und weil er kein geborener Dithmarscher ist, würde es ihn mit Schimpf und Schande aus dem Land jagen – ganz gleich, ob es den Krieg gewinnen oder verlieren sollte.“

„Und du glaubst, das wird dein Problem lösen?“

„Das wird Telse zur Vernunft bringen und mir die langersehnte Genugtuung verschaffen.“

„Und wenn Isebrand ums Leben kommt . . .“

„Haben wir das gleiche Ergebnis, nur mit einem anderen Ausgang“, unterbrach ihn Anna leidenschaftslos.

Augustinus war erschüttert. Wie konnte sie nur so eiskalt sein? Vor ihm stand eine andere Anna als jene, die er seit vielen Jahren kannte. Auch wenn Krieg war, ihr Vorhaben war satanisch. Er begann regelrecht, sich vor ihr zu fürchten. Sie zettelte ein Blutbad an, dachte er, bei dem sie von vornherein die vermeintlichen Schlächter als die eigentlichen Opfer einplante.

Er fragte sich, ob diese Frau wirklich den Tod jenes Mannes in Kauf nehmen wollte, den sie haßte und gleichzeitig liebte. Denn für Augustinus gab es plötzlich keinen Zweifel mehr: Anna liebte Isebrand noch immer.

Diese tödliche Haßliebe aber ging über seinen Verstand. Allerdings: Gelänge ihr der Plan, so überlegte er innerlich wieder gefaßter, würde der König Anna und ihre Familie reich belohnen. Denn sie könnte dann für sich in Anspruch nehmen, den Monarchen rechtzeitig gewarnt und so sein Leben gerettet zu haben.

Aber was würde dabei für ihn, Augustinus, herausspringen, fragte sich der Mönch. Er selbst würde als Prior bestimmt in der Gunst des Königs steigen, davon war er überzeugt. Das gefiel ihm. Sein Kloster, seine Mitbrüder und er würden für alle Zeit vor dem König sicher sein. Vielleicht würde der Monarch es sogar mit einer großzügigen Spende ermöglichen, das Kloster baulich zu weitern und besser auszustatten.

Unvermittelt kamen ihm Zweifel.

„Woher weißt du denn, daß der Kriegsrat einem solchen Mordkommando zustimmen wird?“, fragte er Anna.

„Weil es für den Kriegsrat der letzte Strohhalm ist, an den er sich klammern wird, um den Krieg zu gewinnen. Und den würde er ganz sicher gewinnen, wenn König Hans und dessen gesamter Führungsstab aus dem Weg geräumt wären. Das Dänenheer würde sofort wieder aus dem Land verschwinden. Oder es würde zumindest so geschwächt sein, daß die Bauern es leicht besiegen könnten. Eine solche Gelegenheit lassen sich die Dithmarscher nicht entgehen.“

„Und woher weißt du, daß Isebrand das Kommando übernehmen würde?“

„Weil mein Mann ihn dafür im Kriegsrat vorschlagen wird. Als

Bauernführer wird er sich hüten, vor den Regenten des Landes als Feigling dazustehen. Deshalb wird er ja sagen. Ja sagen müssen."

Aber wie nur sollte er, Augustinus, den Anschlag verraten? „Was habe ich dabei zu tun?", fragte er.

„Du brauchst nur meine Meldung, die du rechtzeitig erhältst, sofort an den König weiterzugeben. Sie wird Ort, Tag und Stunde des geplanten Überfalls enthalten."

Augustinus war völlig verwirrt. Wieder sah er sich in einem Netz von Versuchungen verstrickt, das der Teufel nach ihm ausgeworfen hatte. Seine Seele hatte er bereits an König Hans verkauft. Nun sollte er noch einer Frau die Hand für einen Rachefeldzug reichen? Er wußte weder ein noch aus, so sehr lasteten tiefe Schuldgefühle auf ihm.

Schon in den vergangenen Tagen hatte er in Hunderten von Gebeten alle seine Fehltritte im Leben bereut. In unzähligen Beichtsitzungen suchte er ständig Erlösung von den Sünden. In strengen Bußübungen flehte er Gott um Gnade und Barmherzigkeit an. Doch der Weg zu den religiösen Heilmitteln, die sein Gewissen reinigen sollten, schien ihm versperrt. Zu tief steckte er im Sumpf der Lasterhaftigkeit, um sich noch an den eigenen Haaren herauszuziehen. Nun sah er sich selbst ans Kreuz genagelt – wie Gottes Sohn, auf dessen Zeichen er wartete, damit ihm der richtige Weg gewiesen wurde.

Anna merkte, wie Augustinus zögerte. So half sie nach: „Dein Abt und der Bischof in Hamburg werden es nicht gern hören, daß du ihnen verschwiegen hast, wie du dich um deiner Haut willen an König Hans verkauft hast."

„Ich tue es", versprach er.

Anna atmete erleichtert auf: Es war einfacher gegangen, als sie gedacht hatte.

Nun konnte sie im letzten Moment doch noch ihr ureigenstes Geheimnis für sich bewahren. Im äußersten Fall aber hätte sie nicht gezögert, ihre schärfste Waffe gegen ihn einzusetzen. Und die hieß Telse …

15

Anna stand hinter der angelehnten Tür der Winterstube und lauschte. Sie strengte sich an, die beiden Stimmen im Raum nebenan zu verstehen. Nur mit größter Mühe konnte sie ihre Atmung flach und geräuschlos halten. Ihr Herz schlug vor Aufregung bis zum Hals. Durch den Türspalt erspähte sie Telse, die mit Isebrand um eine brennende Feuerkiste saß und sich in der behaglichen Wärme halblaut mit ihm unterhielt.

Um den Raum möglichst gut abhören zu können, beugte Anna sich weit zur Türöffnung hin. Wenn sie nur Wortfetzen vernahm, rückte sie mit ihrem Ohr ganz nach vorn, um besser zu verstehen. Dabei hielt sie wiederholt den Atem an. Sie hoffte, das Gespräch hinter der Tür würde ihr endlich den Beweis liefern, daß sich die beiden liebten. Außerdem war sie darauf gefaßt, einer Verschwörung gegen sich auf die Schliche zu kommen. Seit ihren Auseinandersetzungen mit Telse und auch mit Isebrand hielt sie alles für möglich.

Auf dem Heimweg vom Prior war sie, ohne anzuhalten, durchgeritten, obwohl die nächtliche Dunkelheit die Nebelschleier noch dichter gewoben und die Marsch in tiefe Finsternis gehüllt hatte. Als sie endlich die schemenhaften Umrisse des Isebrand-Hofs erkennen konnte, war ihr gleich der matte Lichtschein hinter einem der Fenster aufgefallen. Zu so später Nachtzeit für sie ein sicheres Zeichen, daß dort etwas Wichtiges geschah.

Vorsichtig hatte sie mit ihrem Pferd einen Bogen um den Hof geschlagen, das Tier auf der gegenüberliegenden Seite des Gebäudes leise in den Stall geführt und sich durch die Diele in den Wohnteil geschlichen. Dort brannte in einem der Räume das Stubenfeuer.

„Ich bin froh, auf dich gewartet zu haben“, hörte sie Telse sagen.

„Und mich freut es, dich nach so vielen Jahren wiederzusehen und mit dir sprechen zu können.“ Es war Isebrand. Anna erkannte ihn gleich an der Stimme.

„Ich mußte mich einfach für Mutters Benehmen entschuldigen."

„Das ist doch nicht nötig", lachte Isebrand leise auf. „Wenn sie mich Ausländer schimpft, muß sie schon etwas Ernstes erzürnt haben."

„Und das wäre?", fragte Telse.

Gespannt wartete sie auf die Antwort. Würde Isebrand jetzt über sich und Mutter sprechen? Vielleicht über ihre gemeinsame Vergangenheit? Denn daß da früher zwischen beiden etwas gewesen sein mußte, davon war sie felsenfest überzeugt.

„Ich weiß es nicht", wich Isebrand aus. „Ich bin mir keiner Schuld bewußt. Aber lassen wir das. Erzähl, wie ist es dir in Paris und Toulouse als Klosterschülerin ergangen?"

Telse war enttäuscht. Er hielt es nicht einmal für nötig, auch nur einen einzigen Gedanken an damals zu verschwenden. Scheute er sich davor oder war er zu stolz?

Eintönig schilderte sie ihm schließlich ihre Jahre in Frankreich.

Für Anna draußen vor der Tür gab es dabei nichts, was sie nicht schon von ihrer Tochter erfahren hätte.

Plötzlich horchte sie auf.

„Glaubst du, die Jahre in der Fremde haben mich verändert?"

In Telses Stimme schwang etwas mit, das Anna hellhörig machte. Es klang irgendwie lockend. Oder möglicherweise sogar erregt? Durch den Türspalt beobachtete sie, wie sich ihre Tochter vom Schemel erhob und vor Isebrand aufstellte.

„Aus dem Mädchen ist eine Frau geworden. Eine sehr hübsche sogar", sagte er.

Verdammter Kerl, dachte Anna, nun verdreht er ihr den Kopf! Den tiefen, weichen und verführerischen Tonfall in seiner Stimme hatte sie in all den Jahren nie vergessen können. Sie hielt den Atem an und das Ohr noch dichter an die Tür.

„Danke", sagte Telse gedämpft und scheu.

Der Schuft hat sie absichtlich in Verlegenheit gebracht, brodelte es in Anna.

„Du brauchst dich nicht zu bedanken, es ist nun mal so", sagte Isebrand.

Telse bat ihn, über sich zu erzählen.

Und so beschrieb Isebrand die letzten guten Ernten und seine

Pläne, neues Ackerland anzukaufen. Er schilderte ihr seine Wahl zum Bauernführer und auch seine Eindrücke vom inneren Zustand des Kriegsrats. Als er über den Krieg und die möglichen Folgen sprach, wurde er ernst.

„Hier geht es um mehr als nur um das Überleben unseres Volkes", sagte er. „Entweder die Dithmarscher bleiben das, was sie seit Jahrhunderten sind: Freie Bauern, die ihr eigenes Schicksal in die eigenen Hände nehmen. Oder sie hören für immer auf, ein selbständiges, reiches und glückliches Volk zu sein!"

Dann sagte er leise: „Egal ob wir von fremden Mächten unterdrückt und deren Leibeigene werden, oder ob wir für unsere Freiheit kämpfen, weinen und sterben müssen – beides wird große Opfer von uns Dithmarschern verlangen."

Isebrand bemerkte, daß Telse mit leuchtenden Augen an seinen Lippen hing. Sie war von seinen Worten hingerissen. In glühender Bewunderung streckte sie ihm ungestüm beide Hände über das Feuer hinweg entgegen. Sie hatte nur einen Wunsch: Möge er sie doch berühren!

Anna hinter der Tür vermochte kaum an sich zu halten. Am liebsten hätten sie nein! nein! und nochmals nein! geschrien. Doch mit aller Anstrengung gelang es ihr, sich zu beherrschen. Wie entsetzlich, wenn sie als Lauscherin entdeckt worden wäre.

Isebrand schaute überrascht auf Telses Hände direkt vor sich. Dann blickte er hoch, unsicher und verlegen. Im ersten Augenblick wußte er nicht, was er tun sollte. Er sah sich von Telses Gefühlen geradezu überrumpelt. Er bemerkte, daß sie verschämt errötete, als hätte sie etwas getan, was man nicht tut. Es schien ihr peinlich, daß sie ihre Begeisterung so offen gezeigt hatte. Betreten zog sie ihre Hände zurück, ganz langsam, als sollte es so unauffällig wie möglich geschehen. Da faßte er schnell zu, ergriff ihre Hände, als freue er sich darüber, daß sie ihn zu berühren wünschte.

In Wirklichkeit wollte er Telse nur ersparen, sich befangen zu fühlen. Er spürte aber, wie sie sanft widerstand. Erst daraufhin gab er ihre Hände behutsam frei.

Anna konnte den Anblick nicht mehr ertragen. Ihre Tochter liebte diesen Isebrand tatsächlich! Und er liebte sie! Das war der Beweis!

Ihr war, als müsse sie stumm und hilflos mit ansehen, wie ihr

Kind von einem reißenden Fluß für immer von ihr fortgerissen wurde. Für einen Moment fühlte sie in ihrer Brust einen kurzen, brennenden Schmerz. Erschrocken faßte sie mit beiden Händen danach, beruhigte sich aber wieder. Sie hatte genug gesehen und gehört, und wollte sich davonschleichen. Doch die Neugier hielt ihre Füße am Boden fest. Sie blieb.

„Du fragst ja gar nicht, warum ich vorzeitig aus Toulouse nach Hause gekommen bin", hörte sie Telse leise sagen.

„Warum bist du vorzeitig aus Toulouse nach Hause gekommen?", wiederholte er scherzend. Beide lachten

„Ich will gegen die Dänen kämpfen." Telse schien ihrer Sache so sicher, als hätte sie bereits alle Vorbereitungen getroffen und als wartete sie nur noch auf den Kriegsausbruch.

Isebrand hielt inne. Ihm war der Spaß vergangen. War sie noch ganz bei Sinnen? Das konnte sie doch nicht ernst gemeint haben.

„Also kämpfen willst du?" Er brauchte dringend eine Denkpause, um seine Gedanken zu ordnen.

Telse wollte als Kriegerin in die Schlacht ziehen. Entweder sie war noch genauso kindlich arglos wie früher als Mädchen, dachte er. Oder sie gehörte zu jener Gruppe junger Frauen in Dithmarschen, die für sich in Anspruch nahmen, bei allem und überall mitreden und mittun zu müssen. Bei Telse lag die Wahrheit vielleicht sogar eher in der Mitte.

Er wollte sie mit seiner Meinung nicht gleich vor den Kopf stoßen. Denn von ihrem Vorsatz hielt er natürlich ganz und gar nichts. Möglicherweise wollte sie noch Schulter an Schulter mit den Bauern in vorderster Linie ihren Mann stehen. Er stellte sich vor, wie sie sich, mit Schild, Spieß und Wurfbeil bewaffnet, ins Schlachtgetümmel stürzte.

„Ich finde es ganz wunderbar, daß du dein Vaterland sehr liebst und für seine Freiheit sogar dein Leben einsetzen würdest. Aber glaubst du wirklich, stark genug zu sein, ein Schwert zu führen?"

Telse merkte, daß Isebrand ihre Idee nicht gerade ernst nahm. Das sah sie nicht ein.

„Komm mir bloß nicht damit, daß Kämpfen allein Männersache sei."

Isebrand verschlug es die Sprache. Diese Antwort hätte er nicht erwartet. Telses starkes Selbstwertgefühl gefiel ihm. Soviel Selbstsicherheit und Stolz hatte er bei einer Frau noch niemals erlebt. Zwar wachten die Frauen des Landes eifersüchtig und konsequent darüber, in Familienfragen ein wichtiges, wenn nicht gar das gewichtigste Wort mitzureden. Aber daß eine Frau dieselben Rechte wie ein Mann verlangte, das erlebte er bisher zum ersten Mal. Er mußte mit ihr behutsamer umgehen, um sie nicht zu kränken, dachte er. In diesem Punkt schien sie besonders empfindlich zu sein.

„Natürlich ist es nicht allein Männersache," versuchte er sie zu beschwichtigen. „Aber es kommt darauf an, wo man in einem Kampf steht. Was willst du denn tun, wenn ein hünenhafter Landsknecht gegen dich die Waffe erhebt, um dich zu erstechen oder zu erschlagen?"

„Ich würde ihn vorher töten."

„Das könntest du?"

„Da bin ich ganz sicher." Sofort stellte sie sich vor, wie sie dem feindlichen Krieger den Spieß in den Bauch rammte. Der Mann würde aufstöhnen, die Augen verdrehen, sie noch einmal starr ansehen und mit fahrigen Händen versuchen, das herausströmende Blut aufzuhalten. Diese Vorstellung aber jagte ihr einen kalten Schauder über den Rücken. Nein, dachte sie, das könnte sie wohl doch nicht tun. Sie könnte keinen Menschen töten. Es sei denn aus Haß oder in Todesangst.

"Mit was würdest du ihn denn umbringen?" riß Isebrand sie aus ihren Gedanken.

Tapfer antwortete sie: „Mit dem Schwert. Oder mit dem Spieß. Oder mit …"

„… Bei einem Kampf um Leben oder Tod entscheidet nicht allein deine Waffe oder dein Mut", unterbrach er sie, „sondern auch deine Körperkraft."

Telse fühlte sich dem Weinen nahe. Isebrand hatte ja recht: Was würde sie als Frau wohl ausrichten können, wenn plötzlich ein Baum von dänischem Kerl vor ihr stünde, der sie töten wollte? In Wahrheit nichts! Sie war zwar von dem Willen beseelt, die Freiheit des Landes gegen jeden Eindringling zu verteidigen, koste es auch ihr Leben. Aber sie sah ein, daß es nur ein frommer Wunsch sein konnte, als Kriegerin gebraucht zu werden.

Dennoch, so sagte sie sich trotzig, war sie nicht aus Frankreich nach Hause gekommen, um tatenlos zuzusehen, wie König Hans ihr die Heimat wegnahm!

„Was hältst du davon, unsere Verwundeten zu versorgen, wenn es zum Kampf kommt?“ fragte Isebrand.

Er war froh, als ihm diese Möglichkeit einfiel. Telse wäre todunglücklich, wenn sie sich unnütz vorkäme. Und letztlich würde sie doch tun, was sie für richtig hielt, da war sich Isebrand sicher. Jeder Versuch, sie davon abzuhalten, sich in irgendeiner Weise am Kampf zu beteiligen, würde von vornherein scheitern. Also war es besser, sie mit einer Aufgabe zu betrauen, für die sie geeignet war.

Telse horchte auf: „Du meinst, Verletzte verbinden, sich um sie kümmern?“

„Genau das meine ich. Wir bräuchten dafür viele Hände. Auch könntest du mithelfen, unsere Fernwaffen wie Geschütze, Zündrohre oder Hakenbüchsen zu laden und Armbrüste zu spannen.“

Telse war gleich Feuer und Flamme. Viele Hände hatte er gesagt? Ihr kam eine Idee, die sie hellauf begeisterte. Sie behielt sie aber für sich, weil sie ihr selbst einzigartig vorkam. Außerdem wollte sie vor Isebrand nicht schon wieder als romantische oder überspannte Frau dastehen. Ihre vorzeitige Heimkehr hatte also doch einen Sinn gehabt, dachte sie erleichtert.

Sie war Isebrand äußerst dankbar. Schließlich zeigte *er* volles Verständnis dafür, daß sie nach Hause gekommen war.

Wie oberflächlich war dagegen doch ihr Vater gewesen.

„Ich werde es tun“, strahlte sie Isebrand an und hätte ihn am liebsten umarmt. Im letzten Moment aber schreckte sie davor zurück. Schließlich war er ein Mann und nicht mehr wie früher nur der Freund.

Anna hatte hinter der Tür jedes Wort mitgehört, und ihr Haß auf Isebrand steigerte sich ins Unermeßliche. Im Geiste sah sie Telse schon auf dem Schlachtfeld zwischen Hunderten von stöhnenden, klagenden und schreienden Verwundeten umherirren. Sie stellte sich vor, wie ihre arme Tochter mit schreckhaft aufgerissenen Augen durch Blutlachen watete, wahnsinnig vor Angst über verstümmelte Leichen stolperte und weinend eingeschlagene Köpfe, aufgerissene Arme und zertrümmerte Beine mit Leinenstreifen bewickelte.

Und das verdankte sie nur diesem Kerl! Erst hatte er sie mit seinen verrückten Idealen in ihrer dummen Schwärmerei bestärkt, und nun stieß er das zarte Kind sogar brutal ins grausige Kriegsgeschehen hinein.

Plötzlich stockte Anna der Atem. Der verärgerte Tonfall ihrer Tochter ließ sie aufhorchen.

Telse beklagte sich gerade bitter über ihre Eltern. Sie wollten sie außer Landes bringen, hörte Anna sie erzählen. Nur mit allergrößter Mühe hätte sie das verhindern können. Vater und Mutter befürworteten außerdem eine vorzeitige Kapitulation. Sie seien sicher, daß König Hans ihnen weder Freiheit noch Vermögen wegnehmen würde. Auch darüber hätte sie sich mit ihnen zerstritten. Nichts wäre in ihrer Familie mehr so wie früher. Auch Oma Heimen hätte sie tief enttäuscht. Alle verschwiegen ihr ein Geheimnis aus Mutters Vergangenheit …

Anna schnappte nach Luft. Sie fand es ungeheuerlich, daß Telse ihre ganze Familiengeschichte vor dem Schuft ausbreitete. Durch den Türspalt beobachtete sie, wie Isebrands Augen aufmerksam an Telses Lippen hingen und er sie mit keinem Wort unterbrach. Als sie geendet hatte, ergriff er teilnahmsvoll ihre Hände, hielt sie fest und schaute Telse mitfühlend an.

Seine Berührung löste in der jungen Frau einen Sturm der Gefühle aus, den sie so noch nie gespürt hatte.

Es war wie ein Rausch, der sie in den Himmel hob und wie auf Wolken schweben ließ. Seine Nähe machte sie überglücklich. Sie war verzaubert von seinem warmen Blick, hingerissen von seiner rücksichtsvollen Männlichkeit, und wenn sie an das Bündnis ihrer gemeinsamen Ideale dachte, verspürte sie eine geheimnisvolle Erregung.

Alles zusammen löste in ihr ein unbändiges Verlangen nach weiteren Berührungen von ihm aus. Sie hatte keine Wünsche mehr! Am liebsten hätte sie ihr Glück laut hinausgeschrien. Aber sie hatte schon als Kind lernen müssen, Gefühle zu beherrschen.

Isebrand sah Telse die starke innere Bewegung an. Erschrocken erkannte er seine Wirkung auf sie. Ihm war nicht besonders wohl dabei. Denn einerseits mochte er sie, fühlte sich auch auf rätselhafte Weise zu ihr hingezogen. Andererseits scheute er sich, sie in ihren Gefühlen zu bestärken. Schließlich war sie für ihn doch immer noch das Mädchen Telse von Oldenwöhrden, mit dem ihn eine väterliche Freundschaft verband, oder nicht?

Verfluchter Kerl, dachte im selben Moment Anna hinter der Tür. Sie war entsetzt, wie sehr ihre Tochter Isebrand anhimmelte. Anna fühlte sich elend. Obwohl sich alles in ihr gegen das Unvermeidliche sträubte, sie würde sich wohl oder übel damit abfinden müssen, daß Telse ihr unwiderruflich entglitt und sich nicht mehr von ihr beschützen ließ.

Nun schlitterte ihr armes Kind direkt ins Unglück!

Anna wurde beinahe schlecht bei dem Gedanken, daß dieser Fremdling nun auch noch ihre vertraulichen Familienprobleme kannte und obendrein frech und dreist ihre gutgläubige Tochter betörte. Genauso, wie er es damals mit mir getan hatte, dachte Anna.

Das wirst du mir büßen, schwor sie haßerfüllt. Und dann wirst du Telse für immer in Ruhe lassen! …

„Kennst du die Vergangenheit meiner Mutter?“, hörte Anna ihre Tochter fragen. Ihr war, als stürzte der Himmel ein.

„Ich kenne sie“, vernahm sie Isebrands Stimme.

„Wirst du sie mir erzählen?“,

Er schien unmerklich zu zögern. „Ja doch, aber es ist eine lange Geschichte.“

Anna ergriff Panik.

Oh, mein Gott, flehte sie inbrünstig, nur nicht diese Geschichte! Nicht jetzt und nicht von diesem Mann! Hilfesuchend faltete sie die Hände. Oh Herr, laß Telse nicht von Isebrand erfahren, was ich damals getan und erlitten habe! Laß nicht ihn in meiner Vergangenheit herumwühlen und das Kind gegen die eigene Mutter aufhetzen. Es war mein Schicksal und nicht seins. Meins, meins, meins! hämmerte es fortwährend in ihrem Kopf. Nur mir allein steht das Recht zu, meine Tochter darüber aufzuklären.

Sie mußte jetzt alles tun, so flogen ihre Gedanken, damit das Gespräch zwischen den beiden sofort abbrach. Aber wie?

Blitzartig kam ihr der rettende Einfall. Ihr blieb keine andere Wahl, sagte sie sich. Selbst wenn sie dabei in Kauf nahm, vor ihrer Tochter als schäbige Lauscherin dazustehen und sie damit zu verletzen.

Sie ließ ihre Beine einknicken und tat, als würde sie ohnmächtig. Wie ein abgeschnittenes Seil sank sie langsam zu Boden und stieß dabei mit dem Ellbogen polternd gegen die Tür, die sperrangelweit aufging.

Als vermeintlich Bewußtlose schloß sie die Augen. Allerdings nicht, ohne vorher in den anderen Raum hinübergeschielt und dabei erfreut bemerkt zu haben, daß beide von ihren Schemeln hochfuhren und zu ihr herüberstürzten.

Anna hörte Telse erschrocken aufschreien.

Die starrte jetzt vor Angst völlig bewegungsunfähig auf den wie leblos daliegenden Körper ihrer Mutter.

„Meine arme Mama!", entfuhr es ihr voller Mitleid.

Im selben Moment jedoch fühlte sie Abscheu. Blitzartig wurde ihr klar, daß sie und Isebrand belauscht worden waren. Sie war bestürzt. Wie geistesabwesend bemerkte sie, daß sich Isebrand über ihre Mutter beugte, seine Wange an ihren Mund hielt und angespannt darauf wartete, einen Hauch auf seiner Haut zu spüren.

„Sie atmet", sagte er schließlich.

16

Betroffenheit lähmte die Tischrunde. Die vierundzwanzig Männer des Kriegsrats blickten unschlüssig auf Isebrand.

Der saß am Kopfende des grobgehauenen, mächtigen Holztisches, um ihn herum auf blankgesessenen Bänken die Hälfte der achtundvierzig Regenten des Landes.

Den Schreck hatten ihnen Isebrands Zahlen über die Stärke des dänisch-holsteinischen Heeres eingejagt.

Sie waren erdrückend: Viertausend Söldner der Großen Garde, fünftausend Bauern und Bürger der Landwehr, zweitausend Ritter des skandinavischen und norddeutschen Adels, eintausend Geschützleute und Troßfahrer, dazu fünfunddreißig Fernwaffen, angefangen bei leichten Büchsen bis hin zu schwersten mauerbrechenden Kanonen.

„Wir stehen mit unseren sechstausend Mann einer hochgerüsteten Übermacht von zwölftausend Mann gegenüber", sagte Isebrand ernst.

Mit dieser Schreckensvorstellung wollte er das Kollegium auf Trab bringen, damit es endlich eine Entscheidung traf. Schließlich mußte er wissen, welche Verteidungsmaßnahmen er treffen sollte. Mehr konnte er im Moment nicht tun, sagte er sich. Jetzt mußte sich nur noch der Rat einig werden, ob Dithmarschen sich verteidigen oder dem Dänenkönig unterwerfen wollte.

Für einige im Kollegium standen Isebrands Zahlen für Zusammenbruch, Vernichtung und Untergang des Landes. Sie sahen im Geiste bereits Feuer, Verwüstung und Zerstörung, wohin das Auge auch blickte. Sie sahen plündernde und brandschatzende Söldnerbanden durchs Land ziehen. Und sie sahen Dörfer in Schutt und Asche fallen und überall tote, verwundete und verzweifelte Menschen.

„Unser blühendes Dithmarschen wird einen langsamen und elenden Tod sterben", sagte jemand. Alle wandten ihre Gesichter dorthin.

Es war Carsten Holm.

Isebrand blickte überrascht zu ihm hinüber. Wollte er die anderen in Panik versetzen, um Verbündete für eine vorzeitige Kapitulation zu finden? Das würde ja heißen, grübelte Isebrand, daß Holm sich ihm als dem militärischen Berater offen verweigerte. Jeder in der Tischrunde wußte nämlich, daß er als Bauernführer das Land auf Biegen und Brechen verteidigen sollte und auch wollte.

Ihm war klar, daß seine und Holms gegensätzliche Auffassung vom Wert eines Freiheitskampfes beide zu Gegenspielern machte. Es konnte nur noch eine Frage der Zeit sein, daß sie einander bekämpften.

Für einen solchen Fall mußte er auf der Hut sein. Denn der angesehene Achtundvierziger, der mit allen Wassern eines durchtriebenen Großhändlers gewaschen war, würde gegen ihn gerissen wie ein Fuchs vorgehen.

Schon der günstige Augenblick, den Holm für seine düstere Prophezeiung gewählt hatte, zeigte Isebrand, wie geschickt und schnell der Großbauer seine Vorteile zu nutzen wußte. Ebenso seine teuflische Absicht, den Kriegsrat zu verunsichern.

Hatte ihm nicht Telse anvertraut, so erinnerte sich Isebrand, daß ihr Vater eine schnelle Unterwerfung wollte?

Holms düsteres Orakel löste unter den Ratsmännern heftige Wortgefechte aus. Es ging dabei um Sinn oder Unsinn eines Krieges in einer derart verfahrenen Lage, in der sich Dithmarschen jetzt befand. Auch seine Zahlen, dachte Isebrand, die er über das feindliche Heer mitgebracht hatte, waren für den Rat kein leicht zu verdauender Brocken. Abwartend in sich hineinlächelnd, hörte er den wirr durcheinander redenden Ratsmännern zu.

Er kannte sie gut, die führenden Achtundvierziger des Hauptquartiers. Alle waren Großbauern. Außerdem waren einige von ihnen zusätzlich Viehzüchter, Händler oder Schiffsreeder. Das wenigste, was ein jeder besaß, so wußte er, waren dreihundert Dithmarscher Morgen Land – ein Besitz, für dessen Umrundung er zu Fuß zwei Stunden gebraucht hätte. Der Jüngste unter ihnen war mit neunzehn Peter Swyn aus Lunden, der Älteste mit dreiundsiebzig Hans Boje aus Meldorf.

Einige von ihnen hatten sich wie einfache Leute gekleidet, mit halblangem Ärmelrock und Gürtel. Die meisten aber waren modisch angezogen. Ihre kurzen Jacken mit pludrig fallenden Ärmeln betonten die Schultern. Einige trugen ihre Hosen unter dem Knie gebunden. Die Haarpracht der Männer erschöpfte sich in einem topfartigen Haarschnitt, der den Kopf wie eine runde Kappe umschloß und die Ohren frei ließ.

Dithmarschens Großbauern genossen im Kaiserreich und sogar darüber hinaus im übrigen Europa hohes Ansehen. Sie waren gebildet, redegewandt, des Lateinischen mächtig und hatten teilweise Universitäten besucht. Nie scheuten sie sich, überall stolz und selbstbewußt ihren Reichtum und den ihres Landes zu zeigen.

Isebrand belustigte das Entsetzen dieser Männer, die zu den reichsten und mächtigsten des Landes zählten und jetzt wie aufgescheuchte Hühner durcheinandergackerten. Die Übermacht des feindlichen Heeres schien ihnen gehörig auf den Magen zu schlagen.

Endlich hatte er einige unter ihnen vom hohen Roß geholt. Sie zeigten auf einmal Angst. Eine traurige Gemeinsamkeit unter den angeblich Besten des Landes, stellte er spöttisch fest.

Bisher hatte der Rat keine gemeinsame Linie finden können. Immer noch rang er nach einer geschlossenen Haltung zum feindlichen Truppenaufmarsch – obgleich sich das Volk schon längst eindeutig zur Landesverteidigung bekannt hatte. Die meisten von ihnen würden lieber sterben wollen als Leibeigene des Adels zu werden, hatten sie auf der letzten Landesversammlung gelobt.

Deshalb fragte sich Isebrand, wie die Achtundvierziger es nur wagen konnten, so zu tun, als würde die Stimme des Volkes überhaupt keine Gültigkeit für sie haben. Waren sie schon so weit abgehoben, daß sie sich für Götter hielten? Sie mußten sich doch im klaren sein, daß sie Kopf und Kragen riskierten, sollten die Menschen draußen merken, wie wenig ernst sie genommen wurden. Isebrand zweifelte am Verstand dieser hochmütigen Regenten.

Carsten Holm führte das Wort jener Gruppe, die sich dem Dänenkönig am liebsten sofort ergeben hätte. Sie bestand aus acht Geestbauern, die darauf hofften, durch vorzeitige Kapitulation ihre Höfe zu retten.

„Seit die Geest von unseren Truppen geräumt worden ist, sind unsere Anwesen den Dänen schutzlos ausgeliefert", rief ein Bauer aus Albersdorf Isebrand vorwurfsvoll zu. „Unsere Höfe werden als erste geplündert und in Brand gesteckt."

Isebrand antwortete bissig: „War es nicht euer Sprecher Carsten Holm höchstpersönlich, der die Truppen von der Geest zurückgezogen haben wollte? Und habt ihr dem nicht alle zugestimmt?" Er schaute dabei Holm an. Der senkte den Blick, als hätte er mit der ganzen Sache nichts zu tun. Schuft, dachte Isebrand nur.

„Da wußten wir auch noch nicht, wie stark das Dänenheer in Wirklichkeit ist", warf ein anderer Großbauer aus Hennstedt ein. „Jetzt ist die Lage eine völlig andere."

„Es geht hier nicht um deinen oder meinen Hof", erwiderte Isebrand streitbar, „sondern um das ganze Land. Ihr seid eben Feiglinge", entfuhr es ihm wütend. „Ihr wollt wohl lieber Stallknechte am dänischen Königshof werden als freie Bauern bleiben, was?" Nach dem Zornesausbruch fühlte er sich wohler.

Doch mit solchen Vorwürfen hatte er Holm und dessen Anhänger aufs Äußerste gereizt und geradezu zum Streit herausgefordert. Empört schrien sie durcheinander und überschütteten ihn mit wilden Verwünschungen und Flüchen. Isebrand blieb gelassen. Allerdings bemerkte er, daß Holm ihn heimlich angriente. Typisch für den Kerl, dachte er, der ließ andere die Kastanien für sich aus dem Feuer holen und schlug erst dann zu, wenn er sich nicht mehr die Hände schmutzig zu machen brauchte.

Die tumultartigen Rededuelle nahmen kein Ende. Isebrand spielte weiter den Unbeteiligten, beobachtete jedoch die Gegner eines Freiheitskampfes sehr genau. Jeder in der Holmgruppe war verdächtig, der gesuchte Verräter zu sein. Denn wer seine Freiheit hergeben und sein Land von Fremdlingen regieren lassen wollte, der würde auch seine Seele für einen Judaslohn verkaufen, davon war er überzeugt.

Stumm wandte er sich dem anderen Kreis zu, der in der Mitte des Tisches saß. Er zählte nur vier Köpfe und war ebenfalls gegen die Landesverteidigung, zumindest gegen angriffslustiges Vorgehen. Anführer dieses kleinen Blocks waren ein Bauer von der Insel Büsum und einer aus Wesselburen. Beide Männer schlugen vor, Bevölkerung und Bauernaufgebot sollten sich auf Büsum zurückziehen. Dort würden sie vor dem Dänenheer sicher sein und abwarten können, bis der größte Teil des Heeres Dithmarschen ausgeplündert und das Land wieder verlassen hätte. Danach könnte man von der Insel aufs Festland zurück, die Besatzungstruppen in den einzelnen Orten nacheinander überfallen und die restlichen feindlichen Söldner aus dem Land jagen.

Selbst die Schar um Holm, die einen Krieg mit unsicherem Ausgang grundsätzlich ablehnte, winkte ab. Für sie war dieser Plan nicht durchführbar. Die Insel würde zu klein sein, um alle Dithmarscher über mehrere Wochen aufzunehmen und zu ernähren. Und mit einer derart langen Belagerungszeit müßte man rechnen. Doch bei der jetzt herrschenden Winterkälte würden die erforderlichen warmen und trockenen Unterkünfte auf der Insel bei weitem nicht für alle Flüchtlinge reichen.

Ebenso wie Holm hielt Isebrand die Idee für wahnwitzig und deshalb verrückt. Das aber durfte er nicht laut sagen. Er wollte die vier, die den Vorschlag unterbreitet hatten, nicht vor den Kopf stoßen. Er brauchte nämlich für die Abstimmung im Rat über Krieg oder Kapitulation ihr Wohlwollen. Bisher hatten sich zwölf Achtundvierziger, also nur die Hälfte des Kollegiums, eindeutig für die militärische Auseinandersetzung mit König Hans ausgesprochen. Die anderen teilten sich auf in die Gruppe der strikten Befürworter einer Unterwerfung und in die der Wankelmütigen. Da für eine Entscheidung zwei Drittel der Stimmen erforderlich waren, mußte er noch sechs Ratsmänner aus den Reihen der Kriegsgegner auf seine Seite ziehen. Isebrand setzte darauf, erst einmal die vier Büsumanhänger für seinen eigenen Plan zu gewinnen.

Gerade wollte er über den besten Weg dorthin nachdenken, als er sich plötzlich beobachtet fühlte. Jemand belauert mich, schoß es ihm durch den Kopf. Er schaute hoch – und direkt in Holms Augen. Beide sahen sich an, hielten sich mit Blicken umklammert, ließen nicht voneinander los, versuchten so lange wie möglich, der Willenskraft des anderen zu widerstehen.

Jetzt sind wir Gegner, die sich in nächster Zeit so lange bekämpfen werden, bis einer von uns zugrunde geht, dachte Isebrand für einen kurzen Moment.

Besiege ich ihn, glaubte sich Holm unterdessen schon als Gewinner der Kraftprobe, wird es eine bittere Lehre für Isebrand sein. Er wird mich als den Stärkeren von uns anerkennen müssen. Dann wird es nicht mehr lange dauern, und ich habe seinen Einfluß im Rat gestoppt. Holm war sich sicher, daß es noch rechtzeitig zur Kapitulation kommen würde. Er hielt dem Blickgefecht weiter stand und bemerkte mit einem Mal, wie sich sein Gegenüber in Gedanken zu verlieren schien.

Isebrand empfand plötzlich Bedauern über das gespannte Verhältnis zwischen sich und Holm. Ausgerechnet mit dieser außergewöhnlichen Persönlichkeit hatte er sich stets gut verstanden. Sie hatten einander geachtet, das gegenseitig gegebene Wort wie einen Vertrag respektiert, und beide waren sich darin einig, daß auf der Welt nur das Glück des Tüchtigen zählte. Stets hatte ein Handschlag genügt, gemeinsam einen Handel zu besiegeln. Jetzt würden sie beide noch nicht einmal einen Gulden darauf setzen, daß der eine dem anderen traute, dachte Isebrand. Blitzartig kam ihm der

Gedanke, daß er in diesem Moment womöglich den gesuchten Verräter vor sich hatte.

Verachtung und Zorn zugleich stiegen in ihm hoch. Er sah Holm noch zwingender als zuvor in die Augen. Ich bin der Stärkere, hämmerte er sich ununterbrochen ein, ich bin der Stärkere!

Plötzlich senkte Holm die Lider. Sein Wille brach ein. Er konnte Isebrands Blick nicht mehr standhalten. Verdammt, fluchte er innerlich. Er war ein schlechter Verlierer. Das wußte er. Wie konnte ich nur versagen, warf er sich vor. Im selben Atemzug schwor er sich, die Schlappe sofort wieder wettzumachen. Er ging in Stellung.

„He, Isebrand“, rief er gallig über den Tisch hinweg, „wie schätzt denn du den Kampfwert des Gegners ein?“

Isebrand war sofort klar, daß Holm nur seine Unsicherheit überspielen und gleichzeitig ihn, Isebrand, vorführen wollte. Wenn er jetzt ehrlich sein würde, dachte er blitzschnell, müßte er vor versammeltem Rat eingestehen, wie übermächtig der Feind war. Das aber würde den Kriegsgegnern Auftrieb geben. Vor allem Holm zöge daraus Nutzen: Sein Vorschlag, sich zu unterwerfen statt zu kämpfen, würde aus der Runde womöglich weitere Nahrung erhalten. Isebrand gestand sich ein, daß ihm Holms Angriff im Moment sehr ungelegen kam. Schließlich war er mit festen Absichten in die Ratssitzung gekommen.

Er wollte den Rat davon überzeugen, daß erstens ein Freiheitskrieg unumgänglich war und zweitens ein Sieg Dithmarschens durchaus möglich wäre. Aber er wußte auch, daß sein Vorhaben einen Haken hatte: Solche Überlegungen anzustellen, war zum jetzigen Zeitpunkt verfrüht. Denn die augenblickliche militärische Lage bot noch keinerlei feste Anhaltspunkte, um aussichtsreich planen zu können. Zumal der geheimnisvolle Agent unter ihnen durch Verrat jedes militärische Unternehmen von vornherein lahmlegte. Grundsätzlich aber war Isebrand überzeugt, daß eine Übermacht des dänisch-holsteinischen Heeres nicht zwangsläufig eine Niederlage Dithmarschens bedeuten mußte.

Er tröstete sich damit, daß glücklicherweise nur er allein von der Existenz eines Spions wußte. Das gab den Schwatzkerlen am Tisch wenigstens keinen Gesprächsstoff, der den Verräter womöglich rechtzeitig gewarnt hätte. Isebrand glaubte nach wie vor, ihn in eine Falle locken zu können.

„Na, Isebrand", riß ihn Holm aus seinen Gedanken und forderte ihn nochmals auf, die Stärke des Feindes zu beschreiben. „Fällt es dir schwer, das Ungleichgewicht der Kräfte zuzugeben?"

Isebrand bemerkte plötzlich, daß alle am Tisch ihn aufmerksam ansahen und dabei erwartungsvoll schwiegen.

Hans Boje nickte ihm zu, als würde er ihm das Wort erteilen.

Boje war Bürgermeister von Meldorf und Vorsteher der Ratssitzung. Diese wurde stets umschichtig von einem anderen Achtundvierziger geleitet. Boje hatte den Rat in die Oldenwöhrdener Kirche geladen, weil es sich so gehörte, daß über Krieg oder Frieden möglichst an Stätten ruhmreicher Vergangenheit beraten wurde. Und die Oldenwöhrdener Kirche war ein solcher Ort. Hier war früher einmal einer der dithmarsischen Freiheitskämpfe entschieden worden.

Geschehen war das vor knapp zweihundert Jahren, genauer 1319, so wußte Isebrand von seinem Freund Grove. Den Dithmarschern war an dieser Stelle der entscheidende Vernichtungsschlag gegen den Holsteiner Grafen Gerhard gelungen. Der hatte mit großen Truppen versucht, das Land zu unterwerfen. Als er die Oldenwöhrdener Kirche in Brand steckte, um sie einzuäschern und die darin belagerten Bauernkrieger zu töten, stürmte das kleine Aufgebot mit dem Mut der Verzweiflung heraus. Und – wurde dafür schließlich mit einem Sieg über das gesamte feindliche Heer belohnt.

Die Kirche war Isebrand vertraut. Sie gehörte zu den wichtigsten Quellen seiner seelischen Kraft. Besonders nach dem Tod seiner Frau Wiebe hatte er hier im religiösen Glauben innere Ruhe und Trost gefunden, obwohl er zu Beginn seiner Trauer mit Gott gehadert hatte. Warum hast du sie nur so jung zu dir geholt, hatte er ihn immer wieder gefragt. Wolltest du sie und mich dafür bestrafen, daß Anna unsertwegen so sehr leiden mußte? Isebrand war von diesem Schuldgefühl nie ganz frei gekommen.

Er bemühte sich, seinen Gedanken nicht weiter nachzuhängen. Er mußte schleunigst Holms Frage beantworten, denn er sah alle Augen forschend auf sich gerichtet. Doch die Gesichter erschienen ihm auf einmal merkwürdig fern, leer und bedeutungslos. Einen Wimpernschlag lang glaubte er sich mitten im Kirchenraum ganz allein.

Dessen kühle Schlichtheit hatte ihn stets gefangengenommen. Die Kirche war nur ein rechteckiger Kasten aus Hauptschiff und schmalerem Chor, darüber eine Balkendecke. Alles einfach und anspruchslos. Die trutzigen Wände aus großen und kleinen Feldsteinen dämmerten im Dunkeln der hohen, dicken Mauern unbeweglich durch die Jahrhunderte. Sie schienen den Kirchensaal zu erdrücken, der an Sitzgelegenheit rundherum nur eingemauerte Wandbänke für die Alten bot.

Direkt davor hatte Boje einen schweren Eichentisch für die Beratung aufstellen lassen. Über die Köpfe der Ratsrunde hinweg tastete gerade durch eine Fensteröffnung ein mehrarmiger Strahl der Wintersonne den Nebenaltar an der gegenüberliegenden Wand ab. Ein zweiter Nebenaltar versuchte mit ebenso leuchtenden Farben und zierlichen Figuren wie sein Nachbar die Aufmerksamkeit auf sich zu ziehen.

Wäre nicht der Oldenwöhrdener Handelshafen gewesen, dachte Isebrand, würde es die beiden Nebenaltäre und den prunkvollen Hauptaltar mit dem Dreiflügelschrein niemals gegeben haben.

Der Hafen hatte im Laufe der letzten zweihundert Jahre reiche Kaufleute nach Oldenwöhrden geholt. Die zeigten sich nicht kleinlich, wenn es darum ging, ihre Kirche mit kostbaren Einzelstücken auszustatten. Außer den Altären gehörte dazu der trutzige Taufstein mit kostbarem Relief und dreibeinigem Wasserkessel ebenso wie das Triumph-Kreuz Christi an einem Balken über der Schwelle vom Schiff zum Chor.

Erschrocken bemerkte Isebrand, wie die Ratsmänner noch immer gespannt auf eine Antwort von ihm warteten. Sie murmelten einander bereits ihm unverständliche Worte zu und blickten zwischendurch ungeduldig zu ihm hin. Vermutlich brauchten sie seine Lagebeurteilung, um mit gutem Gewissen die richtige Entscheidung treffen zu können. Das war die Gelegenheit, fuhr es ihm durch den Kopf. Jetzt mußte er Nägel mit Köpfen machen. Die Zeit drängte. Denn spätestens in zwei Tagen mußte er den Verräter enttarnt haben. Letztlich hing davon seine Verteidigungsstrategie ab.

Denn erst dann konnte er sicher sein, den Spion ohne dessen Wissen für seine Pläne zu nutzen.

Isebrand hatte sich ursprünglich vorgenommen, dafür in der Ratssitzung die erste Schlinge auszulegen. Nun aber ging es um seinen Ruf als Bauernführer, den Holm unter allen Umständen beschädigen wollte. Er mußte also zuerst seine militärische Zuständigkeit unter Beweis stellen. Als ehemaliger Landsknecht der Großen Garde konnte er den Kampfwert dieses Söldnerhaufens schon richtig einschätzen. Denn bis heute dürfte sich an dem beachtlichen Draufgängertum dieses Heeres kaum etwas geändert haben, sagte er sich.

„Die größte Gefahr geht von der Garde aus", begann er. „Ihre Landsknechte sind mutig und wagen viel. Im Gefecht wird die Truppe planvoll und geschickt geführt. Die Söldner ordnen sich bewußt unter. Sie kämpfen nach durchdachtem Schlachtplan. Der berücksichtigt stets Zufälle und Vorteile des Gegners. Die Garde ist mit neuesten Waffen ausgerüstet und nimmt es mit jedem anderen Landsknechtheer im Kaiserreich auf."

Beklommen schwiegen alle. Isebrand suchte, dabei überlegen blickend, Holms Augen. Ihm war durchaus bewußt, daß seine Schilderung ganz im Sinne seines Gegenübers war. Das aber sollte sie auch. Denn je größer er die Gefahr beschrieb, die von der Garde ausging, desto mehr reizte er Holm, sich erneut und möglichst leidenschaftlich gegen den bewaffneten Widerstand des Landes auszusprechen. Vielleicht ließe er sich dadurch schneller als Königsfreund und Spion entlarven, dachte Isebrand.

„War es so recht, Holm?", fragte er.

„Alle Achtung", antwortete der, „du hast nichts beschönigt. Aber du würdest für Freiheit und Vaterland auch gegen den lieben Gott Krieg führen – obwohl du kein echter Dithmarscher bist."

Isebrand blickte ihn überrascht an. Diesen billigen Versuch einer Demütigung hätte er dem angesehenen Carsten Holm nicht zugetraut. Aber nur zu, er nahm die Kampfansage an.

Das hat gesessen, freute sich dagegen Holm über die vermeintliche Wirkung seiner Worte. Ihm schien, als wäre Isebrand vor Schreck zusammengefahren. Genüßlich nahm Holm das tiefe Schweigen am Tisch auf. Wie richtig es doch war, wieder einmal alle daran zu erinnern, welcher Herkunft Isebrand sei, sagte er sich.

Zu spät bemerkte er seinen Irrtum: Die Stille um ihn herum war kein beifälliges, sondern eisiges Schweigen.

Isebrand spürte sofort, daß der gesamte Rat Holms bösartige Anspielung für dumm, überflüssig und letztlich peinlich hielt. Insgeheim dankte er den Männern für die stumme Antwort, die ihm wie eine Art wortlose Verlegenheit vorkam, die weh tat. Jedenfalls hatte sich Holm damit eine Niederlage eingehandelt.

Isebrand fing sich schnell wieder und überlegte, wie er den Rat endlich zu einer Entscheidung bewegen könnte. Dabei fielen ihm die drei Wörter *noch zwei Tage* ein, die der Mönch Servatius auf einen Zettel für Grove gekritzelt hatte.

„König Hans will nur noch zwei Tage auf unsere Unterwerfung warten. Keine Stunde länger! Dann will er losschlagen“, sagte er.

„Woher willst du das wissen“, fragte Holm.

„Ich weiß es“, erwiderte Isebrand nur.

Die Tischrunde nahm ihm die Neuigkeit ab, wenngleich sie zuerst einen lauten Meinungsaustausch auslöste. Isebrand fiel auf, daß sich Holm nicht daran beteiligte.

Zu den Wortführern, die niemals eine Kapitulation zulassen wollten, gehörten Reimer von Wiemerstedt und Isebrands Schwiegersohn Olde Peter Nanne aus Lunden.

„Für mich ist es eine klare Sache ohne Wenn und Aber“, bekannte Wiemerstedt. „Ich werde es nicht hinnehmen, daß ein Irgendwer von einem König, der von irgendwo herkommt, mir wegnimmt, was mein ist und was schon Hunderte von Jahren meinen Vätern und Vorvätern gehört hat.“

Die Männer direkt um ihn herum verstummten nacheinander, während andere noch über den Tisch hinweg ihre widerstreitenden Ansichten austauschten.

„Ich werde mich und meine Söhne nicht zu Knechten und mein Weib und meine Töchter nicht zu Mägden auf meinem eigenen Hof machen lassen“, fuhr er leidenschaftlich fort. „Ich will lieber tot als Sklave sein!“

Immer mehr Ratsmänner beendeten ihre Unterhaltung und hörten Wiemerstedt zu. Isebrand schien, als würden alle fühlen, wie ernst es Wiemerstedt mit seinem Versprechen war. Mit einem Male stand der Hüne auf und hob die Hand. „Ich schwöre an dieser Stelle bei allem, was mir heilig ist: Ich will eher sterben, als daß meine Familie und ich aus der Hand eines Adligen fressen." Und dann rief er plötzlich wie entrückt mit feierlicher Stimme aus: „Leever doot as Slaav!"

Er schaute in die Runde, sah jeden einzelnen einen Moment lang eindringlich an. Kreuzte sich sein Blick mit dem eines anderen, und derjenige nickte ihm ermutigend zu, dankte er ebenfalls mit einem Kopfnicken. Wandte einer seine Augen verlegen zur Seite, schüttelte er verständnislos und still den Kopf.

Während er alle der Reihe nach mit den Augen abfragte, wagte niemand am Tisch, ein Wort zu sagen oder sich sonderlich zu bewegen. Nur die hellen Strahlen des Tageslichts huschten für einen Augenblick über die Altäre hinweg. Es mußte sich wohl eine kleine Wolke an der Sonne vorbeigestohlen haben, dachte Isebrand. Es sah ganz so aus, als würde das Wetter bald umschlagen …

Wiemerstedts Schwur müßte eigentlich den Männern wie eine allerletzte Mahnung in den Ohren geklungen haben, hoffte Isebrand. Aus halbgeschlossenen Augenwinkeln beobachtete er alle Achtundvierziger. Tatsächlich schienen sie von dem entschiedenen Auftreten des Mannes von der Geest beeindruckt. Sein unbeirrbarer Glaube an eine gerechte Sache und sein unumstößlicher Wille zum Freiheitskampf wühlten sie auf, stellte Isebrand zufrieden fest. Selbst die Andersdenkenden zeigten sich betroffen.

Wahrhaftig, ein echter Dithmarscher! Isebrand empfand mächtig viel Stolz auf den befreundeten Geestbauern. Ein würdiger Regent! Weil er nicht anders konnte oder besser: nicht anders wollte, würde er sein Leben für die Freiheit einsetzen. Isebrand erfüllte auf einmal beglückende Freude und bewegende Ergriffenheit.

„Leever doot as Slaav!", hörte er sich mit einem Male selbst ausrufen.

Er hatte mit seinen Gefühlen nicht mehr an sich halten können.

Alle drehten sich überrascht zu ihm hin.

Er wußte selbst nicht, wie ihm geschah. Er merkte nur, daß ihn eine verklärende Erregung packte und wie auf Vogelschwingen in unbekannte Höhen emportrug.

„Vor genau einhunderteinundachtzig Jahren haben in dieser Kirche eure Vorfahren den gleichen Schwur getan: Leever doot as

Slaav, lieber tot als Sklave sein. Und zwar an derselben Stelle, wo ihr jetzt sitzt."

Beschwörend schaute er die Bauern an, zeigte mit ausgestrecktem Arm in eine unsichtbare Ferne. „Dort draußen zogen währenddessen plündernde und brandschatzende Banden des holsteinischen Grafen Gerhard durchs Land. Einige seiner mordgierigen Truppen belagerten diese Kirche. Die Eingeschlossenen waren eure Urgroßväter. Sie wagten den Ausfall, vernichteten die Horden und haben mit ihrem Blut dieses freie Land für ihre Nachkommen, also für euch, verteidigt, für euch erhalten. Ihr Blut ist euer Blut! Also, worauf wartet ihr noch?"

Während er weitersprach, blickte er einen nach dem anderen an: „Damals berieten sie nicht lange über den Sinn eines Freiheitskampfes. Sie kämpften! Denn sie fürchteten nichts so sehr, als Knecht zu sein. Sie waren freie Bauern. Im Herzen und im Kopf. Für sie war Freiheit die Luft, ohne die sie nicht atmen, nicht am Leben bleiben konnten. Für sie galt: Dem Freien die Freiheit, dem Gehenden den Weg! Deshalb handelten sie statt herumzusitzen und zu schwätzen."

Er zeigte mit der Hand zur Kirchenpforte: „Als der Graf Feuer an die Kirche legte, waren sie durch diese Pforte da hinausgestürzt und, fast wahnsinnig vor Wut und Haß, über die Holsteiner hergefallen, die ihnen alles nehmen wollten, was ihnen heilig war: Ihre Frauen, ihre Kinder, ihre Höfe und ihre Freiheit."

Er sprang von der Bank auf: „Und sie wurden gerettet, die Frauen und Kinder. Kinder, die später Frauen und Männer wurden und ebenfalls Kinder zeugten und gebaren, die wiederum eure Väter und Mütter wurden. Ihnen allen verdankt ihr euer Leben! Und es waren die Höfe, die jetzt eure sind und auf denen es sich sehr gut und frei leben läßt!"

Leise sprach er weiter: „Denkt daran, eure Vorfahren haben ihr Leben für euch gelassen."

Isebrand blieb einen kurzen Moment stehen, blickte bedächtig in die Runde. Dann setzte er sich. Ruhig sagte er: „Es gibt ein dithmarsisches Freiheitslied, das ihr alle kennt: Wer niemals die Unfreiheit erlebt hat, dem mag in seiner Freiheit entgangen sein, daß jeder zur Knechtschaft gezwungen werden kann, der nicht bereit ist, für die Freiheit zu sterben."

Betretene Stille lastete über der Tischrunde. Die Ratsmänner schienen begriffen zu haben, so glaubte Isebrand in ihren Gesichtern zu lesen.

Lautes Poltern zerschlug das Schweigen. Neben ihm war jemand aufgesprungen. Es war Olde Peter Nanne. Er hob die Schwurhand, wandte sich dem Altar zu, und seine Stimme drang hell durch die Kirche: „Vor Gott, der heiligen Maria und vor euch allen schwöre ich feierlich, mich niemals zu unterwerfen!“

Er blickte hinüber zu dem Bild am Altar, das Maria mit dem Jesuskind zeigte: „Oh, domina Maria Dithmarsiae, du Schutzpatronin unseres Landes, mein Schicksal lege ich in deine Hände und verspreche: Heute und immerdar werde ich dafür kämpfen, daß meine Frau und meine Kinder in Freiheit leben können – und koste es mein Leben.“ Feierlich rief er aus: „Leever doot as Slaav!“

Einen Jungbauern aus Wackenhusen mit hellblondem Haar und aufgeweckten Augen konnte ebenfalls nichts mehr an seinem Platz halten: „Komm nur, Dänenkönig!“, rief er erregt in den Kirchenraum. Auch er hob die rechte Hand zum Schwur: „Ich lebe als freier Mann und sterbe als freier Mann. Nichts wird sich daran ändern. Leever doot as Slaav!“

Die Begeisterung der drei Freiheitskämpfer sprang wie ein Funke auf die meisten in der Runde über. Sie gab ihnen das erhebende Gefühl, Zeugen einer heiligen Handlung zu sein. Überwältigt von innerer Bewegtheit, reckten die Männer um Isebrand, Wiemerstedt und Nanne den rechten Arm in die Höhe, spreizten die Schwurfinger und gelobten feierlich im Chor: „Leever doot as Slaav!“

Lieber tot als Sklave? Diese Narren! Für Carsten Holm waren Isebrand und seine Anhänger nichts anderes als überspannte Träumer, wunderliche Schwarmgeister und übergeschnappte Himmelstürmer. Er stellte fest, daß er selbst nach ihren Auftritten nichts fühlte, was gegenüber vorher hätte anders sein sollen. Für wahnwitziges Heldentum hatte er ohnehin nichts übrig. Diese Schwachköpfe! Ihm graute vor den edlen Sprüchen und hehren Schwüren. Tot nutzten die selbsternannten Freiheitskämpfer niemandem, weder ihren Frauen noch ihren Kindern, geschweige denn sich selbst oder dem Land. Alle würden sie für nichts und wieder nichts sterben müssen.

„Ist es nicht besser, erst einmal mit König Hans zu verhandeln?“, fragte er kühl in die Begeisterung um sich hinein. „Zusammenschießen und erschlagen lassen könnt ihr euch dann immer noch.“

Plötzlich standen alle die auf, die sich für Krieg entschieden hatten und nicht für Kapitulation. Es waren fünfzehn Männer – drei Stimmen mehr als bisher, aber nicht genug für die erforderliche Zweidrittelmehrheit entweder für die eine oder die andere Entscheidung. Sie zogen die Tsake aus der Scheide am Gürtel, hielten das Kurzschwert mit gestrecktem Arm hoch über den Kopf und führten die Klingen an der Spitze sternenförmig zusammen. Isebrand tat das gleiche. Genau wie die anderen wollte er stolz der ganzen Welt zeigen: Wir sind uns einig! Und Einigkeit macht stark!

„Leever doot as Slaav!“, riefen sie im Chor. Der Ruf hallte dröhnend durch die Kirche.

Holm wandte sich schaudernd ab. Helden, die sich in einer hoffnungslosen Lage blindlings opferten, nur um eine hohe Meinung von sich selbst zu haben, waren ihm zuwider. Lieber war er Feigling als Leichnam, sagte er sich. Ihm war klar, daß er diesmal gegen Isebrand verloren hatte. Aber noch war nicht aller Tage Abend, versuchte er sich über die Niederlage hinwegzutrösten. Allerdings ärgerte er sich, daß die Beratung nicht in seinem Sinne gelaufen war. Es hatte keine Fortschritte gegeben. Eine Kapitulation schien ferner denn je. Wie bringe ich das nur König Hans bei, fragte er sich.

Er bemerkte, wie sich der Eingangsflügel des Kirchenportals öffnete und gleißende Sonnenstrahlen hereinfluteten, in die von außen eine Gestalt trat. Was will denn Grove hier? Holm erkannte an den Umrissen der Figur im Gegenlicht gleich den Pfarrer von Oldenwöhrden. Er spürte, wie sich sein Herzschlag beschleunigte. Drohte ihm jetzt die nächste Niederlage? Ihn befiel eine dunkle Ahnung.

Am frühen Morgen hatte ihm der Vormann einer seiner beiden Koggen im Oldenwöhrdener Hafen eine unangenehme Nachricht hinterbracht. Er hätte Pfarrer Grove dabei erwischt, so erzählte ihm der Seemann, wie er auf einem der Schiffe herumschnüffelte. Daraufhin hätte er ihn energisch von Bord gewiesen.

Holm war im ersten Moment über die merkwürdige Neugier des Priesters wütend gewesen, dann nervös geworden. Er fürchtete die

Unannehmlichkeiten, die ihm drohten, falls der Inhalt der Schiffe bekannt würde.

In den letzten Nächten hatte er nämlich heimlich beide Koggen bis oben hin mit wertvollen Gütern beladen lassen. Das war seine Art, für den Notfall Vorsorge zu betreiben. Schließlich mußte man sich nach allen Seiten hin absichern. Sollte er nämlich als Spion versagen und deshalb beim Dänenkönig in Ungnade fallen, dann wollte er mit seiner Familie und dem kleinen Vermögen an Bord rechtzeitig auf dem Seeweg das Land verlassen. Das Gleiche sollte für den Fall gelten, wenn er von seinen Landsleuten als Verräter entdeckt würde, bevor das Land verloren war.

Nun stand dieser Grove dort in der Tür und winkte Isebrand aufgeregt zu sich heran. Das gefiel ihm ganz und gar nicht.

17

Telse legte *Klimakos* behutsam den Quersattel auf, zog den Gurt leicht an, ergriff mit der Hand beide Zügel zwei Handbreit hinter den Trensenringen und führte den Rappen behutsam aus dem Verschlag heraus. Der Hengst spielte aufmerksam mit den Ohren, seine Augen leuchteten. Er hatte seinen Namen nach dem Verfasser eines religiösen Werkes aus dem siebenten Jahrhundert, der sogenannten dreißigsprossigen Leiter der mönchischen Tugenden.

Telse fror ein wenig. Isebrands Stall könnte im Winter schon etwas wärmer sein, dachte sie. Sie kuschelte sich tiefer in den pelzgefütterten Reitermantel hinein. Während sie dem Tor zustrebte, spürte sie einen würzigen Rauch in der Nase. Er strich in dünnen Schwaden vom offenen Dielenfeuer zu den Tieren hinüber und hing unter den mächtigen Deckenbalken. An der Feuerstelle bereiteten schwatzende Mägde das Essen für sich und die Knechte vor. Um sie herum hämmerten, sägten und hobelten Männer an irgendwelchen hölzernen Ackergeräten.

Telse wollte zu Wibke Eveken, der Ehefrau des Großbauern und Achtundvierzigers Johann Eveken. Wibke hatte in der gesamten

Umgebung durch reitende Boten mitteilen lassen, daß alle Bäuerinnen und deren Töchter auf ihren Hof nach Wesselburen kommen mögen. Man sollte doch einmal allein unter Frauen besprechen, ob und wie sie bei der Landesverteidigung helfen könnten.

Die Idee hatte Telse sofort begeistert. Schnell hatte sie sich umgezogen und war in den Stall gegangen, um auf der Stelle mit *Klimakos* loszureiten. Die Zusammenkunft war für den Mittag vorgesehen.

Gerade als sie das Tor erreichte und es nach außen hin öffnen wollte, hörte sie ihren Namen rufen. Telse drehte sich um. Befremdet sah sie ihre Mutter auf sich zueilen. In ihrem Gesicht stand der Zorn. Telse erriet gleich den Grund: Mutter hatte von Oma Heimen erfahren, daß sie zur Frauenversammlung wollte.

„Du willst doch nicht etwa zu dieser Eveken?!", tadelte sie Telse laut und gebieterisch

„Natürlich reite ich zu *dieser* Eveken", erwiderte Telse selbstbewußt und abweisend zugleich.

Sie war wegen des nächtlichen Vorfalls noch immer zutiefst verletzt. Schon beim Frühstück hatte sie mit ihrer Mutter kein einziges Wort gesprochen, jede Unterhaltung mit ihr vermieden, nur stumm ihr Brot mit heißer Milch zu sich genommen. Sie konnte einfach nicht darüber hinwegkommen, daß Anna jedes Wort ihres Gesprächs mit Isebrand heimlich mitgehört hatte.

„Ich möchte nicht, daß du zu dem Frauentreffen gehst", herrschte Anna ihre Tochter an. „Das bringt nur Unglück."

Sie hatte furchtbare Angst, daß Telse sich noch mehr in diesen Unsinn hineinsteigern würde, sie müßte im Krieg unbedingt Verwundeten helfen, Kanonen in Stellung bringen, Hakenbüchsen laden und Armbrüste spannen – wie von Isebrand vorgeschlagen. Frauen hatten in einem Krieg nichts zu suchen! Womöglich würde sie noch mit den Waffen schießen, kam es Anna voller Schrecken in den Sinn. Telse wäre das zuzutrauen. Aber das lasse ich nicht zu!

„Ich reite aber dorthin." Trotzig trat Telse mit dem Fuß auf.

„Du wirst tun, was ich dir sage!" Anna war außer sich vor Empörung.

Ihre Stimme schallte laut durch die Diele. Einige Knechte sahen neugierig von ihrer Arbeit auf und schielten zu den beiden Frauen im Stall herüber. Die Mägde hatten schon längst die Ohren gespitzt, hantierten dabei sinnlos auf der Stelle.

Telse war erschüttert. Wie konnte ihre Mutter sie nur vor allen Leuten so heruntermachen? Wie konnte sie es auch nur wagen, ihr zu verbieten, ein Frauentreffen aufzusuchen, das für sie und auch für das Land unerhört wichtig war. Noch niemals hatte es in Dithmarschen eine Zusammenkunft von Frauen gegeben. Schließlich ging es um den Einsatz in einer bedrängten kriegerischen Lage. Vor allem stand die eigene Freiheit, die der Mütter und Kinder und die der Republik auf dem Spiel. Die übersteigerte Kindsliebe einer besorgten Mutter war dagegen nur wie ein Blatt im Wind an einer hundert Jahre alten Buche. Dazu noch einer Mutter, die ihre eigene Tochter bespitzelte, dachte Telse entrüstet.

Für sie war eine Welt zusammengebrochen. Stets hatte sie sich selber streng zu Selbstzucht, Wahrhaftigkeit und Reinheit bekannt, danach gelebt, von anderen das gleiche erwartet.

Nun diese bittere Enttäuschung.

In ihren Augen hatte ihre Mutter moralisch und sittlich versagt. Das strahlende Licht, das Gott einst auf sie warf und so aus der Menge von Millionen Müttern hell erleuchtet heraushob, erblaßte zu fahlem Schein.

„Ich werde nicht tun, was du sagst!“, widersetzte sie sich, aufsässig und weithin hörbar. Die Leute in der Diele duckten sich, als würde jemand einen Gegenstand nach ihnen werfen.

„Telse!“, sagte Anna erregt und mahnend, ja fordernd.

Telse schrie zurück: „Du hast mir nichts mehr zu sagen! Ich will nichts mehr mit dir zu tun haben!“

Anna fuhr zusammen, erstarrte.

Sie konnte es nicht fassen: Ihre Tochter lehnte sich eigensinnig gegen die eigene Mutter auf, rebellierte halsstarrig und widerspenstig gegen ihre maßgebliche Zuständigkeit und Anweisung.

„Komm bitte in die Küche, ich hab’ mit dir zu reden!“, vermochte Anna nur herauszubringen. Sie drehte sich auf dem Absatz um und schritt schnurstracks an den gaffenden Mägden und Knechten vorbei auf die Tür zum Wohnteil des Hauses zu.

Telse schluckte mehrmals. War es die trockene Kehle, der Schreck, die Verlegenheit oder ihre Verwirrtheit über den eigenen

Mut? Erstaunt bemerkte sie, daß sie keinerlei Reue fühlte, nur Mitleid mit ihrer Mutter. Ich liebe sie doch, mußte sie sich eingestehen. Aber ich bin ich!

Sie führte *Klimakos* zurück in den Verschlag, ließ den Sattel auf dem Rücken des Tieres, lockerte nur den Sattelgurt, band den Rappen an einen Pfosten und folgte ihrer Mutter in die Küche. Gleich nach der Unterredung würde sie zu Wibke Eveken reiten, mochte da kommen, was wollte, nahm sie sich vor.

Als sie die Küche betrat, stand ihre Mutter am Tisch. Sie empfing sie mit zornigem Blick, rieb ungeduldig die Hände ineinander.

Telse bemerkte Oma Heimen, die an der Feuerstelle herumhantierte, dann an ihr vorbei zur Tür huschte. Die alte Frau warf ihr noch einen kurzen, aufmunternden Blick zu, als wollte sie sagen: Laß dich nicht unterkriegen! Telse nickte lächelnd, war dankbar für ihren Beistand.

„Du willst also nichts mehr mit mir zu tun haben?!“

Anna ging gleich zum Angriff über. Sie hatte sich ziemlich in der Gewalt, sprach ruhig, doch energisch. Aber sie vermochte nicht zu verbergen, daß sie ziemlich erregt war.

„Du bist übers Ziel hinausgeschossen.“

„Verzeih, so war das nicht gemeint“, wich Telse aus.

Doch das hieß noch lange nicht, daß sie klein beigeben wollte: „Ich bin ein selbständiger, freier Mensch und nicht mehr das kleine Kind. Bitte berücksichtige das in Zukunft.“

„Ich weiß. Aber kannst du denn nicht begreifen, daß ich Angst um dich habe?“ Anna blickte ihre Tochter bettelnd an.

Telse kannte Mutters Geschick, andere um den Finger zu wickeln. In bedrängten Situationen verstand sie es gekonnt, ihre Stimme so zu verdunkeln, daß sie wie aus tiefster Seele heraus hilflos, traurig und herzerweichend klang. Aber darauf falle ich nicht mehr herein, dachte Telse.

Anna merkte, daß die List nicht fruchtete. Das erhöhte nur die Entschlossenheit, nicht von ihrem Vorsatz abzulassen: Ich werde um meine Tochter kämpfen, mit allen Mitteln! Mag Telse darüber denken, was sie will. Aber sie ist noch nicht reif fürs Leben. Deshalb muß ich sie beschützen!

„Doch, ich verstehe deine Angst“, sagte Telse. „Aber ich verstehe nicht, warum du deswegen deine Tochter heimlich beobachten mußt?“ Telse sah ihre Mutter ebenso auftrumpfend wie angriffslustig an.

„Ich konnte nicht anders. Irgend etwas trieb mich dazu.“ Anna hob ihre Schultern, als wollte sie sagen, das hätte sie nicht gewollt.

Telse zweifelte an der Ehrlichkeit ihrer Worte. Sie glaubte felsenfest, Mutter würde nur so tun, als leide sie und fühle sich unverstanden.

„Hat es dich nicht auch hinter der Lauschtür in eine Ohnmacht getrieben, die in Wirklichkeit keine war?“, fragte Telse.

Sie mußte sich anstrengen, gefaßt zu bleiben und ihren erneut aufkommenden Unwillen zu beherrschen. Wie hatte Mutter nur mit ihr und Isebrand ein derart unwürdiges Spiel treiben können?

„Hast *du* das gemerkt?“, tat Anna unschuldsvoll.

„Nein, Isebrand war es.“

Aha, wieder dieser Schuft, der sich in alles einmischte, dachte Anna gereizt. Dabei erinnerte sie sich, wie er sie auf seinen Armen zurück in ihre Kammer getragen und wie sie sich heimlich gewünscht hatte, der Weg dorthin möge niemals enden. Es war wie der Anflug eines sehnsüchtigen Verlangens, das sie nur noch aus der Erinnerung kannte.

„Dieser Mann ist ein Unglück für dich.“

„Was willst du damit sagen?“ Telse hob stolz den Kopf, sah ihre Mutter kühl, beinahe feindlich an.

„Er hat dich aus unserer Familie herausgebrochen. Er hat dir den Kopf dermaßen verdreht, daß du ihm schon alles offen über dich und deine Eltern erzählst. Und er blendet dich mit irrwitzigen Idealen, die dich in den Tod treiben werden.“

„Ich werde an Isebrand festhalten. Nichts wird mich davon abbringen.“ Telse fühlte sich ruhig wie nie zuvor – und stark.

„Ich werde dafür sorgen, daß das nicht geschehen wird!“ Anna regte sich von neuem auf.

Als sich Telse zum Gehen wandte, ohne sie weiter zu beachten, schrie sie befehlend: „Bleib!“

Telse drehte sich zu ihrer Mutter um, sah in ein bleich gewordenes Gesicht und auf zwei Hände, die unmerklich zitterten. Ihr fiel ein, daß sie diese Anzeichen schon häufiger an ihr beobachtet hatte.

Sie verspürte plötzlich Mitgefühl, wäre ihrer Mutter am liebsten um den Hals gefallen.

Doch sie entschloß sich, zu gehen.

„Telse, bitte bleib! Ich habe dir etwas zu sagen."

Telse blieb ruckartig stehen. Die Stimme hatte ihr zu ernst und fast feierlich geklungen, um ungerührt weitergehen und gefühllos den Raum zu verlassen zu können. Sie spürte, daß Anna ihr etwas Wichtiges anvertrauen wollte, etwas loswerden mußte, was sie lange quälte.

Rücksichtsvoll setzte sie sich auf die Wandbank am Tisch, an dem Anna ebenfalls Platz nahm.

Beide sahen sich prüfend an. Telse erwartungsvoll. Ihre Mutter entschlossen.

Auf einmal überkam Telse eine unheilvolle Ahnung. Ihr Herz schlug wie wild bis zum Hals hinauf: Ihre Mutter lüftet jetzt das Geheimnis aus der Vergangenheit!

Sie spürte, wie eine entsetzliche innere Spannung ihre Kehle zuschnürte. Mit einem Male fürchtete sie sich vor dieser Vergangenheit, die Mutter und Isebrand verband.

„Ich werde dir sagen, wer dieser Isebrand in Wirklichkeit ist." Annas Stimme bebte.

Sie war voller Haß.

Telse erschrak.

Und Anna erzählte ihre ganze Geschichte.

18

Isebrand verschlug es fast die Sprache. Der angesehene Achtundvierziger Carsten Holm tatsächlich ein Feigling?

Zwar war er den Verdacht nicht los geworden, Telses Vater würde für den Dänenkönig spionieren. Aber was Freund Grove im Oldenwöhrdener Hafen beobachtet hatte, konnte Isebrand jetzt kaum glauben.

Holms beide Koggen seien mit kostbaren Gütern beladen, berichtete Grove, nachdem er ihn aus der Sitzung des Kriegsrats heraus vors Kirchenportal gewunken hatte. Er habe außerdem herausbekommen, daß sich die Besatzungen ständig bereithielten, mit beiden Schiffen sofort in See zu stechen.

„Holm hat sich vorsorglich für eine denkbare Flucht über den Seeweg gerüstet", schloß Grove aus dem, was er gesehen und gehört hatte. Er merkte, wie seine Entdeckung Wirkung zeigte: Isebrand war verblüfft und zugleich verwirrt.

„Wozu das?", vermochte er nur zu fragen.

„Holm will zusammen mit seiner Familie Dithmarschen rechtzeitig verlassen, falls sich abzeichnet, daß unser Land nicht mehr zu retten ist und ihm, seiner Frau und seiner Tochter der Tod droht", antwortete der Geistliche.

„Wie kommst du auf diesen Verdacht?"

„Die Seeleute haben für einen solchen Fall bereits alle Vorbereitungen treffen müssen."

Isebrand war sich sicher, daß Telse ihre Heimat niemals freiwillig verlassen würde. Ihr Vater müßte sie schon mit Gewalt aufs Schiff schleppen lassen. Das durfte er nicht zulassen! Doch sofort ließ er den Gedanken wieder fallen. Vielleicht wäre es doch besser, wenn Holm sie in Sicherheit brächte, ganz gleich, ob sie jemals wieder nach Dithmarschen zurückkehrte oder nicht. Schließlich ging es um ihr Leben. Und Anna? Was geschah mit ihr? Würde er beide Frauen vielleicht nie wiedersehen? Er würde sie vermissen, beide. Möglicherweise wäre er sogar traurig oder unglücklich. Denn er mochte beide. Mehr noch, er fühlte sich stark zu Telse und zu Anna hingezogen, gestand er sich ein.

Auf einmal sah er Telse als kleines Mädchen vor sich – wie sie ihm ihr Herz öffnete, ihm blindlings vertraute, ihn mit leuchtenden Augen anblickte, anschwärmte und bewunderte. Später als junges Mädchen konnte sie erfrischend fröhlich, aber auch ernst und nachdenklich sein. Und nun, als junge Frau, war sie geistig streitbar, idealistisch und von kraftvollem Glauben an das Gute im Menschen.

Beide, Telse und er, waren sich unausgesprochen einig: Dasein erhält erst seinen Wert durch Ideale, die den Menschen beflügeln, sich für Wahrheit, Recht und Freiheit einzusetzen.

In den vielen Jahren, die sie einander kannten, hatte er Telse lieb gewonnen und Gefühle für sie entwickelt, die allerdings nie über väterliche, freundschaftliche Zuneigung hinausgingen. Selbst jetzt, da sie eine hübsche, ansehnliche Frau geworden war, glaubte er sicher zu sein, daß er, der beinahe Vierzigjährige, nur ihr alter Freund sein konnte. Mehr nicht! wehrte er sich gegen jeden eigenen Verdacht.

Dagegen vermochte er sich der rassigen Schönheit ihrer Mutter und der wundervollen Erinnerung an die einstige leidenschaftliche Liebe nicht zu entziehen. Als er Anna in der vergangenen Nacht auf ihr Zimmer gebracht hatte, durfte er einen Atemzug lang wieder diesen süßen Traum erleben. Er trug sie auf seinen Armen, spürte ihre verwirrende Nähe wie lange nicht mehr und hatte nur den Wunsch, der Weg zu ihrer Kammer möge niemals enden. Er machte sich aber nichts vor: Weil Anna die Vergangenheit nicht vergessen konnte, haßte sie ihn und verfolgte ihn obendrein fanatisch mit eifersüchtiger Mutterliebe zu Telse. Am liebsten würde sie ihn vor aller Welt demütigen und vielleicht sogar vernichten. Dennoch sehnte er sich nach ihr. Niemals würde er ihren Anblick missen wollen, wenngleich er sie nicht besaß. Sein einziger Besitz war die Erinnerung an die gemeinsamen Liebesnächte.

„Was genau haben die Schiffe geladen?“, fragte er Grove, um von den quälenden Gedanken loszukommen.

„Neueste italienische Waffen, wertvolle Pelze aus Polen, kostbare indische Seide, seltene asiatische Gewürze aus China, erlesene Weine aus Frankreich und dem Rheinischen und feinstes Salz aus Lüneburg.“ Es handele sich um Einfuhrware, die Holm hier im Land hatte verkaufen wollen, schilderte Grove. „Ein Riesenvermögen.“ Holm habe alles in den letzten drei Nächten aus seinen Lagerhäusern in die Schiffe bringen lassen. „Sie sind bis zum Rand mit Reichtum gefüllt.“

Isebrand verlor sich einen Augenblick lang nachdenklich im klaren Himmel, zu dem er kurz aufschaute. Die weißgelblich leuchtende Wintersonne streute ihre harten Strahlen über das reifbedeckte, mit glitzernden Körnchen und Stacheln übersäte Land. Plötzlich steckte er seine Nase in die Luft, schnupperte wie ein Hund. Eine weiche, kaum wahrnehmbare Windböe büschelte sanft sein Haar.

Endlich!

Mit einem tiefen Seufzer atmete er auf. Vergnügliche Munterkeit erfaßte ihn.

Seit Tagen der erste Wind!

Wenn es auch nur ein sanfter Luftzug war. Doch er versprach viel Gutes, dachte Isebrand aufgeregt.

„Wir bekommen anderes Wetter", sagte er nur und unterdrückte mit Mühe einen kleinen Freudenschrei, den er am liebsten losgeworden wäre.

Er machte einige Schritte von der Kirchenpforte weg, hinter welcher der Kriegsrat über Krieg oder Kapitulation beriet. An einer hohen, schlanken Erle vorbei entdeckte er im Westen hauchzarte weiße Quellwölkchen. Sie standen weitverstreut und abwartend über der nahen Deichkrone, als wüßten sie noch nicht so recht, wohin sie sich bewegen sollten.

Für Isebrand ein sicheres Zeichen!

Wir kriegen bald Tauwetter, durchfuhr es ihn freudig.

Als erfahrener Marschbauer hatte er den richtigen Riecher für Wetterumschwünge. Erregt stellte er sich vor, wie die Erde allmählich aufweichte, der Marschboden schlammig und die Wege für hochgerüstete militärische Heereszüge beinahe unpassierbar wurden. Besser konnte es nicht kommen, frohlockte er. Denn um seinen geheimen Verteidigungsplan durchzusetzen, brauchte er das Tauwetter als Verbündeten wie ein Krieger sein Schwert.

„Ich muß wieder zurück zum Kriegsrat", drängte Isebrand. Vorher aber holte er sich bei seinem Freund noch die Bestätigung: „Also ist Holm der Spion im Rat?"

„Es scheint so. Es gibt schon zu viele Spuren, die zu ihm hinführen."

„Und niemand anders unter den Achtundvierzigern als er selber hat sie gelegt", ergänzte Isebrand.

„Willst du seine Koggen im Hafen versenken lassen?" Grove blickte Isebrand erwartungsvoll an.

„Um Gottes willen!", fuhr der entsetzt auf. Er dachte an Telse – und Anna.

„Aber du mußt doch etwas unternehmen!"

„Das werde ich." Er zeigte mit einem Wink auf die Kirche:

„Gleich werde ich unserem Verräter da drin die Falle stellen. Laß du Holm inzwischen von einem unserer vertrauenswürdigen Männer beobachten. Denk dabei besonders an meinen Hof, auf dem er nun wohnt. Vielleicht erhalten wir einen Hinweis durch einen Fremden, der ihn aufsucht, um bei ihm Geheimnachrichten für den Dänenkönig abzuholen. Wir haben keine Zeit mehr zu verlieren. Spätestens in zwei Tagen geht es um alle unsere Köpfe."

Die Ratsmänner erwarteten Isebrand schon ungeduldig zurück. Als er in die Kirche trat, drehten sich alle Gesichter nach ihm um und verfolgten ihn, bis er wieder an seinem Platz saß.

„Gibt es was Neues?", fragte Hans Boje.

„Nichts, was uns weiterhelfen könnte", antwortete Isebrand und schaute in die Runde. Holm, der ihn versteckt beobachtete, übersah er geflissentlich. Soll er erst einmal im eigenen Saft schmoren. Isebrand weidete sich an der Vorstellung, daß Holm bestimmt brennend gern gewußt hätte, was ihm Grove gesteckt hatte.

„Die Meinung im Rat ist nach wie vor geteilt", wandte sich Boje an Isebrand, um wieder auf den Kern der Beratung zurückzukommen.

„Holm, hast du deinen Wunsch zu kapitulieren noch immer nicht aufgegeben?", fragte Isebrand wie nebenbei sein Gegenüber. In seiner Stimme steckte ein lauernder Unterton, der wie eine Drohung klang. Nur der, den es anging, konnte ihn heraushören. Holm hörte ihn heraus. Einen Moment lang wurde er unsicher, fing sich aber gleich wieder.

„Ich bleibe dabei", erwiderte er, „Krieg verschwendet kostbares Leben, Unterwerfung rettet es."

„Aber was für ein Leben meinst du?", bohrte Isebrand. „Ein unfreies im eigenen Land oder ein freies anderswo?"

Anderswo? fragte sich Holm erstaunt. Natürlich, eine Anspielung! Blitzartig fiel ihm Isebrands Gespräch mit Grove ein. Verdammt, der Kerl wußte alles! Holm spürte, wie ihm ein heißer Schauer durch den Körper schoß. Der Priester hatte das Geheimnis um seine Schiffe gelüftet und an Isebrand weitergegeben. Erführe der Rat von seinen Fluchtkoggen, so überschlugen sich seine Gedanken, würde er sein Ansehen verspielt und seine Glaubwürdigkeit verloren haben. Und alle hier hielten ihn für einen Feigling.

Niemand würde seine Beweggründe für eine Kapitulation mehr ernst nehmen. Und König Hans würde ihn fallenlassen wie eine faule Kartoffel.

Wie hatte er eine Flucht nur so stümperhaft vorbereiten können? Ich bin verloren! Holm geriet in Panik.

Er spürte, wie sein Herz raste. Mit Entsetzen bemerkte er, wie ihm kalter Schweiß auf die Stirn trat und seine Hände merklich zitterten. Herrgott nochmal, hämmerte es in seinem Kopf, du mußt dich beherrschen, ruhig bleiben, dich gelassen zeigen. Niemand darf irgendeinen Verdacht schöpfen. Dieser Isebrand will anscheinend nur Druck auf mich ausüben. Denn es sieht ganz so aus, als wollte er sein Wissen dem Rat noch vorenthalten. Dahinter steckt doch eine bestimmte Absicht! Aber welche?

Noch behielt *er* den letzten Trumpf in der Hand, versuchte Holm sich zu beruhigen. Niemand in der Runde wußte, daß er ein Spion des Dänenkönigs war. Noch vertrauten ihm die Ratsmänner. Noch war er der angesehene Carsten Holm, der um das Leben der Dithmarscher Familien besorgt war und nur deshalb für die Unterwerfung eintrat. Und noch würde Isebrand stillhalten müssen, falls er beabsichtigte, ihn, Holm, zu erpressen. Er schien irgendwie mehr Zeit dafür zu benötigen, ihn offen unter Druck zu setzen. Und diese Zeit werde ich für mich nutzen, nahm sich Holm vor.

„Es wäre besser, du würdest uns sagen, wie du dir unsere Verteidigung denkst", überging Holm Isebrands tückische Frage nach dem *freien Leben anderswo*. „Du bist schließlich unser militärischer Berater und der Bauernführer des Landes", stichelte er.

„Das meinen wir auch", sagte Hans Boje als Sprecher des Kriegsrats arglos. „Den Kampfwert der Großen Garde kennen wir jetzt. Aber wie steht es um unsere Truppen? Wie willst du unser Aufgebot gegen König Hans einsetzen?"

Endlich! Isebrand fühlte sich seinem Ziel nah. Nun war die günstige Gelegenheit da. Ohne in Verdacht zu geraten, könnte er nun den ersten Schachzug seines geheimen Plans einleiten. Lange genug hatte er auf diesen Augenblick gewartet. Jetzt wollte, nein mußte er ihn nutzen! Er mußte den Spion überlisten. Das hieß, er mußte den Verräter in Sicherheit wiegen und ihn dann gegen den ahnungslosen Dänenkönig ausspielen. Isebrand war sich der tödlichen Gefahr bewußt, in die er sich damit begab: Sollte sein Plan scheitern, würde er sein Volk, sein Land und sich selbst in den Untergang stürzen. Doch eine andere Möglichkeit gab es nicht. Er hatte noch nicht einmal eine andere erwogen. Denn bei dieser militärischen Übermacht des Gegners hätte jeder andere Verteidigungsplan ohnehin keine Aussicht auf Erfolg.

Isebrand mußte also zwangsläufig auf Wagnis setzen. Die Verbindung des Verräters zum Dänenkönig bot ihm die einzige Möglichkeit, die feindliche Kriegsplanung in seinem Sinne zu beeinflussen. Um König Hans in eine Falle zu locken, mußte er den Spion mit falschen Informationen füttern, dachte er. Da aber der Verräter im Rat saß, mußte Isebrand auch die Achtundvierziger belügen, damit sie ahnungslos blieben. Er war sich im klaren, daß nur mit diesem Winkelzug die hoffnungslose Lage in eine hoffnungsvolle umzuwandeln war.

Um seinen Plan nicht zu gefährden, so überlegte Isebrand den nächsten Schritt, mußte er seine Idee im Kriegsrat unauffällig und vorsichtig einbringen. Der Rat durfte weder etwas über den Spion noch über Holms Fluchtkoggen erfahren.

Zumindest vorerst nicht.

Denn beides würde nur dazu führen, daß die Ratsmänner die Neuigkeiten endlos lange beratschlagten, untersuchten, prüften, von allen Seiten betrachteten und schließlich beurteilten – und das möglicherweise noch falsch. Das alles würde den Spion nur warnen, und alles wäre umsonst. Außerdem wollte er kein langatmiges Gequatsche. Er brauchte eine schnelle Entscheidung, damit er auch seinen Plan so schnell wie möglich durchsetzen konnte.

„König Hans will spätestens in zwei Tagen ins Land einmarschieren“, begann er die Kriegslage zu erläutern. „Wenn ich an seiner Stelle wäre“, dachte er laut, „würde ich als erstes versuchen, das gesamte Land mit einem Feldzug der Länge nach in zwei Hälften aufzuteilen. So könnte ich die Marsch von der fast menschenleeren Geest abschneiden und die Bevölkerung, die in die Niederung geflüchtet ist, aushungern und zur Aufgabe zwingen.“

„Er muß also die drei wichtigsten Orte, die auf der Längslinie zwischen Geest und Marsch liegen, zuerst erobern?“, folgte Hans Boje Isebrands Gedanken.

„Richtig“, antwortete Isebrand. „Es sind dies die Stadt Meldorf und weiter rauf nach Norden Heide und Lunden.“

„Wie will er dahinkommen?“

„Kurz nach seinem Einmarsch ins Land trifft er hinter der Grenze zuerst auf das nahe Albersdorf. Dort wird er sich entscheiden müssen, welchen der beiden einzigen Landwege ins Landesinnere er nehmen will. Entweder er stößt nach Nordwesten auf Heide oder nach Südwesten auf Meldorf vor.“

„Und wie, glaubst du, wird er sich entscheiden?“ Es war Holm.

Isebrand entdeckte Schadenfreude in dessen Augen. Er sah ihn um einige Atemzüge länger als nötig an und lächelte gespielt liebenswürdig: „Das werden wir erst wissen, wenn er Albersdorf verlassen hat.“

„Unser Bauernführer hat also keinen Verteidigungsplan?!“

Die Runde hatte Holms Häme nicht überhört. Alle sahen ihn verwundert an. Schon vorher war aufgefallen, daß Holm gegen Isebrand arbeitete. Bestimmt waren es persönliche Gründe, dachten die meisten. Wahrscheinlich konnten die beiden nicht miteinander.

„Doch, sogar wahlweise zwei“, anwortete Isebrand gelassen. „Beide Pläne hängen aber davon ab, ob König Hans zuerst Meldorf oder zuerst Heide einnehmen will.“

„Darf man die Pläne schon wissen?“

„Nein“, antwortete Isebrand kurz, „darf man nicht.“

Er wurde das Gefühl nicht los, Holm wollte ihn entweder aushorchen oder reizen oder bloßstellen. Auf jeden Fall wollte er ihn zu einer Dummheit verleiten. Paß auf, Junge, warnte er sich selbst. Der Achtundvierziger war ihm ein wenig zu neugierig, zu aufdringlich, zu interessiert.

Die anderen hatten Isebrand aufmerksam zugehört. Sie schienen den versteckten Zweikampf der beiden nicht sonderlich ernst zu nehmen. Viel wichtiger erschien ihnen die Landkarte auf dem großen weißen Leinentuch, das auf einen Holzrahmen gespannt war und, für alle sichtbar, an einem Mauerhaken hing. Die Karte zeigte in groben Strichen Dithmarschens Grenzen, Orte und Landwege.

„Warum machst du nur aus deinen Plänen ein so großes Geheimnis?“, bohrte Holm weiter und sah Isebrand bereits in die Enge gedrängt.

„Mir scheint es einfach zu verfrüht, irgendwelche unausgegorenen Pläne zu beraten. Es bringt nichts. Wir müssen erst abwarten, was König Hans vorhat."

Natürlich hatte er einen Plan, frohlockte Isebrand. Einen ganz bestimmten sogar. Er hatte ihn bereits bis in alle Einzelheiten durchdacht und fertig im Kopf. Es waren seine geheimsten Vorstellungen, wie er dem Dänenkönig beikommen könnte. Aber weder der Rat, schon gar nicht Holm sollten ihn kennen. Vor allem der sollte im eigenen Saft schmoren.

Isebrand ging bei seinen militärischen Überlegungen davon aus, daß die Große Garde die tragende Kraft des Gegners sein und unbeirrbar auf Angriff setzen würde. Die Kriegsführung des Söldnerheeres kannte er aus seiner Zeit als Landsknecht dieses Haufens noch zu genau.

Und seither hatte sich daran bestimmt nichts geändert.

Schon damals galt als die wichtigste Kampfform der Garde die Entschlossenheit, von Anfang an die offene Schlacht zu suchen. Und genau eine solche mußte jetzt unter allen Umständen vermieden werden, sagte sich Isebrand. Denn die Garde kannte nur eine einzige Richtung: Nach vorn.

Wenn er schon mit seinem kleinen Bauernaufgebot das übermächtige dänisch-holsteinische Heer besiegen wollte, dann konnte das nur an einem bestimmten und für ihn günstigen Ort sein. Und zwar in der Marsch! Nirgendwo anders sonst! Dort hatte er die Natur als seine Verbündete.

Als entscheidend für eine Schlacht dort sah er die unzähligen tiefen Gräben an, die dicht nebeneinander alle Äcker und Weiden durchzogen. Mit ihnen entwässerten die Bauern ihre Felder und Weiden. Die überschüssige Bodenfeuchtigkeit sickerte durch die Erde in die Gräben und floß durch ein sinnvolles Grabensystem zu den breiten, tiefen Vorflutern an der Innenseite der Seedeiche. Dort ließen die Bauern im allgemeinen mit Hilfe von Deichschleusen das gesammelte Wasser bei Ebbe ins Meer ablaufen. Bei Flut wiederum hielten die geschlossenen Sperrwerke das auflaufende Wasser davon ab, durch die Gräben ins Land herein zu gelangen.

Isebrands Kriegsplan setzte auf diese natürlichen Hindernisse.

Die Gräben teilten die Marsch in unzählige kleine Flächen auf und würden den Spießerhaufen der Garde aus mehreren tausend Kriegern zu schaffen machen. Isebrand war sich sicher, daß dadurch die übliche geschlossene Schlachtordnung der Landsknechte ihren Kampfwert verlieren würde. Denn die hintereinander tiefgestaffelten Reihen der Söldner mit ihren langen Lanzen und Hellebarden würden durch die Gräben aufgesplittert. Die Landsknechte des Thomas Slentz würden dann zur leichten Beute seiner Bauern. Sollte obendrein der Zeitpunkt der Schlacht zufällig mit dem der Flut zusammenfallen, grübelte Isebrand, könnten sogar die Deichschleusen geöffnet werden, mit dem hereinströmenden Wasser würden die Gräben bis zum Rand gefüllt und die Truppen seines Todfeindes Slentz regelrecht ersäuft. Die Falle würde endgültig zuschnappen.

Isebrand rechnete sich eine weitere Hilfe der Natur aus. Der lehmige Boden könnte die Schlagkraft der feindlichen Truppen kriegsentscheidend schwächen. Die feindliche Reiterei würde in einem solchen Gelände völlig unbrauchbar sein. Besonders dann, wenn Tauwetter die Marsch in ein einziges Schlammfeld verwandelte. Außerdem würden die schweren Geschütze im Morast steckenbleiben. Und die Landsknechte in ihren schweren Kampfrüstungen würden bis zu den Knien im Matsch versinken.

Isebrand wünschte sich auf einmal nichts sehnlicher, als daß die Kälte aus dem Osten nachließe, sich der Wind auf Nord, Nordwest oder, besser noch, West drehte und ihm dadurch Tauwetter mit Regen bescherte. Aber er wußte nur zu gut: Das lag allein in Gottes Hand.

Und Isebrand war Verstandesmensch genug, um sich nichts vorzumachen: Sein Bauernaufgebot wäre nur dann vom Kriegsglück begünstigst, wenn er das Heer des Dänenkönigs tatsächlich von der trockenen und festen Hügellandschaft der Geest in die feuchte und weiche Niederung der Marsch herunterziehen könnte.

Bis dahin mußte er sein doppeltes Spiel mit dem Spion in die Wege geleitet haben, wollte er den König rechtzeitig in die Falle locken. Aber er wußte ja noch nicht einmal sicher, ob wirklich Holm dieser Verräter im Rat war, ärgerte sich Isebrand.

Das hieß also: Als erstes mußte er aus dem Kreis des Kriegsrats schleunigst den Spion herausfiltern.

Zweitens galt es, mit dessen ahnungsloser Unterstützung die Entscheidung des Dänenkönigs einzufädeln, vor allen anderen Orten zuerst Meldorf anzugreifen. Denn die Stadt lag auf dem Geestrand direkt an der Marsch. Und hatte er König Hans erst einmal in Meldorf, sagte sich Isebrand, würde er ihn auch irgendwie in die Niederung herunterzwingen.

Drittens mußte er dem Gegner Meldorf schmackhaft machen, um ihn dorthin zu locken. Das ging nur, wenn er die Stadt militärisch vollkommen entblößte und dagegen Heide mit Truppen und Kanonen so aufrüstete, daß der Dänenkönig lieber über den Weg nach Meldorf auswich. Er war zwar länger, würde ihm aber weniger Verluste einbringen. Obendrein eröffnete er ihm die Aussicht, anschließend von Süden aus hinterrücks Heide anzugreifen.

Viertens und letztens brauchte er nur noch dafür zu sorgen, daß sein Scheinplan an König Hans verraten würde. Der Däne müßte richtig hungrig auf Meldorf gemacht werden, überlegte Isebrand. Für die Lust aufs Essen würde er dann schon sorgen – mit Hilfe des ahnungslosen Spions.

Isebrand war begeistert von seinem Plan. Einen ersten Brocken für den König wollte er dem Verräter gleich hinwerfen. Sein Blick blieb dabei für einen Moment unabsichtlich an Holm hängen, als zöge dieser Mann auf geheimnisvolle Weise die Aufmerksamkeit auf sich.

„Was wir allerdings vorsichtshalber tun sollten“, streute Isebrand die erste falsche Information, „ist eine Zusammenlegung großer Truppenteile in und um Heide. Denken wir doch daran, daß schon früher Holsteiner Grafen mehrmals über die Hamme in Dithmarschen eindrangen, um das Land zu unterwerfen. Zum Glück wurden sie jedes Mal vernichtend geschlagen. Ich bin übrigens davon überzeugt“, schwindelte er, „daß König Hans ebenfalls diesen Weg durch die Hamme wählen wird. Mit seinem übermächtigen Heer fühlt er sich bestimmt stark genug dazu.“

„Wir suchen also den Kampf bei der Wegesperre vor Heide?“, vergewisserte sich Hans Boje.

„So ist es“, täuschte Isebrand vor.

„König Hans wird nur dort die Entscheidung suchen“, fuhr er fort, nicht ohne dabei Holm aus den Augenwinkeln zu beobachten.

„Unsere Hauptstreitmacht versammeln wir in der Hamme. Zu diesem Zweck ziehen wir Truppen aus allen Kirchspielen ab, auch aus Meldorf. Dort wird sowieso niemand gebraucht."

Holm zeigte sich teilnahmslos, beinahe schon auffällig gleichgültig. In Wirklichkeit bebte er innerlich vor Spannung – wie ein Jagdhund, der eine Fährte verfolgt, dachte Isebrand. Machte ihn nicht gerade diese Gleichgültigkeit verdächtig?

Die Mehrheit der Ratsmänner schloß sich Isebrands Vorschlag an. Sie hielten die vorläufige militärische Maßnahme für das einzig Richtige und Mögliche, was im Augenblick getan werden konnte.

Die Entscheidung über eine Kapitulation wurde erst einmal vertagt.

Isebrand zweifelte keinen Augenblick daran, daß der Dänenkönig noch vor Sonnenuntergang über die geplante Truppenkonzentration in Heide unterrichtet sein würde. Mit Vergnügen stellte er sich den Verräter vor, wie der jetzt mitten in der Ratsrunde auf glühendem Eisen saß und fieberhaft überlegte, wie er dem König die Neuigkeit so schnell wie möglich überbringen konnte.

Isebrand sah noch einmal zu Holm hin, der in Gedanken versunken schien. Plötzlich hob Holm den Kopf.

„Ich habe einen besseren Plan!", rief er auftrumpfend über den Tisch hinweg den Männern zu. Gespannte Stille legte sich über die Runde. Alle blickten ihn erwartungsvoll an.

„Wir werden ein Geheimkommando aufstellen, das ins feindliche Lager eindringen und den König und seine höchsten Offiziere umbringen wird!"

Die Ratsmänner erstarrten.

Ein verwegener Gedanke!

Genial, fand Hans Boje.

„Die feindlichen Truppen werden ohne ihre führenden Köpfe nicht handlungsfähig sein. Sie werden den Rückzug antreten." Holm glaubte an die zwingende Logik seines Vorschlags. Deshalb pochte er entschlossen und mit beredten Worten auf Zustimmung für seine Idee. Er wußte, daß er unter den Landesregenten Achtung und Ansehen genug genoß, um sicher zu sein, daß sein Vorschlag Anklang fand.

Isebrand war im ersten Moment verblüfft. Er fühlte sich überrumpelt. Was hatte der Kerl nur vor? Ihm war Holms überraschender Vorstoß nicht ganz geheuer. Dahinter steckte doch mehr als nur der Gedanke, das Dänenheer führungslos zu stutzen?

Aber die Idee war so schlecht nicht, erkannte er Holms Überlegung neidlos an.

„Ein guter Gedanke“, sagte er und sah Holm dabei anerkennend, aber auch verwundert an. Der atmete auf. Isebrand bemerkte es.

Begeistert stimmten die anderen ihrem militärischen Berater zu.

„Meine ich doch“, tat Holm, als sonnte er sich in dem Beifall. Dabei blickte er Isebrand ernst in die Augen. Er dachte: Gerade hast du dein eigenes Todesurteil gesprochen, Bauernführer!

Er hatte Annas Wunsch erfüllt.

19

Klimakos entfaltete seine ganze Kraft, galoppierte geschmeidig und schwungvoll mit gedehntem Hals auf dem gefrorenen Boden durch die Marsch. Seine feurige Lust auf zupackende Sprünge aber übertrug sich nicht auf die Reiterin.

Telse saß zwar wie gewohnt fest im Sattel und ging unbewußt mit ihrem Körper weich auf die Bewegung des Rapphengstes ein. Doch sie horchte nicht wie sonst in sich hinein, um das berauschende Gefühl der Freiheit zu genießen, von dem sie beim Reiten stets beseelt war. Diesmal ritt sie, als wäre sie fern von dieser Welt.

Sie trieb das Pferd unaufmerksam auf dem Weg dahin, schnalzte ab und zu gedankenverloren mit der Zunge, blickte nur starr geradeaus. Sie spürte noch nicht einmal die schneidende Kälte, die Stirn, Nase und Wangen ihres halb vermummten Gesichts wie mit brennenden Nadelstichen quälte. Und sie hatte auch keine Augen für die herbe Schönheit der platten Landschaft um sich herum, über deren gefrorene Äcker und Weiden der aufgestiegene Morgennebel glitzernden Reif ausgestreut hatte.

Telses Kopf hatte nur noch Platz für den schlimmsten aller Gedanken: Isebrand war früher Mutters Geliebter!

Diese Wahrheit war für sie die bisher bitterste ihres Lebens.

Ihre Mutter selbst hatte es ihr vor einer Stunde in der Küche des Isebrand-Hofes erzählt. Telse fühlte sich enttäuscht, niedergeschlagen, bedrückt und innerlich leer. Aber gleichzeitig empfand sie es als erlösend, daß endlich das langgehütete Geheimnis gelüftet worden war. Lange genug hatte es zwischen ihr und den Eltern gestanden. Daß Mutter ihre Vergangenheit so schonungslos offengelegt hatte, fand sie mutig, auch wenn sie die Absicht durchschaute, daß damit zwischen ihr und Isebrand ein Keil geschlagen werden sollte.

Über Mutters große Liebe, die damals von Isebrand verraten worden sein sollte, war Telse noch immer entsetzt und verwirrt. Zwar hatte ihr Mutter die Augen über Isebrand öffnen wollen. Aber sah sie, Telse, ihn deshalb nun in einem anderen Licht? Noch suchte sie eine Antwort darauf.

Mutters Leidensgeschichte hatte sie mit voller Wucht getroffen. Unfaßbar fand sie den Verrat der eifersüchtigen Wiebe, ihrer unbekannten verstorbenen Tante. Erschreckt hatte sie auch das grausame Geschlechterurteil gegen ihre Mutter. Das tragische Ende ihres unbekannten Großvaters nahm sie mitfühlend auf. Die Schande und Qual ihrer Mutter am Pranger machte sie zutiefst betroffen. Und daß Prior Augustinus die wehrlose Anna damals vor dem klösterlichen Altar geliebt hatte, das erschütterte sie maßlos. Besonders litt Telse darunter, daß dieser Mönch jahrelang ihr Seelsorger und väterlicher Freund gewesen war. Sie hatte ihm stets blindlings vertraut.

Wie edel, hochherzig und gut war dagegen doch Vater, dachte sie. Bei soviel Lasterhaftigkeit, Unzucht und Schmutz in der Welt ragte er mit seinem Anstand und seiner Güte weit über alle hinaus. Sie war stolz auf ihn. Sie sah ihn förmlich vor sich, wie er damals als angesehener Achtundvierziger eine im ganzen Land geächtete Frau geheiratet hatte.

Und dieser Mann wollte nun vor dem Dänenkönig kapitulieren, ging es ihr durch den Kopf. Ihr war das völlig unverständlich. Was mochte ihn wohl bewegen, daß er sich einer fremden Macht freiwillig unterwerfen wollte, statt um seine Freiheit zu kämpfen?

Telse war vollkommen durcheinander. Sie sehnte sich nach seelischem Beistand, suchte im Geiste in den Reihen ihrer liebsten Angehörigen und Freunde nach jemandem, dem sie sich in ihrem

Kummer hätte anvertrauen können. Aber sie fand niemanden. „Oh, mein Gott“, betete sie laut, während *Klimakos* sich unter ihr im Galopp streckte, „gib mir die Kraft, alles gut zu überstehen.“

Gern hätte sie nach Mutters Beichte Isebrand wenigstens für einen Augenblick vergessen. Aber es gelang ihr nicht. Immer wieder stellte sie sich ihn vor, wie er vor ihr stand, sie flehend anschaute und um Vergebung bat.

Was würde sie dann wohl tun? Ihm verzeihen oder sich von ihm abwenden, fragte sie sich unsicher.

Sie wußte es nicht.

Erschrocken fuhr sie im Sattel zusammen. Ein verzweifeltes Wiehern riß sie aus ihrem Grübeln. *Klimakos* schien mit einem Vorderfuß auf einer zugefrorenen Wegpfütze ausgeglitten zu sein, schlitterte mit den haltsuchenden Hinterbeinen über den hartgefrorenen Boden, wankte aus dem Gleichgewicht, fing sich aber wieder und blieb, am ganzen Leib zitternd vor Angst, wie angewurzelt auf der Stelle stehen. Telse war aus dem Sattel gerutscht und glücklicherweise mit beiden Füßen auf dem Weg gelandet.

Klimakos stand ihr jetzt genau gegenüber. Als sie in seine weit aufgerissenen Augen sah, überkam sie das heulende Elend. Ungeachtet der Gefahr, die von dem erschrockenen Hengst ausgehen konnte, schlang sie beide Arme um seinen Hals und schmiegte ihr Gesicht aufschluchzend an seine Wange. Weinend leistete sie dem Pferd Abbitte. Wie hatte sie nur so leichtsinnig sein können, ihn bei dem hartgefrorenen Boden galoppieren zu lassen? Er hätte stürzen, sich die Beine brechen können!

Und dann hätte sie ihn töten müssen.

Der Gedanke daran brachte sie beinahe um.

Mutters Lebensgeschichte, Isebrand, nun dies – sie glaubte, nicht mehr die Kraft zu besitzen, all das ertragen zu können.

Und so weinte sie sich ihren Weltschmerz von der Seele. Nur *Klimakos,* mit dem sie sich in der weiten, kalten und totenstillen Marsch allein sah, sollte spüren, wie unglücklich sie war.

Immer wieder umarmte sie seinen Hals, streichelte zärtlich die Schnurblesse auf seinem Nasenrücken und drückte liebevoll ihren Kopf an seinen. Unaufhörlich rannen ihr dabei Tränen die Wangen herab.

Sie vergaß für einige Zeit Himmel und Erde um sich, und beinahe vergaß sie sogar, daß sie eigentlich auf dem Weg zur Frauenversammlung bei Wibke Eveken in Wesselburen war …

Als Telse später durch die Torpforte hindurch leise die saubergefegte Diele mit dem wärmenden, aber rauchspeienden Feuer betrat, sah sie nur Frauen vor sich. Eine große Schar dick vermummter junger und älterer Bäuerinnen mit ihren Töchtern und einigen Mägden hörte angestrengt und mit hochaufgerichteten Köpfen einer lauten Frauenstimme zu. Sie kam von der Stirnseite der Halle her.

Telse folgte den Blicken der anderen. Über die Köpfe der Versammlung hinweg entdeckte sie auf einem leeren Pferdekarren Wibke Eveken. Sie war breit in den Hüften, kräftig in den Schultern und eckig im Gesicht, das von üppigen kupferroten Haarwülsten eingerahmt war.

Eine richtige Kämpferin, dachte Telse.

Oma Heimen hatte Telse Wibke Eveken bereits beschrieben. Sie sollte eine forsche, energische und willensstarke Bäuerin sein, die fünfundvierzig war, aber mindestens zehn Jahre älter wirkte. Sie hatte drei Söhne, dazu einen tüchtigen und reichen Großbauern zum Mann und im Haus das Sagen, wenn es um die Belange der Familie ging. Und im Augenblick, so merkte Telse sehr bald, lagen der Frau auf dem Karren ganz besonders wichtige Belange am Herzen.

„Des Landes Freiheit ist die Tapferkeit!“, rief sie gerade feierlich in die Menge, deren Größe Telse auf über einhundert Frauen schätzte. „Aber nicht nur die der Männer, sondern auch die Tapferkeit jeder einzelnen von euch! Also die von uns Frauen! Das heißt, des Landes Freiheit ist auch unsere Tapferkeit!“

Telse gefiel das.

„Ein Feind, der das Recht verletzt und ein Volk überfällt, wird nicht auf den Beistand des Herrn hoffen können.“ Wibke Eveken hob die Stimme: „Denkt an die Taten eurer Vorfahren! Je größer früher die Übermacht von Eindringlingen war, umso ehrenvoller war für sie ein Sieg!“

Telse beobachtete, wie die stämmige Frau den rechten Arm hob, ihn anwinkelte, die Hand zur Faust ballte, ein Loch in die Luft schlug und ihre Zuhörerinnen mit starker Stimme aufzurütteln versuchte: „Für uns alle wäre es besser zu sterben, als unfrei zu sein.

Eines werden meine Söhne von mir keinesfalls erben: die Knechtschaft! Sie sollen frei bleiben, wie es ihre Väter sind und ihre Großväter und Urgroßväter waren! Sie sollen selber bestimmen können, wie sie leben möchten."

Telse war begeistert. Sie spürte ihr Herz schneller schlagen. Was für eine wundervolle Frau! Aufgeregt schaute sie sich um. Wie würden wohl die anderen Frauen auf die Rede der Bäuerin ansprechen?

Nur drei Schritte neben ihr machte sich eine junge blonde Frau mit auffallend hellblauen Augen lautstark bemerkbar: „Wir Frauen haben schon vor drei Wochen in Heide bei der Landesversammlung verlangt, daß das Land seine Unabhängigkeit bis zum Äußersten verteidigen soll. Wir dürfen es nicht nur bei Worten belassen. Wir selbst müssen für unsere Kinder kämpfen, und wenn es sein muß, an der Seite der Männer!"

Um Telse herum bildeten sich kleine Gruppen, die ihre Köpfe zusammensteckten und eifrig tuschelten oder weniger leise miteinander redeten.

Da meldete sich eine Dunkelhaarige von etwa vierzig: „Meine Kinder und ich haben unseren Geesthof in Albersdorf verlassen müssen und sind bei meiner Schwester in Neuenkirchen untergekommen. Wir sollten auf die Hilfe des Allmächtigen setzen, der den Schwachen beisteht."

Sie stand in der Nähe von Wibke Eveken, der sie ihr Gesicht direkt zuwandte: „Deswegen sollten wir alle, Jungfrauen und Frauen, in die Reihen der Männer eintreten, wenn es zur Schlacht kommt. Auch wenn ein solcher Kampf gegen unsere Natur ist!"

Telse konnte vor Freude kaum einen klaren Gedanken fassen. Sie fühlte sich von der Hochstimmung der Frauen mitgerissen. Das hier ist meine Welt, dachte sie ergriffen, und keineswegs jene, die mir meine Eltern zeigen wollten!

„Wehe dem, der uns die Freiheit nehmen will!", schrie eine junge Frau, die beinahe noch ein Mädchen war. Telse hörte, daß sie aus Büsum war.

Das müßte Isebrand erleben! Plötzlich fiel Telse der Mann ein, der ihr so viel bedeutete und der früher einmal der Geliebte ihrer Mutter gewesen war. Er würde bestimmt beeindruckt, wenn nicht gar begeistert von dem Freiheitswillen dieser Frauen sein.

Schließlich meldete sich aus den hintersten Reihen eine tiefe Stimme. Telse konnte die Frau nicht sehen. Es klang wie ein Schwur, was sie da über die vielen Köpfe hinweg in die Diele hineinrief: „Ehe wir unser schönes Land dem Dänenkönig überlassen, wollen wir lieber auf unser Hab und Gut verzichten oder sterben!"

Dann wurde ihre Stimme rauh: „Denkt an die Worte des Notkermönchs Balbulus von St. Gallen, der schon vor sechshundert Jahren gesagt hat: Mitten im Leben sind wir vom Tod umgeben!" Mit einem Male summte sie laut eine selbsterdachte Melodie, mit der sie Balbulus' Worte auf Lateinisch vortrug: „Media vita in morte sumus." Dabei schwoll ihr Gesang feierlich an.

Er ließ alle Frauen verstummen. Sie hörten nur still und andächtig zu. Plötzlich sprang das Lied wie ein zündender Funke in die angestaute Hochspannung ringsum. Die entlud sich in einem feierlichen Chorgesang aus über hundert Frauenstimmen.

Eine Weißhaarige mit kurzem Zopf gab dabei den Ton an. Sie stand unmittelbar neben Telse und betätigte sich als Vorsängerin. „Media vita …", hallte ihre Stimme weithin durch die Diele. Und alle schlossen sich an: „… in morte sumus."

Immer neu wiederholte sich das Wechselspiel von Vorsängerin und Chor, wobei sich die Inbrunst der Frauen von Satz zu Satz steigerte.

Telse vermochte sich gegen die schwärmerische, einander gegenseitig beflügelnde und beinahe schon berauschende Stimmung in der dämmerigen Diele nicht mehr zu wehren. Sie wurde von ihr mitgerissen, sang auf einmal mit – und fand es beglückend: „Media vita in morte sumus."

Ihr wurde bewußt, daß sie mit ihrem Freiheitsideal nicht alleine dastand. Sie empfand tiefe Dankbarkeit, daß sie zu all den gleichgesinnten Frauen hier gehören durfte und in einer Zeit lebte, in der sie mit eigenen Händen die Freiheit ihres Landes verteidigen konnte. Und wenn sie dabei sterben müßte, schwor sie sich. Die einzige Freiheit ist von Gott, fiel ihr ein, vom Teufel sind die vielen Freiheiten. Dies war ein Spruch, den Prior Augustinus sie einst gelehrt hatte, als sie noch ein kleines Mädchen war. Sie hatte ihn nie vergessen können.

Plötzlich blieb Telse das Lied im Halse stecken. Sie wußte nicht, warum. Aber in der Diele breitete sich eine leise, erwartungsvolle

Unruhe aus, die ihre Stimme und die der anderen nach und nach verstummen ließ. Der Grund war schnell entdeckt. Telse sah Wibke Eveken auf dem Pferdekarren stehen und schweigend beide Hände, um Ruhe bittend, erheben. Zwei Knechte führten gerade einen Mann herein, der an Händen und Füßen locker gefesselt war. Er war groß, dünn, hatte ein hageres, bartloses Gesicht, und in seinen Augen stand blanke Angst.

Auf einmal herrschte Totenstille.

„Das da ist Hinrik Harder aus Burg.“ Die rothaarige Bäuerin hoch über dem Gefangenen zeigte mit dem Finger auf den Mann schräg unter ihr: „Ein Landesverräter!“

Um Telse herum riefen, schrien und schimpften die Frauen wild durcheinander. Sie glaubte, in einem brodelnden Meer höchster Erregung zu ertrinken. Wibke Eveken mahnte zur Ruhe. Die trat auch sofort ein. Telse stellte sich auf Zehenspitzen, um sie besser verstehen zu können.

„Was machen wir mit ihm?!“, rief die Unerschrockene.

„Aufhängen!“, hörte Telse aus der mittleren Reihe. Und immer mehr schlossen sich den wütenden Rufen an: „Aufhängen! Erschlagen! Aufhängen! Erschlagen und verbrennen!“

Telse erschrak. *Sie* wollte nicht zur Mörderin werden! Und die Frauen hatten kein Recht, Gericht zu spielen. Niemand konnte einen Menschen nach eigenem Gutdünken schuldig sprechen, ihn womöglich gleich hängen oder erschlagen. Nur ein ordentliches Gericht vermochte den Mann nach geltendem Landesrecht zu verurteilen, und sollte es zum Tode sein. Aber nicht eine zufällige Versammlung von Bäuerinnen und deren Töchtern.

Blitzschnell faßte Telse einen Entschluß. Sie zwängte sich energisch zwischen den Gruppen hindurch nach vorn, drängte einige Frauen entschlossen zur Seite, bahnte sich unbeirrt einen Weg zu einer drei Fuß hohen Futterkiste, die neben dem Gefangen stand. Behende kletterte sie hinauf und wandte sich der Menge zu. Sie bemerkte, wie Wibke Eveken unweit von ihr auf dem Karren erstaunt zu ihr herübersah. Die Frauen unmittelbar vor Telse stellten überrascht das Geschrei ein.

„Wir werden den Verräter nicht hängen!“, rief Telse so laut und entschieden sie konnte über die Köpfe hinweg.

Vor lauter Aufregung schlug ihr Herz schnell und laut. Sie hatte das Gefühl, als würde sie von der plötzlichen Stille um sich herum erdrückt. „Er soll vor ein ordentliches Gericht, wie es bei uns Brauch ist.“

„Was bildest du dir ein?“, donnerte eine polternde Stimme zu ihr herauf. „Wer bist du überhaupt?“

Telse blickte zu der Frau hinunter, deren Augen sie streitbar anblitzten. Sie hatte ein knochiges Gesicht, war etwa genau so jung wie sie, blond, dabei auffallend groß, breitschultrig und schien sehr muskulös und kräftig.

„Ich bin Telse Holm aus Heide, die Tochter des Achtundvierzigers Carsten Holm.“

„Soso … Telse? Nie von dir gehört! Na, dann sag mal, was du mit dem Verräter dort machen willst.“ Die blonde Lange lachte hämisch und angriffslustig zugleich.

„Da keine Zeit mehr bleibt, den Kerl vor ein ordentliches Gericht zu stellen, sollte er uns wenigstens einen Dienst erweisen“, antwortete Telse.

Sie sah den überraschten Gesichtern im Kreis an, daß sie gespannte Neugier geweckt hatte. Die schien zumindest fürs erste die Lust der Frauen an einer sofortigen Hinrichtung zu ersticken. „Er soll dem Dänenkönig melden“, fuhr sie fort, „daß er auf dem Schlachtfeld auch mit Dithmarschens Müttern und Töchtern zu rechnen habe.“

„Und das wird König Hans natürlich das Fürchten lehren und ihn zusammen mit seinem großen Heer angstschlotternd das Weite suchen lassen?“ Aus dem knochigen Gesicht dröhnte ein höhnisches Lachen. Dabei drehte es sich beifallheischend zu den Frauengruppen um.

Zu ihrer Freude bemerkte Telse, daß der Spott ihrer Gegenspielerin wenig Anklang fand. Zwar hörten immer mehr Frauen gespannt dem Wortwechsel zu. Doch die meisten von ihnen ließen die laute Blonde offensichtlich links liegen. Dagegen blickten sie erwartungsvoll zu Telse hoch. Sie schienen erkannt zu haben, daß sie mit der Forderung nach dem sofortigen Tod des Spähers zu weit gegangen waren. Fragend sah Telse zu Wibke Eveken hin, die ihr ermunternd zunickte. Auch die schien nun ihrer Meinung zu sein, wie Telse mit einem Male bemerkte.

„Bestimmt wird König Hans nicht gleich das Weite suchen, wenn er von uns hört“, begann sie ihre Rede. „Und selbst wenn er es täte, brächte uns das nicht weiter. Denn er würde sehr bald wiederkommen. Doch soll er nur kommen“, brach es plötzlich leidenschaftlich aus ihr heraus. „Auf jeden Fall sollte er wissen, daß er es nicht mit einem x-beliebigen Volk zu tun hat. Ich bin eine freie Frau. Ich lebe in einem freien Land. Und wir alle, die freien Frauen, werden auf dem Schlachtfeld genauso unseren Mann stehen wie bei der Arbeit auf unseren Höfen und in unseren Familien. Der Dänenkönig soll wissen, daß Gott mit uns ist und nicht mit ihm!“

Ihre Stimme hob sich: „Wir kämpfen für eine gerechte Sache, während der Däne habgierig, selbstsüchtig und machthungrig ist. Er will uns unterwerfen, ausbeuten und notfalls töten, nur um unseres Besitzes willen. Aber das werden wir nicht zulassen! Wir wollen unsere Freiheit behalten und das, was uns gehört.“

In der Diele herrschte erneut Totenstille. Gebannt hörten die Frauen Telse zu.

Die fühlte sich mit einem Male von heiligem Ernst getragen. Sie blickte wieder hinunter zu der jungen Frau mit dem knochigen Gesicht: „Merk dir eines“, rief sie zornig: „Es geht hier nicht darum, den Dänenkönig zu beeindrucken. Es geht darum, daß in einem Krieg gegen eine militärische Übermacht jede Dithmarscher Hand gebraucht wird – auch deine!“ Dabei zeigte Telse herausfordernd mit dem Finger auf sie.

Jubelnder Beifall brach aus. Die Frauen klatschten in die Hände und verlangten im Chor: „Mehr! Mehr! Mehr!“ Sie riefen dazwischen enthusiastisch Telses Namen.

Die hob beide Arme, besänftigte den Sturm der Begeisterung und bat um Ruhe, die auch allmählich eintrat. „Laßt uns Gott und unserer Schutzheiligen Maria geloben, ein Nonnenkloster zu bauen, falls beide uns einen Sieg bescheren. So haben es schon unsere Vorväter getan, als sie vor zweihundert Jahren aus Dankbarkeit für ihren Sieg über die Holsteiner ein Mönchskloster erbauten. So wollen wir es auch diesmal tun.“

Telse faltete die Hände und sprach leise: „Großer Gott, schenk uns deine Gnade und Barmherzigkeit, führe uns heil aus dem Verhängnis, das der Dänenkönig über uns bringen will.“

Wibke Eveken bat alle Frauen, niederzuknien. Feierliche Stille trat ein, in der nur leises Rascheln von Kleidern und Umhängen zu hören war.

„Oh, mein Gott“, begann Telse nun laut und deutlich zu beten. Dabei versank sie in tiefer Frömmigkeit und vernahm ihre eigenen Worte wie aus weiter Ferne: „Wir geloben zu deiner und Maria Ehr ...“ Die Frauen sprachen jedes ihrer Wort andächtig nach. „...sofort nach dem Krieg ... ein Nonnenkloster zu errichten. ... Bewahr uns vor Schmach ... vor Schande und Knechtschaft. ... Gib uns die Kraft ... König Hans und sein Heer ... zu besiegen. ... Amen.“

Dann versanken die Frauen im Vaterunser, die Köpfe demütig gesenkt, die Augen geschlossen. Telse sah im Geiste Christus am Kreuz, um die blutende Stirn den Dornenkranz, das Gesicht schmerzvoll verzogen, die Arme qualvoll verrenkt. Erst nach und nach erwachte sie aus ihrer Ergriffenheit und nahm ihre Umgebung wieder wahr. Die Frauen um sie herum erhoben sich stumm vom Boden, begannen miteinander zu tuscheln.

„Stimmen wir ab, ob wir kämpfen oder am Kochtopf stehen wollen“, schreckte Telse sie auf und zog die Aufmerksamkeit erneut auf sich.

Sie spürte, daß die Frauen in ihr bereits stillschweigend die Anführerin sahen. Das schmeichelte ihr, machte sie glücklich. Sie fühlte sich in ihrem Idealismus bestärkt und dazu aufgerufen, nicht einen Schritt von ihren christlichen Werten abzuweichen.

Die Muskulöse meldete sich wieder mit ihrer lauten und rauhen Stimme zu Wort: „Sag uns, was wir als Frauen überhaupt auf einem Schlachtfeld tun können?“

„Unsere Verwundeten in Sicherheit bringen und verbinden, zusammen mit den Männern Geschütze bedienen, ihre Hakenbüchsen laden und Armbrüste spannen. Du siehst, es gibt genug zu tun!“, anwortete Telse.

Wibke Eveken nickte ihr zu, hob beide Arme, als wollte sie ein Zeichen geben, daß sie die Versammlungsleitung wieder übernahm. Alle blickten zu ihr hin.

„Wer ist dafür, daß wir mit unseren Männern Seite an Seite kämpfen?“, fragte sie.

Einhundert Arme schossen ohne Zögern wie ein Wald von

Spießen in die Luft. Die Frauen blickten sich prüfend um, entdeckten ihre Einigkeit und brachen erneut in Jubel aus.

„Alle sind geschlossen für Kampf!“, stellte Wibke Eveken fest. Dann fragte sie: „Und wer soll uns anführen, das Frauenaufgebot zusammenstellen, uns später dort einsetzen, wo wir gebraucht werden?“

„Telse von Oldenwöhrden!“, rief die Knochige laut aus.

Sofort wiederholte die Versammlung wie mit einer Stimme: „Telse! Telse! Telse!“ Die Frauen feuerten sich dabei gegenseitig an, gerieten vor Begeisterung außer sich und klatschten im Takt Telse zu. Deren Augen wurden feucht.

Gerührt bat sie mit rauher Stimme, den Gefangenen freizulassen. Während zwei Frauen die Fesseln durchschnitten, blickte der Mann zu Telse hoch. Auch in seinen Augen schimmerten Tränen. Einen Moment lang wich sie seinem Blick aus, um ihm aber gleich wieder streng zu widerstehen.

„Wer ist dein Befehlshaber?“, fragte sie.

„Junker Slentz, der Oberste Kapitän der Großen Garde.“

„Dann erzähl ihm, was du hier gesehen und gehört hast.“

Wibke Eveken begleitete den Späher zum Tor, stieß ihn in die Kälte hinaus, wo sein Pferd an einen Baum gebunden stand. Der Mann rannte, was die Beine hergaben, gehetzt vom schallenden Gelächter der Frauen. Als sich die überhitzte Fröhlichkeit legte, bat Telse die Frauen, so schnell wie möglich Waffen und das nötige Rüstzeug für sich zu beschaffen. Kaum hatte sie die Sätze ausgesprochen, kroch von der Tür zum Wohnteil des Hauses her betretenes Schweigen durch die Reihen bis zu ihr hinüber.

Sie sah Wibke Eveken wieder die Diele betreten, die sie für kurze Zeit verlassen hatte. Ihr Gesicht war auffällig ernst und nachdenklich. Begleitet wurde sie von einem bewaffneten Mann mit Brustpanzer, Eisenhut und Lanze.

„Dieser Mann hier ist Berteld Bode aus Hemmingstedt, einer der Späher unseres Kriegsrats“, rief Wibke Eveken. Sie zeigte auf den Bauernkrieger, der kurz mit dem Kopf nickte.

„Sag uns, was du schon dem Kriegsrat gemeldet hast.“

„Im Heerlager des Dänenkönigs bereiten die Soldaten ihren Aufbruch vor. Es sieht danach aus, als würden die Truppen morgen in aller Frühe in unser Land einmarschieren.“

Die Schreckensnachricht ließ jeglichen Gedanken in den Köpfen der Frauen gefrieren. Kaltes Entsetzen breitete sich in der Diele aus. Beklommen und hilflos blickten viele Bäuerinnen sich gegenseitig an. Keine von ihnen sprach ein Wort. Einige erblaßten, suchten aufgeregt und fahrig die Berührung von Händen der Nebenstehenden. Niemand wollte in diesem Augenblick allein sein.

Mein Gott, dachte Telse, jetzt ist Krieg!

Ihr Herz pochte bis zum Hals. Noch nie in ihrem Leben hatte sie sich vor dem Sterben gefürchtet. Jetzt spürte sie furchtbare Angst.

20

Zum ersten Mal seit ihrer gescheiterten Liebe vor zwanzig Jahren waren Anna und Isebrand *allein* zusammen.

Er stand vor ihr mit seiner großen und kräftigen Figur – wie damals. Ihr war, als griffen abwechselnd Kälte und Wärme nach ihrem Herzen und sie könnte nicht mehr atmen. Seine Arme waren sicher noch genauso sehnig und die Hände schlank und fest wie früher. Sie spürte, wie seine weichen, sanftblickenden Augen in dem wettergegerbten Gesicht unter dem dichten Blondhaar sie verwirrten. Ebenso der muskulöse Oberkörper, der das kurze, geschlitzte Seidenwams an der Brust spannte und die Schulterteile straff drapierte. Nein – er hatte sich nicht verändert.

Im ersten Moment verwünschte sie ihre Schwäche. Denn sie konnte sich des Gefühls nicht erwehren, daß er immer noch ein ansprechender Mann war und einen eigenartigen Reiz auf sie ausübte. Obendrein glaubte sie in seinen Augen zu entdecken, daß er sie still und heimlich bewunderte. Da hätte sie sogar einen Moment lang alles darum gegeben, ihre Demütigung und Schande von einst vergessen zu können.

Doch der Haß auf diesen Mann war stärker als die Versuchung. Sie war zu ihm gekommen, um ihm zu sagen, wie sehr sie ihn verachtete und verfluchte, daß sie sich fürchterlich an ihm rächen würde und daß er vor ihren Augen von Telse abschwören sollte. Sie wollte seine Niederlage – um jeden Preis.

Als sie kurz zuvor seinen Pesel betreten hatte, hatte sich Isebrand gleich vom Tisch erhoben, auf dem ein Schachspiel stand. Die Stellung der kunstvoll geschnitzten Holzfiguren zeigte Anna, daß Isebrand mitten im Spiel gegen einen gedachten Gegner war. Sie erinnerte sich, daß er schon damals als Landarbeiter auf dem Muhlenhof ehrgeizig versucht hatte, beim königlichen Spiel ihren Vater zu schlagen. Wie gern hatte sie ihm dabei zugeschaut, wenn er angestrengt nachdachte, dabei die Augenbrauen zusammenzog und mit der Hand über seine Stirn strich.

Als sie Isebrand vom Tisch auf sich zukommen sah, verjagte sie gehetzt ihre Gedanken an alte Gemeinsamkeiten. Er blieb dicht vor ihr stehen, blickte sie freudig und erwartungsvoll an und streckte ihr beide Hände zur Begrüßung entgegen.

Was bildete der Kerl sich ein, dachte Anna empört. Tat er doch so, als würde es diese gemeinsame Vergangenheit nicht geben, wie sie häßlicher, demütigender und schmerzvoller kaum sein konnte. Kühl sah sie über seine angebotenen Hände hinweg. Irritiert zog Isebrand sie zurück. Darüber verspürte sie eine gewisse Genugtuung. Das machte sie mutig. Denn sie wollte ihm offen ins Gesicht hinein den Krieg erklären! So leicht, wie er sich womöglich ihre erste Begegnung unter vier Augen gedacht hatte, durfte er nicht davonkommen. Sie wollte nicht einen Fuß breit zurückweichen.

Überrascht fiel ihr auf, daß sie beide bisher nicht ein einziges Wort miteinander gewechselt hatten. Bin ich zu feige, fragte sie sich. Nein, schuld waren die Erinnerungen. Er war ihr noch zu vertraut, um einfallslose Plattheiten mit ihm auszutauschen. Und wiederum zu fremd, um ihm Nachdenklichkeiten abzuverlangen. Ohnehin hatte sie nur ein einziges Ziel vor Augen: Sie wollte die Kluft noch weiter aufreißen, die sich durch den aufgestauten Haß in all den Jahren tief in ihrem Innern aufgetan hatte – bis hin zu seiner Vernichtung.

„Du spielst noch immer Schach?“, fragte sie und rügte sich im selben Atemzug verärgert: Das war einfallslos.

„Wenn ich meine Gedanken sammeln will.“

„Du bist älter geworden, als ich dachte“, sagte sie. Das gefiel ihr schon besser. Sie mußte einen ersten Angriff wagen, um ihn zu reizen und in die Enge zu treiben. Sie musterte ihn auffällig abschätzend von oben bis unten, damit er es bemerkte. Ihren Mund formte sie zu einem mitleidigen, nachsichtigen, aber hämischen Lächeln.

„Du hast dich überhaupt nicht verändert“, erwiderte Isebrand. Seine sanfte, dunkle Stimme verwirrte sie. Einen Wimpernschlag lang genoß sie ein Wohlbehagen, erschrak aber im selben Moment über ihre Gefühlsseligkeit. Sie mußte auf der Hut sein, dachte sie. Sie durfte den Mann vor ihr nicht unterschätzen.

„Du bist noch genauso schön wie damals“, fuhr Isebrand unbeirrt fort.

Anna spürte sehr wohl, daß er es ehrlich meinte und sie damit beinahe entwaffnete. Das behagte ihr nicht. Dennoch merkte sie, wie wärmende Glut ihren Körper durchdrang. Eilig besann sie sich wieder auf den eigentlichen Anlaß ihres Besuchs.

„Ich bin nicht gekommen, um mir mitten im Winter von einem Ohrenbläser ein Frühlingslied vorsingen zu lassen“, sagte sie. Es sollte ironisch klingen, war aber schroff, ungnädig und abfällig.

Isebrand nahm es gelassen. Er tat, als habe er Annas Bosheit nicht als solche verstanden. Stattdessen schaute er sie an und versuchte, ihre Schönheit neu zu entdecken. Da war das stolz erhobene Haupt, das füllige, lange, rotblonde Haar, das ebenmäßige Gesicht mit den zierlichen Sommersprossen, der breite, verlockende Mund und der glatte Hals auf einem Körper, dessen Haut sicher noch so rein und weiß war wie damals.

„Und warum bist du gekommen?“

„Ich verlange von dir, daß du auf der Stelle von meiner Tochter abschwörst!“

„Von deiner Tochter?“ Isebrand fiel aus allen Wolken.

„Du hast ihr den Kopf verdreht, so wie du es damals mit mir getan hast, und du machst sie genauso unglücklich, wie ich es damals geworden bin. Und du bist schuld, wenn sie in diesem Krieg sterben wird. Denn du warst es, der ihr Flausen von Freiheit und Vaterland in den Kopf gesetzt hat. Sie glaubt jetzt tatsächlich, auch als Frau könnte sie richtig mitkämpfen.“ Die Sätze sprudelten nur so aus ihr heraus.

Isebrand hatte erst ruhig zugehört. Dann schüttelte er verständnislos den Kopf. Annas Vorwürfe trafen ihn nicht. Außerdem waren sie an den Haaren herbeigezogen, dachte er. Telse war zwar noch eine junge, doch auch schon eine selbständig denkende und handelnde Frau und kein Kind mehr.

„Du magst mich verachten, hassen oder dich auch an mir rächen wollen“, sagte er. „Ich kann dich nicht daran hindern. Aber ich tue, was ich für richtig halte. Meine Freiheit laß ich mir von niemandem nehmen! Von niemandem, verstehst du?! Und ich muß mich auch vor niemandem rechtfertigen. Schon gar nicht vor dir wegen Telse!“ Er schaute sie abweisend an.

In kaltem Zorn hielt sie seinem Blick stand.

„Es ist mein gutes Recht als Mutter, meine Tochter zu beschützen, vor dir und dem Krieg !“

„Es ist das Recht, wie du es verstehst.“

„Telse ist kein Spielzeug. Sie ist meine Tochter!“

„Das hat niemand bestritten. Aber sie ist ihr eigener Mensch!“

„Wirst du deine Hände von ihr lassen?!“, schrie sie ihn an.

Isebrand drehte sich wortlos um, schritt langsam zum Tisch zurück, setzte sich und stützte mit beiden Händen seinen Kopf über den Schachfiguren ab, als denke er angestrengt über den nächsten Zug nach. Er verabscheute es, sich mit Ungereimtheiten zu befassen. Anna mußte sich in ihrem Haß verrannt haben, nahm er an. Da konnte ihr niemand helfen. Nur sie sich selbst.

Anna fühlte sich durch Isebrands scheinbare Gleichgültigkeit wie vor den Kopf gestoßen. Im ersten Moment war sie verblüfft, dann entrüstet, schließlich außer sich vor Wut. Eine Frechheit, wie er sich benahm. Unverschämt! Glaubte der Kerl etwa, er könnte ungestraft so mit ihr umgehen? Hatte er vergessen, was er ihr angetan hat? Ihr Haß gegen ihn schien ins Unermeßliche zu wachsen. Zwanzig Jahre hatte sie auf diesen Augenblick gewartet. Nun verlor sie vollends die Beherrschung.

„Das wirst du mir büßen!“, schrie sie gellend zum Tisch hinüber.

Dann stürmte sie zur Tür, drehte sich dort noch einmal um: „Wenn es sein muß, mit deinem Leben!“

Isebrand sah nicht auf.

„Hörst du?! Mit deinem Leben!“

Zornentbrannt stürzte sie hinaus.

Ungerührt zog Isebrand seinen Springer von E4 nach G5, machte damit die Linie für seinen Turm frei, der nun die gegnerische Dame an den König fesselte. Dieser blieb nichts anderes übrig, als sich beim nächsten Zug zu opfern.

21

Claus Grove schaute von der Bibel auf und horchte angestrengt nach draußen. Ihm war, als hätte er den Hufschlag eines Pferdes gehört. Für diese späte Stunde war das Geräusch ungewöhnlich. Noch nie war jemand nach Mitternacht an seinem Pfarrhaus vorbei zum nahen Friedhof geritten. Der Geistliche blickte zum Fenster hinaus. Hauchdünne, kristallene Eisblumen an den Scheiben versperrten ihm jedoch den Blick. Er vermochte keinerlei Umrisse eines Pferdes oder gar eines Reiters zu entdecken.

Da vernahm er erneut einen Hufschlag; diesmal näherte sich das Getrappel aus der entgegengesetzten Richtung. Nun trieb ihn die Neugier aus dem Haus. Hastig warf er sich einen fellgefütterten Umhang um die Schultern, band einen dicken Schal um den Hals und zog eine Lederkappe tief in die Stirn. Vor der Tür schlug ihm harte Kälte ins Gesicht.

Die klare Winternacht schmückte sich lediglich mit einem silbergrauen Nebelring um den Mond. Bald wird das Wetter umschlagen, dachte Grove. Er wandte seine Augen von der graugesprenkelten Scheibe über sich ab und schärfte sie für einen anderen, weitaus bedeutsameren Blick: Er suchte die beinahe zwei Mann hohe Friedhofsmauer nach verdächtigen Schatten ab. Dabei machte er die Umrisse zweier Pferde aus.

Die Tiere standen unter einer gekrümmten Birke. Von den Reitern keine Spur. Der Pfarrer ging hinter einer Hecke in Deckung, schlich in ihrem Nachtschatten in weitem Bogen bis fast zu dem Baum hin, glitt dort vorsichtig an beiden Tieren vorbei, die nur stumm die Köpfe zu ihm hindrehten, und dann vernahm er zwei

Männerstimmen. Die beiden Unbekannten mußten auf der anderen Mauerseite ihm genau gegenüberstehen, schätzte Grove.

„…Noch keine Kapitulation …", hörte er Wortfetzen über die Mauer herüberflattern, „…Hauptkräfte in, um und vor Heide an der Hamme … Angriff erwartet …"

Der Spion, schoß es Grove durch den Kopf. Hier war also sein Treffpunkt mit dem Kurier des Dänenkönigs.

„…Befestigung? …" Diesmal war es der andere.

Grove verstand nur Bruchstücke: „…Hamme … Wegesperre … viereckig angelegter Wall … Geschütze … Hammtor … links und rechts Schützengräben … dahinter nur Moore …"

„Wo …. einzelne Verbände?"

Grove jubelte innerlich: Mit einem Mal verstand er jedes Wort. Er hangelte sich an einem kleinen Mauervorsprung hoch, steckte den rechten Fuß in einen winzigen Spalt, klebte nun förmlich an den glatten Feldsteinen und hielt das Ohr so dicht wie möglich zur Mauerkrone hinauf.

„In und um Heide sind beinahe zwei Regimenter in Stellung gegangen. Ein großer Truppenteil liegt in Oldenwöhrden bei unserem Hauptquartier. Weitere Verbände aus der Nordermarsch und von der Geest werden in der Hamme zusammengezogen. Auf die übrigen Orte wie Wesselburen, Lunden, St. Annen und die Insel Büsum verteilen sich nur kleine Aufgebote. Das Regiment der Südermarsch liegt verstreut in Marne, Brunsbüttel, Eddelak und Burg. In Meldorf steht unser einziger Verband aus Söldnern. Es sind nur zweihundert Mann. Mehr Truppen stehen zur Verteidigung der Stadt nicht zur Verfügung. Sie ist militärisch vollkommen entblößt."

„Warum das?"

„Der Kriegsrat rechnet fest mit einem Angriff auf Heide. Denn von dort aus kann mit getrennten Vorstößen nach Süden und Norden der gesamte Geestrand gleichzeitig und schneller besetzt und damit die Marsch von allen Zufahrtswegen abgeschnitten werden."

Grove konnte sich nicht mehr an der Mauer halten. Ein bohrender Krampf schmerzte in den Wadenmuskeln und versteifte das Bein, das aus dem Spalt abrutschte. Mit lautem Poltern landete der Priester auf dem Boden.

Er hechtete hinter die nahe Hecke, sprang geduckt in langen Sätzen zu einer Scheune hin. Von dort schlich er unter einen abgestellten, mit allerlei Kleinkram beladenen Karren. Er atmete tief durch. Hier im völligen Dunkel fühlte er sich vorerst sicher.

Im fahlen Mondlicht vermochte er die beiden Pferde und die zwei Männer gut auszumachen. Sie kletterten hastig in ihre Sättel, feuerten die Tiere an und preschten im Galopp gemeinsam ganz nah an Grove vorbei. Aber nicht schnell genug, um unerkannt zu verschwinden. Für einen Moment berührte das Mondlicht die Gesichter.

Tatsächlich! Grove traf es wie ein Blitz: Carsten Holm der eine, Bruder Cilicius, ein Mönch des Priors, der andere!

22

Isebrand schlurfte schlaftrunken zur Haustür, öffnete sie mürrisch. Winternächtliche Kälte schlug ihm entgegen, machte ihn gleich hellwach. Vor ihm stand Grove. Er also hatte ihn um den Schlaf gebracht.

„Es hätte nicht viel gefehlt, und die Fensterscheibe wäre zu Bruch gegangen“, murrte Isebrand. „Deinem Klopfen nach muß es ja wohl sehr wichtig sein.“

Der Pfarrer nickte, trat ins Haus und erzählte ohne Umschweife von dem Erlebnis an der Friedhofsmauer. „Ich konnte einfach nicht zu Bett, ohne dich vorher zu informieren. Wie recht du doch mit deinem Verdacht hattest.“

„Also doch“, sagte Isebrand, „Carsten Holm der Landesverräter.“

Sofort kreisten seine Gedanken um die Falle, die er dem Dänenkönig so bald wie möglich stellen wollte. Nun konnte er Holm gezielt für seinen Geheimplan einsetzen. Dieser Dummkopf hatte sich durch eigenen Leichtsinn selbst enttarnt. Für Dithmarschen war er jetzt weder unberechenbar noch gefährlich.

Im Gegenteil: Der Spion des Dänenkönigs war für das Land nur noch nützlich.

Glücklicherweise ahnte er nicht, daß er durchschaut worden war, dachte Isebrand freudig. Und auch der Kriegsrat würde ahnungslos bleiben müssen.

Aber da gab es für Isebrand noch ein Problem, das ihn quälte.

„Dieser Krieg wird mir immer mehr zuwider", brach es unvermittelt aus ihm hervor.

Grove blickte Isebrand verwundert an. Ob es die aussichtslose militärische Lage des Landes war, die Isebrand auf den Magen schlug? Denn er schien recht gereizt zu sein. Grove empfand Mitleid für seinen Freund. Schließlich gab es noch keine Anhaltspunkte dafür, was König Hans wirklich plante. Man konnte weder seine nächsten Schritte voraussehen noch richtig einschätzen oder sie gar genau einordnen. Außer der Stärke des dänisch-holsteinischen Heeres waren weder Richtung noch erstes Ziel des bevorstehenden Eroberungszuges bekannt. Isebrand mußte sich wahrscheinlich völlig blind vorkommen, dachte Grove.

Isebrands Unbehagen aber hatte einen anderen Grund: Telse. Durch Holms Enttarnung war ihm schlagartig klar geworden, daß Telse durch ihren Vater in eine schwierige Lage geraten konnte. Bisher war ihm das in der ganzen Tragweite noch gar nicht bewußt gewesen. Auch wenn ihn Groves Nachricht froh stimmte, fühlte er sich ungewöhnlich bedrückt. Sollte das Volk im Krieg oder danach erfahren, daß Holm Landesverrat begangen hatte, würde das dessen Tochter mit in die Sache hineinziehen. Unweigerlich würde sie in einen Strudel des Unheils gerissen. Und er, Isebrand, könnte das nicht verhindern, sann er vergeblich nach einem Ausweg. Für Anna war derselbe Weg vorgezeichnet. Auch wenn sie ihn haßte, sie blieb dennoch Telses Mutter.

Seine eigene Hilflosigkeit traf Isebrand wie ein Stich ins Herz. Er haßte es, sich einer aufgezwungenen Ohnmacht ausgeliefert zu wissen. Wie konnte Holm nur die Dummheit begehen zu glauben, sein Leben und das seiner Familie über einen Landesverrat zu retten?

Nun würde er, Isebrand, ihn vernichten müssen.

Bei diesem Gedanken war ihm unwohl. Aber er mußte es für das Land tun!

„Wie kannst du nur einen Krieg widerlich finden, wenn es um

das Vaterland geht? Deine Kampfmoral läßt nach, mein Lieber", spottete Grove.

„Ist das ein Wunder? Unsere Überlebensaussichten sind gleich null, und unsere Kriegsführung hinkt auf beiden Beinen."

„Laß das nicht den Vater von König Hans hören, der würde im Grab vor Freude tanzen."

„Du meinst König Christian I.? Was hat der damit zu tun?" Für Isebrand war die Vergangenheit des dänischen Königshauses ein Buch mit sieben Siegeln. Er hatte sich nie sonderlich für Geschichte interessiert. Schon gar nicht für die Dänemarks.

„Den Schlamassel jetzt haben wir nur ihm zu verdanken."

„Ich weiß nur, daß er Zeit seines Lebens nie Ruhe gegeben haben soll, unser Land zu unterwerfen."

„Er wollte Dithmarschen um jeden Preis", belehrte Grove seinen Freund. „Unser Wohlstand weckte seinen Neid, und unsere bäuerliche Freiheit schürte seinen adligen Haß. Was Christian besonders anzog, war die vorteilhafte Lage unseres Landes an der Elbmündung. Er wollte den gesamten Schiffsweg auf dem Strom von und nach Hamburg kontrollieren."

„Wann hatte denn Christian mit seinem Machthunger auf Dithmarschen Ernst gemacht?" Nun wollte Isebrand doch etwas mehr über die Ursachen eines Krieges wissen, der ihn womöglich töten würde.

„Das war vor genau siebenundzwanzig Jahren. Christian war damals König von Dänemark, Schweden und Norwegen und obendrein Herzog von Schleswig und Graf von Holstein-Stormarn. Er legte Kaiser Friedrich mit einer Lüge rein. Er behauptete einfach, Dithmarschen sei ein vogelfreies Land, das endlich und formell dem Reich eingegliedert werden müßte. Er handelte dem Kaiser, der kaum wußte, wo Dithmarschen lag, einen Lehnsbrief über Dithmarschen ab, obwohl der eigentliche Landesherr der Bremer Erzbischof war, und zwar mit dem Segen des Papstes."

„Sehr verworren, die Geschichte."

„Sehe ich gar nicht so. Aber sie ist gleich zu Ende. In dem Brief wurde Christian die Bauernrepublik Dithmarschen als Reichslehen zugesprochen. Ein Jahr später durfte er sogar seine Grafschaft Holstein zum Herzogtum aufstufen, in das Dithmarschen eingegliedert werden sollte."

„Und mit diesen Urkunden beanspruchte die dänisch-holsteinische Seite fortan das Recht auf Dithmarschen?"

„So ist es."

„Und die Dithmarscher ließen das so ohne weiteres mit sich machen?" Isebrand verwunderte es, daß sich das sonst so tapfere Völkchen nicht gewehrt hatte.

„Sie schickten ein Bittgesuch an Papst Sixtus. Sie schrieben ihm, ein Kaiser könnte kein Land verschenken, das ihm nicht gehörte. Seit Jahrhunderten wäre Dithmarschen nicht Teil des Reiches, sondern gehorsamer Untertan seines Landesherrn Erzbischof von Bremen." Grove fügte lachend hinzu: „Wohlweislich hatten sie dem Papst verschwiegen, daß dieses landeshoheitliche Verhältnis zu Bremen ein rein formelles und kein faktisches mehr war."

„Und wie verhielt sich der Papst?"

„Er nötigte den Kaiser, seine ursprüngliche Entscheidung zu widerrufen. Der tat es auch. Aber König Christian starb darüber hinweg. Und sein Sohn Johann I., den wir ja nur Hans nennen, stellte sich taub. Jetzt besitzt er den beurkundeten Rechtstitel – und der Kaiser ist weit weg. Nachdem Hans vor einem Jahr einige Aufstände in seinen Königreichen Norwegen und Schweden niedergeschlagen hat, macht er nun Ernst mit uns."

Isebrand hatte zum Schluß nur noch mit halbem Ohr zugehört. Ihm ging Telses Schicksal nicht aus dem Kopf.

Als Grove wieder gegangen war, fragte er sich, ob er den Namen des Verräters überhaupt bekanntgeben sollte, falls er, Isebrand, den Krieg überleben sollte.

Niemandem wäre damit gedient, sagte er sich. Nur Telse und ihre Mutter würden die Leidtragenden sein.

23

Dienstag, 11. Februar

Wie ein riesiger Wurm ringelte sich das dänisch-holsteinische Heer behäbig aus seinem Feldlager. Seine Länge nahm kein Ende. Immer neue Truppenverbände quollen aus dem Biwak hervor. Sie wanden sich dicht hintereinander schwerfällig durch hügelige, blätterlose Wälder und schlängelten sich dann über den geschwungenen, tiefgefrorenen Landweg auf Albersdorf zu. Das kleine Geestdorf direkt an der Dithmarscher Landesgrenze war auf Befehl des Dänenkönigs zur Verwüstung freigegeben.

Der Krieg begann.

Wie eine alles niedermachende Walze stampfte die dichtgedrängte Marschkolonne ihre breite Spur in den Boden. Zwölftausend hochgerüstete Krieger und Helfer, viertausendfünfhundert Pferde, eintausend Beutewagen und Lastkarren, fünfunddreißig Geschütze und ein Troß aus Spielleuten, Fahnenträgern, Priestern, Händlern, Gerichtsgeschworenen und achtzig Huren der Großen Garde rollten oder traten alles platt, was ihnen unter die Räder oder Füße kam.

Trommler und Pfeifer stolzierten musizierend ihren Kompanien voraus. Stämmige Fahnenträger mit farbenprächtigen Feldzeichen der einzelnen Einheiten folgten ihnen. Hinter jedem bunten Landsknechthaufen, Landwehrzug oder jeder Abteilung der Ritterschaft zogen kräftige Pferde schwere Wagen hinter sich her, vollbepackt mit Lebensmitteln, Waffen und Rüstzeug. Die Luft war erfüllt vom Trillern der schrillen Schweizerpfeifen, den dumpfen Schlägen der Felltrommeln, von Flüchen, Peitschenknallen, Rufen, Lachen, Schreien, Räderquietschen und Gesang.

Gekränkt und wütend hatte der Dänenkönig in aller Frühe seine Armee in Marsch gesetzt. Das tagelange vergebliche Warten auf irgendwelche Unterhändler der dithmarscher Bauernregierung hatte an seinen Nerven gezerrt und schließlich seinen Stolz verletzt.

Seine Rechnung, die Bauern würden sich aus Angst vor seiner militärischen Übermacht schon vor dem ersten Kanonenschuß ergeben, ging nicht auf. Kein Priester oder Bauer erschien mit dem weißen Stab. Und als ihm sein Spion im Dithmarscher Kriegsrat obendrein die Nachricht übermitteln ließ, vorerst sei mit einer Unterwerfung nicht zu rechnen, war seine Geduld am Ende.

Er gab an die Truppe die Losung aus: Alle Dörfer und Städte einäschern, alle Menschen töten! Ob Männer, Frauen und Kinder oder Alte! „Ich werde ihnen zeigen, was es heißt, sich dem König der nordischen Reiche zu widersetzen." So hatte er übelgelaunt seine Stabsoffiziere angeschrien.

König Hans stand mit seinem Bruder Herzog Friedrich und dem engsten Führungskreis vor einem provisorisch aufgespannten Zeltdach auf einer kleinen Anhöhe vor Albersdorf, unmittelbar über der Wegegabelung nach Heide und Meldorf. Alle schauten gebannt auf den Heerwurm, der langsam und geräuschvoll unter ihnen vorbeizog. Wachen waren am Hauptquartier nicht aufgezogen. Späher hatten gemeldet, daß die Gegend bis zur Hamme vor Heide frei von feindlichen Truppen sei. Nur in Albersdorf würden sich einige Greise und alte Weiber aufhalten.

König Hans hatte sich noch immer nicht beruhigt. Mürrisch wandte er sich an die Stabsrunde: „Das werden mir die verdammten Bauern büßen! Ich werde sie jetzt überrollen und zur Kapitulation zwingen."

Die Offiziere verbeugten sich ergeben – bis auf Thomas Slentz. Der zeigte sich von der schlechten königlichen Laune wenig beeindruckt. Was bildet sich der hochadlige Kerl nur ein, dachte er. Ohne die Garde würde der nicht ein Bein auf die Erde kriegen.

Er beobachtete von der Seite die Augen des Monarchen, wie sie vor Begeisterung und Stolz leuchteten, wenn er seinen Blick abwechselnd auf das vorbeimarschierende Heer unten auf dem Landweg und dann auf das Feldzeichen zu seiner Rechten warf. Neben ihm stand Feldmarschall und Bannerträger Hans von Ahlefeldt. Er hielt die *Danebrogsfahne*.

Sie war beinahe dreihundert Jahre das schirmende Heiligtum dänischer Heere bei Kriegszügen. Slentz hatte erfahren, daß sie dem damaligen Dänenkönig Waldemar im estländischen Krieg als Siegeszeichen direkt vom Himmel vor die Füße gefallen sein sollte. Seitdem wurde sie bei der Huldigung an jeden neuen dänischen König weitergegeben.

Slentz hielt Sagen für spannend, aber nicht nützlich. Er wußte, daß König Hans sein Kriegsglück mit der Verheißung der Danebrogsfahne verband. Für ihn als Gardeoberst nur Kinderkram.

König Hans erinnerte sich beim Anblick seines Heeres wie aus heiterem Himmel an den schwedischen Aufstand gegen ihn und verspürte dabei ein unangenehmes Gefühl. Er hatte zwar die Unruhen zusammen mit der Großen Garde niedergeschlagen und seinen Herrschaftsanspruch über Skandinavien wieder gestärkt. Doch ihm war klar: Wenn er den Krieg gegen Dithmarschen nicht gewinnen würde, könnte das sein Reich schwer erschüttern.

„Ich sehe schon, wie die Norweger und Schweden gierig auf meine Niederlage warten, nur um mich vom Thron zu jagen", lachte er höhnisch auf.

Slentz sah, wie der Monarch mit der Hand hinunter auf das vorbeiziehende Heer zeigte, die Schultern hob, zufrieden durchatmete und siegessicher sagte: „Aber darauf werden sie vergeblich warten."

Slentz ahnte, wie sich der Mann neben ihm davor fürchten mußte, diesen Krieg zu verlieren. Denn er hatte mit hohem Einsatz gespielt. Besiegte er Dithmarschen, würde er alles gewinnen: Sein großes nordisches Reich wäre frei von Störenfrieden und künftig innerlich gefestigt. Er selbst würde beim gesamten europäischen Adel hoch angesehen sein und mit zusätzlichem Einfluß rechnen können. Müßte er das Schlachtfeld aber als Geschlagener verlassen, würde er Norwegen und Schweden endgültig verlieren.

Und er würde den Herrschaftsanspruch aller Fürsten im Reichsgebiet gegen das Bürgertum und die Bauernschaften schwächen.

Slentz triumphierte: Ich habe König Hans vollkommen in der Hand. Denn das künftige Schicksal dieses Blaublütlers ist ausschließlich von mir und meiner Garde abhängig. Und zwar total! Gehen ich und mein Landsknechthaufen in diesem Krieg unter, ziehe ich den Blaublütler mit in den Abgrund. Stehe ich am Schluß als strahlender Sieger da, darf er sich in meinem Licht sonnen.

„Wir werden in Albersdorf übernachten und am nächsten Tag

nicht nach Heide vorstoßen, wie ursprünglich vorgesehen“, hörte er den König sagen.

Die Überraschung schien gelungen. Die Offiziere blickten ihren Feldherrn entgeistert an.

Auch Slentz stutzte. Nicht nach Heide? Wohin denn?

„Unser Spion hat mir eine Nachricht zukommen lassen, die mich veranlaßt hat, meinen Plan zu ändern“, sagte König Hans.

„Darf man erfahren, wie sie lautete?“

Es war Ahlefeldt. Der ärgerte sich darüber, als engster Vertrauter des Königs nicht gleich über den Sinneswandel unterrichtet worden zu sein. In der Nacht zuvor hatte er beobachtet, daß der Kurier des Priors, Mönch Servatius, um drei Uhr gekommen war. Und nun war es bereits elf Uhr vormittags.

„Der Bauernführer ...“, König Hans drehte sich suchend nach Slentz um und fragte gespielt unwissend, „... wie heißt er noch?“

„Isebrand.“ Slentz würgte den Namen geradezu heraus.

„Richtig. Isebrand“, fuhr der König lächelnd fort. „Also, Isebrand hat zwei Drittel seiner Streitkräfte nach Heide verlegt. Das müssen etwa viertausend Mann sein. Er erwartet uns an der Hamme. Aber müssen wir uns dort die Köpfe einschlagen lassen, wenn es für uns einen bequemeren und sichereren Weg gibt?“

Genüßlich weidete er sich an den überraschten Gesichtern der Offiziere. Die blickten ihn erwartungsvoll an.

„Wir führen mit etwa achthundert Mann nur einen Scheinangriff auf Heide. Damit binden wir Isebrands Hauptkräfte. Währenddessen stoßen wir in eine ganz andere Richtung vor.“

Er gönnte es sich, die Spannung rundherum zu genießen. Zudem weidete er sich an dem berauschenden Gefühl, mit nur einem einzigen Gedanken je nach Belieben ein Heer von zwölftausend Mann da hin oder dort hin zu schicken. Und wäre es in den Tod.

„Wir greifen zuerst Meldorf an!“ Der Dänenkönig sagte es im Befehlston.

„Nach Meldorf?“ Wie aus einem Munde stellten verschiedene Truppenführer dieselbe Frage.

„Nach Meldorf!“, bestätigte König Hans. „Isebrand hat zur Verteidigung dieser Stadt nur einige hundert Söldner abgestellt. Er rechnet dort nicht mit uns.“ Seine Stimme klang bestimmt, als dulde er keine Widerrede.

„Ist der Weg dorthin nicht doppelt so weit wie nach Heide?“, fragte Slentz vorsichtig. Er tat, als beurteile er den neuen Plan skeptisch. In Wirklichkeit war er von ihm begeistert. Am liebsten hätte er den König dankbar umarmt. Denn je weiter die Wege waren, desto mehr Zeit würde gebraucht. Und je mehr Zeit verging, desto länger würde Sold gezahlt.

Ihm fiel dabei der alte Landsknechtsspruch ein: Weniger Kampf bedeutet weniger Zerstörung, und je weniger zerstört wird, desto mehr bleibt an Beute übrig. Seine Leute würden zufrieden sein, lachte er in sich hinein.

„Der Weg nach Meldorf ist zwar weiter“, antwortete der König dem Obersten Gardekapitän, „doch umso vielversprechender.“

Er wandte sich dem Narbengesicht ganz zu. „Machen wir uns nichts vor: In Heide würden uns die starken Bauernkräfte möglicherweise empfindlich schwächen. Damit wäre mein anfänglicher Plan ohnehin gefährdet worden. Ich hatte vor, im Anschluß an Heides Eroberung das Heer in drei Verbände aufzuteilen. Einer sollte Heide sichern, ein zweiter nach Lunden im Norden vorstoßen und der dritte nach Süden in die Stadt Meldorf. Für diesen Zweck war auch dieses große Heer gedacht. Nun stellt sich uns die Lage allerdings völlig anders dar.“

„Respekt für Euer schnelles Handeln, mein König.“ Slentz verbeugte sich unmerklich. „Nur: Was für Vorteile bringt Meldorf?“

„Hoffentlich das schnelle Ende dieser verdammten Bauernrepublik. Die paar Söldner in Meldorf schießen wir schnell zusammen. Mit der Einnahme dieser größten Stadt des Landes haben wir schon den halben Sieg in der Tasche. Von Meldorf aus rollen wir in einem Zug in Richtung Norden sowohl Heide als auch Lunden von hinten auf. Wir haben dann das Land geteilt, die Geest von der Marsch getrennt und alle Landwege in die Marsch abgeschnitten. Wir werden alle Bewohner Meldorfs töten und die Stadt anzünden. Damit geben wir den Dithmarscher Bauern eine letzte Möglichkeit, sich zu besinnen, ob sie sich nicht doch unterwerfen wollen.“ Und er fügte hinzu: „Andernfalls zerstören wir den Rest des Landes und rotten das ganze störrische Volk aus.“

Slentz war sich sicher, daß gerade das nicht geschehen würde.

War es nicht sein Plan, die Dithmarscher als Lehnsknechte einzusetzen, damit sie das Land für ihn bewirtschafteten? Laut sagte Slentz: „Ein kluger Plan." Die Offiziere murmelten beifällig. Draußen zog der Heerwurm lärmend in Richtung Albersdorf vorbei. „Aber ich glaube, Eure königliche Hoheit haben einen wichtigen Punkt außer Acht gelassen."

König Hans schaute Slentz verdutzt an, überlegte einen Augenblick und sagte: „Ich wüßte nicht, welchen."

„Das Wetter!"

„Was für ein Wetter?" Der König schüttelte unwillig, doch auch ratlos den Kopf. Er sah Slentz überrascht und zugleich unduldsam fordernd an, als wollte er sagen: Komm endlich zur Sache!

„Wenn wir später von Meldorf direkt nach Heide gehen", erläuterte Slentz, „müssen wir über den Landweg durch die Marsch. Aber was, wenn vorher Tauwetter einsetzt? Noch ist die Oberfläche der Niederung hart gefroren, doch bei einem Wärmeeinbruch wird sie schlammig."

„Tauwetter? Unmöglich! Die Kälte aus dem Osten hält an. So schnell und entscheidend ändert sich das Wetter im Winter nicht." Slentz bemerkte jedoch, wie sein Gegenüber einen Moment lang nachdenklich wurde. Dann aber schien der König den Gedanken an einen baldigen Wetterumschwung wieder zu verdrängen.

„Mein Meldorfplan steht, basta!"

Aha, dachte Slentz spöttisch: Ganz Feldherr, forsch, entschlossen und eigensinnig. Aber vielleicht hat er sogar recht, und die augenblickliche Eiseskälte hält noch einige Tage an.

Er drehte sich um und schaute nach Westen, ob es am klaren, sonnigen Himmel Anzeichen von erster Wolkenbildung gab. Denn hauptsächlich von dort, von See her, kündigten sich Wärme, Regen oder Stürme an. Meist mit feuchtem Wind und hohen, hauchdünnen Schleierwolken, denen Quellwolken folgten. Als Kenner der Nordseeküstenländer wußte er das. Doch ein reifbedeckter Grashügel direkt hinter dem Zeltdach versperrte ihm jetzt den Blick nach Westen.

Mit einem Male fiel ihm sein Todfeind Isebrand ein, und gleich stieg Haß in ihm auf. Im Geiste sah er ihn irgendwo in der Ferne auf der anderen Seite des Hügels stehen und, ebenso wie er, gerade nach dem Wetter sehen. Slentz wußte, daß Isebrand als ehemaliger Landsknecht genauso dachte wie er: Wer die Natur auf seiner Seite hat, ist auf dem Schlachtfeld dem Gegner einen Schritt voraus.

24

Telse richtete die Armbrust mit dem mächtigen Stahlbogen nach unten, setzte sie auf den Boden auf, steckte den Fuß in den Steigbügel an der Schaftspitze und drehte mit hochrotem Kopf die Kurbel der Englischen Winde. Die Arbeit verlangte beinahe ihre ganze Kraft.

„Gut so, Telse“, lobte Claus Grove neben ihr.

Der Geistliche hatte die gleiche Fernwaffe vor sich auf den Boden gestemmt und zeigte den über hundert Frauen in der Diele, wie sie richtig geladen wurde.

Einige von ihnen hatten Armbrüste und sogar Hakenbüchsen mitgebracht. Sie stammten vorwiegend aus Waffenbeständen ihrer Männer und Söhne, die bereits mit den Wehrverbänden vor Heide in Stellung lagen.

Telse hatte alle Bäuerinnen der Umgebung zusammen mit ihren Töchtern nach Oldenwöhrden auf den Hof der Witwe Wiggers, einer Nachbarin Isebrands, gerufen. Damit die Frauen ihr gemeinsames Versprechen wahrmachen konnten, das sie einander bei Wibke Eveken in Wesselburen gegeben hatten, sollten sie sich erst einmal für den Ernstfall vorbereiten.

Als ihre Anführerin sah sich Telse dafür verantwortlich.

Wenn sie den Männern schon alle im Kampf helfen wollten, die Waffen so schnell wie möglich schußbereit zu machen, dann mußten die umständlichen und langwierigen Ladevorgänge erst einmal geübt werden.

Für die Lehrstunde hatte Telse Pfarrer Grove gewinnen können. Sie kannte ihn über Isebrand. Alle im Dorf schätzten ihn als beliebten Verkünder des Wortes Gottes, aber auch als Patrioten des Landes.

Nun stand er mit Telse in der Mitte der Diele. An deren Seiten richteten flackernde Pechfackeln ihr zuckendes Licht abwehrend gegen die hereinbrechende Dunkelheit des Abends. Um Telse und Grove hatten sich die Frauen in mehreren Reihen gruppiert und schauten gespannt zu, was der Geistliche sie lehrte und ihre Anführerin ihnen nach seinen Anweisungen vorführte.

Immer wieder wurde ein Vorgang wiederholt, bis die Griffe saßen. Bei der Armbrust legte Grove die längliche Hülse der Winde um den Säulenfuß der Waffe. Der Haken erfaßte die Sehne und brachte durch Drehen der Kurbel die Sehne bis in den Einschnitt der sogenannten Nuß. „Hier lege ich das Pfeilende auf", erklärte er und legte den Bolzen mit der scharfen Stahlspitze in den muldenartigen Steg. „In diesem geladenen Zustand gebt ihr dann die Armbrust an den Schützen weiter."

Die Frauen kurbelten, zogen und spannten nach Leibeskräften, wobei stets wie auf Kommando lautes Seufzen und Ächzen die Diele erfüllte.

Grove ging von Frau zu Frau, sprach dieser und jener Mut zu, führte hier die Hand an die Kurbel, dort den Fuß in den Steigbügel. Insgeheim belustigte ihn das qualvolle Stöhnen um ihn herum. Es erinnerte ihn eher an die Folterung von Gefangenen.

Bei der Schulung an der Hakenbüchse ging es weniger lautstark zu. „Hier ist weniger Muskelkraft als vielmehr Aufmerksamkeit gefordert", sagte Grove.

Er zeigte die Ladegriffe für den richtigen Umgang mit Schießpulver, Geschoßkammer, Ladestock, Kugel, Zündkraut und Zündpfanne. Dann bat er die Frauen, es ihm nachzutun – aus Sicherheitsgründen allerdings ohne Pulver und Geschoß. Mit großem Eifer führten sie die abgeschauten Handgriffe aus.

Ausführlich erklärte er ihnen anschließend den Zündmechanismus der neuen Luntenschlösser, die bereits eine mechanische Abfeuerung erlaubten. „Denkt später daran, mit dem Schießen habt ihr nichts zu tun", wiederholte er mehrmals eindringlich. „Das ist immer Sache des Schützen."

Die Bäuerinnen waren von der ungewohnten Berührung mit Waffen begeistert. Diese übten offenbar einen eigenartigen Reiz auf sie aus. Unaufhörlich spannten sie neue Armbrüste oder taten so, als füllten sie die Büchsenkammern der Hakenbüchsen mit Pulver und schöben das Geschoß mit dem Ladestock hinterher.

Plötzlich stoben die Flammen der Wandfackeln wild durcheinander. In der Pforte des Dielentors stand ein Mann.

Er war vom hellen Schein des klaren Mondlichts eingerahmt. Die Umrisse seiner Gestalt zeichneten sich vor dem Hintergrund des blauschwarzen Sternenhimmels silbern ab.

Wulf Isebrand!

Telse spürte einen siedendheißen Schauer durch ihren Körper fahren. Beinahe hätte sie vor Freude aufgeschrien, wäre auf ihn zugestürmt und hätte ihn umarmt.

Mein Gott, was ist nur mit mir geschehen, fragte sie sich erregt – und beseligt zugleich. Ein nie gekanntes Glücksgefühlt löste mit einem Schlag die krampfartige Spannung, in der sie sich nach dem vorsichtigen Hantieren mit den gefährlichen Waffen befand.

Alles in ihr jubelte, ließ sie tausend Sehnsüchte spüren und hunderttausend Glücksmomente auf einmal erleben.

„Es ist Krieg!"

Jäh unterbrach eine laute Männerstimme das quirlige Treiben. Sie klang rauh und ernst. Es war Isebrands Stimme.

Er stand noch immer in der Tür.

Alle erstarrten in ihren Bewegungen. Und in ihren Gedanken.

Telse spürte nichts, außer daß sie wie aus Wolken endlos tief herabstürzte und der Erde zuraste, sich nirgendwo festhalten konnte, weil sie gelähmt war, und dann hart aufschlug … Ihr wunderschöner Traum war zu Ende.

Sie bemerkte wieder die vielen Frauengesichter um sich herum, die bleich und leblos erschienen. Wie ein Blitz traf Telse die ganze Wahrheit: Es war kein Spiel mehr!

Alles, was sie, die anderen Frauen und Pfarrer Grove hier taten, war bitterer, tödlicher Ernst.

Plötzlich sah sie im Geiste überall Feuer brennen, Zerstörung um sich greifen, weit und breit Dörfer in Schutt und Asche versinken, unzählige tote und verwundete Menschen herumliegen, verzweifelte Mütter und Kinder umherirren und blutige Tierkadaver vor rauchende Ruinen kalt und steif die Beine gen Himmel strecken. Und der Wind wehte sanft und leise, wie traurig, über das verbrannte, verwüstete und ausgestorbene Land.

Telse wähnte den Wind sogar weinen – lauter, ergreifender, ohne aufzuhören. Darüber erschrak sie, und sie sagte sich: Das ist nur deine Einbildung! Deine Phantasie! Hirngespinst!

Tatsächlich aber hatte Isebrand ihr früher einmal von einem Wind erzählt, der weinen konnte. Sie erinnerte sich genau. Es sollte jener Wind sein, den man in bestimmten Notlagen um ein Orakel anrufen konnte. Welche Notlage das denn sein müßte, darüber hatte Isebrand allerdings nicht gesprochen.

Telse hatte ihn danach gefragt, als sie beide, noch ganz unter dem Eindruck einer schweren Sturmflut standen.

Damals hatte sie geglaubt, der Wind würde vor Schmerz und Trauer weinen, weil er das Meer anpeitschen, es gegen die Deiche schleudern und damit Menschen unglücklich machen mußte, ohne sich dagegen wehren zu können – weil Gott es so wollte.

Eines Tages als junges Mädchen, als ihr diese Vorstellung unwirklich erschien und sie darüber keine Ruhe fand, hatte sie ihr Herz in die Hand genommen und Oma Heimen gefragt, ob denn der Wind wirklich weinen könne.

„Ja", anwortete die alte Frau, „es ist eine alte Dithmarscher Sage."

Telse schaute sie fragend an.

„Sie stammt aus heidnischer Zeit", fuhr Oma Heimen fort, „als die alten Dithmarscher noch ihre Göttinnen und Götter verehrten, wie zum Beispiel Odin, Hertha, Thor, Freia und Helle."

Telse fand die Geschichte aufregend und geheimnisvoll: „Wütend habe ich den Wind schon erlebt. Aber wann weint er denn?"

„Nur dann", lächelte Oma Heimen, „wenn die Freiheit des Landes bedroht ist. So jedenfalls weiß es die Sage."

„Die Freiheit des Landes bedroht?" Telse hatte mit allem gerechnet, nur damit nicht. Das war weniger romantisch, dachte sie.

„Und die Götter antworteten mit dem Wind?"

„So ist es. Oder besser: So war es. Das Orakel war nur am heiligen Wodanstag unweit von Windbergen zu empfangen. Und zwar immer dann, wenn Fremdlinge das Land bedrohten. Die Dithmarscher versammelten sich dort und warteten auf den Sturm, den die Götter auch gleich von See her schickten. Mitten im röhrenden Heulen hoch unterm Himmel zuckte dann nur ein einziger Blitz, und mit seinem Donnerschlag verstummte im selben Moment der

Orkan. Nur der Wind meldete sich noch für einen kurzen Augenblick. Er gab den Dithmarschern ein Zeichen, was sie tun sollten. Und zwar das, was die Götter für richtig hielten."

„Laß mich raten, Oma", ereiferte sich Telse mit hochroten Wangen. „Wenn er lachte, hieß das: Unterwerft euch! Wenn er weinte, galt es, für die Freiheit zu kämpfen und zu sterben."

„Richtig."

„Aber *warum* weinte er?"

„Weil er um all die Männer und Frauen trauerte, die bei jedem Kampf ihr Leben opfern mußten, ohne jemals erfahren zu dürfen, ob ihr Tod einen Sinn gehabt hat oder nicht."

Telse sah Isebrand mit langsamen Schritten durch die Diele direkt auf sich zukommen. Er schlängelte sich rücksichtsvoll zwischen den einzelnen Gruppen hindurch.

Plötzlich rief er den versammelten Frauen laut und für alle vernehmlich zu: „Die Truppen des Dänenkönigs sind ins Land eingefallen und haben Albersdorf zerstört!"

Einen Atemzug lang herrschte Totenstille.

Dann brach ein wildes Durcheinander erregter Stimmen aus. Einige Frauen schrien entsetzt auf. Viele begannen laut zu weinen. Andere redeten hektisch aufeinander ein, schimpften empört oder versuchten, jene zu trösten, die der Verzweiflung nahe waren.

Es konnten nur jene Frauen sein, dachte Telse gleich, die aus Albersdorf geflüchtet waren und ihre Höfe und das gesamte Hab und Gut zurücklassen mußten. Sie taten ihr unendlich leid. Wie furchtbar! Alles hatten sie nun verloren und waren über Nacht bettelarm geworden.

Isebrand blieb nah vor ihr stehen, nickte kurz und wandte sich erneut an die Frauen. Er zögerte einen Moment, schluckte schwer und berichtete dann: „Die Dänen haben die zurückgebliebenen alten Frauen und Männer getötet, alle Bullen, Kühe und Kälber abgeschlachtet, die Wintervorräte erbeutet, die Kirche geplündert, alle Häuser ausgeraubt und anschließend angesteckt und das Gleiche mit den umliegenden Bauernschaften gemacht."

Telse merkte Isebrand an, wie schwer es ihm fiel, solche Schrekkensnachrichten zu verkünden.

Er ging zu einigen Frauen hin, die besonders herzzerreißend

weinten, zog sie an sich und versuchte, ihnen Trost zu spenden und Mut zu machen.

Telse sah, wie er zwischendurch ihre Blicke suchte. Schließlich kam er zu ihr.

„Sag, was findet hier eigentlich statt?“, fragte er und kreiste mit der Hand um sich herum. Grove trat ebenfalls hinzu.

Telse erzählte ihm von ihrer Idee, so viele Frauen wie möglich für die Unterstützung der Männer bei der Landesverteidigung zu gewinnen. Dann berichtete sie von ihrer Wahl zur Anführerin und von dem Gelöbnis der Bäuerinnen, bei einem Sieg der Dithmarscher ein Frauenkloster zu bauen.

Isebrand hörte schweigend zu. Nachdem sie geendet hatte, legte er seine Hände auf ihre Schultern, schaute ihr bewegt in die Augen und sagte: „Dithmarschen kann stolz auf euch Frauen sein, besonders auf dich – auch wenn euer Entschluß weit über das hinaus geht, was man von euch in diesem Krieg erwartet.“

„He, Isebrand!“, rief eine blonde, hochgeschossene junge Frau aus einer nahen Gruppe herüber. Telse erkannte sie gleich wieder: Es war die Knochige, die ihr beim ersten Frauentreffen ständig widersprochen, sich aber später voll hinter sie gestellt hatte.

„Wer bist du?“, rief Isebrand zurück.

„Ich bin Wibe Maes aus Wesselburen.“

„Und was willst du von mir?“

„Ich möchte wissen, wie es nun mit uns allen weitergehen soll?“

„Wir werden uns verteidigen, wie von der Landesversammlung beschlossen.“

„Und wo soll die Schlacht stattfinden?“

Isebrand schaute die Frau für einen Moment sprachlos an, schien sie sich doch wenig darüber im klaren zu sein, daß eine Schlacht einzig und allein dazu da war, sich im wahrsten Sinne des Wortes, gegenseitig abzuschlachten! Und zwar so lange, bis von einer der beiden Seiten nichts mehr übrigblieb. Entweder war Wibe Maes naiv oder todesmutig, dachte er.

„In der Hamme vor Heide“, log Isebrand sie an.

Er war sich sicher, daß kein König und Feldherr der Welt so leichtfertig sein würde, Macht, Ruhm und Stabilität seines Reiches für ein unnötiges Wagnis aufs Spiel zu setzen. Wer griffe schon eine stark befestigte und schwer einnehmbare Wegesperre an, wenn es stattdessen einen einfacheren Weg gab?

Nachdem ihn Grove über Holms Agententreffen am Friedhof informiert hatte, zweifelte Isebrand nicht im geringsten daran, daß König Hans zunächst nach Meldorf marschieren würde.

„Dann wird es ja höchste Zeit“, rief Wibe Maes, „daß uns Telse so schnell wie möglich nach Heide zur Hamme führt. Denn die Dänen könnten schon morgen vor der Befestigung stehen.“

„Sie haben ihr Nachtlager in Albersdorf aufgeschlagen. Also können sie nicht vor morgen nachmittag an der Hamme sein“, beschwichtigte Isebrand die Frau. „Anschließend werden sie ganz sicher nach dem beschwerlichen Marsch ausruhen wollen und vermutlich erst übermorgen früh im Schutz der Dämmerung Heide angreifen. Bis dahin habt ihr noch genügend Zeit, die kommende Nacht noch einmal auf euren Höfen zu verbringen. Ich gebe Telse rechtzeitig Bescheid, wenn es soweit ist.“

Die Frauen beratschlagten, wie sie sich dann gegenseitig verständigen wollten.

Währenddessen wandte sich Isebrand Grove zu. Er bat den Priester, sofort geeignete Leute aus dem Oldenwöhrdener Aufgebot auf den Hof von Bojen Claus Maes zu schicken. Sie sollten dort mithelfen, das Haus als Hauptquartier des Kriegsrats herzurichten.

Als Grove gegangen war, legte Isebrand seine Hände erneut auf Telses Schultern, schaute sie ernst an und sagte: „Daß du das Frauenaufgebot anführen willst, ehrt dich. Doch dadurch wird der Krieg noch gefährlicher für dich.“

„Ich weiß“, antwortete sie und war überglücklich, daß er sich so um sie sorgte.

„Paß bitte gut auf dich auf“, bat er, als würde er sich von ihr verabschieden wollen.

Telse spürte seine Eile. „Mußt du schon fort?“

„Der Kriegsrat berät von nun an fortlaufend den aktuellen Stand des dänischen Heerzuges und unsere möglichen Gegenschritte. Ich werde dringend gebraucht.“

„Geh nur“, bat sie ihn verständnisvoll. „Ich bin stolz auf dich.“

Isebrand schaute sie überrascht an. Sie spricht ja wie eine Frau, die sich mit einem Mann aufs Engste verbunden fühlt oder ihn gar liebt, und nicht wie ein junges Mädchen zu einem alten Freund, dachte er.

Er spürte förmlich, wie ihm verlegene Röte ins Gesicht schoß.

25

Mittwoch, 12. Februar

Slentz machte aus seinem Haß auf adlige Ritter keinen Hehl. „Ich finde sie zum Kotzen“, rief er seinem Stellvertreter Jürgen Kobeler zu. Beide ritten nebeneinander an der Spitze der Großen Garde. Die führte mit ihren sechzehn Kompanien die Heersäule an.

Das Tagesziel hieß Windbergen, ein Dorf südlich von Meldorf.

Es ging nur langsam voran. Der erste Teil des Landweges führte bis Süderhastedt. Er war hartgefroren und schmal. Von Süderhastedt bis Windbergen war die Straße nicht weniger unangenehm. Schließlich war Eile geboten: Die Strecke mußte aus Zeitgründen abgekürzt werden. Deshalb verließen die Truppen den festen Landweg und kämpften sich mühsam in weitem Bogen um ein großes Moorgebiet durch verwildertes Gelände.

Fortwährend informierten berittene Späher aus der Vorhut den Gardeführer über die jeweilige Lage, wie sie sich vor dem Heereszug darstellte. Anschließend verschwanden sie wieder nach vorn. Es war ein ständiges Kommen und Gehen.

Schon vor dem Abmarsch aus dem brennenden Albersdorf hatte sich Slentz mit einigen Adligen angelegt. Er dachte dabei an den Streit mit einigen selbstherrlichen Blaublütlern, die aus Lauenburg, Mecklenburg und Braunschweig stammten. Ihm mißfiel, daß sie mit einem leichten Sieg über die Dithmarscher rechneten. Er fand es unverschämt, daß die aufgeblasenen und wichtigtuerischen Angeber schon im voraus die Beute unter sich aufteilten, obwohl sie noch keinen Schwertschlag getan hatten. In reich verzierten Festgewändern waren sie geckenhaft durchs Albersdorfer Feldlager stolziert. Und nach dem Aufbruch taten sie auf ihren buntgeschmückten Pferden obendrein so, als befänden sie sich auf einem Spazierritt zu einer Freudenfeier.

Slentz erinnerte sich mit einer gehörigen Portion Grimm im Bauch, wie ausgelassen sie waren, miteinander scherzten, sich deftige Witze erzählten, schmutzige Lieder sangen, keinen Harnisch trugen und mit goldenen Ketten behangen waren. Einige hatten sogar ihre kleinen Söhne mit dabei.

Was Slentz besonders an die Nerven ging: Sie vertrieben sich während des Vormarsches die Zeit mit übermütigem Handel um geistliche Ehrenämter, die sie in Dithmarschen vermuteten. Keck begrüßten sie sich mit Anreden wie „ehrwürdiger Abt von Meldorf" oder „Dekan zu Lunden". Außerdem schacherten sie um Ländereien, die noch gar nicht erobert waren. Manche trugen vorsorglich viele Goldmünzen bei sich, um dem König nach der Unterwerfung des Landes Äcker, Weiden, Wälder, Bauernhöfe und sogar ganze Dörfer abzukaufen. Sie hatten sogar fertige Kaufverträge und ihre Wappenringe bei sich, um an Ort und Stelle ausgesuchte Grundstücke auf ihren Namen überschreiben und den Erwerb besiegeln zu lassen.

Slentz hatte die Ritter stets ermahnt, den Eroberungszug nicht auf die leichte Schulter zu nehmen. Doch die hatten ihn ausgelacht und sogar einen Wichtigtuer genannt. Er war daraufhin so wütend geworden, daß er beinahe einen von ihnen mit einem einzigen Fausthieb erschlagen hätte.

„Diese verdammten Aasgeier wollen sich nur von uns die Beute mundgerecht vorlegen lassen. Und uns würden sie bloß die Krumen lassen", schimpfte Slentz. Kobeler grinste. „Ich kann ihre vielen Beutewagen schon nicht mehr sehen", raunzte Slentz. „Aber mit mir machen sie das nicht", schwor er schlecht gelaunt.

Kobeler widersprach nicht. Er kannte den Jähzorn seines Gardeführers nur zu genau. Oft genug hatte er erlebt, wie Slentz in einem Wutanfall jedes ihm unangenehme Wort verkehrt auslegte. Schweigend ritten beide vor sich hin, tief eingehüllt in ihre fellgefütterten Umhänge. Die hielten die Kälte kaum ab. Selbst die darunter getragenen Harnische schützten nicht vor den winterlichen Temperaturen. Die beiden Gardeoffiziere hatten nur ihre Halbharnische mit offener Sturmhaube angelegt. Slentz ließ seinen Kampfharnisch, eine auf vielen Schlachtfeldern schon berühmt gewordene, goldglänzende Ritterrüstung, von drei Knappen auf einem kleinen Wagen dicht hinter sich mitführen. Er wollte auf alles gefaßt sein. Sogar einen Überraschungsangriff des Dithmarscher Bauernführers aus den nahen Wäldern heraus schloß er nicht aus.

Diesem verfluchten Isebrand traute er alles zu. Schließlich wußte er noch aus gemeinsamer Landsknechtszeit, daß der Kerl militärischen Sachverstand besaß. Aber bald habe ich dich! Er sah sich schon im Geiste das Gesicht seines Todfeindes mit dem Messer aufschlitzen – so wie Isebrand es mit ihm getan hatte.

Plötzlich rissen gellende Schreie Slentz aus seinen Gedanken. „Haltet sie! Fangt sie!“, schallte es von vorn herüber.

Drei unbekannte Reiter galoppierten schnurstracks auf ihn und Kobeler zu, ohne daß die Reiter auf die vereisten Pfützen achteten. Es waren junge Kerle in trachtiger Kleidung. Blitzschnell übersah Slentz die Lage: Dithmarscher! Wie wild schlugen sie mit dünnen Ästen auf die Tiere ein. Nicht weit hinter ihnen tauchten sechs Reiter auf, die aus ihren Pferden ebenfalls alles herauszuholen versuchten. In den Verfolgern erkannte Slentz sechs Späher seines Vorpostens.

Kurz vor Slentz stoben die Flüchtenden sternförmig auseinander. Sie versuchten im nahen Wald zu beiden Seiten des Weges zu verschwinden. Doch die blätterlosen Bäume boten keinen Sichtschutz. Gespannt sah Slentz der Hetzjagd zu. Er spürte sein Herz laut schlagen.

Seine Leute rissen die Fliehenden von den Pferden. Dabei stürzten sie zusammen mit ihnen auf die Erde. Verbissen und gespenstisch stumm rangen sie miteinander. Doch die Dithmarscher waren unterlegen. Sie hatten keine Waffen, nur ihre Fäuste. Schon nach kurzem Kampf zerschmetterten die Späher mit ihren Streithammern die Köpfe der drei.

Nicht ein einziges Stöhnen oder gar einen Todesschrei hatte Slentz von den Opfern gehört. Alle Achtung, dachte er.

Seine Landsknechte hinter ihm in den Marschkolonnen hatten dem Morden mit gierigen Augen zugesehen. Als die Schädel der jungen Dithmarscher unter den Hammerschlägen wie abbrechende morsche Äste knackten, zeigten sie keine Rührung. Nur ihre Lider zuckten bei jedem Schlag. Neidvoll schauten sie ihren Kumpanen zu, wie die den Opfern Wams, Hose und Stiefel vom Leib zerrten und die Beute lachend schulterten. Die Leichen ließen sie nackt liegen. Gutgelaunt kamen sie zu Slentz, der ihnen auf die Schultern klopfte.

„Was war denn da vorn passiert?“ Interessiert blickte er die sechs Späher an. Der größte unter ihnen, ein schlaksiger Mitzwanziger mit vielen Pickeln im Gesicht, erzählte Slentz von einer Hochzeitsfeier in Windbergen. Das Dorf würde nicht mehr weit von ihnen entfernt liegen. Überraschend wären sie in die Gesellschaft hineingeplatzt. Etwa dreißig Frauen und Männer, darunter vier Musikanten, hätten gleich vom Tanzboden und der festlichen Tafel die Flucht in alle Himmelsrichtungen ergriffen.

„Aber die Hälfte von ihnen haben wir eingefangen und auf der Stelle erschlagen“, sagte der Picklige stolz.

26

Hans Boje wurde ungeduldig: „Hört endlich dem jungen Howen aus Büsum zu. Was er uns zu sagen hat, ist wichtig!“

Die Männer des Kriegsrats beendeten ihre zwanglose Unterhaltung. Sie waren ins Hauptquartier gekommen, um geeignete Schritte für den weiteren Kriegsverlauf zu beraten.

Dethleff Howen war Späher des militärischen Führungsstabs um Isebrand. Er war gerade von einem Erkundungsritt zurückgekehrt. Er hatte die Geest zwischen Albersdorf und Meldorf ausgekundschaftet, dabei besonders die Gegend um Windbergen. Ungeduldig trat er von einem Fuß auf den anderen. Er schien randvoll mit aufregenden Neuigkeiten. Unentwegt blickte er erwartungsvoll seinen Bauernführer an.

„Schieß los!“, erlöste ihn Isebrand. Er saß dem Ratsvorsitzenden Boje am anderen Tischende genau gegenüber.

Endlich einmal war der gesamte Kriegsrats versammelt, dachte Isebrand. Vierundzwanzig Achtundvierziger, die halbe Landesregierung! Gespannt schaute die Runde auf den Halbwüchsigen.

„König Hans kommt nicht nach Heide“, stieß Howen hervor.

Die Nachricht schlug ein wie ein Blitz.

„Sein Heer ist bereits in Windbergen.“

Entsetzt starrten alle den Kundschafter an. Mit dieser Wende in der dänischen Kriegsführung hatte niemand gerechnet. Weshalb griff der Dänenkönig nicht mit seiner gesamten Streitmacht zuerst Heide an? Schließlich war es der wichtigste Ort des Landes. Außerdem lag er nahe bei Albersdorf, war also schnell zu erreichen. Hatte er nicht schon einen ersten Militärverband als Stoßtrupp gegen die Hamme vorausgeschickt? Oder hatte er etwa Angst vor dem großen Bauernaufgebot, das dort in Stellung lag? Fragen über Fragen, die sich auf einmal vor dem Kriegsrat auftürmten. Allmählich wurde allen klar, daß König Hans mit seinem unvermuteten Vormarsch nach Süden statt nach Westen eine besondere List verfolgte. Aber welche?

Isebrand sah es den Ratsmännern an, daß ihnen der Dänenkönig einige Rätsel aufgegeben hatte. Im Gegensatz zu ihnen atmete er jedoch erleichtert auf. Der bisherige Krieg verlief ganz nach seinen Wünschen. Für einen Moment spürte er so etwas wie ein triumphales Glücksgefühl. Schließlich war König Hans in die erste Falle getappt, die er mit Hilfe des ahnungslosen Spions im Rat ausgelegt hatte. Holm sei Dank, dachte er zufrieden. Der Landesverräter leistete ihm gute Dienste dabei, König Hans hereinzulegen.

Isebrand wurde von einer weiteren Nachricht des Kundschafters aus seinen Gedanken gerissen. „Der Vorstoß der Dänen mit ein paar hundert Landwehrtruppen auf Heide war nichts anderes als ein Scheinangriff“, teilte Howen mit. „Jetzt liegen sie vor der Hamme und belauern uns nur …“

„Laßt mich raten“, unterbrach Isebrand den Späher und wandte sich an die Ratsmänner. „Es sieht ganz danach aus, als würde der Gegner mit der Hauptmacht zuerst Meldorf überfallen. Der größte Teil der Einwohner hat die Stadt übrigens schon verlassen. König Hans weiß genau, daß es nicht schwer wäre, die Stadt einzunehmen und die bequeme Eroberung vor aller Welt als ersten großen Sieg zu feiern. Bestimmt haben seine Kundschafter inzwischen herausgefunden, daß Meldorf nur von unseren paar hundert Söldnern verteidigt wird. Die kleinen Verbände der holsteinischen Landwehr, die der König nach Heide geschickt hat, sollen einzig und allein den größten Teil unserer Truppen dort binden, weiter nichts." Die Achtundvierziger forderten vom Kundschafter Einzelheiten seiner Beobachtungen.

„Die Feinde haben das menschenleere Süderhastedt geplündert und in Schutt und Asche gelegt", erzählte der junge Mann. „Das gleiche machten sie wenig später mit Windbergen und den Bauernschaften in der Umgebung."

„Diese Schweine", fluchte Olde Peter Nanne zornig.

Isebrand blickte seinen Schwiegersohn voller Stolz an. Ein Prachtjunge von einem Dithmarscher!

„Sie haben in Windbergen ihr Nachtlager aufgeschlagen", fuhr der Kundschafter fort. Isebrand hörte ihm kaum mehr zu. Er dachte an die Bedeutung, die diese Ratssitzung für seine weiteren Pläne hatte.

„Also marschieren die Dänen morgen weiter nach Meldorf", platzte er mitten in Howens Vortrag hinein. Isebrand machte keinen Hehl aus seiner Erleichterung. Er wollte allen zeigen, daß er mit der bisherigen Kriegsentwicklung durchaus zufrieden war.

„Endlich wissen wir, was König Hans will!", sagte er. „Er hat uns lange genug auf die Folter gespannt. Nun können wir endlich mit geeigneten Mitteln antworten."

„Darauf bin ich aber gespannt", spottete Holm. „Ich glaube, dein Entschluß kommt ziemlich spät."

Einige am Tisch nickten beifällig. Ihnen gefiel nicht, daß ihr Bauernführer bisher mehr oder weniger untätig gewesen war und dem Kriegsverlauf nichts anderes entgegenzusetzen hatte als abzuwarten.

„Tatsache ist doch, daß deine bisherige Kriegskunst versagt hat", setzte Holm nach, „denn um Meldorf erfolgreich verteidigen zu können, ist es jetzt zu spät. Unsere Truppen kriegen wir nicht mehr rechtzeitig dorthin. Außerdem würdest du uns nicht einmal sagen können, was König Hans vorhat, nachdem er Meldorf erobert hat. Oder etwa doch?" Sein zynischer Ton war auch von den Ratsmännern nicht zu überhören.

„Es gibt nur zwei Möglichkeiten", setzte Isebrand zu seiner Verteidigung an.

„Ich weiß", nahm ihm Holm das Wort aus dem Mund. „Entweder der Dänenkönig behält einen kleinen Verband in Meldorf und stößt mit dem gesamten Heer direkt durch die Marsch über Hemmingstedt nach Heide vor. Oder er zieht über den trockenen Geestlandweg wieder zurück nach Albersdorf, um von dort aus Heide anzugreifen. Diesmal allerdings mit allen Truppen. Na, Isebrand. Wie hättest du es denn gern?"

Er blickte den Bauernführer höhnisch an und anschließend beifallheischend in die Runde.

Als verkappter Landesverräter fühlt sich der Kerl verdammt sicher, dachte Isebrand wütend. Doch soll er nur! Immerhin hat er in seinem ahnungslosen Übereifer schon den ersten Brocken geschluckt, den ich ihm als Köder hingeworfen habe. Schließlich hätte ich Meldorf niemals wehrlos aus der Hand gegeben, wenn ich mir nicht sicher gewesen wäre, daß Holm diese bestechende Nachricht dem Dänenkönig stecken würde. Und daß meine Überlegung richtig war, hat ja die Reaktion des Gegners gezeigt: Er hat erwartungsgemäß Heide links liegengelassen und zieht nun nach Meldorf – an den Rand der Marsch, genau dorthin, wo ich ihn haben wollte. Nun brauche ich ihn nur noch in die Niederung herunterzulocken, dachte Isebrand. Denn nur dort ist er zu erledigen.

Für Isebrand war also bisher alles nach Plan verlaufen. Der angesehene Achtundvierziger war für ihn ein Verräter nach Maß. Das sollte auch möglichst so bleiben, dachte er. Schließlich hatte er mit dem Spion noch einiges vor.

Holm auf der anderen Seite des Tisches bemerkte, daß Isebrand auffällig entspannt wirkte. Wie gern würde er jetzt dessen Gedanken erraten, dachte er. Im Gesicht des Bauernführers hatte er nämlich eine stille, rätselhafte Heiterkeit bemerkt, die ihn stutzig machte. Er fühlte sich etwas verunsichert. Darüber wiederum wurde er giftig.

„Na, Isebrand, was denkst du? Wird der Dänenkönig nach seiner Einnahme Meldorfs den direkten Weg nach Norden durch die Marsch nach Heide nehmen oder den Umweg nach Osten über die Geest?", stichelte Holm.

„Über die Geest", antwortete Isebrand fest. Er war selbst überrascht, daß er so überzeugend schwindeln konnte. So log er weiter:

„Für mich gibt es da keinen Zweifel: Er geht über Albersdorf nach Heide."

Die meisten in der Runde blickten ihren Bauernführer überrascht an. War das wirklich seine ehrliche Meinung?

Isebrand spürte, wie sich in ihm Spannung auflud. Hoffentlich ging ihm Holm auch diesmal in die Falle, dachte er aufgeregt. Der Spion sollte seine angebliche Überzeugung ernst nehmen und an den Dänenkönig weitergeben. Nur so könnte er, Isebrand, den Gegner dazu bewegen, den Weg durch die Marsch ernsthaft in Erwägung zu ziehen. Es galt jetzt, überlegte Isebrand, Holm davon zu überzeugen, daß er den Weg durch die Marsch militärisch entblößen müßte.

„Wir werden an der Heider Hamme jeden Mann brauchen. Das bedeutet, daß wir für die Sicherung des Marschwegs von Meldorf nach Hemmingstedt keine Truppen erübrigen können. Ich bin mir auch sicher", tarnte Isebrand seine Falle, „daß der König keineswegs durch die Marsch nach Heide vorstoßen wird. Schließlich wäre das für ihn der beschwerlichste aller Wege."

„Aber Isebrand", mischte sich Boje erstaunt ein, „warum sollte der Feind ausgerechnet über Albersdorf gehen statt auf dem kürzesten Weg durch die Marsch?" Die Ratsmänner unterstützten Bojes Bedenken mit zustimmendem Gemurmel.

„Weil morgen, spätestens übermorgen Tauwetter einsetzen wird", antwortete Isebrand. Von dieser Voraussage war er überzeugt.

Die Ratsmänner blickten einander überrascht an. An diese Möglichkeit hatten sie überhaupt nicht gedacht. Das würde ja bedeuten, überlegten bereits einige, daß dann die Marsch nur schwer passierbar wäre.

„Als Bauern der Küste müßtet ihr doch wissen, daß wir unmittelbar vor einem Wetterumschwung stehen", erläuterte Isebrand. „Und Tauwetter wäre Gift für den Gegner. Schließlich würde die Marsch in ein Matschfeld verwandelt. Ein hochgerüstetes Heer wie das der Dänen würde dort niemals durchkommen. Das weiß auch König Hans."

Isebrand dachte an die Quellwolken im Westen, die größer und näher am Himmel standen als noch vor zwei Tagen. Diese freudige Entdeckung hatte er kurz vor dem Betreten des Hauptquartiers gemacht. Außerdem war zum ersten Mal wieder Wind aufgekommen, wenn auch nur schwach. Und er drehte sich zunehmend von Ost auf Nordwest bis West.

Das bedeutete: Seewind!

Isebrand war sich sicher, Wetterveränderungen im voraus zu erkennen. Denn Seewind um diese Jahreszeit brachte meist Tauwetter mit sich und bei weiter zunehmender Bewölkung sogar sehr oft Sturm und Regen.

„Isebrand hat recht", sagte Boje, „die Marsch würde bald ein Schlammfeld sein. Bestimmt kein günstiges Gelände für einen Eroberungszug. Die Dänen und Holsteiner würden im Dreck versinken."

„Also darum glaubst du, daß die Eindringlinge lieber den trockenen und festen Landweg über die Geest bevorzugen werden oder besser: bevorzugen müssen?" schaltete sich Reimer von Wiemerstedt ein.

Isebrand bejahte die Frage. Gleichzeitig spürte er, daß sich seine innere Spannung immer mehr steigerte, je länger er auf ein Wort von Holm wartete. Allein von dessen Reaktion hing es ab, ob sein Geheimplan weiter gelingen würde oder nicht.

„Du hältst also an deiner Überlegung fest, daß die Dänen Heide über Albersdorf erreichen wollen", fragte Holm vorsichtig.

Isebrand nickte verhalten.

„Demnach ist nach deiner Vorstellung die kriegsentscheidende Schlacht bei der Hamme vor Heide zu erwarten?" Isebrand hörte aus der Frage so etwas wie erste Zustimmung heraus.

Er beißt an, schoß es ihm durch den Kopf.

Seine Gedanken rasten. Jetzt würde er den Spion nur noch mit bestechenden Informationen füttern müssen, damit der den Dänenkönig dazu brächte, im entscheidenden Augenblick genau das zu tun, was er, Isebrand, sich wünschte. Er wußte, noch ehe der Abend anbrach, würde König Hans bereits alle Neuigkeiten aus dem Kriegsrat kennen. Außerdem war er sich sicher, daß Holm alles tun würde, damit der König von Meldorf aus direkt die Marsch durchquert, statt den weiten Umweg über Albersdorf zu nehmen. Jetzt brauchte er Holm nur noch mit einer letzten verheißungsvollen Absichtserklärung in die Falle zu stoßen.

„Ja", beeilte sich Isebrand, Holms Frage zu beantworten, „wir werden den Hauptteil unseres Bauernaufgebots in und um Heide zusammenziehen."

Es tat ihm leid, daß er die Ratsmänner im Augenblick nicht in seine wahren Pläne einweihen konnte. Aber ihm blieb keine andere Wahl. Auch ihnen mußte er über seine tatsächliche Einstellung eine Lüge auftischen. Noch war der Moment nicht gekommen, dachte Isebrand, seine Pläne offenzulegen und zusätzlich Holm vor aller Augen als Landesverräter zu entlarven.

„Das ist ein ausgezeichneter Plan", lobte Holm überschwenglich.

Isebrand hatte Mühe, seine Freude zu verbergen: Nun lügt er, was das Zeug hält! Das verspricht Erfolg: Der Spion hielt seine Schwindelei für bare Münze.

„Aber du opferst dafür Meldorf", fügte Holm noch vermeintlich besorgt, doch hörbar wohlwollend mahnend hinzu.

„Du selbst hast gesagt, daß es bereits zu spät sei, Meldorf zu verteidigen", erwiderte Isebrand. „Wir wissen doch alle, daß unsere paar Söldner dort die Dänen nur für kurze Zeit hinhalten können. Aber wir sollten uns schleunigst darum kümmern, daß die restlichen Einwohner, die noch nicht geflüchtet sind, endlich die Stadt verlassen", drängte er.

„Wieviele sind es noch", fragte Wiemerstedt.

Boje nannte die Zahl vierhundert. Die meisten von ihnen hätten aber schon ihre Kisten und Truhen auf Fluchtwagen verladen und könnten sofort fliehen – falls nötig. Etwa einhundert allerdings wollten auf jeden Fall bleiben. Sie wären davon überzeugt, ihnen geschähe nichts, wenn sie sich unterwerfen würden.

Die Achtundvierziger berieten nun ausgiebig beide Möglichkeiten, die der Dänenkönig hatte, um Heide anzugreifen.

„Die Mehrheit von uns ist deiner Meinung", wandte sich Boje schließlich an Isebrand, „daß König Hans die Marsch meiden und über Albersdorf nach Heide vorstoßen wird."

„Auch ich bin dafür, Isebrands Vorschlag anzunehmen", sagte Holm begeistert. „Soll König Hans ruhig nach Meldorf ziehen. Ungeachtet dessen wollen wir unsere Truppen in Heide konzentrieren, um dort den Hauptangriff abzufangen."

Einige in der Runde waren überrascht, daß sich Holm so klar für Isebrands Überlegung aussprach. Schließlich war er es gewesen, der an den Plänen des Bauernführers ständig herumgemäkelt hatte.

Volltreffer! dachte Isebrand. Die Falle hatte zugeschnappt. Holm würde nun alles tun, damit König Hans von Meldorf aus durch die Marsch zog. Schließlich hätte dieser Weg für den König noch etwas überaus Verlockendes: Das Bauernaufgebot bei der Heider Hamme könnte er dann von hinten überfallen und müßte sich ihm nicht von vorn stellen.

Nun brauchte er nur noch abzuwarten, dachte Isebrand, ob sich König Hans tatsächlich dafür entscheiden würde. Tief in seinem Inneren aber war er sich dessen sicher. Und im Geiste sah Isebrand den Feind bereits dort, wo er ihn haben wollte: im nassen, morastigen und unwegsamen Gelände der Seemarsch.

Wenn es überhaupt eine Möglichkeit gab, das mächtige Dänenheer zu stoppen, dann nur dort, sagte sich Isebrand.

„Hast du schon die Leute für das Mordkommando zusammen?“, zerrte ihn Holm aus seinen angenehmen Vorstellungen.

Die Frage sollte wohl harmlos klingen, dachte Isebrand. Doch sie gefiel ihm ganz und gar nicht. Warum tischte Holm ausgerechnet jetzt die Attentatspläne auf? Die Beratung, wie es nach einem möglichen Fall Meldorfs weitergehen würde, sollte doch im Augenblick dringlicher sein als die Überlegung, wie der Dänenkönig mitten in seinem streng bewachten Hauptquartier umgebracht werden könnte.

Isebrand war klar, daß ein solches Unternehmen ein Todeskommando sein würde – und zwar tödlich für die Männer, die es ausführen würden.

„Ich glaube, die Zeit ist reif für einen Anschlag“, ließ Holm nicht locker, als er merkte, daß sich die Ratsmänner interessiert zeigten.

Isebrand gefiel überhaupt nicht, was Holm da von sich gab: „Jedes weitere Kriegswagnis umgehen wir am vielversprechendsten, wenn wir König Hans und seine gesamte Heeresführung töten würden. Nur das wird uns den Sieg bringen!“

Isebrand befürchtete, daß die Achtundvierziger nach jedem Strohhalm greifen würden, der auch nur die geringste Hoffnung auf einen Ausweg aus der verfahrenen Lage versprach. Und mit seiner

Idee bot Holm ihnen tatsächlich so etwas wie Rettung in letzter Minute an, dachte er.

Schließlich waren die Ratsmänner völlig ahnungslos, was Holm damit wirklich bezweckte.

Käme ein solches Mordkommando nämlich zustande, dessen war sich Isebrand gewiß, würde Holm den Attentatsplan sofort an den Dänenkönig verraten. In den Augen des Herrschers wäre er dann sein Lebensretter. Und das könnte seinen Judaslohn beträchtlich erhöhen.

Mehr noch: Holm würde durch seinen Verrat dafür sorgen, daß das Todeskommando völlig aufgerieben würde. Darüber würde sicher der Kriegsrat in Panik geraten, und das dithmarsische Volk wäre aus Angst vor der Rache des Königs endlich bereit, sich zu unterwerfen. Und damit hätte Holm es geschafft! Er würde vom Dänenkönig noch reichlicher belohnt, möglicherweise sogar geadelt werden. Grimmig stellte sich Isebrand schon das Schauspiel am Kopenhagener Königshof vor, wenn er den Ritterschlag erhielte.

„Ich meine", fuhr Holm leise fort, „daß Isebrand die Angelegenheit in die Hand nehmen soll. Als ehemaliger Landsknecht versteht er es bestimmt am besten, mit einer solchen Aufgabe fertig zu werden. Der Ruhm, unseren Erzfeind besiegt zu haben, gehört dann ihm allein. Und wir alle wären gerettet. Laßt es uns wagen! Schließlich geht es um Dithmarschen."

Isebrand fühlte sich von dem patriotischen Aufruf des verkappten Landesverräters angewidert. Das war der wahre Holm, dachte er: Falsch wie eine Schlange, listig wie ein Fuchs und verschlagen wie ein Wolf. Doch die Ratsmänner vermochten das nicht zu durchschauen, ärgerte er sich. Holms Rede schien auf sie wie jenes geheimnisvolle Öl aus Vorderasien zu wirken, das, wie es hieß, das Blut in Wallung bringen, die Manneskraft steigern und aus Feiglingen Helden machen würde.

Erregt redeten die Ratsmänner durcheinander und stimmten schließlich über Holms Plan ab. Isebrand blickte in die Runde: Alle hoben die Hand, mit Ausnahme seines Schwiegersohnes Peter Olde Nanne.

Isebrand wußte: Diese Entscheidung ist mein Todesurteil!

Seine Kehle war wie zugeschnürt. Dankbar sah er Nanne an, der irgendeinen Verdacht geschöpft haben mußte, daß bei Holm nicht alles mit rechten Dingen zuging.

Die tapfere Haltung des jungen Großbauern, gegen alle anderen zu stimmen, erfüllte Isebrand erneut mit Stolz. Er dachte dabei an seine Tochter Maria, die von Olde Peter ihr erstes Kind erwartete. Es müßte in einem Monat zur Welt kommen, rechnete er die Zeit nach seinem letzten Besuch in Lunden durch.

Damals hatte ihm Maria vom bevorstehenden Nachwuchs erzählt. Er würde also bald Großvater sein. Komischer Gedanke, lächelte er in sich hinein. Schließlich kam er sich keineswegs alt vor. Er machte sich Vorwürfe, daß er Maria schon zwei Monate nicht mehr gesehen hatte. Aber er hatte einfach zuviel um die Ohren. Nun noch dieser verdammte Krieg und – das Todeskommando!

Plötzlich überkam ihn die Angst, seine geliebte Tochter gar nicht mehr wiederzusehen.

Ablehnen würde er den Auftrag nicht können, sagte er sich. Schließlich stand seine Ehre als Bauernführer auf dem Spiel. Und besonders auch jene als echter Dithmarscher, der er ja immer sein wollte.

Natürlich könnte ein solches Todeskommando das Land endgültig vor dem Untergang retten, machte er sich Mut. Gelänge es tatsächlich, den Dänenkönig umzubringen, wäre der Krieg sicher schnell beendet und die Freiheit bewahrt. Nur: Würde Holm das Unternehmen verraten, würden die Männer des Kommandos im eigenen Blut ertrinken, das stand für Isebrand unzweifelhaft fest.

Es gab also nur einen einzigen Ausweg: Das Attentat mußte gelingen!

Aber wie? Wie konnte Holms geplanter Verrat verhindert werden? Im Moment fehlte ihm jegliche Idee, dies zu verwirklichen. Zig Einfälle schwirrten ihm durch den Kopf. Doch keiner davon war geeignet.

Geistesabwesend hörte er Bojes Stimme: „Isebrand, tust du das für uns und für Dithmarschen?“

Notgedrungen unterbrach Isebrand die Suche nach einer brauchbaren Lösung.

„Ich tue es“, antwortete er.

Was blieb ihm anderes übrig? Sofort verfiel er wieder ins Grübeln.

Erst jetzt wurde ihm klar, daß es kein Zurück mehr geben würde. Bei dem Gedanken war ihm verdammt mulmig zumute.

Der Kriegsrat wollte den Anschlag so schnell wie möglich ausgeführt haben. Am besten in Meldorf, beschlossen die Ratsmänner. Der genaue Zeitpunkt sollte aber erst festgelegt werden, wenn König Hans die Stadt eingenommen hatte. Es war damit zu rechnen, daß die Dänen nach der Eroberung mindestens einen Ruhetag einlegen würden. Bis dahin sollte Isebrand sein Kommando aus Freiwilligen zusammenstellen.

Der bemerkte auf einmal, daß Holm ihn frech angrinste. Das machte Isebrand zornig. Als sich der Spion vom Tisch erhob und eilig von der Ratsrunde verabschiedete, spürte er allerdings, wie sich sein Zorn auf Holm in heftige Wut über sich selbst verwandelte. Wie hatte er sich von dem schmierigen Judas nur so reinlegen lassen können?

Es mußte doch eine Möglichkeit geben, Holms Pläne zu durchkreuzen, überlegte Isebrand fieberhaft, und plötzlich, wie ein Blitz aus heiterem Himmel, kam ihm die rettende Idee!

Sie erschien ihm einfach und genial zugleich: Er würde den Kurier des Priors, der ganz sicher Holms Nachricht über Zeitpunkt und Ort des Attentats abholt, auf dem Rückweg nach Meldorf abfangen. So könnte König Hans nichts von dem Anschlagsplan erfahren und ahnungslos ein sicheres Opfer des Todeskommandos werden. Weil Holm danach für Isebrands Pläne nicht mehr von Nutzen sein würde, wäre seine Schonfrist endgültig abgelaufen. Seine Hinrichtung dürfte nur noch eine Frage der Zeit sein, sagte sich Isebrand.

Auf einmal mußte Isebrand an Telse denken. Wie furchtbar würde es für sie sein, wenn sie erfuhr, daß ausgerechnet ihr Vater ein Landesverräter war! Isebrand sah sie vor sich, wie sie ihn in der Frauenversammlung angeschaut hatte.

Der Gedanke brachte ihn in die gleiche Verlegenheit wie am Abend zuvor, als sich ihre fragenden Blicke getroffen hatten. Er selbst spürte eine Art verschämter Unbeholfenheit, die er sich nicht erklären konnte, so sehr er auch in sich hineinhorchte.

27

„Er hat angebissen!“, stieß Holm jubelnd aus, als er nach der Ratssitzung wenig später in Annas Kammer trat. „Jetzt bekommst du deine Vergeltung, und ich werde des Königs Landvogt von Dithmarschen.“

In stürmischer Begeisterung riß er Anna an sich, hob sie laut lachend empor und drehte sich mit ihr mehrmals wie wild im Kreis herum.

Als Holm sie freudestrahlend wieder auf die Füße stellte, hob sie ihren Zeigefinger an den Mund. „Psst!“ zischte sie leise. „Telse hat gerade ihre Kammer verlassen. Sie müßte noch im Hause sein.“

Holm drückte Anna sanft auf die Wandbank, die mit dicken Kissen bedeckt war. Er faßte sie zärtlich um, wollte sie an sich drücken und küssen.

„Erzähl erst!“, drängte sie. Dabei wand sie sich wie eine unruhige Katze aus seiner Umarmung.

Holm berichtete über das Todeskommando. Gierig erkundigte sich Anna danach, wie Isebrand den Plan aufgenommen hatte. „Ohne Widerrede. Er hat ihn schlucken müssen“, kicherte Holm.

Anna fühlte sich mit einem Male wie von aller Last der Vergangenheit befreit. Sie war stolz auf ihre Idee, die sie über Holm in den Kriegsrat eingebracht und dort durchgesetzt hatte. Jetzt würde sie Isebrand in die Hölle schicken! Endlich würde ihre Tochter diesen Schuft los, atmete sie auf.

Aber was war das? „Sieh nur!“, stieß Anna plötzlich hervor. Sie starrte dabei durchs Fenster hinaus auf den Hof. „Telse mit diesem Kerl!“ Zufällig hatte sie durch die Scheiben geschaut.

Sie rang nach Luft, klammerte ihre Finger fest in Holms Ärmel, vermochte den Blick von den beiden da draußen nicht zu lösen. Zu gern hätte sie das Gespräch belauscht. Doch beide waren zu weit weg.

„Wie konnte er nur“, klagte unterdessen Telse. Hilflos und immer wieder kopfschüttelnd blickte sie über die weiten, kahlen, reifbedeckten Felder. Sie schlenderte dicht neben Isebrand auf das Gatter der Pferdekoppel unter den drei Eichen zu.

„Dein Vater hat es nur gut gemeint“, log Isebrand. „Seine Idee ist wirklich bestechend. Wir werden König Hans mitsamt seinem Bruder Friedrich und dem gesamten Offiziersstab umbringen – und aus ist der Krieg.“

„Aha. So einfach ist das!“, rief sie zornbebend aus. „Warum sagst du mir nicht die ganze Wahrheit? Warum sagst du mir nicht, daß dein Leben in größter Gefahr ist?“

Isebrand entdeckte in ihren Augen den Schimmer einer Träne.

„Es muß doch noch eine andere Möglichkeit geben, den Dänen schon vor einer Schlacht den entscheidenden Schlag zu versetzen“, stieß Telse wütend hervor. Wieso hatte Vater nur einen solchen Vorschlag machen können. Sie sah ihn vor sich, wie er einplante, daß sich Isebrand in tödliche Gefahr begab. Weshalb nur? Es fiel ihr wie Schuppen von den Augen: Steckte etwa Mutter dahinter? Die haßte doch Isebrand mit der ganzen Leidenschaft einer gekränkten und gedemütigten Frau. Sollte gar sie den Einfall gehabt haben, Isebrand an der Spitze des Geheimkommandos mitten ins feindliche Lager zu schicken? Der Verdacht erschien Telse dermaßen gespenstisch, daß sie ihn sogleich wieder fallen ließ.

„Es gibt keine andere Möglichkeit, den Krieg so schnell und sicher zu gewinnen als die, die sich dein Vater ausgedacht hat“, sagte Isebrand. Ihm war gar nicht wohl dabei, daß er Telse nicht die ganze Wahrheit sagen durfte. Aber hätte er es getan, müßte sie ihren Vater bestimmt bis an ihr Lebensende hassen. Und das wollte er nicht. Daß sie sich um ihn, Isebrand, sorgte, machte ihn verlegen, aber gleichzeitig auch glücklich.

Im selben Moment dachte er an seine verstorbene Frau. Für sie hatte er oft ähnliche Gefühle empfunden. Es war eine Art Sehnsucht nach einem Menschen, der wie er den inneren Frieden suchte. Nur darauf würde er ein stilles Glück aufbauen können. Und das war es in Wirklichkeit auch, was er sich wünschte. Nicht das wilde, leidenschaftliche Verlangen nach einer Frau, das ihn manchmal überfiel, wenn er auf Anna traf oder an sie dachte. Ein solches Leben würde ihn seelisch aufreiben, ihn unglücklich machen.

Beide hatten das Gatter erreicht. Befangen sah er Telse an und glaubte zu ahnen, was ihn zurückhielt, die intime Nähe zu der jungen und schönen Frau an seiner Seite zu suchen. Es war die Angst, mit unbedachten Worten oder Berührungen ihre empfindsame Seele zu verletzen. Das würde er sich nie verzeihen.

Plötzlich spürte er sein Herz rasen: Telse tastete stumm und ohne ihn dabei anzusehen nach seiner herabhängenden Hand. Scheu berührte sie diese. Aber nur kurz. Anscheinend erschrocken darüber, was sie getan hatte, zog sie schnell ihre Hand zurück. Beide schauten sich an. Er sah, wie Tränen ihre Augen füllten und sie tapfer, aber vergeblich versuchte dagegen anzukämpfen.

Isebrand schluckte an einem faustdicken Kloß.

Niemals zuvor war ihm ein Abschied schmerzhafter geworden als in diesem Moment. Sollte er Holm nicht daran hindern können, das geplante Attentat zu verraten, würde es weder für ihn noch für Telse eine Zukunft geben. Ohne sich im klaren darüber zu sein, was er tat, ergriff er impulsiv Telses Hände, die sie ihm bereitwillig ließ. Sanft drückte er ihre zartgliedrigen Finger, führte sie behutsam an seinen Mund und hauchte einen angedeuteten Kuß auf die Kuppen. Telse errötete verlegen. Aber sie wandte ihr Gesicht diesmal nicht von ihm ab.

Mit jeder Minute, die Anna den beiden am Gatter wie gebannt zuschaute, wuchs ihre Wut. Ruckartig wandte sie sich ihrem Mann neben sich am Fenster zu.

„Wann wird König Hans vom Todeskommando erfahren“, fragte sie Holm.

„Sobald unser Kriegsrat über den genauen Ort, den Tag und möglichst auch die Stunde des Attentats entschieden hat.“

„Bist du sicher, daß deine Nachricht den König erreichen wird?“

Anna mißtraute der überheblichen Selbstsicherheit ihres Mannes. Sie wollte kein Wagnis eingehen. Schließlich stand sie kurz vor dem Ziel ihrer Rache, auf die sie viele Jahre gewartet hatte.

„Ich bin da ganz sicher“, antwortete er. „Seit zwei Tagen schickt Prior Augustinus seinen Mönch Cilicius, einen seiner zuverlässigsten Klosterbrüder. Da kann nichts schiefgehen. Wir treffen uns wie gewohnt am Friedhof.“

„Daraus wird nichts!“

Holm blickte sie erstaunt an.

„Du wirst Cilicius nichts von dem geplanten Attentat sagen. Diesmal werde ich persönlich dem Prior die Nachricht überbringen! Vielleicht sogar direkt dem König!“

28

Donnerstag, 13. Februar

Fünfunddreißig Geschützrohre waren auf Meldorf gerichtet. In zwei Stunden sollte die Stadt sturmreif geschossen werden. Unbefestigt, wie sie war, drohte ihr der sichere Untergang.

Schon nach dem ersten Hahnenschrei hatte für den ehemaligen Hauptort des Freistaates der Tag mit gespenstischer Todesstimmung begonnen. Die sterbende Nacht streifte ihren eisigen Nebel zuerst über der Stadt ab und hängte ihn draußen vor den Toren drohend über die vor sich hindösende Ebene. Schwerfällig waberten seine Grauschwaden über der winterlichen Landschaft an einem Fleck. Die Sonne vermochte ihre Dichte nicht völlig zu durchbrechen. Nur laue Strahlenkringel tupften hin und wieder Reif von Weiden, Äckern, strubbeligen Sträuchern und kahlen Bäumen auf. Zurück blieben häßliche dunkle Fleckchen aus feuchter, schwarzer Erde, aus nassem, faltigem Gras oder aus grau schimmernder Rinde.

Am Vormittag war dann hauchzarter Dunst aus dem verschlafenen, sich allmählich erwärmenden Boden hochgestiegen. Gegen den kalten Nebel aber konnten sich die feinen Schleier nicht behaupten. Der sog sie gierig auf. Dabei verformte er sich in zähem Wechsel zu abscheulichen Gebilden und abstoßenden Fratzen.

In respektvoller Entfernung von der Stadt stand auf einem Hügel das leuchtendweiße Stabszelt des Dänenkönigs. Am Eingang ragte das königliche Danebrogsbanner weithin sichtbar aus dem Kreis bunter Wimpel heraus, darunter auch die rote Dänemarkfahne mit weißem Balkenkreuz. Der Danebrog war rechteckig, endete keilförmig und lief spitz aus. Er war weiß und trug ein rotes, mit dicken

Goldfäden durchwirktes und glitzernden Perlen besticktes rotes Balkenkreuz. Das Banner verkörperte die Unbesiegbarkeit des dänischen Königshauses und dessen Macht über die drei nordischen Reiche. Acht stämmige Wachposten aus der Leibgarde des Feldmarschalls und Hauptbannerführers von Ahlefeldt schützten breitbeinig und mit geschulterten Hellebarden das Heiligtum. Vorüberkommende wurden mit mißtrauischen Blicken gemustert.

Um die Wachposten herum wuselte lautes, aufgeregtes militärisches Treiben. Ständig hasteten Kundschafter und Späher aus allen Himmelsrichtungen zu Fuß oder beritten heran. Sie überbrachten wartenden Offizieren am Stabszelteingang mündliche oder schriftliche Lageberichte. Die wurden gleich an die Heeresführung weitergegeben. Melder eilten mit neuen Befehlen ins Aufmarschgebiet zu den verschiedenen Truppenverbänden.

Fünf Steinwürfe vom Königszelt entfernt traten Troßhelfer und Marketenderinnen niedergebrannte Feuerstellen aus. Andere räumten Kessel, Töpfe und Feldgeschirr weg. Oder sie verstauten Getreidesäcke, Fleischfässer und weitere Überreste einer riesigen Frühstückstafel für Hunderte von Soldaten auf Troßfahrzeugen. Einige streuten bergeweise erbeutetes Heu aus, das sofort hungrige Pferde anlockte.

Vom Hauptquartier aus waren Meldorfs Schattenrisse nur schemenhaft zu erkennen. Die Fachwerkhäuser und der mächtige Dom verschwammen undeutlich im trüben Tageslicht. Ebenso eine Windmühle im Vordergrund neben dem Stadteingang und eine zweite entfernt am gegenüberliegenden Stadtausgang im Norden.

Im Nebel schienen alle Gebäude auf die Größe des nahegelegenen, weitgestreuten Gehölzes zu schrumpfen. Geduckte Mischwälder und hoch aufgerichtete Büsche sprenkelten die kahle Fläche zwischen Konigshugel und Stadtrand.

Die Gegend bot reichlich Deckung für das gesamte Heer. Während hinter dem Hauptquartier beinahe eintausend Troßbegleiter das Feldlager aufräumten, suchten elftausend Gardesoldaten, Landwehrkrieger, Soldritter und Kanoniere ihre zugewiesenen Stellungen im Gelände auf.

König Hans hatte seinen Offizieren befohlen, nach Erstürmung der Stadt rücksichtslos gegen Verteidiger und Bevölkerung vorzugehen. Er verlangte den Tod aller Überlebenden. Auch Frauen, Kinder, Kranke und Alte müßten ohne Erbarmen getötet werden.

„Der heutige Tag soll als Bluttag von Meldorf in die Geschichte dieses Krieges eingehen!“, so hatte er ausgerufen.

Zug um Zug sammelte sich die Streitmacht hinter Bodenwellen, in Senken und neben kümmerlich gewachsenen Wäldchen zum Großangriff. Fußtruppen in Rüstzeug und bis an die Zähne bewaffnet marschierten als spießestarrende Haufen schweigend oder fluchend an ihre Plätze. Vorneweg lärmten jeweils Spielleute mit dumpfem Trommeln und schrillem Pfeifen.

Angeführt wurden die Verbände von munteren Fähnrichen, die stolz und begeistert farbenfrohe Fahnen schwenkten. Mit diesen Feldzeichen bestimmten sie Richtung, Tempo und Bewegungen ihrer Abteilungen.

Die prachtvoll gekleidete Ritterschaft suchte auf unruhig stampfenden und mit bunten Bändern geschmückten Schlachtrossen in kleinen Rudeln ihre angeordnete Deckung auf.

Mit lautem Geschrei, Keuchen und Stöhnen brachten Büchsenmannschaften ihre leichten bis schwersten mauerbrechenden Feldgeschütze auf höhergelegenen Flächen in möglichst günstige Positionen. Sie schlugen dabei erbarmungslos auf die kräftigen Zugpferde ein. Die legten sich schnaubend ins Zeug und schleiften auf schlittenähnlichen Laden nacheinander klobige Geschützgestelle, Rohre, Kugelkisten und Pulverfässer die Hänge hinauf. Schon kurz darauf flammten überall kleine Feuer auf. Sie lieferten die Glut für die Luntenfackeln, mit denen später die Pulverkammern der Kanonen gezündet werden sollten.

Während sich die Streitmacht auf die Eroberung Meldorfs vorbereitete, lagen sich im Stabszelt Slentz und der dänische Herrscher in den Haaren.

Der Gardeführer protestierte gegen den Beschuß der Stadt aus über dreißig Kanonen. Dadurch würden zu viele Häuser zerstört. Und die darin zu erwartende reiche Beute ebenfalls. König Hans jedoch hielt an seinem strategischen Plan fest, durch die totale Vernichtung Meldorfs und seiner Bewohner alle übrigen Dithmarscher einzuschüchtern und zu zähmen.

Nur so glaubte er den Widerstand der verhaßten Bauern endgültig brechen und das Land möglichst schnell und kampflos unterwerfen zu können.

Slentz mißfiel diese Überlegung. Schließlich würde jede Kapitulation stets Kriegsschluß und das Ende der Beutezüge bedeuten. Aber Beute war für seine Landsknechte lebensnotwendiges Zubrot zum Sold. Nicht genug: Wäre der Krieg bald aus, würden auch die Soldzahlungen auslaufen. So etwas durfte er auf keinen Fall zulassen!

Wütend ging er den König an: „Daß die Stadt schon vorher zusammengeschossen wird, ehe meine Soldaten sie stürmen, halte ich für den größten Unsinn dieses Feldzuges."

Der Monarch stand im Halbkreis seiner Stabsoffiziere vor einer aufgehängten Geländekarte. Seine Rechte wippte nervös mit einem Zeigestock. Er schien sichtlich erregt.

„Ich lasse mir von einem kleinen Gardeführer meine Pläne nicht kaputtreden", erwiderte er aufgebracht.

Slentz starrte den König baff an. Soviel Courage hatte er noch nicht erlebt. Und das ihm!

Bevor er etwas sagen konnte, riß König Hans das Wort schon wieder an sich: „Meldorf muß *das* blutige Wahrzeichen dieses Krieges werden, gewissermaßen eine letzte Warnung an die Dithmarscher Bauern. Entweder sie ergeben sich sofort, oder sie werden genauso abgeschlachtet wie in zwei Stunden alle dort drüben in der Stadt!"

„Dazu braucht man keine Kanonenkugeln", entgegnete Slentz zornig. „Meine Leute sind es gewohnt, so etwas spielend allein zu erledigen. Es müssen nicht vorher Häuser mit all ihren Kostbarkeiten sinnlos zertrümmert werden." Slentz bemerkte nur zu gut, daß seine Worte auf taube Ohren stießen. „Ihr wißt doch ganz genau", bohrte er dennoch weiter, „daß Mauerbrecher in Dithmarschen nur überflüssiges Getöse anrichten. Es gibt hier weder Burgen noch Schutzwälle aus Stein oder gar Stadtmauern, die man niederschießen kann."

„Das interessiert mich einen Dreck, ob es Stadtmauern gibt oder nicht", beendete der König kurzerhand die Auseinandersetzung. Brüsk drehte er sich zur Landkarte um. Die zeigte in knappen Strichen das Aufmarschgelände vor Meldorf.

Slentz wurmte die hochnäsige Art, mit der ihn der adlige Feldherr hatte abfahren lassen. Außerdem fuchste ihn, daß er wieder einmal nachgeben mußte. Noch mehr ärgerte ihn, daß das Großmaul grundsätzlich jeden seiner Vorschläge ablehnte. Eines Tages werde ich ihm alles heimzahlen, schwor er sich wütend.

Schon vorher hatte er mit dem König Streit gehabt. Er hatte von ihm gefordert, nicht lange auf die Einnahme Meldorfs zu warten, sondern sie gleich nach der Ankunft aus Windbergen anzugehen. Die ausgedehnte Pause bis zum Angriff schien ihm pure Zeitverschwendung zu sein. Der Monarch aber schmetterte dieses Verlangen rundweg ab. Er belehrte Slentz, daß Truppen einen Kampf nur dann sicher gewinnen könnten, wenn sie ausgeruht wären. Schließlich wäre man schon morgens um fünf in Windbergen aufgebrochen und hätte einen schwierigen und gefährlichen Marsch gehabt.

Ihn langweilte die Lagebesprechung der führenden Stabsoffiziere, die dem König nun nacheinander die verschiedenen Angriffspositionen der einzelnen Truppenteile vortrugen.

Slentz winkte drei junge Burschen heran. Sie saßen auf Pferden unter einer hohen Erle und hatten auf ihn gewartet. Es waren seine Knappen. Sie kamen heran und führten sein Pferd am Zügel mit sich. Quer über ihren Sätteln lagen sperrige Teile einer goldschimmernden Rüstung. Vor einem Kampf schleppten sie den Harnisch stets griffbereit hinter ihrem Herrn her.

Slentz liebte diese Ritterrüstung. Wenn er sie trug und an der Spitze seiner Truppen dem Gegner entgegenritt, fühlte er sich stark, unverwundbar und unbesiegbar. Dieses berauschende Gefühl, mit dem er im Kampf über sich selbst hinauswuchs und jede Angst vergaß, übertrug sich in der Schlacht jedesmal auf sein gesamtes Landsknechtheer. Es war, als würde von Slentz ein machtvoller Zauber ausgehen. In solchen Momenten fürchteten seine Truppen weder Tod noch Teufel. Ohne nachzudenken, würden sie ihrem Obersten Kapitän dann bis ans Ende der Welt folgen, dessen war sich Slentz sicher. Solche Gedanken erfüllten ihn mit Stolz.

Der Harnisch hatte ihn ein Vermögen gekostet. Er hatte die Rüstung von einer berühmten Plattnerwerkstatt im oberitalienischen Mailand anfertigen lassen. Die lieferte ihm die höchste Form der Plattenpanzerung. Sie bestand aus einem Geschübe von körpergerechten Platten, Ringen und Schienen. Nieten und Lederriemen hielten die Einzelteile zusammen, ohne Arm- und Beinbewegungen sonderlich zu behindern. Eine geheime Legierung aus Eisen und verschiedenen Edelmetallen überzog die Rüstung goldglänzend. Sie umhüllte den Träger vom Kopf bis zu den Füßen.

Bevor Slentz den Königshügel hinunterritt, blickte er wie unter einem inneren Zwang durch den dichten Nebel hinüber zum Meldorfer Dom. Er fand es merkwürdig, daß er ausgerechnet jetzt an Isebrand denken mußte. Er hatte das Gefühl, als würde ihn sein Todfeind von drüben beobachten! Einen Moment lang stellte er sich den verhaßten Bauernführer vor, wie der ihn aus dem offenen Glockenstuhl des Kirchturms durch ein Fernrohr belauerte. Er erschrak über sich selbst. Sah er etwa schon böse Geister, dachte er wütend. Wie konnte er nur so kindisch sein? Mit Gewalt schüttelte er den Gedanken ab, er würde ausgespäht.

„Daß du mir ja nicht die Kirche triffst", rief er dem Schützhauptmann zu.

Der stutzte, lachte dann laut auf, weil er einen Scherz vermutete. Er rief zurück: „Keine Sorge, ich werde denken, du säßest im Turm und nicht der König."

Slentz nickte nur. Seine Mahnung war ihm ernst gewesen. Es gab nämlich einen handfesten Grund: Von abtrünnigen Dithmarschern, die jetzt im Landwehrheer dienten, hatte er erfahren, daß der Meldorfer Dom kostbare Schätze bergen sollte. Hauptaltar und Nebenaltäre zu Ehren des heiligen Johannes und Sebastian und der heiligen Gertrud stünden voll von silbernen und goldenen Kelchen. Ebenfalls aus Gold sollten die Rahmen mehrerer Marienbilder, drei edelsteinbesetzte Kronen, einige Kreuze und zahlreiche Leuchter sein. Eine solch verlockende Beute wollte er nicht durch einen schießwütigen Schützhauptmann gefährdet sehen.

Gefolgt von den Knappen, näherte er sich den Stellungen seiner Truppen. Er war froh, wieder unter ihnen zu sein. Er liebte ihr rauhes Leben. Allerdings war er sich durchaus im klaren, daß seine Landsknechte auch ihn umbringen würden, falls er es versäumte, für ausreichenden Sold und lohnende Beute zu sorgen.

29

Durch das kleine beschlagene Fenster drang das trübe Tageslicht nur schwach in die Kammer. Das aufgewühlte Bett und die beiden ineinander verschmolzenen Körper zeichneten sich in der schummerigen Helligkeit nur umrißhaft gegen die dunkelbraune Holzwand ab. Holm hatte die Arme fest um Anna geschlungen, doch sie lenkte ihre Gedanken auf Isebrand, der bald schon ahnungsloses Opfer ihrer Rache werden würde und dann auch für Telse keine Gefahr mehr bedeutete. Sie stellte sich vor, wie er beim Todeskommando gefangengenommen und gefoltert würde. Außerdem wünschte sie sich, daß er Todesangst erlitte.

Plötzlich Gepoltere, Gegröle, Geschrei. Vom Gang draußen schlug ohrenbetäubender Lärm brutal auf beide ein.

Anna stockte das Blut in den Adern. Entsetzt hielt sie den Atem an. Sie wagte sich nicht zu bewegen. Steif lag sie da. Sie bemerkte, daß Holm von alledem nichts wahrnahm.

„Achtundvierziger! Wo bist du?!“, rief eine dröhnende Männerstimme.

Mit angstvoll aufgerissenen Augen hörte Anna, daß nebenan Türen aufgerissen und wieder zugeschlagen wurden. Wuchtige Schritte stampften über Holzdielen, näherten sich ihrer Kammer.

„Achtundvierziger! Deine Koggen brennen!“ Die dröhnende Männerstimme tat Annas Ohren weh.

Irgend jemand hämmerte und rüttelte kräftig an der Tür. Der hölzerne Riegel wackelte. Glücklicherweise war er vorgeschoben. Anna atmete erleichtert auf, obwohl ihr die Bedeutung der Worte bewußt wurde: Ein Teil des Holmschen Vermögens war verloren.

Holm kam inzwischen zu klarem Verstand. Umständlich rollte er sich auf seine Seite und richtete sich im Bett auf.

„Was ist da draußen los?!“, bölkte er gereizt zur Tür hin.

„Deine Koggen brennen! Sie sind explodiert! Sie gehen unter!“

Holm erstarrte. Schreck und Entsetzen lähmten seinen Körper.

Er konnte keinen vollständigen Gedanken fassen. Ihm war, als hätte ihn ein Faustschlag am Kopf getroffen und ein Feuerstrahl würde von dort durch den Körper schießen.

„Mein Gott“, kam es leise über seine Lippen.

Nur langsam erholte er sich von dem Schock. Doch schon kurz danach arbeitete sein Verstand wieder nach den Gesetzen von Soll und Haben. Wie konnte das nur passieren, war sein erster Gedanke. Für eine Selbstentzündung, die den Brand ausgelöst haben könnte, fand er keinen überzeugenden Grund.

Schließlich wurde ihm klar: Das Feuer auf seinen Schiffen war kein Zufall. Es war ein Anschlag! Und dieser Anschlag galt ihm persönlich. Diese Vorstellung weckte seinen Jagdtrieb. Es konnte nur jemand getan haben, der genau wußte, was die Koggen geladen hatten und zu welchem Zweck. Der Attentäter mußte also ein Interesse daran gehabt haben, ihm den Fluchtweg über die Nordsee abzuschneiden! Ein solches Interesse konnten nur verbohrte Dithmarscher Patrioten haben. Er mußte an Pfarrer Grove denken. Hatte Grove nicht Isebrand für einen Moment aus der Kriegsratssitzung geholt? Nun gab es für Holm keine Zweifel mehr: Der Geistliche hatte den Bauernführer über die Ladung der Schiffe informiert. Schließlich hatte sein Schiffsvormann den Pfarrer dabei erwischt, als der die Koggen ausspionierte.

„Ich muß sofort zum Hafen“, sagte Holm zu Anna, sprang aus dem Bett und stürzte in die Kleidung.

Zusammen mit den Seeleuten lief er zum Hafen hinunter. Als er durch die Deichstöpe hastete, sah er das Unabwendbare: Es gab keinen Fluchtweg mehr über das Meer. Die Koggen brannten lichterloh, hatten schwere Schlagseite und waren nicht mehr zu retten. Die Explosionen der Pulverfässer in den tiefliegenden Stauräumen hatten ganze Arbeit geleistet. Zersplitterte Schiffsmasten, zerrissene Segel und unförmige Teile der Schiffsrümpfe dümpelten inmitten von Kistenbrettern, Stoffballen und allerlei Gerümpel im Wasser. Ein Schwarm neugieriger Einwohner eilte aus dem Ort herbei und begaffte aus sicherer Entfernung das brennende Wrack.

Bestürzt wandte sich Holm ab. Erst jetzt wurde ihm die ganze Tragweite des Anschlags bewußt. Ihm und Anna würde nur noch ein einziger Ausweg bleiben, um sich zu retten, sollten ihn seine

Landsleute als Verräter entlarven und aufhängen wollen: Beide müßten sich schon vorher und für immer auf die Seite des Feindes schlagen. Daß seine Tochter sie begleiten würde, bezweifelte er. Er war sich sicher, daß sich Telse letztendlich für ihre Ideale und gegen die Eltern entscheiden würde. Er kannte ihren Dickkopf nur zu gut. Schließlich war sie seine Tochter! Doch einmal noch wollte er offen mit ihr über eine gemeinsame Flucht reden – für den Fall, daß Dithmarschen untergehen würde. Er liebte sie zu sehr, um sie allein ihrem Schicksal zu überlassen.

Als Holm zufällig zur anderen Seite des Hafenbeckens hinüberblickte, stockte ihm der Atem. Dort standen Isebrand und Grove dicht beieinander. Der Bauernführer schien aufgeregt auf den Pfarrer einzureden. Der gestikulierte heftig mit den Händen, als wehre er sich gegen irgendwelche Vorwürfe, die Isebrand ihm anscheinend machte.

30

Unter dem Satteldach des Meldorfer Kirchturms reckte ein junger Mann angestrengt seinen Hals zur Dachluke hinaus. Es war Johann Groth von der Insel Büsum, einer von Isebrands besten Spähern. Der Bauernführer hatte ihm befohlen, die Lage in und um Meldorf auszukundschaften. Anschließend sollte er den Angriff auf die Stadt abwarten und später den Kriegsrat umgehend über Art und Weise des militärischen Vorgehens der anderen Seite informieren.

Groth fand, daß der Kirchturm ein besonders günstiger Standort wäre. Von hier oben würde er anrückende Truppen wie ein Vogel aus der Luft bereits von fern erkennen. Gleichzeitig überblickte er Straßen und Häuser der Stadt zu seinen Füßen. Zwar machte ihm der Nebel einen Strich durch die Rechnung, weil er durch die Grauschleier nicht viel erkennen konnte. Eine aufklärende Ausschau auf das Gelände um die Stadt herum war so gut wie unmöglich. Daß aber unaufhörlich neue Kriegerhaufen aus irgendwelchen Deckungen wie Ameisenkolonnen aus der Erde hervorquollen, das vermochte er ziemlich sicher zu erkennen. Stärke, Bewaffnung und Heeresgattung der einzelnen Aufgebote allerdings konnte er nur erahnen, nicht genau bestimmen.

Das Aufmarschgelände füllte sich schnell mit Truppen. Der Anblick erhöhte Groths Herzschlag, und er fühlte sich ziemlich unwohl in seiner Haut. Zusätzlich machten ihn der dumpf klingende Trommelwirbel und das schrille Pfeifen der Spielleute nervös. Die fetzenweise herüberflatternden Befehle steigerten sein Unbehagen. Mit einem Male spielte er mit dem Gedanken, möglichst bald seinen Ausguck zu verlassen und aus Meldorf zu verschwinden.

Er rang mit sich, was er tun sollte. Haute er sofort ab und brächte dem Kriegsrat nur einen unvollständigen Bericht mit, würde man ihn zu Hause ganz sicher einen Feigling schimpfen, überlegte Groth. Wartete er dagegen den Sturmangriff auf Meldorf und die Eroberung der Stadt ab, würde er Kopf und Kragen riskieren. Kehrte er dennoch wohlbehalten zurück, würden ihn seine Freunde und vielleicht sogar alle Dithmarscher als Held feiern, schwelgte er in heimlicher Vorfreude. Mißlänge ihm jedoch die Rückkehr, weil er getötet würde, wäre *er* der Dumme.

Also entweder Held oder Arschloch, sagte sich Groth. Wie das vermutlich immer in jedem Krieg war, dachte er. Aber eine andere Wahl würde er nicht haben, um aus der heiklen Lage einigermaßen glimpflich herauszukommen.

Groth entschied sich für Heldentum, wenngleich er im Geiste alle dänischen Kanonenrohre auf sich gerichtet sah. Er fühlte, wie seine Unsicherheit stärker wuchs als sein Mut. Schuld waren die vielen Lichtpunkte drüben auf den kleinen Hügeln. Zu Recht hielt er sie für Luntenfeuerstellen der dänischen Feldgeschütze. Der Gedanke, daß nur wenige Steinwürfe entfernt von ihm ein übermächtiger Gegner darauf wartete, ihm die Kehle durchzuschneiden, war ihm unheimlich.

Aber der letzte Dreck wollte er nun mal nicht sein, nahm sich Groth vor. Und der wäre er allemal in Dithmarschen, würde er zuerst an sich und danach an das Vaterland denken. Sein Geschlechterverband würde sich seiner schämen. Seine Verbandsgenossen würden ihn links liegen lassen, wenn nicht gar ächten. Ihm würden nur Nachteile entstehen. Und genau die könnte er im Augenblick überhaupt nicht brauchen, dachte er. Denn bald würde er von seinem schwerkranken Vater den Hof übernehmen und ein freier Dithmarscher Bauer sein – falls sein Land den Krieg gewinnen sollte.

Schon deshalb wollte er alles in seiner Macht Stehende tun, die fremden Eindringlinge fortzujagen. Er würde es bestimmt nicht ertragen können, auf dem Hof seiner Väter und Vorväter den Lehnsknecht des dänischen Königs zu spielen und ein Leben lang für die Taschen des Adels zu schuften. Dann lieber kämpfen und sterben. Der Gedanke, im Leben nicht mehr tun und lassen zu können, was man selber für richtig hielt, erhöhte seine Entschlossenheit, weiter wie bisher vom Kirchturm aus den Feind zu beobachten. Groth wollte den Befehl des Bauernführers ausführen – und wenn es sein müßte bis zum bitteren Ende.

Erschrocken zuckte er zusammen. Ein Feuerblitz in der Nebelwand draußen vor der Stadt riß ihn aus seinen mutigen Gedanken. Ein grauenvolles Zischen und Heulen in der Luft raste auf ihn zu. Fast blieb ihm das Herz stehen. Nur einen Lidschlag später schon donnerte, krachte und dröhnte es über die Stadt hinweg bis hinauf zu ihm im Kirchturm. Der bebte leicht. Groth wich das Blut aus dem Gesicht. Er begann, am ganzen Leib zu zittern: Oh heilige Maria, jetzt sind alle Teufel los! Dann polterte, rumpelte und schepperte es ohrenbetäubend – genau wie damals, schoß es Groth voller Entsetzen durch den Kopf, als das Haus seines Onkels vom Blitz getroffen eingestürzt war und er beinahe von einer umkippenden Mauer begraben worden wäre.

Es dauerte nur einen kurzen Moment, und seine wirkliche Lage wurde ihm wieder bewußt: Diesmal war es kein Blitz, es war die riesige Eisenkugel eines Breschenschusses aus dem schwersten Feldgeschütz des Dänenkönigs. Sie mußte in einem Haus direkt neben der Kirche eingeschlagen sein, glaubte Groth. Von der schweren Metze und ihren neunzig Pfund schweren Kugeln hatte er schon gehört. Sie sollte ja die neue Wunderwaffe des Dänenkönigs sein. Daß sie aber imstande war, die Erde beben zu lassen, das hätte er in seinen kühnsten Träumen nicht erwartet.

In der Stadt war inzwischen Panik ausgebrochen. Menschen stürzten aus ihren Häusern heraus, schrien wild durcheinander. Einige kreischten vor Todesangst, andere brüllten vor Wut. Groth beobachtete, wie vor dem zusammengestürzten Gebäude zwei Frauen gellend um Hilfe riefen. Sie rannten kopflos umher, buddelten mit den Händen in den Trümmern, suchten anscheinend nach verschütteten Angehörigen. Eine Gruppe von Knaben hastete von Haus zu Haus und half, Möbel und andere Gegenstände auf die Straßen zu schleppen. Dort beluden mehrere Frauen bereitstehende Wagen mit Hausrat, sprangen anschließend selber auf die Fahrzeuge und schlugen mit Peitschen auf die eingespannten Pferde ein, die mit weit ausholenden Schritten zur Stadt hinauspreschten.

Eigenartig, dachte Groth, warum war nur ein einziger Schuß gefallen?

Lautes Gejohle neben der Nordermühle am Stadtausgang in Richtung Heide zog seine Blicke an. Empört sah er, daß sich bewaffnete Söldner, die zur Verteidigung Meldorfs angeworben worden waren, rücksichtslos zwischen den Flüchtlingskarren der fliehenden Einwohner hindurchzwängten. Sie standen auf Pferdewagen oder saßen auf Reitpferden und schlugen brutal mit Peitschen um sich. So bahnten sie sich einen Weg durch den Flüchtlingsstrom, um noch vor allen anderen die Stadt zu verlassen. Groth hörte, wie sie immerzu schrien: „Es ist alles verloren! Es gibt keine Rettung mehr!" Er sah, daß keiner der zweihundert Söldner, die Meldorf verteidigen sollten, zurückblieb.

Schon bei seiner Ankunft in der Stadt hatte er sich gewundert, daß die Kerle kaum Anstalten machten, Schanzen aufzuwerfen oder wirksame Verteidigungsmaßnahmen zu ergreifen. Es war ihm noch immer ein Rätsel, warum der Kriegsrat keine eigenen Bauernverbände nach Meldorf geschickt hatte. Hatte die Führung allen Ernstes gehofft, nur mit einem wilden Haufen heimatloser, wildfremder Söldner Dithmarschens größte Stadt verteidigen zu können, fragte sich Groth.

Ebenfalls überrascht war Groth über den Plan vieler Frauen gewesen, sich widerstandslos König Hans zu unterwerfen. Heilfroh würden sie sein, hatten sie gesagt, wenn ihre Stadt nicht verteidigt werden würde. Als sie ihm ihre Beweggründe nannten, verstand er die Welt nicht mehr: König Hans würde ihnen bestimmt ihre Ergebenheit mit Barmherzigkeit belohnen, meinten sie. Sie waren davon überzeugt, daß er sie schonen und ihre Häuser nicht plündern oder gar anzünden ließe. Die wackere Schar, die auf Gnade und Milde des Dänenkönigs setzte und Meldorf deshalb nicht verließ, bestand allerdings nur aus Frauen, Kranken und Alten. Groth fragte sich, ob die nun nach dem ersten Kanonenschuß noch ebenso über König Hans dachten wie noch vor Stunden?

Für eine erschöpfende Antwort blieb keine Zeit: Das Land um ihn herum war plötzlich ein Hexenkessel. Im Halbkreis um das südliche Meldorf blitzte hinter den Nebelschleiern in rascher Folge ein Geschützfeuer nach dem anderen auf. Groth glaubte einen Moment lang das Glitzern des Meeres zu sehen, das ihm manchmal entgegenflimmerte, wenn er abends auf dem Büsumer Deich stand und den Sonnenuntergang verfolgte. Im Augenblick jedoch hockte er oben im Turm des Meldorfer Doms. Und ohrenbetäubend rollte Donner um Donner von den umliegenden Hügeln herüber.

Vorsichtshalber zog Groth den Kopf aus der Luke zurück unters Dach. Dennoch konnte er sich dem Kriegslärm nicht entziehen. Pfeifen, Röhren und Rauschen durchpflügten die Luft. Eine Kanonenkugel nach der anderen stürzte sich gierig auf die Stadt. Wahllos rissen sie aus deren Leib große Stücke heraus und zerfetzten sie. Ganze Häuserreihen barsten prasselnd auseinander. Gebäude fielen krachend zusammen. Überall lagen schwerverletzte Menschen und Tiere. Viele von ihnen schrien und wälzten sich in ihrem Blut. Andere lagen still inmitten der Trümmer. Und immer wieder trieben neue Kugeleinschläge wie ein Feuersturm verzweifelte, umherirrende, schreiende und wimmernde Menschen vor sich her.

Der Kugelhagel nahm kein Ende.

Groth fiel auf die Knie, faltete die Hände, starrte vom Dachboden aus mit weit aufgerissenen Augen durch die enge Dachluke hinauf in den Himmel und betete laut zu seinem Herrgott. Er flehte den Allmächtigen an, ihm um seiner armen Seele wegen alle Sünden zu vergeben und ihn gnädig und barmherzig in seinen sicheren Schoß zu nehmen. Er war felsenfest davon überzeugt, daß es jeden Moment mit ihm vorbei sein würde.

Auf einmal hielt Groth beim Beten inne. Angestrengt horchte er hinaus: Tatsächlich! Kein Heulen und Röhren mehr in der Luft. Keine donnernden Einschläge mehr. Kein Geschützfeuer. Als würde der liebe Gott seine Gebete erhört haben. Groth faßte es kaum: Der Himmel über Meldorf war stumm, die Stadt lag totenstill da. Nur hier und da noch ein leises Wimmern und Klagen eines Menschen.

Vorsichtig streckte Groth seinen Kopf zur Luke hinaus. Die Gefahr schien vorüber. Aber er traute dem Frieden nicht ganz. Die plötzliche Ruhe schien ihm eher bedrohlich als befreiend. Er wußte: Noch stand der zweite Teil des blutigen Tages bevor – der Sturmangriff des gewaltigen Heeres.

Groth bemerkte, daß kaum noch ein Mensch auf den Straßen zu sehen war. Bestimmt hatten manche ihre verletzten oder toten Angehörigen in die verschont gebliebenen Häuser gebracht und warteten nun dort das weitere Geschehen ab.

Geübt ließ Groth seinen Späherblick prüfend über den gesamten Ort schweifen. Die Nordhälfte Meldorfs mit Dom, Kloster und Pfarrhaus war völlig unversehrt geblieben. Dagegen wirkte der größte Teil der Südstadt wie eine einzige Ruine. Hastig zählte Groth die Häuser, die zerstört waren: Dreiundvierzig. Siebenundzwanzig davon waren so gut wie dem Erdboden gleich. Noch wenige Stunden zuvor, als er seinen Ausguck eingenommen und aus Langeweile alle Meldorfer Wohngebäude zusammengerechnet hatte, war er auf die Zahl einhundertdreiundsechzig gekommen.

Ein Viertel der Stadt war also vernichtet, dachte Groth entsetzt. Und das ohne jeden triftigen Grund. Denn es hätte nicht eines einzigen Schusses bedurft, um Meldorf zu erobern. Es gab doch weder Verteidiger, die unschädlich gemacht werden mußten, noch war die Stadt gegen äußere Angriffe befestigt.

Opfer des dichten Geschützfeuers waren auch die beiden Straßen nach Marne und Windbergen. Sie führten nur wenige hundert Schritte voneinander entfernt gemeinsam zur Stadt hinaus nach Süden und strebten erst später in entgegengesetzte Richtungen auseinander. Schwere Einschläge hatten tiefe Löcher in ihre Oberflächen gerissen. Groth erwartete jeden Augenblick den Angriff des feindlichen Heeres.

Es dauerte auch nicht lange: Dumpfe Schläge auf Kalbfelltrommeln und schrille Melodien aus Schweizerpfeifen kündigten von fern den Sturm auf Meldorf an. Die Töne drangen abgehackt und scharf zu Groth herüber. Sie kündigten eine waffenstarrende, alles niedermachende Menschenwalze aus Tausenden von Soldaten an. Groth ahnte nur dumpf, was auf ihn zukommen würde. Er spürte sein Herz bis zum Halse schlagen.

31

„Hoooaa … he!"

Telses langgedehnter Ruf mit dem kurzen Schrei am Ende des Kommandos feuerte vierzehn Frauen und sie selbst zu höchster Muskelleistung an. Schwer atmend und stöhnend drückten sie mit Schultern, Armen und Händen einen schweren Pferdewagen von draußen in die Diele herein.

„Hoooaa … he!" So spornten auch Bäuerinnen einer anderen Gruppe sich gegenseitig im Chor zu außergewöhnlicher Kraftanstrengung an. Auch sie schoben einen Wagen herein, der ihnen mit seinen vier hohen Rädern, dem wuchtigen Holzrahmen und dem grobgeschnitzten Seitengestänge einige Mühe abverlangte. Schließlich waren die Fahrzeuge mit Spießen, Schwertern, Armbrüsten und Bergen von Wolldecken, Leinenballen, Wasserfässern und allerlei Gefäßen vollbeladen. Nach einer Weile aber war es geschafft: Acht Lastenwagen standen in einer Reihe in der Diele.

Sie waren für jenen Tag vorgesehen, an dem es zur entscheidenden Schlacht gegen das dänisch-holsteinische Heer kommen sollte und die Frauen an der Seite ihrer Männer mittun wollten. Sie hatten vor, mit Hilfe der Wagen ihre Waffenausrüstung und das Versorgungsmaterial für die Verwundeten nach vorn ans Schlachtfeld zu bringen.

Draußen vor dem Dielentor standen über vierzig Pferde, von denen die meisten gesattelt waren. Sie gehörten den Frauen, die hier in Oldenwöhrden auf dem Hof der Witwe Grete Wiggers zusammen gekommen waren, um die letzten Vorbereitungen für ihr geplantes Unternehmen zu treffen. Das letzte Mal hatten sie in derselben Diele unter Pfarrer Groves Anleitung den Umgang mit Waffen geübt. Jetzt zeigten sie sich genauso entschlossen wie damals, in der Schlacht die Fernwaffen der Männer zu laden, Verwundeten zu helfen und im äußersten Fall sogar selbst mitzukämpfen. Die Frauen verstanden sich auch als Vertreterinnen weiterer wehrbereiter Bäuerinnen und deren Töchter in den Bauernschaften der Kirchspiele Oldenwöhrden, Hemmingstedt, Wesselburen und Büsum.

„Ich glaube, wir können mit unserer Ausrüstung zufrieden sein", sagte Telse. Die Frauen, die sich inzwischen um die offene Feuerstelle in der Diele gesetzt hatten, nickten zustimmend. Die rothaarige Wibke Eveken aus Wesselburen lachte mit ihrer kräftigen, rauhen Stimme: „Das reicht gut und gerne für mindestens hundertundfünfzig von uns. Nur müssen wir die Wagen rechtzeitig holen, wenn es soweit ist." Wienke Mummsen aus Büsum meinte: „Das Beste wäre wohl, wir treffen uns alle rechtzeitig hier bei Grete, wenn es soweit ist. Wir könnten dann gemeinsam nach vorn ins Feld zu unseren Männern reiten."

Die Frauen kamen überein, alle Kinder und deren Großmütter vorübergehend auf die Insel Büsum zu bringen. Telse gab bekannt, daß die Dreessenkluft und die Geschlechter der Bolingmannen, Westerwürdinge, Mollermannen und Dikbolingmannen sich bereit erklärt hätten, alle aufzunehmen.

„Ich habe außerdem gehört, daß sich Frauen auch in anderen Kirchspielen zusammengeschlossen haben, um mitzukämpfen." Fragend blickte sich Telse in der Runde um. Mariken Drewessen aus Wesselburen bestätigte dies: Sowohl in Lunden als auch in Heide würden sich Frauen, ähnlich wie hier, zusammenfinden. „Im Süden des Landes ebenso", ergänzte Antje Vieth aus Epenwöhrden. „Meine Schwägerin erzählte mir, daß sich schon seit mehreren Tagen Frauen in Barlt, Marne, Eddelak und Brunsbüttel darauf vorbereiten, ihren Männern in der Schlacht beizustehen."

Telse strahlte. Sie war ungeheuer stolz, eine Dithmarscherin zu sein.

32

Zuerst sah Groth mehrere Verbände von Fußtruppen aus den Nebelschwaden heraustreten und über reifbedeckte Weiden und Äcker in langsamem Marschtritt auf Meldorf zukommen. Tapfer harrte er auf seinem Beobachtungsposten im Kirchturm aus. Die Fußtruppen näherten sich auf breiter Front in vier hintereinander gestaffelten Reihen. Im Gleichschritt mit den Trommelwirbeln stapften sie unaufhaltsam vorwärts.

Nach den Befehlen ihrer Anführer ordneten Fähnriche mit Fahnenzeichen und Spielleute mit Lautsignalen die Bewegungsabläufe ihrer Verbände. Die Hauptstreitmacht marschierte von zwei Seiten auf den Wolmersdorfer Landweg zu, der zum südlichen Stadteingang neben der Südermühle führte. Die restlichen Kompanien kamen auf dem Marner Landweg heran.

Ohne anzuhalten, schlossen sich unmittelbar vor der Stadt alle Einheiten zu einem mächtigen Geviert zusammen. Es bestand aus sieben dicht hintereinander gestaffelten Reihen. Die Breite dieser Phalanx schätzte Groth auf fünfhundert Mann. Sie schritten Schulter an Schulter.

Er wußte, daß die erste Frontreihe eine Art Todeskommando war und nur von den tapfersten Kriegern gebildet wurde. Ihr Kampfauftrag: Mit langen Hellebarden mußten sie das Zusammentreffen mit dem Gegner eröffnen und die Spieße der ersten feindlichen Reihen niederdrücken. So konnten die dicht hinter ihnen folgenden Soldaten mit langen vorgestreckten Spießen in die ersten feindlichen Reihen hineinstechen.

Der furchterregende Aufmarsch der Kriegerhaufen aber kam Groth ziemlich lächerlich vor. Für einen Kampf im offenen Feld fehlte ja der Gegner, dachte er. Dennoch kroch Angst in ihm hoch, je mehr Soldaten er auf die Stadt zukommen sah.

An den neuzeitlichen Landsknechtharnischen erkannte Groth die Soldaten der Großen Garde. Oft genug hatte man ihm die Krieger des verwegenen Söldnerhaufens mit einer Mischung aus Hochachtung und tiefer Abscheu beschrieben.

Mit jedem Schritt, den die spießestarrende geschlossene Schlachtordnung näherrückte, klapperten, knirschten und klirrten die beweglichen Eisenblechteile der Rüstungen immer lauter. Groth schepperte es furchterregend in den Ohren. Die wogende Masse der unzähligen Rüstungen aus Sturmhauben, Brustplatten, Achselkragen, Armringen, Bauchreifen, Schößen und Panzerärmeln bewegte sich wie eine Walze langsam auf die ersten Häuser der Stadt zu. Einmal in Bewegung, war sie nicht zu stoppen – außer durch eine andere Phalanx. Groth wußte um den gemeinen Trick dieser enggeschlossenen Angriffsformation: Wer vorne zögerte oder fliehen wollte, der wurde von hinten unbarmherzig weitergeschoben. Immer in Richtung der gegnerischen Lanzenspitzen.

Plötzlich hielt Groth den Atem an. Hörte er richtig? Schon die sich im absoluten Gleichtakt bewegende Phalanx war ein Horror. Aber diese völlig neuartige Erscheinung der Angriffsführung trieb ihm noch grausigere Schauer über den Rücken: Ein entsetzlicher Schlachtgesang!

„Wir … töten!“, brauste es aus Tausenden von Kehlen über die Ebene vor der Stadt. „Wir … wollen … töten!“, folgte gleich der zweite Kampfruf im Rhythmus der Marschtritte. Und immer wieder: „Wir … töten!“ – „Wir … wollen … töten!“

Während sich Groth verzeifelt die Ohren zuhielt, entdeckte er die wuchtige Gestalt eines hünenhaften Mannes, der in einer goldglänzenden Rüstung auf einem hohen, kraftstrotzenden Schlachtroß saß. Er ritt hart am rechten Rand der Phalanx einher. Groth ahnte gleich, wer es war: Der oberste Gardekapitän Thomas Slentz. Viele wundersame Dinge hatte er schon über diesen Mann gehört. Besonders über seine Tapferkeit. Aber noch mehr über seine Grausamkeit.

Groth erschrak. Auf die spießestarrenden Reihen der Garde folgte auf breiter Front schwere Reiterei. Gespenstisch kam sie aus dem Nebel hervor. Verdammt sei diese dreckige Bande von adliger Ritterschaft, fluchte er haßerfüllt. Überall steckte sie ihre Nase hinein, wo es galt, sich zu bereichern. Wehe, wenn ich einen von euch erwische, zischte er und sah sich im Geiste schon gegen einen von oben bis unten gepanzerten Grafen im Nahkampf.

Gerade schlug er ihm den Kopf ab, als er sich, wieder ernüchtert, mitten in der Wirklichkeit sah. Hinter den mehrere tausend Mann starken Verbänden herannahender Fußtruppen und Reiter stießen aus der Nebelwand weitere und immer neue Kolonnen ins offene Gelände vor. Groth schätzte die Gesamtzahl der neuen Einheit auf mindestens fünftausend Mann. Sie formierten sich zu vier riesigen Marschsäulen. Es müßte die Landwehr sein, sagte er sich. Über ihre Existenz war er bereits durch den Kriegsrat informiert worden.

Gebannt starrte Groth auf den Aufmarsch der feindlichen Großmacht. Zwar hätte er sich vor Angst beinahe ins Gewand gemacht. Doch gleichzeitig nahm ihn das erhebende Gefühl gefangen, Augenzeuge eines historischen Augenblicks in der Geschichte seines Landes zu sein.

Gewaltsam machte er sich schließlich von dem Bild der gigantischen Truppenansammlung frei. Beinahe hätte er vergessen, daß die Katastrophe schon in wenigen Augenblicken über Meldorf und auch ihn selbst hereinbrechen würde. Ein gehöriger Schreck durchfuhr ihn. Harrte er noch länger im Kirchturm aus, überlegte er blitzschnell, würde er sehr bald mit in den Strudel des Unheils hineingerissen. Und ein toter Groth würde weder dem Kriegsrat noch dem Marschenhof seines schwerkranken Vaters von Nutzen sein, sagte er sich.

Noch während er fluchtartig die morschen Turmstiegen hinabstürmte, hörte er draußen einen Kanonenschuß fallen. An einer Fensterhöhle hielt er schnaufend inne, schaute neugierig hinaus und sah gerade noch einen leuchtenden Brandsatz hochsteigen. Er ging seitlich an den immer näherkommenden Truppen in hohem Bogen zischend nieder. Das Zeichen zum Sturmangriff, schoß es Groth durch den Kopf. Er sah, wie sich das Landsknechtheer in mehrere Truppenverbände zerteilte. Mit vorgestreckten Spießen, wild schwingenden Schwertern und gellendem Schlachtgeschrei stürzten sich die Gardesoldaten von allen Seiten in die Südstadt.

Als sich Groth wieder der Holztreppe zuwandte, um schleunigst den Turm zu verlassen, wurde er noch eben gewahr, daß es in den Straßen plötzlich nur so von Landsknechthaufen wimmelte. Johlend und gröhlend drangen sie in die Häuser ein.

Groth hörte Frauen entsetzlich schreien.

33

„Das lasse ich mir nicht von dir gefallen!", brüllte Anna.

Sie war außer sich vor Zorn.

Telse traute ihren Augen nicht: Noch nie hatte sie ihre Mutter so unbeherrscht gesehen. Wahrscheinlich plagte sie das schlechte Gewissen, dachte sie.

„Ich bleibe dabei", warf sie ihrer Mutter vor, „du hast von Vaters Plan gewußt. Er war es doch, der vorgeschlagen hat, ein Mordkommando mit Isebrand an der Spitze aufstellen zu lassen!"

„Ich sage dir noch einmal: Das ist nicht wahr!", log Anna.

„Ich glaube sogar, daß die Idee von dir ist."

„Was soll das heißen? Willst du mich Lügen strafen?", schrie Anna gespielt wütend.

„Weil du Isebrand haßt, willst du dich auf diese Weise an ihm rächen. Du willst ihn umbringen lassen." So! dachte Telse, nun ist es heraus. Sie soll nur wissen, was ich von ihr halte.

Anna fühlte sich durchschaut, wurde kreidebleich, schnappte nach Luft und brachte kein Wort heraus. Was ist nur in meine Tochter gefahren, bebte sie innerlich. Hatte sie es nicht gerade gewagt, ihre eigene Mutter eine Mörderin zu nennen?

Das ist ungeheuerlich, dachte sie. Dennoch erschrak sie bei dem Gedanken, daß Telse ihr in Wahrheit einen Spiegel vorhielt.

„Du weißt zu genau", schleuderte Telse ihrer Mutter ins Gesicht, „daß er da niemals wieder lebend herauskommen wird." Bei dem Gedanken, daß sie Isebrand für immer verlieren könnte, schossen ihr Tränen in die Augen.

„Das ist der größte Unsinn, den du da von dir gibst", erwiderte Anna. Sie bemerkte, daß sich auf Telses Wangen von den Augen herunter bis zum Kinn zwei Rinnsale bildeten. Sie schimmerten hell und feucht.

Der Anblick versetzte ihr einen Stich ins Herz. Sie mußte jetzt mit allen Mitteln verhüten, dachte sie, daß Telse sich in einen Verdacht hineinsteigerte, den sie niemals mehr loswerden würde. Sie nahm sich vor, den Streit zu entschärfen. Sie würde jetzt nur wie eine besorgte Mutter sprechen, liebevoll, mild und verständnisvoll – auch wenn ihr das nicht leichtfiel. Der Moment schien günstig, einen annehmbaren Rückzug einzuleiten – zum Guten für beide Seiten, sagte sie sich.

Laut fuhr sie fort: „Ich bin überzeugt, daß Isebrand mit seinem Kommando Erfolg haben wird.“ Telse hörte nicht hin. „Was hat Vater nur dazu getrieben, ausgerechnet Isebrand mit dem Kommando zu betrauen“, fragte sie. Sie wollte Gewißheit. Die Sorge um den Mann, den sie liebte, setzte sich in ihrer Seele fest. Sie konnte sich nicht davon befreien, so sehr sie sich auch bemühte. Mißtrauisch musterte sie ihre Mutter, die ihr gegenüber auf der Bettkante ihrer Kammer saß.

„Weil Isebrand der Beste ist“, sagte Anna ruhig. „Und wenn es um unser Land, um unser aller Freiheit geht, brauchen wir die Besten.“ Sie mußte Telse unbedingt davon abbringen zu glauben, ihre Mutter wäre ein rachsüchtiges Weib. Anna war sogar entschlossen, dafür heuchlerisch und scheinheilig gegen ihr eigenes Kind vorzugehen. Hauptsache, es führte zum Erfolg.

„War nicht immer für dich die Freiheit des Landes das Wichtigste im Leben“, fragte sie.

„Das schon“, lenkte Telse leise ein. In ihrer Aufgewühltheit bemerkte sie gar nicht, daß ihre Mutter geschickt die Aufmerksamkeit auf ein Thema lenkte, das ihrer Tochter zutiefst am Herzen lag. Doch urplötzlich wurde Anna wieder von der scheußlichen Erinnerung an die Vergangenheit heimgesucht. Sie konnte einfach nicht dagegen an.

„Warum bist du nur so besorgt um diesen Mann, der mich vor zwanzig Jahren so schmählich behandelt hat? Schließlich hat er mir, deiner Mutter, sehr weh getan.“

Im selben Moment hätte sich Anna am liebsten auf die Zunge gebissen. Wie konnte sie sich nur so gehen lassen? Sie war erschrocken. Wollte sie nicht ausschließlich ihren Verstand einsetzen und Gefühle erst gar nicht aufkommen lassen?

Natürlich war es dumm von ihr, schmerzliche Erinnerungen ins Spiel zu bringen, dachte sie. Aber andererseits: Weshalb sollte sie es sich verkneifen, Telse immer wieder vor Isebrand zu warnen? Also Schluß mit der Rücksichtnahme! Ein liebendes Mutterherz würde nun mal auch dann schlagen, wenn es Gefahr liefe, mißverstanden zu werden. Und nicht nur dann, wenn man man von ihm ausschließlich Verständnis und Nachsicht erwartete. Hoffentlich würde Telse das begreifen.

„Ich wußte es doch“, stieß diese heftig hervor.

„Was wußtest du?“ Anna ahnte Schlimmes.

„Gib zu“, schrie ihr Telse ins Gesicht, „du liebst Isebrand immer noch. Aber weil er nur mich liebt, willst du ihn aus dem Weg räumen.“

Anna lachte schrill auf.

Wütend und energisch stampfte Telse mit dem Fuß auf: „Ich lasse mir Isebrand weder von dir noch von Vater wegnehmen. Wehe wenn er beim Todeskommando umkommt!“

„Was soll das heißen?“

„Dann seid ihr für alle Zeit nicht mehr meine Eltern. Dann seid ihr für mich für immer tot. Genauso, wie dann Isebrand für euch tot sein wird.“

Telse stürmte aus der Kammer.

Der Mann, um dessen Leben sie fürchtete, stand draußen am Dielentor zusammen mit seinem Freund Grove. Telse spürte ihr Herz laut klopfen, als sie Isebrand sah. Sie würde nun an ihnen vorbei müssen, dachte sie beklommen. Doch sie wollte beider Gespräch nicht stören. Wollte sie das wirlich nicht? befragte sie ihr Herz. Am liebsten wäre sie zu ihm gegangen. Aber sie blieb lieber wenige Schritte von den Männern entfernt scheu hinter dem Dielentor stehen und hoffte, daß beide bald weggehen würden. Zwangsläufig hörte sie so allerdings jedes Wort mit. Das war ihr sehr peinlich.

Grove beschwor gerade seinen Freund, ihm zu glauben, daß er mit dem Untergang der Holmschen Koggen nichts zu tun hatte. Er räumte ein, unseligerweise mit Hinrich Wrange über die Ladung der beiden Schiffe gesprochen zu haben. Und über deren möglichen Zweck.

„Hinrich Wrange von den Hogenwordern?“, fragte Isebrand nach dem Geschlechterverband des Genannten.

„Ja. Er ist einer unserer treuesten Anhänger im Kampf gegen den

Dänenkönig. Vermutlich war er mit seinen Leuten im Hafen und glaubte, dem Land einen guten Dienst zu erweisen, wenn er die Koggen in die Luft jagen würde."

„Hier ist er zu weit gegangen", antwortete Isebrand ungehalten.

Er schien recht verärgert, dachte Telse teilnahmsvoll. Sie selbst hatte vom Untergang der Schiffe kaum etwas mitbekommen. Nur, daß Vater gegenüber Mutter wütend von einem Racheakt gegen ihn gesprochen hatte. Sollte ihr Vater auch ein Vermögen verloren haben, der Vorfall interessierte sie kaum. Schließlich war Vater reich genug, den Verlust zu verschmerzen. Und Geld war für Telse sowieso Teufelszeug, schuld an allem Unheil und den meisten Sünden in der Welt.

„Hast du deine Leute fürs Kommando zusammen", fragte Grove.

„Ja, es sind fünfzehn Freiwillige aus dem Büsumer Geschlecht der Dikbolingmannen. Alles verwegene, aber ehrliche und wackere junge Männer. Ich habe ihnen klipp und klar gesagt, daß auf sie Ruhm, vielleicht aber auch der Tod warten wird."

„Ich werde der sechzehnte sein."

„Bist du verrückt? Das kommt nicht in Frage!"

„Was soll das heißen?" Isebrands bestimmender Ton regte Grove auf. „Noch bin ich mein freier Herr."

„Einen Pfarrer kann ich nicht brauchen. Er wird nicht töten können, denn Töten wäre gegen Gott. Aber wir werden König Hans und seine Offiziere umbringen müssen. Also bleibst du besser dort, wo du hingehörst: In deiner Kirche."

„Dann werde ich lieber kein Priester mehr sein", erwiderte Grove. „Ich verlasse den Klerus."

Isebrand blickte seinen Freund entgeistert an. Er sah, daß in Groves Augen heiliger Ernst leuchtete. Er schien zu allem entschlossen, dachte Isebrand. Verdammter Narr! Doch nähme er ihn nicht mit, wäre diesem heißblütigen Patrioten alles zuzutrauen. Was bloß kann ich dagegen tun? überlegte Isebrand. Nichts. Er war sich sicher: Auch wenn er auf seinem Nein bestehen würde, Grove würde heimlich mitkommen, irgendwann auf dem Weg zum Tatort auftauchen, anschließend mit seinem Feuerkopf einen unheilvollen Fehler begehen und dadurch das gesamte Unternehmen ins Verderben stürzen.

„Tu, was du tun mußt – und sei der Sechzehnte!“, gab Isebrand nach.

Grove ergriff die Hand seines Freundes. „Danke“, flüsterte er mit bewegter Stimme.

Im Schatten des Heubodens direkt hinter dem Dielentor hatte Telse den beiden gebannt zugehört. Was für eine Männerfreundschaft, dachte sie bewundernd. So wenige Worte für so viel Schicksalhaftes.

34

Als der nackte Hintern des Soldaten sich schneller zu bewegen begann und die Männerarme den Frauenleib immer fester umschlangen, brüllten die umstehenden Söldner vor Vergnügen. Noch während ein langgezogenes, wollüstiges Stöhnen das Ende der brutalen Vergewaltigung ankündigte, zerrte schon der nächste Landsknecht seinen Kumpan von dem ausgestreckten Frauenkörper herunter. Dann stürzte er sich selber gierig darauf.

Ihm folgte der dritte, der vierte.

Beim fünften und sechsten Mann schwanden Inken Ratlow zeitweise die Sinne. Sie hatte aufgehört zu schreien. Sie stöhnte und wimmerte auch nicht mehr. Ihre Seele war leer. Erschöpft und zerschlagen lag sie gleichgültig da. Willenlos ließ sie alles über sich ergehen.

Sie wollte nur noch sterben.

Dennoch erfaßte sie für kurze Augenblicke eine panische Urangst, der Gedanke an ihr Kind.

Es lag nur wenige Schritte von ihr entfernt in einer Wiege. Ein Säugling. Erst vier Monate alt. Er schrie aus Leibeskräften. Sein Gesichtchen war vor Anstrengung rot angeschwollen. Die Ärmchen mit den winzigen Fingern ruderten fahrig durch die Luft. Der Lärm im Raum hatte den Winzling zu Tode erschreckt.

Beim Hereinstürmen hatten die Landsknechte den Jungen vorher von der Brust seiner Mutter gerissen, ihm die Lanzenspitze an den Hals gesetzt und Inken Ratlow aufgefordert, sich auszuziehen. Stumm hatte sie getan, was die Männer verlangten. Sie wollte alles geben, selbst das eigene Leben, nur um das des Kindes zu retten.

Mit einem Male peinigte sie das Gewissen. Sie warf sich vor, nicht genug getan zu haben, um das Kind zu beschützen. Blankes Entsetzen fuhr ihr in die Glieder: Sie hätte niemals ihr Leiden herausschreien und ihr Kind damit beunruhigen und zum Weinen bringen dürfen. Bevor der siebte Landsknecht zu ihr kam, hörte sie eine wütende Stimme: „Stich den Balg ab, damit er endlich Ruhe gibt!"

Inken Ratlow erstarrte. „Oh, mein Gott, mein Kind! Mein Kind!", schrie sie wie von Sinnen.

Die Angst um ihren Sohn machte gewaltige Kräfte in ihr frei. Wild riß sie an den Handfesseln, strampelte mit den Beinen entschlossen gegen die Fäuste an, die ihre Knöchel umspannten, und spuckte dem letzten ihrer Peiniger ins Gesicht, als der sich auf sie legen wollte.

Ein schriller, hell gurgelnder Schrei des Kindes ließ Inken Ratlow alles Blut in den Adern gefrieren. In der Wiege war es plötzlich totenstill. Nur die Lanze ragte geradeheraus in die Luft.

„Nein!", schrie sie gellend, „nein!"

Sie wußte: Ihr Kind war tot.

Mit weit aufgerissenen Augen sah sie auf das kleine Kreuz an der Wand: „Oh, Gott! Was hast du nur getan?", flüsterte sie immer wieder.

„Erledigt", hörte sie eine höhnisch lachende Stimme – und wurde ohnmächtig.

Im selben Moment sprang mit wütendem Geheul ein Mann in den Raum. In der rechten Faust hielt er ein langes Messer.

Die Landsknechte starrten den Messermann sprachlos an. Sie kannten ihn nicht.

Es war Johann Groth.

Wie ein Berserker stürzte er sich auf den nächstbesten Landsknecht, der neben der Tür stand. Aufbrüllend rammte er ihm die zweischneidige Klinge seiner Tsake bis zum Schaft in den Bauch. Das Wams färbte sich rot. Mit einem Ruck zog Groth die Waffe wieder aus dem Leib des Soldaten. Der griff mit beiden Händen nach der klaffenden Wunde, verdrehte die Augen, taumelte nach hinten gegen die Wand, sackte langsam an ihr hinab auf den Boden. Sein Kopf fiel zur Seite. Er war tot.

Wie gelähmt standen die übrigen sechs Söldner im Raum. Der schnelle Angriff, der Tod ihres Kumpans, alles das war zu überraschend gekommen, um die Lage richtig zu erfassen. Sie sahen sich dem Fremden ausgeliefert. Denn ihre Harnische und Waffen waren abgelegt, bildeten einige Schritte entfernt unter dem Fenster einen sinnlosen Haufen aus geformtem Eisen und Blech.

Blitzschnell wandte sich Groth von dem Toten ab und den überraschten Landsknechten zu. Mit angewinkeltem Arm richtete er seine blutverschmierte Tsake gegen den Nächststehenden.

„Nun bist du dran, Dreckskerl!“, zischte Groth. Wie ein Raubtier ging er lauernd auf ihn zu. Der Betroffene wich, zusammen mit den anderen Söldnern, Schritt um Schritt zurück.

Groth hatte sich nach der Flucht aus dem Kirchturm ins Ratlowsche Haus retten müssen. Denn als er – noch während des feindlichen Sturmangriffs – die Stadt im Norden verlassen wollte, wäre er beinahe einem Trupp der Großen Garde in die Arme gelaufen, die wildschreiend die Straße hochgestürmt kam. Gerade noch rechtzeitig fand er auf dem Dachboden seines alten Freundes Clawes Ratlow Zuflucht. Ratlow diente im Augenblick als Kundschafter in Reimer von Wiemerstedts Aufgebot nahe bei Heide.

Seine Frau Inken hatte zu denen gehört, die unter allen Umständen in Meldorf bleiben und sich nicht verteidigen wollten. Auch sie hatte felsenfest darauf vertraut, daß der Dänenkönig als Christ nachsichtig gegen friedvolle Menschen sein würde.

Nun wichen die Dreckskerle vor ihm und seinem Messer zurück. Groth fühlte sich stark: Sechs Söldner der europaweit berüchtigten Großen Garde machten sich vor ihm beinahe in die Hosen. Der Kerl, auf den er es als Nächsten abgesehen hatte, blieb auf einmal ruckartig stehen.

„Umkreisen!“, befahl er fauchend.

Groth zuckte zusammen. Diese Kaltblütigkeit hätte er nicht erwartet. Der schien wohl der Anführer zu sein. Plötzlich sprang dieser mit einem Satz zwei Schritte zurück. Die anderen folgten seinem Beispiel. Sie fingen an, Groth langsam zu umkreisen. Dabei achteten sie genau darauf, nicht in die Reichweite der Tsake zu geraten, die Groth in der ausgestreckten Hand hielt.

Nun war er der Gehetzte. Sein Blick wechselte ständig blitzschnell von einem Landsknecht zum anderen. Währenddessen drehte er sich mit dem Körper Schritt für Schritt im Kreis der anderen mit. Er durfte keinen der Mordgesellen aus den Augen lassen, sagte er sich. Wie sprungbereite Raubtiere belauerten sie sich gegenseitig. Er bemerkte, daß sich die Gesichter der Söldner mit einem Male entspannten. Ihnen schien bewußt geworden zu sein, daß sie im Vorteil waren. Jetzt fühlen sie sich bestimmt obenauf, dachte er. Und wurde nervös.

Die Landsknechte fingen an zu grinsen. Einer von ihnen leckte sich sogar betont genüßlich die Lippen. Als wollte er Groth zeigen, daß er sich schon jetzt darauf freute, ihn gleich ins Jenseit zu befördern.

Ich muß hier raus! ging es Groth panikartig durch den Kopf.

Nur für einen winzigen Augenblick warf er einen Blick auf die offenstehende Tür. Für die Gardesoldaten lange genug, um das Heft umzudrehen: Mit Gebrüll stürzten sich alle sechs von allen Seiten auf Groth, entwanden ihm das Messer und hielten es ihm dann, erleichtert auflachend, an die Kehle.

„Na, Messerheld. Nun bist du der Dreckskerl“, höhnte der Anführer. Er zog mit einer Hand Groths Kragen und gleichzeitig dessen Gesicht ganz nah zu sich heran und blickte ihn kalt an. Groth fühlte sich hundeelend. Todesangst packte ihn.

„Aufhören!“

Wie ein Peitschenknall zuckte der Befehl über die Köpfe hinweg. Er kam von der Tür her. Die Landsknechte fuhren zusammen. Wie auf Kommando hielten sie in ihren Bewegungen inne. Anscheinend kannten sie die herrische Stimme, dachte Groth. Die Soldaten wandten ihre Gesichter zur Tür. Auch er drehte seinen Kopf, so gut es der Griff an seinem Kragen zuließ.

Ein hochgewachsener, breitschultriger Mann stand breitbeinig an der Tür. Ein schneller Rundblick musterte die Lage. Sein breites Gesicht war von rötlichblondem Haar umrahmt, aber durch einen struppigen Vollbart fast völlig verdeckt. Groth erschrak. Der Anblick war grauenvoll: Von der linken Schläfe zog sich unterhalb der

Augen und über die Nase hinweg schräg bis zum rechten Ohr hin eine gräßliche Narbe. Sie schimmerte rotblau, war breit und tief.

„Wer bist du?", fragte ihn der Hüne.

„Ein Dithmarscher", antwortete Groth und hob sein Kinn. „Ein freier Mann."

Slentz schmunzelte: „Nicht mehr lange." Dann fragte er barsch: „Wie heißt du? Und wer bist du?"

„Johann Groth."

„Laß dir nicht alles aus der Nase ziehen. Wer bist du? Ich möchte nicht ein drittes Mal fragen."

„Das geht dich einen Scheißdreck an." Groth war stolz auf sich. So müßten ihn mal seine Freunde erleben oder besser noch: Isebrand. Der würde Augen machen.

Groth wunderte sich, daß Slentz gelassen blieb. Sogar gefährlich gelassen, wie ihm schien. Mit einem Male fühlte er sich ernsthaft bedroht.

„Wenn du willst, daß die Frau dort sterben soll, dann schweig weiter."

Entsetzt blickte Groth auf Inken Ratlow. Sie lag noch immer gefesselt, nackt und grausam zugerichtet auf dem Boden. Ihre Augenlider öffneten sich müde. Erschüttert blickte Groth weg. Ohnmächtige Wut stieg in ihm hoch. Er haßte seine Machtlosigkeit.

„Ich bin Späher unseres Bauernführers Isebrand", sagte er trotzig.

„Sagtest du Isebrand?" Slentz hob überrascht den Kopf. Seine Brauen zogen sich in die Stirn hoch. Die Nachricht hatte ihn aufgeweckt. Seine Augen verrieten höchste Spannung.

„Wie sieht er aus? Was macht er, wenn er nicht Bauernführer ist?"

Slentz stellte die Fragen auffallend hastig, als wartete er auf schnelle Antworten.

Eigenartig, stutzte Groth. Warum interessiert sich der Kerl nur für das Leben meines Bauernführers? Will er daraus etwa militärische Schlüsse ziehen? Das wäre doch schwachsinnig.

Groth beschrieb Isebrand in allen Einzelheiten, weil er um Inken Ratlows Leben fürchtete. Während er erzählte, nickte er der Frau am Boden immer wieder aufmunternd zu. Slentz stellte immer neue

Fragen. Die Landsknechte traten schon ungeduldig von einem Fuß auf den anderen. Groth ahnte allmählich, daß es sich bei Slentz und Isebrand wohl um mehr als nur um zwei militärische Gegenspieler handeln mußte. Als er nichts mehr über den Bauernführer zu sagen wußte, gab Slentz seinen Soldaten ein Zeichen.

Fünf der Landsknechte packten Groth, fesselten seine Hände auf den Rücken und führten ihn in ihrer Mitte auf die Straße hinaus. Einer blieb zurück. Kurz darauf drang ein langgezogener gellender Schrei aus dem Haus, der abrupt erstarb. Groth fuhr es durch Mark und Bein. Oh, mein Gott, dachte er. Das konnte nur Inken Ratlow gewesen sein.

Der Kerl hatte sie eiskalt getötet.

Jetzt kam er aus dem Haus. Von seiner Lanzenspitze tropfte Blut. Groth bemerkte, daß sich der Soldat und seine Kumpanen, die draußen auf ihn gewartet hatten, roh angrinsten.

Er geriet in irrsinige Wut: „Ihr verfluchten Mörderschweine!"

Der Anführer schlug ihm mit dem Handrücken wuchtig ins Gesicht. Groths Lippen platzten auf, Blut rann das Kinn herunter. Slentz, der den Soldaten voranging, drehte sich um und sagte: „Was weißt denn du schon vom Krieg." In seiner Stimme schwang so etwas wie nachsichtige Verachtung eines kriegserfahrenen Soldaten, der seine Ideale von einem menschenwürdigen Leben längst aufgegeben hatte.

Die Gruppe ging die Straße zur Kirche hinauf, von der es nicht mehr weit zum Kloster war. Am Ende der Straße ragte der Dom zwischen den Reihen der Fachwerkhäuser majestätisch in den Himmel.

Oben am Turm hing die Danebrogsfahne des Königs. Von ihrer prunkvollen Schönheit und heiligen Weihe hatte Groth schon gehört.

Soldaten in kleinen Trupps oder einzeln eilten lachend und johlend an ihm vorüber. Oder taumelten betrunken durch die Gassen. Die Mehrzahl von ihnen trug schwarzweißgestreifte oder farbenfrohe Wämser und Pluderhosen. Die Harnische hatten sie abgelegt, Spieße und Schwerter aber nicht aus der Hand gegeben.

Unmittelbar nach dem Einmarsch in die Stadt hatten sie sich zuerst über mitgeführte und erbeutete Bierfässer hergemacht. Siegestrunken spülten sie die Anspannung herunter, die sich beim Sturmangriff auf das vermeintliche Bauernaufgebot aufgestaut hatte. Anschließend stürmten sie wahllos in die Häuser, schleppten freudetrunken jede Art von Beutestücken heraus, preßten sie in Säcke oder verstauten sie auf Pferdewagen. Die waren schließlich vollgestopft mit pelzgefütterten Gewändern, Seidenkleidern, Kerzenleuchtern, Gewürzsäckchen, Messingkesseln, Stoffballen, Federbetten, Wein- und Bierfässern. Reiter stoben wie aufwirbelndes Laub im Wind in wildem Galopp durch die Straßen, gefolgt von polternden leeren oder beladenen Beutewagen hinter langen Pferdegespannen.

„Bringt den da zum Kloster ins Hauptquartier", befahl Slentz seinen Leuten und wies auf Groth. „Bindet den Kerl an die große Buche vor dem Portal. Denkt daran: Ich brauche ihn lebend. Ob er danach sterben wird, entscheide ich später. Macht aber keinen Lärm. Der König hat sich dort mit dem Stab einquartiert. "

Groth erschrak. Das Narbengesicht wollte ihn also umbringen, falls ihm danach sein würde. Hatte er denn etwas anderes erwartet, fragte er sich dann. Eigentlich hatte er schon im Ratlowschen Haus damit gerechnet.

„Zwei von euch bewachen ihn, bis ich zurückkomme."

Slentz blickte die sechs Landsknechte erwartungsvoll an: „Na, wer meldet sich freiwillig?"

„Was ist mit unserer Beute?", fragte der Anführer widerstrebend.

„Jeder der beiden Wachen kriegt von mir fünfundzwanzig Gulden. Das ist mehr als der Monatssold eines Hauptmanns."

Die Gesichter der Soldaten strahlten. Der Anführer rechnete sich blitzschnell aus, was er mit dem Geld alles kaufen könnte: Einen neuen Harnisch für zehn Gulden, dazu ein neues Schwert für drei und obendrein noch eine Kleiderausrüstung für zwölf. Er und sein Freund bestimmten sich selbst für die Wache. Die anderen maulten.

„Ihr übrigen vier holt euch in der Stadt alles, was euch gefällt. Will euch einer dieser verdammten Blaublüter die Beute wegschnappen, schlagt ihn nieder – von mir aus auch tot." Slentz ging in die entgegengesetzte Richtung, drehte sich nach einigen Schritten noch einmal um: „Denkt an den Befehl des Königs: Kein Einwohner darf überleben. Macht also alle tot!"

Seine Begleiter lachten ihrem Gardeführer zynisch zu und schlugen dabei mit den Handflächen kraftprotzig seitlich gegen ihre Schwerter, als warteten sie nur darauf, jemand erschlagen zu können. Groth war fassungslos. Er konnte es nicht glauben. Wie vermochte ein Mensch nur mit derart kalter Gleichgültigkeit anzuordnen, wehrlose und unschuldige Frauen und Kinder zu ermorden?

Der Anführer fesselte Groth die Hände auf dem Rücken. Anschließend stieß er ihn mit der Lanzenspitze vor sich her. An einer Hausecke gelangten sie in die nächste Straße. Wie vom Blitz getroffen blieb Groth stehen. Vor ihm bot sich ein grauenvolles Bild. Auch seine Bewacher verharrten wie angewurzelt auf der Stelle.

Inmitten des beutegierigen Treibens plündernder Soldaten trieben betrunkene und fluchende Landsknechte Meldorfs letzte Einwohner wie aufgescheuchte Hühner aus ihren Häusern auf die Straße und hetzten sie grölend vor sich her. Dabei schwangen sie blutverschmierte Schwerter, Hellebarden und Spieße, mit denen sie jeden niedermachten, den sie erwischten.

35

Über zwei Stunden hatte Groth gefesselt und von den beiden Gardeleuten bewacht an der Buche gestanden. Erst dann kam Slentz und führte ihn ins Kloster zum König. Der stand im Betsaal der Mönche von Stabsoffizieren umringt vor einem Tisch. Als Slentz mit dem gefesselten Groth nähertrat, blickte der König dem Gefangenen interessiert entgegen. Bestimmt erhoffte er sich von ihm wichtige Informationen, dachte Groth. Aber der Blaublüter wird sich wundern, schwor er sich. Groth haßte ihn wie die Pest, obwohl er ihn zum ersten Mal sah.

„Du dreckiger Massenmörder!“, schrie er ihm ins Gesicht.

Er rechnete ohnehin mit seinem Tod; warum also sollte er noch Rücksicht auf sich nehmen? Er verspürte nur ein einziges Verlangen: Rache für die Toten von Meldorf! Nur der Tod des dänischen Herrschers würde das Massaker sühnen können.

Einen schmerzhaften Hieb mit dem Kartenstock gegen seine Schulter nahm Groth mit stolz erhobenem Haupte hin, wenngleich der Schlag wie tausend Feuer brannte.

„Prügele ruhig weiter, du Massenmörder! Gott wird dir deine Mörderhand abschlagen", brüllte er den König an.

An dessen Schläfen schwollen die Zornesadern an. Die Stabsoffiziere wagten kaum zu atmen.

König Hans drosch erneut mit dem fingerdicken Holzstock auf Groth ein. Diesmal traf er ihn mitten ins Gesicht. Aus der Nase schoß Blut. Und von den Lippen und der Stirn rann es in feinen Rinnsalen das Gesicht hinunter.

„Sag, wo stehen eure Truppen?!", herrschte der König den Gefangenen an.

Frag nicht mich, Hänschen, frag Isebrand!"

Groths Kühnheit, als einfacher und noch dazu feindlicher Krieger dem Herrscher der drei nordischen Reiche respektlos und frech entgegenzutreten, machte den König rasend.

„Spannt ihn aufs Rohr!", schrie er außer sich vor Wut.

Groth wurde bleich.

Ihm war klar, was der Königsbefehl bedeutete: Man würde ihn vor ein Geschützrohr binden und dann die Kanone abfeuern, sollte er es wagen, die Stellungen der dithmarsischen Bauernverbände nicht zu verraten. Groth glaubte aber, daß seine Kenntnisse über die Verteidigungsmaßnahmen seines Kriegsrats ohnehin zu dürftig waren, um vor dem mißtrauischen Dänenkönig seinen Kopf zu retten. Selbst dann, wenn er alles ausplaudern würde, was er wußte, würde ihn der Dreckskerl von der Kanone zerfetzen lassen, da war er sich sicher.

Der Monarch wandte sich brüsk von ihm ab und nickte seinem Geschützhauptmann zu, der grinsend verstand. Weigen packte Groth am Kragen. Brutal stieß er den Gefesselten mit kräftigen Tritten vor sich her ins Freie und rief mehrere Kanoniere heran. Alle Geschütze des Heeres standen hinter dem Kloster wie an einer Schnur aufgereiht mit den Rohren zur Stadt hinaus nach Norden.

Um das Feldgeschütz, mit dem Groth gefoltert werden sollte, hatte sich schnell ein Kreis Neugieriger gebildet. Es waren Hauptleute, einfache Soldaten, Troßfahrer und Huren. Sie schwatzten und lachten laut miteinander, blickten zwischendurch gebannt auf den Gefangenen, der von Weigen in aller Ruhe und mit Hilfe einiger Geschützleute vor das Geschützrohr geführt wurde. Der Geschützhauptmann kostete vor den Augen der Zuschauer mit viel umständlichem Gehabe seine augenblickliche Bedeutung aus.

Auch Slentz verfolgte das Schauspiel genüßlich. Er stand etwas abseits im Rücken der Geschützmannschaft. Dadurch konnte er das Gesicht des Deliquenten genauer sehen.

Auf seltsame Weise berührte ihn die Angst in Groths Augen. Außerdem erregte ihn die Aussichtslosigkeit des Mannes, irgendetwas gegen seine miese Lage zu unternehmen. Slentz fragte sich auf einmal und war selbst überrascht darüber, warum ihn die Furcht anderer faszinierte. War es die Lust, sich an den Todeserwartungen Gefolterter zu weiden? Oder war es die freudige Entdeckung, daß er wieder einmal eine seiner Kriegserfahrungen bestätigt sah: Die meisten Menschen warfen im Angesicht des Todes alle edlen Absichten über Bord und machten ausschließlich andere oder im Zweifelsfall Gott für die eigene Feigheit verantwortlich. Erbärmliche Pharisäer, dachte er und schaute Weigen wie gebannt bei der Arbeit zu. Mit Geschützhinrichtungen schien der Hauptmann vertraut zu sein, dachte er anerkennend.

Weigen ließ den Gefangenen bäuchlings vor die Rohrmündung heben. Anschließend schlang er Groths Arme und Beine um das Rohr und fesselte ihn mit Hanfstricken stramm an das Eisen. Nun hing der Späher bewegungslos vor dem Mündungsrohr. Weigen nickte einem Melder zu. Der lief eilfertig davon. Schon bald darauf öffnete sich der Ring der Schaulustigen für eine Gasse, durch die der König in die Mitte des Kreises trat.

„Zum letzten Mal“, rief er Groth zu, „wo stehen eure Bauernverbände?“

König Hans erwartete von dem Gefangenen nicht unbedingt Neuigkeiten. Aber er wollte die vorliegenden Spionageberichte über die feindlichen Truppenbewegungen wenigstens bestätigt wissen. Ein ungutes Gefühl hatte ihm nämlich gesagt, daß seinem Agenten im gegnerischen Kriegsrat nicht unbedingt zu trauen sei. Verräter bleibt Verräter, dachte er, und stellte sich den ihm unbekannten Holm vor: Sicherlich war er klein, verschlagen, von Grund auf schlecht und ein Seelenverkäufer.

Groth konnte nur seinen Kopf bewegen, sonst nichts. Ihm war, als klebte jeder Muskel seines Körpers fest am Mündungsrohr. Bauch, Arme und Beine schmerzten wie verrückt. Fast hielt er es nicht mehr aus.

Seine Todesangst schlug mit einem Male in grenzenlosen Haß auf den König und die Mörderhorden um. Das stachelte seinen Willen an, auf keinen Fall klein beizugeben. Was sollte er dem König schon sagen können? Er wußte nicht viel über die eigenen Truppenverbände. Und niemals würde er zum Verräter!

„Ich weiß es nicht", antwortete er. „Da mußt du schon unsere Achtundvierziger oder Isebrand selbst fragen."

König Hans hob die Hand. Weigen nickte. Schwungvoll fischte er mit einem Wachsstock einige Flammen aus dem nebenliegenden Feuer. Die richtete er gemächlich auf das Zündloch der Pulverkammer. Sowohl Weigen als auch Slentz hinter ihm sahen in zwei weit aufgerissene Augen. Sie traten fast aus dem Kopf über dem Mündungsrand des Geschützes hervor. Tödliches Entsetzen spiegelte sich darin.

Groth stierte nur noch auf Weigens Arm. Der führte den brennenden Luntenstab ganz langsam näher und näher an die Pulverkammer heran. Schließlich wedelte er, dabei zynisch lächelnd, mit den Flammen über dem Zündloch hin und her.

Groth vernahm einen ohrenbetäubenden Knall, spürte, wie ein gleißender Feuerstrahl seinen Bauch zerfetzte und sein ausgehöhlter Körper, zusammen mit der abgefeuerten Eisenkugel, in die Luft geschossen wurde. Im Abflug sah er, daß am Mündungsrohr nichts mehr von ihm übrig blieb und sich die Häuser unter ihm immer weiter entfernten, als würde er wieder vom Kirchturm hinunter auf die Stadt blicken.

„Ich werde reden. Sage alles, was ich weiß", schrie er flehend wie von Sinnen – und erstarrte fassungslos, als er seine eigene Stimme hörte. Ich lebe! schoß es ihm völlig verdutzt durch den Kopf.

Er hatte sich schon tot gewähnt.

Im ersten Moment war er über diese Entdeckung verstört, dann verwirrt, weil er unsagbar glücklich war. Seine Todesangst war wie weggeblasen.

Er rief dem König zu, daß die Geest von dithmarsischen Truppen so gut wie geräumt wäre. Bedeutende Kräfte hielten die großen Wegesperren bei der Heider Hamme und bei der Thielenbrücke besetzt. Die Hauptkräfte würden weiter nördlich von Meldorf im Gebiet zwischen Heide, Oldenwöhrden und Neuenkirchen stehen. Außerdem lägen in der südlichen Marsch bei Barlt, St. Michaelisdonn, Marne, Eddelak und Brunsbüttel weitere Verbände.

„Mehr weiß ich nicht", schloß Groth schweratmend.

Der König schwieg ein Weile.

„Bei Gott, ich schwöre es", rief Groth. „Ich bin nur ein Späher."

„Unser Spion drüben …, wie heißt er noch?" Der König wandte sich mit der Frage leise an Ahlefeldt. Der stand neben ihm.

„Carsten Holm.

„Richtig. Der scheint uns ja nicht zu hintergehen", flüsterte er zufrieden dem Feldmarschall zu. Der nickte.

„Wenn alles stimmt, was uns Holm und der Späher bisher berichtet haben, dann ist doch der direkte Weg durch die Marsch bis Hemmingstedt und anschließend auf der Geest weiter nach Heide für uns völlig frei, stimmt'?", fragte der König. „Wir könnten uns den Umweg zurück über Albersdorf ersparen."

„Vorsicht", antwortete Ahlefeldt, „wir sollten erst abwarten, was Isebrand nach der Eroberung Meldorfs tun wird."

„Warum warten?"

„Wir sollten unseren Truppen eine kleine Siegesfeier gönnen. Das hebt die Kampfmoral. Außerdem sollten sie auch die umliegenden Dörfer plündern und mit den Einwohnern dort ebenso verfahren dürfen wie mit denen in Meldorf. Das abschreckende Beispiel wird die Bauern weichklopfen. Ihre Unterwerfung ist dann nur noch eine Frage der Zeit."

„Bind ihn los!" Der König blickte Weigen an und hob die Hand, als würde er das Schauspiel beenden

Weigen befreite Groth aus seiner mißlichen Lage. Der Monarch rief ihm zu: „Du bist frei. Aber erzähl deinem Kriegsrat, was du hier in Meldorf gesehen und erlebt hast. Und sag deinen Achtundvierzigern, daß ich ihnen noch eine letzte Bedenkzeit gebe."

Groth nickte eifrig. Noch nie war ihm Freiheit so bewußt gewesen wie in diesem Augenblick.

„Spätestens bis Sonntag abend erwarte ich die Kapitulation. Sag's deinem Kriegsrat!", rief der König im Weggehen. „Sonst lasse ich alle Dithmarscher abschlachten – wie die Einwohner von Meldorf."

36

Freitag, 14. Februar

Isebrand hockte versteckt hinter der Friedhofsmauer bei der Oldenwöhrdener Kirche. Lauernd wartete er auf den Spion Holm und den Geheimkurier des Priors. Wie selten zuvor fühlte er sich dem Tod nahe. Denn die nächste Stunde würde darüber entscheiden, ob er die kommende Nacht König Hans ermorden könnte oder selbst sterben müßte. Er mußte unter allen Umständen verhindern, daß der König etwas über Zeitpunkt und Ort des geplanten Anschlags erfuhr.

Nun galt es, den Kurier nach dem Treffen mit Holm auf dem Heimweg nach Meldorf abzufangen und notfalls umzubringen. Gelänge ihm das nicht, könnte das sein eigenes Todesurteil sein. Denn sollte der Anschlag mißlingen, würde König Hans – umgekehrt – ihn töten, da war sich Isebrand sicher.

Der Gedanke allerdings, einen Mönch in den Tod zu schicken, löste in ihm Beklommenheit aus und ließ ihn an seinem Vorhaben zweifeln. Doch er wußte: Er mußte es tun! Schließlich stand das Opfer in keinem Verhältnis zu dem Preis, den Dithmarschen zahlen müßte, wenn das Attentat auf den König mißlang.

Der Kriegsrat hatte das Attentat für nächste Nacht um zwei Uhr angesetzt.

Isebrand rechnete fest damit, daß die Nachricht schon in Kürze drüben auf dem Friedhof an die gegnerische Seite weitergegeben würde. Wie er das verhindern sollte, wußte er noch nicht. Er nahm sich nur vor, die Abfangaktion irgendwie vom günstigsten Augenblick abhängig zu machen.

Der Zufall sollte ihm dabei helfen.

Da ihm der regelmäßige Spionagetreff durch seinen Freund Grove bekannt war, fühlte sich Isebrand gegenüber Holm im Vorteil. Grove hatte bei Holms letzter Begegnung den Mönch Silicius vom Meldorfer Kloster als Kurier ausgemacht. Sicher würde er auch diesmal kommen. Wahrscheinlich war er ein enger Vertrauter des Priors, der, wie Isebrand wußte, die Nachrichten über den Mönch Servatius an den Dänenkönig weiterleitete.

Mit geschärftem Blick suchte Isebrand die Umgebung nach den beiden Männern ab. Plinius hatte er nicht weit entfernt hinter einer Scheune angebunden, wo der schwarze Hengst auf dem Boden ein paar kurze Grashalme fand und daran herumknabberte.

Zum ersten Mal seit langem hatte es in der Nacht keinen Nebel oder Reif gegeben. Es war auch nicht mehr so kalt wie sonst. Von Horizont zu Horizont zogen sich zarte Federwolken hin, die wie flaumige Daunen unter der gewaltigen blauen Kuppel des Himmels hingen. Isebrand schaute einen Moment versonnen zu ihnen hinauf.

Gestern hätte er sich noch darüber gefreut. Den Wetterwechsel, auf den er so sehnlichst gewartet hatte, hätte er für seine militärischen Geheimpläne wunderbar brauchen können. Im Augenblick aber war ein Umschwung für ihn bedeutungslos. Jetzt ging es um das Attentat und im Moment nur um Holm und Cilicius.

Isebrand schrak hoch. Er hörte Hufgetrappel näherkommen. Vorsichtig äugte er über die Mauer. Vor dem kleinen Kirchenportal sah er zwei Reiter ankommen. Das sind sie, dachte er. In dem einen mit den breiten Schultern erkannte er gleich den Verräter Holm. Der andere, von zarter Figur, trug eine Kutte. Das mußte Cilicius sein, sagte sich Isebrand. Da der Mönch seine Kapuze tief in die Stirn gezogen hatte, konnte Isebrand das Gesicht nicht sehen.

Eigenartig, daß sich die beiden bereits vorher an anderer Stelle getroffen hatten und nicht wie sonst getrennt zum Friedhof gekommen waren, wunderte er sich. Die Ankömmlinge verschwanden in der Kirche.

Isebrand staunte, daß der Mönch einen so wertvollen schwarzen Hengst ritt. Der mußte ebenso ein Vermögen gekostet haben wie sein *Plinius*. Holms Brauner und das Pferd des Mönchs standen neben der Kirchentür und kauten gelangweilt auf ihren Trensengebissen.

Als sich Isebrand unbeobachtet fühlte, schwang er sich über die Mauer. Geduckt und mit ausholenden Sprüngen lief er auf das nächste Kirchenfenster zu. Dort stellte er sich auf die Zehenspitzen. Ihm genau gegenüber im Kirchenschiff erblickte er Holm und den Mönch von hinten. Sie knieten vor einem Seitenaltar und schienen andächtig ins Gebet vertieft zu sein.

Beim Anblick der entrückten Frömmigkeit fiel Isebrand ein, daß die Nachricht, die Holm diesmal weitergeben wollte, für den König besonders wertvoll war. Denn der Kriegsrat hatte auch entschieden, auf welche Weise das Attentat ausgeführt werden sollte. Geplant war, den dänischen Herrscher, seinen Bruder Friedrich und die Stabsoffiziere in ihrem Hauptquartier im Meldorfer Kloster im Schlaf zu überraschen und zu ermorden. Ins Kloster hineinkommen wollten Isebrand und seine Leute durch einen Hintereingang.

Je länger Isebrand darauf wartete, daß die beiden die Kirche wieder verließen, desto entschlossener fühlte er sich, den Kurier so schnell wie möglich auszuschalten. Niemals durfte die Nachricht die Gegenseite erreichen! Schließlich wollte er dem Dänenkönig kommende Nacht nicht ins offene Messer laufen.

Holm und der Mönch erhoben sich vom Boden, blieben aber noch vor dem Altar stehen, ohne sich umzudrehen, und unterhielten sich. Isebrand eilte zurück in seine Deckung hinter der Mauer.

Er fühlte sich wie ein Jäger, dessen Jagdwild nicht mehr entkommen konnte. Doch war er sich im klaren, daß es auch für Holm um alles oder nichts ging – nur ahnte der nichts von der Gefahr, in der er sich befand. Das erhöhte den Reiz der Jagd, dachte Isebrand, inzwischen leicht nervös geworden.

Immer ungeduldiger wartete er auf die beiden in der Kirche. Dabei ging ihm die jüngste Ratssitzung durch den Kopf. Er sah noch einmal die Achtundvierziger vor sich, wie sie den von Holm angeregten Attentatstermin gierig angenommen hatten. Nichts hätte sie davon abgebracht, den Bluttag von Meldorf auf diese Weise zu rächen. Holm bot all seine Redekünste auf, im Rat Wut und Erregung über das Massaker zu schüren. Darauf aufbauend, begeisterte er den Rat für das Mordkommando unter Isebrands Führung.

Isebrand erinnerte sich, daß er dem Spion am liebsten an die Gurgel gesprungen wäre. Denn im Gegensatz zu den anderen wußte er, daß Holm ein hochverräterisches und eigennütziges Ziel verfolgte: Er wollte am Krieg gewinnen, kostete es, was es wollte.

Der Massenmord in Meldorf hatte auch Isebrand tief bewegt. Zumal er sich an dem Massaker mitschuldig fühlte. War nicht er es gewesen, so fragte er sich noch jetzt, der die Stadt vorsätzlich und aus rein strategischen Gründen aufgegeben hatte? Umso entsetzlicher, daß diese Opfer wahrscheinlich völlig umsonst waren.

Denn der neue Attentatsplan machte seinen eigenen Geheimplan, mit dem er den König in die Marsch locken wollte, wertlos.

Andererseits: Vielleicht war seine ursprüngliche Absicht doch gar nicht so überholt, sagte sich Isebrand, der die bittere Wahrheit nicht einfach so hinnehmen mochte. Was geschah zum Beispiel, wenn der Attentatsplan mißlang und er trotzdem wieder zurückkehren würde?

Im Augenblick jedoch schienen ihm alle seine Täuschungen und Tricks unnötig gewesen, mit denen er den Kriegsrat über seine wahren Pläne im Unklaren gelassen hatte. Er warf sich auch vor, daß er Meldorfs restliche Bevölkerung vor dem Massaker nicht energisch genug zum rechtzeitigen Verlassen der Stadt aufgefordert hatte. Er spürte, daß seine Gefühle so langsam den Blick für das Wesentliche trübten.

Einmal war es die Enttäuschung, versagt zu haben. Dann auch seine Erschütterung über die Grausamkeit und bestialische Brutalität des Gegners.

Er, der kühl und logisch das Land verteidigen wollte, sah sich plötzlich bedingungslos auf die gefühlsabhängige Haltung des Kriegsrats einschwenken. Aufgewühlt von dem Verlangen nach Sühne, hatte auch er mit in den Chor der anderen eingestimmt: Die heimtückische Ermordung der feindlichen Heeresführung war nicht allein eine Frage von Sieg oder Niederlage des Landes. Das Attentat war in erster Linie die einzig mögliche und gerechte Antwort auf das Blutbad von Meldorf – also Rache vor Gott und der heiligen Jungfrau Maria!

Ein Geräusch riß Isebrand aus seinen Gedanken. Holm und der Mönch traten ins Freie.

Isebrand hörte sein Herz pochen. Tief geduckt schlich er sich im Schutz der Mauer zu seinem Pferd. Er schwang sich in den Sattel, um auf der Stelle losreiten zu können. Der Mönch sollte erst gar keinen großen Vorsprung erhalten. Allerdings mußte er so lange warten, bis Holm außer Sichtweite war. Wehe, der würde merken, daß man ihn heimlich beobachtete. Er würde bestimmt alles in Bewegung setzen, um König Hans sofort zu benachrichtigen. Und wenn er selbst den Kurier spielen müßte.

Holm und der Mönch umarmten sich, eilten zu ihren Pferden und saßen auf. Die scheinen ja mächtig miteinander befreundet zu sein, staunte Isebrand über den auffallend innigen Abschied. Wie konnte nur ein geachteter und angesehener Achtundvierziger gemeinsame Sache mit solchen Barbaren machen, fragte er sich immer wieder. Der Meldorfer Bluttag machte den teuflischen Pakt noch verwerflicher. Und war nicht auch Holm zutiefst betroffen und entsetzt gewesen, als Späher Groth dem Kriegsrat die Greuel von Meldorf geschildert hatte?

Unter den Ratsmännern hatte Groths Schreckensbericht zuerst ohne Unterschied Angst und Hilflosigkeit vor der militärischen Übermacht des Gegners hervorgerufen. Die vom Dänenkönig angebotene Bedenkzeit für eine Unterwerfung hatte unterschiedliche Wirkung gezeigt. Die einen waren sofort bereit zu kapitulieren. Die anderen wollten gleich das gesamte Bauernheer nach Meldorf schicken, um die feindlichen Truppen aus dem Land zu jagen.

Die gegensätzlichen Fronten verhärteten sich noch, als bekannt wurde, daß sich die Nachricht vom Massaker bereits wie ein Lauffeuer unter der dithmarsischen Bevölkerung verbreitet hatte. Dafür hatten schon die aus Meldorf geflohenen Söldner gesorgt. Nach anfänglicher Mutlosigkeit und Untergangsstimmung allerdings wurde wenig später der Ruf nach Vergeltung immer lauter.

Vor allem die Frauen seien außer sich vor Wut und Rachsucht, beschrieb Reimer von Wiemerstedt die Lage draußen im Lande. Sie würden keine Spur von Verzagtheit oder Furcht zeigen. Laute Hufschläge erinnerten Isebrand wieder an die Gegenwart.

Holm und Silicius ritten in verschiedene Richtungen davon. Während Holm hinter der Kirche zur Dorfmitte hin verschwand, nahm der Mönch den Weg zum Hafen hinunter. Von dort könnte er bequem und schnell den Seedeich entlang bis nach Meldorf gelangen, überlegte Isebrand. Er folgte dem Kurier in weitem Abstand. Mit einem Male wechselte das Pferd des Mönchs vom Schritt in Trab und schließlich in starken Galopp.

Er flieht, schoß es Isebrand durch den Kopf. Er hat mich gehört.

Sofort schnalzte er mit der Zunge, verstärkte beidseitig den Schenkeldruck. *Plinius* verstand: Geschmeidig, leichtfüßig und schwungvoll griff er schnell Raum. Nun jagten beide Rappen gleichzeitig mit weiten Sprüngen hintereinander auf der Deichkrone entlang. Die Kutte des Mönches klatschte flatternd gegen den Sattel. Isebrand beugte sich vor, um das Pferd zu entlasten. *Plinius* holte auf. Seine Lunge keuchte stoßartig. Der Abstand schrumpfte.

Schließlich war Isebrand auf gleicher Höhe mit dem Kurier. Die Hengste galoppierten auf der schmalen Deichkrone wie wild nebeneinander her. Isebrand spannte seine Muskeln, sprang aus dem Sattel und den Mönch von der Seite an. Er umschlang ihn mit beiden Armen und riß ihn mit aller Kraft vom Pferd. Beide stürzten auf die Grasdecke der Deichinnenseite, überschlugen sich mehrmals, rollten den Hang hinunter. Vor einem Maulwurfshügel am Deichfuß blieben sie liegen – der Kurier rücklings, Isebrand rittlings obenauf.

Beide waren außer Atem.

Isebrand ergriff mit der Linken das Halsstück der Kutte, drehte den Kragen stramm herum. Behende zog er dabei mit der Rechten seine Tsake aus der Scheide, hielt dem Mönch das lange Messer an die Kehle.

Dessen Kuttenkapuze rutschte dabei aus dem Gesicht nach hinten.

Zwei weitaufgerissene Augen starrten Isebrand an.

Der stutzte zuerst, schüttelte dann verwirrt den Kopf, als nehme er eine Erscheinung wahr und nicht einen lebendigen Menschen.

„Anna!? Du?!“

Ihm war, als würde sein Herz stillstehen.

„Du, Isebrand?“, kam es gleichermaßen verblüfft zurück.

Annas Gesicht entspannte sich. Befreit atmete sie auf.

„Ach, daß du es bist“, sagte sie erleichtert.

Sie hatte in Isebrand einen Raubgesellen oder feindlichen Kundschafter vermutet. Schon auf dem Deich war sie in Panik geraten, als sie die fremden Hufschläge hinter sich gehört hatte.

Isebrand spürte, daß sich Annas Körper unter ihm allmählich entspannte. Sie hatte die Augen geschlossen. Sacht streckte sie Arme und Beine von sich. Tastend hob sie ihren Schoß seinem entgegen.

Doch wie ein Blitzstrahl durchzuckte ihn ein furchtbarer Verdacht: Setzte Anna hier mit ihm nur das teuflische Spiel ihres Mannes fort?

Tausend Fragen schwirrten ihm auf einmal durch den Kopf. Wollte ihn der schlaue Fuchs Holm mit Annas Hilfe auf die falsche Fährte locken? Beabsichtigte Anna mit ihren Verführungskünsten nur, kostbare Zeit für ihren Mann herauszuschinden, damit der die Attentatspläne ungestört an den wirklichen Geheimkurier weitergeben konnte? War dieser Kurier inzwischen schon wieder zurück auf dem Weg nach Meldorf? War damit der Anschlag gescheitert?

Das wäre eine Katastrophe, erschrak Isebrand. Was könnte er dann noch tun, um die Lage zu retten? Und was tat Anna nur in dieser Verkleidung als Mönch? Wohin wollte sie? Mit welcher Absicht?

Zornig erhob sich Isebrand.

„Was ist das für ein Spiel, das du hier treibst?"

Anna fuhr zusammen. Wie aus einem wunderschönen Traum gerissen, öffnete sie entsetzt die Augen. Sie sah Isebrands empörtes Gesicht über sich, ahnte gleich, was in ihn gefahren war.

Sie fühlte sich in ihrem Stolz verletzt. Diese Demütigung!

„Ich hasse dich!", fauchte sie ihn an.

„Ich weiß", tat er gelassen. „Aber sag mir: Was soll deine Verkleidung?"

„Das geht dich überhaupt nichts an!", zischte sie kämpfersich. Sie stand vom Boden auf, klopfte sich Gras und Erde von der Kutte.

„Ich habe wenig Zeit", erwiderte Isebrand barsch. „Rede!".

Anna blickte ihn verwundert und empört zugleich an. Was nur bildete sich der Kerl ein? Ich werde ihm doch nicht auf die Nase binden, daß diesmal ich den Kurierdienst übernommen habe. Und schon gar nicht, aus welchem Grund. Immerhin würde sie jetzt die einmalige Gelegenheit haben, dachte sie, den König persönlich zu informieren, wo und wann die Dithmarscher ihn ermorden wollten.

Dann würde sie als seine Lebensretterin vor ihm stehen.

Und entsprechend fürstlich würde auch die Belohnung sein müssen, die sie für ihre Dienste forderte. Schließlich war König Hans der Herrscher der drei nordischen Reiche und nicht nur irgendein Herzog Jedermann. Sie würde von ihm seinen ganz persönlichen Schutz für ihre Familie verlangen, um vor Übergriffen seiner Truppen sicher zu sein.

Bei dem Gedanken fiel ihr einen Moment lang das Gemetzel in Meldorf ein, von dem sie gehört hatte. Grauenhaft, wie die armen Kreaturen sterben mußten. Sie selbst würde so bestimmt nicht enden, sagte sie sich voller Entschlossenheit. Dafür würde sie schon sorgen! Auch ein Isebrand würde sie daran nicht hindern können.

Deshalb mußte sie jetzt vorsichtig sein und nicht vorschnell handeln. Auf keinen Fall durfte sie ihren Gefühlen nachgeben und ihn durch ihren Zorn reizen, dachte sie. Nur kühler Verstand würde sie aus der unangenehmen Lage befreien, in der sie sich nun befand. Schon der geringste Verdacht könnte ihren Plan scheitern lassen. Und der königliche Lohn wäre dahin. Allerdings durfte sie sich auch nicht zu einsichtsvoll zeigen. Das würde ebenfalls auffallen.

„Ich will zum Prior“, tat sie reumütig, als hätte Isebrands energisches Vorgehen sie zur Vernunft gebracht.

„Was willst du denn *da*?“

„Ich will das tun, was du nicht für nötig hältst, wozu du auch gar nicht fähig bist.“ Sie sah ihn dabei abfällig an. „Ich kümmere mich um Telses Sicherheit“, ließ sie ihn nicht zu Wort kommen. „Ich werde von Augustinus verlangen, daß er sich persönlich beim Dänenkönig für ihren Schutz einsetzt“, log sie.

„Telse will nicht geschützt werden. Sie will für ihr Land kämpfen“, erwiderte Iseband. „Nur das macht sie glücklich. Laß dir das sagen: Du handelst blind und aussichtslos. Obendrein nimmst du dafür das Wagnis auf dich, möglicherweise umgebracht oder zumindest von den dänischen Wachen in Meldorf gefaßt und gefoltert zu werden.“

„Eine Mutter *tut* alles für ihre Kinder, ein Vater dagegen *kümmert* sich nur darum.“

„Dennoch ist es heller Wahnsinn, was du vorhast.“

„Bist du um mich besorgt?“ Anna mußte sich eingestehen, wenn auch widerwillig, daß seine Fürsorge ihr wohltat. Gleichzeitig war sie aber auch wütend, daß er Mitgefühl zeigte.

„Und wenn?“, entgegnete Isebrand.

„Nicht nötig“, antwortete sie kurzangebunden. „Um nicht geschnappt zu werden, habe ich mich ja als Mönch verkleidet“, fuhr sie wieder sachlich fort.

Für den Bruchteil eines Augenblicks bewunderte Isebrand ihren Mut, mit dem sie sich für ihre Familie einsetzte. Dennoch würde diese Frau niemals im Stande sein, ihren Haß auf ihn aufzugeben, dachte er befremdet.

„Außerdem nehme ich den unterirdischen Gang vom Dom zum Kloster.“

„Unterirdischer Gang?“ Isebrand horchte auf.

Anna hätte sich am liebsten auf die Zunge gebissen. Sie ärgerte sich. Wie konnte sie nur eines der größten Geheimnisse des *Calands* so leichtfertig preisgeben?

Im selben Moment schoß ihr ein schwindelerregender Gedanke durch den Kopf: Sie könnte aus dem unfreiwilligen Verrat des *Caland*-Geheimnisses Nutzen ziehen und Isebrand eine Falle stellen.

„Der Gang ist ein Geheimnis. Nur wenige kennen es“, sträubte sich Anna gespielt scheu. „Aber warum möchtest du das wissen?“, tat sie unschuldsvoll neugierig – und versuchte, mit sanfter Stimme anzuzeigen, daß sie durchaus gewillt war, mehr zu verraten, als dem *Caland* lieb wäre.

„Vielleicht kann er für uns eines Tages von militärischem Nutzen sein“, tat Isebrand harmlos. Warum sollte er mehr sagen als notwendig?

Anna bemerkte, daß Isebrand, während er sprach, seinen Blick plötzlich an ihr vorbei auf ein bestimmtes Ziel in der Ferne richtete. Sie drehte sich danach um.

Weit entfernt von ihnen sah sie jemanden in wildem Galopp in Richtung Meldorf reiten. Der Mann auf dem Pferd trug eine Mönchskutte. Anna erkannte in ihm gleich den Geheimkurier des Priors. Aber sie wußte auch, daß Cilicius ohne die Nachricht über ein Attentat zurückritt. So jedenfalls hatte sie es mit Holm vereinbart.

Isebrand dagegen fuhr es heiß und kalt über den Rücken. Für ihn gab es keinen Zweifel: Dort ritt Cilicius mit Holms verratenen Attentatsplänen. Und er, Isebrand, konnte nichts dagegen unternehmen. Zu weit war der Mönch von ihm entfernt.

Isebrand erblickte einen zweiten Reiter. Der schien hinter dem ersten herzupreschen. Das war Grove, erkannte Isebrand sofort.

Er hatte sein Haus, in dem Holm und seine Familie vorübergehend wohnten, von seinem Freund beobachten lassen. Holm mußte also den Kurier tatsächlich dort empfangen haben, dachte Isebrand.

Er ärgerte sich schwarz, daß er auf Holms Trick hereingefallen war.

Isebrand erkannte sofort, daß der Abstand zwischen beiden Reitern zu groß war, als daß Grove den Mönch noch hätte einholen können. Enttäuscht mußte er sich eingestehen, daß sein Vorhaben, den Kurier abzufangen, gescheitert war.

König Hans würde nun den dithmarsischen Attentatsplan kennen, dachte er entsetzt.

Im selben Moment fiel Isebrand der geheimnisvolle Gang ein, von dem Anna gesprochen hatte. Neue Hoffnung keimte in ihm auf. Sofort schmiedete er einen Plan. Die Königswachen, so überlegte er, die zwischenzeitlich bestimmt über das Todeskommando informiert waren, würden niemals damit rechnen, daß die Dithmarscher unter der Erde ins Kloster eindrangen.

Das war *die* Möglichkeit!

Bestimmt würden sie den Feind draußen vor dem Kloster erwarten und ihm dort aus einem Versteck heraus auflauern. Sie könnten dann das Kommando schon außerhalb des königlichen Hauptquartiers abfangen und niedermachen, sogar ohne den König und seinen Stab zu stören. Käme er aber unterirdisch, sagte sich Isebrand, hätte er völlig freie Bahn.

Anna bemerkte gleich, daß Isebrands Gedanken um den Geheimgang kreisten. Eilig überlegte sie, wie sie ihn verlockend genug beschreiben könnte, damit er genau diesen günstigen Zugang ins Kloster allen anderen vorziehen würde. Für die Königswachen wäre es ein leichtes, Isebrand und sein Kommando schon unter der Erde zu stellen und unschädlich zu machen.

„Was ist das für ein unterirdischer Gang, von dem du sprachst“, fragte Isebrand wie nebenbei.

Er beißt an, triumphierte Anna. Sie spürte ihr Herz schneller schlagen.

„Er ist in Wirklichkeit nur einer von vier Gängen. Der erste von ihnen wurde schon beim Bau der Kirche vor etwa vierhundertzwanzig Jahren angelegt. Die anderen folgten über hundert Jahre später“, antwortete sie. „Einer führt von der Kirche zum Hauptpfarrhaus und ein anderer zum Kloster. Der dritte verbindet das Pfarrhaus mit dem Kloster. Alle drei Gebäude sind also unter der Erde miteinander verbunden. Außerdem gibt es noch einen Gang vom Pfarrhaus zu einem kleinen Turm an der östlichen Stadtgrenze.“

Isebrand hätte Anna umarmen können. Das war die Lösung, durchfuhr es ihn begeistert: Unterirdischer Angriff auf das Kloster vom Dom aus und anschließend Flucht unter der Erde zurück bis zum Pfarrhaus und dann weiter zur Stadtgrenze hinaus ins Freie.

„Und wo in der Kirche beginnt der Geheimgang?“ Isebrand konnte seine Neugier kaum zügeln.

„Unter dem Schrank des Hauptaltars. Eine kleine Tür an der Altarhinterseite führt zu ihm.“

„Und wo endet der Gang im Kloster?“

„In der Sakristei der Klosterkirche zwischen allerlei Gerümpel unter einem Berg alter Kutten.“

Die Begegnung mit Anna war ein Geschenk des Himmels, dachte Isebrand glücklich. Und Anna sah seinem Gesicht an, daß er Feuer und Flamme war. Sie war sich sicher, daß er nun unter der Erde ins Kloster eindringen würde, und zwar vom Dom aus. Von dort aus würde er am unauffälligsten in das unterirdische Netz gelangen.

„Ich hoffe, du behältst das Geheimnis für dich“, bat sie ihn scheinheilig besorgt.

In seiner Hochstimmung bemerkte er ihr falsches Spiel nicht. Er stellte sich bereits die Panik im feindlichen Hauptquartier vor, wenn er mit seinen Männern dort eindringen und die gesamte Mörderbande umbringen würde.

„Niemand wird etwas davon erfahren“, beeilte er sich zu antworten. Er wunderte sich, wie glatt ihm die Lüge über die Lippen ging. Aber für die Möglichkeit, das Massaker von Meldorf zu rächen und vielleicht sogar noch auf diese Art den Krieg zugunsten der Dithmarscher zu entscheiden, dafür würde er das Blaue vom Himmel herunterlügen.

„Warum kannst du mir nicht vergeben?“ Isebrand sah ihr ernst in die Augen.

Anna zuckte zusammen. Diese Unverfrorenheit, dachte sie zornig.

„Ich bitte dich um Versöhnung“, drängte Isebrand sanft. Er merkte nichts von dem, was in Anna vorging.

Maßlose Wut packte sie: Dieser gedankenlose Kerl! Empört drehte sie sich auf dem Absatz um, ließ ihn wortlos stehen und stapfte mit ausholenden Schritten zu ihrem Pferd.

„Anna!“, rief Isebrand ihr verzweifelt nach.

Wie angewurzelt blieb sie stehen. Langsam wandte sie sich zu ihm um, machte einige Schritte auf ihn zu, sah ihm feindselig in die Augen. Seinen Ruf hatte sie wie im Traum wahrgenommen. Alle ihre Gedanken galten einzig und allein ihrer geliebten Tochter. Und dieser Schuft wollte sie ihr wegnehmen.

Isebrand erschrak. Annas Augen leuchteten haßerfüllt.

Nur ein einziger Gedanke beseelte sie: Du bekommst Telse niemals! Sie drehte sich um, schritt stumm zu ihrem Pferd, saß auf, lenkte das Tier nah an Isebrand heran, blickte vom Sattel auf ihn hinab.

„Du wirst Telse niemals haben können“, sagte sie voller Eiseskälte.

Isebrand schaute sie verständnislos an.

„Sie ist nämlich *dein* Kind.“

Mit schrillem Lachen preschte sie in Richtung Meldorf davon.

37

„Ich bin richtig stolz auf dich. Wie du unsere Dithmarscher Frauen begeistert und sie zum Kampf gegen unsere Landesfeinde vorbereitet hast, alle Achtung.“ Holm machte keinen Hehl aus seinem Spott. Seine Tochter sollte wissen, daß er solche Unternehmungen für gefährliche und obendrein unsinnige Abenteuer hielt. „Dein Kriegspielen verrät zwar viel Gefühl, jedoch wenig Verstand.“

„Danke für deine aufmunternden Worte", entgegnete Telse gereizt ironisch. „Aber ich weiß ja, daß du nichts von Landesverteidigung hältst. Deshalb können wir auch Leute wie dich nicht gebrauchen und müssen sie durch Frauen ersetzen."

Das hatte gesessen, freute sie sich. Denn sie hatte bemerkt, daß ihr Vater zusammengezuckt war. Gespielt gelassen legte sie ihrem Pferd den Sattel auf, rückte ihn ein wenig zurecht, während Holm ihr, gegen einen Stallpfosten gelehnt, zuschaute.

„Ich halte sehr wohl etwas von Landesverteidigung. Aber sie darf nicht von vornherein aussichtslos sein", erwiderte er.

„Wie willst du das wissen, wenn du es nicht versucht hast?"

„Natürlich bin ich ein Feigling. Das meinst du ja wohl. Du weißt auch alles besser, vermutlich, weil du jung bist. Und ich alter Mann habe weder die Bohne Ahnung von Freiheit, noch halte ich etwas von Gerechtigkeit und beute nur unter der Fahne christlicher Werte arme Leute aus." Holm zog die Augenbrauen hoch und sah seine Tochter prüfend an: „Ist es nicht so?"

„Das hast du gesagt." Sie zog den Sattelgurt mit kräftigem Ruck an.

„Mit Sicherheit wird der Krieg dadurch entschieden, daß eine Handvoll Frauen gegen eine militärische Übermacht in die Schlacht zieht, nur um heldenmütig zu verbluten. Na ja, immerhin bleibt ihnen die Freiheit im Himmel."

Sein Spott tat Telse auf einmal weh.

Telse fühlte, daß sie immer mehr an Beherrschung verlor. Aber das war ihr jetzt egal: „Ich weiß, daß du dich im Kriegsrat für schnelle Unterwerfung eingesetzt hast. Ich habe erfahren, daß du mit zwei Fluchtschiffen das Weite suchen wolltest, wenn dir der Boden unter den Füßen brennen würde. Du bist mit Mama in Mönchskleidung heimlich fortgeritten, ohne mir auch nur ein einziges Wort davon zu sagen, wohin und weshalb. Und du hast die Idee für ein Todeskommando gehabt, das von einem Mann geführt werden soll, den ich liebe!"

„Was soll denn an dem, was du da aufgezählst hast, falsch gewesen sein?"

„Warum hast du Isebrand zum Anführer eines Selbstmordkommandos vorgeschlagen?"

„Weil er unser Land retten soll. Er ist der einzige, der es kann."

„Du lügst! In Wirklichkeit willst du ihn loswerden, damit er mich nicht haben kann. Du denkst und redest genau wie Mutter."

„Gib mir bitte die Möglichkeit, dir alles zu erklären", bat er.

Telse schluchzte vor sich hin, nickte mehrmals stumm.

„Ich bin für Kapitulation, weil ich möchte, daß meine Familie am Leben bleibt. Der Massenmord in Meldorf hat dir hoffentlich die Augen geöffnet, wohin ein Dithmarscher Freiheitskampf führt." Er ließ seine Worte einen Augenblick lang auf Telse einwirken und fuhr dann fort: „Ich habe zwei Fluchtkoggen bereitgestellt, weil ich damit unsere Familie retten wollte. Ich habe das Todeskommando vorgeschlagen, weil nur ein solcher Überfall das Blatt noch wenden und unsere Familie vor einem zweiten Meldorf bewahren kann. Und Mama hat sich als Mönch verkleidet, weil sie unerkannt durch die feindliche Linie zum Prior gelangen will. Er soll für einen heimlichen Unterschlupf sorgen, falls unsere Familie einen brauchen wird."

Zu seiner Freude bemerkte Holm, daß sich Telse allmählich beruhigte. Allerdings blickte sie ihn nur kühl an, während er sprach.

„Ich will nur eines," bekräftigte er eifrig, „ich will, daß meine Familie den Krieg überlebt – und nichts anderes sonst."

„Du fühlst dich also als Opfer und nicht als Täter?" Telse sah ihn an, als wollte sie seine Seele bis auf den Grund erforschen.

„Genauso ist es", beeilte er sich zu sagen.

„Du hast dabei aber eines vergessen, Vater. Die Familie, die du auf deine Art retten möchtest, würde niemals mehr die Familie sein können, die sie einmal war. Denn sie würde in Unfreiheit leben, unter einem fremden Herrn, würde das tun müssen, was der Fremde von ihr verlangt. Mutter, du und ich würden daran zerbrechen. Und alle Familien in diesem Land ebenso. Willst du das wirklich?"

Einen Augenblick lang herrschte Schweigen. Stumm stieg Telse schließlich in den Sattel und ritt zum Stalltor hinaus.

38

Anna entschied sich für den kürzeren, aber gefährlicheren Weg zum Dom. Hätte sie die Nordhälfte Meldorfs umgangen und versucht, die Kirche durch die Gärten am dortigen Stadtrand zu erreichen, wäre das bestimmt unauffälliger gewesen. Aber es hätte auch mehr Zeit gekostet. So vertraute sie auf ihr Geschick, andere Menschen trefflich zu täuschen. Schließlich sah sie in ihrer weißen Kutte und dem schwarzen Überwurf mit der Kapuze einem dominikanischen Bettelmönch zum Verwechseln ähnlich.

Beherzt steuerte sie zu Fuß auf Meldorf zu. Rund um die Stadt sah sie rötliche Feuerscheine flackern. Aus ihnen heraus wälzten sich mächtige, schwarzgraue Rauchwolken zum Himmel hoch. Für Anna ein sicheres Zeichen, daß nicht ein einziges Dorf in der Umgebung vor den plündernden und brandschatzenden Truppen des Dänenkönigs sicher gewesen war. Mit Grauen dachte sie an Mütter und Töchter, die vielleicht genau in diesem Augenblick vergewaltigt, gefoltert und schließlich zusammen mit ihren Kindern erschlagen oder erstochen wurden. Dieses Schicksal werde ich Telse und mir ersparen, dachte sie entschlossen.

Die Wachsoldaten vor dem Stadteingang schöpften keinen Verdacht, als der Mönch auf sie zukam. Anna schritt gemessen an ihnen vorüber. Die Kapuze hatte sie tief ins Gesicht gezogen, die Arme unter dem Überwurf verschränkt. Artig bekreuzigten sich die Landsknechte. Obwohl ihr Herz vor Aufregung bis zum Halse schlug, mußte Anna innerlich schmunzeln. Die Söldner ließen sogar mit hastigen Händen ihre Spielkarten heimlich verschwinden.

In den Straßen wimmelte es von Landsknechten, Marketenderinnen, Pferdewagen, offenen Feuern und vielerlei Viehzeug. Der Geruch von gebratenem Fleisch, Rauch und Schweiß lag in der Luft. Lautes Stimmengewirr durchdrang das geschäftige Treiben.

Neben der Eingangspforte des Doms fuhr sie entsetzt zusammen. Ihr bot sich ein grausiger Anblick: Leichen über Leichen lagen kreuz und quer neben- und übereinander gestapelt, viele grauenhaft verstümmelt, einige nackt, fast alle blutverschmiert. Anna würgte es im Hals, als sie an den Toten vorbei ins Gotteshaus flüchtete.

Dort schreckte sie erneut zurück. Der Innenraum war völlig verwüstet. Die Altäre waren leergeplündert. Sie sahen kahl und traurig aus – wie abgestorbene Bäume ohne Rinde, dachte sie. An den Wänden fehlten alle Bilder, Heiligenfiguren und Kerzenhalter.

Die Tür an der Hinterseite des Hauptaltars öffnete sich leicht. Anna kroch behende in den geräumigen Schrank, hob im Dunkeln den Hirtenteppich hoch, bekam den Griff der Falltür zu fassen und öffnete sie mit einiger Anstrengung. Der Eingang zu dem geheimen unterirdischen Klostergang lag frei.

Anna stieg eine brüchige, knarrende Holzstiege hinab. Unten angekommen, langte sie in eine offenstehende Kiste und fischte einen der Holzknüppel heraus, die mit ölgetränkten, stinkenden Lappen umwickelt waren. Daneben lagen Zündstäbe. Schon wenig später züngelten Flammen um die unförmige Fackel in ihrer Hand.

Anna mußte sich tief ducken. Der Gang war niedrig, feucht und glitschig. Fauliges Wasser tropfte von Decke und Wänden herab. Anna spürte Ratten über ihre Füße laufen. Die Tiere huschten mit scharrendem Geräusch über den Boden, quietschten oder pfiffen hungrig. Anna glaubte, sie müßte ersticken. Der Weg unter der Erde nahm kein Ende.

Erst nach längerem, bangem Vorwärtstasten erreichte sie den Ausgang. Wieder kletterte sie über eine wacklige Stiege, diesmal hinauf. Mit dem Rücken drückte sie die Falltür über sich hinweg nach oben, klappte sie leise um und gelangte in einen Raum, der voll von Gerümpel war. Überall lagen verschimmelte Liturgiegefäße, zerschlissene Kutten, modrige Holzfiguren und ausgefranste Altardecken herum.

Anna schlich zum Fenster. Sie hatte von draußen mehrere Männerstimmen gehört. Nur kein unnötiges Wagnis, dachte sie. Sie sah im Klosterhof zahlreiche Offiziere im und vor dem Kreuzgang herumstehen. Oder sie schlenderten in Gruppen umher. Manchmal erschien ein Mönch, der aber bald wieder hinter der Tür eines der Klostergebäude verschwand.

Schon nach kurzer Zeit hatte Anna herausgefunden, welche von den Klosterbauwerken der König und sein Führungsstab besetzt hielten und welche der Prior mit seinen Mönchen bewohnen durfte. Den Klosterbrüdern waren nur noch die Klausur und die Bibliothek verblieben. Das Hauptquartier dagegen schien in allen anderen Gebäuden untergebracht zu sein.

Anna vermutete Augustinus in der Bibliothek. Sie faßte allen Mut zusammen. Entschlossen verließ sie die Sakristei. Bedächtig und mit gebeugtem Haupt, dabei leise murmelnd vor sich hinbetend, schritt sie in angeblicher Andacht versunken, aber zielstrebig an den Offiziersgruppen vorbei auf das niedrige Haus in der Mitte des Kreuzgangs zu. Sie hatte Glück. Augustinus saß in der Bibliothek. Er hielt ein Buch in den Händen.

Überrascht schaute Augustinus auf. Sein anfangs nachdenkliches Gesicht strahlte sie sofort unverhohlen freudig an.

„Anna!“, begrüßte er sie mit warmer Stimme, erhob sich und schritt mit ausgebreiteten Armen auf sie zu. Er bemerkte jedoch gleich, daß seine Besucherin überaus nervös und angespannt war.

„Ich will zum König. Sofort. Sorg dafür!“ Annas Stimme klang ungeduldig und herrisch. Im selben Atemzug fiel ihr ein, daß sie unklug gehandelt hatte.

„Wie bitte?“ Augustinus sah Anna entgeistert an, als hätte sie nach dem Herrgott persönlich verlangt. „Zum König?“, wiederholte er. Enttäuscht nahm er seine Arme herunter.

„Sein Leben ist in Gefahr. Ich muß ihn warnen.“

Augustinus sah sie fragend an, als würde er erst den Sinn ihrer Worte enträtseln müssen. Plötzlich fiel ihm der Plan ein, den sie ihm kürzlich bei ihrem Besuch offenbart hatte.

„Sprichst du von dem Todeskommando?“

Sie nickte: „Es ist soweit.“

Anna fiel jetzt Isebrands entsetztes Gesicht ein, als sie ihm beim Abschied am Deich zugerufen hatte, Telse wäre sein Kind. Die Nachricht hatte ihn sicher tief getroffen, sagte sie sich. Daß sie ihn belogen hatte, störte sie weiter nicht. Hauptsache, er würde jetzt von Zweifeln zerfressen, auch wenn er glauben sollte, sie hätte die Unwahrheit gesagt. Und es erfüllte Anna mit Genugtuung, daß sie Isebrand die Vaterschaftslüge noch so rechtzeitig ins Herz gepflanzt hatte. Sie dachte dabei an das gefährliche Unternehmen in der kommenden Nacht. Ein von Zweifeln geplagter Isebrand würde mit seinen Gedanken sicher nicht ganz bei der Sache sein. Die Königswachen hätten damit leichteres Spiel.

„Bitte, warte hier einen Moment", riß Augustinus sie aus ihren Gedanken, „ich werde mein Möglichstes tun." Aufgeregt verließ er die Bibliothek.

Anna bewunderte seine Gabe, jeder neuen Lage erst einmal mit duldsamem Stillhalten zu begegnen, um sich dann im richtigen Augenblick geschickt den wechselnden Entwicklungen anzupassen. Diese geistige Wendigkeit war bisher nur von Vorteil für seinen Orden und schließlich auch für ihn selbst. Immerhin hatte er durch seine Spionagedienste sowohl seine Mönche retten als auch das Kloster vor der Verwüstung bewahren können.

Durchs Fenster sah Anna, daß Augustinus den Kreuzgang zum Abthaus hinübereilte. Zehn schwerbewaffnete Soldaten hielten dort vor dem schmalen Portal breitbeinig Wache. Zwei von ihnen umklammerten mit der Hand jeweils eine Fahne. Die zeigten ein weißes Kreuz mit einer goldenen Krone auf rotem Untergrund. Die Feldzeichen sagten ihr, daß König Hans im Abthaus Unterkunft bezogen hatte.

Zufrieden zog sie ihre Kutte aus und öffnete mit den Fingern sorgsam ihr Haar. Die Frisur hatte durch die Kapuze stark gelitten. Schließlich wollte sie dem König gefallen.

Harte Schritte auf dem Flur schreckten sie hoch.

Die Tür flog auf.

Vor Anna stand eine stattliche Männergestalt in weißem Wams, hautengen weißen Beinlingen und weichen schwarzen Stiefeln. Mit neugierigem Blick musterte sie den Besucher: Unter dem Wams trug er ein schwarzes Hemd, die angenestelte Schamkapsel leuchtete in hellem Blau, und den barettähnlichen weißen Hut mit langer Feder trug er keck in der Stirn. Um seinen muskulösen Körper schlang sich ein weiter roter Umhang, der fast bis zum Boden reichte.

Ein schmucker Kerl, dachte Anna im ersten Moment.

Als die Gestalt einen Schritt aus dem Türschatten heraus in den Raum trat und das Licht den Kopf erfaßte, fuhr sie entsetzt zusammen: Eine grauenvolle Narbe quer über das bärtige Gesicht jagte ihr einen kalten Schauer über den Rücken.

„Wer bist du?“ Die Frage kam nur stockend über Annas Lippen.

Der Narbige grinste überlegen. Zu genau kannte er die Wirkung seiner häßlichen Fratze auf Menschen, vor allem auf Frauen. Aber Annas Anblick beeindruckte ihn so sehr, daß er auf seinen üblichen Spott in solchen Fällen verzichtete.

„Ich bin Thomas Slentz, Oberster Kapitän der Großen Garde“, stellte er sich vor. Er verneigte sich ritterlich und dachte dabei: Was für ein Weib!

„Ich will zum König und nicht zu dir.“

„Er hat im Moment keine Zeit“, grinste Slentz sie frech an. Er hatte gemerkt, daß sie ihn nicht mochte, aber fürchtete.

„Sein Leben ist in Gefahr, und ich weiß wann und wo“, entgegnete Anna kurz. „Also, hat er nun Zeit für mich oder nicht?“, fragte sie von oben herab.

Slentz, der bei einem Auftreten wie das von Anna jede andere Frau verprügelt hätte, fand Gefallen an ihr.

„Ich hörte von Augustinus, daß du die Frau unseres Spions im Dithmarscher Kriegsrat bist“, antwortete er ungerührt.

Sie nickte, als erwarte sie mehr Ehrerbietung von ihm.

„Das ehrt dich“, fuhr Slentz fort. „Auch weiß ich inzwischen, daß du Isebrand sehr gut kennst und ihn auf den Tod haßt. Das macht dich sogar sympathisch.“

Slentz stakste plötzlich drohend auf Anna zu: „Das alles aber hindert mich nicht, dir dein schönes Gesicht aufzuschlitzen. Also sag erst alles mir, was du weißt, und dann erst dem König!“

Anna wich erschrocken vor ihm zurück, schwieg aber tapfer.

„Was hat es mit dieser Gefahr auf sich?“, brüllte Slentz sie an.

Anna sah plötzlich ihren Plan gefährdet. Glaubte der häßliche Vogel etwa, so dachte sie kaltblütig, sie hätte das Todeskommando nur deswegen eingefädelt, damit er ihr den verdienten Lohn wegschnappte? Den wollte sie ganz allein für sich und obendrein persönlich vom König holen.

„Du mußt mir aber ein Versprechen geben“, spielte sie die Ängstliche, die aus Furcht ihre starre Haltung aufgeben und nach einem Vertrauten suchen würde.

Slentz nickte zustimmend. Die Frau ist nicht nur schön, dachte er, sie ist obendrein noch klug.

„Ich will, daß du Isebrand folterst, demütigst und ihn für alle Zeit bestrafst. Doch er muß am Leben bleiben“, sagte Anna.

„Was hat denn Isebrand mit der Gefahr zu tun, von der du geredet hast?“, fragte Slentz entgeistert.

„Er kommt mit einem Todeskommando, das euren gesamten Stab mitsamt dem König und dessen Bruder Friedrich töten will.“

„Bist du verrückt?“ Slentz schluckte mehrmals.

Anna weidete sich daran, wie bestürzt der berühmte Gardeführer sein konnte.

„Es ist so, wie ich sage“, antwortete sie kühl.

„Wann und wo?“ Slentz war begierig, mehr darüber zu erfahren.

„Du wirst dein Versprechen halten und Isebrand leben lassen!“

„Mit dem größten Vergnügen“, sagte Slentz. Die Vorstellung, an Isebrand die langersehnte grausame Rache schon bald vornehmen und ihn foltern zu können, erregte ihn.

Oft genug hatte er in Gedanken durchgespielt, wie er den gehaßten Widersacher bestrafen würde. Zuerst würde er ihm mit glühenden Eisen die Fußsohlen, die Handflächen und den Rücken verbrennen. Dann wollte er ihm die Arme mehrfach brechen. Anschließend würde er seinem Todfeind alles heimzahlen, was er ihm, Slentz, angetan hatte: Er würde Isebrand auf ganz besondere Art kreuzigen. Er würde dem Schurken das Gesicht von Ohr zu Ohr und von der Stirn bis zum Kinn aufschlitzen. Der Schweinehund würde sein Leben lang ein Narbenkreuz im Gesicht tragen müssen.

„Mein Versprechen hast du“, sagte Slentz. „Also, wo und wann will Isebrand uns töten?“

Anna fühlte sich allmählich wieder obenauf. Sie hatte den Kerl hungrig genug auf Isebrand gemacht und ihm den Tisch gedeckt, sagte sie sich. Nun aber würde sie die Speisenfolge bestimmen.

„Ich liefere dir Isebrand,“ sagte sie, „mehr ist nicht drin.“

„Willst du mich täuschen?“, schrie Slentz sie wütend an.

„Willst du, daß dein König sterben soll?“, entgegnete sie lauernd und herausfordernd zugleich. Doch sie blieb dabei ruhig und gelassen. Denn sie war sich jetzt vollkommen sicher, daß er nachgeben würde.

„Du verdammtes Luder“, lachte Slentz wie umgewandelt. „Du gefällst mir.“

„Der König ist bereit, dich zu empfangen", meldete Augustinus. Er kam geradewegs aus dem Hauptquartier zur Tür herein. Bestimmt hatte er dem König schon ihre Geschichte erzählt, dachte Anna verärgert.

„Komm, ich bringe dich zu ihm", sagte Slentz zu ihr.

Er und Augustinus gingen voran. Als sie einige Schritte weit weg waren, hörte Anna, wie Slentz bewundernd zu dem Mönch sagte: „Was für eine Frau!"

39

Der Abschiedsschmerz brachte Telse beinahe um.

Ihr war, als stürze sie in eine finstere Grube hinab, in eine gespenstische Traumwelt ohne Ende. Und der Mann bei ihr konnte ihr nicht die rettenden Hände reichen – er hatte keine Arme mehr. Die lagen, abgetrennt vom Rumpf, blutig neben ihm. Sein Körper krümmte sich hilflos auf der Erde, da ihm auch die Beine fehlten. In seiner Brust steckten Armbrustpfeile. Ein Schwerthieb hatte sein Gesicht verstümmelt. Und die Augen darin waren tot. Telse erkannte sie: Es waren Isebrands Augen!

„Nein! Wulf, geh nicht! Bitte, geh nicht!", schrie sie angsterfüllt. Sie stand ganz im Banne der dunklen Ahnung, daß Isebrand nicht mehr von seinem Todeskommando zurückkehren würde. Sie zitterte am ganzen Körper. Unaufhörlich rannen ihr Tränen die Wangen hinab …

Isebrand stand vor ihr. Er war gekommen, sie noch einmal zusehen, bevor er das Kommando antreten würde. Beklommen und hilflos reichte er Telse beide Hände. Er wollte sie trösten. Für Telse war das eher ein Zeichen, daß der Abschied schon unabwendbar nahe war. Aufgelöst flehte sie ihn wieder und wieder an, zu bleiben. In panischer Angst um sein Leben umklammerte sie mit einem Mal seine Hände, zog sie an ihr Gesicht und liebkoste sie.

Ihr Schmerz erschütterte Isebrand. Dazu quälte ihn der Gedanke, Telse womöglich nie mehr wiederzusehen. Er konnte kaum einen klaren Gedanken fassen. Schließlich besann er sich auf das geplante Attentat, das für das Land kriegsentscheidend sein konnte. Du darfst dich nicht von deinen Gefühlen leiten lassen! befahl ihm sein Verstand. Schon in wenigen Stunden würde der Anschlag auf das feindliche Hauptquartier erfolgen. Und du mußt dann völlig klar im Kopf sein, ermahnte er sich zur Selbstbeherrschung.

Einen Moment lang dachte Isebrand an seine Männer, die sich auf das Attentat vorbereiteten. In der Diele seiner Nachbarin Annecke Wiggers schliffen sie ihre Schwerter und Messer für den nächtlichen Überfall. Außerdem probierten sie Mönchskutten an, die Pater Grove ihnen als Tarnkleidung besorgt hatte. Abgesehen von dem Geistlichen setzte sich das Kommando nur aus jungen Büsumer Bauern und Fischern zusammen.

Allesamt hatten sich freiwillig gemeldet, den Meldorfer Massenmord zu rächen und für die Freiheit ihrer Familien und des Landes ihr Leben einzusetzen. Was für Dithmarscher! dachte Isebrand voller Achtung und Stolz. Es war nicht jedem vergönnt, mit solch tapferen Männern gemeinsam kämpfen zu dürfen.

Als er Telses leidvoll gezeichnetes Gesicht wieder bewußt wahrnahm, wich seine schwärmerische Begeisterung der nüchternen Wirklichkeit. Was er dabei aber entdeckte, rührte ihn zutiefst: In Telses tränennassen Augen entdeckte er die bedingungslose Hingabe einer liebenden Frau.

Sie jagte ihm einen heißen Schrecken ein.

Denn seit ihm Anna gestanden hatte, Telse wäre seine Tochter, war er völlig durcheinander. Er fand einfach keine Ruhe mehr.

Isebrand fragte sich auch, ob Anna ihn womöglich nur getäuscht und belogen hatte, um ihn zu quälen? Eine solche Gemeinheit war ihr durchaus zuzutrauen. Er spürte, wie sich in ihm unbequeme und lästige Gefühle aufstauten, die er sich im Moment nicht leisten sollte. Es war ein Gemisch aus Ungewißheit, Zwiespältigkeit und Mißtrauen, das angesichts des bevorstehenden gefährlichen Todeskommandos an seinen Nerven zerrte.

Plötzlich umarmte ihn Telse.

„Ich komme wieder zurück“, flüsterte er. „Hier, an *unserer* Stelle, werden wir uns wiedersehen.“

Isebrand wies mit dem Gesicht in die Runde. Beide standen nicht weit von seinem Hof unter den drei Eichen am Gatter der Pferdekoppel.

Telse neigte ihren Kopf leicht zurück, schloß die Augen und hielt ihm hingebungsvoll den halbgeöffneten Mund entgegen. „Bitte, küß mich“, hauchte sie. „Sag mir, daß du mich liebst, bevor du gehst.“

Verwirrt fuhr Isebrand zusammen. Annas Worte hatten sich in seinem Herzen festgesetzt. Zärtlich berührte er mit seinen Lippen ihre Stirn.

Überrascht öffnete Telse die Augen. Enttäuscht preßte sie die Lippen zusammen, starrte ihn ungläubig an. Nur die Stirn? Es traf sie wie ein Schlag: Er liebt mich nicht. Und ich Närrin habe geglaubt, er würde mir ganz allein gehören, dachte sie. Daß Isebrand auf einmal wie umgewandelt schien, war ihr ein Rätsel. Was hatte ihn nur so verändert, fragte sie sich bang.

„Bitte, verzeih“, stammelte sie. „Ich ahnte nicht, daß du …“, brach sie ihren Gedanken ab. Am liebsten wäre sie vor Scham in den Erdboden versunken.

Stumm und traurig sahen sich beide an.

Dann ging Isebrand langsam und schweigend an ihr vorbei.

Telse blieb stehen, rührte sich nicht vom Fleck, auch als Isebrand bereits den schmalen Weg hinüber zum Wiggers-Hof beschritten hatte.

Mit einem Male drehte sie sich laut aufschluchzend um und rannte zum Wohnhaus zurück, wo Oma Heimen in der Tür auf sie wartete. Weinend stürmte Telse in die Arme ihrer großmütterlichen Freundin.

„Sei nicht traurig, Kind,“ sagte Oma Heimen. „Glaub mir, er liebt dich. Er möchte es dir nur nicht zeigen. Schließlich könnte er heute nacht sterben. Deshalb will er nicht, daß du bis an dein Lebensende um ihn trauerst.“

Wenn Oma Heimens Worte auch etwas Trost spendeten, so war Telse dennoch todunglücklich. Gleichwohl hätte sie vor Freude weinen mögen: Zum ersten Mal hatte sie dieses neue, unsagbar schöne Gefühl entdeckt. Schließlich mußte diese körperliche Sehnsucht auch von Gott sein, sagte sie sich.

40

Anna wartete respektvoll an der Tür.

Nur wenige Schritte von ihr entfernt standen König Hans und mehrere Offiziere über eine Landkarte gebeugt, die ausgebreitet auf einem unförmigen Holztisch lag.

In dem klösterlichen Betraum, in dem sonst Mönche gemeinschaftlich Gottes Nähe suchten, herrschte eine geheimnisvoll düstere Atmosphäre.

Der fast kahle, dunkelgraue und kalte Raum wirkte auf Anna gespenstisch. An den Wänden traten große Felssteine mit ihren Ecken, Kanten und Buckeln ungleichmäßig hervor. An jeder Seite flackerten vier Fackeln. Ihr Lichterschein zuckte über die beiden klobigen Balken des mächtigen Holzkreuzes, das an der Stirnseite von der Decke bis zum Boden reichte und wie mit ausgebreiteten Armen die Seitenwände des Raumes berührte. Unter den zwei winzigen Fenstern neben der Eingangstür hingen vierzehn goldumrandete weiße Tücher mit Buntstickereien, deren Bilder den Leidensweg Christi bis zur Auferstehung darstellten.

„Tritt näher, Anna Holm“, riß eine Stimme die Besucherin aus ihrer Betrachtung. Es war König Hans. Links neben ihm standen sein Bruder Friedrich, rechts Slentz und hinter den dreien die Offiziere im Halbkreis.

Anna machte einige Schritte nach vorn. „Halt!“, rief einer der vier Wachposten zu beiden Seiten der versammelten Männer. Anna blieb stehen.

„Der Prior und Slentz haben mir erzählt, wer du bist, woher du kommst und was dich zu mir führt“, begann der König. „Vorweg: Ich bin dir dankbar, daß du mein Leben und das meiner Offiziere retten willst. Aber umsonst machst du es sicher nicht, oder?“, fragte er lauernd. Dabei grinste er listig augenzwinkernd.

„Was gibt es heute schon umsonst, Eure Majestät“, antwortete Anna liebenswürdig lächelnd.

„Also, wann, wo und wie will das Mordkommando mit diesem Bauernführer bei uns ins Hauptquartier eindringen?“

Anna blickte ihn freundlich an – und schwieg.

„Na gut, was verlangst du?“ Der König lehnte sich an die Tischkante und verschränkte abwartend die Arme über der Brust.

„Ich will für meine Tochter Telse, für mich und meinen Mann Carsten den persönlichen Schutz Eurer Majestät. Und ich will jene Belohnung schriftlich bestätigt haben, die meinem Mann von Marschall Ahlefeldt für seine Spionagedienste zugesagt worden ist.“ Erleichtert atmete Anna auf: Es ging besser, als sie gedacht hatte.

„Wenn ich richtig verstehe, mißtraust du meinen Zusagen, die ich deinem Mann durch Ahlefeldt übermitteln ließ?“

Anna hatte schon vorher gewußt, daß sie sich mit diesem Punkt ihrer Forderung auf dünnes Eis begeben würde. Dennoch war sie entschlossen, Sicherheiten einzufordern.

„Stellt Euch vor, Ihr würdet möglicherweise bei Eurem weiteren Eroberungszug von einem feindlichen Krieger getötet. Eure mündliche Zusage wäre dann keinen Pfifferling wert.“

Ihre Forschheit traf auf strafende Blicke der Offiziere. Slentz dagegen grinste. Diese schöne und mutige Frau gefiel ihm immer mehr. Als er bemerkte, daß Anna ihn sogar hilfeheischend ansah, als würde sie ihn mit den Augen abfragen, ob sie es so richtig machte, nickte er unmerklich.

„Ich bin einverstanden“, sagte der König kühl. „Aber wie denkst du dir meinen persönlichen Schutz für dich und deine Familie?“

„Stellt meiner Tochter, meinem Mann und mir je einen königlichen Schutzbrief aus.“

Der König schluckte. Schließlich nickte er: „Du bekommst, was du verlangst. Aber sag uns endlich, wann und wo wir das Mordkommando abfangen können?“

„Erst die schriftlichen Urkunden“, antwortete Anna bestimmt.

In ihrem Eifer vergaß sie, zwischendurch Blickkontakt mit Slentz aufzunehmen. Der sorgte sich nämlich allmählich um sie und wollte ihr ein Zeichen geben, daß sie sich bereits zu weit vorgewagt hatte.

„Warte drüben auf der Bank“, sagte König Hans mit ausgesuchter Höflichkeit.

Das machte Anna stutzig.

„Mein Feldmarschall von Ahlefeldt wird sofort das Nötige veranlassen."

Die Bereitschaft des Monarchen zerstreute Annas Verdacht, der König könnte über sie ungehalten sein. Sie sah, daß Ahlefeldt einen Wink erhielt und daraufhin verschwand. Wahrscheinlich würde er nun die Dokumente ausstellen und sie dem König bald zur Beurkundung vorlegen. Gelangweilt schaute Anna zur Tischrunde hinüber, wo sich König und Offiziere leise unterhielten, ab und zu auf die Karte zeigten und dann gestikulierten.

Nach einer geraumen Zeit erschien Ahlefeldt mit einer ledergebundenen Mappe. Respektvoll wartete er neben dem Tisch, bis ihn König Hans an seine Seite bat. Ahlefeldt reichte ihm einige Blätter zum Lesen. Nach kurzem Studium des Textes richtete er seinen Blick auf Anna.

„Hier deine Urkunden", sagte er, hielt drei der vier Schreiben hoch und blätterte sie beim Sprechen durch. „Das sind die Schutzbriefe für deine Tochter Telse, deinen Mann und dich."

Anna nahm sie entgegen, las sie genau durch, nickte zufrieden und gab sie dem König zur Beurkundung zurück. Ahlefeldt tropfte Siegellack darauf, der König drückte seinen Wappenring ein. Dann händigte er Anna die königlichen Schutzbriefe aus. Hochgestimmt faltete sie die Urkunden und steckte sie in ihre Rocktasche.

„Die erste Hälfte deiner Forderungen habe ich erfüllt", sagte der König. „Nun bist du dran."

Anna tat, als hätte sie ihn nicht verstanden.

„Ich will die erste Hälfte deiner Nachricht!", fuhr er sie plötzlich unbeherrscht an.

Anna merkte, daß sie ihr Spiel schon zu weit getrieben hatte. Beflissen antwortete sie: „Das Attentat auf Eure Majestät findet schon heute nacht statt."

Ein leiser Aufschrei ging durch die Offiziersrunde, gefolgt von aufgeregtem Stimmengewirr und lautem Gemurmel. Anna bemerkte, daß Slentz der einzig Ruhige blieb. Sie bewunderte ihn dafür.

Der König wandte sich erregt an Anna: „Um wieviel Uhr passiert es? Und auf welchem Wege kommen sie?"

Anna zeigte mit dem Finger auf die letzte Urkunde in seiner Hand – und schwieg.

„Erpresserin!“, zischte der König. Anna erschrak. Mit hochmütiger Stimme sagte er: „Hier steht alles aufgeschrieben, welchen Judaslohn dein Mann erhält.“

Anna merkte, daß sie ihren Gegenspieler zu sehr gereizt hatte. Sie durfte seine Geduld nicht länger überanstrengen, nahm sie sich vor. Aber ein Anliegen lag ihr noch besonders auf der Seele: „Eure Majestät, erlaubt mir bitte, noch einen Herzenswunsch anzubringen.“

Er nickte kurz.

„Laßt Isebrand am Leben. Aber demütigt ihn, erniedrigt ihn, foltert ihn und stellt ihn am Tag Eures Sieges über Dithmarschen auf dem Heider Marktplatz an den Pranger.“

„Du mußt ihn ja hassen wie die Pest“, lachte König Hans lauthals.

Anna wähnte sich endlich am Ziel. Ein überströmendes Glücksgefühl erfüllte sie. Jetzt hatte sie erreicht, was sie immer gewollt hatte: Die Familie würde den Krieg heil überleben! Obendrein würde sie nach dem Fall Dithmarschens die reichste und mächtigste Frau im Land sein. Isebrand würde für alles büßen müssen, was er ihr an Leid zugefügt hatte. Und Telse würde bestimmt ein für allemal von ihm geheilt sein. Denn als Verlierer und Versager würde Isebrand in Dithmarschen geächtet und dann von allein das Land verlassen. Niemand würde sich zu ihm bekennen – schon gar nicht Telse, die Patriotin!

Freudig erregt hörte Anna König Hans all die schönen Dinge vom Blatt ablesen, mit denen sie und Holm belohnt werden sollten. Ihr gesamtes Eigentum dürften sie behalten, zählte der Monarch auf, und Hof Tielenburg an der Eider dazubekommen. Ferner würde Holm nach der vorgesehenen Teilung Dithmarschens in eine nördliche und eine südliche Grafschaft königlicher Landvogt von Norderdithmarschen werden.

Anna war selig. Als würde sie ganz sicher gehen und im letzten Moment nicht alles wieder verlieren wollen, riß sie dem König hastig die kostbare Urkunde aus der Hand. Dem Herrscher schien das gar nicht zu gefallen. Zu spät bemerkte sie, daß er darüber wütend wurde. Sie hatte auch gehört, daß er als jähzornig galt. Sie spürte ihren Herzschlag jetzt bis zum Hals.

„Das Attentat ist für zwei Uhr geplant“, beeilte sie sich zu sagen. „Das Mordkommando kommt vermutlich durch den unterirdischen Gang, der vom Dom hierher ins Kloster führt.“

Sie schaute in überraschte Gesichter. Auch König Hans schien sprachlos. Anscheinend wußte niemand in der dänischen Heeresführung von dem geheimen Weg unter der Erde.

„Du kennst ihn?“, fragte Slentz dazwischen.

„Ich bin ihn gekommen“, antwortete Anna. Sie beschrieb den Gang, auch ihre Begegnung mit Isebrand am Deich. Der hätte sie bis in alle Einzelheiten über die unterirdische Verbindung ausgefragt. Deshalb sei sie ganz sicher, daß er diese günstigste aller Möglichkeiten für sein Attentat bevorzugen würde.

König und Stabsoffiziere erörterten aufgeregt Annas Informationen, ohne sich weiter um sie zu kümmern. Eine Weile wartete sie geduldig auf ein Zeichen, daß sie gehen könnte. Als sie sich schließlich überflüssig vorkam, wandte sie sich entschlossen dem Ausgang zu.

„Halt!“, hörte sie plötzlich den König rufen. Entsetzt fuhr sie zusammen. Seine Stimme klang schroff und hart. Ihr Herz raste. Langsam drehte sie sich um. Ein kalter, grausamer Blick traf sie. Sie zuckte zusammen.

„Slentz!“, befahl König Hans, „schaff sie weg und sperr sie ein! Sie gehört dir.“

Anna erstarrte zur Salzsäule. Panische Angst packte sie. Mein Gott! war ihr einziger Gedanke, was habe ich nur getan?

„Mach mit ihr, was du willst“, lachte der König Slentz zu.

Das schmutzige Lachen jagte Anna eine Gänsehaut über den Rükken. Sie stand noch immer wie gelähmt mitten im Raum.

„Du glaubtest doch wohl nicht“, wandte sich der König höhnisch an sie, „daß ich dich laufen lasse. Wer den Herrscher der drei nordischen Reiche beleidigt und ihn frech und hinterhältig erpressen will, hat alle Rechte verwirkt. Du bist nichts anderes als eine billige Verräterin. Und wer sein Land verrät, taugt nichts. Genauso wenig, wie dein Mann etwas taugt. Im Grunde eures Herzen seid ihr beide gewissenlos, erbärmlich, ohne Würde und habt keine Ehre im Leib.

Ihr seid billiges Lumpenpack. Nur dazu da, damit man euch ausnutzt. Weg mit ihr!", brüllte er, zornesrot im Gesicht.

Anna schwanden die Sinne. Leichenblaß wankte sie Slentz in die Arme. Der war auf sie zugestürmt, um sie vor einem Sturz zu bewahren. Mitfühlend hielt er sie aufrecht, während zwei Wachen mit einem dünnen Strick ihre Hände fesselten.

In wilder Verzweiflung schrie sie auf. Erst jetzt wurde ihr ihre aussichtslose Lage bewußt. „Nein! Nein! Nein!", kreischte sie kopflos. Ihre Stimme bebte. Ihr Körper zitterte. „Oh, mein Gott, hilf mir!", flehte sie angstvoll in einem fort. Wie hinter einem Schleier bemerkte sie mit Tränen in ihren Augen, daß der König und seine Offiziere sie wie gebannt anstarrten, als erwarteten sie jeden Moment ihre Ohnmacht.

Sie schloß die Lider, wollte die Schaulust der Männer nicht erleben. Entsetzliche Gedanken stürmten auf sie ein. Da war ihre geliebte Tochter, die nun schutzlos dem Krieg ausgeliefert sein würde. Da war ihr treusorgender Mann, der sich in höchster Gefahr vor König Hans befand. Holm mußte sofort gewarnt werden, fiel ihr verzweifelt ein. Aber wie? Sie fühlte sich in ihrer Hilflosigkeit erbärmlich klein. Sollte alles umsonst gewesen sein? Ihre Lügen, ihre Täuschungen, ihr Kampf um Genugtuung, um das Glück der Familie und um Telses Sicherheit?

„Komm mein Täubchen", hörte sie eine Stimme. „Du wirst mit mir viel Spaß haben." Sie spürte, wie jemand ihren Körper hochhob und auf den Armen davontrug.

Erschrocken schlug sie die Augen auf. Und blickte in das gräßliche Narbengesicht des Gardeführers.

41

Samstag, 15. Februar

Es war nachts gegen eins. Isebrand hob den Arm. Sofort sprangen seine Männer auf und schlichen geduckt und in kurzen Sprüngen hintereinander in den tiefschwarzen Nachtschatten eines Erdwalls. Den krochen sie auf allen Vieren entlang bis in die ersten Außengärten an der Südermühle vor dem Stadteingang.

Der Weg von Süden war Isebrand am sichersten erschienen, weil er glaubte, hier am unauffälligsten in Meldorf eindringen zu können. Bestimmt würden die Dänen Dithmarscher Kundschafter oder Truppenverbände eher von Norden aus Richtung Heide erwarten als aus der Südermarsch, dachte er.

Wie richtig er die Lage eingeschätzt hatte, entdeckte er bei einem Rundblick über das Vorstadtgelände. Die feindlichen Wachen saßen ziemlich weit voneinander entfernt auf niedrigen Bodenerhebungen im hellen Schein großer Lagerfeuer. An der Spitze seines Kommandos robbte Isebrand auf dem Bauch gefahrlos durch das hügelige Gelände. Geführt wurde der Trupp von Johann Groth. Nach seiner Rückkehr aus Meldorf hatte sich der Späher wild entschlossen für das Kommando gemeldet. Er wollte die Toten von Meldorf rächen. Nie würde er den Anblick des Massenmordes an wehrlosen Frauen und Kindern vergessen können.

Mit schlafwandlerischer Sicherheit leitete er Isebrand und seine Leute durch die Häuserreihen. Viele Gebäude lagen in Trümmern. Ab und zu vernahmen sie hinter erleuchteten Fenstern lautes Stimmengewirr und Gesang. Hin und wieder torkelte aus einer Haustür – lallend, laut rülpsend und übelriechend – ein stockbetrunkener Soldat auf die Straße, um sein kleines Geschäft zu erledigen.

Isebrands Männer hatten vorher ihre Stiefel ausgezogen und an ihre Gürtel gehängt. Ihre Streithämmer, Morgensterne, Wurfbeile und Schwerter unter den Mönchskutten waren mit Stofflappen umwickelt. Auf Strümpfen glitten sie geräuschlos wie Schatten von Haus zu Haus und von Straße zu Straße. Hinter dem Hauptpfarrhaus nahe dem Dom fanden sie in einer finsteren Mauernische Deckung.

„Clawes, Bojen und Nicolaus müssen gleich hier sein,“ flüsterte Isebrand.

Die drei Genannten waren vorausgeschlichen, um die Kirche und die Umgebung des Klosters nach Wachposten auszuspähen. Schon wenig später trafen sie ein und berichteten, daß die Kirche leer wäre. Aber um das Kloster herum hätten mindestens zweihundert schwerbewaffnete Landsknechte einen dichten Schutzring gezogen. Ein Durchkommen sei dort unmöglich.

Plötzlich tauchte aus dem Dunkel der Hauswand Claus Grove auf. „Der Geheimgang ist frei“, sagte er leise. „Er endet tatsächlich in der Sakristei der Klosterkirche. Ich kam sogar noch weiter. Bis in die Bibliothek. Konnte durch das Fenster den gesamten Klosterhof mit seinen Gebäuden einsehen.“

Isebrand hatte seinen Freund zur Lageerkundung durch den unterirdischen Gang ins Kloster geschickt, weil der Geistliche die Einsiedelei schon oft besucht hatte. Er kannte die Anlage von allen am besten.

„Der König und sein engster Stab wohnen im Abthaus“, beschrieb Grove aufgeregt die Lage. „Es ist nämlich das einzige Gebäude, das bewacht wird. Davor stehen aber nur drei Posten an einem Feuer. Wie im tiefsten Frieden. Es dürfte ein leichtes Spiel sein, ins Abthaus reinzukommen.“

Isebrand fiel ein Stein vom Herzen: Die Dänen wußten weder etwas von einem Geheimgang noch ahnten sie etwas von einem möglichen Angriff auf ihr Hauptquartier. Anna hatte ihm also doch die Wahrheit gesagt. Dabei hatten ihn inzwischen Zweifel geplagt, ob sie tatsächlich den Prior aufsuchen wollte, wie sie am Deich behauptet hatte.

Er wandte sich an seine Männer und eröffnete ihnen, welchen Fluchtweg sie nach gelungenem Anschlag nehmen sollten. Zuerst würde man das Kloster gemeinsam durch den zweiten unterirdischen Gang zum Pfarrhaus verlassen. Dort müßte sich das Kommando trennen. „Die erste Gruppe nimmt unter Groves Führung den dritten Geheimgang zum alten Turm am östlichen Stadtrand. Die zweite geht mit mir durch den vierten Gang in die Kirche. Von dort ziehen wir uns wieder vorsichtig durch die Straßen zum südlichen Stadtausgang zurück.“ Jeder Trupp würde sich dann allein nach Oldenwohrden durchschlagen mussen, gab er seine letzte Anweisung.

Die Männer drückten sich noch einmal schweigend die Hand. Einige umarmten sich stumm. Isebrand ahnte, was in ihnen vorging. Sie verspürten bestimmt die gleiche Angst wie er. Allerdings wich seine Angst allmählich einer erregenden Erwartung. Denn das unbekannte Wagnis stand unmittelbar bevor.

Isebrand wußte, daß sich jeder seiner Männer klar darüber war, was am Ende des Kommandos stehen würde: Entweder ein Leben in Freiheit oder heldenmütiger Tod. Wer bis hierher mitgegangen war, für den gab es jetzt kein Zurück mehr.

Er gab das Zeichen zum Aufbruch.

Schnell huschte die Gruppe Mann für Mann in die Kirche, drückte sich an der Wand entlang zum Altarschrank. Einer nach dem anderen verschwand darin.

Im Geheimgang kamen die Männer nur kriechend und krauchend voran. Jeder dritte trug eine brennende Fackel. Am Gangende traten sie noch einander die Flammen aus. Dann halfen sie sich gegenseitig aus dem engen Durchlaß in die Sakristei hinauf. Sie zogen ihre Mönchskutten aus, wickelten ihre Waffen aus den Stofflappen, teilten sich wortlos in Gruppen zu dritt auf und schlüpften einzeln zur Klosterkirche hinaus in den Kreuzgang. Der bildete einen Kranz um den rechteckigen Klosterhof. Rundherum reihten sich die Klostergebäude lückenlos aneinander.

Im tiefschwarzen Nachtschatten der Sakristei warteten die Männer solange, bis alle siebzehn wieder zusammen waren. Isebrand spähte über die Brüstung der inneren Klosterhofmauer hinweg zum Abthaus hinüber. Dort dösten drei Wachposten an einem Feuer vor sich hin. Aus vier Fenstern des Abthauses schien noch Licht.

Mit einem Kopfnicken gab Isebrand seinen Leuten das verabredete Zeichen. Die nahmen ihre Dolche zwischen die Zähne und ihr zweischneidiges Messer kampfbereit in die Hand. Isebrand zeigte mit dem Finger auf die drei Posten. Sofort lösten sich mit ihm weitere fünf Männer aus der Gruppe. Es waren Grove, Groth und die drei Jungbauern Claus Russe, Reimer Witte und Dethleff Harring. Sie schlichen an Isebrands Seite heran.

Die drei Burschen waren gerade mal siebzehn, schoß es ihm durch den Kopf. Wie würde ihnen jetzt wohl zumute sein? Plötzlich sah er Telses Gesicht vor sich. Sie war nicht sehr viel älter als die drei, dachte er. Ob Telse wohl böse auf ihn war, nachdem er sie in ihrem Kummer allein gelassen hatte? Sollte er aus dieser Sache hier heil herauskommen, würde er alles wiedergutmachen, schwor er sich. Auch würde er alles daransetzen zu erfahren, ob Telse wirklich seine Tochter war oder nicht.

Er bemerkte, daß Grove ihn ungeduldig anblickte. Verdammt, ich muß mich jetzt zusammenreißen, fluchte er.

Er sah die fünf Männer an seiner Seite. Richtig, er wollte mit ihnen gemeinsam die drei Wachmänner drüben am Abthaus im Handstreich niedermachen. Die übrigen elf seines Kommandos würden gleich folgen, so hatte er geplant, um dann gemeinsam ins Gebäude einzudringen. Anschließend sollten die einzelnen Räume durchkämmt und der König und seine höchsten Offizier möglichst lautlos getötet werden.

Isebrand vermochte seine Erregtheit kaum zu zügeln.

Sein Herz schlug so laut, daß er befürchtete, die Wachen könnten es hören.

„Jetzt!“, zischte er.

Alle sechs begannen gleichzeitig bäuchlings über den kalten Steinboden des Kreuzgangs langsam auf die Wachen zuzukriechen. Dabei hielten sie den Dolch quer im Mund, das Messer in der rechten Hand. Isebrand blieb für kurz still liegen. Prüfend wie ein witternder Jagdhund schätzte er die Entfernung bis zu den Wachen ab. Höchstens noch vier Schritte! Er spannte seine Muskeln. Auch die anderen machten sich sprungbereit.

Plötzlich sah Isebrand Hände aus der Dunkelheit hervorschnellen und nach ihm packen. Sie zerrten ihn zu Boden und zogen blitzschnell seinen Körper durch eine Tür. Ein harter Gegenstand traf seinen Kopf. Er hörte ein Krachen und Knacken, als bräche ein morscher Ast vom Stamm. Schmerzhaft fuhr ein hohles Dröhnen durch den Körper. Mit Panik spürte er, wie ihn sein Bewußtsein verließ. Krampfhaft versuchte er zu erfassen, was geschehen war. Die beginnende Ohnmacht ließ ihm nur noch einen Gedanken: Verrat! Dann vernahm er undeutlich so etwas wie Lärm, der sich mit seinen schwindenden Sinnen in der Ferne verlor.

Währenddessen sahen sich Isebrands Leute von zahlreichen Landsknechten umzingelt. Schwerbewaffnet und eng an die Hauswände gepreßt, standen sie lauernd im Klosterhofgang. Im fahlen Licht des Wachfeuers waren sie nur an ihren strichhaften Umrissen zu erkennen.

Das Todeskommando, durch den blitzartigen Überfall aufgescheucht, war in die Hofmitte geflüchtet. Dort verharrte es in gespannter Abwehrhaltung. Die Männer bildeten, mit dem Rücken zueinander, einen Kreis. So würden sie nach allen Seiten hin jeden

Angriff abfangen können, glaubten sie. Alle hatten ihr Schwert kampfbereit in der Hand, starrten abwartend und entschlossen auf die Feinde.

„Streckt eure Waffen nieder!“, hörten sie eine Stimme aus der Finsternis.

Niemand im Kommando rührte sich.

Wie von Geisterhand entzündet, flammte in der Dunkelheit eine Fackel auf. Zuckend tanzte sie durch die Luft, bis sie funkensprühend in einen Holzstoß stieß und dort ein Feuer entfachte. Mit einem Mal entstanden immer neue Flammenbündel. In kürzester Zeit sahen sich die Dithmarscher von einem Lichterkranz umgeben und sich selbst hell erleuchtet. Mit Entsetzen wurde ihnen bewußt, daß sie nun eine vorzügliche Zielscheibe boten. Obendrein entdeckten sie rundherum weitere Söldner.

Die hockten oder knieten auf den Dächern des Kreuzgangs. Es waren mindestens hundert an der Zahl. Sie hatten Hakenbüchsen und Armbrüste auf die kleine Gruppe im Hof gerichtet.

„Zum letzten Mal: Ergebt euch!“, rief wieder jemand.

Grove und die anderen Getreuen ahnten, daß es keine Rettung mehr gab. Noch unsicherer machte den Pfarrer, daß Isebrand nicht mehr an seiner Seite stand. Hilflos hatte er mitansehen müssen, wie die Landsknechte seinen Freund fortgeschleppt hatten: Der König wollte Isebrand sicher lebend.

Grove vermißte auch den Späher Groth. Vielleicht hatte der noch rechtzeitig fliehen können? Sie aber, die nun dem Gegner von Angesicht zu Angesicht gegenüberstanden, hatten keine andere Wahl mehr, als kämpfend zu sterben. Das erkannte Grove mit gnadenloser Deutlichkeit.

Oh, mein Gott, steh uns bei! betete er inbrünstig.

Einen Moment lang sah er zum schwarzen Himmel hinauf. Wie gern hätte er noch lange dem Glitzern der wunderschönen Sterne dort oben zugeschaut!

„Auf, Männer! Leever doot as Slaav!“, schrie er plötzlich von leidenschaftlichem Zorn gepackt. Mit erhobenem Schwert stürmte er auf die nächststehenden Soldaten zu.

„Leever doot as Slaav!“, schrien auch die anderen entfesselt in hilfloser Wut und folgten blindlings dem vorstoßenden Grove.

„Feuer!!!“, fegte ein gellender Befehlsschrei über den Klosterhof.

Für einen winzigen Moment stockten die Angreifer, liefen aber gleich weiter auf ihre Gegner zu.

Bis zu den ersten Reihen waren es nur noch wenige Schritte.

Da brach die Hölle los.

Ein dichter Regen von Armbrustpfeilen prasselte auf das Kommando nieder. Eine donnernde Salve aus feuerspeienden Hakenbüchsen jagte tödliche Kugeln in den kleinen Haufen. Spieße, Wurfäxte und Streitkolben zischten durch die Luft und taten ihr übriges. Das Ganze dauerte nur wenige Augenblicke.

Die Dithmarscher wälzten sich in ihrem Blut. Einige stöhnten schwerverwundet, andere krochen ächzend und keuchend auf allen Vieren umher, brachen zusammen. Manche lagen mit eingeschlagenem Schädel da, andere mit Pfeilen in der Brust oder Spießen im Bauch und Rücken.

Wie eine Meute blutrünstiger Wölfe fielen die Landsknechte aufheulend über die wehrlosen Verwundeten her, stachen mit Lanzen wild auf ihre Körper ein oder zerschmetterten mit Streitkolben Köpfe, die sich noch bewegten. Zum Schluß rissen die Söldner Leichen und Schwerverwundeten die Kleidung vom Leib, stritten sich um die Beute oder hielten sie, gröhlend lachend, in die Höhe.

Grove, der aus vielen Wunden blutete, stellte sich tot und sank schließlich in tiefe Ohnmacht. Sie rettete ihm in diesem Moment das Leben …

42

Isebrand kam allmählich zu sich. Er fand sich in der Ecke einer engen, kalten Mönchszelle wieder.

Über ihm hing ein kleines Jesuskreuz. Seine Hände und Füße waren gefesselt. Sein Schädel brummte. Hin und wieder pochte darin ein teuflischer Schmerz. Aus der Kopfwunde sickerte Blut über das Gesicht.

Sein erster Gedanke galt seinen Männern. Lebten sie noch? War ihnen der Mordanschlag gelungen? Das konnte aber nicht sein, sonst würde er nicht hier liegen, grübelte Isebrand. Also war das Attentat gescheitert. Und das würde bedeuten, dachte er mit Entsetzen, daß alle tot waren. Denn König Hans würde niemandem Gnade gewähren, der ihm nach dem Leben trachtete. Also würde auch er bald sterben müssen. Aber warum hatte man ausgerechnet ihn aus dem Kommando herausgefischt, wenn man ihn ohnehin umbringen wollte? Er suchte nach einer sinnvollen Antwort, fand aber keine. Nur eines war ihm klar: Das Kommnando war verraten worden!

Isebrand warf sich vor, total versagt zu haben. Niemals hätte er Anna vertrauen dürfen. Erst jetzt wurde ihm das falsche Spiel bewußt, das sie mit ihm getrieben hatte. Hatte sie nicht das Geheimnis über die unterirdischen Gänge allzu offenherzig vor ihm ausgebreitet? Natürlich! Und er war darauf hereingefallen. Verdammter Narr, der er war.

Nur sie kam für den Verrat in Frage.

Außerdem war er sich jetzt sicher: Anna und ihr Mann mußten ihn *gemeinsam* reingelegt haben.

Erschrocken fuhr er aus seinen Überlegungen hoch. Knarrend öffnete sich die Tür. Sofort schloß er die Augen, stellte sich ohnmächtig. Ein übelriechender Atem strich über sein Gesicht. Er stank nach Bier und Knoblauch.

„He, du!" Jemand stieß ihm kräftig mit dem Fuß in die Seite.

Isebrand öffnete die Augen. Der Anblick traf ihn wie ein Schlag: Ein häßliches Narbengesicht.

Slentz!!! schoß es ihm durch den Kopf.

„Hab ich dich Dreckskerl endlich gefunden", lachte der Gardeführer triumphierend. „Zwanzig Jahre habe ich dich gesucht. Jetzt bist du dran!" Er strich sich die Haare aus dem Gesicht und hielt die Strähnen hinter den Ohren fest. „Damit du meine Fratze besser sehen kannst. Sieh her, was du damals mit mir gemacht hast", fauchte er Isebrand haßerfüllt an. Er zeigte mit dem Finger auf die tiefe, an den Rändern wulstig aufgeworfene blaurote Narbe. „Jetzt wirst du für alles büßen müssen, was ich deinetwegen ertragen mußte."

Isebrand hielt den Atem an. Überdeutlich stieg die Erinnerung an seine gemeinsame Landsknechtzeit mit Slentz, als beide zuerst Freunde waren und dann Todfeinde, in ihm auf. Er sah Slentz vor sich, wie der die Marketenderin brutal vergewaltigte, sie mit Messerstichen grausam verstümmelte und anschließend ihn, Isebrand, folterte. Nie hatte er vergessen, wie er im Kampf mit Slentz dessen Gesicht mit dem Dolch aufgeschlitzt und dann die Flucht ergriffen hatte.

„Du Dreckskerl!“, entfuhr es Isebrand.

Slentz lachte höhnisch und kam mit dem Mund ganz nah an Isebrands Gesicht. Er zischte: „Ich werde dich auf die Streckbank legen und mindestens eine Handbreit länger ziehen. Ich werde mit einem glühenden Eisen deinen Körper braten, bis dein Fleisch schmort und stinkt. Ich werde deine Fresse mit dem Messer aufschlitzen und dein Gesicht auf meine Art kreuzigen: Du wirst für immer ein Narbenkreuz mitten in deiner Fratze tragen. Und wenn deine Bauern uns eine Schlacht liefern sollten, wird dich meine Garde vor sich her in die Spieße deiner eigenen Dithmarscher treiben, damit sie dich erledigen und mir die Drecksarbeit abnehmen.“

Isebrand schwieg und sah zur Seite.

„Sollten deine Bauern vorher kapitulieren, werde ich dich mit deiner Narbenfresse einen Tag lang auf dem Heider Marktplatz an den Pranger stellen, damit dich deine alten Freunde anspucken und anpissen können.“ Slentz lachte roh. „Dieses Vergnügen hast du dann einer gewissen Anna zu verdanken. Sie nämlich hatte diesen Einfall.“

„Anna?“ Isebrand blickte überrascht hoch.

„Ja, sie! Sie und Holm sorgen schon lange dafür, daß euer Kriegsrat keine Geheimnisse vor uns hat“, lachte Slentz. „Nachdem Anna uns dein Kommen angekündigt hat, haben wir sie gleich hierbehalten. Und stell dir vor, der König hat mir das falsche Kätzchen zum Spielen geschenkt. Es gehört jetzt mir, mir ganz allein. Zwar ziert es sich noch, wie Weiber nun mal sind, aber bald wird es an meiner Brust schnurren.“ Slentz wollte sich totlachen.

„Du Schwein!“, wiederholte Isebrand feindselig.

„Wache!“, schrie Slentz wütend.

Vier Soldaten stürzten herein und rissen Isebrand hoch, daß ihm beinahe die Sinne schwanden. Sie stießen und traten ihn vor sich her aus der Zelle hinaus auf den Klosterhof. Der Anblick, der sich ihm dort bot, erschütterte ihn bis ins Mark.

Rund um den Platz standen etwa zweihundert Landsknechte mit brennenden Fackeln in der Hand. Die unruhig flackernden Flammen warfen in dem fahlen Licht des beginnenden Morgens eine merkwürdig kalte und bedrohlich wirkende Helligkeit auf den Schauplatz. Isebrand sah einige Söldner betrunken auf der Stelle wanken. Andere schwatzten miteinander, manche lachten leise.

Als er den Blick auf die Hofmitte richtete, fuhr er entsetzt zusammen. Er spürte, wie sich sein Magen zusammenzog. Ihm wurde übel. In der Mitte des Platzes waren vierzehn seiner Männer auf der Erde nebeneinander aufgereiht – tot, nackt und blutverschmiert.

Annas Werk, durchzuckte ihn die Gewißheit. Sie war schuld am Tod seiner Männer. Sie und Holm.

Isebrand sah die drei jungen Burschen Russe, Witte und Harring auf dem Rücken liegen, die Arme wie hilfesuchend nach oben angewinkelt, die Augen vor Entsetzen starr geöffnet. Sollten sie wirklich so jung umsonst gestorben sein, hämmerte es in seinem Kopf. Nein, schrie er voller Wut in sich hinein, das durfte nicht sein!

Plötzlich entdeckte Isebrand Grove. Der Anblick krampfte sein Herz zusammen. Der Priester hockte auf Knien neben den Leichen, mit dem Rücken gegen ein Holzfaß gelehnt. Er blutete aus zahlreichen Wunden. Das Kinn lag auf der Brust.

Aber er lebte.

Unter den angestrengt hochgezogenen Brauen sah der Schwerverletzte von unten herauf seinen Freund an – müde, verloren und enttäuscht.

Isebrand erschauerte. Ihn überkam grenzenloses Mitleid mit Grove, der dort lautlos litt und mit trüben Augen seinen Blick suchte. Isebrand würgte es im Hals. Er fühlte sich dem Weinen nahe. Er mußte den Sterbenden noch einmal umarmen.

„Halt!“, rief Slentz von hinten mit schneidender Stimme.

Isebrand ging unbeirrt weiter auf Grove zu, zwanghaft angezogen von den hilflos und traurig dreinschauenden Augen des Freundes.

„Haltet ihn!“, schrie wieder dieselbe Stimme von hinten.

Isebrand spürte, wie ihn mehrere Hände packten und festhielten.

Er konnte nicht mehr weiter, starrte ohnmächtig in Groves Gesicht. Dessen Augen lächelten plötzlich, als würde er die Lage verstehen, warum sein Freund nicht zu ihm kommen konnte.

„Sag, Isebrand", keuchte Grove leise, „war denn alles umsonst, was wir getan haben?"

Isebrand vermochte nur heftig verneinend den Kopf zu schütteln. Vor Erschütterung brachte er kein einziges Wort hervor.

„Du hast recht", fuhr Grove mühsam fort, „jeder Fehler hat sein Gutes und jedes Sterben seinen Sinn." Er rang nach Luft: „Auch wenn wir tot sind, Dithmarschen wird weiterleben." Ein Lächeln glitt über sein Gesicht: „Und mit dem wunderschönen Land wird es auch immer seine dickschädligen und freiheitsliebenden Menschen geben." Er keuchte: „Mögen Dithmarschens Söhne und Töchter vielleicht eines Tages andere Herren haben und wir schon längst vergessen sein, sie jedenfalls werden in ihrem Herzen immer frei bleiben."

Seine Augen füllten sich mit Tränen.

Verzweifelt versuchte Isebrand, sich von den Wachen loszureißen. Er wollte ganz nah bei seinem Freund sein, ihn in den Armen halten, wenn der Tod nach ihm greifen würde. Vergeblich. Die vier Landsknechte zeigten kein Erbarmen.

Und gegen ihre Kraft kam er nicht an.

„Gib auf, Isebrand!", befahl Slentz hinter seinem Rücken.

Isebrand hörte sein teuflisches Lachen, das über den ganzen Klosterhof schallte. Unbändiger Haß stieg in ihm hoch.

„Ich selbst werde ihn dir bringen, deinen besten Freund!", rief Slentz höhnisch.

Isebrand drehte sich nach ihm um. Er sah, wie Slentz vor eine Gruppe von Mönchen trat und sie anherrschte: „Ihr schafft mir nachher die Leichen weg!"

Unter den Mönchen erblickte Isebrand auch Groves Bruder Servatius. Der schaute mit weit aufgerissenen, irren Augen dem Gardeobersten hinterher, der nun langsam auf Isebrand und Grove zukam.

Jeder im Klosterhof ahnte das Unvermeidliche: Einer von beiden oder beide gemeinsam würden nun sterben müssen.

Isebrand spürte sein Herz bis in die Schläfen pochen. Er sah

Slentz vor sich das Schwert ziehen. Einen Moment lang rasten Tausende von Bildern seines Lebens wie Irrlichter durch seinen Kopf. Aber Slentz schritt langsam an ihm vorbei. Er ging auf Grove zu. Neben dem Zusammengekauerten blieb er stehen.

Das Stimmengemurmel im Hof verstummte. Aus jedem Winkel kroch Totenstille.

Slentz hob das Schwert mit beiden Händen hoch über sich empor.

Der nahende Augenblick des Todes spannte die Sinne der zuschauenden Soldaten bis ins Unterträgliche an.

„Nein!“, schrie irgend jemand entsetzt aus einer der hinteren Reihen. Das mußte Servatius gewesen sein, erschrak Isebrand.

„Oh, mein Gott! Vergib mir!“, stammelte Grove. Ergeben senkte er sein Gesicht tief hinab auf die Knie. Er beugte seinen Nacken zum Sterben.

Mit einem wuchtigen Schlag trennte Slentz den Kopf vom Rumpf.

Ein Blutstrahl schoß aus dem Halsstumpf bis vor Isebrands Füße. Stiefel und Hosenbeine waren im Nu mit dem Blut seines Freundes getränkt.

„Das wirst du mir mit deinem Leben büßen!“, schrie Isebrand gellend vor Wut und Haß.

Slentz sagte nichts, beugte sich nur wortlos zur Erde hinunter und hob Groves Kopf an den Haaren auf. Er ging auf Isebrand zu und hielt ihm das starre Gesicht des Toten ganz nah vor die Augen.

„Das *war* dein Freund“, lächelte er zynisch. „Und denk immer daran: Ich tat es aus Haß auf dich.“ Gefühllos warf er Isebrand den Kopf vor die Füße und blickte ihn verächtlich an. „Deine Schuld soll ewig dauern.“

Dann wandte er sein Gesicht den vier Wachsoldaten zu und nickte kurz in Richtung Isebrand.

„Zurück in die Zelle mit ihm!“

43

Am Beratungstisch im Hauptquartier der Bauern herrschte beklommenes Schweigen. Johann Groths Bericht über den gescheiterten Anschlag auf den Dänenkönig hatte unter den Achtundvierzigern Betroffenheit ausgelöst.

Holm dagegen sah sich so nah am Ziel wie niemals zuvor.

Annas durchtriebener Plan war aufgegangen, stellte er zufrieden fest. Das Geheimkommando war aufgerieben, Isebrand lebte sicherlich nicht mehr, und mit der Kampfmoral des Kriegsrats war es nicht mehr weit her. Nun brauchte er nur noch zuzuschlagen, freute er sich. Endlich war die Zeit gekommen, den schlau eingefädelten Attentatsversuch in höchstmöglichen Gewinn umzumünzen. Die Zeichen standen günstig.

Erstens würde nun der dänische Herrscher glauben, daß Anna ihm das Leben gerettet hatte. Zweitens würde er, Holm, dem König schon in kürzester Zeit Dithmarschens Kapitulation zu Füßen legen. Eine überreichliche Belohnung würde so gut wie sicher sein, schwelgte er im Vorgefühl.

Jetzt brauchte er nur noch den Kriegsrat weichzuklopfen.

„Hättet ihr nur von Anfang an auf mich gehört, wäre uns vieles erspart geblieben", gab er sich den Ratsmännern gegenüber hell empört. „Habe ich nicht schon vor dem Einmarsch des Dänenkönigs die Kapitulation empfohlen?"

Holm weidete sich an der Verlegenheit der Männer am Tisch. Die meisten Achtundvierziger senkten betreten den Kopf. Holm fühlte sich prächtig: Seine Berechnung ging auf, seine Worte zeigten Wirkung. Nun saßen die Versager da wie auf der Anklagebank. Vermutlich würden sie alles tun, um ihre Schlappe wieder wettzumachen.

Er tat, als sei er zornig. Heftig fuhr er die Ratsmänner an: „Hättet ihr gleich auf mich gehört, hätte es auch in Meldorf keinen Bluttag gegeben. Aber euch war ja Isebrands Klugscheißerei lieber. Die vielen Mütter und Kinder hätten nicht zu sterben brauchen. Die Stadt wäre jetzt nicht zerstört. Die tapferen Männer des Todeskommandos würden noch leben. Und euer verdammter Isebrand würde auch noch unter euch weilen!“

Aufmerksam beobachtete Holm die Wirkung seiner Anklage auf jeden einzelnen in der Runde. Die meisten starrten verlegen vor sich hin. Niemand wagte, ihm zu widersprechen. Er genoß seine Überlegenheit. Der richtige Augenblick, sagte er sich, um auch die letzten Zweifler auf seine Seite zu ziehen.

„Bereitet euch auf einen blutigen Feldzug des Dänenkönigs vor“, prophezeite er. „Er wird sich bestimmt rächen wollen. Denn er wird glauben, ihr hättet die Zeit bis zu seinem Ultimatum nur genutzt, ihm nach dem Leben zu trachten.“

„Wer sagt denn, daß unser Todeskommando nicht doch erfolgreich war?“, wehrte sich Wiemerstedt gegen Holms Zermürbungstaktik. Dessen Attacken gegen Isebrand und den Kriegsrat gingen ihm auf die Nerven. „Hat Groth nicht gesagt, daß er bereits aus dem Kloster geflohen ist, bevor unsere Leute richtig losgelegt haben?“

Gespannt blickten alle zum Späher hin. Der nickte und bekannte kleinlaut: „Das kann so gewesen sein.“

Groths Geständnis kam Wiemerstedt gerade recht: „Also! Wer sagt denn, daß Isebrand und seine Männer nicht doch noch leben? Es gibt keinen gegenteiligen Beweis!“

„Unsinn!“, fuhr Holm dazwischen, „dann wären sie schon längst wieder zurück. Schließlich sind inzwischen über zwölf Stunden vergangen. Ich sehe nicht einen einzigen Grund, weshalb Isebrand uns hier in Ungewißheit sitzen lassen sollte. Und darauf zu hoffen, daß er sich irgendwo in Meldorf versteckt hält, ist doch sinnlos.“ Er hob seine Stimme: „Wir müssen uns damit abfinden: Isebrand ist tot!“

Holm machte sich nichts vor: Er mußte jetzt alle Überredungskünste aufbieten, um so schnell wie möglich sein Ziel zu erreichen. Denn die niedergedrückte Stimmung im Rat konnte im Nu wieder umschlagen. Nachher würden die Unentwegten, die bis zum Letzten an der Landesverteidigung festhielten, die Wankelmütigen noch wieder anstecken. Und genau das konnte er im Moment überhaupt nicht gebrauchen. Er mußte wenigstens noch die Front dieser unverbesserlichen Spinner aufbrechen, damit mindestens zwei Drittel der vierundzwanzig Ratsstimmen seinen Vorschlag annehmen würden. Die waren nämlich erforderlich, sollte der endgültige Beschluß „Kapitulation" lauten. Nur ein eindeutiges Ergebnis würde die Bevölkerung überzeugen, daß die Unterwerfung das Richtige sei. Und dafür war auch eine Zweidrittelmehrheit in der Landesversammlung erforderlich, die am Nachmittag auf dem Marktplatz zusammentreten sollte.

Holm war sich darüber klar, daß es die letzte Landesversammlung entweder vor der kriegsentscheidenden Schlacht oder vor der Kapitulation sein würde. Bereits zwei Tage zuvor hatte der Kriegsrat alle abkömmlichen stimmberechtigten Dithmarscher nach Oldenwöhrden gerufen. Holm setzte darauf, daß nach dem Meldorf-Massaker selbst die stärkste Freiheitsliebe zu schmelzen begann und in Angst mündete. Man mußte die Leute nur mit den richtigen Argumenten füttern, um ihre Haltung wirkungsvoll zu durchlöchern.

Zwar war sein Versuch gescheitert, die Landesverfassung durch Kriegsrecht außer Kraft zu setzen, aber das hatte seine Entschlossenheit nur gefördert. Wäre dieser Versuch geglückt, hätte allein der Wille des Rats gegolten und nicht mehr jener der Landesversammlung. Doch zu seinem Leidwesen hatte sich Boje mit der ganzen Kraft seines hohen Ansehens und seiner unstrittigen Persönlichkeit als Sprecher des Rats dagegen gewehrt. „Niemals werden wir in unserem freien Dithmarschen das Recht des einzelnen opfern, nur weil ein Kriegsrat glaubt, alles besser zu wissen", hatte er gesagt und die Ratsmehrheit für sich gewonnen. Damit sah sich Holm wieder am Anfang seiner Bemühungen.

„Machen wir uns doch nichts vor", beschwor er die Ratsmänner, „mit dem Untergang des Todeskommandos ist alle Hoffnung dahin, dem Krieg noch eine entscheidende Wende zu unseren Gunsten zu geben."

Holm blickte die Ratsmänner der Reihe nach eindringlich an. In den Gesichtern glaubte er abzulesen, daß sie seine Meinung teilten. Er spürte, daß die meisten von ihm einen ganz bestimmten Vorschlag erwarteten, den offen auszusprechen sich niemand von ihnen traute. „Ich schlage vor", übernahm Holm sofort die ihm zugedachte Rolle als Wortführer, „daß wir so schnell wie möglich kapitulieren!"

Niemand sagte ein Wort. Alle schauten ihn an. Die meisten von ihnen erleichtert. Einige taten erstaunt. Nur wenige schüttelten abweisend den Kopf.

„Wir müssen König Hans mit unserer Kapitulation zuvorkommen, bevor er einen furchtbaren Rachefeldzug gegen uns beginnt. Er wird uns bestimmt alle umbringen und das Land verwüsten wollen", fügte Holm eilig hinzu. „Je schneller wir uns unterwerfen, desto eher können wir auf seine Gnade hoffen."

„Gnade von einem Dänenkönig?!", schrie Wiemerstedt empört auf. „Mit mir nicht! Niemals!"

Sein leidenschaftlicher Protest löste eine erregte Auseinandersetzung aus. Befürworter und Gegner bekamen sich beinahe in die Haare – bis Boje die Hand erhob und die Abstimmung verlangte. Das Ergebnis: Siebzehn waren für Kapitulation, nur mehr sieben für Kampf.

Holm jubelte: Annas Mission in Meldorf hatte sich gelohnt.

Anna!? Siedendheiß fiel ihm auf einmal seine Frau ein. Wieso war sie eigentlich noch nicht zurück? Ihr war doch wohl nichts zugestoßen? Gedanken über Gedanken stürzten auf ihn ein. Daß ihr Verrat gelungen sein mußte, bewies das Scheitern des Attentats. Er jedenfalls zweifelte mit keinem Gedanken daran, daß der Anschlag mißlungen war. Und daß der Späher Anna mit keinem Wort erwähnt hatte, bewies doch, daß er sie nicht gesehen hatte, sagte sich Holm. Sicher hatte König Hans sie aus Dankbarkeit für seine Lebensrettung eingeladen, mit ihm zu speisen. Bestimmt war es darüber so spät geworden, daß sie in Meldorf übernachten mußte, beruhigte er sich.

Genau! Nur so konnte es sein. Vielleicht wartete sie im Augenblick sogar darauf, daß er nachkommen würde. Schließlich war Anna klug und weitsichtig. Sie wußte stets, im richtigen Moment das Richtige zu tun, dachte Holm.

„Über unsere Entscheidung wird in wenigen Stunden die Landesversammlung abstimmen", zerrte Boje ihn aus seiner Grübelei. Holm gab die Suche nach möglichen Spuren seiner verschwundenen Frau vorerst auf.

„Laßt uns für den Fall, daß die Versammlung unsere Meinung teilt, vorsorglich klären, wer König Hans unsere Kapitulation als Unterhändler überbringen und für uns einen möglichst günstigen Friedensvertrag herausholen soll", sagte Boje. Er blickte in die Runde und fuhr fort: „Ich meine, Carsten Holm soll unser Unterhändler sein." Die Mehrheit nahm den Vorschlag an. Begleitet werden sollte Holm von Claus Junge aus Hemme und Karsten Holm aus Weddingstedt, einem Namensvetter. Beide hatten als junge Männer einige Jahre gemeinsam die Universität in Jena besucht.

Holm nahm seine Wahl jedoch kaum wahr. Die Unruhe über Annas Ausbleiben nahm alle seine Sinne gefangen. Auch sein Sieg über die Kriegsanhänger im Rat war für ihn auf einmal so gut wie nebensächlich. Er hatte nur noch ein einziges Ziel vor Augen: Er mußte Anna so schnell wie möglich wiederfinden.

44

Telse war verzweifelt. Als sie von ihrem Vater erfahren hatte, daß Isebrand und die Männer des Kommandos im Kloster umgebracht worden seien, zerriß es ihr beinahe das Herz. Isebrand tot? Das konnte, nein, das durfte nicht wahr sein, sagte sie sich immerzu.

Haßerfüllt hatte sie ihrem Vater ins Gesicht geschleudert, ihren Eltern niemals zu verzeihen, daß sie sich für den Attentatsplan stark gemacht hatten. Dadurch wären sie mit verantwortlich für Isebrands Tod – sollte er denn wirklich nicht mehr am Leben sein. Von der Mitschuld der Eltern war sie felsenfest überzeugt.

Nach dem Streit mit ihrem Vater war Telse zuerst aufgelost in ihre Kammer gestürzt. Dort hatte sie sich den ersten Schmerz halbwegs von der Seele geweint. Anschließend war sie in den Stall gelaufen, hatte *Klimakos* gesattelt und war losgeritten. Wie von einem inneren Zwang getrieben, nahm sie den Weg nach Meldorf.

Telse fand es unerträglich, nicht die ganze Wahrheit über Isebrands Schicksal zu kennen. Die Ungewißheit machte sie fast wahnsinnig, entfachte in ihr einen Sturm zwiespältiger Gefühle. Sie war hin- und hergerissen zwischen der Angst, Isebrand könnte wirklich tot sein, und der Hoffnung, Vater sei einfach nicht richtig informiert worden. Also könnte Isebrand vielleicht doch noch leben.

Während des Ritts kreisten ihre Gedanken immerzu um den Mann, den sie liebte. Je mehr sie sich Meldorf näherte, desto zuversichtlicher wurde sie, daß Isebrand ihr gleich entgegenkommen würde. Vielleicht sogar schwerverletzt, dachte sie. Oder er lag gar allein irgendwo in einem Graben, wo er zu verbluten drohte.

Diese Vorstellung machte sie regelrecht kopflos. Besessen von dem Gedanken, sie würde Isebrand retten können, wenn sie ihn nur rechtzeitig entdeckte, spornte sie ihren Rappen zu schnellem Galopp an. Das Pferd hatte Mühe, in den aufgeweichten Furchen des schweren Kleibodens zügig voranzukommen. Bei einigen Wegvertiefungen versanken die Fesseln schon bis zu den Hufkronen im Schlamm.

Da besann sich Telse plötzlich und bemerkte die Gefahr. Sofort ließ sie das Pferd nur im Schritt weitergehen – und allmählich erkannte sie ihre Ausweglosigkeit. Niemals würde sie Isebrand auf diese Weise finden können. Auch das Wetter schien sich gegen sie verschworen zu haben.

In ihrer Erregung hatte sie bisher kaum wahrgenommen, daß der Wind überraschend von Nordost auf Nordwest gedreht hatte und dabei immer heftiger wurde. Zum ersten Mal nach der langen Kälteperiode trieb er dunkelgraue Wolken von See her ins Land herein. Sie hingen tief über der Marschniederung, schwebten schnell, lautlos und geisterhaft über Telse hinweg. Der trockene Frost der vergangenen Tage hatte sich in feuchte, unangenehme Kühle verwandelt.

Telse zog fröstelnd die Schultern ein. Vor ihr zeigten sich die Umrisse von Meldorf. Sie wußte, daß Weiterreiten höchst gefährlich sein würde, da die Stadt randvoll mit Truppen des Dänenkönigs besetzt war. Sie hielt *Klimakos* an, blieb aber im Sattel sitzen. Dann würde sie eben hier so lange auf Isebrand warten, bis er kam.

Wie benommen richtete sich Telse im Sattel auf, in dem sie in sich zusammengesunken war. Sie spürte, wie ihre Gedanken sie aufgewühlt hatten. Mit einem Mal sah sie im Geiste Isebrand vor sich. Er saß auf seinem schwarzen Hengst und kam schwebend und sich ganz langsam wiegend aus einer wabernden Nebelwand auf sie zu. So angestrengt sie auch hinschaute, sie vermochte nicht zu erkennen, ob es sein Körper war oder seine Seele. Sollte er wirklich tot sein, dachte Telse, würde es seine Seele sein, die sich da auf dem Weg in die Ewigkeit befand.

Dieser Gedanke beruhigte sie irgendwie. Denn es würde ja nicht mehr lange dauern, und sie würde ihm folgen. Schließlich war das irdische Leben, gemessen an der Endlosigkeit der Zeit, kurz wie ein Wimpernschlag. Und solange sie noch lebte, würde sie für ihre gemeinsamen Ideale weiterstreiten – im Sinne Isebrands. Das war sie ihm schuldig.

Behutsam wendete sie *Klimakos* und ritt langsam zurück nach Oldenwöhrden. Der Wind war unruhig geworden, sprang zeitweise in kurzen Böen über die auftauende Marsch hinweg und zerrte angriffslustig an Telses Kleidung. Schutzsuchend beugte sie ihren Oberköper leicht nach vorn über den Pferdehals, senkte das Gesicht.

Es wird Sturm geben, dachte sie.

45

Isebrand schreckte aus dem Halbschlaf hoch. Ihm war, als hätte jemand leise seinen Namen gerufen.

Er bemühte sich, richtig wach zu werden. Währenddessen lauschte er angestrengt nach draußen. Diesmal hörte er deutlich eine gedämpfte Männerstimme. Sie drang von außen durch die geschlossene Zellentür: „Isebrand!?"

Die Vorsicht, mit welcher der Unbekannte seinen Namen rief, gab ihm die Gewißheit, daß ihm jemand helfen wollte.

„Hier!", antwortete er eilig.

Sein Herzschlag beschleunigte sich. Er war sich auf einmal sicher, daß er bald frei sein würde. Mit gefesselten Händen rollte er sich hastig auf die Seite, zog die Beine bis zum Bauch an, drehte sich mit einem Ruck auf die Knie und stemmte mühsam seinen Körper vom Boden hoch. Dann ein scharrendes Geräusch. Der Unbekannte schien an der Verriegelung zu hantieren.

Plötzlich ein leises Knarren. Langsam öffnete sich die klobige Holztür. Eine schlanke Gestalt schlüpfte schlangenartig durch den schmalen Spalt zu ihm herein. Ein Dominikanermönch, erkannte Isebrand gleich an der Kleidung. Der Fremde trug ein dickes Stoffbündel unter dem Arm.

„Die Hände!“, befahl er eilig. Und dann: „Umdrehen!“

Der Kommandoton gefiel Isebrand ganz und gar nicht. Trotzdem hätte er den Dominikaner am liebsten vor Freude umarmt. Er faßte sofort Vertrauen zu ihm. Schließlich nahm der Ordensmann ein großes Wagnis auf sich. Isebrand reichte ihm die gefesselten Handgelenke hin. Der Mönch säbelte mit einem Messer den struppigen Hanf durch. Als die Stricke fielen, verspürte Isebrand für einen Moment ein überschäumendes Glücksgefühl: Frei!

Wer aber war sein Retter? Plötzlich überkam ihn eine Ahnung: Servatius? Er wandte sich um. Doch das Gesicht des Dominikaners war verdeckt. Die Kapuze hing tief in die Stirn, der Schal lag bis zur Nase hoch um den Hals.

„Ich bin es, Servatius“, flüsterte der Mönch, als hätte er Isebrands Neugier geahnt. Der atmete auf: Groves Bruder! Er erinnerte sich, daß Servatius bei der Hinrichtung seines Freundes vor Entsetzen aufgeschrien hatte. War nicht derselbe Servatius von seinem Prior als Kurier des Dänenkönigs eingesetzt worden? Hatte er nicht im Gegenzug seinen Bruder über alle Pläne des Gegners informiert? Isebrand entsann sich außerdem, daß er und Grove den Mönch in Heide vor dem Galgen bewahrt hatten. Wollte der Dominikaner jetzt eine Dankesschuld abtragen? Oder rächte er sich mit Isebrands Befreiung an Slentz für die Ermordung seines Bruders?

„Hier, leg den Habit an!“, sagte Servatius mit gedämpfter Stimme und reichte ihm das Stoffbündel. Isebrand rollte es aus. Eine weiße Dominikanerkutte, ein Ledergürtel mit einem Rosenkranz daran und ein schwarzer Umhang kamen zum Vorschein. Er kleidete sich schnell an, schlug die Kapuze über den Kopf und zog sie tief in die Stirn.

„Folg mir!“, drängte Servatius.

In gebückter Haltung schlichen beide zur Zelle hinaus. Neben dem Türpfosten lagen zwei schlafende Wachsoldaten. Sie schnarchten laut grunzend vor sich hin. Ein strenger Geruch nach Bier und Schweiß umgab beide. Es ging einen dunklen Gang entlang. Isebrand folgte dem Mönch vorsichtig. Da zuckte er jäh zusammen.

„Isebrand!“, hörte er eine Frau von irgendwoher aus dem Dunkel flehen. Und wieder: „Isebrand!“

Anna! schoß es ihm durch den Kopf. Er hatte ihre Stimme erkannt.

Wie angewurzelt blieb er stehen, blickte nach rechts. Von dort war der Ruf gekommen. Zuerst sah er nur einen Holzverschlag, der mit allerlei Gerümpel vollgestopft war. Dann: Mitten darin erhob sich Anna gerade von einem Holzstoß und stolperte eilig auf die verschlossene Gittertür zu, vor der Isebrand stand. Er war so überrascht, daß er keine Worte fand und sie nur entgeistert anstarrte.

Wie war sie nur hierhergekommen? faßte er einen ersten klaren Gedanken. Hatte sie nicht den Prior treffen wollen, um bei ihm um Schutz für Telse nachzusuchen? Erst jetzt bemerkte er, daß ihr das Haar wirr ins Gesicht hing. Und die Hände, die sich um die Gitterstäbe der Tür klammerten, waren mit einer Lederschnur an den Gelenken gefesselt. Ihr Kleid hing an einigen Stellen in Fetzen. Offensichtlich hatte sie sich heftig gegen ihre Einkerkerung gewehrt. Isebrand konnte es immer noch nicht fassen: Anna hier in dem finsteren, stinkigen Loch als Gefangene!

„Warum hat dich der Prior einsperren lassen?“

Ihre Augen bettelten ihn an: „Nimm mich mit! Bitte!“

„Warum bist du eingesperrt?“, pochte Isebrand auf eine Antwort.

„Nicht der Prior, König Hans hat es getan“, jammerte sie. Gleich darauf fragte sie hastig: „Ist der Däne wenigstens tot? Hoffentlich hat es geklappt.“ Gebannt hing ihr Blick an seinem Mund.

„Du Ungeheuer!“, zischte Isebrand. Erst verriet sie den Attentatsversuch, dachte er grimmig, und auf einmal sollte das Kommando wieder gut genug sein, ihre Rache auszuführen. „Deine Einsicht kommt zu spät“, fauchte er sie an. „Alle meine Männer sind tot! Erschossen, erstochen, erschlagen, geköpft. Und du bist ihre Mörderin! Du allein hast sie auf dem Gewissen!“

„Oh, mein Gott, das wollte ich nicht!“, wimmerte sie.
Mit einem Male war Isebrand alles klar: Für ihren Verrat hatte Anna beim König bestimmt den Judaslohn zu hoch geschraubt und war darüber in Ungnade gefallen. „Du verdammte Närrin! Glaubtest du wirklich, daß ein König eine billige Verräterin reich beschenken würde?“
„Das einzige, was ich von ihm wollte, war sein persönlicher Schutz für meine Familie. Bitte, glaub mir!“, klagte Anna.
„Komm endlich!“, hörte Isebrand den Mönch energisch rufen. „Wir haben keine Zeit zu verlieren!“
Isebrand fühlte sich völlig überrumpelt. Unschlüssig blickte er Anna an, dann wieder Servatius. Der trat schon ungeduldig auf der Stelle. In Isebrands Kopf schwirrten tausend Fragen durcheinander. Ein Sturm gemischter Gefühle übermannte ihn: Mitleid, Zuneigung, Hilflosigkeit, Wut, Verachtung. Zwar drängte irgendetwas in ihm, Anna zu befreien. Ein anderes Gefühl jedoch warnte ihn davor.
Plötzlich sah er im Geiste den abgeschlagenen Kopf seines Freundes vor sich im Dreck des Klosterhofs liegen, und auch seine Männer – aneinandergereiht mit verdrehten und blutigen Gliedern tot auf der Erde. Und er sah Anna, wie sie vor dem Dänenkönig kniete und ihm den Attentatsplan hinterbrachte.
„Du Scheusal! Bleib, wo du bist! Bei deinen Freunden!“, entfuhr es ihm.
„Es sind nicht meine Freunde. Es sind meine Feinde, genauso wie deine! Laß mich hier nicht zurück!“, bat sie ihn inbrünstig. Dann fing sie an zu weinen.
„Es ekelt mich vor dir. Ich verabscheue dich.“
„Vergib mir! Bitte, vergib mir!“
„Ich kann dir nicht vergeben. Du hast zu viel Unheil angerichtet. Unheil an deinem Land, an deinem Volk und an deiner Familie. Mein Gott, wenn das alles Telse wüßte. Wenn sie dich jetzt so sehen würde.“ Erschüttert wandte sich Isebrand von Anna ab.
„Nein! Sag ihr nichts!“, schrie sie auf. „Tu das nicht! Oh, Gott, nur das nicht! Bitte!“
„Ich muß es wohl tun. Schließlich ist Telse auch *meine* Tochter.“
Anna schreckte zusammen. Sie blickte zu Boden, als suchte sie nach Worten, die ihr unangenehm wären. Wie sollte sie ihm nur

glaubwürdig beibringen, daß sie bei ihrem Zusammentreffen am Deich die Unwahrheit gesagt hatte? Schließlich schaute sie auf und blickte Isebrand zögerlich, aber offen an.

„Ich habe dich angelogen. Telse ist nicht deine Tochter", sagte sie leise.

Isebrand stockte der Atem. „Nicht meine Tochter?", fragte er entgeistert. Seine Sprachlosigkeit aber dauerte nur einen Moment: „Ist das wirklich wahr?!"

„Es ist die Wahrheit."

„Bestimmt eine deiner vielen austauschbaren Wahrheiten! Wieder willst du mich täuschen. Was erhoffst du dir nun davon?"

Anna merkte, daß ihre Beteuerungen wenig Eindruck auf ihn machten.

„Ich schwöre bei Gott, sogar beim Leben Telses und bei allem, was mir heilig ist: Sie ist nicht *dein* Kind!"

„Du solltest dich schämen, den leiblichen Vater deiner Tochter beliebig danach auszusuchen, welchen Nutzen dir die Auswahl gerade bringt. Du besitzt wirklich nicht den geringsten Anstand", sagte Isebrand verächtlich.

„Damit du mir endlich glaubst", holte Anna tief Atem, „will ich dir als einzigem auf dieser Welt ein Geheimnis anvertrauen." Sie blickte sich hastig nach allen Seiten um, als vergewissere sie sich, daß niemand außer Isebrand ihr zuhörte. Dann schaute sie ihn prüfend an, als frage sie sich, ob sie es ohne Reue wagen könnte, sich ihm zu offenbaren.

Er wußte nicht, wieso, aber Isebrand war sich mit einem Male sicher: Was sie jetzt sagen wird, ist keine Lüge.

„Telses Vater ist Prior Augustinus!", preßte Anna mit Mühe hervor.

Isebrand erstarrte, sah sie fassungslos an.

„Hilf mir hier heraus, und ich erzähle dir die ganze Wahrheit", hörte er ihre bettelnde Stimme wie aus der Ferne.

Im ersten Augenblick wußte Isebrand nicht, wo ihm der Kopf stand. Die Neuigkeit hatte ihn total verwirrt.

„Weiß er es?", vermochte er nur zu fragen.

„Nein. Beide, Telse und er, wissen es nicht. Und sie sollen es auch niemals erfahren. Versprich es mir!"

„Warum hast du deinen Mann ein Leben lang nur getäuscht? Warum ihn überhaupt geheiratet?“ Isebrand war wieder einigermaßen zu sich gekommen.

„Er durfte die Wahrheit nicht erfahren, damit mein Kind eine Zukunft hatte“, antwortete Anna unter Tränen. „Und vergiß nicht: Du warst es, der mich verschmäht hat. Du warst es, der mich an den Pranger brachte. Und alle Demütigungen und Erniedrigungen zusammen haben mich in die Arme des Priors und danach in die Holms getrieben.“ Flehend streckte sie Isebrand ihre gefesselten Hände durchs Gitter entgegen: „Bitte, befrei mich! Nimm mich mit. Ich werde alles wieder gutmachen!“

„Du wirst nie wieder etwas gutmachen können. Du weißt, daß du eine Landesverräterin geworden bist! Die Dithmarscher werden dir deinen Verrat niemals vergeben. Der Kriegsrat wird mit dir kurzen Prozeß machen und dich aufhängen.“

„Ich bin doch eine Dithmarscherin“, weinte Anna hilflos. Tränen rannen ihre Wangen hinab.

Isebrand überkam so etwas wie Mitgefühl. „Du hast keine Zukunft mehr!“, sagte er ernst. Es tat ihm weh, das sagen zu müssen. Aber warum sollte er sie belügen. „Ich kann dich nicht mitnehmen. Du würdest sterben müssen.“

„Komm endlich, wenn dir dein Leben lieb ist!“, hörte er den Mönch wütend vom hinteren Gangende rufen.

Flüchtig berührte Isebrand Annas Hände. „Leb wohl“ flüsterte er. Fluchtartig drehte er sich um und folgte Servatius. Der war schon um die nächste Ecke verschwunden.

Anna brach in heftiges Schluchzen aus. Isebrand hörte sie hinter sich verzweifelt jammern: „Ihr könnt mich doch nicht hier allein zurücklassen! Ich bin doch eine von euch!“

46

Annas verzweifelten Hilferuf hatte Isebrand noch eine ganze Weile in den Ohren. Anfangs quälte ihn das schlechte Gewissen. Doch wenig später schon hatte ihn der Gedanke an den Krieg und seine Folgen wieder eingeholt. Er spürte sogar so etwas wie Genugtuung, daß Anna für ihr falsches Spiel büßen mußte. Wie auch immer man es drehen und wenden mochte, dachte er, sie war eine Verräterin und dazu noch ein gefährliches Weib. Schließlich hatte sie gemeinsam mit ihrem Mann und dem Dänenkönig einen teuflischen Pakt gegen ihr eigenes Volk geschlossen und die Männer seines Kommandos in den Tod getrieben. Daß sie ausgerechnet von ihrem vermeintlichen Gönner, dem Dänenkönig, eingesperrt wurde, das empfand er als Gerechtigkeit Gottes. Außerdem hatte der Herr ihm damit glücklicherweise die Unannehmlichkeit abgenommen, möglicherweise selbst über Annas Bestrafung mitentscheiden zu müssen.

Mit einem Mal allerdings gerieten Isebrands Gedanken ins Stocken. Ihm fiel ein, daß Anna nicht geschrien hatte, als er sie überstürzt ihrem Schicksal überließ. Wie leicht hätte sie doch andere, nüchterne Wachsoldaten auf seine Flucht aufmerksam machen können! Warum hatte sie es nicht getan? Was ging nur in dieser Frau vor, rätselte er.

Zum weiteren Nachdenken blieb ihm jedoch keine Zeit mehr. Er mußte sich auf die nächste Umgebung konzentrieren, die er aufmerksam beobachtete, während er neben Servatius übers Klostergelände schlich. Es war früher Morgen. Überall lagen schlafende Landsknechte herum: Im Hof, im Kreuzgang und in Gebäudeeingängen. Zwischen ihnen zerstreut türmten sich Biertonnen, Krüge, Trinkbecher, Streithämmer, Spieße und Schwerter. Es mußte ein wildes Trinkgelage gegeben haben, dachte Isebrand. Es schien weder Wachen noch andere Soldaten zu geben, die nüchtern waren.

„Slentz hat in der vergangenen Nacht seinen Sieg über dich gefeiert", flüsterte Servatius. „Er spendierte seinen Leuten so viel Bier, daß sich alle betrinken konnten. Das hat auch für dich sein Gutes: Gleich bist du wieder frei", lächelte er.

„Und der König hat die Sauferei erlaubt?", fragte Isebrand.

„Der war letzte Nacht gar nicht im Kloster. Wegen eures geplanten Attentats ist er zur Sicherheit für eine Nacht mit seinem gesamten Stab ins leere Bürgermeisterhaus umgezogen."

„Aber die Königswachen im Kloster …?"

„… sollten euch falsche Tatsachen vortäuschen.“

Sie erreichten eine winzige Pforte an der Ostecke der Klostermauer. Der Mönch öffnete sie, umarmte Isebrand kurz und schob ihn eilig ins Freie. Isebrand hörte Servatius nur noch das klobige Türchen von innen abschließen. Dann stand er, allein auf sich gestellt und waffenlos, mitten im feindlich besetzten Meldorf.

Er nahm sich vor, so schnell wie möglich zurück nach Oldenwöhrden zu kehren. Deshalb verwarf er den Gedanken, zur eigenen Sicherheit Meldorf weiträumig zu umgehen. Es hätte ihn zuviel Zeit gekostet, zumal er kein Pferd hatte. Schon als er sich von Servatius trennte, machte sich Isebrand keine Hoffnung, auch nur ein einziges Pferd seines Todeskommandos wieder zu Gesicht zu bekommen. Sicher waren sie inzwischen alle entdeckt worden. Er war froh, daß er nicht *Plinius*, seinen wertvollen Rappen, mitgenommen hatte. Einem inneren Zwang folgend, hatte er für das Unternehmen einen seiner Braunen gewählt. Diesen Verlust konnte er leichter verschmerzen. Abgesehen davon, daß dieser Verzicht nichts gegen die Freiheit zählte, die er durch den Mut eines Mönchs wiedergewonnen hatte. Einen Augenblick lang überkam Isebrand ein Gefühl tiefer Dankbarkeit für Servatius. Sicher schwebte nun der Prediger in höchster Lebensgefahr. Denn Slentz würde bestimmt alle Mittel daransetzen, um den Täter zu finden und zu töten.

Isebrand entschied sich für das Wagnis, die Stadt zu durchqueren. Anschließend wollte er gleich hinter der Nordermühle in die Marsch hinunter und dann den direkten Weg entlang der Küste nehmen.

In seiner Mönchskleidung achtete er sorgsam darauf, daß er sich wie ein Prediger verhielt. Langsam und gemessenen Schrittes wandelte er durch die Straße zur Stadtmitte hinauf, wo die Kirche stand. Von dort aus ging es rechts hinunter zum nördlichen Stadtausgang. Andächtig vor sich hinbetend, ließ er den Rosenkranz, der an seinem Ledergürtel hing, fortwährend durch die Finger gleiten. In Wirklichkeit waren seine Sinne aufs äußerste angespannt. Isebrand wußte, daß er verloren war, wenn er nicht auf alles Verdächtige sofort richtig reagierte. Scharf musterte er deshalb unter der Mönchskapuze seine Umgebung. Von beiden Seiten starrten ihn die hageren Ruinen zerstörter Häuser kalt und seelenlos an. Aus dem befremdenden Gewirr von zertrümmerten Mauern, zersplitterten

Balken und zerborstenen Möbeln und Gefäßen glotzten leere, ausgebrannte Fensterhöhlen. Und über die Straße hinweg ragten oder lagen Trümmerteile, über die er hinwegstieg oder die er umging. Ihn schauderte.

Dennoch fühlte sich Isebrand gut. Er war körperlich genauso auf der Höhe wie vor seiner Gefangennahme. Außerdem hatten die Freude über seine Befreiung und die augenblickliche Anspannung während der Flucht den ersten Schmerz über den Tod seiner Männer in den Hintergrund gedrängt. Und letztendlich hatte er noch ausreichend Zeit, um die Landesversammlung am Nachmittag pünktlich zu erreichen.

Isebrand nahm sich vor, alles zu tun, um von Anfang an dabei zu sein. Schließlich würde es ein besonderer Tag für die Bauernrepublik werden. Das Volk sollte nun endgültig entscheiden, ob das Land kapitulieren oder sich verteidigen wollte. Das Ultimatum des Dänenkönigs, das erst am Sonntagabend auslief, hatte den Dithmarschern noch einen knappen Spielraum für diese letzte Landesversammlung gelassen.

Isebrands Gedanken wurden jäh unterbrochen. Aus einer Nebenstraße schallte lautes Hufgetrappel zu ihm herüber. Es mußten mehrere Pferde sein. Feindliche Reiter, schoß es ihm sofort durch den Kopf. Das dumpfe Trommeln näherte sich bedrohlich rasch. Begleitet wurde es durch aufgeregte Schreie. Sie klangen wie Befehle. Plötzlich der gleiche Lärm auch aus anderen Richtungen.

Die Flucht ist entdeckt worden, durchfuhr es Isebrand. Nun machen sie Jagd auf mich.

Entsetzen packte ihn. Er konnte weder zurück noch seitlich ausweichen. Auch gab es in seiner Nähe so schnell kein Versteck. Wohin nur? Ihm schwirrte der Kopf. Was tun? Dann der nächste Schreck: Ein Reitertrupp bog im Galopp einen Steinwurf vor ihm aus einer Nebengasse heraus auf die Straße und stürmte geradewegs auf ihn zu.

Nur jetzt nicht die Nerven verlieren, versuchte Isebrand die Übersicht zu behalten. Er schaffte es, scheinbar ungerührt der heranpreschenden Schar entgegenzuschreiten, als stellte sie für ihn nichts Aufregendes dar. Er faltete dabei die Hände und betete laut vor sich hin. Sein Herz pochte bis zum Hals.

„He, Prediger!", hörte er eine barsche Stimme, „hast du einen Kerl vorbeikommen sehen, der kein Kriegerwams trug?"

Isebrand schaute untertänig zu dem Reiter hoch. Der hatte sein Pferd so dicht an seine Seite gestellt, daß er die Wärme des Tieres spürte. Der Mann über ihm im Sattel war dürr, lang und sah aus tiefliegenden, schattenumrandeten Augen befehlsgewohnt auf ihn herab. Er schien wohl der Anführer zu sein.

„Gott sei seiner armen Seele gnädig", antwortete Isebrand salbungsvoll. Dann tat er neugierig: „Warum suchst du nach ihm, mein Sohn?"

„Er ist aus dem Kerker geflüchtet. Aber der Henker will ihn noch zum Frühstück", antwortete der Dürre. Die Reiter lachten. Es mußten Männer des ritterlichen Adels sein, schätzte Isebrand ihre Herkunft an ihrer aufwendigen Kleidung ab.

„Oh, Herr, sei barmherzig und vergib ihm seine Sünden, wenn er dich darum bittet", betete er laut. Er spürte Schweißperlen unter seiner Kutte herabrinnen.

„Ich höre, du hast ihn gesehen." Ungeduldig klatschte der Anführer mit der Reitgerte gegen seinen Schenkel.

„Er rannte vor wenigen Augenblicken an mir vorbei und dort zum Marktplatz hinauf, dann rechts die Straße hinunter zur Nordermühle", antwortete Isebrand und bekreuzigte sich bedächtig.

„Folgt mir!", schrie der Anführer. Er riß sein Pferd herum und jagte davon. Die anderen hetzten hinter ihm her. Isebrand atmete erst einmal auf, schritt dann ruhig weiter, überlegte aber besorgt, welchen Weg er denn nun nehmen sollte. Schließlich hatte er in der Aufregung den Reitertrupp genau dorthin geschickt, wo er selbst Meldorf verlassen wollte: Im Norden der Stadt.

Erneutes Hufgetrappel und Geschrei schreckten ihn aus seinen Gedanken. Iseband horchte angestrengt in die Luft: Wahrhaftig! Der Lärm kam aus derselben Richtung, in die er zuvor die Ritter geschickt hatte. Bestürzt fuhr er zusammen: Sie sind umgekehrt! Sie haben bemerkt, daß ich sie hereingelegt habe. Ich muß jetzt schleunigst handeln!

Hastig zwängte er sich durch die nächstbeste leere Fensterhöhle eines zusammengestürzten Hauses, kroch auf allen Vieren in die Finsternis dahinter, tastete vergeblich nach einem Halt, ließ sich auf gut

Glück fallen und spürte einen eiskalten Fußboden aus glasierten Steinen unter sich. Isebrand nahm an, daß er sich in einer verschütteten Küche befand. Er roch kalten Rauch, getrockneten Fisch und geräuchertes Fleisch. Er wollte sich erheben, stieß aber in der Dunkelheit mit dem Kopf gegen eine schräg herunterhängende Holzdecke.

Von draußen drangen aufgeregte Zurufe einiger Männer zu ihm herein. Isebrand bemerkte, daß seine Jäger ihre Standorte laufend wechselten. Er hatte keinen Zweifel, daß die Reiter abgestiegen waren und nun draußen auf der Straße alle Winkel nach ihm absuchten. In seinem Versteck jedoch fühlte er sich einigermaßen sicher. Innerlich richtete er sich bereits auf eine längere Wartezeit ein. Er nahm sich vor, so lange in seiner Höhle zu verbringen, bis die Luft rein war.

Erst jetzt wurde ihm so richtig bewußt, daß er während seiner Flucht eine wunderbare Entdeckung gemacht hatte: Über ihm waren schwere Regenwolken dahingezogen, und unter seinen Schritten hatte der Boden weich nachgegeben. Tauwetter! Endlich. Während seiner kurzen Gefangenschaft hatte es tatsächlich den heißersehnten Wetterumschwung gegeben. Am liebsten wäre er vor Freude in die Luft gesprungen: Er lebte – und sein geheimer Kriegsplan ebenfalls! Trotz mißglücktem Todeskommando hatte er ihn selbst im Kerker nicht aufgegeben.

Genügend Zeit würde ihm jedenfalls noch bleiben, begeisterte sich Isebrand mit neuem Schwung an seiner wiedergewonnenen Freiheit. Er würde König Hans in die Marsch herunterlocken und ihm dort die kriegsentscheidende Schlacht aufzwingen. Zusammen mit dem Tauwetter als Verbündetem würde das die einzige Möglichkeit sein, das Blatt zugunsten seines Landes zu wenden. Plötzlich aber schoß Isebrand ein furchtbarer Gedanke durch den Kopf: Hatte Holm seinen verräterischen Plan inzwischen vielleicht schon wahrgemacht und das gescheiterte Attentat dazu genutzt, den Kriegsrat für eine schnelle Kapitulation weichzuklopfen? Wie hatten die Achtundvierziger die Nachricht vom gescheiterten Todeskommando aufgenommen? Glaubten sie vielleicht, daß auch er tot wäre? Jetzt verfluchte er seine Lage. Da saß er fern von Oldenwöhrden in einem dunklen Loch und konnte das weitere Kriegsgeschehen nicht beeinflussen.

Isebrand schreckte hoch. Eine Stimme direkt vor seinem Versteck! „Ich sehe mal hier nach!“, hörte er. Es war der dürre Adlige. Isebrand erkannte ihn an der schlacksigen Figur. Er kam auf der Straße ausgerechnet auf die leere Fensterhöhle zu, hinter der er im Dunkeln kauerte. Isebrand duckte sich.

47

Slentz war außer sich vor Wut. Die Wülste seiner breiten Gesichtsnarbe schwollen an. Sie schienen jeden Moment platzen zu wollen. Die Augen funkelten zornig.

„Ich lasse hinrichten, wen ich will“, brüllte er König Hans an.

„Von mir aus kannst du jeden Attentäter töten“, schrie der zurück. „Aber ich will nicht noch einmal erleben, daß du Gottesmänner hängen läßt. Ich will keinen Ärger mit dem Papst!“

„Der Prior und sein Mönch Servatius hatten es verdient“, erwiderte Slentz.

„Nicht der Prior und sein Mönch sind die Hauptschuldigen, daß Isebrand entkommen ist. Du allein bist es. Das Besäufnis deiner Garde letzte Nacht war völlig überflüssig. Besoffene Soldaten sind einen Furz wert.“

„Das zu beurteilen ist meine Sache“, antwortete Slentz giftig.

„Aber auch meine. So lange du von mir bezahlt wirst, wirst du nicht noch einmal ohne meine Erlaubnis irgendeinen Menschen hängen. Verstanden! Dein Leichtsinn hat unserer Kriegsführung schwer geschadet. Die beiden Mönche waren meine wichtigsten Verbindungsleute zu unserem Spion im Bauernrat. Durch ihre Hinrichtung haben wir keinen Kontakt mehr zu ihm. Außerdem hätte Isebrand ein wertvolles Faustpfand sein können. Daß er fliehen konnte, verdanken wir allein deiner Schlamperei.“

„Die Wachen sind bestraft worden.“

„Das ehrt dich. Aber was bringt uns das? Nichts.“

Slentz schäumte vor Wut. Immer wieder versuchte der verdammte Blaublütler ihn vor aller Augen zu demütigen. Noch rasender aber machte ihn die Flucht seines langgesuchten Todfeinds so kurz vor der ersehnten Abrechnung mit ihm. Obendrein hatte er den Stolz des verfluchten Mönchs Servatius immer noch nicht verdaut. Hatte der doch bei der Suche nach dem Täter keinen Moment gezögert, sich sofort als Isebrands Befreier zu stellen. Außerdem hatte er nicht die geringste Reue gezeigt. Im Gegenteil: Frech hatte der Prediger, schon den Strick um den Hals, ihm ins Gesicht gesagt, daß er Isebrand nur gerettet hätte, um so den Mord an seinem Bruder Grove zu rächen. Und daß der Prior nicht den Mund halten konnte und seinen Klosterbruder leidenschaftlich verteidigte, war seine eigene Schuld: Damit hatte er sein Leben verwirkt.

Breitbeinig stand er mitten in der Runde der königlichen Offiziere. Die grinsten schadenfroh. Endlich hatte der König diesem Slentz das Großmaul gestopft. Slentz rührte das wenig. Schließlich hatte er bei der Plünderung Meldorfs seine Leute mit Erfolg auf die Adligen gehetzt, um ihnen die kostbarsten Beutestücke wieder wegzunehmen. Das wog deren Schadenfreude bei weitem auf, dachte er mit Genugtuung.

„Werden Eure Majestät das Ultimatum an die Dithmarscher aufheben und schon morgen statt übermorgen losschlagen“, fragte Ahlefeldt. „Schließlich haben die Bauern Eure Gutgläubigkeit ausgenutzt und Euch umbringen wollen.“

„Nein“, antwortete der Herrscher, „es bleibt dabei: Wir marschieren erst in zwei Tagen weiter. Ich will noch bis Sonntag abend warten. Bis dahin haben die Dithmarscher Zeit, mir ihr Land zu übergeben. Ich setze immer noch auf die Besonnenen unter den Bauern. Kommt es jedoch bis dahin nicht zur Kapitulation, wird es keine Gnade mehr geben.“

„Und das würde bedeuten ...?“ Ahlefeldt hielt den Atem an.

„Daß es überall in Dithmarschen ein nächstes Meldorf geben wird!“, antwortete der Dänenkönig kalt. Zufrieden stellte er fest, daß ihm alle Offiziere eilfertig zunickten – nur Slentz nicht.

„Der 17. Februar ist Allerseelentag“, sagte der Gardeführer. Vorwurfsvoll blickte er den König an: „Es ist nicht Landsknechtbrauch, an einem solchen Tag anzugreifen. Schließlich darf jeder Mörder und Dieb am Allerseelentag Frömmigkeit heucheln. Warum sollte es ausgerechnet meinen braven Soldaten verwehrt werden, auf ihre

Weise unseren Herrgott zu ehren. Nämlich indem sie friedlich sind?“

Nun macht der unverschämte Kerl noch den lieben Gott zu seinem Kumpan, nur um einen Soldtag mehr herauszuschinden, dachte König Hans. Zornig fuhr er auf: „Wenn nicht in Gottes, so wird eben am Montag in des Teufels Namen angegriffen.“

Er wandte sich wieder seinen Offizieren zu: „Kommen wir zur Sache.“ Er hatte den Führungsstab in den kleinen Betsaal des Klosters zusammengerufen, um den weiteren Eroberungszug zu beraten. Und zwar für den Fall, daß sich die Dithmarscher nicht unterwerfen würden. Er schritt zur Landkarte an der Stirnwand des Raumes.

„Ich gehe davon aus, daß die Herren derselben Meinung sind wie ich: Unser Feldzug ist bisher planmäßig verlaufen.“ Als würde er eine Antwort erst gar nicht hören wollen, zog er gleich mit dem Zeigestock auf der Karte einen Kreis um Heide. „Unser vorgetäuschter Angriff auf den Hauptort des Landes ist gelungen. Bedeutende Kräfte des Bauernaufgebots sind bei Heide gebunden. Unterdessen haben wir Meldorf reibungslos eingenommen.“ Er zog einen Kreis um die einstige Hauptstadt des Landes.

„Fassen wir also zusammen: Die Geest ist, wenn auch von uns nicht ganz besetzt, so doch vollständig in unserer Hand. Das heißt, halb Dithmarschen gehört schon uns.“

Gutgelaunt blickte er Ahlefeldt an: „Was haben unsere Späher über neue Truppenbewegungen des Gegners herausgefunden? Und wie lauten die letzten Meldungen unseres Spions über Stärke und Stellungen der Bauernverbände?“

„Die Dithmarscher halten die Wegesperren bei der Heider Hamme und bei der Thielenbrücke besetzt. Den größten Teil ihrer Kräfte aber haben sie in Wartestellung in der Marsch versammelt.“

„Wo genau?“

„In der Nordermarsch zwischen Oldenwöhrden, Wesselburen und Neuenkirchen. Wir vermuten Dithmarscher Truppen auch im südlichen Teil des Landes bei Marne und Brunsbüttel.“

„Warum nur liegt die Hauptstreitmacht der Bauern bei Oldenwöhrden und nicht bei Heide?“, fragte König Hans.

„Vielleicht lauern sie dort auf einen günstigen Augenblick, um uns zu überfallen. Wie damals, 1404, als ihre Großväter den damaligen holsteinischen Herzog Gerhard VI. auf diese Weise besiegt haben. Ich erinnere daran: Der Herzog hatte den tödlichen Fehler begangen, das in der Marsch versammelte Bauernaufgebot nicht ernst zu nehmen. Er marschierte, genau wie wir, bei Grünental in Dithmarschen ein, stieß aber über die Geest gleich durch die Hamme nach Norden bis Lunden vor. Heide gab es damals noch nicht. Hinter der Hamme ließ er in weitem Umkreis bis Lunden Beute machen. Die Dithmarscher aber rührten keinen Finger. Erst als das holsteinische Heer zurück durch die Hamme wieder das Land verlassen wollte, überfielen es die Bauern. Sie waren inzwischen aus der Marsch heimlich zur Hamme gekommen, während die siegestrunkenen Holsteiner nur Augen fürs Plündern hatten. In der Paßenge lauerten die Dithmarscher dem abziehenden ahnungslosen Heer auf und schlugen zu. Große Teile der holsteinischen Truppen wurden vernichtet. Auch der Herzog fand dort den Tod."

„Alle Achtung", sagte der König, „ein schlaues Völkchen. Aber das war vor sechsundneunzig Jahren. Heute ist das nur noch Geschichte." Er fragte Ahlefeldt: „Wie steht es diesmal um die Kampfmoral der Bauern?"

„Unser bisheriger Siegeszug hat seine Wirkung nicht verfehlt. Unter den Dithmarschern herrscht große Niedergeschlagenheit und lähmendes Entsetzen. Sie sind verunsichert, und was besonders wichtig ist, sie sind sich uneinig, ob sie kämpfen oder sich unterwerfen sollen."

„Was glaubst du, wie sie weiter taktieren werden?"

„Schwer zu sagen", antwortete Ahlefeldt. „Vorerst müssen wir bis Sonntag abend unser Ultimatum abwarten. Es bleibt uns keine andere Wahl. Fest steht, daß Bevölkerung und Truppen fast die ganze Geest geräumt und keine bewaffnete Auseinandersetzung mit uns gesucht haben. Selbst die Grenze wurde nicht verteidigt, obwohl sich dort Gelegenheit für eine entschlossene Abwehr geboten hätte. Auch bei Meldorf war keine entscheidende Abwehrschlacht geplant. Zur Verteidigung waren nicht einmal eigene Kräfte eingesetzt, nur ein paar feige Söldner."

„Was willst du damit sagen?", fragte König Hans.

„Das Bauernaufgebot ist noch unversehrt, nicht geschwächt und voll handlungsfähig. Es scheint, als warteten die Dithmarscher nur darauf, daß wir den nächsten Schritt tun."

„Welche Möglichkeiten haben wir?", fragte der König.

„Nur zwei", antwortete der Feldmarschall. „Die erste: Wir halten Meldorf mit einigen Truppen besetzt. Das Heer marschiert von Meldorf direkt nach Norden durch die Marsch über Hemmingstedt in Richtung Heide. Um die Marsch bis Hemmingstedt zu durchqueren, brauchen wir etwa zwei Stunden. In Hemmingstedt geht es wieder hinauf auf die trockene Geest und von dort aus weiter auf fester Straße bis Heide. Heide greifen wir also von Süden her hinter dem Rücken der Dithmarscher Stellungen an. Anschließend vernichten wir die in der Hamme versammelten Bauern. Die Reste ihrer Verbände treiben wir nach Norden in die Eidersümpfe."

„Und die zweite Möglichkeit?"

„Wir nehmen denselben Weg zurück, den wir gekommen sind. Von Albersdorfs aus greifen wir dann von vorn die Hamme an, zerschlagen dort das Bauernheer und besetzen danach den Norden Dithmarschens."

„Das Ergebnis?", fragte der König.

„In beiden Fällen hätten wir einen Keil mitten durch Dithmarschen getrieben. Das Land wäre zweigeteilt: Die Geest würde uns ganz gehören, und die Marsch hätte keine Verbindung mehr nach außen. Somit würden der übriggebliebene Teil des Bauernaufgebots und die in die Marsch geflüchtete Bevölkerung von allen Zufahrtswegen aus dem Landesinneren abgeschnitten sein. Wir hätten also die Dithmarscher vollkommen in der Hand."

„Was aber, wenn sie sich dann immer noch nicht ergeben?"

„Dann hätten wir ein leichtes Spiel. Wir würden von Norden aus wieder umkehren, aber diesmal die Niederung entlang der Küste aufrollen. Also die restlichen wichtigen Orte von Wesselburen bis Brunsbüttel im Süden."

„Worin aber liegt der Unterschied zwischen den Möglichkeiten eins und zwei?"

„Für die erste Lösung würden wir nur ein bis zwei Tage brauchen, um den Norden zu erreichen, für die zweite mindestens vier bis fünf", antwortete Ahlefeldt. „Bei der ersten würden Eure Majestät eine Menge Sold sparen. Doch wir würden dafür das Wagnis eingehen müssen, bei Tauwetter mit einem riesigen Heer eine aufgeweichte Marsch zu durchqueren.“

„Sonst noch Fragen?“, wandte sich König Hans an die Offiziere. Die kurzangebundene Art erstickte jegliche Neugier. Der Stab schwieg.

Der Gedanke, auf direktem Weg durch die Marsch von Süden her Heide zu überfallen, gefiel Hans. Sollen ihn die ahnungslosen Bauern ruhig an der Hamme erwarten, dachte er, ihm wäre das nur recht. Und daß er dadurch den Eroberungszug um einige Tage abkürzen konnte, schien ihm ausgesprochen verlockend.

„Von einem Vormarsch nach Hemmingstedt durch die Marsch rate ich ab“, unterbrach jemand seine Überlegungen. Der König schaute hoch. Es war Slentz. Wieder dieser Quertreiber, dachte er mißmutig.

„Eine Küstenniederung, die vorher gefroren war, bei Tauwetter zu durchqueren, ist besonders gefährlich“, gab der Gardeführer zu bedenken. „Ich kenne die Marsch und ihre Tücken aus langjähriger Erfahrung“, sagte er. „Sie ist dann naß, ihr Kleiboden weich, schmierig und glitschig – wie zäher Brei. Und die Straßen sind unwegsam und nur schwer passierbar.“

Ahlefeldt ging auf Slentz’ Sorge ein: „Wir sollten das Für und Wider der beiden Möglichkeiten sorgfältig abwägen.“

Sogar der Bruder des Dänenkönigs, der holsteinische Herzog Friedrich, meldete Zweifel an. Einige adlige Offiziere der Reiterei teilten die Befürchtungen, ebenso die vier Hauptleute der Großen Garde.

Jeder in der Runde bemerkte, daß der König vor Wut innerlich zu kochen begann, je mehr Einwände kamen. Seine Unterlippe zitterte, die Finger zuckten, nervös trat er von einem Fuß auf den anderen. Erregt wartete er darauf, daß mit den Einsprüchen endlich Schluß sein würde.

Schließlich schrie er: „Was glaubt ihr wohl, wer ihr seid?!“

Alle fuhren erschrocken zusammen.

Der Monarch stapfte von der Karte mitten in den Kreis der Offiziere hinein, stemmte die Fäuste gegen die Hüften und zischte: „Habe ich etwa schon eine Entscheidung getroffen? Habe ich bereits gesagt, daß wir durch die Marsch gehen werden? Habt ihr als meine Untertanen nicht gefälligst zu warten, bis ich euch sage, was ich vorhabe?“

Zornentbrannt musterte er einen nach dem anderen.

Als Slentz den bohrenden Blick des Monarchen auf sich gerichtet sah, dachte er: Mit deinem Imponiergehabe kannst du den obersten Gardekapitän nicht beeindrucken. Brüsk drehte er sich auf dem Absatz um und verließ mit lauten Schritten den Saal. Der König grinste hinter ihm her und klopfte, mit einem Male gutgelaunt, mit dem Zeigestock mehrmals gegen seinen Stiefelschaft.

„Ihr könnt gehen“, sagte er zu seinen Stabsleuten. „Wir beraten morgen weiter.“ Auf den endgültigen Angriffsplan wollte er sich erst am nächsten Tag festlegen. Dann würde er auch wissen, wie sich die Dithmarscher Landesversammlung entschieden hätte.

Sein Spion im gegnerischen Kriegsrat hatte ihm vor zwei Tagen gemeldet, daß er diese Nachricht persönlich überbringen und dann bei den Dänen bleiben wollte. Denn nach der endgültigen Entscheidung der Landesversammlung wären kaum weitere nennenswerte Informationen zu erwarten sein, die eine Kriegsplanung grundlegend beeinflussen könnten. König Hans dagegen glaubte eher, daß dem Mann inzwischen im eigenen Lager der Boden unter den Füßen zu heiß wurde. Er war schon gespannt auf den Kerl, der als einer der achtundvierzig Landesregenten zu den führenden Persönlichkeiten Dithmarschens zählte und aus Habgier sein Vaterland verriet.

Wieder ein Judas mehr auf der Welt, dachte der Dänenkönig verächtlich. Sie waren alle gleich: Schmutzlappen, die man nur benutzte, um den Dreck um sich herum wegzuwischen. Er nahm sich vor, diesen Holm gleich nach ihrer ersten Begegnung dorthin zu schicken, wohin er schon dessen Frau gejagt hatte: zum Teufel.

48

Ein leises Wiehern ließ Isebrand aufhorchen.

Ein Geschenk des Himmels! Ein Pferd war genau das, was er im Augenblick am dringendsten brauchte, dachte er. Schließlich hatte er in Meldorf auf der Flucht vor seinen Häschern in seinem Unterschlupf viel kostbare Zeit verbringen müssen. Beinahe hätten sie ihn noch erwischt, wäre da nicht im letzten Moment die Jagd nach ihm eingestellt worden.

Der Anführer des Suchtrupps wollte gerade durch die leere Fensteröffnung zu ihm in die verschüttete, finstere Küche hereinklettern, als die Reiterschar von irgendwoher zurückgerufen wurde. Isebrand mutmaßte, daß man sich im Königslager wohl mit seinem endgültigen Verschwinden abgefunden hatte. Kurz darauf herrschte auffällige Stille in der Stadt. Die nutzte er gleich.

Er warf seine Mönchskleidung ab, kroch wieder aus seinem Versteck hervor und schlich im Schutz der Häuser aus Meldorf hinaus. Dabei hatte er unwahrscheinliches Glück: Die üblichen Wachen am Stadtausgang waren verschwunden. Isebrand jedoch machte sich darüber keine Gedanken. Er hatte nur den einen Wunsch: Schleunigst raus aus der Stadt und schnell nach Oldenwöhrden zur Landesversammlung.

Mühsam stapfte er zu der kleinen Holzhütte hin, in der er das Pferd vermutete. Bei jedem Windstoß klapperten die Wandbretter. Wieder hörte er das Wiehern. Würde er den Heimweg reitend zurücklegen, könnte er viel Zeit und Kraft sparen. Schließlich schlug der stürmische Nordwestwind immer wütender mit heftigen Böen von vorn auf ihn ein. Beim Gehen mußte er bereits den Oberkörper weit nach vorn beugen, um überhaupt gegen den Sturm anzukommen. Obendrein versanken seine Stiefel bei jedem Schritt bis zu den Knöcheln in der schweren, zähen und ihn festsaugenden Erde.

Er betrat den türlosen Schuppen. Ein herrliches Pferd schaute ihn mit großen dunkelbraunen Augen an. Es stand mitten in aufgewühlten Heuhaufen und kaute bedächtig an einem Heubüschel. Es war ein Hengst, schwarz, und von der Stirn zog sich eine Schnurblesse bis zu den Nüstern hinab.

Annas Pferd! schoß es Isebrand durch den Kopf. Er erinnerte sich: Als er Anna am Deich verfolgt hatte, sah er den Hengst zum ersten Mal. In einer Ecke der Hütte lagen ein Sattel und Zaumzeug. Beruhigend redete er auf den Rappen ein. Hoffentlich hörte das Tier genauso auf ihn wie auf Anna, dachte er.

Isebrand streckte dem Hengst die Hand hin. Das Tier schien Zutrauen zu ihm zu fassen. Zögerlich ging es zwei Schritte auf Isebrand zu, schüttelte kurz und heftig den Kopf und streckte ihm neugierig und zugleich vorsichtig die Nüstern entgegen. Isebrand kraulte ihm sanft den Nasenrücken. Das schien dem Hengst zu gefallen. Mit dem Kopf suchte er geradezu Isebrands Hand.

Die Zuneigung des Pferdes tat Isebrand wohl. Einen Moment lang vergaß er, daß er noch einen beschwerlichen Weg vor sich hatte. Blicklos und ganz in Gedanken streichelte er das Tier. Vor ihm tauchte, wie eine Erscheinung, Telses Gesicht auf. Gerührt sah er, daß sie um ihn, den Totgeglaubten, trauerte und weinte. Bestimmt hatte sich die Nachricht vom Untergang des Todeskommandos wie ein Lauffeuer über das ganze Land verbreitet.

Eilig verscheuchte er die unangenehme Vorstellung. Statt dessen malte er sich ein Wiedersehen mit Telse aus: Sie würden aufeinander zulaufen, sich umarmen und küssen. Erschrocken zuckte Isebrand zusammen. Warme, weiche Feuchtigkeit strich über seine Wange. Isebrand blickte in zwei dunkelbraune Pferdeaugen, die ihn geradewegs anschauten und zutraulich glänzten. Der Rappe hatte sein Gesicht beleckt. Isebrand lächelte über die neue Freundschaft in sich hinein, tätschelte liebevoll den Hals des Tieres und legte ihm die Trense an. Der Hengst schnaubte freudig.

Isebrand sattelte ihn und führte ihn hinaus. Dort schwang er sich auf den Rücken und lenkte das Pferd im Schritt zwischen zwei Wassergräben über die schmale Weide zur nahen Landstraße. Die führte durch die Marsch geradewegs nach Norden.

Einer plötzlichen Eingebung gehorchend, ließ Isebrand den direkten Küstenweg von Meldorf über Thalingburen, Barsfleth und Ketelsbüttel nach Oldenwöhrden links liegen. Statt dessen wählte er den Umweg über Epenwöhrden bis zum Geestrand bei Hemmingstedt. Das eröffnete ihm eine einzigartige Möglichkeit: Er konnte die Marsch zwischen Meldorf und Hemmingstedt für spätere kampftaktische Entscheidungen rechtzeitig erkunden.

Den Zeitverlust würde er leicht verschmerzen und auch so noch rechtzeitig zur Landesversammlung kommen. Schließlich ging es hier um seinen Kriegsplan. Den wollte er um jeden Preis erfolgreich zu Ende führen. Und sollten sich ihm tausend Widerstände entgegenstellen, schwor er sich. Er dachte dabei an die zaudernden

Achtundvierziger im Kriegsrat, die inzwischen bestimmt umgefallen waren und sich auf eine Kapitulation festgelegt hatten.

Isebrand jedoch war davon überzeugt, daß die Übermacht des modern ausgerüsteten fürstlichen Heeres kein Grund war, sich in die Hosen zu machen. Schließlich würde König Hans eine ebenfalls gut gerüstete und darüber hinaus freiheitsliebende und selbstbewußte Bauernrepublik vor sich haben.

Isebrand empfand es als eigenartig und dennoch angenehm, daß er plötzlich von ergreifendem Stolz erfüllt war: Er war der Führer eines Bauernheeres!

Er sah seine Kämpfer buchstäblich vor sich: Sie waren in der Regel groß von Gestalt, stark, kühn und beweglich, also schon durch ihre körperliche Verfassung gut als Krieger geeignet. Was ihre Kampfmoral anging, so machte Isebrand sich überhaupt keine Sorgen. Dithmarschens Bauern waren für die Freiheit ihrer Republik zu sterben bereit. Hatten sie nicht stets geschworen, lieber frei zu sterben, als in Knechtschaft zu leben?

Seine zuversichtlichen Gedanken wurden von einigen heftigen Sturmböen unterbrochen. Er hatte mit dem Pferd hart dagegen anzukämpfen. Der Wind zog und zerrte an seiner Kleidung, wirbelte die Mähne des Tieres wild durcheinander. Heulend und jaulend fegte er über die aufgetauten, ausgedehnten Marschflächen. In den unzähligen Gräben, die zur See hin meist parallel und in geringem Abstand zueinander durch Weiden und Äcker verliefen, peitschte er das Wasser zu kleinen, schäumenden Wellen auf. Isebrand merkte, daß die Hufe des Hengstes tief im Schlamm versanken. Die Gräben beiderseits der Landstraße waren im Sommer gereinigt worden. Und die auf den Weg geworfene Kleierde machte jetzt die Oberfläche grundlos. Er ließ den Hengst im freien Schritt trotten.

Der gemütliche Gang erlaubte ihm, in Ruhe weiter über die Stärken und Schwächen seines Bauernaufgebots nachzudenken. Dessen taktische Form war ebenso neuzeitlich wie zum Beispiel die der fortschrittlichen Schweizer Fußtruppen oder einiger Landsknechtgarden. Es bestand ebenfalls aus Spießerhaufen. Seine geschlossenen Kriegerreihen mit langen Lanzen und Hellebarden besaßen jedoch gegenüber anderen Heeren einen entscheidenden Vorteil: Die Bauern beherrschten eine Kampfweise, die der Marsch angepaßt war.

Und auf diese Kampfweise baute Isebrand seine gesamte Kriegsplanung: Dithmarschens Bauern und Landhelfer waren mit dem von Wassergräben zerteilten, nassen Gelände vertraut. Sie konnten beweglich, rasch und geschickt gegen jeden Feind vorgehen. Das geeignete Mittel dazu bot der Springstab. Sie waren gewohnt, mit solchen Springstöcken über Gräben zu setzen. Im Krieg wurden aus diesen Springstäben besonders lange Lanzen mit Scheiben am unteren Ende. Sie verhinderten, daß der Springspieß im Grabengrund versackte. Diese Waffe war für einen Kampf in der nassen Marsch unschlagbar.

Auch mit der weiteren militärischen Ausrüstung war Isebrand zufrieden. Seine Kämpfer verfügten über genügend Hand- und Feuerwaffen. Beruhigend fand er es, daß sich die wohlhabende und weitsichtige Bauernrepublik für den Kriegsfall neben mehreren mauerbrechenden Kanonen auch über fünfzig leichte, marschgangbare Geschütze hielt.

Besonders hoch schätzte Isebrand den Kampfwert seiner Truppe durch den Einfluß der Geschlechterverbände ein. In den strenggeführten Verbänden galt das Gebot der gegenseitigen Schutzpflicht unter den einzelnen Geschlechtervettern als heilig. Das festigte den Zusammenhalt der einzelnen Truppeneinheiten. Es war schon etwas anderes, dachte er, im Kampf neben sich den Vater, den Bruder, den Sohn oder einen anderen engen Verwandten sterben zu sehen als jemanden aus einer entfernten Familie. Haß und Rachsucht würden dadurch sicher noch mehr angestachelt und geradezu Wunder an Tapferkeit bewirken. Allerdings war sich Isebrand auch einer Schwäche seines Bauernheeres bewußt: Es war total kriegsunerfahren.

Als Isebrand Epenwöhrden erreichte, fiel Schneeregen, den der Sturm ihm gnadenlos ins Gesicht peitschte. Der Anblick des Dorfs entlockte ihm ein Grinsen. Der Ort hatte sich seit fünfzehn Jahren kaum verändert. Wie Beeren um einen Traubenstengel gruppierten sich die Häuser lose um die alte Landstraße – noch genau wie damals, als er aus Epenwöhrden nach Oldenwöhrden gezogen war. Diesmal aber waren die Höfe menschenleer, von ihren Bewohnern auf der Flucht vor plündernden und brandschatzenden Landsknechtbanden verlassen. Auch der Hof, auf dem er vor zwanzig Jahren in Dithmarschen Tritt gefaßt hatte.

Isebrand ritt zu dem Gebäude, das mehrere Steinwürfe vom Dorf entfernt stand. Kurz davor stieg er vom Pferd und betrat die ehemalige Diele. Wie eine fremde Macht zog ihn eine unbestimmte Sehnsucht in die Tiefen seiner dunklen Erinnerung, aus denen mit einem Mal taghelle Bilder wurden.

Er sah ganz deutlich und nah seinen späteren Schwiegervater Henning Muhlen vor sich, wie der ihn, den Fremden aus Holland, großzügig in sein Haus geholt hatte. Hier verbrachte er Liebesnächte mit Anna, hier erlebte er ihre qualvolle Angst vor der Schande am Pranger, hier hörte er von ihrer Vermählung mit Carsten Holm, hier heiratete er ihre Schwester Wiebe, und hier mußte er deren kurzes Sterben im Kindbett hilflos mitansehen. Epenwöhrden barg für ihn, bis auf die Geburt seiner Tochter Marie, nur Düsternis. Sein späterer neuer Heimatort Oldenwöhrden dagegen hatte ihm eine strahlende Zukunft versprochen.

Isebrand blickte am Dielentor vorbei hinaus in die weite, platte Marsch, wo er am Horizont sein eigenes Gehöft mit den zwanzig Ulmen zu beiden Seiten und dem Birkenwäldchen zu sehen glaubte. Daß diese Vorstellung nur der Sehnsucht nach seinem Anwesen entsprang, störte ihn nicht. Denn dachte er an seinen Besitz, empfand er das beglückende Gefühl, ein freier Mann zu sein. Frei von allen Zwängen, die er haßte wie die Pest. Und dieses Glücksgefühl konnte ihm niemand nehmen. Dann wähnte er sich sogar auf seinem Hof nahe der Nordsee, roch das Meerwasser und schmeckte die salzige Luft. Dort war er Mensch, dort war er sein eigener Herr über das eigene Leben. Und das sollte er freiwillig aufgeben? Niemals!

Mit dieser Gewißheit bestieg Isebrand den schwarzen Hengst. Er lenkte das Tier wieder zurück auf die Landstraße. Dort sah er plötzlich in der Ferne Reiter auftauchen. Es waren drei. Einem Gedankenblitz folgend, duckte er sich tief hinunter auf den Pferdehals, an dem vorbei er die drei Fremden beobachtete. Sie näherten sich Epenwöhrden im Galopp. Sie mußten aus Hemmingstedt kommen, dachte Isebrand im ersten Moment.

In aller Eile trieb er das Pferd zu scharfem Galopp an. Schnell erreichte er im Schutz zweier Höfe ein langgestrecktes Haus. Glücklicherweise stand das Dielentor sperrangelweit offen. Stürmisch ritt er in das Gebäude hinein. Von den Wänden lärmte das Echo der Hufschläge wie Trommelwirbel. Gehetzt wendete er das Pferd auf der Stelle, spähte gespannt hinaus auf die drei Männer. Ihre Herkunft und Absicht vermochte er nur zu erraten: Waren es Kundschafter seines eigenen Kriegsrats oder Späher des Dänenkönigs auf dem Ritt zurück nach Meldorf?

Mit leisem Schreck jedoch wurde Isebrand eines ganz klar: Sie ritten geradewegs auf das Gebäude zu, in dem er sich mit seinem Pferd versteckt hielt.

Siedendheiß fiel ihm ein, daß er unbewaffnet war.

49

Anna starrte entsetzt und voller Grauen auf die beiden Leichen.

Sie lagen dicht nebeneinander auf dem Klosterhof unter einem Querbalken. Von ihm herunter baumelten zwei Stricke mit Schlingen an den Enden. Sie schwangen dicht über den starren, verzerrten Gesichtern der beiden Gehängten im Wind hin und her. Um ihre Hälse wanden sich tief ins Fleisch eingedrückte blaue Ringe.

Sie hatte die Toten sofort erkannt: Es waren Augustinus und sein Klosterbruder Servatius.

Ihre Oberkörper waren nackt. Der Henker hatte wahrscheinlich Hemd und Wams als seine ihm zustehende Beute betrachtet, dachte Anna. Es schauderte sie.

Dennoch vermochte sie ihren Blick nicht von den beiden leblosen Körpern zu lösen. Plötzlich nahm ein Muttermal, eine Hand breit unter der linken Achselhöhle des toten Priors, ihre ganze Aufmerksamkeit gefangen. Es war so groß wie zwei Daumennägel. Es hatte die Form einer Taube. Genau wie das Mal, das Telse trug – an der gleichen Stelle!

Niemals zuvor hatte sie es bei Augustinus gesehen. Damals, als er ihre ausweglose Situation ausnutzte und sie vor dem Altar der Klosterkirche liebte, hatte er seine Kutte an. Unerwartet sah sie sich plötzlich wieder in den Armen des Mönchs, wie vor zwanzig Jahren, als er ihr nach der Schande am Pranger Unterschlupf gewährt hatte. Aber sie dachte auch an Holm, der nicht wußte, daß nicht er Telses leiblicher Vater war, sondern Augustinus. Hoffentlich würde Isebrand, der nun als einziger um Telses Abstammung wußte, sein Wort halten und die Wahrheit für sich behalten, bangte Anna.

„Du hast dich an Gott versündigt“, sagte sie vorwurfsvoll zu Slentz.

Der stand dicht neben ihr, hielt sie am Arm fest.

„Es waren Gottesmänner, die du getötet hast“, fügte sie hinzu.

Sein Narbengesicht verzog sich zu einem schäbigen Grinsen.

Anna ängstigte sich. Sie fühlte sich in einer ausweglosen Lage. Sie machte sich nichts vor: Ihr Leben war gefährdet. Sie sah sich diesem brutalen und grausamen Menschen hilflos ausgeliefert. Sie war seine Gefangene. Vielleicht sogar für immer.

Bei dem Gedanken lief es ihr kalt über den Rücken. Ganz nach seinem Gutdünken würde er nun mit ihr *alles* anstellen können. Alles. Nicht einmal verhindern würde sie das können. Er war ein Hüne von Kerl. Grauen stieg in ihr hoch, wenn sie sich das vorstellte.

Ein rettender Gedanke machte ihr Hoffnung: Vielleicht könnte sie sich Slentz mit List und Tücke vom Leib halten. Sie würde dazu ihre Fraulichkeit geschickt und klug ausspielen müssen, durfte ihn dabei aber nicht zu nahe an sich herankommen lassen.

„Aber du wärst in deinem wilden Leben schon längst tot, hätte dich der liebe Gott nicht beschützt“, sagte sie.

„Quatsch. Ich habe mich selbst beschützt. Deinem Herrgott verdanke ich nur eines: Mein verdammtes und beschissenes Leben.“ Slentz zog sie am Arm langsam mit sich zum Kreuzgang hin, der zur Klosterbibliothek führte. Unmittelbar daneben verfügte er über einen eigenen Schlafraum.

„Bist du etwa mit deinem Leben unzufrieden?“, tat Anna erstaunt. Tapfer folgte sie ihm. Ihre Gedanken jedoch überschlugen sich. Sie bemerkte sehr wohl, daß er sie nicht mehr in ihr kleines, dunkles Verließ zurückbrachte. Aber daß er sie wie unabsichtlich in seine Kammer führen wollte, das steigerte ihre Angst.

„Doch, aber es fehlt mir etwas“, antwortete Slentz. Anna schien, als würde er verlegen ihrem Blick ausweichen. Sie staunte: Verlegen? Der verwegene, unmenschliche Oberste Kapitän der berüchtigten Schwarzen Landsknechtgarde? Möglicherweise hielt sogar dieser hartgesottene Mann in der tiefsten Tiefe seiner Seele einen weichen Kern versteckt.

Doch sofort besann sie sich wieder der kritischen Lage, in der sie sich befand. Sie ermahnte sich zu äußerster Vorsicht.

„Ich brauche etwas fürs Herz, etwas, was meinem Leben einen Sinn gibt“, sagte Slentz leise und grinste schräg. Daß dieser Mann so schnell sein Innerstes vor ihr öffnete, überraschte Anna.

„Eine Frau zum Beispiel, eine *richtige* Frau.“

Er buhlte um ihre Zuneigung. Warum sonst wohl würde er seine Seele nach außen krempeln?

Annas Gedanken flogen hin und her: Er warb um sie, obwohl er sie mit Gewalt hätte nehmen können. Er zeigte ihr ohne Scheu seine geheimen Gefühle, obwohl er sie für eine Teufelin hielt. Und er behandelte sie mit auffallend rücksichtsvoller Zuvorkommenheit, was zu einem so brutalen Kerl ganz und gar nicht paßte. Sie schaute den hünenhaften, breitschultrigen Mann mit dem häßlichen Narbengesicht heimlich von der Seite an. Sie mochte seinen wohlgeformten, muskulösen Körper. Zum ersten Mal bemerkte sie auch, daß Slentz seinen wild wuchernden rotblonden Gesichtsbart sorgfältig gekämmt hatte. Vor den drei Stufen hinauf in den Kreuzgang verbeugte er sich höflich, nahm aufmerksam, aber linkisch Annas Hand und ließ ihr den Vortritt.

„Du kannst dir doch genug Frauen leisten“, spielte sie die Bewunderin, während sie die Tür zu seiner Kammer erreichten.

„Nur Huren“, antwortete Slentz verächtlich. Dabei wandte er Anna voll sein Gesicht zu: „Sieh nur her! Diese gräßliche Fratze bekommt Liebe nicht geschenkt. Sie muß sie bezahlen.“

Anna fuhr leicht zusammen. Sein Gesicht mit den dicken Narbenwülsten war wirklich ein furchterregender Anblick, dachte sie.

Er öffnete ihr die Tür. „Hab keine Angst. Ich tu nichts, was du nicht wünschst“, versuchte er, sie zu beruhigen. Es half nichts. Anna spürte ihr Herz rasen.

Die Kammer war schmal und lang. Die Steinwände glänzten feucht. Unter dem winzigen Fenster stand ein klobiges Bett. Daneben ein Schemel, vorn an der Tür eine Truhe, dahinter ein Nachttopf.

Anna zuckte unmerklich zusammen. In ihrer Phantasie sah sie Slentz über sich herfallen.

„Ich möchte *dich* zu meiner Frau machen.“ Slentz sah sie mit großen, bittenden Augen an, als hätte er allen Mut zusammennehmen müssen, seinen Wunsch auszusprechen.

Anna erstarrte. Was sollte sie tun, was ihm antworten?

„Ich bin verheiratet.“

„Nicht mehr lange. Dein Mann wird bald sterben. Der König hat es bereits beschlossen.“

Anna stand wie gelähmt da, hatte den Mund halb geöffnet, schaute Slentz voller Angst und Entsetzen an. Schon einmal hatte er ihr Holms Tod angekündigt. Slentz merkte ihr die Bestürzung an.

„Liebst du ihn denn?“ Einfältig blickte er sie an.

Blitzartig witterte Anna die Gunst des Augenblicks. Nun galt es, ruhig Blut zu bewahren. Schließlich wollte sie noch nicht sterben. Und daß es hier um ihr Leben ging, fühlte sie ganz deutlich.

„Ich liebe Holm nicht“, log Anna. Es kam kühl über ihre Lippen, doch ihr Herz pochte bis zum Hals.

Slentz jubelte laut auf. Er ging auf Anna zu, umarmte sie, suchte mit seinem Mund hastig ihre Lippen und merkte, trunken vor Glück, daß Anna sich nicht wehrte. Doch fühlte sie nur noch Empörung und Zorn: Ruckartig winkelte sie ihr rechtes Bein an, holte das Knie weit nach hinten aus, stieß es mit voller Wucht nach vorn und rammte es ihm mit aller Kraft genau zwischen die Beine.

Slentz schrie gellend auf und krümmte sich vor Schmerzen. Hilflos jappte er dabei nach Luft. Dann schwanden ihm die Sinne, und er fiel zu Boden wie ein abgeschnittenes Seil.

50

Sie lagen sich in den Armen, schlugen einander immer wieder ausgelassen auf die Schultern und waren übermütig wie zwei alte Freunde, die sich eine Ewigkeit nicht mehr gesehen hatten. Ihre Augen strahlten, als wären sie endlich von allen inneren Spannungen befreit. Schließlich war noch bis eben keiner von ihnen sicher, den anderen jemals wiederzusehen.

Reimer von Wiemerstedt fühlte so etwas wie Genugtuung, war er doch als einziger im Kriegsrat davon überzeugt gewesen, daß Isebrand noch lebte.

„Beinahe hätte ich vor euch Reißaus genommen", lachte Isebrand. „Drei Reiter waren einfach zuviel des Guten."

„Und wir überlegten schon, wie wir den feindlichen Kundschafter am besten aus dem Haus herauslocken und gefangennehmen könnten", erwiderte Wiemerstedt heiter.

„Erzähl, was gibt es Neues von zu Hause?" Isebrand hungerte danach, etwas über die Stimmung im Kriegsrat und in der Bevölkerung zu erfahren.

Wiemerstedt führte Isebrand etwas abseits zu einer Mauer. Zuvor hatte er seine beiden Begleiter voraus nach Oldenwöhrden geschickt. Isebrand kannte beide. Es waren Johann Groth und sein blutjunger Vetter Harke Weert, der erst vierzehn, aber in dem Alter bereits wehrfähig war.

„Wir hofften, herumstreifende Späher des Dänenkönigs aufzuspüren", sagte Wiemerstedt. Die hätten sie ausquetschen wollen, um etwas über die nächsten Absichten des Gegners zu erfahren. „Aber nun haben wir ja einen größeren Fang gemacht", lachte der bärtige Hüne dröhnend. Er trug einen Kampfhelm, ein Kettenhemd und einen wärmenden Umhang. Darunter war er schwer bewaffnet. Am breiten Ledergürtel hingen Tsake, Kurzschwert und Spitzdegen.

Im Windschutz der Mauer berichtete Wiemerstedt dem Freund schließlich vom Meinungsumschwung im Kriegsrat. Der war sichtlich betroffen, daß sich während seiner Abwesenheit eine große Mehrheit für die Kapitulation ausgesprochen hatte. Schließlich hatte er vom Kriegsrat mehr Freiheitswillen erwartet. Wiemerstedt sah Isebrand die Enttäuschung an. Er beeilte sich, ihm mit der Nachricht darüber hinwegzuhelfen, daß in der Bevölkerung nach wie vor Wut und Empörung über den Bluttag von Meldorf herrsche. Allerdings schwinde nach dem Scheitern des Attentats auf den Dänenkönig überall die Hoffnung auf eine sichere Landesverteidung.

„Kam ihre Entscheidung, sich zu unterwerfen, wirklich von Herzen“, fragte Isebrand ganz in Gedanken, als würde er die Achtundvierziger gerade der Reihe nach einzeln vor sich sehen.

„Ich glaube nicht. Mir scheint eher, daß sie verunsichert sind. Holm hat sie kopfscheu geredet. Als einer der angesehensten Männer des Landes hat er natürlich erheblichen Einfluß auf sie. Und die Schwachköpfe machten mir am Ende den Eindruck, als würden sie sich in ihr Schicksal ergeben.“

„Dieser verdammte Holm“, fluchte Isebrand leise vor sich hin.

„Ich habe das Gefühl,“ sagte Wiemerstedt weiter, „die meisten Ratsmänner würden ihre endgültige Entscheidung am liebsten vom Willen der Landesversammlung abhängig machen.“

„Uns bleibt also noch eine Gelegenheit, auf der Versammlung das Blatt im Kriegsrat zu wenden?“ Isebrand horchte auf.

„Ja“, antwortete Wiemerstedt im Brustton der Überzeugung.

Er informierte Isebrand über das große Interesse der Bevölkerung, die letzte Versammlung vor dem Auslaufen des Königsultimatums nicht zu versäumen. Seit dem frühen Morgen schon würden Männer und Frauen aus allen Kirchspielen nach Oldenwöhrden strömen. Darunter befänden sich auch viele hundert Krieger des Bauernaufgebots. Sie hätten ihre Feldlager auf den Höfen der Umgebung vorübergehend verlassen. Auffallend stark wäre die Beteiligung der Frauen.

Wiemerstedt verschwieg Isebrand aber auch nicht seine Sorgen: Die Befürworter einer Landesverteidigung wüßten nur nicht, wie das Volk dazu gebracht werden könnte, die Entscheidung des Kriegsrats für null und nichtig zu erklären. „Unsere Männer sind darüber ziemlich verzweifelt“, schloß er.

Isebrand legte Wiemerstedt beruhigend die rechte Hand auf die Schulter und sagte: „Wir werden es schaffen. Es gibt noch einen Hoffnungsschimmer. Es kommt jetzt auf uns an, ob wir das Volk auf unsere Seite ziehen können – und mit ihm gemeinsam vielleicht auch wieder die Mehrheit des Kriegsrats. Dem verdammten Verräter Holm muß endlich das Handwerk gelegt werden!“

„Verräter?“ Wiemerstedt starrte Isebrand verblüfft an.

Zu spät bemerkte dieser, daß er sich im Eifer des Gefechts von seinen Gefühlen hatte hinreißen lassen. Doch er gewann seine Beherrschung gleich wieder zurück. Es führte kein Weg daran vorbei, sagte er sich, Wiemerstedt über Holms tatsächliche Rolle einzuweihen. Bei Wiemerstedt würde das Geheimnis auch gut aufgehoben sein. Schließlich gehörte er zu der überwiegenden Mehrheit von aufrechten, ehrlichen und anständigen Männern im Rat. In vielen Punkten war Wiemerstedt so wie er selbst: Freiheitsliebend, eigensinnig und mit Leib und Seele Dithmarscher. Außerdem war er mit ihm befreundet.

Also erzählte Isebrand ihm Holms ganze Geschichte – von Anfang bis Ende.

Nichts ließ er aus. Auch nicht Holms und Annas Verrat, durch den sein Todeskommando in den Hinterhalt gelockt und auf grausige Art vernichtet worden war. Abschließend beschrieb er noch seine Flucht aus dem Kloster, in dem Anna gefangen war.

Wiemerstedt trafen die Neuigkeiten wie ein Schlag. Fortwährend schüttelte er bestürzt den Kopf. Die Geschichte erschien so ungeheuerlich, daß er zuerst keine klaren Gedanken fassen konnte. Die Teufelei dieses Landesverräters war ihm unbegreiflich und gespenstisch zugleich. Erst als Isebrand fertig war, überwand er mit Mühe seine Sprachlosigkeit und sagte, zutiefst erschüttert, leise vor sich hin: „Oh, mein Gott, wie konnte es nur so weit mit Dithmarschen kommen?“

Isebrand schwieg. In der Tat, so fragte auch er sich: War es wirklich schon so weit mit dem Land gekommen, daß sogar ein ehrenhafter Achtundvierziger wie Wiemerstedt sich eine solche Frage stellen mußte?

Wiemerstedt wirkte verunsichert: „Gibt es überhaupt einen Ausweg aus der verfahrenen Lage? Ich meine, falls es uns gelingen sollte, die Landesversammlung für den Verteidigungskampf zu gewinnen?“

Isebrand zögerte nicht lange und erläuterte ihm seinen militärischen Scheinplan. Wie umgewandelt, zeichnete er jetzt begeistert das Bild, wie er den ahnungslosen Holm mit einer Falschmeldung täuschen, ihn damit auf die falsche Fährte ins gegnerische Lager locken und so den Dänenkönig in die Falle stoßen würde.

Wiemerstedt war von dem Scheinplan sehr angetan. Er bewunderte Isebrand maßlos. Vor allem dessen Mut und Geduld, mit denen er das große Wagnis von langer Hand vorbereitet hatte. Trotzdem kamen ihm leise Zweifel. „Bist du wirklich sicher, daß unsere Bauern es schaffen können, so einen übermächtigen Gegner aus dem Land zu jagen?“

„Wenn König Hans auf meinen Scheinplan eingeht und hier durch die Marsch kommt, ganz sicher.“ Isebrand wies dabei mit der Hand vor sich auf die Straße. „Vieles hängt aber auch davon ab, ob wir nachher auf unserem Weg nach Hemmingstedt eine günstige Stelle für unsere Verteidigung finden. Wenn ja, dann werden sich die Dänen und Holsteiner blutige Köpfe holen.“

Bewegt umarmte Wiemerstedt seinen Freund. „Ich bete für dich, damit du in der Landesversammmlung von allen Rednern der beste bist und alle Männer und Frauen auf deine Seite bringst“, sagte er. Dann ritten beide los.

Sie hatten Epenwöhrden gerade erst hinter sich gelasssen, als sie nicht weit vor der Bauernschaft Dehling ihre Pferde anhielten. Sie befanden sich auf gleicher Höhe mit einigen Erhebungen. „Dort drüben, die Dusenddüwelswarf, wäre das nicht der geeignete Platz für eine Abwehrlinie?“ Wiemerstedt zeigte mit der Hand auf die kleinen sandigen Inseln mitten in der Marsch und sah Isebrand erwartungsvoll an.

Der schüttelte den Kopf. „Die Entfernung von Meldorf bis hierher ist zu kurz, um uns schlagkräftig verteidigen zu können. Dieses kleine Stück Straße reicht gerade mal aus, nur einen winzigen Teil der gegnerischen Truppen aufzunehmen. Es würde also schon ein Zusammentreffen geben, wenn die Masse der Streitmacht noch gar nicht aus Meldorf raus wäre. Ich will aber das *gesamte* Heer des Dänenkönigs vernichten.“

„Bist du größenwahnsinnig geworden?“ Wiemerstedt blickte Isebrand an, als zweifele er dessen Verstand an.

„Ich meine nicht. Denn stell dir vor, uns gelänge nur ein halber Sieg. Würden wir nämlich den Dänenkönig nur aus dem Land jagen, würde er doch schon nach kurzer Zeit einen neuen Krieg vom Zaun brechen und erneut bei uns einfallen. Schon deshalb sind wir gezwungen, seine gesamte Streitmacht zu zertrümmern.“

„Das sind große Worte“, sagte Wiemerstedt. „Aber wie sollten wir das schaffen?“

„Erstens müßte sich der gesamte feindliche Heeresverband möglichst zur gleichen Zeit hier auf dieser schmalen Straße mitten in der Marsch befinden. Zweitens müßte deshalb unsere Stellung weit genug entfernt von Meldorf liegen. Wir würden erst dann zuschlagen, wenn es für den Feind auf dem schmalen Dammweg keine Umkehr mehr gäbe. Das würde, drittens, bedeuten: Wir hätten das gegnerische Heer fein säuberlich hintereinander aufgereiht vor unseren Geschützrohren." Isebrand grinste Wiemerstedt an, als wäre das Vorhaben die leichteste Sache von der Welt. „Unsere Verteidungsstellung müßte also möglichst kurz vor Hemmingstedt liegen?", rätselte Wiemerstedt aufmerksam.

Isebrand zeigte mit der Hand nach vorn. „Ja. Nur so kann unser Plan gelingen. Und wenn nur noch der Rest des Dänenaufgebots in Meldorf steht, ist das der Moment, die Deichschleusen zu öffnen! Wenn wir nämlich Glück haben, ist gerade Flut oder im besten Fall sogar Hochwasser. Das Meer wird dann über die Vorfluter in die Wassergräben strömen und die Marsch überschwemmen. Das übermächtige Heer des Feindes wird sich auf der schmalen Straße zusammendrängen, festgekeilt, unbeweglich und uns hilflos ausgeliefert."

Isebrands Taktik erschien Wiemerstedt ebenso einfach wie genial. Sie verlangte ihm gehörigen Respekt ab. Dennoch war er noch nicht ganz mit Isebrands Idee zufrieden. „Aber wo stehen wir, wenn wir nicht zusammen mit den Dänen ersaufen wollen?"

Isebrand nickte seinem Freund kurz zu: „Warte noch ein Weilchen. Ich zeige dir einen günstigen Punkt." Er kniff die Augenlider gegen den kräftigen Wind zu schmalen Schlitzen zusammen und ritt Wiemerstedt zielstrebig voraus.

Nach einiger Zeit gelangten sie nahe an die Abenwurth. Die sanfte Erhebung lag rechts von der Straße vor dem Hintergund der schon sichtbaren Umrisse Hemmingstedts. Nicht weit von der Abenwurth erstreckte sich auf derselben Straßenseite eine niedrige Geestinsel. Während seiner Jahre auf dem Muhlen-Hof in Epenwöhrden hatte Isebrand schon als junger Mann das Tiefland bis Hemmingstedt erkundet. Ihm waren die gesamte Umgebung und die beiden Anhöhen bestens vertraut. Er erinnerte sich sogar noch an den Namen der mit Knicks und Wällen angehäuften Erhebung: Klei. Die kleine Geestinsel lagerte sich mit einem Teil quer über den Landweg. Die schmale Straße selbst stieg aus der tiefen Marsch allmählich die Anhöhe hinauf.

Genau das war es! schoß es Isebrand durch den Kopf. Ein natürlicher Riegel gegen jeden Gegner, der sich der Geest bei Hemmingstedt näherte. Würde man die Anhöhe als Abwehrstellung ausbauen, wäre das *die* Wegesperre schlechthin! Sie wäre in der umliegenden Marsch die einzige Stelle weit und breit, auf der bei einer Überschwemmung der Niederung einige hundert Mann noch trockenen Boden unter den Füßen hätten. Er spürte, wie sein Herz vor Erregung schneller schlug.

Er hielt sein Pferd an und prüfte mit geschärften Blicken das Gelände. Was er da entdeckte, ließ sein Herz noch höher schlagen: Zwischen den beiden Anhöhen Abenwurth und Klei zog sich ein sumpfiger Ausläufer des Ihlensees bis fast an die Straße heran. Ein weiteres taktisches Hindernis für heranrückende Truppen, dachte Isebrand hochgestimmt. Denn das Heer würde sich dorthin nur wenige Schritte ausbreiten können. Eine Angriffslinie zu formieren, wäre hier beinahe unmöglich. Und auf der gegenüberliegenden Wegseite war nichts als schlammige Marsch. Bis zu den Vorflutern hinter den Deichen war sie überall durch Entwässerungsgräben zerteilt. Isebrand sah in der Geländeform ein Geschenk des Himmels.

„Laß uns dort hinauf", wies er mit ausgestrecktem Arm zur Anhöhe hin. Oben angekommen, warf er einen weiten Blick über das platte Land. Beeindruckt von der ausgedehnten Überschaubarkeit, hielt er für einen Moment aufgeregt den Atem an. Ja, für ihn stand nun endgültig fest: Sollte es zu einer Begegnung mit dem Gegner in der Marsch kommen, würde er von diesem höchsten Punkt aus den Abwehrkampf gegen das dänisch-holsteinische Heer führen!

Der Sturm hatte inzwischen zugenommen und das Land ganz in seiner Gewalt. Der Wind tobte abwechselnd heulend und pfeifend, dann wieder hohl aufjaulend. Schwarzgraue Wolken fegten tiefhängend wie dichtverwobene Schleier über die Landschaft hinweg. Manchmal öffneten sich Wolkenfetzen für einige Momente, und höherliegende, silbrige Wolken streuten einige Tupfer sparsamer und bescheidener Helligkeit über die unzähligen Gräben. Nur für einen kurzen Augenblick flimmerten und glitzerten dann in ihrem Wasser winzige Wellen spielerisch wie im Tanz.

Entgegen seiner Gewohnheit nahm Isebrand jedoch nicht eines der sonst von ihm so geliebten Naturschauspiele wahr. Seine Gedanken kreisten unablässig allein um eine einzige Vorstellung: An diesem Hügel wird sich möglicherweise die Zukunft des Landes entscheiden. Im Geiste sah er schon den lärmenden, fahnenschwenkenden und waffenklirrenden Heerwurm der Dänen und Holsteiner auf sich zuwälzen …

„Dies scheint wohl die Stelle zu sein, die du gesucht hast", riß ihn Wiemerstedt aus seinem Traum. Isebrand erschrak und war etwas ungehalten über die Störung.

„An dieser Stelle werde ich Dithmarschen retten", sagte er auf einmal entschlossen. „Wir werden die Königstruppen herankommen lassen, sie zusammenschießen, die Überlebenden ertränken und den Rest auseinandertreiben und töten."

„Doch sicher nur dann", unterbrach ihn Wiemerstedt kühl, „wenn König Hans auf deinen Scheinplan hereinfällt und dir den Gefallen tut, den Landweg durch die Marsch zu nehmen."

„Natürlich nur dann", besann sich Isebrand schnell wieder auf die Wirklichkeit.

„Aber schneidet uns nicht der Hemmingstedter Graben im Rücken des Klei-Hügels den Fluchtweg ab?", fragte Wiemerstedt besorgt. Hinter dem Hügel erstreckte sich eine lange Rinne mit einer Breite von über zehn Schritten, die bei einer Überflutung der Marsch eine starke Stömung entwickeln würde.

„Für einen Dithmarscher gibt es keinen Rückzug."

51

„Wollt ihr Kapitulation oder Krieg? Wollt ihr Leben oder Tod?" Erwartungsvoll blickte sich Holm im Kreis der über zweitausend Frauen und Männer um. „Jetzt seid ihr gefragt, das zu bestimmen. Ihr habt das letzte, endgültige Wort", rief er feierlich über die Köpfe hinweg.

Er stand allein in der Mitte der weiten Runde und hielt eine brennende Fackel in der Hand. Ebenso wie die anderen. Das Licht aller

Flammen zusammen warf einen geisterhaft zuckenden Schein über die Köpfe der Landesversammlung. Für Momente erhellte es zwischendurch sogar den nahen Kirchturm und die wuchtigen Grabsteine des Friedhofs nebenan.

Holm sah den Leuten gleich an, daß sie nicht den langen Weg nach Oldenwöhrden auf sich genommen hatten, um schon nach der ersten Rede die Abstimmung abzuhalten. Verdammte Starrköpfe! fluchte er innerlich. Warum nur hatte seine Rede die erhoffte Wirkung verfehlt, fragte er sich verärgert. Hatte er sich etwa zu kühl und zu sachlich und deswegen zu wenig überzeugend für die Unterwerfung des Landes eingesetzt? Im Geiste stellte er sich schon König Hans vor, wie der zornig die Belohnung für seine Spionagedienste strich. Nur weil er ihm die Kapitulation, die er leichtfertig und vorschnell angekündigt hatte, nicht zu Füßen legen konnte. Mit gemischten Gefühlen beobachtete Holm, wie das flackernde Licht der Fackeln kalkiges Weiß in die unbekannten, versteinerten Mienen ringsum streute. Gleichzeitig aber warf es auch Schatten auf sie. Dadurch erschienen ihm die Gesichter in der Abenddämmerung hohläugig, wie Masken von Dämonen.

„Also, was ist? Seid ihr zur Abstimmung bereit?“ rief er ungeduldig. Holm musterte eindringlich die eine oder andere Bäuerin vor sich, zwischendurch auch herausfordernd den einen oder anderen Bauern oder Handwerker.

„Nein!“ Eine helle Frauenstimme meldete entschlossen Widerstand an. „Wir sind noch nicht bereit!“

Holm fuhr erschrocken zusammen. Die Stimme hatte er gleich erkannt: Seine Tochter!

Sie stand, umringt von über zweihundert Frauen, ihm genau gegenüber in der ersten Reihe. Aha, Telse und ihre kampfesfreudigen Weggefährtinnen, dachte er im ersten Moment ein wenig spöttisch. Doch dann wurde er ungehalten. Wie konnte Telse es nur wagen, hier vor allen Menschen als Gegenspielerin ihres Vaters aufzutreten? Holm gab sich Mühe, seine Empörung zu verbergen. Ihm war klar, daß sein Ansehen und seine Glaubwürdigkeit nun erst recht auf dem Spiel standen. Und die wollte er nicht einfach opfern, nur weil seine Tochter mit ihrem verbohrten Freiheitsideal Dithmarschens Geschichte zurückdrehen wollte.

Die Menge blickte neugierig auf die Frau, die es gewagt hatte, einem angesehenen Achtundvierziger offen entgegenzutreten. „Es ist Telse von Oldenwöhrden. Die Tochter von dem da“, wandte sich eine Frau aufgeregt und betont laut, damit es alle hören konnten, an eine Nachbarin. Dabei zeigte sie mit dem Finger auf Holm.

„Sie ist Holms Tochter“, ging es sofort wie ein Lauffeuer um.

Holm versuchte so zu tun, als hätte er Telses Zuruf nicht gehört. Beflissen schaute er im Kreis umher, als warte er auf jemanden, der sich auf seinen Aufruf zur Abstimmung zu Wort melden wollte. Zu seiner Bestürzung bemerkte er, daß die Menschen ihre Blicke plötzlich auffallend ernst und stur auf ihn richteten. Als hätten sie von ihm genug, durchfuhr es ihn kalt. Sie hatten nichts von seinem Appell an die Vernunft verstanden, dachte er enttäuscht. Es schien also müßig zu glauben, daß sein Eintreten für die Kapitulation Eindruck auf sie gemacht hätte. Mit einem Mal wurde ihm erschreckend klar, wie machtlos der Kriegsrat und überhaupt das Kollegium der achtundvierzig Regenten war, wenn das Volk eine andere Meinung vertrat. Dabei hatte er sich doch so sehr bei seiner Rede ins Zeug gelegt, um die Vorzüge der Unterwerfung schmackhaft zu machen.

Erst hatte Holm ihnen den Mehrheitsbeschluß des Kriegsrats und die Gründe erklärt, die zu dieser Entscheidung geführt hatten. Dann zu erläutern versucht, warum der Dänenkönig sie alle weiterhin für den Ackerbau, die Viehzucht und das Handwerk brauchte, sollte Dithmarschen ihm gehören. Deshalb auch wäre nicht zu befürchten, daß sie schlecht behandelt, ausgebeutet oder gar gefoltert würden. Das Massaker von Meldorf würde sich nur dann wiederholen, hatte er versteckt gedroht, wenn man den König an der Nase herumführte und das Ultimatum dickköpfig verstreichen ließe, ohne ihm das Land zu übergeben. Holm hatte auch, unter einigen leisen entsetzten Aufschreien, den Tod Isebrands und seiner Männer bekanntgegeben. Jetzt lobte er die Nachsicht des Dänenkönigs, der trotz des geplanten Attentats auf ihn das Ultimatum nicht vorzeitig aufgekündigt hatte. Es gelte weiterhin bis Sonntag abend. Denn nach wie vor würde König Hans auf die besonnenen Kräfte in Dithmarschen setzen, beteuerte er auffallend eifrig.

„Vater!“, hörte er auf einmal wieder Telse energisch herausfordernd rufen, „ich sagte vorhin, wir sind noch nicht für eine Abstimmung bereit!“ Zustimmendes Raunen machte in der Versammlung die Runde.

Nun konnte Holm Telse nicht mehr übergehen, wollte er nicht seiner Glaubwürdigkeit schaden. „Und warum seid ihr noch nicht bereit“, fragte er scheinbar milde. Er tat, als ginge es um eine Auseinandersetzung zwischen Vater und Tochter.

„Weil du in deiner Rede vergessen hast, unser aller Freiheit und die unseres Landes zu erwähnen.“

Holm verschlug es die Sprache. Was bildete sich seine Tochter nur ein, ihm, ihrem Vater, öffentlich Ratschläge zu erteilen? Obendrein machten ihn die Blicke der Frauen und Männer wütend, die ihn immer noch stumm ansahen. Das alles schien ihm plötzlich bedrohlich. Er wußte, daß eine persönliche Niederlage vor dieser Landesversammlung katastrophale Folgen für ihn hätte: Er würde Ansehen und Achtung für immer verlieren. Selbst dann, wenn er später – nach der Unterwerfung oder nach einer Niederlage des Landes – vom siegreichen Dänenkönig als Landvogt eingesetzt würde.

Holm verwünschte den Augenblick, an dem er versäumt hatte, bei der Vorbereitung seines Auftritts Sinnesart und Grundeinstellung dieser Menschen zu berücksichtigen. Er verdammte seine eigene Nachlässigkeit. Schließlich hatte er die Entscheidung der Landesversammlung vor vier Wochen in Heide gegen König Hans und für den Freiheitskampf nicht ernst genug genommen. Nun stand er vor dem Scherbenhaufen. Holm warf sich vor, nicht genügend daran gedacht zu haben, daß Dithmarscher sagten, was sie meinten, und handelten, wie *sie* es für richtig hielten. Der Schock und die Empörung über die Bluttat in Meldorf hatte ihren Kampfeswillen bestimmt eher gestärkt als geschwächt.

Die Frauen, die Telse umringten, klatschten für ihre mutige Widerrede begeistert Beifall. Das spornte sie an.

„Du willst es überhaupt nicht wahrhaben“, warf sie ihrem Vater weiter vor, „daß dein angepriesener König Hans ein Massenmörder, eine Bestie, ein blutrünstiger Teufel ist. Und für diesen Schurken willst du deine Freiheit aufgeben, deinen ganzen Besitz opfern, nicht mehr dein eigener Herr sein und als Knecht dienen?“

Telse richtete ihre strafenden Blicke auf die Ratsmänner, die ihr schräg gegenüber nebeneinander vorn in der ersten Reihe standen:

„Und nun zu euch, ihr ehrenwerten Achtundvierziger, die ihr euch im Kriegsrat mehrheitlich für die Unterwerfung unseres Landes ausgesprochen habt: Wollt ihr wirklich, daß eure Frauen und Töchter von Dieben, Mördern und Brandstiftern vergewaltigt werden? Wollt ihr tatsächlich, daß eure Frauen und Töchter fremde Bälger in die Welt setzen? Wollt ihr unbedingt die Brut verkommener, gottloser und herumstreunender Diebe, Mörder und Brandstifter großziehen? Wie wollt ihr die armen, gequälten Seelen eurer geschändeten Frauen eines Tages Gott anvertrauen, ohne selbst in tiefe Sünde zu fallen? Schämt ihr euch nicht?" Telses Augen sprühten in glühender Hingabe.

Die Angriffslust seiner Tochter nahm Holm den Atem. Wie ihre Mutter, stark und leidenschaftlich, dachte er mit heimlichem Stolz. Plötzlich durchzuckte ihn ein furchtbarer Gedanke: Ich habe Anna ganz und gar vergessen! Warum ist sie nicht hier? Was ist mit ihr? Wartet sie immer noch in Meldorf darauf, daß ich nachkomme? Oder ist ihr gar etwas zugestoßen? Ihm lief es heiß und kalt über den Rücken. Sein Kopf schwirrte. Angst bohrte sich darin fest.

Die Frauen um Telse schrien aufgebracht durcheinander: „Schämt euch, ihr selbstherrlichen Ratskerle! Schämt euch!"

Holm sah hinüber zu den Männern des Kriegsrats. Diejenigen von ihnen, die seinem Vorschlag zur Kapitulation gefolgt waren, standen nun mit gesenkten Köpfen. Verlegen blickten sie sich an ihren Stiefelspitzen fest. Die anderen, die gegen eine Unterwerfung waren, sahen erhobenen Hauptes zu ihm herüber.

„Johann Groth!" Telse trat einige Schritte nach vorn in den Kreis der Versammlung und drehte sich suchend nach dem Späher um. Sie rief: „Komm hervor und erzähl allen hier die Geschichte der Inken Ratlow!"

Aus dem dritten Glied drängte sich ein Mann durch die enggeschlossenen Reihen ins Freie, kam zu Telse hin und hielt seine Fackel nah an sein Gesicht. Groth war sich seiner Wichtigkeit bewußt. Ausführlich und in allen Einzelheiten schilderte er die Tragödie der Inken Ratlow. Wie sie in ihrem Haus in Meldorf von sieben Landsknechten der Großen Garde überfallen, gefesselt, vergewaltigt und anschließend getötet worden war. Wie ein Soldat vorher ihren Säugling vor ihren Augen mit einer Lanze totgestochen hatte.

Ein gellender Schrei peitschte über den Platz: Eine Frau mühte sich durch die Menge nach vorn, stand plötzlich neben Telse und Groth.

„Ich bin Kersten Niebuhr, Inken Ratlows Schwester", rief sie mit schriller Stimme. Haß stand in ihrem Gesicht „Damit ihr es alle wißt, und ganz besonders die vom Rat: Inken verdankt ihr grausames Schicksal nur einem einzigen Fehler. Sie hat mit der Milde und Gnade des Dänenkönigs gerechnet. Genau wie die anderen auch in Meldorf, die ihre Stadt nicht verteidigten, sondern sich freiwillig unterwarfen, weil sie glaubten, König Hans würde es ihnen danken. Nun sind alle tot."

Eisige Stille legte sich über die Versammlung. Doch nur für einen kurzen Augenblick. Dann brach ein Sturm der Entrüstung los.

Telse hielt ihn kurzerhand an. Mit weithin hörbarer Stimme forderte sie Groth auf: „Erzähl auch, was du in den Straßen von Meldorf erlebt hast!"

Der Späher schluckte mehrmals, als das grausame Erlebnis vor seinem geistigen Auge wieder lebendig wurde. Den Menschen stockte der Atem. Schaudernd und entsetzt hatten sie Groth zugehört. Als seine Geschichte zu Ende war, erfaßte sie tiefe Erregung. Zuerst brodelte lautes Stimmengewirr hoch, dann durchschnitten empörte Aufschreie die Luft, schließlich mischten sich wilde Beschimpfungen, fürchterliche Flüche und wütender Protest darunter. Bald überschlug sich auf dem Platz der Lärm. Viele liefen aufgeregt hin und her, gestikulierten heftig.

Mitten drin hallte auf einmal eine tiefe Männerstimme lautstark über alle Köpfe hinweg: „Wir werden den Dänenkönig aus dem Land jagen!"

Erschrocken hielten die Leute in ihren Bewegungen inne, schwiegen überrascht, schauten neugierig, woher der Ruf kam. An der Friedhofsmauer im Rücken der Versammlung standen zwei Pferde mit Reitern, von denen der eine leicht nach vorn gebeugt im Sattel saß.

„Isebrand!", schrie plötzlich eine Frau aus der Menge auf. Es war Telse. Sie gingen aufeinander zu. Bewegt drückte Isebrand ihren Kopf an seine Schulter, streichelte kurz ihr Haar. Behutsam nahm er ihr Gesicht in beide Hände und sah sie an: „Ja, ich bin's."

„Er hat uns belogen!“, schrie plötzlich ein junger Bauernkrieger. Er war groß, sein hagerer Körper steckte in einem Harnisch, und unter seinem Eisenhelm zeigte sich blondes, strähniges Haar. Er wies mit dem Finger auf Holm. „Verdammter Lügner! Hast du nicht gesagt, unser Bauernführer sei tot? Dort ist doch Isebrand. Er lebt!“

Holm hatte sich inzwischen unauffällig zu seinen Ratsmännern begeben. Daß Isebrand lebte, war für ihn ein Schock. Seine Anhänger schauten ihn ratlos an. Er sah weg – und zu seiner Tochter hin. Ihre Blicke trafen sich.

Ihr schien, als sehe sie in seinen Augen Ratlosigkeit und Furcht. Sie dachte an ihre Mutter. Wo war sie nur? Seit gestern schon hatte sie nichts mehr von ihr gehört und sie auch nicht gesehen. Gehörte nicht der Rappe, mit dem Isebrand gekommen war, ihrer Mutter?

„Er hat euch nicht belogen“, nahm Isebrand Holm in Schutz.

„Er konnte nicht wissen, daß jemand das gescheiterte Attentat überleben würde. Genauso, wie ihr es nicht wissen konntet“, wandte er sich an seine Zuhörer. Er schaute kurz zu Wiemerstedt hinüber, der noch auf seinem Pferd saß. Der verstand und nickte Isebrand beifällig zu. Den Landesverräter jetzt schon zu entlarven, hätte den Scheinplan gefährdet. Noch brauchten sie diesen Holm. Nur noch ein einziges Mal.

„Unter uns muß es aber einen Judas geben“, empörte sich Isebrand anklagend. Lautstarkes Raunen setzte ein.

Aus den Augenwinkeln heraus sah Isebrand, wie Holm bleich wurde. Oder war das nur der Fackelschein? Isebrand spürte förmlich, daß Holm sich entdeckt fühlte, aber noch unsicher war, ob er recht hatte.

„Unser Anschlag auf König Hans ist nämlich gescheitert, weil unser Todeskommando verraten worden ist“, erklärte Isebrand seine Behauptung.

„Tod dem Landesverräter!“, schrie eine Frau. Wütende Rufe aus der Versammlung stimmten mit ein: „Ja, töten wir ihn!“ Und: „Hängen wir ihn auf!“ Oder: „Bringen wir ihn um – zusammen mit seinen dänischen und holsteinischen Freunden!“

„Wir müssen ihn erst einmal haben“, rief Isebrand. „Bisher wissen wir nur, daß er mitten unter uns sein muß.“ Erneut reagierte die Menge empört. Immer wieder verlangte sie den Kopf des Verräters.

Scheinbar ungerührt unterbrach Holm die aufgewühlte Stimmung. „Wo und wie willst du denn die übermächtigen Dänen vertreiben? Oder gar besiegen?“, wandte er sich herausfordernd an Isebrand.

Mutig, mutig, dachte der im ersten Moment. Dann kam ihm eine Idee, die seinen Pulsschlag beschleunigte. Jetzt oder nie! „Vertreiben oder besiegen werden wir die Dänen und Holsteiner dort, wo wir sie nach wie vor erwarten: In der Hamme bei Heide.“ Im selben Atemzug setzte er die nächste falsche Spur: „Deshalb werden wir auch gleich morgen früh unsere Hauptkräfte aus der Marsch dort zusammenziehen.“

Isebrand war sich sicher, daß Holm die Falschmeldung noch an diesem Abend dem König persönlich überbringen würde. Schließlich war sie für den weiteren dänischen Kriegsplan von entscheidender Bedeutung. Glaubte doch König Hans dann endlich zu wissen, wo genau die Dithmarscher seinen weiteren Eroberungszug erwarteten: Nicht auf dem direkten Weg durch die nasse Marsch, sondern auf dem Umweg über die trockene Geest.

„Und was deine Sorge über die feindliche Streitmacht angeht“, fuhr Isebrand fort, „so kann ich dich beruhigen: Wir Bauern werden für König Hans verbissene Gegner sein.“ Ruckartig drehte er sich der Versammlung zu: „Liebt ihr eure blühende und reiche Republik mit allen Fasern eures Herzens?“

„Ja!“, riefen alle euphorisch wie mit einer Stimme.

„Siehst du, Holm, das ist die Grundlage unserer gemeinsamen Stärke und Wehrkraft.“ Isebrand war jetzt nicht mehr zu halten: „Anscheinend hast du’s vergessen: Dithmarschens Bauern sind selbstbewußt und patriotisch. Sie lieben ihre Freiheit, sind körperlich stark, kennen das schwierige Gelände und können mit Waffen umgehen. Und sie halten auch im Kampf fest zusammen. Was willst du mehr? Dein übermächtiger Feind ist zwar ein Koloß, aber in Wirklichkeit nur ein wildes Ungetüm aus schlechtbezahlten Söldnern. Und die sind nichts anderes als Habenichtse. Denn sie haben nichts zu verlieren, aber gerade deshalb auch nichts zu verteidigen. Kein Eigentum, kein Vaterland, keine Liebe zur Freiheit.“

„Zeig’s dem Feigling!“, rief jemand. Die Versammlung war Feuer und Flamme: In seltsamer Erregung schrie sie ununterbrochen: „Zeig’s diesem Holm! Zeig’s ihm!“

„Du hast recht“, wandte sich Isebrand an den Zwischenrufer. „Es gibt Feiglinge unter uns. Auch im Kriegsrat. Es soll ja dort einige geben, die über unsere Köpfe hinweg unser aller Besitz und unser aller Freiheit für nichts und wieder nichts verschenken möchten.“ Isebrand merkte, daß er sich in Zorn redete. Es war ihm egal. Schließlich ging es hier auch um sein Land, seine Freiheit, sein Leben. „Wie gut, daß sie uns fragen müssen, ob wir damit einverstanden sind. Sind wir das?“

„Nein! Nein! Nein!“, schrien alle wild durcheinander.

Beherzt und streitbar schaute er in die Runde. „Nein? Dann sage ich den Feiglingen nur eines: Dem Freien die Freiheit, dem Gehenden den Weg. Also geht! Verschwindet! Verschwindet aus unserer Mitte, aus unseren Augen, aus unserem Land! Sofort!“

Hingerissen hatten alle Isebrand zugehört. Frenetisch jubelten sie ihm zu. „Verschwindet!“, brach es auf einmal aus ihnen heraus. Und immer wieder schrien sie: „Verschwindet!“

Bewegt rief ein Bauer, außer sich vor Zorn: „Rache für Meldorf!“

Es war der junge Achtundvierziger Peter Swyn aus Lunden. Zusammen mit Isebrands Schwiegersohn Olde Peter Nanne hatte er sich in der letzten Ratssitzung nicht von Holm auf dessen Seite ziehen lassen.

Alle zweihundert Frauen um Telse fielen in Swyns Ruf mit ein: „Rache für Meldorf!“ Und immer mehr Frauen aus dem weiten Rund der zweitausend Versammelten schlossen sich ihren Geschlechtsgenossinnen an: „Rache für Meldorf!“ Zündend sprang der Funke auch auf die Männer über: „Rache für Meldorf!“

„Laßt uns endlich abstimmen!“ Peter Swyn war neben Isebrand gesprungen. „Ja! Abstimmen!“, kam der Widerhall aus Hunderten von Kehlen.

Der alte Boje trat in wehendem, schwarzem Umhang vor, hob kurz die Hand und rief: „Wer ist dafür, daß wir uns dem Dänenkönig unterwerfen?“

Totenstille legte sich über die Versammlung. Jeder blickte sich suchend um. Kein einziger Arm streckte sich hoch.

„Wer ist dafür, daß wir unsere Freiheit und unser Land verteidigen, und sollte es unser Leben kosten?“

Wie auf ein Zeichen schossen alle Hände in die Höhe. Ein Freudenschrei gellte über den Platz. Jauchzend und ausgelassen fielen sich viele in die Arme. Die meisten Frauen weinten tief bewegt und aufgewühlt. Lachend schlugen sich zahlreiche Männer gegenseitig auf die Schultern.

Plötzlich, wie auf Kommando, zogen sie ihre Tsaken und Schwerter, reckten sie zum Himmel und schrien, entrückt wie im Kampfrausch: „Leever doot as Slaav!"

Tausendstimmig hallte der Schlachtruf über den Platz. Er schien einen Lidschlag lang bebend über den Köpfen zu verharren, um dann vom heulenden Nordweststurm in die Dunkelheit des Winterabends mitgerissen zu werden. Der trug den Ruf wie eine drohende Botschaft in Richtung Meldorf fort, verlor sich aber schließlich mit ihm in der Finsternis über der Küstenniederung.

„Hört nur! Der Wind!", schrie plötzlich eine helle Männerstimme.

Alle zuckten zusammen, streckten ihre Hälse, drehten vorsichtig ihre Köpfe und horchten aufmerksam in den Himmel . . .

„Ja, er weint!", riefen mehrere Frauen und Männer aufgeregt durcheinander.

Niemand wagte mehr, etwas zu sagen. Still verharrten alle auf der Stelle, hielten den Atem an und lauschten. Alle kannten die alte dithmarsische Sage vom Wind. Danach hatten schon ihre germanischen Vorfahren den Wind vor jeder Schlacht als Orakel befragt. Blieb er stumm, hieß das Niederlage; weinte er, und zwar dreimal, war der Sieg gewiß.

Innerlich noch immer gepackt und tief bewegt von dem feierlichen Augenblick des gemeinsamen Schwurs, empfanden sie den Sturm nun mehr als Zeichen der Hoffnung und Zuversicht. Er schien seine Kraft verloren zu haben, fegte nicht mehr an der Kir che vorbei, wirbelte auch nicht mehr böig über den Platz und zerrte nicht mehr an Kleidung und Haaren. Vielmehr war sein Pfeifen und Stöhnen jetzt nur noch hoch oben in der Dunkelheit unter den tiefhängenden, nachtschwarzen Wolken zu hören. In ihrem rauschhaft entrückten Zustand wähnten sie sogar zu spüren, wie sich der Wind vom Sturm befreite und nun seinen eigenen Weg ging.

„Hört nur!", rief jetzt auch Isebrand, „der Wind!"

Im Schein der Fackeln suchte er Telses Blick. Sie stand noch in der ersten Reihe, umgeben von ihren Mitstreiterinnen.

„Kniet nieder!“, bat Telse mit bewegter Stimme.

Für einen Moment versank sie still im Gebet und rief dann beschwörend über die Menge hinweg: „Oh, heilige Jungfrau Maria, Schutzpatronin unseres geliebten Landes, gib uns die Kraft, den Feind zu besiegen, damit wir dir ewig huldigen dürfen, wir, unsere Kinder und Kindeskinder.“ Die Betenden um sie herum beugten ihre Nacken tief hinab und murmelten: „Oh, heilige Maria, gib uns die nötige Kraft.“

Wie von Geisterhand geführt, schlug im selben Moment über ihnen im Kirchturm eine kleine Glocke an. Der Sturm mußte sie wohl angestoßen haben. Für einen winzigen Augenblick schwebte darauf nur ein einziger zarter, vibrierender Ton über der Versammlung. Die Menschen auf dem Platz erschauerten. Und da .... es klang auf einmal tatsächlich so, als wenn der Wind weinte. Hoch über ihnen in der Luft zog ein leises, hohlklingendes Heulen dahin. Die Menge blickte erwartungsvoll nach oben. „Einmal“, sagte irgendjemand. Dann wieder das Heulen. „Zweimal“, antwortete eine Frauenstimme dem Wind. Und als sich das Heulen ein weiteres Mal meldete, vernahmen die Knienden ganz deutlich einen besonders wehklagenden todtraurigen Beiton. Wie mit einer Stimme zählten alle erlöst mit: „Dreimal.“

Dann fielen sie einander in die Arme.

Nun waren sie überzeugt, daß sie den Dänenkönig besiegen würden.

Isebrand entdeckte mit einem Mal, daß Holm nicht mehr unter den Versammelten war. Verdammt, er hat sich heimlich davongemacht! Bestimmt war er schon auf dem Weg nach Meldorf, durchfuhr es ihn. Er gab Wiemerstedt, der Holms plötzliches Verschwinden inzwischen ebenfalls entdeckt hatte, einen Wink. Der wendete eilig sein Pferd und preschte davon.

Isebrand sprang von der Mauer, um mit allen anderen den Platz zu verlassen. Da sah er Telse geradewegs auf sich zukommen. Sie schritt energisch heran, ihr Gesicht hatte einen entschlossenen Ausdruck, als wollte sie ein ernstes Wort mit ihm reden.

Isebrand war klar, daß nunmehr der Augenblick gekommen war,

vor dem er sich so lange gefürchtet hatte: Er würde Telse sehr weh tun und alles über ihre Eltern preisgeben müssen, was er bisher vor ihr verheimlicht hatte.

Sie schien Entsetzliches zu ahnen.

52

„Wie konnten sie nur so etwas tun?“ Telse warf ihren Kopf weinend in ihre Arme, die sie vor sich auf dem Tisch verschränkt hatte. „Meine arme Mutter, warum hat sie sich nur auf so etwas eingelassen?“, wiederholte sie immer wieder. „Und Vater! Wie konnte er nur so tief sinken?“

Völlig aufgelöst vor Schmerz und Scham erhob sie ihr Gesicht. Es war über und über naß von Tränen, die nicht aufhörten, an ihren Wangen herabzurinnen. Ihr Körper wurde von heftigem Schluchzen geschüttelt. Unter halbgeschlossenen Lidern suchte sie verzeifelt Isebrands Blick. Der saß ihr am langen, wuchtigen Tisch im Pesel seines Hauses gegenüber.

So gut es ging, hatte er schließlich behutsam und rücksichtsvoll die niederträchtige Rolle ihrer Eltern geschildert. Er hatte ihr die ganze Geschichte erzählt, dabei nichts beschönigt, aber auch nichts häßlicher oder schlimmer dargestellt, als es ohnehin war. Unter der Wucht der entsetzlichen Wahrheit war Telse in sich zusammengesunken.

Das Geheimnis um ihren leiblichen Vater jedoch behielt Isebrand für sich. Er hätte Telse nicht noch mehr zumuten können. Vielmehr versuchte er, ihren Schmerz zu mildern. Ausführlich sprach er über seine Begegnung mit Anna im Kloster. Die hätte ihm bewiesen, daß ihr Charakter sehr wohl auch gute Seiten habe. Schließlich wäre es für sie ein Leichtes gewesen, ihn zu verraten. Sie hätte es aber nicht getan, ihn noch nicht einmal dafür verurteilt, daß er sie nicht mitnehmen konnte.

„Ich glaube, sie will wieder gutmachen, was sie angerichtet hat“, sagte Isebrand. „Sie scheint erkannt zu haben, welchen teuflischen

Schurken und Massenmördern sie unser Land ausliefern wollte." Er war sich nicht ganz sicher, ob er selber davon überzeugt war, was er sagte, oder ob er Telses große Enttäuschung über die eigene Mutter nur abschwächen wollte. Doch auch Isebrands wohlwollende Beurteilung brachte Telse keinen Trost. Verzweifelt rief sie aus: „Bitte, hilf mir!" Isebrand kam sich selbst völlig hilflos vor. Er verspürte nur ein unbeschreiblich inniges Mitgefühl, so daß er nicht umhin konnte, sie fest in die Arme zu nehmen.

Plötzlich trat Wiemerstedt ein. Mit fragendem Blick auf die weinende Telse bat er Isebrand für einen Augenblick hinaus. Der sagte: „Du kannst offen reden. Telse ist in alles eingeweiht."

„Holm ist von der Versammlung direkt hier ins Haus gegangen, mit zwei prallgefüllten Ledertaschen wieder herausgekommen und in Richtung Meldorf losgeritten", schilderte Wiemerstedt seine Beobachtung. „Ich bin ihm zur Sicherheit ein Stück gefolgt. Er wollte zweifelsfrei nach Meldorf."

Telse schrie auf: „Ich verachte diesen Mann, der sein eigenes Land verrät und mein Vater sein will. Ich verachte ihn!" Sie sah beide Männer an und schluchzte leise: „Aber ich liebe ihn auch. Er ist doch mein Vater." Es dauerte noch einige Zeit, dann ging sie in ihre Kammer, um über den Tag nachzudenken.

Unterdessen war sich Isebrand sicher, daß Holm ihm gerade völlig ahnungslos den letzten und bisher wertvollsten Dienst für seinen Scheinplan erwies. Bestimmt würde er jetzt den Dänenkönig von allen Zweifeln befreien und ihn dazu überreden, mit dem Heer die Marsch auf dem Landweg nach Hemmingstedt zu durchqueren.

Damit stand für Isebrand zugleich endgültig der Ort fest, an dem er den Herrscher der drei nordischen Reiche und auch seinen Todfeind Slentz zur entscheidenden Schlacht zwingen würde.

Jetzt mußte er nur noch so schnell wie möglich am Klei-Hügel eine Schanze als Wegesperre bauen.

53

Anna schritt wie eine Königin einher.

Ihr langes und volles rotblondes Haar wallte sacht bei jeder Bewegung über die weiße Haut ihrer Schultern. Unverhohlen starrten die Offiziere des Königs auf ihren Brustausschnitt. Das enge Leibchen mit den bauschigen Ärmeln sah verführerisch aus und stand in reizvollem Gegensatz zu dem bodenlangen, weiten Faltenrock.

Slentz hatte das Gewand irgendwoher besorgt, vermutlich von einer der besseren Huren im Landsknechtheer. Das Kleid störte ihn nicht an Anna. Schließlich war er neben dem norddeutschen Hochadel, den Stabsoffizieren und den Kapitänen seiner Garde zu einem Festmahl des Dänenkönigs geladen. Und dort wollte er mit seiner schönen Anna gemeinsam auftreten. Die Kerle sollten vor Neid erblassen.

Slentz hatte seinen rechten Arm, an dem sich Anna symbolhaft festhielt, lässig angewinkelt. Er steuerte geradewegs auf einen Tisch zu, der erhöht unter einem Baldachin direkt vor dem wandgroßen Holzkreuz des Klosterbetsaals stand und dadurch eine gehobene Bedeutung erhielt. Er war nur für den König und seine engsten Vertrauten bestimmt. Davor, auf dem tieferliegenden Flachsteinboden, saßen an zwei längeren Tischen die bedeutendsten Führer der Landwehr und der Ritterschaft.

Mit stolz erhobenem Haupt führte Slentz Anna am König vorbei. Mit rasendem Herzklopfen bemerkte sie, daß der Herrscher sie und Slentz mit giftigen Blicken ansah. Schließlich hatte er sie am Tag vorher als Landesverräterin einsperren lassen. Sie entdeckte jedoch, daß Slentz den Blick des Königs gleichsam kämpferisch und spöttisch erwiderte. Du kannst mich mal, dachte Slentz. Hatte der Blaublüter ihm Anna nicht geschenkt? Also konnte er mit ihr anstellen, was er für richtig hielt. Im übrigen war er sich sicher, daß König Hans sich hüten würde, ihn, den Führer der mächtigen Großen Garde, noch mehr zu kränken, als bisher schon geschehen.

Er nahm, wie selbstverständlich, mit Anna die beiden Plätze neben Ahlefeldt ein, der zusammen mit Stabsführer Krummendiek den König flankierte.

Ahlefeldt erhob sich, das Gemurmel im Saal verstummte.

„Mit der Einnahme von Meldorf haben wir schon einen großen Erfolg errungen", sprach er zu den über dreißig Gästen. „Die Nachricht von der Eroberung der ehemaligen Hauptstadt Dithmarschens hat sich in Norddeutschland bereits wie ein Lauffeuer verbreitet. Man glaubt, der Krieg sei entschieden. Unser Sieg wird endlich wieder die Bedeutung des Adels als herrschende Kraft stärken. Der Herzog von Lüneburg hat schon ein Ultimatum an die Stadt Lüneburg gestellt und von ihr den gesamten Grundbesitz, die Gerichtsbarkeit und die Rechte der Salzgewinnung gefordert."

Alle klatschten Beifall, nur Slentz ließ die Hände auf dem Tisch ruhen. Spinner, dachte er. Noch ist Dithmarschen nicht besiegt.

„Deshalb soll die Festlichkeit heute eine Siegesfeier sein", fuhr Ahlefeld fort. „Euer König will sich bei euch bedanken. Er hat keine Kosten und Mühen gescheut, ein prunkvolles Festmahl darzureichen. Es gibt alles, was das Herz begehrt. Vergeßt Meldorf! Vergeßt die Toten! Denkt an euch Lebenden! Vergnügt euch! Eßt und trinkt, soviel ihr könnt! In zwei Tagen marschiert ohnehin wieder der Tod mit an eurer Seite."

Als Feinschmecker war König Hans stolz auf seine Küche, wurde sie doch von Köchen aus der ruhmvollen Kochschule des Königs Karls VII. geführt.

Plötzlich unterbrach lautes Stimmengewirr draußen vor der Tür die feierliche Stimmung. Eine Gruppe bewaffneter Hofgardisten führte einen Mann herein.

„Carsten!", rief Anna überrascht und freudig, sprang von der Bank auf, wollte zur Tür laufen, wurde aber von Slentz mit festem Griff am Arm daran gehindert. Der ahnte sofort, um wen es sich dort inmitten der Wachen handelte: Holm, Annas Mann!

Holm sah flehend zu Anna hinüber, wand sich vergeblich gegen die Umklammerung der fremden Hände. Dann atmete er innerlich auf: Ein Glück, sie war unverletzt. Sicher hatte sie in Meldorf auf ihn gewartet. Es schien ihr gut zu gehen, beruhigte er sich. Wie sonst wohl hätte sie sich so aufputzen können. Sie war schön wie eh und jeh, dachte er bewundernd. Aber wer war dieser häßliche Kerl mit der gräßlichen Gesichtsnarbe neben ihr? Bittend blickte er zum König hin. „Majestät, ich bin Carsten Holm, euer Mann im Dithmarscher Rat.“

König Hans erhob sich langsam, stemmte seine Arme vor sich auf den Tisch: „Laßt ihn frei! Komm zu mir an den Tisch, Holm!“ Holm ging auf König Hans zu, machte jedoch mit einem Mal eine Wendung zu Anna hin.

„Zu mir an den Tisch!“, herrschte ihn der König an. Holm und Anna zuckten gleichzeitig zusammen. Holm gehorchte.

Oben angekommen, fiel er vor dem König auf die Knie, huldigt ihm mit einem Kuß auf den Wappenring. So hatte er es als ehemaliger Gesandter Dithmarschens am Kopenhagener Hof gelernt. Und so etwas will Annas Mann sein? schoß es Slentz durch den Kopf.

Der König bat Krummendiek, seinen Platz für Holm zu räumen. Dann gab er den acht Trompetern hinter seinem Rücken das Zeichen zum Auftakt des Festmahls. Die schmetterten gleich ein melodisches Signal, auf das etwa zwanzig Höflinge auf großen, tragbaren Speisebrettern Gerichte und Getränke in vorgeschriebener Reihenfolge hereinschleppten.

„Ich hoffe, du bringst gute Nachrichten“, wandte sich der König wenig später mit vollem Mund an Holm. „Aber sprechen wir nachher darüber.“

Er sah seinen Gast verstohlen von der Seite an. So also sieht ein ehrenwerter Achtundvierziger aus, der sein eigenes Land verrät. Auch dieser Judas wird immer ein Judas bleiben, sagte er sich. Solche Leute sind nichts wert. Sie haben weder Grundsätze noch Charakter.

„Na, Holm, wann übergeben mir deine Bauern endlich ihr Land“, fragte König Hans während des Kauens unvermittelt seinen Nachbarn, der sich schon satt zurückgelehnt hatte.

„Überhaupt nicht. Die Landesversammlung hat den Krieg beschlossen.“

König Hans ließ die Rehkeule aus der Hand fallen, starrte Holm fassungslos an: „Das kann doch nicht wahr sein. Wollen die Dummköpfe wirklich ein zweites Meldorf? Ich hätte deine verdammten Dithmarscher für vernünftiger gehalten.“

„Das Massaker in Meldorf war ein Fehler.“

„Soso“, senkte der König drohend seine Stimme, „ein Fehler?“

„Es hat nur neue Empörung, Wut und Rachegefühle gesät und die alten noch weiter geschürt. Die Bauern, ihre Frauen, ihre Söhne und Töchter, sie alle stehen jetzt enger zusammen als je zuvor.“ Holm schilderte den Ablauf der Landesversammlung, verschwieg jedoch tunlichst die Rede seiner Tochter.

„Und was empfiehlst du mir zu tun, um deine Bauern so sicher wie möglich durchs ganze Land nach oben im Norden in die Eidersümpfe zu treiben?“ König Hans sah Holm dabei spöttisch an. In seinen Augen war ein gefährliches Leuchten, so jedenfalls schien es Holm. Und er empfand plötzlich Angst. Angst vor diesem Mann, der so jähzornig, gnadenlos und grausam sein konnte, wenn sich ihm jemand entgegenstellte.

„Majestät, ich habe eine sehr gute Nachricht für Euch.“ Unterwürfig beugte sich Holm zum König hin, als dürfe niemand in der nahen Umgebung seine Worte verstehen.

König Hans schaute ihn erwartungsvoll an.

„Der Weg durch die Marsch ist frei von Dithmarscher Truppen. Die Bauern erwarten Euch nicht von dort. Sie rechnen mit einem Angriff auf Heide von der anderen Seite, nämlich bei der Hamme. Der Bauernführer will die gesamten Streitkräfte dorthin verlegen. Ich rate Euch dringend, nehmt den Weg durch die Marsch nach Heide und überfallt den Ort von hinten. Das wird ein leichtes Spiel. Schon jetzt lade ich Euch als meinen Gast in mein Haus in Heide ein.“

König Hans verfiel einen Moment lang ins Nachdenken. Dann schaute er hoch: „Deine Nachricht ist Gold wert.“

„Wie darf ich das verstehen?“ Holm witterte Morgenluft. „Darf ich mir mehr als nur Hoffnung auf das versprochene Amt eines Landvogts von Norderdithmarschen machen?“

„Einen Judas kann ich dafür nicht gebrauchen.“ In den Worten des Königs war eisige Verachtung. Sie traf Holm bis ins Mark.

Eine dumpfe Ahnung lähmte für einen Moment seine Glieder.

Irgendwie wird nun Ungeheuerliches mit mir geschehen, dachte er atemlos. Er hatte in das Gesicht des Königs gesehen: Der schaute blicklos und kalt vor sich in den Saal. Dann hob er plötzlich unauffällig die Hand. Holm spürte sein Herz rasen. Zufällig sah er, wie der häßliche Narbenkerl neben Anna dem König zunickte, sein Gesicht zur Saaltür drehte und dort drei Landsknechten ein Zeichen gab. Die kamen zum Königstisch herauf und ergriffen von beiden Seiten Holms Arme.

Anna sah es von ihrem Platz aus und kreischte auf: „Carsten!"

Es traf sie wie ein Schlag: Drei Soldaten der Garde rissen Holm vom Stuhl und drängten ihn eilig und unauffällig zwischen den fröhlichen Gästen hinaus.

54

Sonntag, 16. Februar

„Sag's auch den Ratsmännern hier, was König Hans vorhat!" Isebrand stieß dem Gefesselten kräftig in die Seite.

Das schmale Gesicht des Mannes verzog sich unmerklich, der Kopf mit dem struppigen Vollbart und dem flachsblonden Haar fiel kraftlos zur Seite, Augen und Mund standen starr offen. Den nackten Oberkörper bedeckten blutunterlaufene Striemen. Harder Ikens, der friesische Späher des Dänenkönigs, war von Dithmarscher Kundschaftern gefangen, gefoltert und ins Hauptquartier vor den Kriegsrat geschleppt worden, um dort seine Aussagen vom frühen Morgen zu wiederholen. Seinen Begleiter, ebenfalls Späher wie er, hatten die dithmarsischen Verfolger im Kampf getötet.

„Johann I. wird mit seinem Heer Montag früh durch die Marsch aufbrechen und euch Bauernschweine in die Eidersümpfe treiben."

Clawes Junge sprang wütend von der Bank auf, hastete um den Tisch, an dem die anderen Achtundvierziger saßen, und schlug dem Gefangenen mit der Faust ins Gesicht. „Das war für die Bauernschweine", zischte er den Späher an.

„Von wem hast du die Nachricht", fragte Isebrand scharf.

„Von Feldmarschall Ahlefeldt, der uns auch befohlen hat, den vorgesehenen Vormarschweg zu erkunden."

„Bringt ihn wieder in den Keller", sagte Hans Boje zu den beiden bewaffneten jungen Männern, die Harder Ikens hereingebracht hatten. Die Gruppe verschwand.

„Ihr seht, unser ahnungsloser Holm hat ganze Arbeit geleistet", wandte sich Iseband ironisch an die Ratsmänner. Er hatte gerade das Geheimnis um Holm und Anna gelüftet und alles über ihren Verrat offengelegt. Die Achtundvierziger waren fassungslos. „Und wir haben Holm blindlings vertraut." Betreten und verlegen bot Pawel Wyderick für sich und die anderen ehemaligen Befürworter der Kapitulation Isebrand um Vergebung. Der machte kein Aufhebens von der Sache, hatte er doch nun alle Ratsmänner auf seiner Seite. Sie waren von seinem Scheinplan begeistert, lobten sein taktisches Schweigen über Holm und huldigten ihm als Bauernführer in überschwenglicher Weise. Sie sprachen ihm alle Freiheiten zu und übertrugen ihm sogar alle Befehlsgewalt über das Bauernaufgebot.

„Schon bevor König Hans mit seinem Heer bei Hemmingstedt die Geesthöhen erklommen hat", entwickelte Isebrand seine Vorstellungen, „muß die Abwehr erfolgen." Er beschrieb den schon vorsorglich erkundeten Klei-Hügel als ideale Wegesperre. Sie müsse quer über die Landstraße zur Schanze aufgeworfen und an dessen Fuß durch einen tiefen und breiten Graben verstärkt werden. Zusätzlich würden vereinzelt kleinere Sperrbefestigungen an Nebenwegen und weiteren wichtigen Punkten in der Marsch notwendig sein. Besonders gesichert werden müßten alle Deichschleusen zwischen Barsfleth und Ketelsbüttel. „Wir werden zum richtigen Zeitpunkt die Schleusen öffnen und die gesamte Marsch fluten, während wir oben auf der Schanze im Trockenen sitzen und von dort aus das Kampfgeschehen bestimmen."

Gebannt lauschte der Rat seiner Beschreibung, bis die Männer Isebrand schließlich hochgestimmt feierten. Einige von ihnen erinnerten sich an seine leidenschaftliche Rede vor der Landesversammlung. Diese und das beeindruckende Freiheitsbekenntnis des Volkes hatten auch die letzten Bedenken gegen einen Kampf ausgeräumt.

55

„Die Entscheidung habe ich bereits gestern endgültig getroffen. Sie steht ein für allemal!“ König Hans drehte sich ruckartig auf seinem Absatz herum, schaute die vor ihm stehenden Offiziere zornig der Reihe nach an und schlug mit der Handfläche nervös gegen seinen Oberschenkel.

„Morgen früh marschieren wir los, durchstoßen auf dem Landweg die Marsch bis Hemmingstedt, nehmen Heide ein und treiben die Bauern auf der Straße nach Lunden vor uns her bis in die Eidersümpfe. Und das alles an einem Tag!“ Herausfordernd sah er Slentz an: „Keine Widerrede mehr. Es ist genug geschwätzt worden.“

Vor allem die Kapitäne der Großen Garde mit ihrem Obersten Slentz hatten alles Mögliche unternommen, den König noch in letzter Minute umzustimmen. Ihnen waren die Marsch als Kriegsschauplatz und auch freie Bauernschaften durch mehrere Schlachten in der Vergangenheit bestens vertraut. Bei diesem Angriffstermin während des Tauwetters erschien ihnen das Unternehmen wegen der aufgematschten Marsch und der beinahe vollen Wassergräben völlig aussichtslos.

Eine Abordnung der Gardekapitäne hatte sogar versucht, den Herrscher über Herzog Friedrich, den Bruder des Königs, umzustimmen. Denn auch Friedrich hatte große Bedenken. Doch alle Anstrengungen waren vergebens.

Selbst Ahlefeldt, der engste Berater des Königs, und einige einflußreiche Adlige sprachen sich gegen den Weitermarsch am Montag aus. Besonders die Führer der Ritterschaft protestierten, denn ihre große, gepanzerte Reiterei war auf einem solch nassen Kleiboden bewegungsunfähig. Außerdem wäre jeder Einsatz schwerer Kanonen unmöglich, warnten sie.

König Hans jedoch blieb hart. Je mehr auf ihn eingeredet wurde desto mehr verfestigte sich sein Entschluß. Die massiven Bemühungen vor allem der maßgeblichen Landsknechtsoffiziere verstärkten seinen Verdacht: Die Garde wollte nur den Kriegsverlauf verlängern, um mehr Soldzeit zu gewinnen. Er war sich seiner Sache sicher: Die Übermacht seines Heeres würde die Schwierigkeiten durch das schlechte Winterwetter und die aufgeweichte Marsch mehr als ausgleichen. Also, was wollten diese Hasenfüße nur? Schließlich war er der Feldherr und bestimmte, was getan würde.

„Slentz wird mit seiner Garde die Heeresspitze übernehmen", befahl er. „Dann folgen Ahlefeldt mit Landwehr und Reiterei, danach Hauptmann Weigen mit den Geschützgruppen, und den Schluß bildet der Troß."

„Nun, dann wohl an, bringen wir die Sache zu Ende", fand sich Gardekapitän Eutz Beck mit der Lage ab. Er war des Streitens inzwischen müde, ebenso wie die anderen, die sich dem Starrsinn des Königs fügten.

Der fuhr fort: „In Meldorf belassen wir fünfhundert Landsknechte, die uns den Rücken gegen die Bauern aus dem Süden des Landes freihalten." Dann wandte er sich wie nebenbei an Slentz: „Was macht eigentlich dieser Holm?"

„Wir werden ihn ganz vorn in der ersten Reihe vor uns hertreiben, damit seine Dithmarscher ihn gleich mit Schwerthieben begrüßen können – falls wir überhaupt auf die Bauern treffen sollten." Beide lachten selbstgefällig. „Und seine schöne Frau?", fragte der König schmunzelnd. „Die wird auf meinem Beutewagen ganz hinten im Troß sitzen, wenn es morgen früh losgeht – als meine Glücksbringerin." Die Vorstellung schien König Hans zu belustigen. Kichernd klopfte er Slentz auf die Schulter.

56

Ähnlich einem Monument der Unvergänglichkeit ruhte die Anhöhe des Kleis in der sinkenden Nacht gespenstisch in sich – wie jedesmal in der zurückliegenden Ewigkeit, wenn ein Tag still verging. Doch diesmal war alles anders als in den tausenden Jahren zuvor. Viele unruhig flackernde Feuer auf dem niedrigen Hügel verliehen der Bodenerhebung zusätzlich Dämonenhaftes. Spitze Flammen stießen wie böse Geister Lichtspieße in die Finsternis über der Marsch. Fortwährend suchten sie neue Helligkeit zu erobern. Die behäbige, dichtverschlossene Dunkelheit aber ließ dies ungerührt und stumm über sich ergehen. Ihr gestandenes Recht auf nie endende Wiederkehr gewährte dem Feuerlicht nur einen kläglichen Schein in die nahe Umgebung. Schwere Regenwolken, die ein steifer Nordwestwind tief über die Erde vor sich herjagte, schwärzten obendrein mit ihren Nachtschatten den Umkreis der Feuerstellen ein. Nur schemenhaft war deshalb der Klei zu erkennen, der von Isebrand zum Schicksalshügel im Kampf um Dithmarschens Freiheit bestimmt und nun Schauplatz ungewöhnlicher Erd- und Befestigungsarbeiten geworden war.

Er baute hier mit vierhundert Bauern eine Schanze gegen das dänisch-holsteinische Heer.

Schon am nächsten Morgen sollte der Gegner an dieser Stelle aufgehalten werden. Isebrand hoffte auf Verstärkung schon im Laufe der Nacht. Schließlich würden die Männer hier nicht stundenlang körperlich schwer schuften können und dann als kleiner, unausgeruhter Haufen einen übermächtigen Feind von über zwölftausend Kriegern schlagen können.

Mehr als die vierhundert Bauern aber hatte er für die ersten Stunden der eilends eingeleiteten Vorbereitungen nicht mobilisieren können. Während Meldereiter des Kriegsrats über das ganze Land ausschwärmten, um möglichst alle Kräfte des Bauernaufgebots zur Kleihöhe bei Hemmingstedt zu rufen, hatte Isebrand nebenan auf der Abenwurth unter den nacheinander eintreffenden Gruppen die Aufgaben verteilt.

Besonders freute ihn, daß sie als zusammengehörige Truppenverbände verschiedener Geschlechter auftraten. Sogar die Feldzeichen mit ihren Geschlechterwappen führten sie mit sich.

Isebrand eröffnete ihnen seinen sorgfältig durchdachten Plan in allen Einzelheiten. „Auf dem kaum zwei Mann hohen Klei muß ein möglichst langer, schußsicherer Schutzwall angelegt werden. Er soll sowohl unseren Kämpfern als auch den Geschützmannschaften Deckung vor Angriffen der Dänen und deren Fernwaffen bieten.“

„Soll das etwa die einzige Sicherung unserer Stellung sein?“, fragte Hinrick Dankwert, der die Männer aus dem Geschlecht der Bodingmannen anführte.

„Unsinn“, antwortete Isebrand. „Um die Abwehrstellung gegen einen Frontalangriff zu sichern, muß zusätzlich ein langer, tiefer, breiter Graben ausgehoben werden. Er soll unten am Fuß der Erhebung und mitten durch den Marschweg aus Meldorf verlaufen.“

„Ich vermute wohl richtig, daß er an den Priellauf von Ketelsbüttel herüber angeschlossen wird?“

„Ja, genau. Die nächsten sechs Stunden haben wir Ebbe und danach wieder die gleiche Zeit auflaufendes Wasser. Im glücklichsten Fall erreichen uns die verdammten Dänen genau bei Wasserhöchststand. Wir öffnen dann die Schleusen und fluten die Marsch. Gönnen wir doch König Hans genau vor unserer Schanze ein erfrischendes Bad im Meerwasser.“ Alle lachten herzhaft. Die Freude jedoch war nur von kurzer Dauer. Wer wußte schon, ob man das Königsbad überhaupt erleben würde, dachten einige unsicher.

„Und wohin mit dem anfallenden Kleiboden?“

„Er wird zu einem Hinderniswall entlang des Grabens zur Feindseite hin aufgeschüttet. Außerdem brauchen wir ihn auch für den Schutzwall auf dem Hügel. Für das Flechtwerk müssen Pfähle, Balken, Bretter und Reisigmatten mit Pferdewagen herangebracht werden. Am besten du, Knud Flake, übernimmst das mit deinen Männern.“ Der nickte.

„Auch sollen Säcke mit Sand von der benachbarten Abenwurth gefüllt werden, um den Wall zu verstärken“, fuhr Isebrand fort. Er sah dabei Karsten Mommsen aus Oldenwöhrden an. Ebenfalls ein kurzes Nicken.

„Um die offenen Feuerstellen ausreichend mit Holz zu versorgen, müssen Berge davon gestapelt werden. Wir müssen auch reichlich Schießpulver und Vollkugeln für unsere leichten und mittelschweren Kanonen herbeischaffen. Am besten aus unseren Waffenlagern in Hemmingstedt und Oldenwöhrden.“

„Wieviele Geschütze hast du schon hier“, fragte Hindrick Teissen aus Hemmingstedt. Er war an Kanonen ausgebildet und kannte sich mit dieser Art von Fernwaffen gut aus.

„Fünfzehn leichte und mittelschwere. Unsere schweren Kanonen kriegen wir nicht durch den weichen Marschboden. Die würden darin versinken. Er ist schon zu tief getaut."

„Nun, Männer, an die Arbeit!", rief Hinrick Dankert voller Tatendrang.

Zuvor hatte Isebrand drei Kundschaftertrupps in die Nähe von Meldorf geschickt. Dort sollten sie mögliche Späher des Dänenkönigs rechtzeitig abfangen, damit die Schanzenarbeiten unentdeckt blieben. Außerdem waren sieben Trupps zu verstreut liegenden, taktisch wichtigen Punkten in der Marsch unterwegs. Sie sollten zur Vorsicht zusätzliche kleine Befestigungen errichten und besetzt halten. Besonders wichtig erschien Isebrand dabei die Bewachung der Schleusen an den Seedeichen zwischen Barsfleht und Ketelsbüttel. Auch um die Sicherheit der kleinen Deichstrecken entlang der größeren Priele, die sich teilweise weit ins Land hineinzüngelten, war er besorgt.

Es dauerte nicht lange, und schon bald hasteten Männer kreuz und quer durcheinander wie Ameisen auf ihrem Bau. Über hundert von ihnen hackten und schaufelten am Fuß der Anhöhe den Graben aus, dem auch der Weg zum Opfer fiel. Andere trugen keuchend und schwitzend nasse Erde in Holzkübeln den Hang hoch und kippten ihn an den Wall. Wieder andere zogen mit allen Kräften klobige Kastenschlitten, gefüllt mit feuchtglänzendem Kleiboden, an Seilen über glitschige Furchen den Hügel hinauf. Tief gebeugte Männer schleppten ächzend auf ihren Schultern prall mit Sand gefüllte Säcke von der Abenwurth herüber. Mehrere Bauern rammten mit wuchtigen Hammerschlägen Pfahl um Pfahl in den Boden, andere flochten Reisigbündel darum. Große und kleine, mit Befestigungsmaterial beladene Karren und Pferdewagen kamen unter lauten Flüchen der Fuhrleute nur langsam voran. Und auf der Rückseite des Hügels plagten sich mehrere Trupps aus jeweils zehn bis fünfzehn Geschützleuten damit herum, unter gegenseitigen Anfeuerungsrufen Geschützrohre, die dazugehörigen Lafetten sowie Pulvertonnen und Kästen voller Kanonenkugeln die Erhebung hinaufzuschaffen und oben in Stellung zu bringen.

Isebrand, der in dem Gewimmel von schuftenden Menschen ständig unterwegs war, traute seinen Augen nicht. Wie angewurzelt blieb er stehen: Vor ihm standen Telse und Wibke Eveken. Erwartungsvoll schauten sie ihn an, als erwarteten sie einen Freudenschrei von ihm.

Danach aber war ihm ganz und gar nicht zumute. „Ihr schon da?“, fragte er überrascht. „Ich habe euch erst morgen früh erwartet. Wolltet ihr nicht Verwundete versorgen und beim Laden der Feuerwaffen helfen? Was wollt ihr denn jetzt schon hier?“

„Mithelfen“, antwortete Telse knapp.

Skeptisch sah Isebrand sie an. „Ich glaube nicht, daß Frauen hier bei der schweren körperlichen Arbeit mithalten können.“ Er hatte hinter den beiden, etwas weiter entfernt, eine längere Kolonne von Frauen entdeckt, die, mit brennenden Fackeln in der Hand, gespannt herüberblickten.

„Was ihr Männer könnt, können wir Frauen schon lange“, erwiderte Wibke Eveken schnippisch und warf ihr üppiges, kupferrotes Haar stolz in den Nacken. Telse stimmte ihr zu, ebenso kämpferisch wie ihre Mitstreiterin.

Isebrand bewunderte sie insgeheim für ihre ungebrochene Kraft. Erst gestern hatte sie eine furchtbare Wahrheit erfahren, dachte er, nun stand sie schon wieder aufrecht da: Selbstbewußt und voller Energie. Oder tat sie nur so?

Blitzartig kamen Isebrand Bedenken. Hatte Telse den Schock über ihre Eltern wirklich so glatt wegstecken können, wie es den Anschein hatte? Unmöglich! Er kannte sie einfach schon zu lange und zu gut, als daß sie ihn über ihre wahren Gefühle hätte täuschen können. Besorgt suchte er ihren Blick, fand ihn, schaute sie durchdringend an. Und erschrak.

Statt der gewohnten strahlenden Freude und heimlichen Zuneigung, die er bei ihr stets mit einigem Herzklopfen wahrgenommen hatte, entdeckte er jetzt befremdlichen Unwillen. Es schien ihm, als hätte sie einen Schutzwall um sich errichtet, den niemand wagen sollte zu überschreiten. In ihrem Blick sah er so etwas wie Trotz, Ablehnung und Verweigerung gegen alles und jeden. Daß sie ihr tatsächliches Wesen dermaßen entschlossen zu verleugnen suchte, kam für ihn unerwartet.

Entsetzt bildete er sich ein, in ihren Augen sogar so etwas wie stille Todessehnsucht zu entdecken. Diese vermeintliche Enthüllung ihrer verletzten Seele erschütterte ihn. Telse würde sich vermutlich niemals mehr von dem schweren Schlag erholen, den ihre Eltern ihr versetzt hatten. Sicher empfand sie deren Verlogenheit als persönliche Demütigung, den Verrat als ewige Schande und die Flucht zu den Todfeinden Dithmarschens als nie zu verzeihende Schmach.

„Denk daran“, riß Wibke Eveken Isebrand aus seinen Gedanken, „wenn wir mit anpacken, könnten deine Männer zwischendurch mal ausruhen. Schließlich müssen sie morgen im Kampf alles geben.“

Isebrand zögerte einen Augenblick, nickte aber dann: „Nun gut, laßt euch einweisen.“

Wie zum Zeichen des Sieges, reckten Telse und ihre Begleiterin ihre Fackeln in die Luft. Hinter ihnen brach lauter Jubel aus.

57

Montag, 17. Februar

„Carsten!“, schrie Anna. „Hier! Sieh hier herüber! Ich bin's, Anna!“ Und dann schrie sie erneut: „Carsten! Hier!“

Doch Holm hörte die Schreie nicht. Sie gingen im Lärm des Heeresaufbruchs unter. Die Soldaten des Dänenkönigs verließen gerade Meldorf und stiegen auf dem Landweg nach Hemmingstedt in die Marsch hinab.

In einer der vorderen Reihen trieben zwei Landsknechte Holm mit Hellebarden brutal vor sich her. Bei jedem Stoß taumelte der Gefangene schrittweise nach vorn. Dabei stolperte er oft und mühte sich, auf den Beinen zu bleiben.

Anna beobachtete ihn von Slentz' Beutewagen aus. Zusammen mit anderen Troßfahrzeugen stand er aufgereiht an einem Straßenrand der Stadt. Dort warteten die Fahrer auf den Marschbefehl.

Als Holm und seine Peiniger an Anna vorbeikamen, stürzte er im selben Augenblick zu Boden. Verzweifelt sah sie ihm zu, wie er sich schwerfällig aufrichtete. Sie zitterte am ganzen Leib. Immer wieder rief sie durch die schmale Öffnung der Wagenplane seinen Namen. Vergebens. Die Luft war mit ohrenbetäubenden Geräuschen erfüllt.

Landsknechtstrommeln dröhnten unter gleichmäßigen Taktschlägen. Schweizerpfeifen trillerten unbeirrt in einem fort. Soldaten verfluchten den Krieg und verwünschten die Dithmarscher Bauern. Und den Dänenkönig dazu. Die Rüstungen der schweren Reiterei schepperten und knirschten bei fast jedem Pferdeschritt. Wagenräder ächzten in den Schlaglöchern. Fahrer knallten mit Peitschen oder schlugen mit dicken Reisigzweigen auf Zugpferde ein. Die Rösser fuhren erschrocken hoch und wieherten voller Angst. Marketenderinnen, die auf hohen Karren saßen oder nebenherliefen, lachten und kreischten. Anführer schrien Befehle. Fahnen und Wimpel knatterten im Wind. Hunde kläfften alles und jeden an. Und zwischen all dem Krach schlurfte der Marschtritt der Kolonnen.

Ihren Mann hatte Anna schon von weitem erkannt – obwohl er einen Wams und schwarzweißgestreifte Pluderhosen trug, wie alle anderen Gardesöldner auch. Nur hatte er weder einen Harnisch an noch einen Helm auf. Bestimmt war er gezwungen worden, die Landsknechtkleidung anzuziehen, dachte Anna verstört. Wie erniedrigend für ihn, dachte sie voller Mitleid. Angst um ihn kroch in ihr hoch. Die steigerte sich, je weiter sich Holm und seine Peiniger aus ihrem Blickwinkel entfernten.

Mit einem Mal packte Anna eine dunkle Ahnung: Bestimmt würde sie ihren Mann nicht mehr lebend wiedersehen! Sie faltete die Hände, sank auf die Knie. Oh, Herr, was habe ich nur getan, daß du mich so bestrafst? Glaub mir, das habe ich nicht gewollt, schwor sie inbrünstig. „Vergib mir, oh, Herr“, rief sie laut und hob die Augen zum Himmel. „Erbarme dich meiner. Laß meinen Mann nicht sterben! Laß mich meine Tochter wiedersehen! Und laß mich sie bald wieder in die Arme nehmen können!“

Panik ergriff sie. Wie von Sinnen riß sie die Plane aus Tierhäuten auf, setzte das rechte Bein zum Sprung vom Wagen an – und wurde nach hinten auf die Ladefläche zurückgerissen. Die beiden Fahrer des Beutewagens hatten noch rechtzeitig zugegriffen. Slentz hatte ihnen mit dem Tod gedroht, falls Anna nur das Geringste zustoßen würde. Die Männer richteten sie vom Boden auf und schauten sie betreten und unbeholfen an. Denn sie weinte laut und hemmungslos und schien in ihrem Leid völlig aufgelöst.

Draußen auf der Straße ordnete sich ein Truppenverband nach dem anderen in die Schlange der schon vorausmarschierenden Einheiten ein. Die Landsknechte der Großen Garde führten die Streitmacht an. Ihnen folgten Landwehr und Ritterschaft. Geschütztruppen und Troß warteten noch in Meldorf auf das Zeichen zum Aufbruch. Auch König Hans weilte mit seinem Hofstaat und führenden Stabsoffizieren in mehreren Prunkwagen am Ende des Zuges nahe beim Kloster. Unterdessen hatte der größte Teil des Heeres über die Hälfte der gewundenen Straße nach Hemmingstedt schon hinter sich.

Die Spitze des Zuges hatte Slentz mit einer seiner drei Gardegruppen übernommen. Jede seiner Kompanien führte leichte, geländegängige Feldgeschütze auf Rädern und Lafettenschlitten mit sich. Mehrere Pferdewagen, davon einige mit Kufen für stark aufgeweichte Böden, waren mit Brettern und Reisigmatten beladen. Für den Fall einer Feindberührung in der Marsch sollten sie über die Wassergräben ausgelegt werden. Außerdem zogen einige Söldner auf kleinen Karren und Kastenschlitten große Mengen Nahkampfwaffen für Landsknechte hinter sich her.

Schon nach wenigen hundert Metern außerhalb Meldorfs war Slentz und seinen Leuten klar geworden, wie unsinnig der Marschbefehl des Königs war. Denn schon am frühen Morgen hatte das tückische Grau der wolkenverhangenen Landschaft einen unberechenbaren Gegner angekündigt: Den Nordweststurm.

Nach kurzem Abflauen in der Nacht war er von neuem aufgefrischt. Doch niemand hatte die ungeheure Gewalt vorausgeahnt, mit der er sich nun am späten Vormittag austobte. Orkanartig fiel er über die enggeschlossenen Reihen der Truppen her.

Mit höllischer Urkraft peitschte der Sturm den Landsknechten unter dahinjagenden Wolken abwechselnd Schneeregen und Hagel direkt von vorn ins Gesicht. Knöcheltief sanken ihre Beine in die aufgetaute, zähe und sich festsaugende, schwere Kleierde der Landstraße ein. Nur vier bis sechs Soldaten fanden auf dem leicht erhöhten Dammweg nebeneinander Platz. Und zu beiden Seiten lag tief und feucht die Niederung. Fahrzeuge und Pferde waren über und über mit Schlamm bedeckt. Kleidung und Harnische der Soldaten starrten vor Nässe und Kälte. Nur die Trommler und Pfeifer musizierten unentwegt und kämpferisch gegen das Heulen des Windes an. Und der junge, vorneweg marschierende Fähnrich schwenkte stolz, unerschütterlich und verbissen das Banner der Garde mit den vier blauen, brüllenden Löwen auf gelbem Grund.

Nur wenige Schritte hinter ihm, in der dritten Reihe der Marschkolonne, konnte sich Holm kaum noch auf den Füßen halten. Die fortwährenden Stöße der Hellebarden in den Rücken, die vielen Stürze in den Schlamm, die bis auf die Haut durchweichte Kleidung und die verfrorenen Glieder, alles das hatte ihn übel zugerichtet. Manchmal glaubte er sich einer Ohnmacht nahe. Doch immer wieder gelang es ihm, der beständigen Versuchung zu widerstehen, sich aufzugeben. Schließlich hatte er sich beim Aufbruch aus Meldorf fest vorgenommen, während des Marsches nach Heide zu fliehen.

Die Kraft für diesen Entschluß gab ihm der unbändige Haß auf den Dänenkönig. Holm fühlte sich von ihm gedemütigt und erniedrigt, heimtückisch und unverschämt ausgenutzt und dann wie ein Stück Dreck weggeworfen. Glaubte dieser Oberdäne etwa, er würde sich ungestraft als Hüter moralischer Werte aufspielen können, nur um ihn um den gerechten Lohn zu bringen?

Er schwor sich, König Hans alles heimzuzahlen, sollte er diesen Krieg gesund überstehen.

„He, schlaf nicht ein!“, hörte er hinter sich einen Landsknecht fluchen und spürte gleich einen Stoß in die Seite. Der war so heftig, daß er beinahe wieder gefallen wäre.

Holm geriet in Wut, kühlte sich aber gleich wieder ab. Erneut versank er in Gedanken an seine Spionagetätigkeit. So sehr er auch über den Verrat nachdachte, er fand keinen einzigen Grund, sich schuldig zu fühlen. Schließlich hatte er doch nur seiner Familie und auch allen anderen im Lande das Leben retten wollen. Das konnte doch nicht verwerflich sein, sagte er sich immer wieder. Oder wollte er sich wirklich nur rechtzeitig als Kriegsgewinnler auf die Siegerseite schlagen, wie ihn seine Tochter verdächtigt hatte?

Jedenfalls hatte er für alles einen hohen Preis zahlen müssen: Seine Familie zerrissen, Anna als Gefangene des Königs, Telse als

Freiheitskämpferin irgendwo im Land mit diesem Isebrand unterwegs und er selbst wie ein Tier von üblen Landsknechtgesellen gestoßen und getreten, dazu arm wie eine Kirchenmaus und ohne Vaterland.

Ein gräßlicher Schmerz durchfuhr Holms Hinterteil. Ein Tritt von einem dieser Kerle mußte ihn getroffen haben. Bäuchlings flog er mit dem Gesicht in den aufgewühlten Matsch. Grölendes Lachen erinnerte ihn daran, daß er im Augenblick nichts anderes war als ein Häuflein Elend.

Wenn nicht bald ein Wunder geschah, würde er in den Klauen dieser Ungeheuer sterben. Sollte er ihnen einfach an die Gurgel springen?

58

Die Spannung auf der Schanze wuchs ins Unerträgliche.

Vierhundert Männer und hundert Frauen starrten wie gebannt auf den schwarzgrauen Heerwurm, der wie ein gefräßiges Ungeheuer langsam aus der Ferne auf sie zukroch.

Sie standen dicht nebeneinander hinter dem Wall auf dem obersten Schanzenrand. Ihr Blick reichte weit über die tiefer liegende Marsch. Die Landstraße, auf der sich die feindliche Streitmacht näherte, führte nach einer leichten Biegung genau auf sie zu.

Isebrand, der etwas erhöht auf einer Kugelkiste für Feuerwaffen stand, spürte Unruhe in sich aufsteigen. Nun stand der Augenblick unmittelbar bevor, den sein Kriegsplan so gewollte hatte und der über Freiheit oder Knechtschaft des Landes entscheiden würde! Sein Herz schlug schneller als üblich. Daß es allen auf der Schanze ebenso ging wie ihm, dessen war er sich sicher.

Prüfend und auch ein wenig stolz schaute er noch einmal auf die frisch ausgeworfene Senke am Fuße des Hügels. Wie abgeschnitten endete dort unten die Straße aus Meldorf. Ähnlich einem Burggraben wand sich die Ausschachtung schützend um die Anhöhe. Isebrand schätzte die Länge auf etwa hundert und die Breite auf zehn Schritte. Vom Boden bis zur Oberkante war sie etwa mannshoch.

Die feindliche Heersäule wälzte sich immer näher heran. Isebrand konnte weder auffällige taktische Bewegungen noch außergewöhnliche Befehlssignale der Trommler und Pfeifer entdecken. Die stumpfsinnige Taktmelodie drang im Gegenwind bereits leise zu ihm durch.

Sie sind völlig ahnungslos, durchfuhr es ihn freudig erregt.

Allmählich erkannte er auch die Umrisse von Fahnen und Reitergestalten. Sie bewegten sich zwischen den Köpfen der Fußtruppen ungleichmäßig auf und ab und hin und her.

Er warf noch einen letzten Blick auf den Kampfplatz und die Besatzung der Schanze, auf der er die wenigen verfügbaren Kräfte zu einer möglichst wirksamen Schlachtordnung aufgestellt hatte. Mehrere kleine Sturmverbände standen hochgerüstet und angriffsbereit in kurzen Abständen voneinander entfernt. Sie trugen Harnische und Helme und als Nahkampfwaffen Dolche, Schwerter, Streithämmer, Äxte, Hellebarden und dithmarsische Springspieße.

Zwischen den einzelnen Verbänden ragten Kanonenrohre über den Ringwall hinweg. Sie gehörten zu den zwölf leichten und mittelschweren Feldgeschützen auf Rädern oder Standlafetten, die von jeweils vier bis sechs Kanonieren bedient wurden. Alle Rohre waren geladen und auf die Landstraße gerichtet. Um die Kanonen herum gruppierten sich kleinere Bauernhaufen mit Armbrüsten und Hakenbüchsen. Hinter den Geschützen brannten über zwanzig Feuer, die fortlaufend Glut für die Lunten liefern sollten.

„Der Wind steht günstig“, rief Isebrand Telse zu, die mit drei weiteren Frauen neben einer Kanone in der Mitte des Walls stand.

Diese Feststellung war eine jener typischen Belanglosigkeiten, die Menschen manchmal verlegen von sich geben, wenn Gefahr im Anzug ist und sie wie mit hilfeheischender Hand Kontakt zu einem lieben Menschen suchen.

Telse nickte zustimmend. Wie von einer geheimnisvollen Macht angezogen, hatten beide gleichzeitig über die Köpfe der anderen hinweg ihre Blicke gesucht. Als die sich fanden, erschraken sie. Es war, als wüßte jeder von ihnen, was der andere im selben Moment dachte – nämlich, daß sie beide bald gemeinsam sterben oder für immer frei sein würden.

Telses Frauen sollten während des Gefechts mithelfen, Geschütze, schwere Hakenbüchsen und vor allem Armbrüste zu laden. „Genauso, wie ihr es bei Pater Grove gelernt habt", hatte Isebrand erklärt. „In der Hauptsache aber versorgt und verbindet ihr unsere Verwundeten." Dafür hatten die Frauen auch schon zwei Karren voll sauberer Leinentücher mitgebracht.

Isebrand setzte sein dickbauchiges, langes Fernrohr ans rechte Auge und versuchte, sich ein genaueres Bild vom heranrückenden Gegner zu machen. Plötzlich schärfte er seinen Blick: Durch das Glas sah er einen hünenhaften Reiter in goldglänzender Rüstung von hinten den Heereszug entlang nach vorn reiten.

Slentz, schoß es ihm durch den Kopf. Ja, das mußte er sein! Sein Todfeind!

Er spürte, wie eine seltsame Ruhelosigkeit von ihm Besitz ergriff. Sie mischte sich mit einem beinahe unbezähmbaren Drang, diesen Menschen zu töten. Erschrocken über sich selbst, wandte er sich hastig an Wiemerstedt, um sich abzulenken. Der war gerade, zusammen mit Groth, an seine Seite getreten.

„Ich erkenne zwei baumlange Kerls den anderen weit vorausreiten", erläuterte Isebrand, ohne auf Slentz einzugehen. „Vermutlich Späher. Dahinter die Vorhut des Heeres."

Wiemerstedt und Groth merkten Isebrand die heimliche Erregung an. Auch sie spürten, wie sich die Spannung in ihnen immer mehr anstaute.

„Wie sieht es mit der Ankunft unserer Bauernaufgebote aus dem ganzen Land aus?", fragte Isebrand.

„Nicht besonders gut", antwortete Wiemerstedt. „Zwar sind alle Kirchspiele verständigt. Und sie haben sofort ihre Truppen hierher zur Schanze in Marsch gesetzt. Doch wann und ob sie überhaupt rechtzeitig hier sein werden, steht noch in den Sternen."

„Verdammt", fluchte Isebrand verärgert. „Wenn sie zu spät kommen, sind wir verloren. Vierhundert gegen zwölftausend Mann, das kann nicht gutgehen!"

59

Die Beine des Pferdes, das Slentz ritt, sanken bis weit über die Fesseln in den grundlosen, zähen und glitschigen Boden ein. Vollrüstung und Waffen des Reiters lasteten schwer auf seinem Rücken. Bei jedem Schritt hatte es große Mühe, die Hufe aus der festsaugenden Kleierde herauszuziehen. Der starke Sturm und die ständigen Regenschauer von vorn erhöhten zusätzlich die Unruhe und Angst des Tieres.

Slentz trieb das Pferd dennoch immer wieder ungeduldig an. Wütend über diesen Tag, der ihm die ganze Kriegslust verdarb, schlug er ihm mit der Gerte anfeuernd in die Seite. So schlängelte er sich an den völlig durchnäßten, frierenden, verdreckten und fluchenden Landsknechten vorbei bis an die Spitze der Garde. Die war nach zwei Stunden inzwischen über Epenwöhrden und durch das Schweinemoor bis in Höhe der Abenwurth vorgerückt.

„Na, Achtundvierziger, fühlst du dich im Dreck deines Vaterlandes wohl?", höhnte Slentz.

Holm hatte sich gerade, auf allen Vieren kriechend, aus dem Matsch aufgerichtet, in den ihn seine Bewacher gestoßen hatten. Er japste nach Luft, hatte die Augenlider halb geschlossen, den Mund kraftlos geöffnet und konnte kaum stehen, geschweige denn gehen. In der letzten Stunde hatten die Landsknechte ihn sich gröhlend und lauthals lachend gegenseitig zugestoßen, ihn geschlagen, getreten, zu Boden gerissen und sich an seiner Hilflosigkeit ergötzt.

Holm schaute mühsam hoch und erkannte hinter dem hochgeklappten Visier das narbige Gesicht des Mannes, mit dem Anna beim Festmahl des Königs zusammengesessen hatte.

„Häßliche Fratze, geh zur Hölle!" Mühsam versuchte Holm ein hämisches Lächeln.

„Macht den Verräter fertig!", schrie Slentz wütend.

Freudig holten die Landsknechte zum wuchtigen Stoß mit den Hellebarden aus – und stockten plötzlich in ihren Bewegungen.

Weit vor ihnen auf dem Hügel hatte es im Regen aufgeblitzt.

Ein dumpfes Donnern rollte über die halbdunkle, wolkenverhangene Marsch.

Geschützdonner! durchfuhr es alle.

Die Soldaten erstarrten, blieben auf der Stelle stehen, stierten zur Anhöhe hin.

„Die verfluchten Bauern!“, brüllte Slentz. Tausend Gedanken schossen ihm durch den Kopf. Dort vorn die Dithmarscher? So hoch oben? Wieso …? Dann die böse Ahnung: „Sie haben uns in die Falle gelockt!“

Er hörte ein krächzendes, leises Lachen. Es war Holm. Nur vier Schritte neben ihm hockte der völlig Erschöpfte auf Knien im Schlamm. „Dieser Schurke von Isebrand hat uns alle genarrt“, begann Holm zu kichern. „Er hat mich und ebenso euren König reingelegt.“ Als wäre er nicht bei Verstand und ganz allein auf der Welt, gluckste er unaufhörlich vor sich hin. Dabei besah er fortwährend seine Handflächen. Die waren über und über mit Kleierde bedeckt. Er begann damit, sich den Schlamm ins Gesicht zu schmieren.

Seine beiden Bewacher wichen entsetzt zurück. Sie waren sich nun ganz sicher: Holm war vom Teufel besessen.

60

Isebrand sah einen der beiden feindlichen Späher zu Boden sinken. Eine dreipfündige Kanonenkugel hatte ihn getroffen.

„Hervorragend!“, rief Isebrand Hauke Mamers begeistert zu. Der Bauer aus Hemmingstedt hatte mit seinem leichten Feldgeschütz aus zweihundert Schritt Entfernung zielgenau getroffen.

Isebrand wußte: Jetzt hatte die Schlacht begonnen.

„Nun die Vorhut!“, drängte er und gab das verabredete Zeichen.

Gleich fünf Geschützführer nickten den Frauen neben sich zu. Die hielten den brennenden Luntenstab an das Zündloch der Rohre. Mündungsfeuer blitzten auf. In gestreckter Flugbahn rasten die Kugeln direkt auf die feindliche Marschkolonne zu. Dort rissen sie mit verheerender Wirkung die dichtgedrängte Aufstellung der Landsknechte auseinander. Schreiend und blutüberströmt brachen mehrere Soldaten zusammen. Unterdessen zerriß der Sturm die riesigen, dichten weißen Pulverrauchwolken über den Geschützstellungen und fegte sie über den Schanzenwall hinweg fort.

Die Vorhut der Garde sah sich in der ersten Panik dem tödlichen Feuersturm von der Schanze herunter wehrlos ausgeliefert. Zusammengedrängt, eingekeilt und hilflos stand sie auf dem schmalen, gewundenen Weg. Auf der einen Seite reichte der sumpfige Ihlensee bis dicht an den Wegrand. Auf der anderen verhinderte die feuchte Marsch mit ihren tiefen Gräben ein Ausschwärmen in die Fläche. Obendrein bot die langgezogene Front der Truppen entlang der Straße für die Geschütze der Bauern ein leicht zu treffendes Ziel.

„Die nächste Salve!", schrie Isebrand wie in rauschhaftem Vernichtungsdrang. Wieder gab er das Zeichen.

Sechs weitere Geschütze feuerten gleichzeitig ihre tödlichen Ladungen ab, darunter Zwölfpfünder aus drei mittelschweren Kanonen. Eine von ihnen verfehlte das Ziel und klatschte neben der Vorhut in den aufgeweichten Marschboden. Die beiden anderen eisernen Vollkugeln mähten nacheinander mehrere tiefgestaffelte Reihen um. Denn sie setzten in ihrer Flugbahn mehrmals hintereinander auf der Erde auf und schlugen eine vernichtende Schneise in den Landsknechthaufen.

61

Daniel Maas aus Ketelsbüttel hatte den Geschützdonner als erster gehört.

„Da! Unser Zeichen!", schrie er aufgeregt von der Deichkrone den vier Männern an der Deichinnenseite zu. „Los! An die Arbeit!"

Die vier Bauernkrieger beugten sich über den Rand des viereckigen Mauerwerks, ergriffen zwei Eisenkurbeln einer Zahnradwinde und drehten mit ganzer Kraft ein Schleusentor hoch. Ächzend hob sich die klobige Platte aus Holzbalken und Eisenstreben und gab einen breiten Durchlaß frei. Sofort schoß ein mächtiger Wasserstrahl mit ungeheurer Wucht in den tiefen, breiten Graben entlang der Deichlinie. Von diesem Vorfluter strömte das Meerwasser gleich in die angeschlossenen Marschgräben und sprudelte gluckernd ins Landesinnere.

„Das Wasser hat ganz schönen Druck drauf", rief einer der vier Männer keuchend zu Maas hinauf.

„Kein Wunder. Es wird noch besser. Seit vier Stunden schon haben wir auflaufendes Wasser. Und die Flut wird erst in zwei Stunden ihren höchsten Wasserstand erreicht haben. Nur gut, daß König Hans ein Schwachkopf ist und nicht daran gedacht hat. Aber zum Dank richten wir ihm ja ein schönes Bad an." Alle lachten lauthals.

„Vorsichtshalber verständige ich lieber noch die nächste Schleusenwache", sagte Maas. Er schwenkte eine lange Stange mit einem roten Tuch hoch in der Luft. Der Sturm riß sie ihm beinahe aus der Hand. Doch er stemmte sich verbissen gegen die Wucht der Böen und blieb Sieger. Maas sah in der Ferne das gleiche rote Tuch, wie er es hatte. „Sie haben verstanden", rief er den anderen zu.

Es dauerte nur kurze Zeit, bis von allen Seiten ungeheure Wassermassen in die Marsch strömten: Durch Gräben, Rillen und andere Vertiefungen drangen sie wie eine Flutwelle immer weiter ins Land vor.

62

Die ungeheure Spannung, die in der Schanze beim Anmarsch des dänischen Heerzugs alle erfaßt hatte, löste sich allmählich. Die Bauern und Bäuerinnen spürten jetzt nur noch Haß auf die Fremden dort unten auf dem Dammweg, die in ihr Land eingedrungen waren und ihnen alles nehmen wollten: Die Freiheit, das Land und nun auch noch das Leben.

Während für die ersten Geschützrohre schon wieder die Schußwinkel eingestellt waren und die Kanonen nach vorn an den

Wall gerollt wurden, machten Kanoniere in höchster Eile die nächsten Rohre klar. Die Frauen halfen dabei. Die meisten von ihnen arbeiteten vor Übereifer mit fliegenden Händen.

Telse schien von Geschützfeuer und Pulverdampf weniger berührt als die anderen Frauen. Isebrand entdeckte sie mitten im Gewirr der fieberhaft tätigen Geschützmannschaften und dem übrigen hektischen Hin und Her in der Verteidigungsstellung. Mit einiger Bewunderung beobachtete er ihre Umsicht, ihr Selbstvertrauen und die verhaltene Leidenschaft, mit der sie das Kommando über die Frauen führte. Überall, wo gerade Not am Mann war, setzte sie ihre Mitstreiterinnen rechtzeitig und sinnvoll ein. Sie schien nur noch Gedanken für den Kampf zu haben, dachte er. Wahrscheinlich hatte sie alles andere um sich herum vergessen.

Isebrand wandte sich mit erhöhter Aufmerksamkeit dem tumultartigen Durcheinander unter den Landsknechten auf dem Landweg zu. Nach dem ersten überraschenden Feuerüberfall würde Slentz sich bestimmt irgend etwas einfallen lassen, dessen war er sich sicher. Ein kriegsgewohntes und erfahrenes Heer wie die Garde würde sich nicht so einfach zusammenschießen lassen, ohne auch nur eine einzige Gegenwehr zu leisten. Im selben Augenblick entdeckte Isebrand, daß sich beim Gegner tatsächlich etwas tat.

„Sie werfen Bretter und Reisigmatten auf den Weg und ziehen darüber ihre mitgeführten Geschütze nach vorn“, rief auch schon Wiemerstedt.

Isebrand war entschlossen, sofort zu handeln.

Er durfte sich den weiteren Ablauf des Geschehens nicht vom Gegner aufzwingen lassen. Er mußte ihn selbst bestimmen. Immerhin hatte er dem Dänenkönig schon zwei bedeutende Waffen aus der Hand geschlagen, ohne daß er auch nur das Geringste dafür hatte tun müssen: Es waren die Reiterei und die schweren Geschütze. Sie konnten nicht sinnvoll eingesetzt werden, weil der nasse und zähe Marschboden es einfach nicht zuließ. König Hans würden mithin nur die Fußtruppen bleiben. Aber die würden einen geschlossenen Angriff gar nicht führen können. Denn die Marsch mit ihrem dichten Grabensystem würde das Heer zersplittern. Also warum nur verteidigen?

„Greifen wir doch an!“, rief Isebrand.

Wiemerstedt verstand: „Aber wie?“

„Als erstes müssen wir verhindern, daß die Dänen mit ihren leichten Geschützen die Verteidigung unserer Schanze erschüttern.“

Sofort befahl er, Hakenbüchsen und Armbrüste feuerbereit zu machen. Die trafen noch auf über dreihundert Schritte genau. Auch die Nahkampfgruppen bereiteten sich auf ihren Einsatz vor. Zwei Gruppen mit leichten Fernwaffen beorderte er auf die benachbarte Abenwurth. Sie sollten von dort den Flankenschutz übernehmen.

„Was hast du vor?“, fragte Wiemerstedt, der Isebrands Anordnungen aufmerksam verfolgt hatte.

„Wir müssen die feindlichen Geschütze außer Gefecht setzen. Und zwar noch bevor sie auf uns zu feuern beginnen. Auf die Treffsicherheit unserer Kanoniere allein dürfen wir uns nicht verlassen.“

„Und wie willst du sie von hier oben außer Gefecht setzen?“, fragte Wiemerstedt skeptisch.

„Wir stürzen sie in die Wassergräben“, antwortete Isebrand. „Durch einen kurzen Überfall aus der Schanze heraus.“

63

Slentz wurde rot vor Zorn, die Narbenwülste in seinem Gesicht hinter dem struppigen rotblonden Vollbart färbten sich bläulich.

Bretter und Matten waren zwar ausgelegt, doch seine Landsknechte kamen mit den Geschützen nicht so richtig nach vorn durch. „Schmeißt die Leichen in die Gräben, damit wir Platz kriegen!“, schrie er die kopflos Herumlaufenden an.

Doch die meisten von ihnen suchten noch in panischer Hilflosigkeit Deckung vor den heranzischenden Kanonenkugeln. Vergeblich. Mit Entsetzen bemerkte Slentz, daß das gesamte Heer hinter ihm auf der engen Straße unaufhaltsam nachrückte. Seine Vorhut konnte deshalb keinen Schritt zurückweichen. Und vor ihr auf der Schanze feuerten die Bauern eine Granate nach der anderen auf sie ab. Obendrein gab es seitlich vom Weg nur die aufgeweichte Marsch mit zahlreichen Wassergräben. Außerdem peitschte nach wie vor der Sturm mit immer neuen Böen Regen und Schnee ins Gesicht seiner Soldaten, die dazu noch mit den Beinen bis zu den Waden im eiskalten Matsch standen.

„Verdammt, könnt ihr nicht hören“, schrie Slentz nochmals. „Weg mit den Toten!“

Wütend schlug er mit der flachen, stumpfen Schwertseite auf die Rücken der Nächststehenden. Darauf bequemten sich einige Soldaten, die kreuz und quer umherliegenden Leichen zwischen ihren Beinen in die Seitengräben zu rollen, wo sie im gurgelnden Wasser untergingen.

„Los! Macht schneller!“, befahl Slentz in scharfem Ton. Einige willige Kanoniere zogen und schoben denn auch ächzend und stöhnend ihre leichten Feldgeschütze an die Spitze der Vorhut. Dort richteten sie die Rohre auf die Schanze. Sie gaben Pulver und Kugeln in die Vorderlader, konnten aber die Lunten nicht zünden. Wind und Schneeregen löschten sie immer wieder aus. Verzweifelt sahen die Kanoniere Slentz an.

„Weiter versuchen!“, schrie der.

Plötzlich dröhnten neben dem Donnern des Kanonenfeuers auch Salven von Hakenbüchsen zu ihnen herüber. Vier Landsknechte fielen getroffen zu Boden. Dann prasselte ein Regen von eisernen Armbrustflugbolzen auf die Helme und Harnische der Soldaten nieder. Sie kamen direkt von vorn und auch von der Anhöhe neben der Schanze. Schreiend suchten die Landsknechte Deckung hinter dem jeweils anderen.

„Spießerhaufen nach vorn!“, brüllte Slentz plötzlich, „die Bauern kommen!“

Einen Moment lang schienen die Soldaten wie gelähmt vor Schreck. Doch im Nu hatten sie sich wieder gefangen und erkannten die Gefahr. Von der Anhöhe kamen stumm, gespenstisch lautlos und mit langen Schritten fünfzehn bewaffnete und geharnischte Bauern herunter auf sie zu. An den Hüften baumelten Schwert und Dolch. In den Händen hielten sie lange Spieße mit kreisrunden Holzscheiben an den Enden. Slentz erkannte in den langen Holzstangen gleich den Springspieß wieder, den er noch von Kriegen gegen Marschbauern im west- und ostfriesischen Raum in unangenehmer Erinnerung hatte.

Im Eilschritt umringten sechzig seiner Landsknechte schützend die Kanonen. Hastig bildeten sie zwei Reihen hintereinander, errichteten mit vorgehaltenen Spießen einen wahren Lanzenwald, um damit den Bauernansturm abzufangen. Außerdem stellten sich zusätzlich fünfzehn Söldner mit Hakenbüchsen und Armbrüsten entlang der Straßenseite auf.

Sie nahmen die herannahenden Bauern sofort unter Feuer.

64

Isebrand sah gleich, daß der Angriff seiner Männer auf die Geschütze der Gardevorhut kaum Aussicht auf Erfolg haben würde. Slentz hatte einfach zu viele Kräfte dagegenzusetzen. Aber die fünfzehn Dithmarscher Bauern waren von rasender Wut und entschlossenem Tötungswillen erfüllt. Dadurch würde ihr Kampfwert sicher unschätzbar steigen, dachte Isebrand. Ob der aber ausreichte, die gegnerische Übermacht wenigstens so lange auszugleichen, bis die fremden Geschütze umgestürzt waren, das wagte er nicht zu Ende zu denken.

Seine Männer stammten aus Oldenwöhrden, gehörten derselben Kluft im Geschlechterverband der Wellinghuser an und waren miteinander eng verwandt.

Vor der gesamten Mannschaft auf dem Kleihügel hatten sie geschworen, die Kanonen des Gegners umzustürzen – und koste es auch ihr Leben.

Spannungsgeladen verfolgte er, wie sein Bauerntrupp kurz vor dem feindlichen Spießerhaufen nach allen Seiten ausschwärmte. Von den Frauen und Männern in der Schanze waren inzwischen viele an den Wall herangetreten. Mit angehaltenem Atem beobachteten sie, daß die erste Kampfhandlung mit den verhaßten Eindringlingen kurz bevorstand.

Entsetzt schrien plötzlich einige auf: Eine feindliche Kanonenkugel war genau vor ihnen in den Wall eingeschlagen. Schreiend stoben sie auseinander. Verdammt, dachte Isebrand, auf keinen Fall durfte seine beherrschende Verteidigungsstellung durch Geschützfeuer des Gegners erschüttert werden.

Seine Männer unten in der Marsch ließ er keinen Augenblick aus den Augen. Sie würden jetzt schnell handeln müssen, dachte er besorgt. Schließlich hatte Slentz seine Kanonen eher als erwartet schußbereit. Erleichtert stellte Isebrand aber fest, daß die Wellinghuser das erste Fernfeuer der Armbrust- und Büchsenschützen noch unverletzt überstanden hatten.

Mit einem Male wuchs seine Spannung: Thede Niebuhr, der Anführer des Angriffstrupps, winkte mit dem Springspieß wie wild zu ihm herauf. Das verabredete Zeichen!

„Feuer!“, schrie Isebrand seinen Geschützführern zu.

Im selben Moment donnerte ein zweiter Feuersturm über die Marsch: Ein Geschütz nach dem anderen jagte seine Kugel hinunter in die Vorhut der Garde. Trotz der riesigen Pulverdampfwolken, die der Sturm aber gleich aufriß, erkannte Isebrand begeistert die Wucht des Feuerüberfalls. Sie zeigte gewaltige Wirkung: Landsknechte wirbelten mit ihren Waffen durch die Luft, brüllten auf und humpelten oder krochen schwerverletzt zwischen toten Kampfgenossen und den Beinen der Aufrechtstehenden herum. Doch zwei verirrte Kugeln hatten auch drei Wellinghuser getroffen.

In dem Getümmel machte Isebrand eine breite, freigeschossene Bresche im Spießerhaufen aus. Genauso war es geplant gewesen. In eine solche Lücke sollten seine Männer eindringen. Er schöpfte Hoffnung.

Und tatsächlich: Thede Niebuhr stürmte mit seinen elf übriggebliebenen Männern brüllend auf diese Öffnung im Spießegewirr zu. Behende überwanden sie mit ihren Springspießen die Gräben und näherten sich rasend schnell dem Gegner. Isebrands Herz schlug bis zum Hals. Nur fünf Schritte waren seine Bauern noch vom klaffenden Loch im Spießerhaufen entfernt.

Dann das Entsetzliche: Eine Salve aus Hakenbüchsen und Armbrüsten traf die Angreifer aus nächster Nähe. Unter dem Kugel- und Bolzenhagel brachen die meisten Kämpfer schwerverwundet zusammen.

„Oh, mein Gott!“, hörte Isebrand eine Frau hinter sich aufschreien. Es war Telse. Sie hielt beide Hände entsetzt vor den

Mund. Um sie herum sahen, ebenso wie sie, Frauen und Männer dem dramatischen Kampf beklommen zu. Als sich dann die vier übriggebliebenen Bauern mit gezogenen Schwertern und Dolchen mitten in den feindlichen Haufen stürzten, schrien auf der Schanze alle erregt und angstvoll auf. Waffen klirrten, ein kurzes Gedränge, dann Hauen und Stechen – aber die letzten von Isebrands braven Männern erreichten noch nicht einmal die Geschütze: Sie wurden vorher erschlagen oder erstochen.

Haßerfüllt vor Wut erlebte die Schanzenbesatzung mit, wie die Fremden ihre noch verwundet neben der Straße liegenden Bauern mit Streitäxten kaltblütig abschlachteten.

Erschüttert schaute Isebrand weg. Die Todesverachtung, mit der seine Männer ihr Leben eingesetzt hatten, erweckte in ihm die Schreckensbilder seiner toten Begleiter nach dem gescheiterten Attentatsversuchs im Meldorfer Kloster. Und mitten unter den Gefallenen erkannte er plötzlich seinen Freund Grove, wie der gerade von Slentz geköpft wurde.

„Diese verdammten Schweine da unten haben schon ihre vierte Kanone nach vorn gebracht", hörte er Wiemerstedt rufen. Die Bestätigung folgte auf dem Fuße: Feindliches Geschützfeuer bellte zu ihnen herauf, und zwei Kugeln heulten widerlich über den Wall herein. Krachend landete die eine in den Speichen des mannshohen Rads einer Geschützlafette. Die sackte gleich mitsamt den Rohraufbauten in sich zusammen. Gleich darauf schlug die nächste Kugel in die Schanze ein. Diesmal traf es den Waffenwagen mit den Hakenbüchsen.

„Schießt zurück, was das Zeug hält", befahl Isebrand seinen Geschützführern voller Zorn – und dachte fieberhaft weiter nach, wie den feindlichen Kanonen beizukommen wäre.

„Mir scheint, wir müssen sofort etwas tun!", vernahm er Telses ängstlichen Zuruf. Erstaunt entdeckte er, daß ihre Augen nicht ihn ansahen, sondern auf das feindliche Heer hinunterstarrten. Tatsächlich durchfuhr es ihn, Slentz wagte es, entlang des Sperrgrabens Bretter und Reisigmatten über den schmierigen Marschboden auszulegen. Vermutlich wollte er seine dichtgestaffelte Vorhut entzerren und die Truppenaufstellung neu ordnen.

Plötzlich der rettende Einfall! So schien es Isebrand jedenfalls.

„Ich brauche jetzt Männer, die weder Tod noch Teufel fürchten“, rief er den Versammelten zu.

Er erinnerte sich an ein Selbstmordkommando, dem er selbst einmal als junger Landsknecht angehört – und es überlebt hatte.

„Wir alle hier fürchten weder Tod noch Teufel“, antwortete ihm ein älterer Bauer. Beifälliges Gemurmel stimmte ihm zu.

„Nun gut“, sagte Isebrand, „der nächste Angriff auf die Geschütze dort unten muß anders verlaufen als vorhin. Wir müssen ein größeres Kommando bilden. Und es muß zum Äußersten bereit sein. Das heißt: Wir werden diesmal unsere Kanonen erst in dem Augenblick abfeuern, wenn unser Kommando in die feindlichen Reihen eindringt und nicht, wie beim ersten Mal, schon vorher. Unser dauerhaftes und gesammeltes Geschützfeuer wird unter den Landsknechten Panikstimmung auslösen. Und genau diesen Moment müssen wir ausnutzen, an die feindlichen Geschütze heranzukommen und sie in die Gräben zu stürzen.“

„Also müssen die Männer, die das tun wollen, wissen, daß sie genau wie ihre Feinde von hier oben beschossen werden“, stellte Ole Hannken mit ernster Stimme fest.

Hannken war ein angesehener Bauer aus dem Dorf Wackenhusen. Stolz hielt er die Fahne mit dem Geschlechterwappen der Woldersmannen in der Hand: Zwei gekreuzt übereinanderliegende schwarze Anker auf weißem und rotem Grund. Um ihn herum standen im Halbkreis vierzig Bauernkrieger, allesamt Wackenhusener. Viele unter ihnen waren Väter mit ihren Söhnen.

„Es ist die einzige Möglichkeit, unseren Kampf fortzusetzen. Oder es ist alles vergebens gewesen“, antwortete Isebrand.

„Die einzige Möglichkeit?“ Hannken wiegte ruhig und wie nachdenklich seinen Kopf.

„Ja, die einzige, die uns den Sieg verspricht“, sagte Isebrand.

Seine Worte klangen ernst und ein wenig feierlich. Genauso war ihm im Moment auch zumute. Er fühlte sich von einer gehobenen, beinahe weihevollen Stimmung eingenommen, die ständig wuchs.

War es die Nähe des Todes und die offene Zumutung an die Männer, mit einem zweiten Angriff diese Nähe vor aller Augen einzugehen? Plötzlich brach es ungestüm und kämpferisch aus ihm hervor: „Kein schärfer Schwert, denn das für die Freiheit streitet!“

Die Männer und Frauen blickten ihn überrascht und gleichsam bewundernd an. Es schien Isebrand, als erwarteten sie bei ihm Halt und ein Übermaß an Kampfgeist, damit alle davon zehren könnten.

„Leever doot as Slaav!“, schrie plötzlich Telse mit heller Stimme. Sie schien verzückt, als gehorchte sie einer fremden Eingebung.

„Leever doot as Slaav!“, antwortete es sofort aus Hunderten von Kehlen zurück. Es klang wie eine innere Befreiung von beklemmender Todesangst, die auf vielen Seelen bleiern gelastet hatte.

Isebrand lief ein Schauer über den Rücken. Er suchte Telses Blick und dankte ihr mit einem unauffälligen Nicken. Betroffen bemerkte er jedoch, daß sie durch ihn hindurch in eine unsichtbare Ferne sah. Ob sie jetzt an ihre Eltern dachte, von denen sie nur wußte, daß sie auf der Seite des Feindes standen? Noch immer hatte sie kein Lebenszeichen von ihnen.

„Wir werden die Geschütze außer Gefecht setzen!“, hörte Isebrand da einen Mann sprechen, ruhig, fest entschlossen und doch gelassen.

Es war Hannkens Stimme.

65

Die Hoffnung stirbt zuletzt, hatte ihr Prior Augustinus einmal gesagt. Und die Erinnerung an diese Worte hatte in Anna geradezu draufgängerischen Mut freigesetzt. Denn solange sie hoffen durfte, daß ihr Mann noch lebte, solange wollte sie auch alles versuchen, ihm beizustehen.

Sein jammervoller Anblick, als Gardesöldner ihn an der Spitze des Heeres brutal vor sich hertrieben, hatte sie nicht mehr losgelassen. Sie packte die nächstbeste Gelegenheit beim Schopf und wagte einen zweiten, diesmal glücklicheren Fluchtversuch aus Slentz’ Beutewagen. Während nämlich die beiden Fuhrknechte, die sie bewachen sollten, Mühe mit den beinahe durchgegangenen Pferden hatten, schlüpfte sie hinten vom Wagen herunter. Unauffällig quetschte sie sich gleich in eine vorbeikommende Gruppe von Marketenderinnen, die mit viel Geschrei einen festgefahrenen Beutewagen aus einem Schlammloch zogen. Anschließend mischte sie sich in die Frauenkolonne und zog mit ihr mit.

Schon knapp eine Stunde später verließen Anna allmählich die Kräfte. Nur noch mit größter Mühe hielt sie sich an der letzten Sprosse des Troßwagens fest. Sie ließ sich eher mitziehen, als daß sie neben dem Fahrzeug herlief. Es gehörte einem hohen Adligen aus dem Kurfürstentum Brandenburg. Der ritt zusammen mit seinen Knappen und einer Schar schwergepanzerter Ritter vorneweg. Sie gehörten zur Spitzengruppe der königlichen Reiterei. Die folgte in der Marschsäule des dänischen Heeres gleich hinter den Landwehrtruppen aus friesischen und holsteinischen Bürgern und Bauern.

Anna wähnte sich fast in der Hölle: Um sie herum nur gehässige Wutausbrüche, gottlose Flüche, kreischende Befehle, herzzerreißendes Pferdewiehern und hysterisches Zetergeschrei. Dazu kam noch der Sturmwind, der mit gierigen Böen an ihr riß und zerrte. Der eisige Regen prasselte ihr ins Gesicht. Die Beine versanken immer tiefer im Morast. Rock und Umhang waren durchnäßt und verdreckt. Sie bibberte vor Kälte. Ständig spritzten Schlammbrocken hoch. Sie klatschten auf sie und die Marketenderinnen nieder, die sich ebenso wie sie an Wagenholmen festhielten. Die Frauen keuchten vor Anstrengung, weinten vor Qual oder Wut und verwünschten fortwährend den Tag, an dem sie gezeugt worden waren.

Anna grauste es vor Ekel und Scham. Nur der Gedanke an ihren gepeinigten Mann hielt sie noch aufrecht. Irgendwo da vorn würde sie ihn finden. Verzweifelt schwor sie sich, ihm zu helfen und gemeinsam mit ihm zu fliehen. Sie spürte nur noch ein Verlangen: So schnell wie möglich weg von diesem Barbaren und Gewaltmenschen Slentz! Niemals unter dieser Bande aus Vandalen, Mördern und Monstern leben müssen! Aber wohin sollten sie nur gehen? Jeder in Dithmarschen würde sie hassen und am liebsten aufgehängt oder geköpft sehen, ganz gleich, ob das Land seine Freiheit behielt oder von König Johann I. regiert wurde. Auch der würde sie und ihren Mann nur demütigen und quälen, wann und wo immer er könnte. Warum war sie bloß so dumm gewesen zu glauben, sie könnte sich für alle Schmach und Schande der Vergangenheit rächen, würde sie nur ihr Heimatland verraten.

Ein fernes Donnerrollen riß sie aus den Gedanken. Sie spürte ihr Herz schneller schlagen. Sie hatte das Gefühl, als würde etwas für sie Entscheidendes eingetreten sein. Nur wußte sie nicht, was, so sehr sie auch rätselte. Als dann ein königlicher Meldereiter auf dem Weg von der Heeresspitze zurück nach Meldorf vorbeikam und ihnen gehetzt zurief: „Die Dithmarscher haben uns den Weg versperrt“, da war ihr klar, daß weit vorn ein Feuergefecht im Gange war.

Und mitten darin ihre Tochter! Die Vermutung traf sie wie ein Schlag. Beinahe hätte sie den Wagenholm losgelassen. Sie war völlig durcheinander und begann, am ganzen Körper zu zittern. Oft genug hatte Telse ja angekündigt, zusammen mit Isebrand für die Freiheit zu kämpfen. Doch sie war so ungeheuer zerbrechlich, wenngleich sie sich das selbst nie eingestanden hätte. Und was, wenn sie getötet würde? Anna erfaßte plötzlich eine besessene Sehnsucht nach ihrer Tochter. Oh, Herr, beschütze Telse, betete sie. Sie darf nicht sterben! Gib Isebrand genug Kraft und Umsicht, damit er sie beschützen kann. Ich muß nach vorn, feuerte sie sich plötzlich, zu allem entschlossen, an.

Panik überkam sie. Da war nur noch Angst um alle, die ihr nahestanden: Um ihre Tochter, um ihren Mann und – um Isebrand.

Das wurde ihr plötzlich bewußt.

66

„Die Bauern kommen wieder! Alle Spieße nach vorn!“, schrie Slentz. Mit wilden Armbewegungen wies er die heraneilenden Landsknechte ein.

Er war voll blinder Wut. Ausgerechnet ihn zwang die Heimtücke des Geländes, es zuzulassen, daß der Gegner die Richtung des Gefechts bestimmte und nicht er. Obendrein hieß dieser verfluchte

Gegner dort oben in der Schanze auch noch Wulf Isebrand. Dessen war er sich sicher. Während dieser Bauernführer ihm einen Kriegerhaufen nach dem anderen auf den Hals schickte, saß er selbst in diesem vermaledeiten Sturm, diesem Schneeregen und Schlamm auf der engen Landstraße eingekeilt fest. Warte, dachte Slentz haßerfüllt, ich werde dich schon kriegen und dann deine Fresse mit dem Messer kreuzigen! So wie ich es dir versprochen habe!

„Schneller!“ brüllte er die vorbeihastenden Gardisten an. Diesmal stellten sie sich zu einem Kreis um die Geschütze auf, richteten mit der linken Hand die langen Spieße gegen die anstürmenden Bauern und hielten mit der Rechten das Schwert.

„Hakenbüchsen und Armbrüste nach vorn!“, befahl Slentz. „Jetzt will ich nur noch tote Dithmarscher sehen!“ Mit seiner Hünengestalt ragte er auf seinem Pferd weit über die Köpfe seiner Landsknechte hinaus. In der goldglänzenden Rüstung bot er ein imposantes, beinahe heroisches Bild. So liebte er sich, so sollten ihn seine Soldaten sehen.

„Und nun Geschützfeuer aus allen Rohren!“, schrie er die vier Geschützmannschaften an. Doch fast wäre er vor Zorn explodiert: Nur zwei Kanonen gelang der Schuß hinauf zur Schanze, die beiden anderen versagten. Ihre Lunten verlöschten im Sturm. „Weiter versuchen!“, grölte Slentz.

Er sah, daß die Bauern aus der Schanze ausschwärmten und in einer langen Reihe im Zickzack die Anhöhe herunterkamen, um den feindlichen Büchsen- und Armbrustschützen unsicheres Ziel zu bieten. Der Anblick berührte Slentz auf eigenartige Weise: Er erinnerte sich daran, daß eine Wahrsagerin seiner Mutter geweissagt hatte, er würde eines Tages vor einer Mauer sterben, die in einer Nacht erbaut wurde.

„Holt diesen Holm nach vorn!“, befahl Slentz grimmig, ohne sich dabei nach den angesprochenen Landsknechten umzublicken. Die griffen dem Gefangenen unter die Achseln, schleiften ihn mühsam durch schlüpfrigen Matsch nach vorn und warfen den Kraftlosen vor die Füße des Spießerhaufens. „Hier kannst du deine Freunde am besten begrüßen“, sagte einer. Der ganze Spießerhaufen lachte roh. Würde Holm getötet, dachte Slentz, gehörte Anna ihm endlich ganz allein. Schon deshalb wollte nicht er den Kerl umbringen. Anna hätte ihm das nie verziehen. Deshalb sollten die Dithmarscher es tun, Holms eigene Landsleute.

Die Bauern rückten, mit ihren Spießen behende die Wassergräben überspringend, geradewegs auf ihn und seine Truppe zu. Slentz streckte seinen Arm hoch. Die Büchsen- und Armbrustschützen hoben darauf die Waffen an die Wange, drückten jedoch zu früh ab. Die Bauern hatten sich blitzartig auf die Erde geworfen. Nachdem die Salve über sie hinweggefegt war, sprangen sie gleich wieder auf. Und noch ehe die leichten Fernwaffen wieder umständlich von vorn geladen waren, stürzten sich die Bauern mit vorgestreckten Lanzen, gezogenen Schwertern und gezückten Dolchen wie Berserker blindwütig auf den Spießerhaufen. Mit brüllendem Kampfgeschrei gelang es ihnen, feindliche Spieße niederzudrücken und, wie wild um sich hauend und stechend, den geschlossenen Kreis der Landsknechte an mehreren Stellen aufzubrechen.

Ihr wuchtiger Angriff beeindruckte Slentz. Er erkannte auch gleich die demoralisierende Wirkung dieser Angriffswut auf seine Soldaten: Die meisten von ihnen duckten sich erschrocken und entsetzt weg.

„Wasser!“, schrie plötzlich jemand von seinen Leuten.

Der Gardeführer blickte sich um. Was er sah, erfüllte ihn mit schauderndem Entsetzen: Alle Gräben bis hin zum Horizont waren bis zum Rand voll mit Wasser und begannen bereits, überzulaufen. Verflucht! die Dithmarscher wollen uns ersäufen, schoß es ihm durch den Kopf.

Jetzt durchschaute er die Dithmarscher Kriegsführung. Dieser schlaue Fuchs Isebrand hatte König Hans von Anfang an in eine trügerische Sicherheit versetzt und ihn mit dieser Strategie dort hingelockt, wo er ihn taktisch hinhaben wollte: In die nun überschwemmte Marsch. Slentz verfluchte sich selbst. Warum hatte er nicht schon vorher daran gedacht, vor dem Heeresaufbruch aus Meldorf die Deichschleusen entlang der Küste zu besetzen? Aber nun kam jede Erkenntnis zu spät.

Im selben Augenblick blitzte und donnerte es von der Schanze herunter. Eine Kugel nach der anderen schlug mitten in das Kampfgetümmel zwischen Bauern und Landsknechten ein. Sie trafen gleichsam Freund und Feind und richteten unter beiden ein Blutbad an.

Slentz merkte jetzt, daß die Bauern es ausschließlich auf seine

Kanonen abgesehen hatten. Wild schlug er auf sein Pferd ein, um rechtzeitig dort hinzugelangen und selbst in den Kampf mit einzugreifen. Zu spät: Die Bauern kreisten bereits die erste Kanone ein, machten die Geschützmannschaft nieder und schirmten, Rücken an Rücken kämpfend, jeweils acht ihrer Leute ab. Die stürzten die Kanone in den wassergefüllten Graben neben der Straße. Mit den anderen Geschützen taten sie das gleiche.

Voller Sorge beobachtete Slentz die ununterbrochenen Kugeleinschläge und den selbstmörderischen Kampfgeist des Bauernkommandos. Es kam, wie er es befürchtet hatte: In dumpfer Angst vor den haßerfüllten Bauernteufeln wichen seine Landsknechte schon bald Schritt um Schritt zurück. Einige wehrten sich panikartig und deshalb wirkungslos, andere halbherzig und kleinmütig, und die meisten dachten schon an Flucht.

Slentz konnte es nicht mehr mitansehen: Er trieb sein Pferd nach vorn, haute und stach mit dem Schwert in wilder Raserei um sich. Ein verblutender Bauer, der vor den Hufen seines Pferdes niedersank, lachte ihm höhnisch ins Gesicht: „Isebrand wird euch alle vernichten!" Slentz schäumte vor Wut: Also doch! Sein Todfeind war Kommandant in der Schanze.

Ole Hannken zog sich mit seinen Männern zurück. Er hatte seinen Auftrag erfüllt. Einige seiner Mitkämpfer schleppten ihre verwundeten Gefolgsleute auf den Schultern zur Anhöhe hin.

„Nehmt mich mit", hörte Hannken auf einmal jemanden irgendwoher jammervoll rufen. Er hatte als letzter den Kampfplatz verlassen, stutzte während des Laufs, drehte sich um und lief einige Schritte zurück. „Carsten Holm, du?!" Hannken wußte nicht, daß Holm ein Verräter war. Nur wunderte er sich, daß der Achtundvierziger hier schwerverletzt beim Feind lag. Aber er hatte keine Zeit, weiter darüber nachzudenken. Fieberhaft schulterte er Holms schweren Körper und lief den anderen hinterher.

Die wurden schon in der Schanze jubelnd erwartet und empfangen. Schnell machten sich die Frauen mit Leinentüchern, Wasser schüsseln und Decken an die Arbeit, um die Verwundeten zu versorgen. Als Hannken mit Holm auf den Schultern über den Schanzenwall kletterte, rannten einige Frauen gleich zu ihm hin.

Auch Telse.

67

„Vater! Vater!“, schrie Telse in panischer Sorge um den Mann, den sie noch einen Tag zuvor gehaßt hatte, weil er ein Landesverräter war.

Nun kniete sie neben ihm, streichelte behutsam seine Wangen und weinte klagend vor sich hin. Es war die furchtbare Angst, daß ihr Vater sterben würde, aber gleichzeitig auch Freude, daß er wieder bei ihr war. Doch er schien schwerkrank und erheblich verletzt. Er röchelte leise und kurzatmig. Telse entdeckte mehrere Wunden an seinem Kopf. Wibke Eveken, die neben ihr stand, zerriß hastig ein Leinentuch und reichte Telse einige Streifen. Die preßte sie ihrem Vater auf die blutenden Verletzungen.

Plötzlich streckte Holm schwerfällig seine Hand nach Telse aus. Es schien ihm unendliche Mühe zu bereiten. Telse wußte nicht, was er wollte. Sie sah nur, daß sich seine Finger wie im Krampf spreizten. Was sie nicht ahnen konnte: Holm spürte brennendheiße Schmerzen in der Brust. Stechende Glut strahlte nach allen Seiten aus und begann, unterhalb des Halses zu wüten. Der Schmerz schoß schnell in Schultern und Achseln, drang einen Moment lang wie Feuer in die Oberarme.

Holm suchte scheu Telses Hand. Telse erfaßte seine, drückte sie fest, als wollte sie ihm sagen, daß sie ihn liebte, auch wenn er ein Verräter war. Mühsam lächelte er sie an. Wie umherwirbelnde Blätter im Herbststurm, so tanzten mit einem Mal vor seinem geistigen Auge unzählige Bilder seines Lebens im Kreis herum – die meisten um Anna und Telse. „Bitte, verzeiht mir“, hauchte Holm. Dabei sah er sie blicklos an, als suchte er seine Tochter irgendwo in einer unwirklichen Ferne.

Telse zerriß es das Herz. Sie ahnte, daß der Tod seine Hand nach ihrem Vater ausstreckte.

Holm spürte, wie sich ein enger Reif erdrückend um seinen Brustkorb legte. Gleichzeitig wälzte sich ein Felsblock langsam auf die Atmung.

Inzwischen war Isebrand herbeigeeilt, beugte sich zu Telse hinab, die, über ihren Vater gebeugt, neben ihm auf der Erde kniete. Mitfühlend legte Isebrand die Hand auf ihre Schulter.

Gleich wird Vater tot sein, kam Telse plötzlich der alles lähmende Gedanke. Sie wußte nicht, was sie tun sollte. Mit hilflos zitternden Händen legte sie einen neuen Verband an. Mittendrin stockte ihr der Atem. Sie starrte ihren Vater an: Er öffnete erstaunt die Augen, dann den Mund, griff mit beiden Händen nach der Brust, röchelte, stieß einen leisen Seufzer aus - und rührte sich nicht mehr.

Telse schrie auf, taumelte hoch und warf sich Isebrand an die Brust. Tränen rannen ihr die Wangen herunter.

Ihr Vater war tot.

68

Für den Kampf um die Wegesperre hatte Slentz keine Kanonen mehr.

„Die Schanze ist mit einfachen Mitteln nicht mehr zu nehmen", stellte er vor den acht Kompanieführern seines ersten Regiments fest. Er hatte sie und die beiden obersten Hauptleute der anderen Regimenter seiner Garde zu sich an die Spitze der Truppen beordert, um das weitere Vorgehen zu beraten.

Unterdessen dauerte das Geschützfeuer von der Schanze auf die Vorhut und die inzwischen nähergerückte Hauptstreitmacht der Garde unvermindert an. Die Kugeln schlugen mit zermürbender Regelmäßigkeit auf die Straße, aber auch daneben in die Marsch ein. Stets gab es dabei Verwundete, manchmal Tote. Slentz erkannte, daß sofort gehandelt werden mußte.

„Auf die Kanonen am Ende des Zuges können wir nicht zurückgreifen", fuhr er fort. „Unsere zwölftausend Leute verstopfen vollkommen den Weg."

„Also müssen wir die Schanze mit unserem Fußvolk angreifen", sagte Eutz Beck. Er war Hauptmann der ersten Kompanie im ersten Regiment. In mehreren Schlachten hatte er sich den Ruf eines erfahrenen Nahkämpfers erworben und gehörte zu den engen Vertrauten des Gardeführers.

„Ja, wenn wir die trockene Geest bei Hemmingstedt erreichen wollen, um den Weg nach Heide freizubekommen, müssen wir einen Großangriff wagen und die Schanze stürmen. Und zwar mit allen Gardesoldaten – trotz der Geschützübermacht der Bauern.“ Hemmingstedt lag nur noch eine viertel Stunde Fußmarsch von ihnen entfernt.

Unvermindert peitschte der Nordweststurm den niederprasselnden Schneeregen wie Nadelstiche in die Gesichter der Landsknechte. Die waren inzwischen völlig durchnäßt. Auch die Kälte drang bis auf die Haut durch, und glitschige Kleierde bedeckte Kleidung und Rüstungen. Immer neue Schritte wühlten den morastigen Landweg noch tiefer auf und zerfurchten den Boden zu breiigem Schlamm.

Das Wasser in den Gräben war schon über die Ränder getreten. Auch der von Isebrands Bauern ausgehobene breite Sperrgraben drohte überzulaufen. Die ersten Marschflächen standen bereits unter Wasser.

Mit erschreckender Deutlichkeit wurde Slentz klar, daß er keine Zeit mehr zu verlieren hatte. Denn neben dem scheußlichen Winterwetter, dem Flutwasser aus den Schleusen und der beherrschenden Höhe der Schanze, neben all diesen natürlichen Verbündeten erhielten die Dithmarscher nun zusätzlich noch einen vierten Kampfgefährten: Die Enge der Landstraße.

Das gesamte, auf dem einzigen Weg zusammengepferchte dänische Heer schob, drückte und preßte sich unaufhaltsam von hinten nach vorn ineinander – und drängte die Große Garde an der Spitze der Heersäule geradezu ins Geschützfeuer der Bauern hinein.

„Wir werden die Schanze rechts umgehen und die Bauern von hinten angreifen“, traf Slentz seine Entscheidung. „Und zwar dort, wo der Sperrgraben endet und sich zusammen mit dem Schanzenwall im Acker verläuft.“ Seine Offiziere waren von dem Plan begeistert, versprach er doch große Angriffssicherheit bei geringem Wagnis.

„Wer greift als erster von uns an?“, fragte Eutz.

„Ich selbst mit dem ersten Regiment“, antwortete Slentz.

„Also zweitausendsiebenhundert Mann.“

„Wieviel haben noch das zweite und dritte Regiment aufzubieten?“

„Zusammen eintausendzweihundert“, antwortete Eutz.

„Also fast viertausend Landsknechte gegen eine Handvoll Bauern“, lachte Slentz siegessicher. „Wie stark ist eigentlich die Schanzenbesatzung genau“, fragte er interessiert.

„Nach dem zweiten Sturm auf unsere Geschütze haben wir es aus einem schwerverwundeten Bauern herausgeprügelt: Vierhundert Mann und hundert Frauen.“

„Frauen?!“ Slentz bekam vor Staunen zuerst den Mund nicht zu. „Alle Achtung“, sagte er dann bewundernd.

69

Anna zog sich mit jedem Tritt ächzend und stöhnend aus dem zähen Kleiboden, dessen Brocken nach jedem Schritt klebrig an den Waden und dem langen Rock hängenblieben. Halb wahnsinnig vor Angst um ihre Tochter und ihren Mann und ohne einen klaren Gedanken fassen zu können, schleppte sie sich hastig auf dem Landweg durch das Gewühl schwerbewaffneter Soldaten nach vorn.

Die fluchten, schrien und verwünschten den gottverdammten Morast und hatten mit Frauen nichts im Sinn.

Anna kannte nur ein Ziel: Dorthin, wo unaufhörlich Geschützfeuer donnerte und wo sich Dänen und Dithmarscher bestimmt schon eine Schlacht lieferten. Dort würde sie sicher Telse und Holm finden – und bestimmt auch Isebrand.

Den Troß hatte Anna inzwischen schon weit hinter sich gelassen. Mit viel Mühe und einigem Geschick war sie sogar an den Pferden der Ritterschaft vorbeigekommen. Auch die Reiter waren ausschließlich mit dem wütenden Sturm, dem schlammigen Boden und mit sich selbst beschäftigt. Nun bahnte sich Anna mit beiden Ellbogen einen Weg durch das Gewühl der Landwehrtruppen. Anna zwängte, quetschte und wand sich stumm und verbissen durch eine enggeschlossene Soldatenreihe nach der anderen immer weiter nach vorn. Gehetzt und atemlos stieß, schubste und rempelte sie alles zur Seite, was sich langsam, schwerfällig und nicht schnell genug bewegte.

Sie war nur von einem einzigen Gedanken besessen: Nach vorn!

70

Auf dem Kleihügel herrschte helle Aufregung: Unten in der Marsch formierte sich die Große Garde zum Sturmangriff auf die Schanze. Alle konnten es sehen.

Den Männern und Frauen war klar, daß sich nun die Entscheidung der Schlacht anbahnte.

Äußerst angespannt starrten sie über den Schutzwall auf das verwirrende Gewühl der fremden Truppen unten am Fuße des Hügels. Nicht weit vor dem Sperrgraben und entlang des sumpfigen Ihlenseeufers schufteten drei Gruppen stämmiger Landsknechte wie verrückt im Gelände neben der Straße. Sie legten in einem fort Bretter und gebundene Reisigmatten über besonders morastige Flächen aus, die an dieser Stelle durch Gräben stark zerteilt waren.

Ungeachtet des fortwährenden Abwehrfeuers von der Höhe folgten ihnen Hunderte von schwerbewaffneten Soldaten direkt auf dem Fuß. Mit vorsichtigen Schritten schwärmten sie auf der unsicheren, aber halbwegs festen Unterlage aus. Fähnriche hielten mit befehligenden Fahnenzeichen die Landsknechte – wie an unsichtbaren Fäden – in Gruppen zusammen. Kommandorufe bellten einige planlos Umherirrende zurück. Trommelwirbel trieben Säumige in die Angriffsaufstellung. Schrille Töne aus Schweizerpfeifen peitschten den noch Zögernden letzte Angstgefühle aus.

Schon bald stand ein riesiges, schwerbewaffnetes Geviert angriffsbereit. Sieben eng hintereinander gestaffelte Glieder mit über vierhundert Landsknechten in einer Reihe warteten Schulter an Schulter auf das Zeichen. Der Gewalthaufen bildete eine starre Front von langen Spießen, Lanzen und Hellebarden.

„Dreitausend Mann“, schätzte Isebrand beklommen die Stärke

ein. Nervös fragte er Wiemerstedt: „Warum nur läßt unsere Verstärkung so lange auf sich warten?“

Der zuckte die Achseln. Auch ihm war schleierhaft, warum nicht schon die ersten Aufgebote eingetroffen waren. Denn man hatte große Hoffnung auf die Verbände gesetzt, die bisher näherliegende Punkte des Landes gesichert hatten. Rechtzeitig genug waren sie verständigt worden, dachte Wiemerstedt. Vermutlich aber hatten sie ebenfalls mit unwegsamen Straßen zu kämpfen.

Wiemerstedt stand zusammen mit Isebrand und einigen Achtundvierzigern des Kriegsrats am Rand der Schanze. Alle warteten auf die nächsten Schritte des Gegners. Isebrand hatte es strikt abgelehnt, vorschnell zu handeln. Nur berechenbare Wagnisse wollte er eingehen. Deshalb mußte erst vollkommen klar sein, was Slentz auf der anderen Seite vorhatte. Nur dann würde man auf die Übermacht der Dänen schnell und richtig antworten können, hatte er gesagt.

71

Telse ließ von dem verwundeten Bauern ab, dessen Kopf sie gerade verbunden hatte. Verstört bemerkte sie, daß ihre Hände zitterten. Für einen Moment versteckte sie sie unter dem Verbandsleinen. Sie spürte selbst, daß sie sehr aufgeregt war. Der Anblick der aufmarschierenden dänischen Truppen am Fuße des Hügels hatte einen beklemmenden Eindruck auf sie hinterlassen.

Vorsichtig blickte sie sich nach den anderen Frauen um, die ebenso wie sie verletzte Männer versorgten. Einige halfen den Geschützleuten beim Laden der Fernwaffen. Was mochten sie alle wohl über ihre eigene Lage denken, dachte Telse beklommen.

In einem war sie sich ganz sicher: Vielen von ihnen schlug das Herz bestimmt bis zum Halse. Wie ihres auch. Sie erinnerte sich, daß die meisten vor Aufregung gleich wieder an ihre Arbeit gestürzt waren, um sich abzulenken, nachdem sie die feindlichen Truppen gesehen hatten. Einige dagegen hatten ihren Haß auf die Eindringlinge zornig herausgeschrien und mit geballter Faust die fremden

Soldaten verwünscht. Andere wiederum sahen sich gegenseitig nur für einen kurzen Augenblick stumm und furchtsam an.

Telse glaubte die hochgespannte Stimmung in der Schanze förmlich fühlen zu können, obwohl es an den Kanonen, an den Feuerstellen und auf den Verbandsplätzen laut und lebhaft zuging. Plötzlich fiel ihr die unbekannte, rauhe Stimme ein, die beim ersten Frauentreffen in Wibke Evekens Haus aus der Mitte der Versammlung heraus alle zu tiefer Frömmigkeit hingeführt hatte. ‚Media vita in morte sumus‘, so hatte diese Stimme gesungen, ‚mitten im Leben sind wir vom Tod umgeben‘. Schon kurz darauf waren alle ergriffen mit eingefallen, bis das Lied sich schließlich zu einem mächtigen, feierlichen Chorgesang erhob, der immer stärker anschwoll. Ihr war es damals, so erinnerte sie sich noch, als hielten alle aus tiefster Seele eine gemeinsame Zwiesprache mit Gott.

„Media vita in morte sumus“, begann Telse auf einmal laut in der Schanze zu singen. Die Frauen in nächster Nähe hoben überrascht den Kopf, schauten zuerst verwundert zu ihr hin, lächelten dann. Sie hatten verstanden. Nach und nach ließen sie alles stehen und liegen und begannen zu singen. Immer mehr stimmten mit ein.

Telse breitete die Arme aus, hob den Kopf in den Nacken und sah, wie entrückt von dieser Welt, starr zu den sturmgepeitschten Wolken auf. Andächtig sang sie: „Media vita in morte sumus.“

Bald hatten sich alle Frauen dem Gesang angeschlossen. Berauscht von der Erhabenheit des Augenblicks, wiederholten sie das Lied der unbekannten Dithmarscherin, an deren wunderschönen Gesang sich alle erinnerten.

Mit einem Male schritten die Frauen wie unter einem geheimnisvollen Zwang gemessen und erhobenen Hauptes, dabei unentwegt weitersingend, von allen Seiten zur Platzmitte hin. Zwischen vier Feuern steckten dort vier Wappenfahnen verschiedener Geschlechterverbände im Boden. Davor stand Telse, noch immer die offenen Arme zum Himmel gestreckt.

Während die Frauen nach und nach einen Kreis um sie herum bildeten, kam Wibke Eveken mit feierlichen Schritten aus dem Hintergrund auf die Versammelten zu. Sie trug ein mannshohes hölzernes Kruzifix. Die Frauen erkannten es gleich wieder: Es war die lebensgroß geschnitzte Darstellung des gekreuzigten Christus aus der Kirche von Oldenwöhrden. Hinter Wibke Eveken folgten mehrere Frauen mit Wandkruzifixen von ihren Höfen, die sie heimlich mit sich geführt hatten.

Den Schluß der kleinen Prozession bildete Pater Hieronymus, der zweite Geistliche des Dorfes und Vertreter des ermordeten Paters Grove. In seinen Händen hielt er eine armgroße Skulptur der heiligen Jungfrau Maria, der Schutzpatronin des Landes. Auch sie stammte aus dem Oldenwöhrdener Gotteshaus. Skulptur und Kruzifix wurden in der Kreismitte feierlich abgestellt. Die Frauen sanken auf die Knie und begannen zu beten.

Auf einmal herrschte in der Schanze Totenstille. Nur der Sturm fegte heulend über die Köpfe hinweg und peitschte eisigen Regen in die Gesichter. Die Geschützleute hatten das Schießen eingestellt. Mit einem Male knieten auch die Männer nieder. Wie von einer unhörbaren Stimme dazu aufgerufen. Einer wie der andere: Bauer, Handwerker, Händler, Landarbeiter. Nur die Waffen und Rüstungen klirrten leise. Ehrfürchtig nahmen sie die Helme ab, verharrten andächtig in stillem Gebet. Isebrand und die Gruppe der Achtundvierziger und Anführer ließen für einen Moment von der Feindbeobachtung ab. Sie folgten dem Beispiel der anderen.

Telse glaubte Gottes Nähe fast körperlich zu spüren. Sie versenkte sich in religiöser Hingabe – wie sie es in der Klosterschule in gemeinsamen Meditationen mit den Nonnen gelernt hatte. Mit heller, klarer Stimme rief sie: „Oh Herr, schenk uns den Sieg über unsere Feinde." Sie faltete die Hände, blickte zu dem blutigen Gesicht unter der Dornenkrone hoch, vor dem sie kniete, und hob ihre Stimme: „Sie sind in großer Übermacht, haben unsere wehrlosen Brüder und Schwestern getötet, die Kirchen geschändet, unsere Dörfer angezündet, und nun wollen sie uns alles nehmen, was uns lieb und teuer ist: unsere Liebsten, unseren Besitz und das, was wir seit Jahrhunderten deiner unendlichen Güte verdanken – unsere Freiheit." Telse berührte mit den Fingerkuppen der rechten Hand scheu die Marienskulptur: „Heilige Jungfrau Maria, wir geloben an dieser Stelle nochmals, dir zu Ehren ein Nonnenkloster zu bauen. Gib uns die Kraft und deinen Segen und beschere uns, deinen Schutzbefohlenen, den Sieg über unsere Feinde."

„Wir geloben und wir bitten dich", hallte es im Chor wider.

72

Slentz schaute, keine vierhundert Schritte von der Schanzenhöhe entfernt, noch einmal prüfend über die Schlachtordnung seiner Garde. Er war zufrieden. Gleich hinter dem mächtigen Spießerhaufen seines ersten Regiments stellten sich bereits die beiden anderen für die nächsten Angriffswellen auf. Es war höchste Zeit, dachte Slentz. Denn hinter dem Rest seiner Garde, die inzwischen die enge Straße vollständig verlassen hatte, drängten schon die ersten Landwehrverbände nach.

Slentz blickte rechts am Sperrgraben und an dem darüberliegenden Schutzwall vorbei in die Richtung, wo er die Schanze umgehen und die Bauern von der Seite angreifen wollte. Er atmete noch einmal tief durch, gab seinen Kompanieführern, die schon voller Anspannung darauf gewartet hatten, das verabredete Zeichen. Sie stiegen von ihren Pferden, nahmen Spieß und Schwert in die Hand und traten ins erste Glied ihrer Einheiten ein. So war es alter Brauch der Landsknechtsoffiziere.

Slentz tat das gleiche.

Zuvor hatte er mit Hilfe seiner Knappen seine schwere goldglänzende Ritterrüstung abgelegt. Er tauschte sie gegen einen leichteren Nahkampfpanzer aus. Unter dem Jubel seiner Garde nahm er dann einen Platz in der Mitte des ersten Glieds ein.

Sofort hob er seinen Spieß hoch, an dessen Eisenspitze ein gelbes Seidenband flatterte. Der Bannerträger schwenkte unter hellem Trommelwirbel die gelbe, schwarzumrandete Gardefahne mit den vier blauen Löwen gen Himmel und gab damit das Signal zum Angriff.

Das lebende Rechteck aus dreitausend Soldaten setzte sich langsam in Bewegung. Wie eine gewaltige Menschenwalze bewegte es sich über die aufgeweichte Marsch vorwärts. Das Geschützfeuer aus der Schanze donnerte nach einer kurzen Pause erneut über die Garde hinweg. Traf eine Kugel, traten die Soldaten über die Verwundeten oder Sterbenden hinweg oder auf sie drauf.

Slentz stapfte Seite an Seite mit seinen Landsknechten grimmig auf ein einziges Ziel los: Isebrand und seine Schanzenbesatzung müssen von hinten aufgerollt werden! Das Herz schlug ihm bis zum Hals. Er spürte Kampfgeist, Siegeswillen und Mordlust in einem.

Plötzlich schrie Slentz im Gleichtakt mit den prasselnden Trommelsalven: „Wahr di, Buer, de Garde kumt!“ Wehr dich, Bauer, die Garde kommt. Wie oft schon, dachte er, hatte er diesen Schlachtruf in Kriegen gegen ost- und westfriesische Bauern mit großem Erfolg eingesetzt.

„Wahr … di …, Buer, … de … Garde … kumt!“, kam es aus vielen Männerkehlen als Echo wieder bei Slentz an. Der schleuderte erneut kraftvoll und anfeuernd den Ruf in die Reihen seiner Truppen zurück. Und aus hundert Stimmen wurden mit jedem Mal Hunderte mehr und schließlich dreitausend.

Die Garde begeisterte sich daran, mit ihrem Triumphgefühl die Bauern das Fürchten zu lehren, dachte Slentz freudig und stolz zugleich. Er wußte aus vielen Kämpfen, daß Schlachtgesänge Soldaten aufputschten, sie in einen Rausch versetzten, ihre geheimsten Ängste vertrieben. Wer vorne in den ersten Reihen zögerte, wurde von hinten unbarmherzig weitergeschoben. Immer in Richtung des Feindes.

Und noch eines hatte Slentz oft erlebt: Schlachtgesang steigerte beim Gegner den Horror ins Unerträgliche.

73

„Fertigmachen zum Kampf!“, rief Isebrand energisch über den Schanzenplatz.

Alle Männer und Frauen schauten erregt und beklommen zugleich zu ihrem Bauernführer hin.

„Wir werden angreifen!“, gab der seine Entscheidung bekannt.

Eine kurze Beratung mit den Anführern der verschiedenen Geschlechterverbände war vorausgegangen. Isebrand wollte das Wagnis eingehen, den Gegner auf offenem Feld zu stellen, obwohl seine Bauern kriegsunerfahren waren. Sie kannten keine Schlachtordnungen, weil sie niemals Manöver abgehalten hatten. Und sie verfügten auch über keinerlei Übung im Kampf gegen militärische Verbände.

Doch Isebrand baute auf die schärfste Waffe, die sich ein Feldherr von seinen Soldaten nur wünschen konnte und die für ihn höchsten Kampfwert hatte: Haß! Haß auf den Dänenkönig, der ihnen alles nehmen wollte. Und Haß auf dessen Söldner, die nur um der Beute willen bestialisch wehrlose Frauen, Kinder und Alte umbrachten und Höfe und ganze Dörfer in Schutt und Asche legten.

„Männer!“, rief Isebrand seinen Soldaten zu, „der Augenblick ist da. Wir alle haben darauf gewartet. Zwar ist der Feind in der Überzahl. Denn er kommt mit zwölftausend Mann. Und wir sind nur vierhundert. Gegen diese Übermacht aber haben wir eine mächtige Verbündete. Etwas, was die Fremden nicht haben, niemals in ihrem Leben besaßen und auch niemals kennenlernen werden: Die Liebe zur Freiheit, zum Vaterland und die Liebe unseres Herrn im Himmel. Gott steht auf unserer Seite.“

Während Isebrand sprach, schallte der Schlachtgesang der näherkommenden Garde schaurig zur Schanze herauf: „Wahr di, Buer, de Garde kumt!“ Die unheilverkündende Drohung schürte bei den Bauern dunkle Ängste. Verstärkt wurde die mystische Stimmung noch durch das stöhnende Heulen des Sturms, das zänkische Prasseln des Regens und das kriegerische Knattern der Fahnen. Isebrand war sich sicher, daß die Hände einiger seiner Männer feucht vor Schweiß waren, ihnen vielleicht sogar die Knie zitterten. Denn niemand von ihnen wußte, ob er die nächsten ein oder zwei Stunden überleben würde. Auch ich weiß es nicht, dachte Isebrand.

Er sah in die Runde, als suchte er den Blick jedes einzelnen Soldaten. „Ich weiß, daß ihr nichts so sehr fürchtet, als Knecht eines fremden Herrn zu sein“, rief er kämpferisch aus. „Denkt nachher daran: Wir sind freie Bauern, freie Handwerker und freie Landarbeiter. Im Herzen und im Kopf. Freiheit ist die Luft, ohne die wir nicht atmen und nicht leben können. Wir treten an, das Leben unserer Frauen und Kinder zu schützen. Sie sollen immer freie Menschen bleiben.“

Plötzlich trat Johann Groth auf Isebrand zu, zog sein Kurzschwert, hielt es hoch und schrie: „Leever doot as Slaav!"

Isebrand tat es Groth nach. Er berührte mit der Spitze seiner Klinge die seines Spähers und sprach laut und bewegt den Eid der alten Dithmarscher nach. Gleich darauf antwortete es im Chor: „Leever doot as Slaav!"

Mit einem Male starrten alle auf Groth, als trauten sie ihren Augen nicht. Der nahm entschlossen Helm und Harnisch ab, zog die Stiefel aus und schritt barfüßig auf die Wappenfahne seines Geschlechterverbandes zu. Dort legte er seine Hand zum Schwur auf das weiße Tuch mit dem aufspringenden grünen Löwen, ging zu Wibke Eveken, küßte das Kruzifix und anschließend die Marienskulptur in Pater Hieronymus' Händen.

Wie von ferne erlebte Telse das eigenwillige Ritual des Kriegers Groth als göttliches Wunder. „Oh heilige Jungfrau Maria, wir danken dir. Gib uns ein weiteres Zeichen deiner Liebe!", flehte sie.

Auf einmal legten alle Soldaten Helm, Harnisch und Stiefel ab, behielten nur ihre Waffen. Sie berührten, wie Groth zuvor, nacheinander die jeweiligen Wappenfahnen ihrer Geschlechter, küßten in religiöser Verehrung Kreuz und Skulptur und sammelten sich bei ihren Anführern am Ende des Schanzenwalls zum Gegenangriff auf den näherrückenden Landsknechthaufen. Auch Isebrand legte seine Rüstung ab. Er wollte auf dem schweren, schlammigen Boden ebenfalls beweglich sein.

Es zog ihn zu Telse hin. Er wollte sie zum Abschied umarmen. Doch wie gebannt durch den erhabenen Augenblick schien sie völlig abwesend. Blicklos sah sie Isebrand an, als wünschte sie niemandes Nähe. Er erschrak darüber und bemerkte, daß ihre Augen feucht schimmerten.

Voller Mitleid glaubte er zu wissen, daß sie die vielen auf sie eingestürzten schmerzlichen Gefühle nicht zu bewältigen vermochte. Da war einmal die Trauer um den Vater. Dann die Ungewißheit über die verschollene Mutter. Und nicht zuletzt die Schuldfrage, die Telse sich durch den Landesverrat ihrer Eltern aufgebürdet hatte.

Isebrand ging zurück zu seinen Männern. Die warteten schon ungeduldig auf den Sturmbefehl. Nicht weit von ihnen am Fuße der Anhöhe rückte bereits die Landsknechtsgarde wie eine riesige starrende Mauer von Spießen, Lanzen und Hellebarden unter Trommelwirbel Schritt für Schritt langsam auf sie zu.

74

Zuerst bemerkte Anna in der Ferne ein kurzes Aufblitzen, dann eine Rauchwolke, und gleich darauf rollte ein gräßliches Donnern über die Marsch. Nicht allzu weit vor ihr schlug eine Kanonenkugel mitten in einen Soldatenverband der Landwehr ein.

Entsetzt fuhr sie zusammen. Die Schmerzensschreie, Hilferufe und Flüche der getroffenen Krieger waren deutlich zu hören. Erst jetzt wurde ihr richtig klar, daß sie sich in lebensbedrohende Gefahr hineingewagt hatte. Doch nichts auf der Welt würde sie aufhalten können, ihre Tochter und ihren Mann zu suchen, schwor sie sich. Wenn es sein müßte, sogar mitten im Kampfgebiet.

Anna konnte sich aber kaum noch auf den Beinen halten. Der lange, anstrengende Marsch gegen Sturm und Regen und durch den tief aufgeweichten Morast hatte ihre Kräfte völlig erlahmt. Die Kleidung war durchnäßt und verdreckt, sie fror, und der Körper wurde bei jedem Schritt schwerer und schwerer. Gierig schnappte sie gegen die zunehmende Atemnot nach Luft.

Nur nicht aufgeben, feuerte sie sich entschlossen an.

Nur wenige Schritte noch und sie würde ihr Ziel erreicht haben: Den zweirädrigen Munitionskarren eines leichten Feldgeschützes, das die Landwehr mit sich führte und das von vier Pferden unter klatschenden Peitschenhieben mühsam durch den Schlamm gezogen wurde.

Seit längerem schon hatte sie das Gefährt nicht aus den Augen gelassen und sich durch die Reihen der Soldaten hindurch nach vorn gekämpft. Sie wußte, sie würde das Kampffeld nur dann in einigermaßen guter Verfassung erreichen, wenn sie sich ein Stück des Weges fahren ließe.

„Was macht denn eine Frau hier im Feldzug allein unter so vielen Männern?“, staunte sie ein junger Soldat von der Seite an. Mühsam hatte sie inzwischen die vor sich hinstapfende Geschützmannschaft eingeholt.

„Ich will vorn unsere Verwundeten versorgen“, log sie und blickte den Kanonier erschöpft und verzweifelt an. „Ich möchte so gern für einige Augenblicke dort oben sitzen?“, bettelte sie und zeigte mit dem Finger auf den Karren.

„Nur zu, wenn du schnell in den Himmel willst“, lachte der Soldat lauthals. „Wir haben nämlich nur Kugeln und Schießpulver geladen.“

Anna war das egal. Hauptsache, sie würde sich endlich ausruhen können.

75

Slentz dröhnten vom Schlachtgesang seiner Soldaten die Ohren. „Wahr di, Buer, de Garde kumt!“, hallte es aus dreitausend Männerkehlen immer wieder laut über die Marsch. In der Linken hielt er den langen Spieß weit vorgestreckt, rechts das Schwert. Wie seine Landsknechte zu beiden Seiten quälte er sich in der zähen Kleierde vorwärts. Bei jedem Tritt gurgelte, blubberte und gluckste der Schlamm aus der Tiefe des Bodens bis über die Waden hoch. Die Stiefel waren nur mit aller Kraft wieder aus dem Morast herauszuziehen. Sturm und Regen peitschten von vorn ins Gesicht.

Vor ihm auf der Anhöhe setzte sich plötzlich ein Bauernhaufen in Bewegung. Etwa dreihundert Dithmarscher. Sie kamen direkt auf ihn zu. Slentz spürte sein Herz pochen. Ungestümer Vernichtungsdrang stieg in ihm hoch. Eine unbändige Lust zu töten überkam ihn.

Aber hörte er recht? „Wahr di, Garde, de Buer de kumt!“, brüllte es da von vorn. Slentz zuckte zusammen: Die Bauern hatten den Schlachtgesang seiner Landsknechte in ihrem Sinne umgedreht. Und wieder: „Wahr di, Garde, de Buer de kumt!“

Auch das noch, durchfuhr es ihn, als er zur Schanze hochblickte. Vor dem Schutzwall stellten sich gerade Frauen in einer langen

Reihe nebeneinander auf. Schulter an Schulter reckten einige beschwörend Kruzifixe zum Himmel.

„Hilf, Maria, hilf!“, riefen die Frauen auf einmal im Chor.

„Hilf, Maria, hilf!“, antworteten die Bauernkrieger wie mit einer Stimme. Dabei sahen sie sich nicht um, sondern marschierten unaufhaltsam auf die breite Front der Garde zu. Wieder und wieder tauschten Frauen und Bauern den flehenden Schrei nach göttlichem Beistand aus. Slentz spürte einen Schauer über seinen Rücken laufen.

Besorgt schaute er auf seine Soldaten, ob das unheimliche Kampfritual irgendwelche moralische Wirkung auf sie hatte. Doch dafür blieb keine Zeit mehr: Die Bauern stürmten plötzlich im Laufschritt los.

Slentz stutzte. Die Dithmarscher wählten eine ihm unbekannte, eigenwillige Angriffstaktik: Sie lösten ihre anfänglich enggeschlossene Spießerformation mit einem Schlag auf und bildeten mehrere Kleinverbände. Die schwärmten im Nu in alle Richtungen aus. Slentz glaubte, er sähe nicht richtig: Die kleinen Gruppen bildeten während des Laufens sogar keilförmige Einheiten. Was er dann beobachtete, nahm ihm fast den Atem: Gezielt stießen die Trupps auf die einzigen Lücken vor, die sein Heer bot. Sie waren zwangsläufig durch übergelaufene Wassergräben entstanden, wo sich die Front seiner Landsknechte nicht vollständig schließen konnte. Dadurch wurde sein Truppenverband förmlich in mehrere Teile zerschnitten. Entsetzt erkannte Slentz die Gefahr: An diesen Stellen war sein Heer verwundbar!

Zu allem Übel bot sich seinen Soldaten auch noch ein furchterregender Anblick: Die Angreifer waren halbnackt, trugen weder Helme noch Harnische, waren barfuß und schienen rasend vor Wut zu sein.

Haß stieg in Slentz auf: Das alles hatte er nur diesem verfluchten Isebrand zu verdanken, der sich diese Taktik bestimmt ausgedacht hatte. Damit waren dessen Krieger in der schlammigen Marsch um vieles beweglicher als seine gepanzerten Landsknechte. Sicher befand er selbst sich irgendwo mitten unter ihnen. Na warte, du Schuft! Das ist die Gelegenheit, dich endgültig zu erledigen, schoß es Slentz durch den Kopf. Doch er konnte keinen Gedanken mehr daran verschwenden: Die heranstürmenden Bauern waren in die Reihen seiner Truppen hineingestoßen.

Schnell mußte Slentz sein Schwert ziehen: Ein junger blonder Hüne hatte ihm mit einer Streitaxt seinen abwehrenden Spieß durchgehauen. Nun stand der lange Kerl vor ihm, blickte ihm kalt in die Augen und holte mit der Waffe zum Schlag aus.

Isebrand führte den Angriff an. Die Wucht des Vorstoßes warf ihn direkt in den dichten Verband des Gegners hinein. Seine Männer hatten die vorgestreckten Spieße der Landsknechte mit Hellebarden niedergedrückt und zertrümmert. Danach stießen sie den Grabenrand entlang gleich bis in die vierte Reihe vor. Die vollkommen verdutzten Söldner glotzten im ersten Augenblick nur verblüfft.

Isebrand nutzte das Überraschungsmoment.

Rücken an Rücken kämpfend, stachen und schlugen die Dithmarscher mit Lanzen, Schwertern und Äxten in blindwütiger Raserei um sich. Wie in wildem Rausch brüllten sie vor jedem Hieb ihr Gegenüber furchterregend an. Entsetzt und wie gelähmt wichen die betroffenen Gardesöldner vor den unheimlichen Bauern zurück. Die meisten dachten nicht einmal an Gegenwehr. Getroffen und schwer verwundet stürzten viele von ihnen stöhnend oder schreiend in den Morast, andere sackten gleich tot in sich zusammen. Auch die anderen Verbände Isebrands rissen an verschiedenen Stellen blutige Lücken in die tiefgestaffelte Aufstellung. Trotzdem gelang es nicht, die gesamte waffenstarrende Mauer aus sieben eng hintereinanderstehenden Soldatenreihen zu durchbrechen. Dann hätte Isebrand die Garde von hinten angreifen und Teile von ihr planmäßig aufrollen können.

Doch ständig drängten von allen Seiten neue Söldner heran, quetschten die eingedrungenen Bauern zusammen und setzten ihre Hieb- und Stichwaffen ein. Isebrand erkannte, daß sich die gegnerischen Kräfte schnell von ihrem ersten Schrecken erholt hatten. Zwei seiner Männer fielen neben ihm schwer getroffen in den Schlamm. Es wurde für seine Truppe immer enger.

„Zurück!“, schrie er in das Kampfgetümmel hinein.

Seine Leute verstanden. Gemeinsam setzten sie sich, an beiden Rändern des Wassergrabens wild um sich schlagend, ab. Andere

Bauerntrupps hielten ihnen den Rückweg aus dem Gewirr von tobenden Soldaten und klirrenden Waffen frei.

Wieder außerhalb des feindlichen Spießerhaufens, bemerkte Isebrand erschöpft, daß sich auch die anderen Verbände seines Aufgebots die Anhöhe hinauf zurückzogen.

Isebrands Gegenangriff war gescheitert.

„Zieht die gottverdammten verwundeten Dithmarscher nach vorn!“, schrie Slentz in grenzenloser Wut. „Bevor unser Angriff weitergeht, werden wir sie vor den Augen ihrer eigenen Leute abschlachten.“ Dabei blickte er höhnisch lachend zum Hügel hinauf, wo sich Isebrand und seine Männer schon zum nächsten Gegenangriff aufstellten.

Slentz hatte zuvor dem blonden Hünen, der ihm mit der Streitaxt den Schädel spalten wollte, mit einem gewaltigen Schwerthieb den Kopf abgeschlagen. In das weitere Kampfgeschehen konnte er nicht eingreifen, weil seine Leute ihn in der Mitte zwischen zwei Gräben eingekeilt hatten.

Nun schloß sich sein Regiment zur neuen Angriffsformation zusammen. Es war um mindestens zweihundert Landsknechte ausgedünnt worden.

Unterdessen schleiften einige Söldner mehrere dithmarscher Verwundete durch den Schlamm von hinten nach vorn und ließen sie vor der ersten Soldatenreihe fallen. Slentz schritt durch den Morast zu ihnen hin. Er beugte sich zu einem jungen Bauern hinunter, der mit blutigen Armen und Beinen hilflos auf dem Rücken lag.

Barsch fuhr er ihn an: „Wie heißt du?“

Der spuckte dem Gardeführer mitten ins Gesicht. „Da hast du meinen Namen“, stöhnte er in verächtlichem Ton.

Slentz war außer sich vor Zorn. Er holte mit seinem Schwert weit aus und stieß dem Verwundeten die Klinge brutal in den Bauch. Der Mann war sofort tot.

„He, Isebrand!“, schrie Slentz gellend zur Anhöhe hinauf und reckte das blutige Schwert triumphierend hoch in die Luft. „Genauso wirst du sterben!“ Oben kreischten einige Frauen auf. Slentz drehte sich zu seinen Landsknechten um. Kühl und wie gelangweilt befahl er: „Stecht nun die anderen ab!“

Entsetzt schlug Telse die Hände vors Gesicht. Niemals hätte sie die grausame Ermordung der verwundeten Gefangenen mitansehen können. So hörte sie nur die hysterischen Schreie einiger Frauen neben sich, die die greuliche Bluttat von der Anhöhe aus beobachteten.

Isebrand verspürte nur noch heiligen Zorn. Die Wutschreie seiner Männer rund herum nahm er kaum noch wahr. Alles in ihm drängte danach, sofort wieder loszustürmen und die anrückenden Soldaten anzugreifen. Doch er besann sich der nächstliegenden Notwendigkeit: Er mußte noch einmal versuchen, die Garde vorher so gut wie möglich zu schwächen.

„Schießt sie zusammen!", rief er Hinrick Teissen zu. Der war Kommandant der Geschützmannschaften. Die hatten inzwischen die Rohre auf den geänderten Marschweg der feindlichen Truppen gerichtet, die begannen, die Schanze seitlich in weitem Bogen zu umgehen.

„Feuer!", schrie Teissen. Zwölf Kanonen blitzten in rascher Folge nacheinander auf. Ein ohrenbetäubendes Donnern rollte über die Ebene. Der geballte Feuerstoß mitten in die gegnerische Masse hinein mähte reihenweise Menschenleiber um. Viele von ihnen blieben zerschmettert im Morast liegen, andere wankten oder humpelten durch die Reihen weiter nach hinten in vorläufige Sicherheit.

„Hauke Dyrssen, jetzt bist du dran!", rief Isebrand einem Bauern um die fünfzig zu, der neben einer Schar Büchsenschützen stand. „Feuer!" schrie der, und aus zahlreichen schweren und leichten Hakenbüchsen fegte ein Kugelhagel in die Garde. Wieder sanken zahlreiche Krieger zusammen.

„Feuer!", befahl jetzt auch der junge Marius Wytte aus Oldenwöhrden seinen Armbrustschützen. Deren Flugbolzen rissen weitere Söldner um, einige tödlich getroffen, die meisten schwerverletzt.

Gräßliche Hilfeschreie und lautes Gestöhne drangen bis zur Anhöhe hinauf. Danach rückte der spießestarrende Wald der Slentz'schen Soldaten drohend näher. Rücksichtslos traten sie auf ihre Verwundeten am Boden.

Plötzlich durchschnitt eine helle, klare Stimme die Hochspannung, die unter den angriffsbereiten Bauern herrschte. „Oh, Herr im

Himmel, oh, mein Gott, oh, heilige Jungfrau Maria, Schutzpatronin meines über alles geliebten Dithmarschen! Erbarmt euch meiner! Erhört mein Flehen!“ Alle Männer wandten das Gesicht ruckartig zu der Frau hin, die es trotz des nahen Feindes wagte, unvorsichtig und leichtfertig die gesammelte Aufmerksamkeit der Krieger zu stören.

Auch Isebrand erstarrte vor Schreck und war über die Unterbrechung seiner Kampfvorbereitung verärgert. Als er zu der Frau hinüberblickte, wollte er es kaum glauben: Es war Telse!

Umringt von zehn Frauen stand Telse, wie aus dem Nichts hervorgetaucht, plötzlich vor Isebrand und der Front seiner streitbaren Bauernkrieger. Die Frauen hielten Holzkreuze hoch, und Telse hatte die Arme nach oben hin ausgebreitet, in der linken Hand ein Jesuskreuz, in der rechten eine weißgraue Fahne. Die zeigte in der Mitte eine braune Säule und war das Feldzeichen des Westerdöffter Bauernaufgebots.

Isebrand sah sofort, daß Telse sich in einem völlig aufgelösten, entrückten Zustand befand. Und irgendwie ahnte er, daß sie eine schicksalhafte Entscheidung treffen würde. Sie wird doch wohl nichts Unüberlegtes tun?!

„Oh, Herr im Himmel, oh, mein Gott, oh, heilige Jungfrau Maria“, rief Telse noch einmal flehend mit ihrer hellen, klaren Stimme, so daß ihre Fürbitte das Sturmgeheul durchdrang. „Gebt uns die Kraft, unsere Feinde zu besiegen! Dafür gelobe ich an dieser Stelle ewige Jungfräulichkeit. Mein Leben lang will ich euch fromm und in Keuschheit dienen. Ich werde in das Kloster eintreten, das wir euch zu Ehren bauen werden. Dort will ich als Nonne leben, bis du, oh, Herr, mich in deiner Güte zu dir nimmst!“

Für einen Moment war es ganz still auf der Anhöhe.

Isebrand starrte Telse überrascht an. Niemals hätte er ihr diese wilde Entschlossenheit zugetraut, mit der sie ihr geliebtes Land auf ihre Art retten wollte. Obwohl er sie dafür bewunderte, versetzte es ihm zugleich einen Stich ins Herz. Denn Telse hatte damit auch als Frau für immer Abschied von ihm genommen.

Eigenartiges Zischen und dumpfes Klatschen riß ihn aus seinen Gedanken. Der Pfeil einer feindlichen Armbrust war in den Fahnenstiel eingeschlagen, den Telse hochhielt. Die Eisenspitze steckte tief im Holz, die Befiederung zitterte noch. Nur zwei Armlängen über Telse. Verdammt, zuckte Isebrand zusammen, das hätte sie ihr Leben kosten können.

„Wahr di, Garde, de Buer de kumt!“, feuerte er urplötzlich seine Männer an. „Wahr di, Garde, de Buer de kumt!“, antworteten ihm seine Krieger prompt wie mit einer Stimme.

Isebrand hörte aus ihrem Schlachtruf den besessenen Willen zum Sieg heraus. Telses religiöses Gelöbnis hatte seine Wirkung nicht verfehlt, durchfuhr es ihn. Ihr hingebungsvolles Opfer, für die Freiheit ihres Landes allen irdischen Wünschen einer Frau lebenslang zu entsagen, sprang wie ein Funke auf die Männer über. Ihre Bereitschaft, für ein freies Dithmarschen zu sterben, war geradezu explosiv. Isebrand fühlte es wie Feuer auf der Haut.

„Vorwärts!“, rief er weithin hörbar zum zweiten Gegenangriff auf.

Mit schauerlichem Geheul und wütendem Gebrüll stürzten die Bauern an Telse und den Frauen vorbei – direkt auf die entgegenkommende Mauer des feindlichen Heeres zu. Das war bereits auf hundert Schritt herangerückt.

Slentz hatte das sichere Gefühl, daß dieser Gegenangriff der Dithmarscher die endgültige Entscheidung über die Schanze und somit über den freien Zugang zur rettenden Geest bringen würde. Das steigerte seinen Kampfwillen. Jetzt oder nie, dachte er. Sofort gab er seinen Truppen den Befehl, die auf sie zustürmenden Bauern im Laufschritt niederzurennen. Daß dies ein folgenschwerer taktischer Fehler war, merkte er zu spät.

Isebrands Männer waren auf etwa fünfzig Schritte heran, als seine Soldaten statt zu laufen, wie Slentz es befohlen hatte, dem Gegner entgegenzutaumeln begannen. Das Gewicht ihrer Rüstungen drückte sie so tief in die schlammige Erde, so daß sie mit den klobigen Stiefeln darin stecken blieben. Dadurch verloren sie das Gleichgewicht und kippten mit dem Oberkörper nach vorn.

Einige Söldner gerieten darüber in leichte Panik. Der Anblick der gefluteten Marsch mit den weiten, überschwemmten Flächen tat sein übriges. Das Wasser reichte schon bis an den Fuß des Kleihügels. Obendrein trugen die Sturmböen, der Regen und die Kälte zur Mutlosigkeit bei.

Mit Entsetzen sah Slentz, daß Isebrands barfüßige und kaum gepanzerte Krieger behende den aufgeweichten Boden überwanden und plötzlich in vier Haufen zu etwa fünfzig Mann an verschiedenen Stellen in die dichtgedrängte Masse seiner Soldaten einbrachen. Der blindwütige Angriffsstoß und die barbarische Wucht, mit der die rasenden Bauern den Zweikampf suchten, lähmte die Todesverachtung der durchnäßten, verfrorenen und fast bewegungsunfähigen Söldner bis zur Gänze.

Isebrand schlug Seite an Seite mit Wiemerstedt, Groth, dem Achtundvierziger Clawes Junge aus Neuenkirchen und unter dem Flankenschutz von über dreißig Männern eine Bresche durch alle sieben Reihen des Gegners hindurch. Wie wild hieben sie in dem wirren Durcheinander fortwährend auf nächststehende Landsknechte ein. Sie zielten mit Spießen besonders auf ungepanzerte Hälse, Achselhöhlen, Unterleiber und Beine.

Ein Blutbad auf engstem Raum spiegelte den Haß der Bauern wider. Äxte und Hellebarden spalteten Helme, Harnische und Kettenhemden. Schwerter und Streithämmer zerschmetterten Köpfe, Schultern und Arme.

Mit einem Mal sahen sich die Dithmarscher im Rücken des feindlichen Heeres. Auch weiter entfernt hatten ihre Leute den Durchbruch geschafft. Sofort gab Isebrand das verabredete Zeichen zur seitlich gelegenen Schanze hinauf. Nur wenige Augenblicke später blitzten und donnerten schon die Geschütze. Mit ihrer verheerenden Wirkung in den vorderen Reihen des Gegners richteten sie große Verwirrung im ganzen Heer an – zumal nun die Geschützmannschaften und Büchsen- und Armbrustschützen, die beim ersten Angriff in der Schanze geblieben waren, als zweite, kleinere Angriffswelle die Anhöhe herunterstürmten. Gleichzeitig schwärmten Isebrands Verbände im Rücken des Heeres aus, wobei sie mit Springspießen die wassergefüllten Gräben in hohem Bogen überwanden. Gezielt griffen sie schließlich den Feind von hinten an.

Isebrand hatte zu Beginn mit seinen Anführern vereinbart, möglichst zuerst die Offiziere zu töten. Führerlose Mannschaften würden nur hinhaltenden Widerstand leisten und darum leichter zu vernichten sein.

Slentz wehrte sich mit Schwert und Dolch wie ein Berserker gegen die von allen Seiten auf ihn zudrängenden und um sich hauenden Bauern. Er trat auf stöhnende Verwundete, starre Tote, stapfte durch aufgewühlte, blutdurchtränkte Erde, schrie, fluchte, ächzte und stöhnte.

Plötzlich zuckte er zusammen. Sein Blick kreuzte sich mit dem Isebrands. Der war etwa zehn Schritte von ihm entfernt.

Slentz sah auf einmal nichts anderes mehr als seinen Todfeind. Der kämpfte sich, ebenfalls wie wild um sich schlagend, langsam auf ihn zu. „Ich werde jetzt deine Fresse kreuzigen!", zischte Slentz zwischen zusammengebissenen Zähnen hervor, während er mit zwei Schwertstößen einen angreifenden Bauern erledigte.

Isebrand merkte, wie seine Kräfte wuchsen. Die hünenhafte Gestalt und das gräßliche Narbengesicht des Gardeführers waren nicht zu übersehen. Noch versperrten im Schlachtgetümmel mehrere Zweikämpfe beiden den Weg zueinander. Er spürte, wie sich sein Haß gegen das Narbengesicht nur wenige Meter vor ihm steigerte. Gleich werde ich ihn töten, dachte er.

Wiemerstedt sah mit einem Blick, was sich da zwischen Isebrand und Slentz anbahnte. Er selbst jedoch war mit Groth und Junge weit näher bei Slentz als Isebrand. Nur vier Schritte entfernt vom Rücken des Gardeführers. Kraftvoll sprang er nach vorn und stieß seinen Spieß mit voller Wucht von hinten in Slentz' Rückenpanzer. Die Spitze der Stichwaffe blieb stecken. Wiemerstedt riß mit wilder Kraft ruckartig daran.

Slentz durchfuhr ein tödlicher Schreck: Er spürte, wie er in seiner Rüstung hilflos mit dem Rücken zuerst auf die Erde fiel. Irgendetwas hatte ihn von hinten niedergerissen. Auf einmal erblickte er einen Bauernkrieger über sich. Den Kerl hatte er doch schon mal gesehen, durchschoß es ihn blitzartig.

„Laß mich ihn töten!“, hörte er ihn hysterisch schreien.

„Tu es schnell, Groth!“, anwortete jemand.

„Dies ist für Inken Ratlow!“, vernahm er wieder den Kerl über sich. Im selben Moment holte der mit einer Hellebarde zum Schlag aus. Slentz spürte, daß die Beilschneide genau die Brustmitte seines Panzers traf. Der spaltete sich. Seine Brust lag frei.

„Und das ist für den Bluttag von Meldorf!“, schrie ihn derselbe Kerl an. Slentz gefror das Blut in den Adern. Er spürte plötzlich kaltes Eisen auf seiner Brust – genau über dem Herzen. Es war die Schneide einer Streithacke.

„Spring, Wiemerstedt!“, hörte er nur wie von fern. Panik durchbebte ihn: Jetzt wirst du sterben! Er sah noch, daß ein Mann hoch- und mit ganzem Körpergewicht auf die Waffe sprang. Seine Füße landeten auf der stumpfen Seite der Streithacke. Die Schneide zerbrach das Brustbein. Das Eisen drang ins Herz.

Isebrand kam zu spät. Als er Wiemerstedt und Groth erreicht hatte, lag Slentz schon tot da. Seine weit aufgerissenen Augen starrten leblos in den Himmel. Die sonst bläulichen Wülste der Narbe quer über das ganze Gesicht schimmerten weiß; die struppigen Haare des rotblonden Vollbarts standen eigenartig steif von der Haut ab.

Vor Isebrands geistigem Auge tauchte für Bruchteile eines Augenblicks das ebenmäßige Antlitz des jungen Slentz auf. Wie gut hatte der doch früher, zur Freude zahlreicher Mädchen, ausgesehen und auch zugegriffen, wenn ihm eine gefiel. Das war noch zu der Zeit gewesen, als beide eng befreundet waren.

Die ersten Gardesöldner begannen zu fliehen. In Panik entledigten sie sich ihrer Helme, Harnische, Stiefel und sogar Waffen, nur um schneller davonzukommen. Sie hatten gesehen, daß ihr Oberster Kapitän tot war.

Isebrand sah sich für Bruchteile von Sekunden als Landsknecht mit Slentz gemeinsam am Lagerfeuer sitzen und über das Leben sprechen. Über die verkorkste Kindheit, die beide hinter sich hatten, die verkommenen und selbstzerstörerischen Elternhäusern, aus denen beide geflohen waren, um sich vom drohenden Sturz in den Untergang zu retten und es einmal besser zu haben. In Wirklichkeit waren es wohl diese gemeinsamen gräßlichen Kindheitserlebnisse, dachte er jetzt, die ihn und Slentz damals in so tiefer Freundschaft verbunden hatten. Nun lag er tot vor ihm im Schlamm, ohne seine Ideale von einem schöneren Leben jemals erfüllt zu haben.

Ihn überkam eine seltsame Traurigkeit. Der Tod verändert schlagartig das Bild der Welt, in der man lebt, dachte er. Ihm war, als hätte er einen Freund verloren und nicht einen Todfeind besiegt. Behutsam drückte er Slentz die starr geöffneten Augen zu.

76

Die Frauen in der Schanze jubelten aufgedreht und übermütig, als hätten sie den Verstand verloren.

„Die Verstärkung kommt!“, schrien sie wild durcheinander und umarmten sich glücklich. Einige tanzten sogar in ihrem Freudentaumel ausgelassen zwischen den Geschützen umher.

„Seht nur!“, rief Wibke Eveken, „dort ist Hinrik Grove aus Wesselburen mit dem Aufgebot der Vogdemannen!“ Sie zeigte zur Rückseite des Kleihügels hinunter, wo Männer im Eilschritt näherkamen. Wibke Eveken hatte ihren Nachbarn gleich am Gesicht und dessen Truppenverband am Wappenzeichen der Geschlechterfahne erkannt. Ein junger Krieger trug das Feldzeichen mit dem blauen Wappen voran, das einen weißen Stern über einer roten Mauer zeigte.

„Da! Drüben am Rand des Hemmingstedter Grabens“, rief Wienke Wohlers aus Albersdorf erfreut aus, „es sind Aufgebote von der Geest. Dort drüben, seht nur, Tellingstedter, Hennstedter, Delver, Nordhastedter und da“, sie schien unendlich stolz, „unsere Leute aus Albersdorf.“ Tatsächlich tauchten mehrere Verbände gleichzeitig auf, allen voran die Wappenfahnen der verschiedenen Geschlechter und Familienkluften. Alle Trupps, darunter einige bis zu dreihundert Bauern stark, strebten wie besessen dem Kleihügel zu.

„Da, die Männer aus unserem Dorf!“, schrie Grete Lüders aus Lunden begeistert, „sie stehen drüben auf der Abenwurth.“ Alle wandten ihr Gesicht zur gegenüberliegenden Anhöhe hin. Eine unbestimmte Erregung erfaßte sie mit einem Male: Nun saßen die Soldaten der schwarzen Garde vollends in der Falle! Unter den eigenen Leuten erkannte Grete Lüders auf Anhieb die beiden Anführer und Achtundvierziger Olde Peter Nanne und den jungen Peter Swyn, der ebenfalls mit eigenem Aufgebot gekommen war.

Von der Küste her näherten sich weitere Bauernverbände aus Büsum, Oldenwöhrden, Wesselburen, Neuenkirchen und Hemme. Sie rückten schnell näher und hörten noch, daß der Kampflärm auf der gegenüberliegenden Seite der Erhöhung allmählich abebbte.

Telse sank auf die Knie und faltete die Hände: „Oh, Herr im Himmel, ich danke dir von ganzem Herzen, daß du unsere Gebete erhört und rechtzeitig Verstärkung geschickt hast." Andere Frauen, die nicht gerade Verwundete versorgten oder mithalfen, Waffen zu laden, folgten Telses Beispiel.

Nur für eine kurze Atempause hatte Isebrand seine erschöpften Männer aus dem Kampfgetümmel zurückgezogen, damit sie neue Kräfte für einen dritten Angriff sammeln konnten. Sie zogen sich bis auf die halbe Höhe des Hanges zurück. Schwer atmend und wie berauscht von dem gewaltigen Schlag, den sie der Garde versetzt hatten, überblickten die Bauern erst jetzt das Ergebnis ihres wuchtigen Vorstoßes: Das Schlachtfeld war übersät mit Toten und Schwerverwundeten.

Isebrand schätzte die Zahl der Gefallenen auf der Gegenseite auf mindestens eintausend und die der Verwundeten auf ebensoviele. Glücklicherweise hatten seine Truppen kaum Verluste zu beklagen. Er hatte von vier Toten und dreißig Verwundeten gehört.

Die Luft war erfüllt von qualvollem Stöhnen und jämmerlichen Hilferufen, aber auch von barschen Kommandos und wilden Flüchen. Mit gemischten Gefühlen beobachteten Isebrand und seine Leute, wie sich die Überreste der gegnerischen Einheit keine dreihundert Schritte von ihnen entfernt zu einem neuen, jedoch kleinen Restspießerhaufen zusammenfanden. Nur hundert Schritte dahinter stellten sich die zwei anderen Regimenter der Garde zu einer gemeinsamen zweiten Angriffsfront auf. Deren Gesamtstärke schätzte Isebrand auf tausend Söldner. Die geschwächte Garde würde bestimmt in zwei Wellen angreifen, dachte er. Dem mußte er sofort zuvorkommen.

„Sind die Geschütze bereit?“, rief er Hinrick Teissen zu. Der nickte und rief zurück: „Auch Hakenbüchsen und Armbrüste!“

„Schießt die Bande zusammen!“, befahl Isebrand.

„Feuer!“, brüllte Teissen. Ein Höllenlärm brach los, gegen den das Sturmgeheul ein Schlaflied war. Es blitzte, donnerte und qualmte aus allen Rohren. Eine Salve aus Feuerbüchsen und Armbrüsten mähte weitere Krieger um.

Plötzlich fuhr Isebrand zusammen. Er hörte Telses helle, klare Stimme von der Schanze herunter: „Die Verstärkung ist da!“

Isebrand schaute nach oben und sah lange Reihen Dithmarscher Krieger zu Hunderten über den Rand der Hügelkuppe aufmarschieren, dazwischen flatternde Fahnen. Ein nachgeahmter Krähenschrei hinter seinem Rücken ließ ihn sich umdrehen: Auf der nahen Abenwurth standen ebenfalls Hunderte von Bauern.

„Leever doot as Slaav!“, schrie Isebrand begeistert, selig vor Freude, über die Köpfe seiner Männer hinweg. Er spürte eine schwere Last vom Herzen fallen.

Seine Krieger stimmten wie im Chor in den Ruf ein: „Leever doot as Slaav!“

„Leever doot as Slaav!“, hallte es gleich darauf auch aus Hunderten von Männerkehlen von beiden Anhöhen zu Isebrand herüber. Der bemerkte, daß die feindlichen Soldaten zwischen beiden Hügeln verdutzt zu den Hängen hinaufsahen. Jetzt erkennen sie, daß sie in der Falle sitzen, dachte er. Ein Zurückweichen auf die Landstraße, woher sie gekommen waren, war nämlich schier unmöglich: Sie war vollgestopft mit nachrückenden Truppen der Landwehr.

Diese begann inzwischen, auf die wenigen noch nicht überschwemmten Flächen der Marsch auszuweichen und sich dort zu riesigen Haufen aufzubauen. Sie war gezwungen, sich von der Straße herunterzuwagen. Sonst wäre sie von der nachrückenden Reiterei, die sich auf dem schmalen Landweg gegenseitig nach vorne schob, geradezu in die Arme der Dithmarscher gedrückt worden.

Isebrand fühlte auf einmal sein Herz pochen. Klar und deutlich sah er jetzt seinen Kriegsplan vor sich: Die schwarze Garde hatte er abgewehrt, nun mußte er noch die Reste des berühmten Heeres vernichten!

Er hatte das sichere Gefühl, daß er ganz nah am Ziel war.

Noch einmal nahm er kurz den Anblick der weiten Marsch mit den silbrig glänzenden Wasserflächen in sich auf. Er spürte förmlich, wie die tiefhängenden, lautlos dahingleitenden Wolken seinen Willen beflügelten. Ja, er wollte noch einmal alles auf eine Karte setzen.

„Sie kamen, um uns alles zu nehmen!“, schrie er plötzlich in unbeherrschbarem Gefühlsausbruch heraus, „nun nehmen wir uns alles – auch ihr Leben!“

Er holte tief Atem, zog sein Schwert, reckte es hoch in die Luft und rief kämpferisch: „Vorwärts, Männer!“

Die Gardekapitäne Godert von Bemmel und Lukas Kock starrten wie gebannt die Anhöhen zu beiden Seiten hinauf. Was die beiden Kommandanten der letzten Garderegimenter sahen, jagte ihnen einen kalten Schauer über den Rücken: Riesige Schwärme von Dithmarscher Kriegern strömten von überall her auf sie zu.

„Das sind mindestens zweitausend“, schätzte Bemmel. Kock antwortete nicht, so sehr nahm ihn die barbarische Wucht des gegnerischen Angriffs gefangen: Wie schon die Male zuvor, so stürzten sich die Dithmarscher auch diesmal wieder mit fanatischem Gebrüll und grausigem Geheul auf die Reste des Gardeverbands. Die Landsknechte in den vorderen Kompanien suchten ihr Heil allesamt in der Flucht. Doch sie kamen nicht weit. Schnell blieben sie im schlammigen Boden der bereits großflächig überschwemmten Niederung stecken. Im Nu holten die leichtfüßig mit Springspießen ausgerüsteten Bauern sie ein, erstachen, erschlugen oder ertränkten sie gnadenlos in den Wassergräben.

Bemmel gab sofort den Befehl zum Rückzug, ohne daß die übrigen Soldaten auch nur einen einzigen Zweikampf gewagt hätten

Isebrand sah die Gardesöldner vor sich in irrer Angst kopflos davonstürzen. Die einen hasteten schutzsuchend auf die Landwehrkrieger zu, die neben der Straße schon eine Abwehrfront gebildet hatten. Die anderen wollten sich auf die Landstraße retten. Doch die war vollgestopft mit Soldaten. Anstelle der schwarzen Garde bildete jetzt die Landwehr den Kopf der Heersäule.

Entsetzt schrien die nordfriesischen, schleswigschen und holsteinischen Bauern und Bürger auf, als sie die Landsknechte in wilder Flucht auf sich zustürmen sahen.

Eingekeilt in dem dichten Gedränge drückender und um sich stoßender Menschenleiber, konnte keiner von ihnen weder einen Schritt nach vorn noch zurück, geschweige denn nach links oder rechts tun: Dort drohten das Wasser und der Morast jeden zu verschlingen, der es wagte, von der Straße herunter in die Marsch zu entfliehen. Weiter hinten, wo anderen Landwehrsoldaten schon die Kampfaufstellung auf weniger feuchtem Boden gelungen war, das gleiche Bild: Mit Grauen sahen sie die fliehenden Gardisten aus dem eigenen Heer auf sich zukommen.

Isebrands Bauern waren den flüchtenden Landsknechten dicht auf den Fersen. Rasend vor Wut und gleichzeitig berauscht vom Erfolg und dem Bewußtsein ihrer furchterregenden Kampfweise, töteten sie alle, die sie erreichten. Verwundete hatten ebenfalls keine Möglichkeit, zu überleben: Nachfolgende Bauern brachten auch sie um.

„Tut es nicht! Bitte, tut es nicht!“, flehte Telse. Sie hatte Kerstin Niebuhrs Hände ergriffen. Kerstin hatte vor, mit dreißig anderen Frauen den Bauern draußen aufs Schlachtfeld zu folgen und alle Feinde zu töten, die den dithmarsischen Angriff überlebt hatten und noch irgendwo verwundet in der Marsch lagen. Sie sah die Zeit gekommen, den grausamen Tod ihrer Schwester Inken Ratlow in Meldorf zu rächen.

„Ihr dürft nicht an Verletzten Rache nehmen. Sie sind hilflos, wehrlos, möchten ebenfalls weiterleben, genauso wie ihr“, beschwor Telse die Frauen. „Was ihr vorhabt, ist Sünde an Gott! Nur er allein kann über das Leben anderer richten.“

„Und wo war Gott, als die Landsknechte meine Schwester vergewaltigt haben? Als sie ihren Säugling und danach sie auf grausigste Weise umgebracht haben? Ich werde ihren Tod rächen, ob es Gott paßt oder nicht!“, rief Kerstin leidenschaftlich. „Wir alle haben in Meldorf engste Verwandte verloren“, sagte Elke Voght aus

Epenwöhrden laut und zeigte auf die Frauenrunde. „Sie wurden bestialisch gefoltert und umgebracht. Wir wollen Vergeltung, nicht mehr und nicht weniger!“

Geschlossen zogen die Frauen los. Sie nahmen Spieße, Kurzschwerte und Dolche mit.

Telse wollte ihnen nacheilen, sie doch noch zum Bleiben bewegen. Aber Wibke Eveken hielt sie zurück. „Laß sie!“, sagte sie mit ruhiger, fester Stimme, „mit verdrängten Rachegefühlen läßt es sich nicht glücklich weiterleben.“ Traurig blickte Telse ihre ältere Freundin an.

„Es können eben nicht alle heilige Heldinnen sein wie du“, fügte Wibke hinzu. Überrascht sah Telse sie an. War sie von den anderen mißverstanden worden als eine, die sich aufspielen wollte? Sie war überzeugt, daß der Herrgott ihr mit der Flucht der Garde schon ein erstes Zeichen gegeben hatte.

„Ich meine es ernst“, sagte Wibke Eveken besänftigend und legte ihren Arm tröstend um Telses Schulter. Beide schauten den bewaffneten Frauen nach. Dabei bemerkten sie, daß immer neue Bauernaufgebote über den Kleihügel und die Abenwurth herbeieilten und in die Marsch vorstießen.

Hinter ihnen schwärmten die haßerfüllten Frauen in kleinen Gruppen aus. Telse beobachtete entsetzt, wie sie hier und dort stehenblieben, den am Boden liegenden Verwundeten die Kleidung vom Leib rissen und dann mit Spießen oder Schwertern wie wild auf sie einstachen. Bestürzt schrie sie auf und schlug die Hände vors Gesicht.

Bemmel und Kock gaben ihren Landsknechten den Befehl, ihren Fluchtweg notfalls mit Waffengewalt gegen die eigenen Leute im dänischen Heer zu erzwingen.

„Stoßt sie ins Wasser oder macht sie nieder!“, riet Bemmel seinen Soldaten.

Die kriegsungewohnten nordfriesischen, schleswigschen und holsteinischen Leute der Landwehr ergriff ungeheure Panik: Was sollte denn das? Jetzt kamen gar die eigenen Gardesöldner auf sie zu, und sogar noch mit drohend erhobenen Schwertern. Und sie machten tatsächlich ernst! Wer sich mit der Waffe weigerte, den

Weg sofort freizugeben, wurde auf der Stelle getötet oder verwundet, wer sich mit bloßen Fäusten entgegenstellte, in die Wassergräben gestoßen oder umgehauen und niedergetrampelt.

Als die Krieger der Landwehr dann noch sahen, wie hinter den Landsknechten die feindlichen Bauern wüteten und ebenfalls auf sie zukamen, gab es auch für sie kein Halten mehr: Sie ergriffen die Flucht. Die wenigen, die noch an einen Sieg glaubten und sich mutig zum Kampf stellten, starben gleich darauf unter den tödlichen Stichen und Schlägen der dithmarsischen Angreifer.

Nur einzelne von ihnen hörten kurz vor ihrem Tod fortwährend die gellenden Anfeuerungsrufe eines Dithmarscher Anführers: „Vorwärts, Bauern! Seht euch nicht um!"

Es war Isebrand, der an der Spitze seiner Krieger die immer größer und breiter werdende Fluchtwelle beiderseits der Straße vor sich hertrieb.

77

„Runter vom Pulverfaß!", schrie der junge Geschützführer übernervös Anna an. Die zuckte im ersten Moment zusammen, kletterte dann aber sofort gehorsam von dem Holzkarren auf den morastigen Boden der Landstraße herunter.

Das kleine Fahrzeug war mit Kanonenkugeln und Schießpulver beladen und an die Lafette eines leichten Feldgeschützes angehängt. Das wurde von sechs kräftigen Pferden gezogen, stand im Augenblick aber ruhig in zwei tiefen Schlammfurchen.

Anna hatte sich auf dem kleinen Munitionswagen während der Fahrt bis fast ans Schlachtfeld heran einigermaßen erholt. Was sie auf ihrem anstrengenden Lauf vom Ende des Heerzuges bis fast an die Spitze der Landwehr erlebt hatte, war aber nichts gegen das, was sie jetzt mitansehen mußte. Voller Schrecken beobachtete sie die anschwellende, riesige Fluchtwelle Tausender Soldaten beiderseits der Straße, auf der auch schon viele Krieger zurückfluteten. Brutal stießen sie jeden zur Seite, der nicht rechtzeitig Platz machte.

Anna drückte ihren Körper schutzsuchend ganz nah an die Holzholme des Wagens und ließ die schreienden, fluchenden und wild um sich schlagenden Männer vorbei. Dabei spürte sie ihr Herz aufgeregt schlagen. Es war weniger die Angst vor der Gefahr des Schlachtgetümmels, stellte sie überrascht fest, als vielmehr die Freude, daß ihre Landsleute den Angriff des Gegners anscheinend abgeschlagen hatten. Sie waren jetzt sogar dabei, die verdammten Feinde aus dem Land zu jagen. Verwundert über sich selbst, spürte sie einen Anflug von Stolz. Dabei sah sie die Gesichter des heimtückischen Königs und des widerwärtigen Slentz vor sich.

Den beiden war sie jedenfalls entwischt, dachte sie zufrieden. Nun mußte sie nur noch das Wagnis auf sich nehmen, unverletzt durch die Reihen der anstürmenden Dithmarscher hindurchzukommen.

Bestimmt würde sie hinter der Kampflinie Telse und ihren Mann wiederfinden.

„Die kriegen von mir Feuer unter den Arsch!", hörte Anna den Geschützführer aufgebracht rufen. Er stammte aus Eiderstedt, wie sie zwischenzeitlich erfahren hatte. Nun wollte er wohl ganz allein mit seiner Kanone Dithmarschen draufgängerisch den Garaus machen.

Über die Köpfe der fliehenden Königstreuen hinweg erkannte sie in der Ferne bereits mehrere näherkommende dithmarscher Verbände. Ob Isebrand auf dem Schlachtfeld den Gegenangriff leitete? Anna hatte auf einmal das sichere Gefühl, daß er ihr vergeben würde, wenn er siegen sollte. Und auch ihre Tochter würde ihr sicher verzeihen.

Plötzlich fuhr sie entsetzt zusammen. „Geschütz sofort in Anschlag bringen!", befahl der junge Eiderstedter energisch. Er hielt ein Fernrohr vor dem rechten Auge und gab aufgeregt einzuschlagende Richtung und Höhe des Kanonenrohrs an. Ein Kanonier hantierte mit einem Quadranten herum, um den Rohrwinkel einzustellen. Unterdessen öffnete ein anderer das kleine Pulverfaß auf dem Karren neben Anna. Mit einem Gefäß brachte er die gefährliche Fracht vorn zur Rohrmündung und schüttete dort das Pulver hinein. Ein weiterer Kanonier legte eine Kugel ein, ein dritter schob sie mit einem Ladestock nach und drückte sie durch das gesamte Rohr bis zur Pulverkammer vor. Der nächste hatte schon mit viel Mühe in dem starken Sturmwind die Zündschnur zum Glimmen gebracht. Er näherte sich damit dem Zündloch auf der oberen Rohrseite und wartete darauf, bis der Eiderstedter den Befehl zum Feuern gab.

Anna hatte jede einzelne Handbewegung der Kanoniere mit rasendem Herzklopfen verfolgt. Zwischendurch blickte sie aufgeregt in die Öffnung des Pulverfasses neben sich auf dem Munitionskarren.

„Ich sehe sie jetzt ganz deutlich", hörte sie die Stimme des Geschützführers. „Es muß eine Gruppe hoher Anführer sein. Ich sehe das an der Fahne neben ihnen. Wenn wir Glück haben, ist sogar der oberste Bauernführer dabei."

Anna durchfuhr ein heißer Schauer: Isebrand! Wenn er tatsächlich unter den Männern war, hatte die Kanone ihn jetzt genau im Visier. Anna schluckte schwer. Er war in Gefahr ... er würde ... nein! Das durfte nicht geschehen! Sie erschrak über sich selbst: Wieso hatte sie plötzlich solche Angst um den Mann, den sie seit so vielen Jahren haßte? Schnell riß sie sich von diesem Gedanken los, wollte Ruhe bewahren. Denn sie ahnte, daß es gleich nur noch auf sie ankam.

„Fertig?", rief der junge Eiderstedter seinem ersten Kanonier zu.

Anna sah, daß der Mann die Zündschnur zum Loch der Pulverkammer führte, die sich im hinteren Ende des Rohrs befand. Ihr blieb keine Zeit mehr. Mit festem Griff entriß sie dem Kanonier die brennende Wachsschnur. Der Schuß jedenfalls war verhindert! Ihre Gedanken rasten. Nun muß noch das Geschütz weg! Sie dachte nicht mehr an sich, sie dachte nur noch daran, ihren Dithmarschern zu helfen. Ihr Blick fiel auf das offene Pulverfaß in ihrer Nähe. Entschlossen warf sie die noch glimmende Zündschnur dort hinein.

Ein gleißendes, zischendes Licht blendete ihre Augen. Dann eine ohrenbetäubende Explosion. Anna spürte nur noch, daß eine unsichtbare, gewaltige Kraft sie hochhob und fortschleuderte. Jetzt werde ich sterben, war ihr letzter Gedanke.

78

Isebrand und die fünf Männer neben ihm fuhren zusammen. Der Sprengknall der Explosion traf sie mitten in einer eiligen Lagebesprechung. Was sie dann vierhundert Schritte entfernt auf der Landstraße sahen, erfüllte sie im ersten Moment mit Entsetzen: Ein mächtiger Feuerblitz wirbelte zahlreiche Landwehrsoldaten umher, zerriß ein Feldgeschütz, steckte zwei auseinanderberstende Holzwagen in Brand und scheuchte schreiende Krieger auseinander, die sich im ersten Schock in die überschwemmte Marsch beiderseits der Straße zu retten versuchten.

Gleich darauf aber empfanden Isebrand und seine Leute angenehme Genugtuung: Schließlich hatte es ihre Feinde und nicht sie selbst getroffen. Isebrand erkannte sofort, daß ein Pulverfaß in die Luft geflogen sein mußte.

„Die Verwirrung müssen wir ausnutzen!“, rief Wiemerstedt aufgeregt. Er war einer der fünf Bauernkrieger neben Isebrand; außer ihm noch Groth und die drei Achtundvierziger Daniel Dreessen, Peter Swyn und Olde Peter Nanne, Isebrands Schwiegersohn. Ihre Familien gehörten dem mächtigen Lundener Geschlecht der Wurtmannen an, dessen schwarzweiße Fahne mit grüner Lilie und schwarzem Adler der junge Swyn trug.

„Also denn, Männer, vorwärts!“, rief Isebrand kurzentschlossen.

Die drei im Hintergrund wartenden Verbände stoben auseinander. Swyns Gruppe griff von vorn, Dreessens von links und Nannes von rechts an. Mit Springstaben setzten die Bauern behende über die Wassergräben, umzingelten den verwirrten Feind und stießen mit erbarmungslosem Vernichtungswillen von allen Seiten in den Heereszug hinein.

Unterdessen waren aus allen Richtungen Dithmarschens immer neue Aufgebote eingetroffen, um die weiter vorn kämpfenden Bauernhaufen zu unterstützen. Isebrand schätzte die Truppenstärke, über die er nun verfügte, auf etwa dreitausend Mann.

Die tauchten in kleinen und großen Gruppen an verschiedenen Punkten der Marsch überraschend aus grauen Nebelschleiern auf, die von dem nur tausend Schritte entfernten Meer tief über die Erde hinwegstrichen. Der Sturm hatte inzwischen etwas nachgelassen, der Regen aufgehört. Stattdessen blähte sich die Luft zunehmend mit eiskaltem Dunst auf, den der abnehmende Wind über die fast gänzlich überschwemmte Niederung vor sich herfächelte.

Die letzten Kompanien der Landwehr, die sich noch gegen die wuchtigen Angriffe zu wehren versuchten, wurden restlos niedergemacht. Bald brach auch der organisierte Widerstand dieses königlichen Heeresverbands völlig zusammen. Ebenso wie die Garde, die auf ihrem Rückzug nach Meldorf inzwischen den Heeresteil der Reiterei passiert hatte, setzte nun auch die Landwehr zur geschlossenen Massenflucht an. Doch die Bauern ließen nicht von ihnen ab: Unaufhaltsam trieben sie die feindlichen Eindringlinge vor sich her.

Isebrand erreichte mit Wiemerstedt und Groth bald die Explosionsstelle, die von Toten und Verwundeten übersät war. Neugierig kletterten sie über die Trümmer des zerstörten Geschützes. Auf einmal hörte Isebrand neben dem Stöhnen einiger schwerverwundeter Landwehrsoldaten auch ein leises Wimmern. War das nicht eine Frau? Verblüfft sah er sich suchend um.

„Anna!?“, rief er dann plötzlich entgeistert aus.

Wie vom Donner gerührt, stand er am Straßenrand knapp über dem wassergefüllten Straßengraben und starrte auf Anna. Die lag nur eine Handbreit neben dem Graben, über und über mit Blut und Erde beschmiert. Rußflecke bedeckten Gesicht und Hände. Sie hatte unsägliches Glück gehabt, daß sie nicht ins Wasser gerutscht und darin ertrunken war, dachte Isebrand im ersten Moment.

„Anna!“, rief er noch einmal, diesmal in großer Sorge.

Sie hatte die Augen nur einmal kurz aufgeschlagen, dann mühsam gelächelt und die rechte Hand kraftlos geöffnet, als würde sie um Hilfe bitten.

Isebrand und Wiemerstedt hoben sie eilig vom eiskalten, morastigen Boden auf und legten sie behutsam auf die abgesprengte hölzerne, angekokelte Bodenplatte des noch brennenden Munitionskarrens. Dabei bemerkten sie eine Wunde an Annas Schulter. Sie fanden zwei zerschlissene Wolldecken und hüllten ihren Körper darin ein.

„Groth, bring mit drei Männern Anna in die Schanze. Telse soll sofort die Wunde versorgen", sagte Isebrand.

Anna schien alles zu verstehen, was um sie herum gesprochen wurde. Sie schlug die Augen ganz auf. Isebrand war es, als glänzten sie vor Freude.

„Telse lebt?", hauchte Anna, bang fragend.

Isebrand legte gerührt ihre Hände auf ihrem Bauch übereinander, drückte diese sanft und bejahte, mit dem Kopf nickend, ihre Frage.

Dankbar schaute sie ihn an. Und lächelte auf einmal. „Und du lebst! Ich hab's tatsächlich geschafft." Isebrand runzelte die Stirn. Was redete sie da?

Ihr Blick schweifte ab, und sie murmelte, wie zu sich selbst: „Die Kanone … sie sollte dich treffen … Ich hab ihm die Zündschnur aus der Hand gerissen … aber dieser Knall …" Anna verstummte, ganz außer Atem.

Sprach sie im Fieber, fragte sich Isebrand. Er blickte auf den Rest des zertrümmerten Geschützes. Darunter lag ein bis zur Unkenntlichkeit zerfetzter Menschenleib. Sicher der Kanonier. Isebrand dachte an die Explosion. Da begann Anna wieder zu sprechen. „Ich wollte wieder gutmachen, was …" Sie stockte, als bedrückte sie eine Riesenlast, die sie unbedingt loswerden mußte. Dann flüsterte sie: „Vergib mir. Bitte."

Isebrand lächelte sie beruhigend an. Leise und fast zärtlich sagte er: „Ich habe dir schon vergeben."

Anna schloß wieder die Augen. Dann suchte sie Isebrands Hand, als hätte sie noch etwas auf dem Herzen, das auszusprechen ihr aber Angst bereitete. Schnell ergriff er ihre Hand, um ihr entgegenzukommen, die quälende Frage auszusprechen.

„Was ist mit meinem Mann?", flüsterte sie.

Isebrand zuckte leicht zusammen. Er zögerte, vermochte die Todesnachricht nicht über die Lippen zu bringen. Zu tief würde sie Anna treffen. Er rang sich durch, auf ihren augenblicklichen Zustand Rücksicht zu nehmen – und schwieg. Aber er drückte ihre Hand, ohne es selbst richtig wahrzunehmen, unbewußt fester.

Aus Annas Augenwinkeln sah er plötzlich Tränen rinnen. Sie hat es gespürt, durchfuhr es Isebrand.

„Also doch – tot?", sagte sie und weinte stumm vor sich hin.

Doch ihr Gesicht schien dabei entspannt, als hätte sie Holms Tod vorhergesehen.

Annas Schmerz berührte Isebrand zutiefst. Für einen Moment schaute er gedankenverloren in die Ferne. Anhaltender Schlachtenlärm drang zu ihm herüber. Eigenartig, schoß es ihm durch den Kopf, dort schlagen unzählige Menschen einander in tödlichem Haß gnadenlos die Schädel ein, und hier findet eine Frau nach zwanzig Jahren Haß ihren inneren Frieden.

„Isebrand, unsere Truppen sind auf die Reiterei gestoßen!“, riß ihn ein Melder, der aus Richtung Meldorf geritten kam, aus seinen Gedanken.

„Her mit dem Pferd!“, rief Isebrand dem Reiter zu, der sofort aus dem Sattel sprang. „Groth, paß mir ja gut auf Anna auf!“, befahl er noch seinem Späher vorsorglich.

Eilig stieg er aufs Pferd und wandte sich, bevor er davonritt, an Wiemerstedt: „Kümmere du dich schon mal um unsere Verwundeten. Unsere Frauen in der Schanze sollen nachkommen, sie auflesen und versorgen.“

79

An der Dusenddüfelswarf südlich von Dehling, etwa in der Mitte zwischen Meldorf und Hemmingstedt, erreichte Isebrand wieder sein gesamtes Aufgebot. Es kämpfte bereits, aufgesplittert in viele kleine taktische Verbände, schnell und beweglich gegen die sich verzweifelt wehrende königliche Reiterei.

Beim Anblick des verhaßten Adels steigerte sich die Wut und Erbitterung der Bauern zu Raserei. Mit barbarischer Wucht stürzten sie sich auf die aufgeputzten, schmuckbehangenen und im Gepränge von silberbeschlagenen Turnierwaffen vornehm einherstolzierenden Ritter. Sie entstammten dem norddeutschen und skandinavischen Feudal-, Land- und Verdienstadel. Doch die Blüte der Aristokratie war dem anstürmenden Bauernheer hilflos ausgeliefert.

80

Telse stutzte einen Moment, dann brach es wie ein Glücksrausch über sie herein: Die Frau auf der verkohlten Holzplatte, die vier Männer zur Schanze herauftrugen, war ihre Mutter!

„Mutter!“, schrie sie völlig aufgelöst den Hang hinunter, und dann wieder und wieder: „Mutter!“

Die anderen Frauen fuhren von ihren Tätigkeiten hoch und glaubten zunächst, die jauchzende Telse hätte den Verstand verloren. Denn sie krallte sich mit fliegenden Händen an den Reisigmatten des Schanzenwalls fest, fand Halt und schwang sich mit aller Kraft darüber hinweg. Dann aber sahen sie, daß Telse schnurstracks auf die näherkommende Männergruppe zulief, die plötzlich anhielt, die Trage zu Boden ließ und einer leicht wankenden Frau hochhalf. Neugierig gespannt und ebenso gerührt schauten sie von der Schanze herunter dem Wiedersehen von Mutter und Tochter zu.

Anna hatte es nicht mehr auf der Liegeplatte ausgehalten. Sie hatte die Stimme ihrer Tochter sofort erkannt und im ersten Moment voller Stolz gedacht: Niemand anderes auf der Welt würde so sehn-suchtsvoll aus tiefster Seele nach der Mutter rufen als Telse. Dann spürte sie auf einmal eine große innere Befreiung von der seelischen Qual, die sich in den letzten beiden Tagen in ihr angestaut hatte. Denn sie hatte jede Stunde mehrmals geglaubt, die Liebe ihrer Tochter für immer verloren zu haben. Nun wird alles wieder gut, sagte sie sich. Selig brach sie in Tränen aus, noch bevor Telse bei ihr war.

Die hastete stolpernd und taumelnd auf ihre Mutter zu. Einen Schritt vor ihr blieb sie ruckartig stehen, blickte Anna gleichsam fragend und mit bettelnden Augen an. Da entdeckte sie Tränen im Gesicht ihrer Mutter. Glücklich und traurig zugleich fiel Telse ihr um den Hals.

81

Die königlichen Ritter und Knappen waren nicht imstande, auf der schmalen Landstraße auch nur einen einzigen Schritt voranzukommen. Von hinten drängte der Troß sie unbarmherzig immer weiter vorwärts. Von vorn prallte die Welle panisch fliehender Soldaten, verfolgt von den Dithmarschern, auf sie auf. Und ein Ausweichen auf Pferden nach links oder rechts in die überflutete Marsch war unmöglich.

Für die Bauern galt es nun, zuerst die schwergepanzerten Ritter von ihren Pferden zu holen. Dazu mußten sie die Tiere erschrecken, damit die ihre Reiter vor Angst abwarfen. „Schont den Mann und schlagt das Pferd!", befahl Isebrand seinen Leuten. Reihenweise fielen die Adligen auf den Boden herunter. Dort empfingen sie die gnadenlos zustechenden Dithmarscher. Auch Hans von Ahlefeldt, des Königs Feldmarschall, mußte dabei sein Leben lassen. Kurz zuvor hatte er sich noch die Danebrogfahne um den Leib gebunden.

Zahlreiche Ritter erkannten, daß sie sich vom Pferderücken aus nicht verteidigen konnten. Sie sprangen herunter und versuchten im Fußkampf ihre Ehre zu retten. Darauf drehten die Bauern Isebrands Ruf um und gaben von einem zum anderen weiter: „Schlagt den Mann und schont das Pferd!" Für die wenigen noch überlebenden Reiter hätte das das Ende bedeutet. Deshalb ergriffen sie lieber die Flucht

Doch auch sie wurden, zusammen mit den völlig aufgelösten Truppenresten der Garde und der Landwehr, von den Bauern an umgestürzten Troßfahrzeugen und Geschützen vorbei bis vor Meldorfs Tore gehetzt, dabei oftmals eingeholt und niedergemacht.

König Hans, der am Ende des Trosses mit seinem Hofstaat in der Stadt festgesessen hatte, ließ das letzte Stück des Landweges für seine fliehenden Soldaten freimachen. Er befahl den zurückgeblieben Besatzungstruppen in Meldorf, die Landstraße von allen Fernwaffen und Beutewagen zu räumen.

Es war seine letzte Anweisung in dem verlorenen Eroberungskrieg. Schon lange, bevor die Dithmarscher ihre Feinde bis kurz vor die Stadt getrieben, dann aber die Verfolgung aufgegeben hatten, war er bereits unterwegs, das Land auf demselben Weg wieder zu verlassen, auf dem er gekommen war.

Die Bauern fühlten sich nicht mehr in der Lage, ihm und den restlichen Truppen seines zerschlagenen Heeres noch über Meldorf hinaus nachzusetzen. Sie waren zu erschöpft von den ungeheuren körperlichen Anstrengungen und der aufwühlenden Erregung beim Kampf. Schließlich hatte die Schlacht drei Stunden gedauert. Obendrein waren sie zu überwältigt von der Unfaßbarkeit ihres Sieges, als daß sie noch eine Notwendigkeit gesehen hätten, das feindliche Heer vollständig zu vernichten.

Möglicherweise wäre das den Dithmarschern sogar gelungen, wenn das Aufgebot der Strandmannsdöfft aus dem Süden Dithmarschens rechtzeitig Meldorf erreicht hätte. Die Truppenverbände aus Brunsbüttel, Eddelak, St. Michaelisdonn und Marne hätten dann das feindliche Heer von hinten in die Zange nehmen können. Doch sie trafen erst zwei Stunden später ein, nachdem das geschlagene Dänenheer Meldorf schon hinter sich gelassen hatte.

82

Die Abenddämmerung legte sich wie ein kaltes Leichentuch über die zahllosen Toten im Morast der überfluteten Marsch. Wohin Telse auch von der Schanze herunter in die Niederung sah, von überall her erinnerten leblose Körper in greulichen Verformungen noch einmal an das gewaltige Ausmaß der Schlacht.

Die unvorstellbare Wucht und erschreckende Grausamkeit, mit der kriegerisches Töten einhergeht, hatten bei ihr einen gespenstischen Eindruck hinterlassen. Sie wußte, daß sie ihn nie würde vergessen können. Doch niemals auch würde sie sich von ihrer Überzeugung trennen, daß die hohe Zahl der Opfer ein gerechter Preis für den räuberischen Plan des Dänenkönigs gewesen war. Schließlich hatte er anderen nach eigenem Gutdünken Freiheit und Besitz mit Gewalt nehmen wollen.

Telse war stolz auf die Menschen, zu denen sie gehörte, und auf das Land, das ihre Heimat war. Begeistert reckte sie die brennende Fackel in ihrer Hand hoch in die Luft.

Rund um Telse herum hatten sich ihre Mitstreiterinnen am Hang vor der Schanze aufgestellt, um auf die Rückkehr des siegreichen Bauernaufgebots zu warten. Gemeinsam mit ihren Männern wollten sie den Sieg feiern.

Alle hielten bewegt und aufgekratzt zugleich Fackeln in der Hand, obwohl die Dunkelheit noch nicht hereingebrochen war. Nur der Wind tauchte mit dem vor sich hertreibenden Nebel die weite Ebene in graue Schatten.

Die Frauen konnten es immer noch nicht fassen, daß ihr kleines Land solch übermächtigen Feind geschlagen und wieder dorthin zurückgejagt hatte, woher er gekommen war. Ein nie gekanntes Freiheits- und Glücksgefühl erfüllte alle. Wie im Rausch waren sie sich in die Arme gefallen, als ein Melder die endgültige Flucht des Dänenheeres bekanntgab. Schließlich hatten sie selbst zu diesem großen Sieg beigetragen.

„Sie kommen!“, rief plötzlich Telse lauthals den Hügel hinauf.

Sie wandte sich mehr an ihre Mutter als an die anderen Frauen, die den dumpfen Taktschlag der Trommler aus der Ferne ebenfalls hörten.

Anna stand oben auf dem Hügel an den Schanzenwall gelehnt und blickte gespannt die Straße nach Meldorf entlang, auf der sich das Bauernheer im Fahnenschmuck näherte. Sie spürte ihr Herz rasen. Gleich würde sie Isebrand gegenüberstehen, dachte sie. Krampfhaft überlegte sie, was sie ihm sagen sollte. Aber ihr fiel nichts Gescheites ein.

Beklommen sah sie nach hinten, wo zahlreiche Pferdewagen standen. Neben einem kahlen Strauch lag Holms Leiche, aufgebahrt auf mehreren Brettern mit Wolldecken darauf. Anna hatte einige Zeit bei ihm gesessen.

Isebrand und seine Bauernkrieger sahen schon von weitem die vielen Fackellichter am Hang des Kleihügels und die hohen Flammen der offenen Feuer in der Schanze. Erleichtert jubelten sie auf.

Noch immer waren sie berauscht vom Glücksgefühl ihrer ruhmreich verteidigten Freiheit.

Aber sie waren auch erschöpft, hatten Mühe, auf dem morastigen Weg voranzukommen. Viele stützten sich gegenseitig ab, andere wankten, hatten Verwundungen an Kopf, Armen oder Beinen mit dicken Lappen umwickelt. Wieder andere, die unversehrt und noch kräftig genug waren, schleppten in verdreckten und blutverschmierten Leinentüchern die toten Brüder, Väter, Söhne oder Nachbarn mit sich heim.

Isebrand schritt neben Wiemerstedt, Groth und einigen Achtundvierzigern des Kriegsrats vorneweg. Er war sich bewußt, daß er einen großen Sieg errungen hatte. Gottes Hilfe, der urtümliche Zusammenhalt der Bauern und ihr unbändiger Drang nach Freiheit und Selbständigkeit gewannen diesen Krieg, sagte er sich.

Außerdem war sein Scheinplan aufgegangen, und die Natur mit ihrem Nordweststurm und den günstigen Gezeiten hatte auf seiner Seite gestanden.

Er war glücklich, wenngleich ihn die Opfer in den eigenen Reihen schmerzten.

Als die Bauern den Fuß des Kleihügels erreichten, kamen ihnen die Frauen lachend entgegen, umarmten sie freudestrahlend, drehten sich, übermütig jauchzend, mit ihnen im Kreis herum und zogen sie am Arm mit nach oben in die Schanze, wo sie Pferdewagen angespannt hatten, um die Krieger heimzubringen.

Telse war auf Isebrand, der mit einem Ruck stehenblieb und ihr erwartungsvoll entgegensah, geradewegs zugeeilt und fiel ihm freudig um den Hals. Als die Bauernkrieger bemerkten, daß sich Isebrand und Telse in den Armen lagen, ließen sie beide stürmisch hochleben. Sie schwenkten Fahnen, faßten sich an den Händen und sangen Spottlieder auf die Hosen des Dänenkönigs, die er vor Angst vollgemacht habe. Plötzlich waren alle wie umgewandelt: Der Siegestaumel hatte ihre Erschöpfung vergessen gemacht. Von allen Seiten kamen immer mehr hinzu, um Isebrand und Telse die Hände zu schütteln.

Auf einmal stand Anna vor Isebrand. Ihre Schulterwunde war verbunden, ihr Gesicht wieder sauber, ihre Kleidung jedoch noch zerrissen und schmutzig. Sie reichte ihm beide Hände hin, die er sofort ergriff. Einen Moment lang schauten sie sich still an, dann kam Anna zwei Schritte auf ihn zu.

„Danke“, sagte sie leise.

Isebrand war gerührt, schluckte mehrmals an seinem Kloß im Halse und reichte behutsam ihre Hände zurück. Er spürte plötzlich, wie sehr er sich zu Anna hingezogen fühlte.

„Laßt uns Gott für seine Hilfe danken“, rief er den Umstehenden zu. „Und unserer Schutzpatronin, der heiligen Jungfrau Maria, die vor dem Kampf Telses Gebet erhört hat.“ Alle Frauen und Männer knieten nieder, senkten die Köpfe und sprachen das Dankgebet. Sie lobten Gott für sein Erbarmen und seine Gnade für das Land.

Anna spürte plötzlich einen leichten Stoß gegen ihren Ellbogen. Sie drehte sich um und schrie vor Freude auf: Vor ihr stand *Elias*, ihr schwarzer Hengst. Mit dunkelbraunen Augen sah er Anna geradewegs an, als erwartete er eine Liebkosung. Anna fiel, ohne zu wissen, was mit ihr geschah, dem Pferd um den Hals und weinte. Ihr war, als hätte sie endlich jemanden gefunden, an den sie sich anlehnen und dem sie ihr Herz ausschütten konnte. Als sie den Hals wieder losließ, schüttelte der Hengst kurz und heftig den Kopf. Dann streckte er ihr neugierig und vertraut die Nüstern entgegen. Anna kraulte ihm sanft den Nasenrücken. Das schien dem Tier zu gefallen. Es streckte genießerisch den Hals und suchte mit dem Kopf immer wieder ihre Hand.

Die Zuneigung des Pferdes tat Anna wohl.

Telse bemerkte, daß ihre Mutter heimlich bemüht war, ihre tränenschimmernden Augen zu verbergen. Sie nahm sie in den Arm.

Als Anna sich etwas beruhigt hatte, sagte Telse: „Laßt uns nach Hause und Vater begraben.“ Isebrand nickte. Er rief mehrere junge Männer zu sich und bat sie, Holms Leichnam auf einen leeren angespannten Pferdewagen zu betten, der vorher Waffen geladen hatte.

Er ging zu Anna, ergriff behutsam ihren Arm, nahm das Pferd am Zügel und führte beide zu dem Fahrzeug hin. Auf dessen Ladefläche wurde gerade der tote Holm, in Decken eingehüllt, für die Fahrt aufgebahrt. Isebrand half Anna auf den Kutschbock, band ihren Hengst hinten an und bat Telse auf den Wagen zu Holm. Er selbst kletterte vorn neben Anna auf den Holzsitz und trieb die vier eingespannten Pferde vorsichtig an.

Einige Bauern in der Nähe senkten für einen Moment andächtig und respektvoll den Kopf, als der Wagen langsam an ihnen vorbeifuhr. Zahlreiche Frauen kamen hinzu, um mit Blicken Abschied von Telse zu nehmen.

Die saß neben ihrem toten Vater und weinte.

Als der Wagen im glitschigen Schlamm einmal leicht zur Seite schlidderte und Anna dabei auf dem schmalen Kutschbock eine Handbreit von Isebrand wegrutschte, griff der schnell mit dem Arm um ihren Körper, um sie festzuhalten.

Anna schaute ihn überrascht an. Er erwiderte ihren Blick.

Beide spürten, daß es die Entfremdung der vergangenen Jahre zwischen ihnen nicht mehr gab.

ENDE

EPILOG

– Das dänisch-holsteinische Heer beklagte 5000 Tote, die Dithmarscher verloren 60 Krieger; am Bluttag von Meldorf wurden 180 Einwohnerinnen und Einwohner der Stadt ermordet.

– Die Gefallenen des Feindes wurden in Massengräbern beerdigt, die adeligen Opfer nicht. Der Haß auf den Adel war so groß, daß die Leichname der getöteten Ritter noch Tage nackt und geplündert im Schlamm liegen blieben. Erst durch die Vermittlung dreier holsteinischer Geistlicher ließen die Dithmarscher es zu, daß die gefallenen Adeligen von ihren Angehörigen abgeholt und bestattet wurden.

– Als Beute fielen den Dithmarschern ungeheure Werte in die Hände. Unter anderem 35 Geschütze, Tausende von Handwaffen, 1000 Rüstwagen mit Lebensmitteln, Kriegsbedarf und Gerät, 24 reichbeladene Wagen des Adels, prachtvolles Gold- und Silbergeschirr des Dänenkönigs und seines Bruders, ein Wagen mit ungemünztem Silber im Wert von 70 000 Gulden, mehrere tausend Reit- und Spannpferde, einige tausend Harnische.